《詩經·秦風》《石鼓詩》年代背景主旨新考

A New Study on the Age, Background and Theme of
Songs of Qin, Shijing and the *Stone Drum Songs*

程平山 著

上海古籍出版社

國家社會科學基金後期資助項目（項目編號：20FZSB039）

圖版一之一　安大簡《秦風》

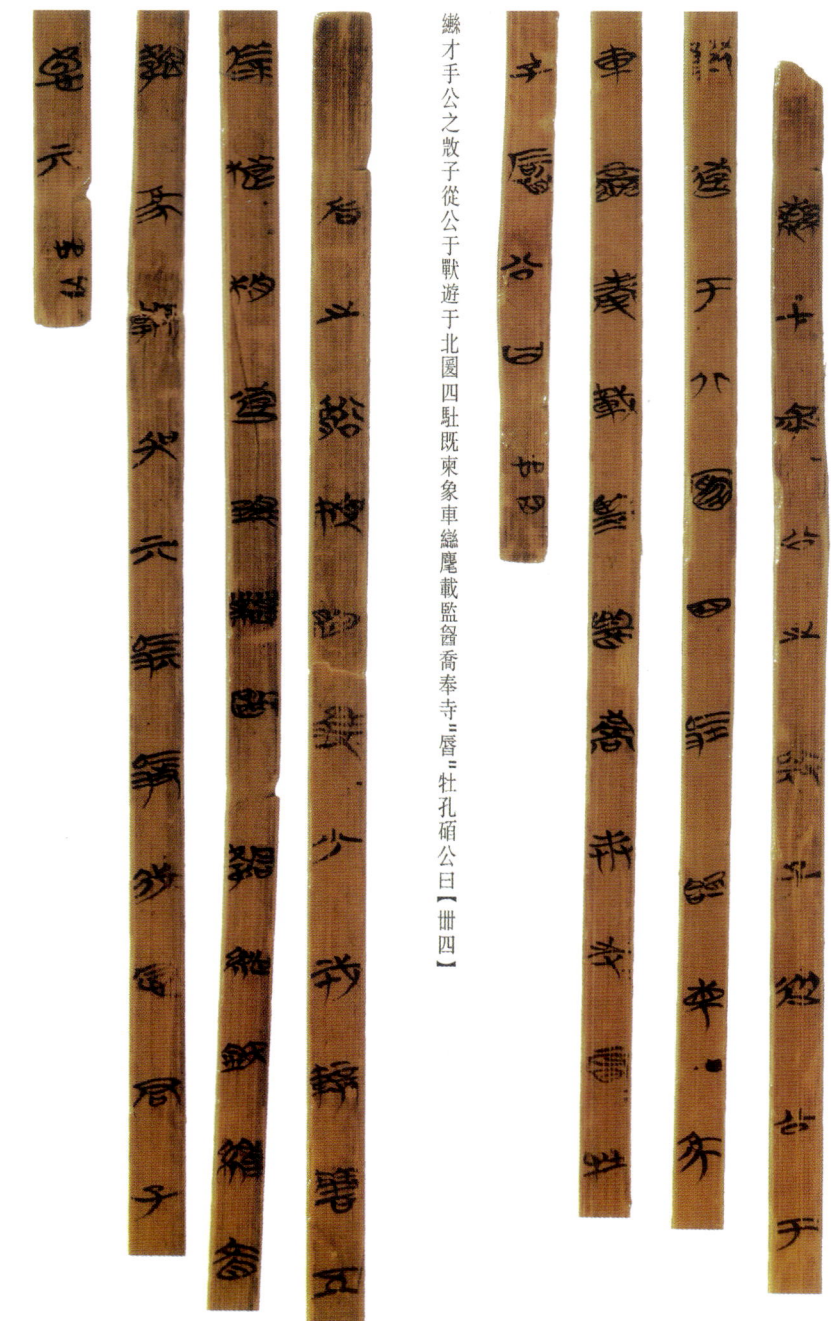

圖版一之二　安大簡《秦風》

圖版一之三　安大簡《秦風》

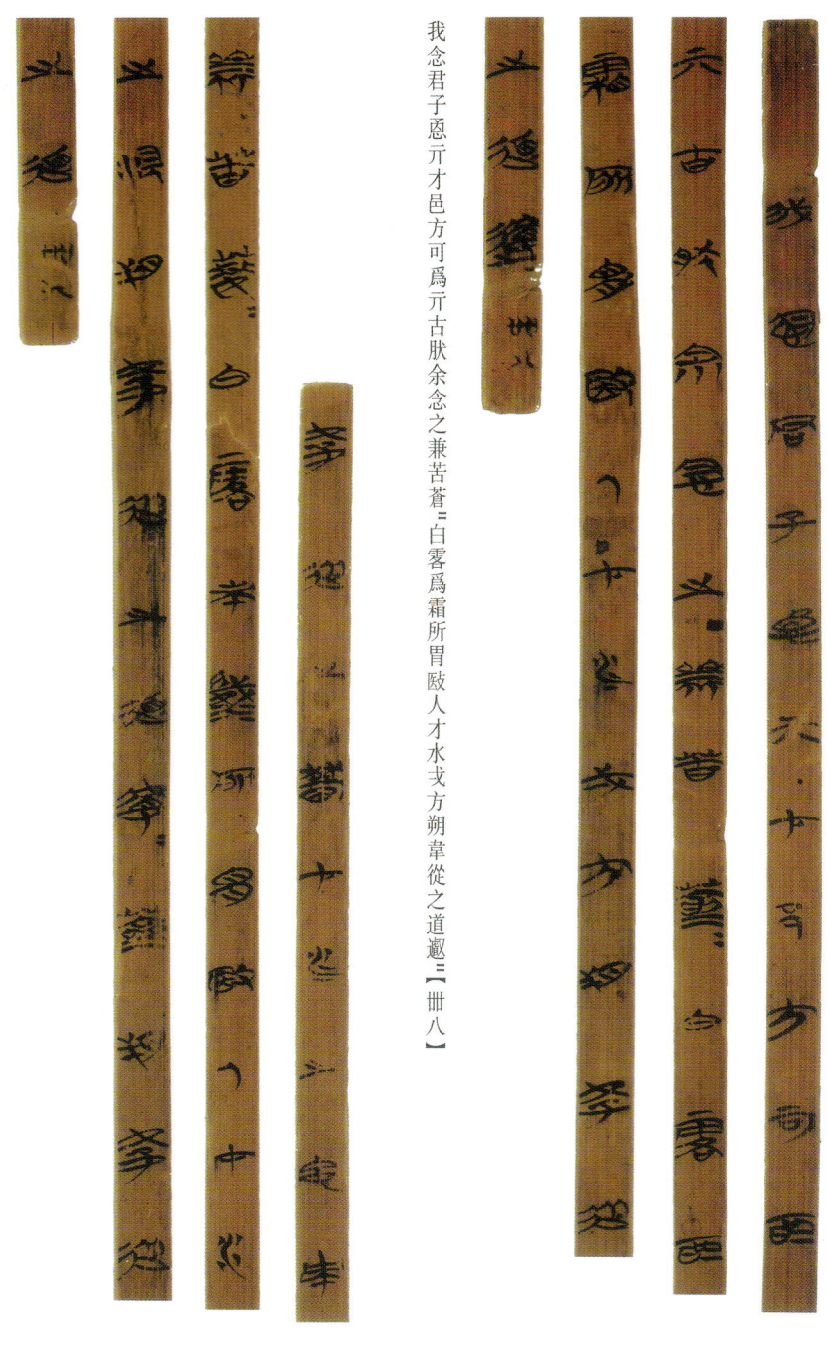

圖版一之四　安大簡《秦風》

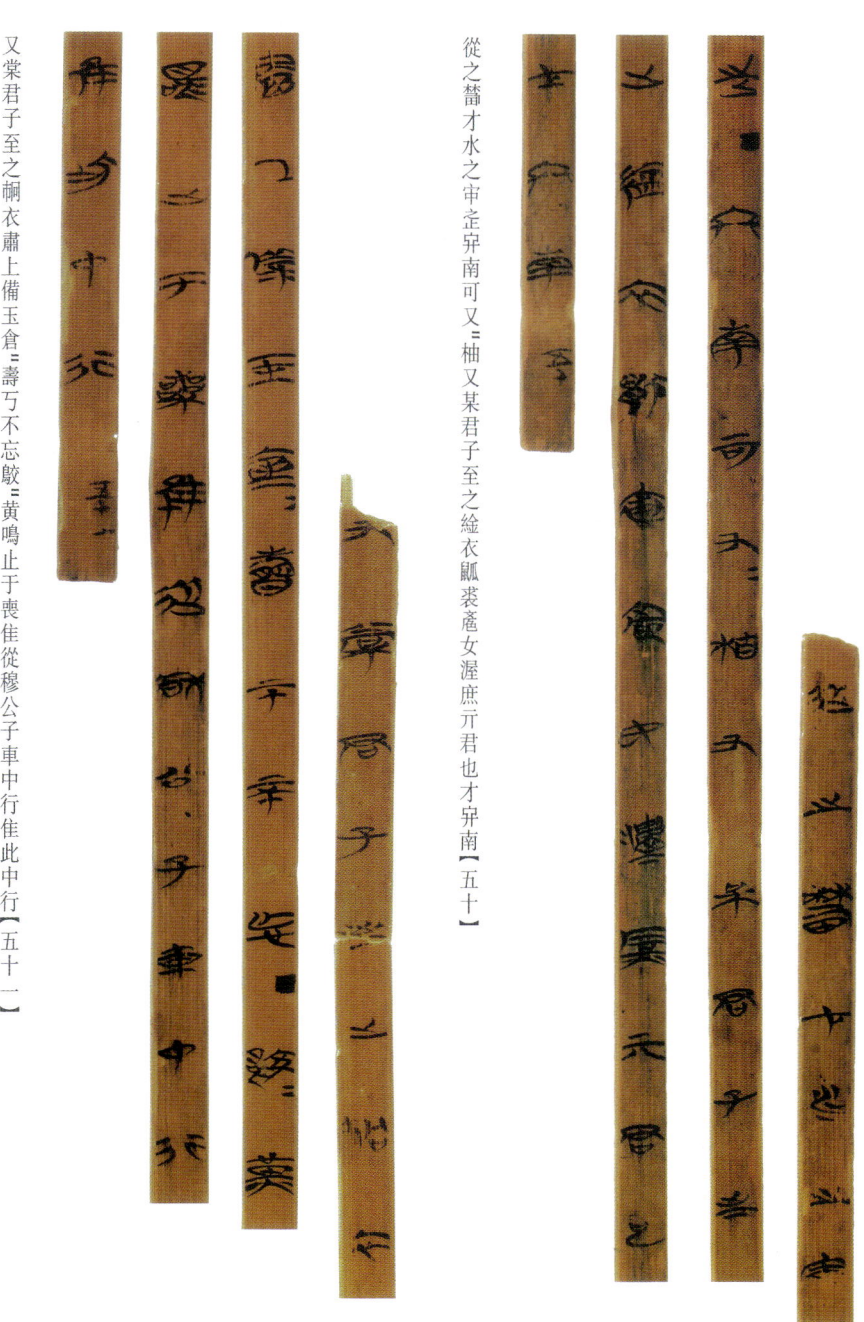

圖版一之五　安大簡《秦風》

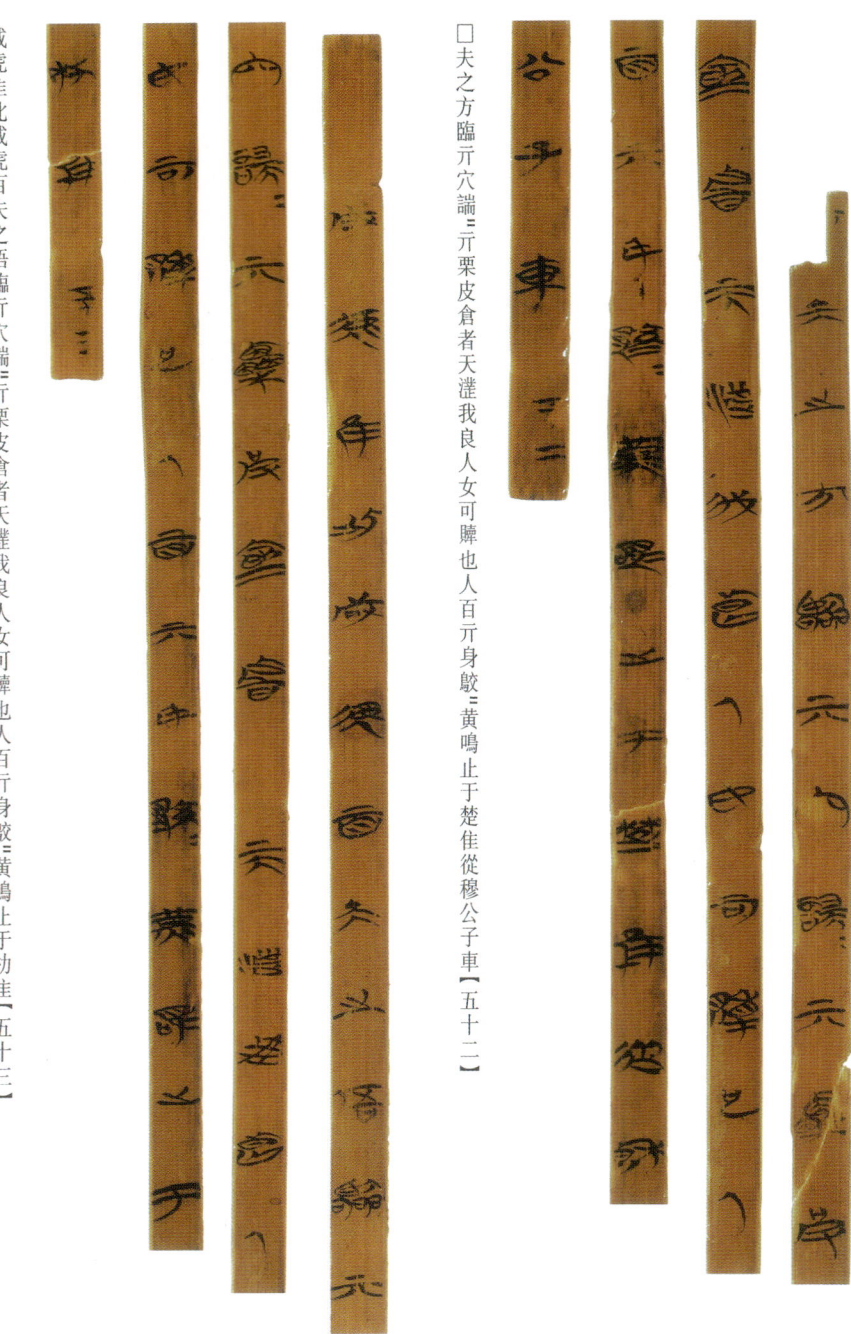

圖版一之六　安大簡《秦風》

從穆公子車盍思佳此盍思百夫之息臨亓穴端三亓栗皮倉者天湮我【五十四】

遺咎氏裔至于易可吕曾之逄車轑璜我遺咎氏舀二我思　宛皮唇風炊皮北林【五十五】

圖版一之七　安大簡《秦風》

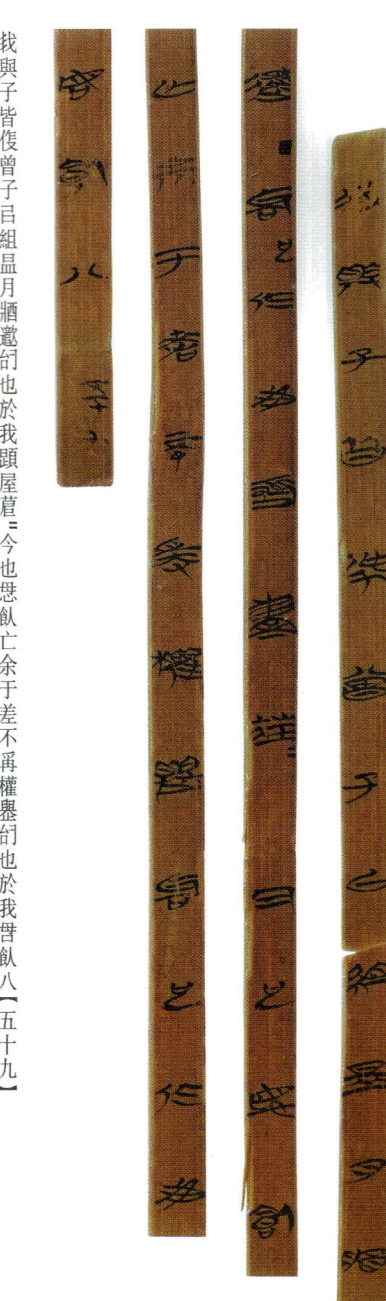

戋與子皆俊曾子曰組昷月牪意訇也於我頭屋蒼＝今也愿飤亡余于差不再權搴訇也於我昌飤八【五十九】

圖版一之八　安大簡《秦風》
（據安徽大學漢字發展與應用研究中心編，黄德寬、徐在國主編：
《安徽大學藏戰國竹簡（一）》，中西書局，2019年，第29—36頁）

圖版二之一　敦煌文獻《毛詩故訓傳・秦風》

圖版二之二　敦煌文獻《毛詩故訓傳·秦風》

圖版二之三　敦煌文獻《毛詩故訓傳·秦風》

圖版二之四　敦煌文獻《毛詩故訓傳・秦風》

圖版二之五　敦煌文獻《毛詩故訓傳・秦風》

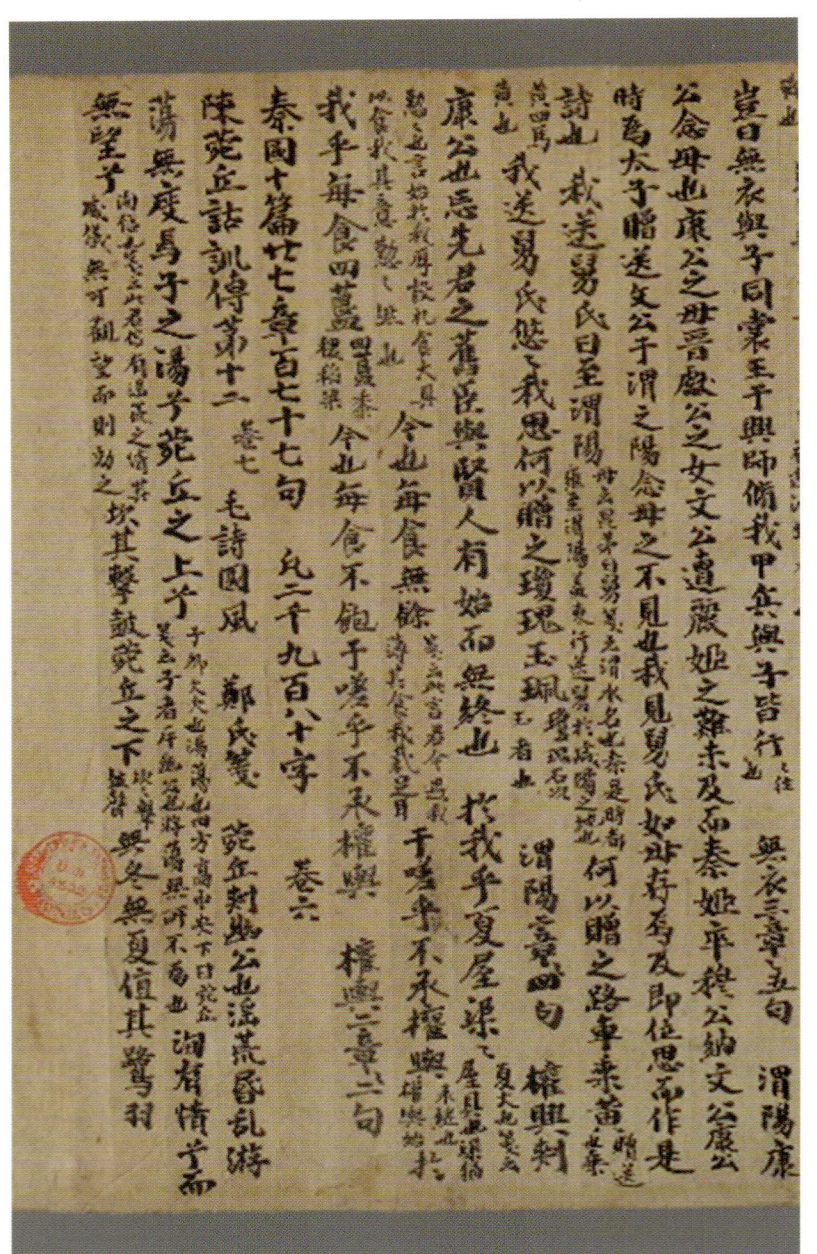

圖版二之六　敦煌文獻《毛詩故訓傳・秦風》

（據法國國家圖書館藏 Pelliot chinois 2529）

1. 吾車鼓

2. 汧殹鼓

圖版三之一　石鼓實物照片

3. 田車鼓

4. 鑾車鼓

圖版三之二　石鼓實物照片

5. 霝雨鼓

6. 作原鼓

圖版三之三　石鼓實物照片

7. 而師鼓

8. 馬薦鼓

圖版三之四　石鼓實物照片

9. 吾水鼓

10. 吴(虞)人鼓

圖版三之五　石鼓實物照片

(據上海圖書館編:《石鼓墨影》,上海書畫出版社,2018年影印朵雲軒藏明拓本,第271—278頁)

遜(吾)車既工,遜(吾)馬既同,遜(吾)車既好,遜(吾)馬既

圖版四之一 《石鼓文》中權本《吾車》

駞。君子員邋(獵),員邋(獵)員斿(遊)。麀鹿速=(速速),君子之求。㝅=(䜔䜔)

圖版四之二 《石鼓文》中權本《吾車》

角弓，弓兹以寺（持）。邋（吾）毆其特，其來趩趩。趩=（趩趩）夋=（夋夋），即

圖版四之三　《石鼓文》中權本《吾車》

遨(御)即時(塒)。麀鹿趚=(趚趚),其來亦次。遨(吾)毆其樸,其

圖版四之四 《石鼓文》中權本《吾車》

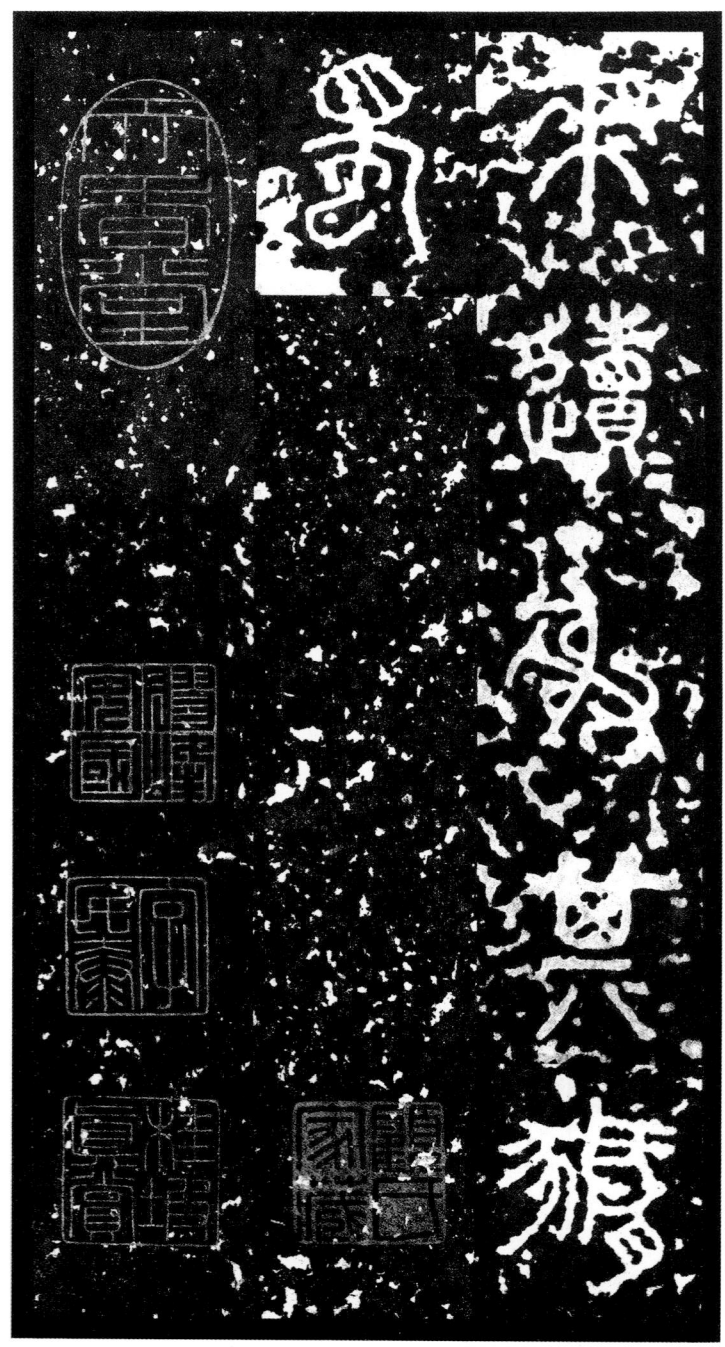

來遭=(遭遭),射其豜(豜)蜀(獨)。

圖版四之五　《石鼓文》中權本《吾車》

汧殹沔=(沔沔),丞(承)皮(彼)淖淵。鰋鯉處之,君子漁之。

圖版四之六 《石鼓文》中權本《汧殹》

溝又(有)小魚，其斿(遊)趚=(趚趚)。帛(白)魚鱍=(鱍鱍)，其籃(盜)氐(厎)鮮。黄帛(白)

圖版四之七　《石鼓文》中權本《汧殹》

其鱲(鯻),又(有)鰟又(有)鮊。其盨孔庶。饔之㸠＝(㸠㸠),涇＝(涇涇)趛＝(趛趛)。

圖版四之八 《石鼓文》中權本《汧殹》

其魚佳(維)可(何)？佳(維)鱮佳(維)鯉。可(何)以橐之？佳(維)楊及
圖版四之九　《石鼓文》中權本《汧殹》

柳。　田車孔安，鋻

圖版四之一〇　《石鼓文》中權本《田車》

勒䮾=(䮾䮾),四(駟)介既簡。左驂𩣡=(𩣡𩣡),右驂騝=(騝騝),避(吾)以陸(隮)

圖版四之一一　《石鼓文》中權本《田車》

于邍(原)。避(吾)戎止陕,宫車其寫。秀弓寺(待)射,麋

圖版四之一二　《石鼓文》中權本《田車》

豕孔庶,麀鹿雉兔。其趨又(有)斿,其囗奔亦(舍)。

圖版四之一三 《石鼓文》中權本《田車》

□出各亞,□□昊□,執而勿射。多庶趫=(趫趫),

圖版四之一四 《石鼓文》中權本《田車》

君子卣(攸)樂。　□□鑾車,萃㭱

圖版四之一五　《石鼓文》中權本《鑾車》

真□,□弓孔碩,彤矢□□。四馬其寫,六轡驁(沃)箸(若)。徒馭

圖版四之一六 《石鼓文》中權本《鑾車》

孔庶,廓□宣搏。甾(輕)車颣(載)衍(行),□徒如章,邍(原)溼(隰)

圖版四之一七　《石鼓文》中權本《鑾車》

陰陽。趍趍夆(六)馬,射之䗩=(䗩䗩)。赶□如虎,獸(狩)鹿如□。□□多

圖版四之一八 《石鼓文》中權本《鑾車》

賢,迪(陳)禽□□,避(吾)隻(獲)允異。

圖版四之一九 《石鼓文》中權本《鑾車》

□□□癸(?),靁雨□=。流迄滂滂,盈渼濟=(濟濟)。君子即涉,涉馬□流。

圖版四之二〇　《石鼓文》中權本《靈雨》

汧殹沰=(泊泊),藻=(萋萋)□□,舫舟囡逮。□□自廊,徒馭湯=(湯湯),隹(維)舟

圖版四之二一　《石鼓文》中權本《靈雨》

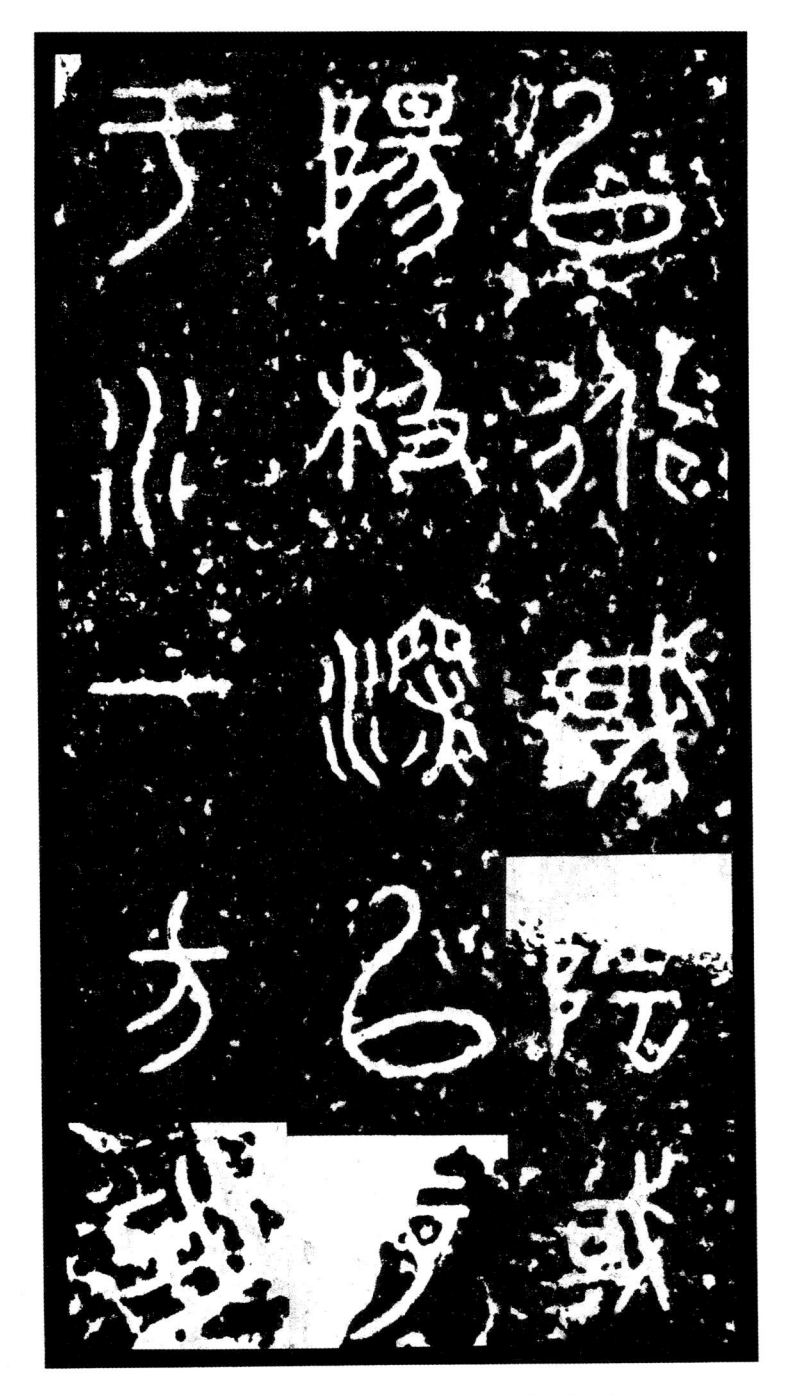

以衍(行),或陰或陽。極(楫)深以□,□于水一方。勿□□

圖版四之二二 《石鼓文》中權本《靈雨》

止,其奔其敔,□□其事。

圖版四之二三　《石鼓文》中權本《靈雨》

□□□猷,乍邍(原)乍□。□=□=,道逌(遹)我嗣。□□□除,帥皮(彼)阪□。□□□茻(草),爲卅(三十)

圖版四之二四 《石鼓文》中權本《作原》

里。□□□微,彶=(彶彶)卣(攸)罟。□□□栗,柞棫其□。□□櫯(棕)楮,甫=(祗祗)鳴□。□=□=,亞箸

圖版四之二五　《石鼓文》中權本《作原》

其華。□=□□,爲所斿(遊)歔。□□鼇道,二日尌(樹)□,□□五日。

圖版四之二六 《石鼓文》中權本《作原》

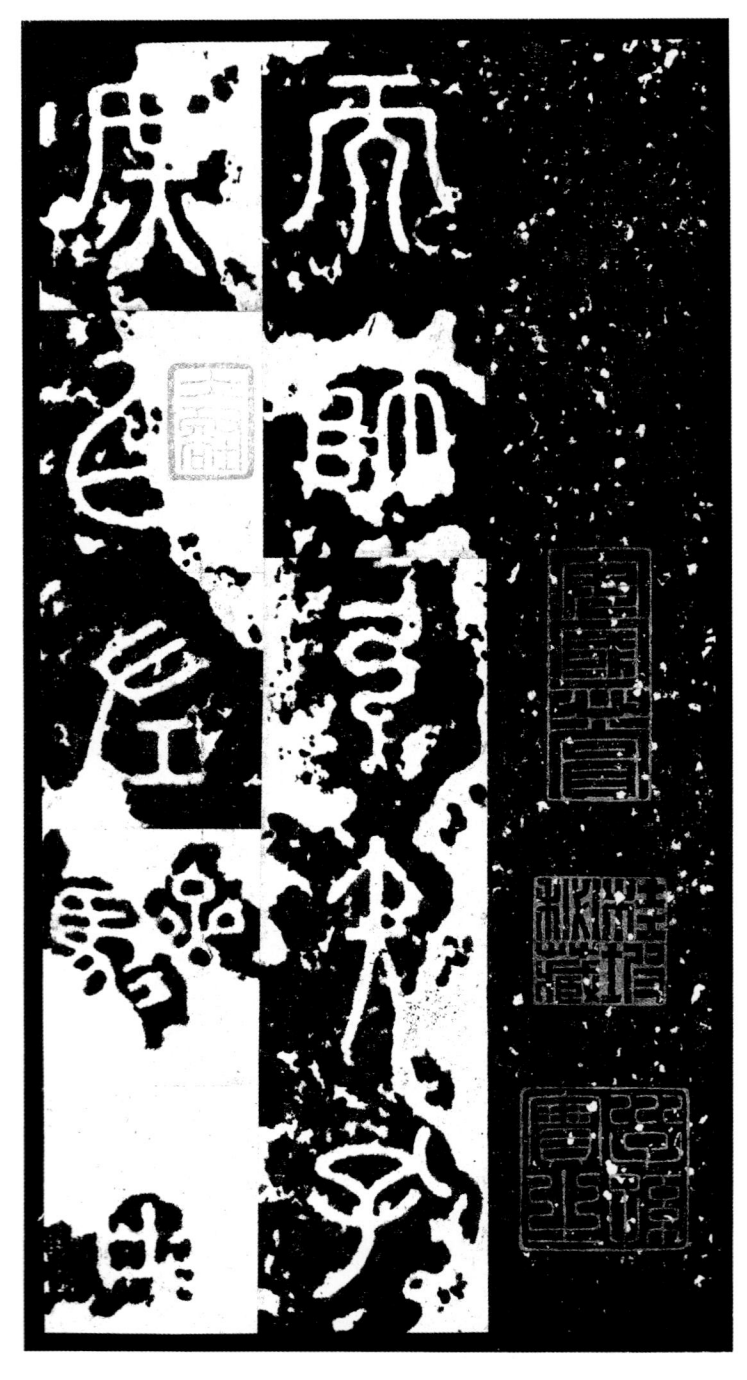

□□□□,□□□□,□□□□,□□而師,弓矢孔庶。□□□□,□□□以。左驂□□,

圖版四之二七　《石鼓文》中權本《而師》

滔滔是戟，□□□不，具舊□復，□具肝來。□□其寫，小大具□。□□

圖版四之二八　《石鼓文》中權本《而師》

來樂,天子□來。嗣王始□,古(故)我來□。

圖版四之二九　《石鼓文》中權本《而師》

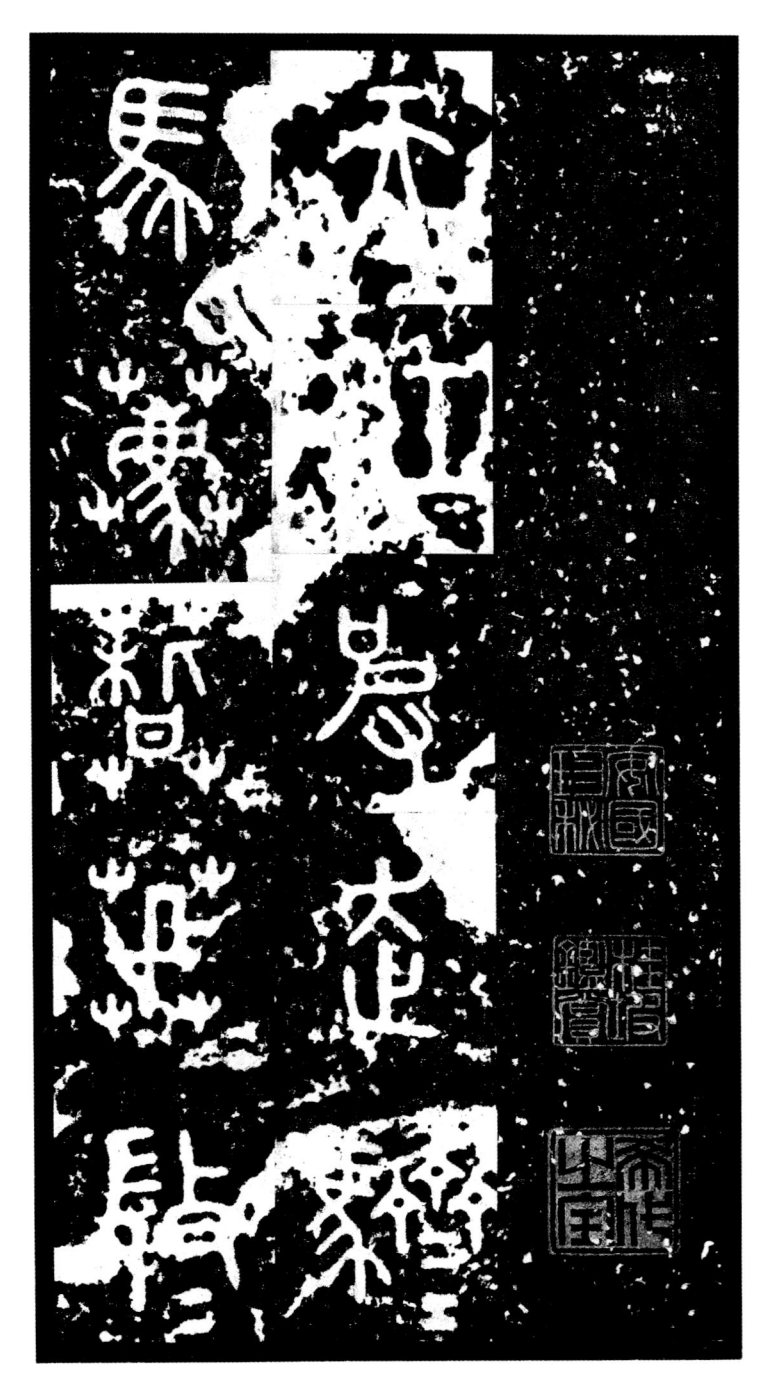

□=□=，□天□虹，□皮□走。驕=（濟濟）馬薦（薦），葦=芇=。微=

圖版四之三〇　《石鼓文》中權本《馬薦》

雉□，□心其一。□□□□□□□□□□□□之。

圖版四之三一　《石鼓文》中權本《馬薦》

避(吾)水既瀞(清),避(吾)道既平。避(吾)□既止,嘉尌(樹)則里(理),

图版四之三二 《石鼓文》中權本《吾水》

天子永寍(寧)。日隹(唯)丙申,昱=(翌日)薪=(薪薪),遭(吾)其(期)周道,囗馬

圖版四之三三　《石鼓文》中權《吾水》

既迪。敖□康＝(康康),駕奔(六)盦□。左驂□□,右驂驎＝(驎驎)。
□□□□,母(毋)不□□,

圖版四之三四　《石鼓文》中權本《吾水》

四轙(翰)霻=(霻霻),□□□□。公謂大□:金(今)及如□□,害(曷)不余昚(友)?
圖版四之三五 《石鼓文》中權本《吾水》

吳(虞)人憐嗀,朝夕敬囗。翫(載)西翫(載)

圖版四之三六 《石鼓文》中權本《吳人》

北,勿寏(召)勿代。□而出□,□獻用□。□□□□,□□大祝。□曾受其

圖版四之三七　《石鼓文》中權本《吳人》

臺(庸)，□□钹(設)寓逢(篷)。中囿孔□，□鹿□□。
遊(吾)其□□，□□驫=(申申)，大□□□，□□□□。求又□□□□□□

圖版四之三八　《石鼓文》中權本《吳人》

是。

圖版四之三九　《石鼓文》中權本《吳人》

（圖版據二玄社編：《中國法書選》第 2 册，二玄社，1989 年，第 2—40 頁；
釋文主要據郭沫若著：《石鼓文研究》，科學出版社，1982 年第 3 版）

國家社科基金後期資助項目
出版説明

　　後期資助項目是國家社科基金設立的一類重要項目，旨在鼓勵廣大社科研究者潛心治學，支持基礎研究多出優秀成果。它是經過嚴格評審，從接近完成的科研成果中遴選立項的。爲擴大後期資助項目的影響，更好地推動學術發展，促進成果轉化，全國哲學社會科學工作辦公室按照"統一設計、統一標識、統一版式、形成系列"的總體要求，組織出版國家社科基金後期資助項目成果。

全國哲學社會科學工作辦公室

序

　　《詩經》是中國現存最早的詩歌總集,《秦風》十篇是秦國的詩篇。《石鼓詩》(石鼓文)十篇與《秦風》之《駟驖》最近。《秦風》《石鼓詩》內容相近,時代亦近,故合考其具體年代。《秦風》《石鼓詩》記載秦國早期歷史與文化的諸多方面,具有重要價值,故歷代學者究其年代背景主旨。于是,《秦風》《石鼓詩》的年代背景、主旨成爲重要的課題。

　　學者于宋代以來争論《秦風》之年代背景主旨,唐代以來争論《石鼓詩》之年代,缺乏有力的史料支持,長期未能形成定論。筆者利用新的出土文獻與學者的研究成果,重新審視考定《秦風》《石鼓詩》之年代背景主旨。

一、《詩經·秦風》年代背景主旨新考

　　關於《詩經》各篇的年代背景主旨,自周代以來學者就有探討與總結。傳世文獻《詩序》、出土文獻上博簡《孔子詩論》等,證實東周時代即存在研究《詩經》年代背景、主旨的文獻。宋代以來,學者對於《詩序》的可靠性展開廣泛而持續的討論。近人利用出土文獻研究《詩經》各篇的年代背景主旨,不斷有新的認識。

　　在對《秦風》分類與判斷起始的基礎上,筆者利用清華簡《繫年》與學者新的研究成果,排除了一些不可靠的説法,同時强化了一些較爲可靠的觀點,從而對《秦風》的年代背景主旨得出新的認識。

　　秦仲(秦襄公)七年至二十八年(周幽王十一年至周平王或周攜王二十一年,前771—前750年),秦仲大規模伐西戎。秦襄公四十年(周平王三十三年,前738年),秦仲獲封爲秦公;秦襄公五十年(周平王四十三年,前728年),襄公卒。

　　《車鄰》,作於秦襄公四十年至五十年(周平王三十三年至四十三年,前738—前728年)。秦襄公之姬所作,"美秦仲也",讚美秦襄公與姬相樂。

　　《駟驖》,作於秦襄公四十年至五十年。隨秦襄公出獵的大夫所作,描繪秦襄公及媚子遊獵之樂。

《小戎》,作於秦襄公七年春至二十八年(周幽王十一年至周平王或周攜王二十一年,前771—前750年),更靠近周平王(或周攜王)二十一年(前750年)。秦襄公夫人所作,思襄公伐西戎,寄託相思也。

《終南》,作於秦襄公四十年至五十年。秦大夫所作,讚美秦襄公擁有廣袤疆土。

《無衣》,作於秦襄公七年至二十八年。秦士卒之戰歌,秦襄公以王命伐西戎,士卒互勉也。

《蒹葭》,作於秦襄公時(前777—前728年),描繪男子追慕女子的情感。

《晨風》,作於秦康公時(前620—前607年),刺秦康公棄賢。

《渭陽》,作於秦穆公二十四年(前636年);太子康公送舅父重耳歸晉國,賦詩寄相思也。

《黃鳥》,作於秦穆公三十九年(前621年)秋冬,哀三良從死也。

《權輿》,作於秦康公時(前620—前607年),秦卿刺秦康公不能承受大命也。

《車鄰》《駟驖》《小戎》《終南》《無衣》五篇從多方面描述了秦襄公的事蹟,《小戎》《無衣》記載伐西戎的長期艱辛,《終南》頌揚獲賞封國而國土之遼闊,《車鄰》《駟驖》描述與女怡樂、與媚子田獵之快樂,車馬、寺人反映了"秦仲(秦襄公)始大,有車馬、禮樂、侍御之好"。《車鄰》《駟驖》《小戎》《終南》的中心人物是秦襄公,居於《秦風》的最重要位置。

《蒹葭》屬於情詩,描繪男子追慕女子之心境。《晨風》表達的是抱怨,描繪賢臣擔憂被遺棄之情。

《渭陽》《黃鳥》《權輿》三篇的創作時代是確定的,並且創作背景是清楚的。《渭陽》《黃鳥》乃秦穆公時詩,《權輿》乃秦康公時詩。

所以,在筆者看來,《秦風》十篇可以確定年代背景主旨。這樣,我們獲得嶄新而可靠的研究成果,大大改善了戰國漢代以來學者的認識。

重新審視《毛詩序》,我們可以發現《毛詩序》既存在一些正確的詮釋,又確實存在一些錯誤的解釋,其原因在於誤會與附會。

第一,《毛詩序》對《駟驖》《小戎》的詮釋是正確的。

第二,《毛詩序》對《晨風》《權輿》的詮釋成立。

第三,《毛詩序》對《終南》《渭陽》的詮釋大體正確,但存在小的問題。《終南》在"美"並無"戒"意,《渭陽》的年代並非秦康公即位之後。

第四,《毛詩序》對《車鄰》《無衣》《蒹葭》《黃鳥》的詮釋存在較大問題。《毛詩序》對《車鄰》的解釋年代與內容皆不符合,《毛詩序》的作者不明白

"秦仲"何人。《無衣》的主旨是勸戰,而非《毛詩序》描述的刺戰。《毛詩序》言《蒹葭》刺襄公不能用周禮,完全脱離當時的歷史背景與秦襄公的形象。《毛詩序》言《黄鳥》刺穆公以人從死,屬於不明白秦人上層的思想與文化。

以上情況證明,《毛詩序》雖然有不足之處,卻有其存在的合理性。《毛詩序》的作者並非秦人,故有史料上的不足,又有理解上的偏差,更有某種偏見。這是導致《毛詩序》存在不足的根源。《毛詩序》屬於詩與史的建構,《毛詩·秦風序》更屬於他人對秦文化的解讀。

朱子、許謙、劉瑾等求是而糾正《毛詩序》的一些錯誤。但是,朱子等缺乏必備的史料,其結論多難以坐實。受到歐陽修、鄭樵等學者的影響,朱子對於《國風》的性質缺乏足夠的認識。朱子《詩序辨說》以爲《國風》皆民歌,故以之解讀。事實上,《秦風》多描繪秦上層貴族之事蹟、情感,非民歌也。

今人擁有史料方面的優勢,出土文獻的發現與研究有助於我們辨明《秦風》與《毛詩序》的真相。我們相信隨着新資料的出土,《詩經》的研究會取得嶄新的成就。

二、《石鼓詩》年代背景主旨新考

關於《石鼓詩》的年代,筆者的思路與視角不同于以往學者,既是對以往研究合理因素的吸收,更是依據新的出土文獻重新作出新的判定。筆者的觀點不屬於筆者歸納的甲類——石鼓詩的内容與文字時代一致,又與乙類——石鼓詩的内容與文字時代不一——存在明顯的差異。學者以往的研究是在舊的認識下排列各種可能,進行多種猜測,自西周至戰國全部搜尋到,所以不可能出現排除於《秦本紀》(依據《秦記》整理)記載之外的觀點。不同的是,筆者利用了大量新資料、新認識得出可靠的結論,并希望將此課題的研究引向寬廣、堅實、確定的新天地。"《石鼓詩》内容描繪的是周平王五十一年至周桓王元年(秦文公八至九年,前720—前719年)秦文公在汧渭之會田獵、迎天子的史實"屬於嶄新的觀點,大不同於學者以往的觀點。時代不同,經歷不同,境界亦異。

整理與分析《石鼓詩》(石鼓文)年代諸説,判斷合理的年代範圍。

探討《石鼓詩》的年代必須確立判定《石鼓詩》年代的準則。判定《石鼓詩》年代的準則主要從三個方面出發:内容、文字、出土地。《石鼓詩》的内容是首要的,《石鼓詩》的年代必須以内容爲主、文字與出土地爲輔。

關於文字方面判定《石鼓詩》文字年代的準則,文字方面包括書體、用字、字體(字形的演變)等。關於石鼓文的書體,裘錫圭先生提出的"秦國文字"説可從。唐蘭先生以爲《石鼓詩》中若干用字可以證明《石鼓詩》年代偏晚,其説受到當時已經出土的文字資料的局限。裘錫圭、陳昭容等已經辨別得較爲清楚,他們的意見都不支持唐蘭的解釋。筆者認爲,《石鼓詩》文字多數字形晚於春秋早期大堡子山秦公器、秦武公器的文字;與《秦公簋》《秦公鎛》《秦公磬》的字形相近,少數字形與春秋早、中、晚期文字相同,少量字形有甲骨文遺風或西周金文的特點,書法風氣與《秦武公鐘鎛》《秦子器》不同,證實《石鼓詩》書法出自秦共公至秦哀公間的書法家之手。秦文公時已經有《石鼓詩》,當時書寫即存有早期文字,至後世刻寫,存有後世文字,類似《逸周書》等西周文獻傳抄至東周而存在東周因素。《石鼓詩》的字體包含早期、晚期成分,證明其書寫出於書法家之手,選擇了不同時代的字體。《石鼓詩》的刻寫乃秦文公後世子孫追慕先祖所爲。

分析出土地、内容與所屬階段文化的關係,《石鼓詩》出土於汧渭之會,乃秦早期都城——秦文公所都汧渭之會(陳倉故城一帶)、平陽、雍之所在,屬於秦早期文化,有别于秦都櫟陽、咸陽的秦晚期文化。《石鼓詩》十篇描繪的内容爲一體,是秦公在汧渭之會田獵、迎天子事,屬於秦都汧渭時期的作品。

分析《石鼓詩》與《詩經》的關係、稱謂、周秦關係與歷史事件,《石鼓詩》内容描繪的是周平王五十一年至周桓王元年(秦文公八至九年,前720—前719年)秦文公在汧渭之會田獵、迎天子的史實。

所以,《石鼓詩》作于秦文公時,刻于秦共公至秦哀公間。

三、思考與感悟

考察《秦風》《石鼓詩》研究史,學者走過了彎彎曲曲的道路。究其原因,有文獻的錯亂、有詩與史的建構的困難、有時代的風氣、有學科的門類等方面的影響。

首先,文獻的錯亂。學者以往不能確定《秦風》《石鼓詩》年代背景主旨者,文獻的錯亂是最大原因之一。《史記》不是原始史料,而是漢代學者整理與研究歷史的作品。自魏晉以來,學者已經辨析《史記》存在大量訛誤,故對《史記》需要謹慎使用。然而,當今的歷史學、考古學等學科,存在大量利用《史記》陷入研究難局的事例。所以,需要客觀對待《史記》及文獻的錯亂現象。

其次,詩與史建構的困難。《毛詩序》乃詩與史的建構,《毛詩·秦風序》更涉及對秦國歷史與文化的重構與解讀。《毛詩序》的作者並非秦人,故有史料上的不足,又有理解上的偏差,更有某種偏見。這是導致《毛詩序》

存在不足的根源。史料的不足、解讀上的偏差與偏見是自戰國漢代以來學者都必須面對的問題。

  第三,時代的風氣。宋儒之懷疑乃時代之風氣,固有收穫,而破壞亦多。至於《秦風》年代之考證,宋儒之破壞遠大於收穫。朱子之論《詩經》年代背景,實非其所長。至於20世紀三十至八十年代間,學術界對《毛詩序》的批判與否定,乃以時代之學術風氣作用於《詩經》與《毛詩序》之研究。風氣既變,學者失去謹守之心,身無良術而懷疑否定一切,究其根本,智力不足耳。

  第四,學科的門類。《秦風》由經學而文學,視野的不同,詮釋原則發生很大變化。文學家可以鑑賞《秦風》,推敲詩旨則需要十分慎重。至於確定《秦風》年代背景,是歷史學家、語言學家等需合作完成的使命與任務。

  總之,始終恪守謹慎之心,細緻入微地研究,揚長避短地合作才是研究《秦風》《石鼓詩》乃至《詩經》年代背景主旨之途。

目　　錄

序 ·· 1

上篇　《詩經·秦風》年代背景主旨新考

第一章　《秦風》年代背景主旨研究述評 ·· 3
　第一節　概念的界定 ·· 3
　第二節　《毛詩序》與《詩經》年代背景主旨闡釋 ·························· 4
　第三節　宋以來《秦風》年代主旨背景研究與分析 ······················· 4
　　一、宋以來《秦風》年代背景主旨研究 ······································ 4
　　二、宋以來《秦風》年代背景主旨研究分析 ···························· 10

第二章　確定《秦風》年代背景主旨的理論與方法 ······················· 12
　第一節　《秦風》的分類 ·· 12
　第二節　《秦風》的起始年代 ··· 14
　第三節　《秦風》年代背景主旨的諸要素分析 ···························· 19
　第四節　《史記·秦本紀》新的校正成果的利用 ························ 20
　第五節　研究《秦風》各篇年代背景主旨的步驟 ······················· 24

第三章　《車鄰》《駟驖》《小戎》《終南》《無衣》年代背景主旨分析 ······ 25
　第一節　《車鄰》年代背景主旨諸說與分析 ································ 25
　　一、《車鄰》年代背景主旨諸說 ··· 25
　　二、《車鄰》年代背景主旨分析 ··· 32
　第二節　《駟驖》年代背景主旨諸說與分析 ································ 36
　　一、《駟驖》年代背景主旨諸說 ··· 36
　　二、《駟驖》年代背景主旨分析 ··· 43
　第三節　《小戎》年代背景主旨諸說與分析 ································ 45
　　一、《小戎》年代背景主旨諸說 ··· 45

二、《小戎》年代背景主旨分析 …………………………………… 54
　第四節　《終南》年代背景主旨諸説與分析 …………………………… 58
　　一、《終南》年代背景主旨諸説 …………………………………… 58
　　二、《終南》年代背景主旨分析 …………………………………… 66
　第五節　《無衣》年代背景主旨諸説與分析 …………………………… 68
　　一、《無衣》年代背景主旨諸説 …………………………………… 68
　　二、《無衣》年代背景主旨分析 …………………………………… 79

第四章　《蒹葭》《晨風》年代背景主旨分析 ………………………………… 81
　第一節　《蒹葭》年代背景主旨諸説與分析 …………………………… 81
　　一、《蒹葭》年代背景主旨諸説 …………………………………… 81
　　二、《蒹葭》年代背景主旨分析 …………………………………… 89
　第二節　《晨風》年代背景主旨諸説與分析 …………………………… 90
　　一、《晨風》年代背景主旨諸説 …………………………………… 90
　　二、《晨風》年代背景主旨分析 …………………………………… 97

第五章　《黄鳥》《渭陽》《權輿》年代背景主旨分析 ……………………… 99
　第一節　《黄鳥》年代背景主旨諸説與分析 …………………………… 99
　　一、《黄鳥》年代背景主旨諸説 …………………………………… 99
　　二、《黄鳥》年代背景主旨分析 …………………………………… 107
　第二節　《渭陽》年代背景主旨諸説與分析 …………………………… 111
　　一、《渭陽》年代背景主旨諸説 …………………………………… 111
　　二、《渭陽》年代背景主旨分析 …………………………………… 116
　第三節　《權輿》年代背景主旨諸説與分析 …………………………… 118
　　一、《權輿》年代背景主旨諸説 …………………………………… 118
　　二、《權輿》年代背景主旨分析 …………………………………… 123

第六章　結語 ……………………………………………………………………… 125

下篇　《石鼓詩》年代背景主旨新考

第一章　《石鼓詩》年代背景主旨諸説與分析 ………………………………… 131
　第一節　概念的界定 ……………………………………………………… 131
　第二節　《石鼓詩》年代背景主旨諸説 ………………………………… 132
　第三節　《石鼓詩》年代背景主旨諸説分析 …………………………… 172

第二章 判定《石鼓詩》年代背景主旨的若干準則 ················ 176
第一節 《石鼓詩》文字方面年代的準則 ················ 178
第二節 《石鼓詩》出土地、內容與所屬階段文化的關係 ········ 178
第三節 《石鼓詩》內容方面年代背景主旨的準則 ············ 178

第三章 《石鼓詩》文字的年代 ························ 180
第一節 書體分析 ································ 180
第二節 用字分析 ································ 183
第三節 字體(字形的演變)分析 ····················· 205

第四章 《石鼓詩》出土地、內容與所屬階段文化的關係 ········ 225
第一節 《石鼓詩》的出土地 ························ 225
第二節 秦都"汧渭之會" ·························· 229
　　一、秦文公所都汧渭之會 ························ 229
　　二、平陽 ···································· 239
　　三、雍 ······································ 241
第三節 《石鼓詩》鄜地與秦人的鄜畤 ················· 243
第四節 《石鼓詩》的歌詠對象 ····················· 251
第五節 《石鼓詩》出土地、內容與所屬階段文化的關係分析 ···· 254

第五章 《石鼓詩》內容的年代背景主旨 ··················· 256
第一節 《石鼓詩》與《詩經·秦風》關係分析 ············ 256
第二節 稱謂分析 ································ 261
第三節 車馬制度分析 ···························· 275
第四節 周秦關係分析 ···························· 278
第五節 《石鼓詩》內容的年代背景主旨分析 ············· 285

第六章 結語 ······································ 288

附錄一 古文獻徵引目 ······························ 290
附錄二 近人論著徵引目 ···························· 307

索引 ·· 319
後記 ·· 357

插表目録

下篇 《石鼓詩》年代背景主旨新考

表 5－1 《石鼓詩》與《詩經》比較 ………………………………… 259

插 圖 目 錄

上篇 《詩經·秦風》年代背景主旨新考

圖 3-1	西垂地理圖	35
圖 3-2	四駕	45
圖 3-3	小戎	57
圖 3-4	小戎圖	57
圖 3-5	終南山（中南山）地理圖	67
圖 5-1	雍城秦公一號大墓平面示意圖	111
圖 5-3	雍都地理圖	117
圖 5-4	秦五鼎四簋	124

下篇 《石鼓詩》年代背景主旨新考

圖 3-1	《石鼓詩》與《秦襄公鎛》《秦武公鎛》《秦子鎛》《秦公簋》《秦公磬》銘文比較	212
圖 3-2	《石鼓詩》與字形相近的秦文字	213
圖 3-3	《石鼓詩》與春秋時期字形不同的秦文字（顯著差別）	214
圖 3-3	《石鼓詩》與春秋時期字形不同的秦文字（顯著差別）（續）	215
圖 3-4	《石鼓詩》與春秋時期字形不同的秦文字（細小差別）	216
圖 3-5	《石鼓詩》與《秦武公鎛》文字比較	218
圖 3-6	《石鼓詩》與《秦公簋》文字比較	219
圖 3-7	《石鼓詩》與《秦公磬》文字比較	220
圖 3-8	《石鼓詩》與《詛楚文》比較	220
圖 3-9	《石鼓詩》與《詛楚文》文字異同之比較	221
圖 3-9	《石鼓詩》與《詛楚文》文字異同之比較（續）	222
圖 3-10	《石鼓詩》繁複字形	223
圖 4-1	汧渭之會地理圖	238

上 篇

《詩經·秦風》年代背景主旨新考

第一章 《秦風》年代背景主旨研究述評

《詩經》是中國現存最早的詩歌總集。關於《詩經》各篇的年代、背景、主旨,自周代以來學者就有探討與總結。傳世文獻《詩序》(魯詩、齊詩、韓詩、毛詩四家)、出土文獻上博簡孔子《詩論》、阜陽漢簡《詩經》等證實東周至漢代即存在研究《詩經》年代背景主旨的文獻。① 宋代以來,學者對於《毛詩序》的可靠性展開廣泛而持續的討論。近人利用出土文獻研究《詩經》各篇的年代、背景、主旨,不斷有新的認識。

第一節 概念的界定

在展開學術述評之前,需要對若干概念進行界定,以免因歧義而混亂。

1. 年代

年代指時代、時期、時間。② 本篇中的"年代"一詞,即"創作年代",是指具體的歷史時期的具體年代,一般是指作品產生的最初年代。雖然一些作品或許存在後世文字的修訂,但是它們被忽略。

2. 背景

背景指對人物、事件起作用的歷史情況或現實環境。③ 本篇中"背景"一詞,即"創作背景",是指作品創作時的歷史背景,它包括宏觀背景與微觀背景。

3. 主旨

主旨通常指主要的意義、用意或目的。④ 本篇中的"主旨"一詞,通常是

---

① 晁福林:《上博簡〈詩論〉研究》,商務印書館,2013 年;胡平生、韓自強:《阜陽漢簡詩經研究》,上海古籍出版社,1988 年。
② 中國社會科學院語言研究所詞典編輯室編:《現代漢語詞典》(第 7 版),商務印書館,2016 年,第 951 頁。
③ 中國社會科學院語言研究所詞典編輯室編:《現代漢語詞典》(第 7 版),第 57 頁。
④ 中國社會科學院語言研究所詞典編輯室編:《現代漢語詞典》(第 7 版),第 1712 頁。

指作品的主要思想，所要表達的核心意圖。學界對於詩類作品的核心意圖亦用"詩旨"一詞。

4. 内容

内容指事物内部所含的實質或存在的情況。① 本篇中的"内容"一詞，通常是指作品文字所表述的信息。

《秦風》年代背景主旨研究，以年代繫背景、主旨。總結各説，先列年代，下繫背景、主旨。

第二節 《毛詩序》與《詩經》年代背景主旨闡釋

《詩序》對《詩經》各篇的年代背景主旨予以闡釋。《詩經》魯、齊、韓、毛四家皆有《詩序》，阜陽漢簡《詩經》亦有《詩序》。② 上博簡孔子《詩論》闡釋《詩》旨，其性質類似《詩序》。阜陽漢簡《詩經》證實《詩序》不晚於漢文帝十五年，參證以戰國簡孔子《詩論》，《詩序》應在戰國、漢代流行。

《魯詩》《齊詩》《韓詩》《毛詩》四家，漢代以後前三家式微，《毛詩》逐漸處於優勢，《毛詩》及《毛詩序》流行。關於《毛詩序》的作者，漢唐學者大體持孔子門人子夏作而漢人毛萇、衛宏補益的觀點。③ 事實上，《毛詩序》早於毛萇，而經毛萇、衛宏等學者修定。那麽，筆者將《毛詩序》視爲東周至漢代的作品，大體可靠。

關於《毛詩序》的構成，學者區別爲《大序》《小序》、《前序》《後序》、《古序》《續序》、《首序》《下序》八種，繁瑣而歧異。④ 爲避免糾紛，筆者在本書中暫不采用這種區分。

對於《毛詩序》，漢唐學者大體遵守，宋代以後學者懷疑其可靠性。

第三節 宋以來《秦風》年代主旨背景研究與分析

一、宋以來《秦風》年代背景主旨研究

宋代以來，學者對於《秦風》年代背景主旨的研究是以對《毛詩序》的研

---

① 中國社會科學院語言研究所詞典編輯室編：《現代漢語詞典》（第7版），第945頁。
② 洪湛侯：《詩經學史》，中華書局，2002年，第153—154頁。
③ 參見洪湛侯《詩經學史》，第157—158頁。
④ 參見洪湛侯《詩經學史》，第156—157頁。

究展開的,從宋代的懷疑到當今的重新審定與修訂。①

分析宋代以來《秦風》年代背景主旨的研究情況,可以用"錯綜複雜"一詞來描述。根據學者觀點與《毛詩序》、朱子説的關係,可以分而述之。

1. 維護《毛詩序》

(1) 全從《毛詩序》

宋人李樗、黄櫄《毛詩集解》,段昌武《毛詩集解》,范處義《詩補傳》,吕祖謙《吕氏家塾讀詩記》,嚴粲《詩緝》,清人錢澄之《田間詩學》,朱鶴齡《詩經通義》,陳啓源《毛詩稽古編》,汪梧鳳《詩學女爲》,胡承珙《毛詩後箋》,陳奐《詩毛氏傳疏》,全從《毛詩序》。②

元人李公凱《直音傍訓毛詩句解》、明人徐光啓《新刻徐玄扈先生纂輯毛詩六帖講意》、清人張沐《詩經疏略》全取《毛詩序》。③ 清人段玉裁《毛詩故訓傳定本》、馬其昶《詩毛氏學》僅録《毛詩序》。④ 嚴虞惇《讀詩質疑》録《毛詩序》,偶附朱子、他説。⑤

今人林義光《詩經通解》、黄焯《毛詩鄭箋平議》等據《毛詩序》。⑥

(2) 多從《毛詩序》

宋人歐陽修《詩本義》以爲"詩人作《蒹葭》之時,秦猶未得周之地",仍

---

① 筆者搜集《詩經》論著,閲讀原文,選擇有代表性的學者及著述。又一些相關書籍尚存在輯録不全、信息不足,錯亂疏漏,而擇取欠精當等不足(張樹波編撰:《國風集説》,河北人民出版社,1993年;魯洪生主編:《詩經集校集注集評》,中華書局,2015年;等等)。

② 李樗、黄櫄講義,吕祖謙釋音:《李迂仲黄實夫毛詩集解》,《通志堂經解》,清康熙間通志堂刻本,卷十四,第1頁a—卷15,第3頁a;段昌武:《毛詩集解》卷十一,中國國家圖書館藏清鈔本;范處義:《(逸齋)詩補傳》卷十一,《通志堂經解》,清康熙間通志堂刻本,第1頁b—14頁b;吕祖謙:《吕氏家塾讀詩記》卷十二,黄靈庚等主編:《吕祖謙全集》第4册,梁運華點校,浙江古籍出版社,2009年,第231—246頁;嚴粲:《詩緝》卷十二,李輝點校,中華書局,2020年,第317—346頁;錢澄之:《田間詩學》卷四,朱一清校點,余國慶、諸偉奇審訂,《錢澄之全集》之二,《安徽古籍叢書》,黄山書社,2005年,第294—317頁;朱鶴齡:《詩經通義》卷四,方功惠輯:《碧琳琅館叢書》,清宣統元年刻本,第8頁a—13頁a;陳啓源:《毛詩稽古編》,阮元輯:《皇清經解》卷六十六,清道光庚申補刊本,第1頁a—9頁a;汪梧鳳:《詩學女爲》卷十一,清乾隆不疏園刻本,第1頁a—10頁a;胡承珙:《毛詩後箋》卷十一,清道光十七年求是堂刻本,第1頁a—41頁b;陳奐:《詩毛氏傳疏》卷十一《秦風·車鄰》,清道光二十七年陳氏掃葉山莊刻本,第1頁a—21頁a。

③ 李公凱:《直音傍訓毛詩句解》卷六,元刻本,第6頁a—10頁b;徐光啓:《新刻徐玄扈先生纂輯毛詩六帖講意》卷一,明萬曆四十五年金陵書林廣慶唐振吾刻本,第105頁b—117頁b;張沐:《詩經疏略》卷四,清康熙十四年至四十年著蔡張氏刻《五經四書疏略》本,第1頁a—13頁a。

④ 段玉裁:《毛詩故訓傳定本》卷十一,清嘉慶二十一年段氏七葉衍祥堂刻本,第1頁a—第6頁b;馬其昶:《詩毛氏學》卷十一,民國七年鉛印本,第1頁a—14頁a。

⑤ 嚴虞惇:《讀詩質疑》,清乾隆嚴有禧刻本。

⑥ 林義光:《詩經通解》,《中西學術文叢》,中西書局,2012年,第131—144頁;黄焯:《毛詩鄭箋平議》卷四,上海古籍出版社,1985年,第119—124頁。

從《毛詩序》。① 《詩本義·鄭氏詩譜》以"《駟驖》《小戎》《蒹葭》《終南》，右襄公"，"《晨風》《無衣》《渭陽》《權輿》，右康公"。則《駟驖》《小戎》《蒹葭》《終南》《晨風》《渭陽》《權輿》從于《毛詩序》所置年代；《無衣》，《毛詩序》無具體年代，而從于鄭康成《箋》、孔穎達《疏》，而《車鄰》《黄鳥》不論。② 魏了翁《毛詩要義》多采《毛詩序》而小異。③

明人姚舜牧《重訂詩經疑問》七篇采《毛詩序》，三篇采偽《詩傳》。④

清人傅恒《詩義折中》多用《毛詩序》，偶用朱子説、他人説。⑤ 郝懿行《詩問》（表述簡略）、王先謙《詩三家義集疏》等多從《毛詩序》。⑥

今人陳子展《詩經直解》《詩三百家解題》等，八篇從《毛詩序》，二篇從朱子説。⑦

（3）維護《毛詩序》，而否定朱子説

明人郝敬《毛詩原解》《毛詩序説》維護《毛詩序》，而否定朱子説。⑧ 吕柟《涇野先生毛詩説序》證明《序》説合理。⑨

（4）雜列《毛詩序》及各家意見

元人胡一桂《詩集傳附録纂疏》有《詩序附録纂疏》，録《序》，《纂疏》則録朱子説及他人説。⑩

明人張溥《詩經註疏大全合纂》録《毛詩序》、鄭康成《箋》、孔穎達《疏》、朱子《辯説》《集傳》、劉瑾等説。⑪ 凌濛初《聖門傳詩嫡冢》録《毛詩

---

① 歐陽修：《詩本義》卷四，張元濟等編：《四部叢刊三編》，民國二十四至二十五年上海商務印書館影印宋刻本，第 8 頁 a—9 頁 b。
② 歐陽修：《詩本義·鄭氏詩譜》，張元濟等編：《四部叢刊三編》，第 9 頁 a。
③ 魏了翁：《毛詩要義》，《續修四庫全書》編纂委員會編：《續修四庫全書》第 56 册，上海古籍出版社，2002 年影印日本天理大學圖書館藏宋淳祐十二年徽州刻本，第 473—490 頁。
④ 姚舜牧：《重訂詩經疑問》，《景印文淵閣四庫全書》第 80 册，臺灣商務印書館，1986 年影印臺北故宫博物院藏本，第 656—661 頁。
⑤ 傅恒等：《御纂詩義折中》，清乾隆二十年刻本。
⑥ 郝懿行：《詩問》卷二，趙立綱、陳乃華點校，安作璋主編：《郝懿行集》第 1 册，齊魯書社，2010 年，第 661—770 頁；王先謙：《詩三家義集疏》卷九《秦風·權輿》，中華書局 1987 年，第 435—459 頁。
⑦ 陳子展著，范祥雍、杜月村校閲：《詩經直解》卷十一，復旦大學出版社，1983 年，第 377—406 頁；陳子展：《詩三百家解題》卷十一，復旦大學出版社 2001 年，第 457—497 頁。
⑧ 郝敬：《毛詩原解》卷十二，明萬曆四十三至四十七年郝千秋郝千石刻九部經解本，第 1 頁 a—15 頁 a；向輝點校，中華書局，2021 年，第 241—256 頁；《毛詩序説》卷三，明萬曆崇禎間刻《山草堂集》内編本，第 33 頁 a—39 頁 a；向輝點校，中華書局，2021 年，第 765—771 頁。
⑨ 吕柟：《涇野先生毛詩説序》卷二，明嘉靖三十二年謝少南刻《涇野先生五經説》本，第 17 頁 a—20 頁 b。
⑩ 胡一桂：《詩序附録纂疏》，《詩集傳附録纂疏》，元泰定四年翠巖精舍刻本，第 23 頁 a—24 頁 a。
⑪ 張溥：《詩經註疏大全合纂》卷十一，明崇禎刻本，第 1 頁 a—39 頁 a。

序》及偽《傳》,《孔門兩弟子言詩翼》錄《子夏序》《子貢傳》。① 鍾惺、韋調鼎《詩經備考錄》錄《序》及偽《傳》。②

清人王鴻緒等《詩經傳說彙纂》錄朱子《詩序辨說》,又于《秦風》有《集說》雜取諸家說。③ 姜文燦、吳荃《詩經正解》錄《序》及偽《傳》。④ 張能鱗《詩經傳說取裁》錄偽《傳》,後有《說》發揮。⑤ 許伯政《詩深》錄《古序》(《序》首)、《續序》(《序》末)、朱子《集傳》說。⑥ 張澍《詩小序翼》錄《毛詩序》、鄭康成《箋》、孔穎達《疏》、他人說及張澍按。⑦

今人吳闓生《詩義會通》主《毛詩序》,又或取朱子與他人說。⑧ 馬銀琴《兩周詩史》多取《詩序》說,少采他說。⑨

2. 但取《毛詩序》首句

宋人蘇轍《詩集傳》僅取《毛詩序》首句,對《毛詩序》後文不取。⑩

明人張次仲《待軒詩說》、朱謀㙔《詩故》、賀貽孫《詩觸》、諸錦《毛詩說》、清人姜炳璋《詩序補義》僅取《毛詩序》首句,對《毛詩序》後文不取。⑪

清人徐鐸《詩經提要錄》錄小《序》首及朱子說。⑫

3. 從朱子說

朱子《詩序辨說》《詩集傳》不用《毛詩序》而以己意說,偶有同者。⑬ 至於門人弟子、追隨者師焉。輔廣《詩童子問》錄朱子《辨說》而從焉,小有補益;詩旨從朱子說。⑭ 戴溪《續呂氏家塾讀詩記》不用《毛詩序》而

---

① 凌濛初:《聖門傳詩嫡冢》卷八,明崇禎刻本,第 10 頁 a—23 頁 b;《孔門兩弟子言詩翼》卷三,明崇禎刻本,第 43 頁 a—53 頁 a。
② 鍾惺、韋調鼎:《詩經備考》卷八,明崇禎十四年刻本,第 1 頁 a—16 頁 a。
③ 王鴻緒等:《詩經傳說彙纂》,清刻本。
④ 姜文燦、吳荃:《詩經正解》卷八,清康熙二十三年深柳堂刻本,第 35 頁 b—72 頁 b。
⑤ 張能鱗:《詩經傳說取裁》卷四,清初刻本,第 44 頁 a—57 頁 b。
⑥ 許伯政:《詩深》卷十一,清乾隆刻本,第 1 頁 a—13 頁 a。
⑦ 張澍:《詩小序翼》卷十一,《續修四庫全書》編纂委員會編:《續修四庫全書》第 66 册,上海古籍出版社,2002 年影印上海圖書館藏稿本,第 560—567 頁。
⑧ 吳闓生:《詩義會通》卷一,中華書局,1959 年,第 97—104 頁。
⑨ 馬銀琴:《兩周詩史》,社會科學文獻出版社,2006 年,第 283—285、403—407 頁。
⑩ 蘇轍:《詩集傳》卷六,宋淳熙七年蘇詡筠州公使庫刻本,第 9 頁 b—19 頁 a。
⑪ 張次仲:《待軒詩說》卷三,《張待軒先生遺集》,清康熙刻本;朱謀㙔:《詩故》卷四,胡思敬輯:《豫章叢書》,民國間胡思敬退廬刻本,第 6 頁 b—9 頁 b;賀貽孫:《詩觸》卷二,清咸豐二年敕書樓刻本,第 42 頁 a—50 頁 a;諸錦:《毛詩說》卷上,清乾隆二十一年刻本,第 34 頁 a—38 頁 b;姜炳璋:《詩序補義》卷十一,清乾隆二十七年孫人寬刊本。
⑫ 徐鐸:《詩經提要》卷十一,清鈔本,第 1 頁 a—19 頁 b。
⑬ 朱熹:《詩序辨說》《詩集傳》,朱傑人校點,朱傑人等主編:《朱子全書》(修訂本)第 1 册,上海古籍出版社等,2010 年,第 377—378 頁;《詩集傳》卷六《秦風》,《朱子全書》(修訂本)第 1 册,第 505—514 頁。
⑭ 輔廣:《詩童子問·詩序》,元至正四年刻本,第 27 頁 b—29 頁 a。

用朱子説。①

　　元人許謙《詩集傳名物鈔》詩旨節自朱子《詩集傳》；而具體年代有發揮，以《車鄰》《駟驖》《小戎》《終南》《無衣》爲秦襄公詩，《渭陽》作於秦穆公之世，《黃鳥》作於秦康公之世。② 梁寅《詩演義》年代詩旨節自朱子《詩集傳》。③

　　明人胡廣《詩傳大全》録朱子《詩序辨説》。④

　　清人孫承澤《詩經朱傳翼》等從朱子説。⑤

4. 并存《毛詩序》、朱子説

　　元人劉瑾《詩傳通釋》於《毛詩序》、朱子説兩存之，先《毛詩序》，後朱子説。⑥

5. 不采《毛詩序》

　　（1）不采《毛詩序》，以己意説

　　宋人劉克《詩説》、林岊《毛詩講義》、元人劉玉汝《詩纘緒》、明人許天贈《詩經正義》、戴君恩《讀風臆評》、清人趙燦英《詩經集成》、陳繼揆《讀風臆補》、尹繼美《詩管見》、張叙《詩貫》不采《毛詩序》，以己意説。⑦

　　劉沅《詩經恒解》不列《毛詩序》、朱子説，而内容實據之。⑧

　　（2）不采《毛詩序》，采衆家説

　　明人張以誠《張君一先生毛詩微言》不采《序》，采衆家説。⑨

---

① 戴溪：《續吕氏家塾讀詩記》卷一《讀秦風》，《武英殿聚珍版叢書》，清乾隆木活字印本，第40頁a—44頁b。
② 許謙：《詩集傳名物鈔》卷四，《通志堂經解》，清康熙間通志堂刻本，第1頁a—13頁a。
③ 梁寅：《詩演義》卷六，中央圖書館籌備處輯：《四庫全書珍本初集》，民國二十三至二十四年上海商務印書館影印北平故宫博物院藏文淵閣本，第12頁b—25頁a。
④ 胡廣：《詩傳大全》，明永樂十三年内府刻本。《四庫全書》館臣考其書襲自劉瑾，而稍損益之。
⑤ 孫承澤：《詩經朱傳翼》卷十一，清康熙孫氏刻本，第1頁a—16頁a。
⑥ 劉瑾：《詩集傳通釋》卷六，元至正十二年建安劉氏日新書堂刻本，第15頁b—30頁a。
⑦ 劉克：《詩説》卷五，宋刻本，第1頁a—10頁a；林岊：《毛詩講義》卷三，中央圖書館籌備處輯：《四庫全書珍本初集》，民國二十三至二十四年上海商務印書館影印北平故宫博物院藏文淵閣本，第32頁b—42頁b；劉玉汝：《詩纘緒》卷七，中央圖書館籌備處輯：《四庫全書珍本初集》，民國二十三至二十四年上海商務印書館影印北平故宫博物院藏文淵閣本，第10頁a—18頁a；許天贈：《詩經正義》卷八，明萬曆刻本，第1頁a—22頁a；戴君恩：《讀風臆評》，明萬曆四十八年閔齊伋刻朱墨套印本，第47頁b—51頁a；趙燦英：《詩經集成》卷十一，清康熙二十九年金陵陳君美刻本，第1頁a—31頁b；戴君恩原本、陳繼揆補輯：《讀風臆補》，清光緒六年拜經館刻本，第1頁a—8頁b；尹繼美：《詩管見》卷三，清咸豐十一年尹繼美鼎吉堂木活字本，第20頁b—25頁b；張叙：《詩貫》卷四，清乾隆刻本，第30頁b—42頁a。
⑧ 劉沅：《詩經恒解》卷三，《十三經恒解》（箋解本），譚繼和等箋解，巴蜀書社，2016年，第110—118頁。
⑨ 張以誠：《張君一先生毛詩微言》卷五，明刻本，第16頁a—22頁a；卷6，第1頁a—9頁a。

（3）不采《毛詩序》，追求奇特

牟庭《詩切》刻意求新，流於武斷；牟應震《詩問》、吴懋清《毛詩復古録》、莊有可《毛詩説》等追求奇特，難有可取之處。① 所以，本書棄而不用。

6. 否定《毛詩序》

20 世紀三十年代至八十年代，固然有不少對《毛詩序》、朱子説進行維護者，但是學術界的主流是對《毛詩序》的批判與否定。

今人余冠英《詩經選》、高亨《詩經今注》、袁梅《詩經譯注》等除了《黄鳥》同於《毛詩序》外，其餘不追究具體的年代，僅推測詩旨耳。②

屈萬里《詩經詮釋》僅《黄鳥》《無衣》《渭陽》用《毛詩序》，《終南》《晨風》用朱子説，五篇用他説。後七篇無確切年代。③

7. 雜取《毛詩序》、他説

20 世紀九十年代至今，學術界的主流轉變爲對《毛詩序》"一分爲二"的分析。於是，采納《毛詩序》中的一部分合理的觀點，又審視與吸收歷代研究成果，形成雜取《毛詩序》、他説的格局。

今人程俊英等《詩經注析》有六篇大體在《毛詩序》框架下而略小異，四篇采朱子説或受其影響。④ 殷光熹《〈秦風〉總論》五篇采《毛詩序》而略小異、二篇采朱子説、一篇采許謙説、一篇采魏源説，一篇己説。⑤ 趙逵夫主編《先秦文學編年史》有六篇采《毛詩序》，一篇采朱子説，三篇采其他學者説。⑥ 邵炳軍發表部分與趙逵夫等結論相同。⑦

張啓成《詩經風雅頌研究論稿》雜取諸家説。⑧ 倪晉波《出土文獻與秦國文學》雜取諸家説。⑨

---

① 牟庭：《詩切》，齊魯書社，1983 年影印本，第 1075—1151 頁；牟應震：《詩問》，民國間鈔本；吴懋清：《毛詩復古録》卷四，清光緒二十年仁和徐琪廣州學使署刻本，第 1 頁 a—11 頁 b；莊有可：《毛詩説》卷二，民國二十四年商務印書館影鈔本，第 37 頁 a—46 頁 b。
② 余冠英：《詩經選》，人民文學出版社，1979 年第 2 版，第 133 頁；高亨：《詩經今注》，上海古籍出版社，1980 年，第 163—175 頁；袁梅：《詩經譯注》，齊魯書社，1980 年，第 344 頁。
③ 屈萬里：《詩經詮釋》，《屈萬里全集》第 5 册，臺北聯經出版事業公司，2010 年，第 213—229 頁。
④ 程俊英、蔣見元：《詩經注析》，中華書局，1991 年，第 334—361 頁。
⑤ 殷光熹：《〈秦風〉總論（上）》，《楚雄師專學報》1999 年第 1 期，第 37—45 頁。
⑥ 趙逵夫主編，趙逵夫、韓高年撰：《先秦文學編年史》中册，商務印書館，2010 年，第 431、437—438、452、589、618、621 頁；韓高年：《〈秦風〉秦人居隴詩篇考論》，《蘭州學刊》2016 年第 2 期，第 5—11 頁。
⑦ 邵炳軍：《詩〈秦風〉創作年代考論（上）——春秋詩歌創作年代考論之十一》，《西北大學學報（哲學社會科學版）》2011 年第 6 期，第 51 頁。
⑧ 張啓成：《論〈秦風〉》，《詩經風雅頌研究論稿》，學苑出版社，2003 年，第 185—197 頁；《論〈秦風〉》，《貴州大學學報（社會科學版）》2003 年第 6 期，第 47—52 頁。
⑨ 倪晉波：《出土文獻與秦國文學》，文物出版社，2015 年，第 95 頁。

二、宋以來《秦風》年代背景主旨研究分析

《詩經·秦風》是周代秦國的重要詩篇,它不僅具有很高的文學價值,而且包含一些重要的史實,所以受到歷代學者的重視。《詩序》大體是戰國漢代傳承的學説,①但是一些解説與《詩經》的内容并不符合,引起後世學者的質疑。

宋代以來,形成宗《毛詩序》與反《毛詩序》兩大陣營。自20世紀80年代以來,學者開始漸漸走上"一分爲二"對待《毛詩序》之路,吸取其合理之處。至於《毛詩序》所確定的《秦風》的創作時代與背景,宋人范處義《詩補傳》、吕祖謙《吕氏家塾讀詩記》、嚴粲《詩緝》、清人陳啓源《毛詩稽古編》、陳奂《詩毛氏傳疏》、王先謙《詩三家義集疏》等宗《毛詩序》説;而宋人朱子《詩序辨説》、王質《詩總聞》、元人許謙《詩集傳名物鈔》、劉瑾《詩集傳通釋》、明人季本《詩説解頤正釋》、清人姚際恒《詩經通論》等反《毛詩序》説(他們對《毛詩序》僅少量采用)。學者從《秦風》的内容探討其時代與背景,然而衆説紛紜,甚是雜亂。基於以上事實,如何合理地考察《秦風》的創作時代與背景成爲一個重大課題。

學者以往對於《秦風》的研究不乏合理之處,甚至有一些精闢的見解,但是總體上存在的問題尚多,主要有四個方面。

第一,對於與《秦風》相關的歷史背景缺乏詳細瞭解。以往分析《秦風》的創作時代與背景多依賴於《史記·秦本紀》,事實上,《史記·秦本紀》關於早期秦史的記載不僅簡單,而且多錯亂。一些學者發現《秦風》與《史記·秦本紀》兩相矛盾,卻無從解決。這是學者長期以來難以確定《秦風》創作時代與背景的重要原因之一。

第二,對於相關史實缺乏考證,而是傳承錯誤觀念。"秦仲"一名,見於《國語》、古本《竹書紀年》、《詩序》、《史記》,學者往往誤以《詩序》之"秦仲"爲《史記》之"秦仲",直至清華簡《繫年》發現,始意識到秦襄公亦被稱爲"秦仲",傳承兩千年的觀念需要重新審查。

第三,以往研究《秦風》缺乏系統性。學者以往考定《秦風》的年代背景主旨突出表現爲對各篇的獨立分析,缺乏整體的把握,一些觀點難以坐實。一些學者大膽推測,缺乏尺度,超越了詩所反映的信息,不免被理解爲姑且立説耳。

---

① 參見洪湛侯《詩經學史》,第157—163頁;馮浩菲《歷代詩經論説述評》,中華書局,2003年,第152—169頁。

第四,以往研究《秦風》,主觀想象較多。司馬遷認爲:"《詩》三百篇,大氐賢聖發憤之所爲作也。"①孔穎達《毛詩正義序》曰:"《關雎》,后妃之德也,風之始也,所以風天下而正夫婦也。故用之鄉人焉,用之邦國焉。風,風也,教也,風以動之,教以化之。"②受到歐陽修、鄭樵等學者的影響,朱子對於《國風》的性質缺乏足夠的認識。朱子《詩序辨説》:"凡《詩》之所謂《風》者,多出於里巷歌謡之作,所謂男女相與咏歌,各言其情者也。"③朱子以爲《國風》皆民歌,故以之解讀。事實上,《國風》的性質複雜,④而《秦風》多描繪秦上層貴族之事蹟、情感。

基於以上學者以往研究存在的不足,《秦風》年代背景主旨尚存在探討之處。目前,清華簡《繫年》與學者新的研究成果有助於確定《秦風》的創作時代與背景,我們擬在前賢與時賢研究的基礎上進一步探討《秦風》的創作時代與背景。

---

① 《漢書》卷六十二《司馬遷傳》,中華書局,1964年,第2735頁。
② 孔穎達:《毛詩正義序》,《毛詩正義》卷一,阮元校刻:《十三經注疏》上册,中華書局1980年影印本,第269頁下欄。
③ 朱熹:《詩序辨説》,《詩集傳》,朱傑人等主編:《朱子全書》(修訂本)第1册,第351頁。
④ 參見陳致《從禮儀化到世俗化:〈詩經〉的形成》,上海古籍出版社,2009年,第288—302頁。

第二章　確定《秦風》年代背景主旨的理論與方法

　　《詩經·秦風》十篇,有傳世文本,《安徽大學藏戰國竹簡(壹)》有戰國簡《詩經·秦風》十篇,①阜陽漢簡《詩經》殘存《秦風》數簡,②另有漢代石經、③《毛詩故訓傳》敦煌本。④ 比較之下,《毛詩·秦風》、安大簡《詩經·秦風》大體相同,通過對勘與考證可以判斷《毛詩·秦風》文本較可靠;安大簡《秦風》簡文存在一些缺失,現存的文字多有初文、繁文、異體字、通假字等而整理者常常依據《毛詩·秦風》文字釋出。所以,本文對《秦風》的研究以《毛詩·秦風》文本爲主,以安大簡《詩經·秦風》文本爲輔。

第一節　《秦風》的分類

《尚書·舜典》舜曰:

　　詩言志,歌永言,聲依永,律和聲。⑤

---

① 安徽大學漢字發展與應用中心研究中心編,黄德寬、徐在國主編:《安徽大學藏戰國竹簡(壹)》,中西書局,2019年,第27—37、99—114頁。
② 胡平生、韓自强:《阜陽漢簡詩經研究》,上海古籍出版社,1988年,第16頁。
③ 馬衡:《漢石經集成》,科學出版社,1957年。
④ 《毛詩故訓傳》,Bibliothèque nationale de France(法國國家圖書館)藏,Pelliot chinois 2529;《毛詩詁訓傳》,王重民原編、黄永武新編:《敦煌古籍叙録新編》,臺灣新文豐出版股份有限公司,1986年,第2册,第98—103頁;《毛詩(毛詩詁訓傳)》,張湧泉主編審訂《敦煌經部文獻合集》第2册《群經類詩經之屬》,中華書局,2008年,第464—470、536—547頁。
⑤ 孔穎達:《尚書正義》卷三《舜典》,阮元校刻:《十三經注疏》上册,中華書局,1980年影印本,第131頁下欄。

《莊子·天下》"詩以道志"、《荀子·儒效》"《詩》言是,其志也"者,①源于此也。《左傳》襄公二十七年,趙孟(文子)論賦"詩以言志",②亦本于此。

孔穎達《毛詩正義序》曰:

> 詩者,志之所之也,在心爲志,發言爲詩,情動于中而形于言,言之不足,故嗟歎之,嗟歎之不足,故永(詠)歌之,永(詠)歌之不足,不知手之舞之足之蹈之也。③

詩言志,詩的内容主要反映作者的思想、志向等,或反映作詩的年代背景。所以要緊密地根據《秦風》的内容來分析我們需求的信息,克服任何脱離《秦風》内容而下結論的傾向。

關於《秦風》年代、背景、主旨的研究,首先應客觀對待《秦風》的内容,依據其内容是否反映年代、背景、主旨進行分類,然後對於詩篇的具體内容作進一步探討,分類有助於我們把握判定各篇年代、背景、主旨的尺度。

依據反映年代背景主旨的差别,我們可以將《秦風》十篇分爲三組:

第一組:《車鄰》《駟驖》《小戎》《終南》《無衣》。五篇提到一些年代、背景、主旨信息。

第二組:《蒹葭》《晨風》。二篇無直接年代、背景、主旨信息。

第三組:《黄鳥》《渭陽》《權輿》。三篇有具體的年代、背景、主旨信息。

詩的内容是判定詩的年代、背景、主旨的重要依據之一,當然不是唯一依據。一些詩篇並無直接年代、背景、主旨信息,而是必須依靠創作者、傳頌者或記録者説明。對於此類詩篇,後世學者會感到困難,一些學者的推測往往難以令人接受,我們需要時刻提醒自己把握適當的尺度。

---

① 郭慶藩:《莊子集釋·雜篇·天下》,王孝漁點校,《新編諸子集成》,中華書局,2012 年第 3 版,第 1062 頁;王先謙:《荀子集解》卷四《儒效》,沈嘯寰、王星賢點校,《新編諸子集成》,中華書局,2013 年第 2 版,第 158 頁。
② 孔穎達:《春秋左傳正義》卷三十八,阮元校刻:《十三經注疏》上册,中華書局,1980 年影印本,第 1997 頁中欄。
③ 孔穎達:《毛詩正義序》,《毛詩正義》,阮元校刻:《十三經注疏》上册,中華書局 1980 年影印本,第 261 頁。

第二節 《秦風》的起始年代

周代秦人之興起始於非子爲附庸,至秦仲、秦莊公始爲大夫,至秦襄公始立國。然而,《秦風》的起始是個問題。《毛詩序》將《秦風》年代的上限定在秦仲之時,後世學者多選擇秦仲、秦莊公、秦襄公之時,而缺乏細緻深入的論證。

《毛詩·秦風·車鄰序》曰:

《車鄰》,美秦仲也。秦仲始大,有車馬、禮樂、侍御之好焉。①

《毛詩故訓傳》敦煌本曰:

秦仲爲周宣王大夫也。②

鄭康成《毛詩譜·秦譜》曰:

至曾孫秦仲,宣王又命作大夫,始有車馬禮樂侍御之好,國人美之,秦之變風始作。

孔穎達《疏》曰:

服虔云:"秦仲始有車馬禮樂之好,侍御之臣,戎車四牡田狩之事。其孫襄公列爲秦伯,故'蒹葭蒼蒼'之歌、《終南》之詩,追錄先人《車鄰》《駟鐵》《小戎》之歌。與諸夏同風,故曰夏聲。"③

《左傳》襄公二十九年:

---

① 孔穎達:《毛詩正義》卷六《秦風·車鄰》,阮元校刻:《十三經注疏》上册,第 368 頁下欄。
② 《毛詩故訓傳》,Bibliothèque nationale de France(法國國家圖書館)藏,Pelliot chinois 2529;《毛詩(毛詩故訓傳)》,張湧泉主編審訂:《敦煌經部文獻合集》第二册《羣經類詩經之屬》,中華書局,2008 年,第 464、536 頁。
③ 孔穎達:《毛詩正義》卷六《秦譜》,阮元校刻:《十三經注疏》上册,第 368 頁下欄。

爲之歌秦。（吳公子札）曰："此之謂夏聲。夫能夏則大，大之至也。其周之舊乎？"

杜預《注》曰：

秦本在西戎汧、隴之西，秦仲始有車馬禮樂，去戎狄之音，而有諸夏之聲，故謂之夏聲。及襄公佐周平王東遷而受其地，故曰"周之舊"。①

案：《秦風》屬於《國風》，乃秦國之風，秦之立國始自秦襄公。鄭康成、服虔、杜預受到《毛詩序》的影響，以爲《秦風》始於大夫秦仲。

但是，大夫秦仲微弱，不足道。《史記·秦本紀》曰：

秦仲立三年，周厲王無道，諸侯或叛之。西戎反王室，滅犬丘大駱之族。周宣王即位，乃以秦仲爲大夫，誅西戎。西戎殺秦仲。②

《毛詩序》"秦仲始大"存有很大的疑問，大夫秦仲僅僅爲一大夫耳，焉能用"大"字形容？其實，《毛詩序》"秦仲始大"有其來源與依據。《國語·鄭語》載幽王九年，鄭桓公與周太史史伯問對：

（鄭桓）公曰："姜、嬴其孰興？"（史伯）對曰："夫國大而有德者近興，秦仲、齊侯，姜、嬴之雋也，且大，其將興乎？"③

案：《毛詩序》"秦仲始大"依據《國語·鄭語》。《國語·鄭語》周幽王九年史伯所言"且大""將興"的秦仲，就是《史記》幽王五年繼位的秦襄公。《史記·秦本紀》曰：

秦仲立二十三年，死於戎。有子五人，其長者曰莊公。周宣王乃召莊公昆弟五人，與兵七千人，使伐西戎，破之。於是復予秦仲後，及其先大駱地犬丘并有之，爲西垂大夫。莊公居其故西犬丘，生子三人，其長男世父。世父曰："戎殺我大父仲，我非殺戎王則不敢入邑。"遂將擊戎，

---

① 孔穎達：《春秋左傳正義》卷三十九，阮元校刻：《十三經注疏》下册，第2007頁上欄。
② 《史記》卷五《秦本紀》，中華書局，2014年，第229頁。
③ 左丘明撰，韋昭注：《國語》卷十六《鄭語》，上海師範大學古籍整理研究所校點，上海古籍出版社，1998年，第523頁。

讓其弟襄公。襄公爲太子。莊公立四十四年,卒,太子襄公代立。①

秦襄公排行第二,按照周代男子稱謂習俗,故可稱"秦仲"。這樣,《國語·鄭語》將秦襄公稱作"秦仲"是有其根源與依據的。《國語·鄭語》又言:

> 及平王之末,而秦、晉、齊、楚代興,秦景襄於是乎取周土。

韋昭《注》曰:

> "景",當爲"莊"。莊公,秦仲之子、襄公之父。取周土,謂莊公有功於周,周賜之土。及平王東遷,襄公佐之,故得西周酆、鎬之地,始命爲諸侯。②

案:秦莊公值宣、幽之世,此既言"及平王之末",則"景"不得爲莊公,莊公只是奉周命伐戎,無取周地事。"景襄"即"襄公",襄公即秦仲,其取周土的時代被描述爲平王之末。周平王在位五十一年,其末當在平王二十六年以後,此時秦襄公猶在"取周土",其在位當不少於三十三年。所以,《國語·鄭語》的説法證明了《史記·秦本紀》《十二諸侯年表》秦襄公在位十二年、秦文公在位五十年的記載,是將秦襄公、秦文公在位年數混淆了,應當是秦襄公在位五十年、秦文公在位十二年。③ 清華簡《繫年》曰:

> 周室既卑,坪(平)王東遷,止于成周,秦中(仲)焉東居周地,以守周之墳墓,秦以始大。④

案:清華簡《繫年》秦仲(襄公)時"秦以始大",與《國語·鄭語》幽王九年史伯所言秦仲(襄公)"且大""將興"一致。《毛詩序》"秦仲始大,有車馬、禮樂、侍御之好焉","始大"的秦仲實際是秦襄公,並非大夫秦仲。

秦莊公亦無顯赫功績。秦國始封於秦襄公,秦莊公生前僅僅是大夫,"莊公"之名只是追諡。《史記·秦本紀》曰:

---

① 《史記》卷五《秦本紀》,第 229 頁。
② 左丘明撰,韋昭注:《國語》卷十六《鄭語》,第 524—525 頁。
③ 程平山:《秦襄公、文公年代事蹟考》,《歷史研究》2013 年第 5 期,第 165—168 頁。
④ 清華簡《繫年》第 3 章,清華大學出土文獻研究與保護中心編,李學勤主編:《清華大學藏戰國竹簡(貳)》下册,中西書局,2011 年,第 141 頁。

秦仲立二十三年,死於戎。有子五人,其長者曰莊公。周宣王乃召莊公昆弟五人,與兵七千人,使伐西戎,破之。於是復予秦仲後,及其先大駱地犬丘并有之,爲西垂大夫。莊公居其故西犬丘,生子三人,其長男世父。世父曰:"戎殺我大父仲,我非殺戎王則不敢入邑。"遂將擊戎,讓其弟襄公。襄公爲太子。莊公立四十四年,卒,太子襄公代立。①

西周晚期青銅器《不其簋》曰:

惟九月初吉戊申,伯氏曰:"不其,馭(朔)方嚴允廣伐西俞,王命我羞追于西。余來歸獻禽(擒),余命女(汝)御追于酉,女(汝)以我車宕伐嚴允于高陶,女(汝)多折首執訊。戎大同,從追女(汝),女(汝)及戎大敦搏,女(汝)休,弗以我車函(陷)于艱,女(汝)多禽(擒),折首執訊。"伯氏曰:"不其,女(汝)小子,女(汝)肇誨(敏)于戎工,錫女(汝)弓一矢束、臣五家、田十田,用從乃事。"不其拜稽手,休,用作朕皇祖公伯、孟姬尊簋,用匄多福,眉壽無疆,永純靈終,子子孫孫,其永寶用享。②

李學勤《秦國文物的新認識》曰:

不其簋所記是周宣王時秦莊公破西戎的戰役。……《史記·十二諸侯年表》載,秦莊公名其。大家知道,先秦時"不"字常用爲無義助詞,所以簋銘的不其很可能便是文獻裏的秦莊公。③

案:莊公在周的援助下破戎,人數有限,賞賜有限,成果必然有限。周、秦破戎,周爲主,秦爲輔,故莊公仍然任大夫。

總之,大夫秦仲、秦莊公缺乏值得賦詩讚美之功績。《國語·鄭語》秦仲(襄公)"且大"、清華簡《繫年》秦仲(襄公)"始大"就意味着大夫秦仲、秦莊公尚處於微弱、不足道的地位。

《廣弘明集·對傅奕廢佛僧表》曰:

---

① 《史記》卷五《秦本紀》,第229頁。
② 中國社會科學院考古研究所編:《殷周金文集成》(修訂增補本)第4冊,中華書局,2007年,第2712—2715頁。
③ 李學勤:《秦國文物的新認識》,原載《文物》1980年第9期,收入氏著《新出青銅器研究》(增訂版),人民美術出版社,2016年,第230—232頁。

《史記》、《竹書(紀年)》及《陶公年紀》皆云:秦無曆數,周世陪臣。故隱居列之在諸國之下。

又曰:

《竹書(紀年)》云:"自秦仲之前,本無年世之紀。"①

《史記·六國年表》曰:

太史公讀《秦記》,至犬戎敗幽王,周東徙洛邑,秦襄公始封爲諸侯。②

秦國獨立紀年的歷史始自秦襄公,即秦襄公之時秦才開始有史官作《秦記》。《史記·秦本紀》"十三年,初有史以紀事"與《秦紀》、古本《竹書紀年》的記載相印證,此條明顯屬於秦襄公(仲)事蹟。

春秋時期秦公器如《秦公鐘》《秦公鎛》《秦公簋》贊其先祖,學者公認起於秦襄公,猶證大夫秦仲、秦莊公尚處於微弱而不足道的階段。陝西省寶雞縣太公廟村出土《秦公編鐘》《秦公編鎛》:

秦公曰:"我先且(祖)受天命、商(賞)宅受(授)或(國),刺=(烈烈)昭文公、靜公、憲公不家(墜)于上,昭合(答)皇天,以虩事蠻方。"③

宋代吕大臨《考古圖》、薛尚功《歷代鐘鼎彝器款識法帖》著錄的《盠和鎛鐘》(又稱《秦公鐘》或《秦公鎛》)曰:

秦公曰:"不(丕)顯朕皇且(祖)受天命,竈(肇)又(有)下國,十又二公,不家(墜)在上,嚴龏(恭)夤天命。保業氒(厥)秦,虩事蠻夏。"④

---

① 釋道宣:《廣弘明集》卷十一釋法琳《對傅奕廢佛僧表》,中華書局輯:《四部備要》第 55 册,中華書局等,1989 年影印本,第 93 頁上、下欄。
② 《史記》卷十五《六國年表》,第 835 頁。
③ 盧連成、楊滿倉:《陝西寶雞縣太公廟村發現秦公鐘、秦公鎛》,《文物》1978 年第 11 期,第 1—5 頁;中國社會科學院考古研究所編:《殷周金文集成》(修訂增補本)第 1 册,第 307—317 頁。
④ 中國社會科學院考古研究所編:《殷周金文集成》(修訂增補本)第 1 册,第 318—319 頁。

民國初年甘肅省秦州(今天水地區)出土的《秦公簋》曰:

秦公曰:"不(丕)顯朕皇且(祖)受天命,鼏宅禹責(迹)。十又二公,在帝之坏,嚴龏(恭)夤天命,保業厥(厥)秦,虩事蠻夏。"①

這位在秦文公之前"受天命"而"商(賞)宅受(授)或(國)""窜(肇)又(有)下國""鼏宅禹迹"的"先祖"或"皇祖"無疑就是秦襄公,學者對此均無異議。

所以,我們堅定地認爲《秦風》(秦國的《國風》)之作始於秦襄公時。

第三節　《秦風》年代背景主旨的諸要素分析

判斷《秦風》年代、背景、主旨的諸要素有稱謂、身份、地理、歷史事件等。

1. 稱謂

(1) 君子。《秦風》中"君子"一詞屢見,《車鄰》3 見,《小戎》3 見,《終南》2 見,《晨風》3 見。學者較多地將《車鄰》《終南》之"君子"解釋爲秦公。

(2) 公。"公"一詞見於《駟驖》,3 見。學者一致認爲"公"乃秦公。

(3) 王。"王"一詞見於《無衣》,3 見。"王",學者多解釋爲周天子。王夫之以爲是楚王,②學者予以否定。

(4) 穆公。"穆公"一詞見於《黃鳥》,3 見。此對於確定詩的年代甚有益處。

(5) 舅氏。"舅氏"一詞見於《渭陽》,2 見。學者多認爲是秦康公稱晉文公重耳。

2. 身份

(1) 寺人。"寺人"一詞見於《車鄰》,1 見。《毛傳》釋爲"內小臣",成爲學者探討的重點。

(2) 媚子。"媚子"一詞見於《駟驖》,1 見。學者認爲"媚子"乃秦公親愛之人。

(3) 伊人。"伊人"一詞見於《蒹葭》,3 見。學者認爲"伊人"乃詩主人

---

① 中國社會科學院考古研究所編:《殷周金文集成》(修訂增補本)第 4 册,第 2682—2685 頁。
② 王夫之:《詩經稗疏》卷一,船山全書編輯委員會編校:《船山全書》第 3 册,岳麓書社,1993 年,第 92—93 頁。

公追求的對象。

3. 地理

（1）北園。"北園"一詞見於《駟驖》，1見。學者或以爲秦武公滅小虢以後才設置，一些學者予以否定。

（2）板屋。《小戎》曰："在其板屋，亂我心曲。"此句有其深刻含義，學者或認爲與甘肅西戎有關。

（3）渭陽。"渭陽"一詞見於《渭陽》，1見。

4. 歷史事件

（1）王于興師。"王于興師"一詞見於《無衣》，3見。

（2）誰從穆公。"誰從穆公"一詞見於《黃鳥》，3見。從，從死。此對於確定詩的年代甚有益處。

（3）不承權輿。"不承權輿"一詞見於《權輿》，2見。

第四節　《史記·秦本紀》新的校正成果的利用

宋代以來，學者研究《秦風》的年代主要比附於《史記·秦本紀》。《史記·六國年表》曰：

> 太史公讀《秦記》，至犬戎敗幽王，周東徙洛邑，秦襄公始封爲諸侯。①

《史記·秦本紀》曰：

> （襄公）七年春，周幽王用褒姒廢太子，立褒姒子爲適，數欺諸侯，諸侯叛之。西戎犬戎與申侯伐周，殺幽王酈山下。而秦襄公將兵救周，戰甚力，有功。周避犬戎難，東徙雒邑，襄公以兵送周平王。平王封襄公爲諸侯，賜之岐以西之地。曰："戎無道，侵奪我岐、豐之地，秦能攻逐戎，即有其地。"與誓，封爵之。襄公於是始國，與諸侯通使聘享之禮，乃用駵駒、黃牛、羝羊各三，祠上帝西畤。十二年，伐戎而至岐，卒。生文公。……五十年，文公卒，葬西山。②

---

① 《史記》卷十五《六國年表》，第835頁。
② 《史記》卷五《秦本紀》，第229—231頁。

第二章　確定《秦風》年代背景主旨的理論與方法　·21·

《史記·十二諸侯年表》秦襄公元年當周幽王五年(前777年),盡周平王五年(前766年);秦文公元年當周平王六年(前765年),盡周桓王四年(前716年)。①

近世學者研究發現,《史記》記載的周平王東遷、秦襄公獲封爲諸侯存在年代上的疑問,或主張秦文公即秦襄公。②

《左傳》昭公二十六年:

> 至于幽王,天不弔周。王昏不若,用愆厥位。攜王奸命,諸侯替之,而建王嗣,用遷郟鄏。③

按照《左傳》所説的順次,是先有攜王奸命數年,然後諸侯廢黜他,然後才是平王即周天子之位。此中的關鍵是先廢攜王,後立平王。不先廢攜王,怎麼能立平王?周人不可能同時立兩個周王。晁福林、王雷生等都認爲殺掉攜王之後方平王東遷。④

《左傳》昭公二十六年孔穎達《疏》:

> 《汲冢書紀年》云:……幽王既死,而虢公翰又立王子余臣於攜。周二王並立。二十一年,攜王爲晉文(公)〔侯〕所殺。⑤

清華簡《繫年》曰:

> 曾(繒)人乃降西戎,以攻幽王,幽王及白(伯)盤乃滅,周乃亡。邦君者(諸)正乃立幽王之弟余臣于虢,是攜惠王。立廿又一年,晉文侯仇乃殺惠王于虢。周亡王九年,邦君者(諸)侯焉始不朝于周,晉文侯乃逆坪(平)王于少鄂,立之于京師。三年,乃東徙,止于成周。⑥

朱鳳瀚、王暉、程平山認爲,二十一年晉文侯殺攜王,隨後周無王九年,

---

① 《史記》卷十四《十二諸侯年表》,第669—690頁。
② 王雷生:《秦文公即秦襄公考辯》,《三秦論壇》1997年第3期,第35—37頁。
③ 孔穎達:《春秋左傳正義》卷五十二,阮元校刻:《十三經注疏》下册,第2114頁中欄。
④ 晁福林:《論平王東遷》,《歷史研究》1991年第6期,第20頁;王雷生:《平王東遷年代新探——周平王東遷公元前747年説》,《人文雜誌》1997年第3期,第62—66頁。
⑤ 孔穎達:《春秋左傳正義》卷五十二,阮元校刻:《十三經注疏》下册,第2114頁中欄。
⑥ 清華簡《繫年》第二章,清華大學出土文獻研究與保護中心編,李學勤主編:《清華大學藏戰國竹簡(貳)》,中西書局,2011年,第138頁。

晉文侯乃立平王爲周王,又三年平王東遷。① 那麼,助平王東遷而獲封賞國的秦襄公在平王三十三年時仍然健在。

《國語·鄭語》載幽王九年,鄭桓公與周太史史伯問對:

> (鄭桓)公曰:"姜、嬴其孰興?"(史伯)對曰:"夫國大而有德者近興,秦仲、齊侯,姜、嬴之雋也,且大,其將興乎?"②

案:周幽王九年的"秦仲"即秦襄公。
清華簡《繫年》曰:

> 周室既卑,坪(平)王東遷,止于成周,秦中(仲)焉東居周地,以守周之墳墓,秦以始大。③

案:秦自秦仲(秦襄公)"始大",與《國語·鄭語》的記載相合。"始大"的根源在于"東居周地"。

《呂氏春秋·慎行論·疑似》曰:

> 平王所以東徙也;秦襄、晉文之所以勞王勞而賜地也。④

《國語·鄭語》曰:

> 及平王之末,而秦、晉、齊、楚代興,秦景襄於是乎取周土。⑤

案:《國語·鄭語》記載秦景襄(襄公)取周土,與清華簡《繫年》記載秦仲東居周地相合。秦景襄(襄公)取周土值平王之末(平王在位五

---

① 王暉:《春秋早期周王室王位世系變局考異——兼說清華簡〈繫年〉"周無王九年"》,《人文雜誌》2013年第5期,第79頁;朱鳳瀚:《清華簡〈繫年〉所記西周史事考》,李宗焜主編:《第四屆國際漢學會議論文集 出土文獻與新視野》,臺北"中研院",2013年,第456—457頁;程平山:《秦襄公、文公年代事蹟考》,《歷史研究》2013年第5期,第165—168頁。
② 左丘明撰,韋昭注:《國語》卷十六《鄭語》,第523頁。
③ 清華簡《繫年》第三章,清華大學出土文獻研究與保護中心編,李學勤主編:《清華大學藏戰國竹簡(貳)》,第141頁。
④ 許維遹著,梁運華整理:《呂氏春秋集釋》卷二十二《慎行論·疑似》,《新編諸子集成》,中華書局,2009年,第608頁。
⑤ 左丘明撰,韋昭注:《國語》卷十六《鄭語》,第524頁。

十一年,"平王之末"在二十六年以後),證明了《史記·秦本紀》《十二諸侯年表》秦襄公在位十二年、秦文公在位五十年的記載,是將秦襄公、秦文公在位年數混淆了,應當是秦襄公在位五十年、秦文公在位十二年。

漢代以後,學者困惑于《史記》之訛誤。清代以來,中日等國的學者大規模地校正《史記》的各種訛誤,梁玉繩《史記志疑》、錢穆《先秦諸子繫年》、楊寬《戰國史》《戰國史料編年輯證》等貢獻良多。當今學術界公認,《史記·周本紀》于周先公先王有缺失與不足,《晉世家》有西周至春秋早期的年代疑問與矛盾,《田齊世家》有田齊桓公、威王、宣王、湣王的年代訛誤。《史記》之訛誤、疑問、矛盾,不勝枚舉。《史記》之訛誤很多,這是歷史原因造成的,卻難以成爲我們利用各種可靠資料校正它的原因。所以,我們本着實事求是的科學精神,利用多重證據校正《史記》的訛誤是必要的,否則我們很可能會犯大的錯誤,阻礙學術的正常進展。

出土文獻證實《史記·秦本紀》的秦襄公、文公年代事蹟存在傳抄錯亂之處。程平山依據古本《竹書紀年》、清華簡《繫年》等校正爲:

襄公元年,以女弟繆嬴爲豐王妻。襄公二年,戎圍犬丘,世父擊之,爲戎人所虜。歲餘,復歸世父。七年春,周幽王用褒姒廢太子,立褒姒子爲適,數欺諸侯,諸侯叛之。西戎犬戎與申侯伐周,殺幽王酈山下。而秦襄公將兵救周,戰甚力,有功。十二年,伐戎而至岐,卒〔誤,未卒〕。(文公十三年)〔襄公二十五年〕,初有史以紀事,民多化者。(十六年)〔二十八年〕,(文)〔襄〕公以兵伐戎,戎敗走。於是(文)〔襄〕公遂收周餘民有之,地至岐,岐以東獻之周。(十九年)〔三十一年〕得陳寶。(二十年)〔三十二年〕,法初有三族之罪。〔三十七年,晉文侯立周平王於晉。〕(二十七年)〔三十九年〕,伐南山大梓,豐大特。〔四十年,〕周避犬戎難,東徙雒邑,襄公以兵送周平王。平王封襄公爲諸侯,賜之岐以西之地。曰:"戎無道,侵奪我岐、豐之地,秦能攻逐戎,即有其地。"與誓,封爵之。襄公於是始國,與諸侯通使聘享之禮,乃用騮駒、黃牛、羝羊各三,祠上帝西畤。〔五十年,卒,葬西垂。〕生文公。

文公元年,居西垂宫。三年,文公以兵七百人東獵。四年,至汧渭之會。曰:"昔周邑我先秦嬴於此,後卒獲爲諸侯。"乃卜居之,占曰吉,即營邑之。十年,初爲鄜畤,用三牢。(四十八年)〔十年〕,文公太子卒,賜謚爲竫公,竫公之長子爲太子,是文公孫也。(五十年)〔十二年〕

文公卒，葬西山。竫公子立，是爲(寧)〔憲〕公。①

徐少華先生肯定了程平山的發現：

> 近年來先秦史研究領域的一項重要成果，爲解決一系列相關疑難問題奠定了有利的基礎。②

總之，我們擬利用晁福林、朱鳳瀚、王暉、程平山等學者新的研究成果確定《秦風》的年代、背景、主旨。

第五節　研究《秦風》各篇年代背景主旨的步驟

首先，搜集《秦風》各篇年代、背景、主旨的各種説法。搜集各時代學者研究《秦風》的論著（輔助以相關的工具書），閲讀原文，了解各種説法。對各種説法歸納分析異同，選擇有代表性的學者、著述及觀點。

其次，對於《秦風》各篇年代、背景、主旨的各種説法進行區分。以年代爲經，以背景、主旨爲緯（例如，秦襄公時期的各種觀點，首先以"秦襄公説"統之，其下分別背景、主旨）。以各説出現的時代先後順序排列，述其來源，列舉各時代的代表人物、著述及觀點（遵《序》説者、遵朱子説者爲大宗，限於篇幅只能列舉，更多的信息可以結合第一章而獲得）。

再次，辨析舊説。辨析各種説法的依據，斟酌其合理程度，否定與剔除不合理的學説，篩選出合理或有重要參考價值的觀點。

复次，依據傳世文獻與出土文獻，利用學者可靠的研究成果，重新分析與論證《秦風》各篇的內容，多方論證，就年代、背景、主旨提出個人的見解，或對舊説做出抉擇，或提出新説。

總之，不僅排除了一些不可靠的説法，而且强化了一些較爲可靠的觀點，從而對《秦風》的年代背景主旨得出新的認識。

---

① 程平山：《秦襄公、文公年代事蹟考》，《歷史研究》2013 年第 5 期，第 168 頁。
② 徐少華：《清華簡〈繫年〉"周亡(無)王九年"淺議》，《吉林大學社會科學學報》2016 年第 4 期，第 186 頁。

第三章 《車鄰》《駟驖》《小戎》《終南》《無衣》年代背景主旨分析

第一節 《車鄰》年代背景主旨諸說與分析

一、《車鄰》年代背景主旨諸說

《毛詩·秦風·車鄰》曰：

> 有車鄰鄰，有馬白顛。未見君子，寺人之令。
> 阪有漆，隰有栗。既見君子，並坐鼓瑟。今者不樂，逝者其耋。
> 阪有桑，隰有楊。既見君子，並坐鼓簧。今者不樂，逝者其亡。①

安徽大學藏戰國簡《詩經·秦風·車鄰》簡文缺失"有車鄰鄰"，餘存。簡本第二章乃《毛詩》第三章，第三章乃《毛詩》第二章，皆"既見君子"之後之描述，不影響文義。簡本與《毛詩》文字多近，有異體字、通假字等，不枚舉。② 鄰，漢石經作"轔"。③

對《車鄰》的年代、背景、主旨主要有六種觀點。

1. 大夫秦仲說

《毛詩·秦風·車鄰序》曰：

---

① 孔穎達：《毛詩正義》卷六《秦風·車鄰》，阮元校刻：《十三經注疏》上冊，中華書局，1980年影印本，第368頁下欄—369頁上欄。
② 安徽大學漢字發展與應用中心研究中心編，黃德寬、徐在國主編：《安徽大學藏戰國竹簡（壹）》，中西書局，2019年，第29、99—100頁。
③ 馬衡：《漢石經集存》，科學出版社，1957年，第7頁b；程燕：《詩經異文輯考》，北京師範大學出版集團、安徽大學出版社，2010年，第175頁。

《車鄰》，美秦仲也。秦仲始大，有車馬、禮樂、侍御之好焉。①

《毛詩故訓傳》敦煌本曰：

秦仲爲周宣王大夫也。②

《毛詩·秦風·車鄰序》孔穎達《疏》曰：

作《車鄰》詩者，美秦仲也。秦仲之國始大，又有車馬、禮樂、侍御之好焉，故美之也。言"秦仲始大"者，秦自非子以來世爲附庸，其國仍小，至今秦仲而國土大矣。由國始大，而得有此車馬禮樂，故言"始大"以冠之。……必知斷"始大"爲句者，以《駟驖》序云"始命"，謂始命爲諸侯也，即知此"始大"謂國土始大也。若連下爲文，即車馬、禮樂多少有度，不得言大有也。王肅云：秦爲附庸，世處西戎。秦仲脩德，爲宣王大夫，遂誅西戎，是以始大。《鄭語》云："秦仲、齊侯，姜、嬴之儁，且大，其將興乎？"韋昭注引《詩序》曰"秦仲始大"，是先儒斷始大爲句。③

贊成《毛詩序》說者甚多。宋人李樗、黃櫄《毛詩集解》，段昌武《毛詩集解》，范處義《詩補傳》，呂祖謙《呂氏家塾讀詩記》，嚴粲《詩緝》，清人錢澄之《田間詩學》，朱鶴齡《詩經通義》，陳啓源《毛詩稽古編》，汪梧鳳《詩學女爲》，胡承珙《毛詩後箋》，陳奐《詩毛氏傳疏》，龔橙《詩本誼》，王先謙《詩三家義集疏》，今人陳子展《詩經直解》《詩三百家解題》等從《毛詩序》。④

---

① 孔穎達：《毛詩正義》卷六《秦風·車鄰》，阮元校刻：《十三經注疏》上冊，第368頁下欄。
② 《毛詩故訓傳》，Bibliothèque nationale de France（法國國家圖書館）藏，Pelliot chinois 2529；《毛詩（毛詩詁訓傳）》，張湧泉主編審訂：《敦煌經部文獻合集》第2冊《群經類詩經之屬》，中華書局，2008年，第464、536頁。
③ 孔穎達：《毛詩正義》卷六《秦風·車鄰》，阮元校刻：《十三經注疏》上冊，第368頁下欄。
④ 李樗、黃櫄講義，呂祖謙釋音：《李迂仲黃實夫毛詩集解》卷十四，《通志堂經解》，清康熙間通志堂刻本，第1頁a—2頁b；段昌武：《毛詩集解》卷十一，中國國家圖書館藏清鈔本；范處義：《（逸齋）詩補傳》卷十一，《通志堂經解》，清康熙間通志堂刻本，第1頁b；呂祖謙：《呂氏家塾讀詩記》卷十二，黃靈庚等主編：《呂祖謙全集》第4冊，梁運華點校，浙江古籍出版社，2009年，第231頁；嚴粲：《詩緝》卷十二，李輝點校，中華書局，2020年，第318頁；錢澄之：《田間詩學》卷四，朱一清校點，余國慶、諸偉奇審訂，《錢澄之全集》第2冊，《安徽古籍叢書》，黃山書社，2005年，第294頁；朱鶴齡：《詩經通義》卷四，方功惠輯：《碧琳琅館叢書》，清宣統元年刻本，第8頁a；陳啓源：《毛詩稽古編》，阮元輯：《皇清經解》卷六十六，清道光庚申補刊本，第1頁a、b；汪梧鳳：《詩學女爲》卷十一，清乾隆不疏園刻本，第1頁a、b；胡承珙：《毛詩後箋》卷十一，清道光十七年求是堂刻本，第1頁a、b；陳奐：（轉下頁）

《漢書·地理志》曰：

　　天水、隴西，山多林木，民以板爲室屋。及安定、北地、上郡、西河，皆迫近戎狄，修習戰備，高上氣力，以射獵爲先。故秦詩曰"在其板屋"；又曰"王于興師，修我甲兵，與子偕行"。及《車轔》、《四載》、《小戎》之篇，皆言車馬田狩之事。

顔師古《注》曰：

　　《車轔》，美秦仲大有車馬。其詩曰："有車轔轔，有馬白顛。"①

陳喬樅《三家詩遺說考》曰：

　　師古引《車轔》及《四載》《小戎》諸詩，皆襲舊注《齊詩》之說，故字多與毛不同。②

案：《毛詩序》《齊詩序》皆以《車轔》美大夫秦仲。
又案：筆者在第二章已經論證大夫秦仲無可讚美。"秦仲始大"不是大夫秦仲而是國君秦仲襄公，《毛詩序》作者存在誤會。

2. 秦襄公追録大夫秦仲説
《毛詩譜·秦譜》孔穎達《疏》曰：

　　服虔云："秦仲始有車馬禮樂之好，侍御之臣，戎車四牡田狩之事。其孫襄公列爲秦伯，故《蒹葭蒼蒼》之歌、《終南》之詩，追録先人《車轔》《駟驖》《小戎》之歌。與諸夏同風，故曰夏聲。"③

（接上頁）《詩毛氏傳疏》卷十一《秦風·車轔》，清道光二十七年陳氏掃葉山莊刻本，第 1 頁 a、b；龔橙：《詩本誼》，清光緒十五年刻本（《詩本誼》道光二十年自序），第 17 頁 a；王先謙：《詩三家義集疏》卷九《秦風·車轔》，中華書局，1987 年，第 435—436 頁；陳子展著，范祥雍、杜月村校閱：《詩經直解》卷十一，復旦大學出版社，1983 年，第 377 頁；陳子展：《詩三百家解題》卷十一，復旦大學出版社，2001 年，第 457—458 頁。
① 《漢書》卷二十八下《地理志下》，中華書局，1962 年，第 1644 頁。
② 陳喬樅：《齊詩遺說考》卷一，陳壽祺撰，陳喬樅述：《三家詩遺說考》，《左海續集》，清光緒八年補刻本，第 2 頁 a。
③ 孔穎達：《毛詩正義》卷六《秦譜》，阮元校刻：《十三經注疏》上册，第 368 頁下欄。

清人陳喬樅《魯詩遺説考》曰：

　　服虔以《駟鐵》《小戎》爲秦仲之詩，與《毛詩叙》不同，是據《魯詩》爲説，故與毛異。①

魏源《詩古微·詩序集義》贊成服虔説：

　　《車鄰》，美秦仲也。始命爲附庸，有車馬、禮樂之好，侍御之臣，國人美之。至其孫襄公列爲秦伯，始追録其詩。服虔《左傳注》述三家《詩》，秦仲附庸，無陳詩王朝之例。②

案："追録"者，秦襄公時描繪秦仲時。服虔以爲秦襄公追録大夫秦仲説。但是，服虔未能區別大夫秦仲、襄公秦仲，故曲解《秦風》諸詩。并且，筆者在本書上篇第二章已經證實秦仲微不足道，其時代不符合讚頌的内容。因此，秦襄公追録大夫秦仲説根本不成立。

3. 闕疑説（懷疑大夫秦仲説）

宋人王質《詩總聞》曰：

　　此謀臣策士以車馬招致而來，以寺人傳辭而見。當是秦已懷此意，求此人而共畫此事也。③

朱子《詩序辨説》曰：

　　未見其必爲秦仲之詩。大率《秦風》唯《黄鳥》《渭陽》爲有據，其他諸詩皆不可考。④

朱子《詩集傳》曰：

---

① 陳喬樅：《魯詩遺説考》卷二，陳壽祺撰，陳喬樅述：《三家詩遺説考》，第 1 頁 a、b。
② 魏源：《詩古微》下編之一《詩序集義·秦風》，魏源全集編輯委員會編校：《魏源全集》第 1 册，岳麓書社，2004 年，第 642 頁。
③ 王質：《詩總聞》卷六，《武英殿聚珍版叢書》，清乾隆木活字印本，第 14 頁 b。
④ 朱熹：《詩序辨説》，《詩集傳》，朱傑人校點，朱傑人等主編：《朱子全書》（修訂本）第 1 册，上海古籍出版社等，2010 年，第 377 頁。

是時秦君始有車馬及此寺人之官,將見者,必先使寺人通之,故國人創見而誇美之也。①

宋人楊簡《慈湖詩傳》、明人季本《詩說解頤正釋》、今人程俊英等《詩經注析》等皆持闕疑說。②

姚際恒《詩經通論》曰:

小《序》謂美秦仲,劉公瑾疑爲美襄公,無有定也。③

案:闕疑說的實質是懷疑大夫秦仲說。

4. 秦襄公說

元人許謙《詩集傳名物鈔》曰:

《車鄰》《駟驖》《小戎》《終南》《無衣》。右襄五詩。
《車鄰序》以爲秦仲。愚竊謂秦仲固嘗爲附庸之君,以西戎滅大駱之族,宣王命爲大夫。蓋日與戎戰,六年而死,非可樂時也。詩語不類。然則,《車鄰》實襄公詩爾。④

劉瑾《詩集傳通釋》曰:

秦仲但爲宣王大夫,未必得備寺人之官。此詩疑作於平王命襄公爲侯之後。⑤

明人何楷《詩經世本古義》贊成劉瑾說:

《車鄰》,秦臣美襄公也。平王初命襄公爲秦伯,其臣榮而樂之。

---

① 朱熹:《詩集傳》卷六《秦風·車鄰》,《朱子全書》(修訂本)第1册,第506頁。
② 楊簡:《慈湖詩傳》卷九,張壽鏞輯:《四明叢書》,民國二十九年四明張壽鏞約園刻本,第1頁a;季本:《詩說解頤正釋》卷十一,《詩說解頤總論正釋字義》,明嘉靖四十一年胡宗憲刻本,第2頁b;程俊英、蔣見元:《詩經注析》,中華書局,1991年,第334頁。
③ 姚際恒:《詩經通論》卷七,清道光十七年鐵琴山館刻本,第1頁a、b;姚際恒:《詩經通論》卷七,林慶彰主編:《姚際恒著作集》第1册,顧頡剛點校,臺北"中研院"文哲所,2014年,第201頁。
④ 許謙:《詩集傳名物鈔》卷四,《通志堂經解》,清康熙間通志堂刻本,第12頁b。
⑤ 劉瑾:《詩集傳通釋》卷六,元至正十二年建安劉氏日新書堂刻本,第17頁a。

自《注》曰：

　　子貢《傳》云："襄公伐戎，初命爲秦伯，國人榮之，賦《車鄰》。"按《史記》："襄公七年，西戎犬戎與申侯伐周，殺幽王驪山下，而襄公將兵救周，戰甚力，有功。周避犬戎難，東徙洛邑。襄公以兵送周平王，平王封襄公爲諸侯，賜之周以西之地。"玩此詩乃秦臣所作。

又自《注》曰：

　　按《史記》："秦仲立三年，周厲王無道，諸侯或叛之。西戎反王室，滅犬丘大駱之族。周宣王即位，乃以秦仲爲大夫，誅西戎。"劉公瑾云："秦仲但爲宣王大夫，未必得備寺人之官，此詩疑作於平王命襄公爲侯之後。"其説與子貢《傳》合矣。朱子亦心疑之，但泛指爲秦君，不顯其名。若申培《説》則云："襄公初爲諸侯，周大夫興燕美之而作。"①

　　案：子貢《傳》、申培《説》即明代嘉靖年間出現的僞書子貢《詩傳》、申培《詩説》，實抄襲《詩序》與學者説。②
清人陸奎勳《陸堂詩學》贊成許謙説：

　　《序》云："《車鄰》，美秦仲也。"按《史》：秦仲居秦亭爲附庸，立三年，西戎滅犬丘大駱之族。十八年，宣王以爲大夫，誅西戎。二十三年，爲戎殺。白雲許氏謂："時無可樂，詩語不類。"良然。《秦紀》云："平王封襄公爲諸侯，始與列國通使聘享。"則以《車鄰》爲襄公詩庶幾得之。③

劉始興《詩益》贊成劉瑾説：

　　今按此篇下與《駟驖》同次，而其辭事又相類，安成劉氏説得之。詩有必待時世名氏而明者，此類是也，存其義俟後之君子。④

---

① 何楷：《詩經世本古義》卷十九《周平王之世詩三十四篇·車鄰》，明崇禎十四年刻本，第11頁a、b。
② 參見洪湛侯《詩經學史》，中華書局，2002年，第431—437頁。
③ 陸奎勳：《陸堂詩學》卷四，清康熙五十三年陸氏小瀛山閣刻本，第19頁a、b。
④ 劉始興：《詩益》卷十六，清乾隆八年尚古齋刻本，第22頁b。

郝懿行《詩問》否定《毛詩序》大夫秦仲而主張襄公：

《車鄰》，美新造也。襄公始國，雖有車馬服飾，雖雜西戎舊俗而非西周之禮樂，詩人感而賦之。①

今人趙逵夫主編《先秦文學編年史》贊成何楷説：

何氏"國人榮之而美襄公"之説與詩本文相符合，所提出秦仲僅爲大夫未必得備寺人之官的反證也是很有力的。綜上所述，《車鄰》當作於秦襄公立爲諸侯之年。②

邵炳軍《詩〈秦風〉創作年代考論（上）——春秋詩歌創作年代考論之十一》曰：

既然寺人爲秦宫中執掌國君出入傳令之侍從，則寺人當爲秦君宫中婢妾。全詩首章以賦體寫秦君車盛馬壯、侍御傳令，二、三章用比興寫阪桑隰楊之好、鼓瑟鼓簧之樂、逝者其亡之歎，又別是一種及時行樂的歡娱氣氛，反映出秦君身上兼存"君"之威嚴與"人"之情感。故筆者以爲此詩當作於秦襄公八年（前770年）至十二年（前766年）之間。惜其具體年代難以詳考，姑繫於秦襄公立爲諸侯之年，即秦襄公八年（前770年）。③

案：秦襄公説雖有一定道理，仍需進一步確定。

5. 秦襄公至秦康公説

殷光熹《〈秦風〉總論》以爲：

《車鄰》作於襄公至康公這段時間。④

案：此説無據。

---

① 郝懿行：《詩問》卷二，趙立綱、陳乃華點校，安作璋主編：《郝懿行集》第1册，齊魯書社，2010年，第661—662頁。
② 趙逵夫主編，趙逵夫、韓高年撰：《先秦文學編年史》中册，商務印書館，2010年，第431頁。
③ 邵炳軍：《詩〈秦風〉創作年代考論（上）——春秋詩歌創作年代考論之十一》，《西北大學學報（哲學社會科學版）》2011年第6期，第51—52頁。
④ 殷光熹：《〈秦風〉總論（上）》，《楚雄師專學報》1999年第1期，第38頁。

6. 秦文公説

楊壽祺《石鼓時代研究》曰：

> （三）徵諸詩詞，《秦風》"車鄰""駟驖""小戎"注稱爲襄公之詩，實則襄公十二年伐戎而卒，未能成功，此三詩殆皆歌頌文公者。鼓文中稱"君子"，稱"阪"，稱"麗"與《車鄰》同。稱"公"，稱"四馬"，與《駟驖》同。稱"六轡"，稱"徽徽"，即"秩秩"，與《小戎》同。……鼓文多與《秦風》相類，似不如斷爲文公之詩尤覺符合。①

案：楊壽祺所持秦文公説認爲秦襄公早死，與史實不符。實際上，秦襄公在位五十年、文公在位十二年。② 所以，楊壽祺説失去依據。

總之，關於《車鄰》的年代、背景、主旨，大夫秦仲説、秦襄公追録大夫秦仲説不可取，秦襄公至秦康公説、秦文公説無依據，闕疑説的實質是懷疑大夫秦仲説，秦襄公説值得考慮。

二、《車鄰》年代背景主旨分析

《毛詩·秦風·車鄰》"未見君子，寺人之令"反映年代背景的内容有"君子""寺人"。

朱子《詩集傳》曰：

> 君子，指秦君。③

學者對於"寺人"甚爲關注。毛《傳》曰：

> 寺人，内小臣也。

鄭康成《箋》曰：

> 欲見國君者，必先令寺人使傳告之。時秦仲又始有此臣。

---

① 楊壽祺：《石鼓時代研究》，《考古社刊》1935 年第 3 期，第 94—96 頁；楊若漁（壽祺）《石鼓文時代考——隘廬石鼓研究之一》，《中央日報·文物週刊》1948 年 1 月 7 日第 7 版第 74 期。二文之文字近同。
② 程平山：《秦襄公、文公年代事蹟考》，《歷史研究》2013 年第 5 期，第 168 頁。
③ 朱熹：《詩集傳》卷六《秦風·車鄰》，《朱子全書》（修訂本）第 1 册，第 506 頁。

又曰:

兴者,喻秦仲之君臣,所有各得其宜。……並坐鼓瑟,君臣以閒暇燕飲,相安樂也。①

《毛詩譜·秦譜》孔穎達《疏》曰:

服虔云:"秦仲始有車馬禮樂之好,侍御之臣,戎車四牡田狩之事。"②

朱子《詩集傳》曰:

寺人,內小臣也。

又曰:

是時秦君始有車馬及此寺人之官。將見者,必先使寺人通之,故國人創見而誇美之也。③

劉瑾《詩集傳通釋》曰:

秦仲但爲宣王大夫,未必得備寺人之官。④

何楷《詩經世本古義》、趙逵夫主編《先秦文學編年史》皆贊成劉瑾説。⑤《秦風》諸篇"君子"爲秦公。筆者案:秦有宣王時大夫秦仲,又有幽、平時秦仲(秦襄公)。非子始爲附庸,秦襄公時秦始大,有内臣。"寺人"的確如劉瑾《詩集傳通釋》説,則不在大夫秦仲之時。秦國始自秦襄公,《車鄰》有"寺人",乃秦襄公以後詩。

---

① 孔穎達:《毛詩正義》卷六《秦風·車鄰》,阮元校刻:《十三經注疏》上册,第 368 頁下欄—369 頁上欄。
② 孔穎達:《毛詩正義》卷六《秦譜》,阮元校刻:《十三經注疏》上册,第 368 頁下欄。
③ 朱熹:《詩集傳》卷六《秦風·車鄰》,《朱子全書》(修訂本)第 1 册,第 506 頁。
④ 劉瑾:《詩集傳通釋》卷六,第 17 頁 a。
⑤ 何楷:《詩經世本古義》卷十九《周平王之世詩三十四篇·車鄰》,第 11 頁 a、b;趙逵夫主編,趙逵夫、韓高年撰:《先秦文學編年史》中册,第 431 頁。

《國語·鄭語》載幽王九年，鄭桓公與周太史史伯問對：

（鄭桓）公曰："姜、嬴其孰興？"（史伯）對曰："夫國大而有德者近興，秦仲、齊侯，姜、嬴之雋也，且大，其將興乎？"①

案：周幽王九年的"秦仲"即秦襄公。
清華簡《繫年》曰：

周室既卑，坪（平）王東遷，止於成周，秦中（仲）焉東居周地，以守周之墳墓，秦以始大。②

案：秦自秦仲（秦襄公）"始大"，與《國語·鄭語》的記載相合。"始大"的根源在於勤王有大功而獲封賞國，於是"東居周地"。
《毛詩·秦風·車鄰序》曰：

《車鄰》，美秦仲也。秦仲始大，有車馬、禮樂、侍御之好焉。③

筆者案："秦仲始大"之秦仲是秦襄公。《毛詩序》秦仲説源自相傳的師説，有一定依據，只是此秦仲非大夫秦仲，而是秦襄公秦仲。秦仲既侯，乃享受"車馬、禮樂、侍御之好"，"侍御"即"寺人""御人"。
根據《車鄰》"君子""寺人"的內證，以及《詩序》的外證，筆者認爲《車鄰》只能是秦襄公立國以後的詩篇。並且，《車鄰》居《秦風》之首，在《駟驖》《小戎》（二篇皆秦襄公時詩，詳後）前，當屬秦襄公之詩。
秦襄公四十年（周平王三十三年），秦仲（秦襄公）獲封爲秦公；秦襄公五十年（周平王四十三年），襄公卒。④ 所以，《車鄰》作於秦襄公四十年至五十年（周平王三十三年至四十三年，前738—前728年）。
《車鄰》之主旨，高亨《詩經今注》曰：

---

① 左丘明撰，韋昭注：《國語》卷十六《鄭語》，上海師範大學古籍整理研究所校點，上海古籍出版社，1998年，第523頁。
② 清華簡《繫年》第三章，清華大學出土文獻研究與保護中心編，李學勤主編：《清華大學藏戰國竹簡（貳）》下册，中西書局，2011年，第141頁。
③ 孔穎達：《毛詩正義》卷六《秦風·車鄰》，阮元校刻：《十三經注疏》上册，第368頁下欄。
④ 程平山：《秦襄公、文公年代事蹟考》，《歷史研究》2013年第5期，第168頁。

這是貴族婦人所作的詩,詠唱她們夫妻的享樂生活。①

程俊英、蔣見元《詩經注析》曰:

這是一首反映秦君生活的詩。……詩人似乎是一位女性……她可能是秦君官中的一名婢妾。②

案:二説近是。

筆者案:《車鄰》描述的是詩的作者見秦公的過程。由"未見君子",到"既見君子"而作樂,實是一番歡愉的景象。詩的作者受過很好的教育,談吐

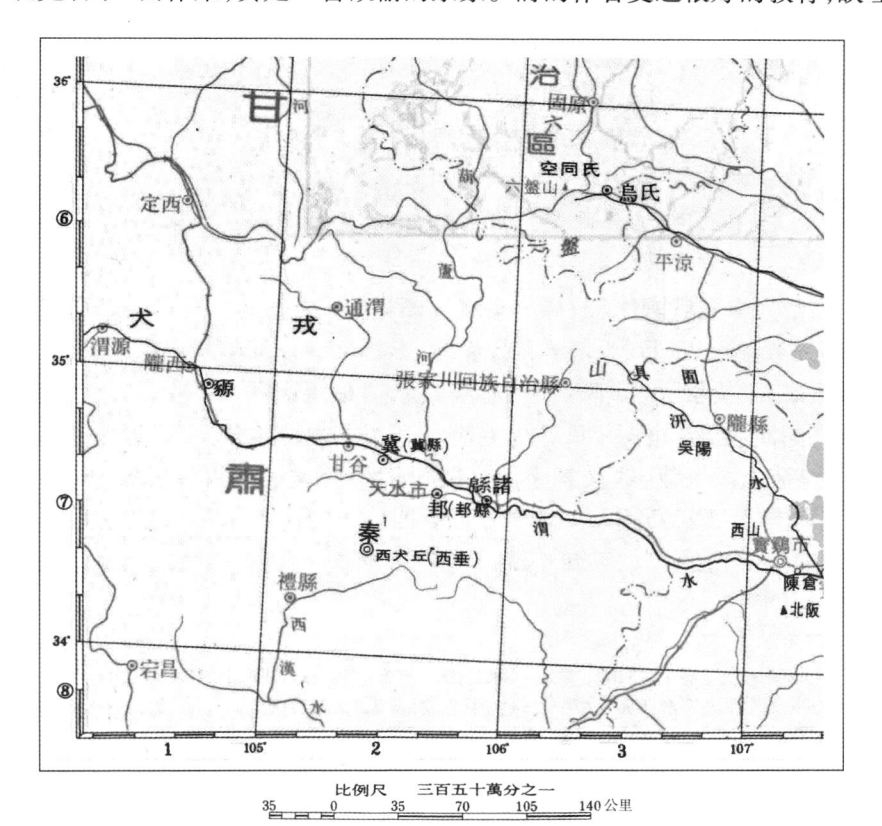

圖 3-1　西垂地理圖

(據譚其驤主編:《中國歷史地圖集》第 1 册,第 22—23 頁)

---

① 高亨:《詩經今注》,上海古籍出版社,1980 年,第 163 頁。
② 程俊英、蔣見元:《詩經注析》,第 334 頁。

文雅,能作詩,可奏樂,並且是一名懂得"今者不樂,逝者其耋"的貴族女子。她與秦公相識,並且相樂,遂作詩而讚美其事。在禮制社會中,這個女子能够與秦公開懷作樂,説明她與秦公有著十分密切的關係,當是秦公的姬妾。此詩作于秦立國以後,值兩周之際天下大亂後,人心思安。所以,《車鄰》的主旨是"美秦仲也",讚美秦襄公與姬相樂。

第二節　《駟驖》年代背景主旨諸説與分析

一、《駟驖》年代背景主旨諸説

《毛詩·秦風·駟驖》曰:

　　駟驖孔阜,六轡在手。公之媚子,從公于狩。
　　奉時辰牡,辰牡孔碩。公曰:"左之!"舍拔則獲。
　　遊于北園,四馬既閑。輶車鸞鑣,載獫歇驕。①

　　安徽大學藏戰國簡《詩經·秦風·駟驖》簡文完整。簡本第二章乃《毛詩》第三章,第三章乃《毛詩》第二章,不影響文義。簡本與《毛詩》文字近,多通假字,不枚舉。② 阜陽漢簡《詩經》僅存"柶馬既閑"一句。③ 駟,安徽大學藏戰國簡《詩經》作"四",④《毛詩故訓傳》敦煌本作"四",⑤三家詩作"四",⑥清人段玉裁《説文解字注》馬部駟字、陳奂《詩毛詩傳疏》皆辨當作"四",陳奂辨"駟"乃誤字:"駟當作四。四馬曰駟,若下一字爲馬名,則上一字作'四',不作'駟'。"⑦筆者案:《毛詩·秦風·小戎》"四牡孔阜,六轡在

---

① 孔穎達:《毛詩正義》卷六《秦風·駟驖》,阮元校刻:《十三經注疏》上册,第369頁上、中、下欄。
② 安徽大學漢字發展與應用中心研究中心編,黄德寬、徐在國主編:《安徽大學藏戰國竹簡(壹)》,第29—30、100—102頁。
③ 胡平生、韓自强:《阜陽漢簡詩經研究》,上海古籍出版社,1988年,第16頁。
④ 安徽大學漢字發展與應用中心研究中心編,黄德寬、徐在國主編:《安徽大學藏戰國竹簡(壹)》,第29、101頁。
⑤ 《毛詩故訓傳》,Bibliothèque nationale de France(法國國家圖書館)藏,Pelliot chinois 2529;《毛詩(毛詩故訓傳)》,張湧泉主編審訂《敦煌經部文獻合集》第2册《群經類詩經之屬》,第464、537頁。
⑥ 王先謙:《詩三家義集疏》卷九《秦風·車鄰》,第438頁。
⑦ 段玉裁:《説文解字注》卷十上,中華書局,2013年影印經韻樓本,第470頁上欄;陳奂:《詩毛氏傳疏》卷十一《秦風·車鄰》,清道光二十七年陳氏掃葉山莊刻本,第1頁a、b。

手。騏駵是中,騧驪是驂",①《駟驖》"駟驖孔阜,六轡在手"即《小戎》"四牡孔阜,六轡在手",又《小戎》"騏駵是中,騧驪是驂"補益説明。故四驖屬四駕,秦公所乘,作"四"是。

關於《駟驖》年代、背景、主旨主要有五種觀點。

1. 秦襄公説

《毛詩·秦風·駟驖序》曰：

《駟驖》,美襄公也。始命有田狩之事,園囿之樂焉。

鄭康成《箋》曰：

始命,命爲諸侯也。秦始附庸也。

孔穎達《疏》曰：

秦自非子以來,世爲附庸,未得王命。今襄公始受王命,爲諸侯,有遊田狩獵之事,園囿之樂焉。故美之也。諸侯之君乃得順時遊田、治兵習武、取禽祭廟。附庸未成諸侯,其禮則闕。故今襄公始命爲諸侯,乃得有此田狩之事,故云始命也。②

《漢書·地理志》曰：

天水、隴西,山多林木,民以板爲室屋。及安定、北地、上郡、西河,皆迫近戎狄,修習戰備,高上氣力,以射獵爲先。故秦詩曰"在其板屋";又曰"王于興師,修我甲兵,與子偕行"。及《車轔》《四載》《小戎》之篇,皆言車馬田狩之事。

顔師古《注》曰：

《四載》,美襄公田狩也。其詩曰"四載孔阜,六轡在手","輶車鸞

---

① 孔穎達：《毛詩正義》卷六《秦風·小戎》,阮元校刻：《十三經注疏》上册,第370頁下欄。
② 孔穎達：《毛詩正義》卷六《秦風·駟驖》,阮元校刻：《十三經注疏》,上册,第369頁上、中欄。

鑣，載獫猲獢"。①

陳喬樅《三家詩遺說考》曰：

師古引《車轔》及《四載》《小戎》諸詩，皆襲舊注《齊詩》之說，故字多與《毛》不同。②

案：《毛詩序》以《駟驖》、《齊詩序》以《四載》美秦襄公田狩。

贊成《毛詩序》說者甚多。宋人李樗、黃櫄《毛詩集解》，范處義《詩補傳》，呂祖謙《呂氏家塾讀詩記》，嚴粲《詩緝》，清人朱鶴齡《詩經通義》，陳啓源《毛詩稽古編》，胡承珙《毛詩後箋》，陳奐《詩毛氏傳疏》，王先謙《詩三家義集疏》，方玉潤《詩經原始》，今人陳子展《詩經直解》《詩三百家解題》，程俊英等《詩經注析》，殷光熹《〈秦風〉總論》等從《毛詩序》。③

宋人歐陽修《詩本義·鄭氏詩譜》曰：

《駟驖》《小戎》《蒹葭》《終南》，右襄公。④

元人許謙《詩集傳名物鈔》曰：

《車鄰》《駟驖》《小戎》《終南》《無衣》。右襄五詩。⑤

---

① 《漢書》卷二十八下《地理志下》，第1644頁。
② 陳喬樅：《齊詩遺說考》卷一，陳壽祺撰，陳喬樅述：《三家詩遺說考》，《左海續集》，第2頁a。
③ 李樗、黃櫄講義，呂祖謙釋音：《李迂仲黃實夫毛詩集解》卷十四，第2頁b、5頁a、b；范處義：《詩補傳》卷十一，第2頁b；呂祖謙：《呂氏家塾讀詩記》卷十二，第232頁；嚴粲：《詩緝》卷十二，第321頁；朱鶴齡：《詩經通義》卷四，第8頁b；陳啓源：《毛詩稽古編》，《皇清經解》卷六十六，第2頁a、b；郝懿行：《詩問》卷二，安作璋主編：《郝懿行集》第1冊，第662頁；胡承珙：《毛詩後箋》卷十一，第3頁b—4頁a；陳奐：《詩毛氏傳疏》卷十一《秦風·駟驖》，第3頁b；王先謙：《詩三家義集疏》卷九《秦風·駟驖》，第437—438頁；方玉潤：《詩經原始》卷七，李先耕點校，中華書局，1986年，第267—268頁；陳子展：《詩經直解》卷十一，第379頁；陳子展：《詩三百家解題》卷十一，第460—461頁；程俊英、蔣見元：《詩經注析》，第336頁；殷光熹：《〈秦風〉總論（上）》，《楚雄師專學報》1999年第1期，第38頁。
④ 歐陽修：《詩本義·鄭氏詩譜》，張元濟等編：《四部叢刊三編》，民國二十四至二十五年上海商務印書館影印宋刻本，第9頁a。
⑤ 許謙：《詩集傳名物鈔》卷四，第12頁b。

第三章 《車鄰》《駟驖》《小戎》《終南》《無衣》年代背景主旨分析

劉瑾《詩集傳通釋》曰：

今據詩中言"公"，乃臣子稱其君之詞，疑此詩亦作於襄公受命爲侯之後也。①

清人劉始興《詩益》曰：

今按此篇所言皆諸侯田獵之事，而又有創見誇美之意，其爲襄公始命時詩，蓋可信。《序》説未可削也。詳見本傳。②

顧棟高《毛詩類釋》曰：

《駟驖》《小戎》《蒹葭》《終南》皆襄公時詩，此時居秦州。③

今人郭沫若《石鼓文研究》認爲：

《駟驖》詩乃與《石鼓詩》同時所作。④

案："同時"即秦襄公八年。

趙逵夫主編《先秦文學編年史》曰：

從詩中所述來看，田獵園囿規模和威儀都已相當可觀，這種情形應是秦襄公始命爲諸侯時才有。《毛序》之説與詩本文所述相符。⑤

邵炳軍《詩〈秦風〉創作年代考論（上）——春秋詩歌創作年代考論之十一》贊成《毛詩序》説，並有補正：

---

① 劉瑾：《詩集傳通釋》卷六，第 18 頁 b。
② 劉始興：《詩益》卷十六，第 23 頁 a。
③ 顧棟高：《毛詩類釋》卷二〈地理〉，中央圖書館籌備處輯：《四庫全書珍本初集》，民國二十三至二十四年上海商務印書館影印北平故宫博物院藏文淵閣本，第 14 頁 a。是書成於乾隆十七年。
④ 郭沫若：《石鼓文研究》，《郭沫若全集·考古編》第 9 卷，科學出版社，1982 年第 3 版，第 40 頁。
⑤ 趙逵夫主編，趙逵夫、韓高年撰：《先秦文學編年史》中冊，第 431 頁。

"北園"爲位於秦都邑汧源北郊的秦君狩獵苑林之名,它大致與西時同爲秦襄公八年(前770年)平王命襄公爲諸侯後同時修建。《駟驖》與"石鼓詩"爲同一時期的作品,均當作於秦襄公八年(前770年)。①

2. 秦襄公追録大夫秦仲説

《毛詩譜·秦譜》孔穎達《疏》曰:

服虔云:"秦仲始有車馬禮樂之好,侍御之臣,戎車四牡田狩之事。其孫襄公列爲秦伯,故'蒹葭蒼蒼'之歌、《終南》之詩,追録先人《車鄰》《駟驖》《小戎》之歌。與諸夏同風,故曰夏聲。"如服之意,以《駟驖》《小戎》爲秦仲之詩,與《序》正違,其言非也。②

清人陳喬樅《魯詩遺説考》曰:

服虔以《駟驖》《小戎》爲秦仲之詩,與《毛詩叙》不同,是據《魯詩》爲説,故與毛異。③

魏源《詩古微·秦風答問》曰:

夫知爲襄公追録先世之詩,則是既爲諸侯以後,列於朝會,貢詩王朝,而非在西陲大夫之日矣。知《駟驖》《小戎》二篇非襄公詩,則田狩園囿,皆先世始爲附庸之事。而《駟驖》稱公,乃追録時所加,猶《譜疏》莊公爲追謚矣。知追録其先世不專指秦仲,(仲爲犬戎所殺。)則《小戎》自是秦仲子莊公以兵七千破西戎,故有兵車甲冑"在其板屋"之語;且復其先世大駱犬丘地並有之,居其故西犬丘,故有"温其在邑"之語。(《秦本紀》:莊公子世父曰:"戎殺我大父仲,我非殺戎王,則不敢入邑。"是以犬丘爲故都邑之證。)宜其在《蒹葭》《終南》二篇之前矣。④

魏源《詩古微·詩序集義》曰:

---

① 邵炳軍:《詩〈秦風〉創作年代考論(上)——春秋詩歌創作年代考論之十一》,《西北大學學報(哲學社會科學版)》2011年第6期,第53頁。
② 孔穎達:《毛詩正義》卷六《秦譜》,阮元校刻:《十三經注疏》上册,第368頁下欄。
③ 陳喬樅:《魯詩遺説考》卷二,陳壽祺撰,陳喬樅述:《三家詩遺説考》,第1頁a、b。
④ 魏源:《詩古微》中編之四《秦風答問》,《魏源全集》第1册,第432頁。

《駟驖》,美秦仲也。始有戎車、四牡、田狩之事,國人美之。其孫襄公立而追録其詩。(服虔《左傳注》述三家《詩》。)稱"公"者,國人之詞。(《譜疏》稱莊公爲追謚,則此詩"公"字當亦追録時所加。《春秋》楚之縣尹尚稱公,況戎索之子、男乎?《毛詩》以爲襄公,則四牡、田狩,豈必侯、伯始有耶?)①

案:服虔未能區别大夫秦仲、襄公秦仲,故曲解《秦風》諸詩。秦仲微弱不足道,其時代不符合讚頌的内容。因此,秦襄公追録大夫秦仲説根本不成立。

3. 闕疑説(不知何公)

朱子《詩集傳》曰:

> 此亦前篇(《車鄰》)之意也。②

楊簡《慈湖詩傳》、明人季本《詩説解頤正釋》、清人方玉潤《詩經原始》持闕疑説、今人高亨《詩經今注》等持闕疑説。③

姚際恒《詩經通論》曰:

> 《小序》謂美襄公,然未知爲何公。其曰"媚子從狩",恐亦未必爲美也。④

汪梧鳳《詩學女爲》曰:

> 《駟驖》,專爲田狩而作,不獨美襄公,亦以見秦俗也。⑤

案:闕疑説的實質是不能確定爲何公,屬於無實質依據的懷疑,不足以否定秦襄公説。

4. 秦文公説

何楷《詩經世本古義》曰:

---

① 魏源:《詩古微》下編之一《詩序集義·秦風》,《魏源全集》第 1 册,第 642 頁。
② 朱熹:《詩集傳》卷六《秦風·駟驖》,《朱子全書》(修訂本)第 1 册,第 506 頁。
③ 楊簡:《慈湖詩傳》卷九,第 2b—3a 頁;季本:《詩説解頤正釋》卷十一,第 3 頁 b;方玉潤:《詩經原始》卷七,第 268 頁;高亨:《詩經今注》,頁 164。
④ 姚際恒:《詩經通論》卷七,第 2 頁 a;姚際恒:《詩經通論》卷七,《姚際恒著作集》第 1 册,第 202 頁。
⑤ 汪梧鳳:《詩學女爲》卷十一,第 2 頁 a。

秦自文公東獵而外，其他君田狩之事史皆無所見，則此詩之當屬文而不屬襄明矣。①

錢澄之《田間詩學》曰：

《史記》秦文公元年，居西垂宫。三年，文公以兵七百人東獵至汧渭之會，乃卜居之。此詩當即是文公東獵之事。

又曰：

《史》載秦文公東獵至于汧渭，則此宜屬文公。文公居西垂而東獵，其亦有略地岐、豐之意乎？②

楊壽祺《石鼓時代研究》曰：

（三）征諸詩詞，《秦風》"車鄰""駟驖""小戎"注稱爲襄公之詩，實則襄公十二年伐戎而卒，未能成功，此三詩殆皆歌頌文公者。鼓文中稱"君子"，稱"阪"，稱"隰"與《車鄰》同。稱"公"，稱"四馬"，與《駟驖》同。稱"六轡"，稱"徹徹"，即"秩秩"，與《小戎》同。……鼓文多與《秦風》相類，似不如斷爲文公之詩，尤覺符合。③

案：楊壽祺所持秦文公説認爲秦襄公早死，與史實不符，實際上秦襄公在位五十年、文公在位十二年。④ 楊壽祺説失去依據。

又案：國君田獵是尋常事，何楷、錢澄之以記録爲由作斷，於事實不符。楊壽祺據《史記》錯亂的記載以爲襄公早死，實際上襄公在位五十年，楊壽祺説失去依據。

5. 秦武公説

1981 年，韓偉根據秦都雍城以南的鳳翔高莊秦墓出土"北園王氏""北園吕氏"等陶文，參照雍城周圍地勢，認爲《秦風·駟驖》"北園"即《石鼓詩》所詠的園囿，在雍城南面"後來稱爲三時原的地方"，因其地在秦寧公所徙都

---

① 何楷：《詩經世本古義》卷十九《周平王之世詩三十四篇·駟驖》，第 3 頁 a。
② 錢澄之：《田間詩學》卷四，《錢澄之全集》之二，第 296、298 頁。
③ 楊壽祺：《石鼓時代研究》，《考古社刊》1935 年第 3 期，第 94—96 頁。
④ 程平山：《秦襄公、文公年代事蹟考》，《歷史研究》2013 年第 5 期，第 168 頁。

的平陽(今陽平)之北而得名。他認爲：

> 北園範圍東起陽平,西到汧河東岸,其中必然包括着西虢部分領地。西虢即今鳳翔虢王鎮附近。《史記》載：秦武公於十一年,初縣杜、鄭,滅小虢。因之,只有滅了小虢,才能在小虢領地修造園囿,北園造修大約是武公十一年以後的事,武公伐彭戲、邽冀諸戎,把秦的勢力向東推進到關中中部,勵精圖治,武功顯赫,所以《石鼓詩》及《駟驖》三章均可能是武公時代的產物。①

倪晉波《出土文獻與秦國文學》贊同韓偉説,並曰：

> 武公即位後,整頓軍備,四面出擊,消除戎患,武功赫赫。本詩中"駟驖孔阜""辰牡孔碩"云云,表明其時秦國軍容鼎盛。這樣看來,《駟驖》的創作年代當在秦武公之時,應該是可信的。②

案：韓偉主張秦武公説。小虢乃少數民族居於秦國者,③秦襄公立國後,獲允許居地,至秦武王則滅之。小虢非西虢,西虢大而小虢小,不能等同,小虢所居僅爲西虢部分區域,難以判定北園必爲小虢居地。小虢爲遊牧民族,亦難以判定北園必爲小虢居地。秦都雍,北園與小虢並不矛盾。并且,韓偉依據墓葬出土陶文確定北園的地理位置,其方法尚存在不足。一些學者不同意韓偉説,而認爲雍城南屬於墓葬區,北園應在雍城之北。④ 總之,韓偉説不足爲據。

總之,關於《駟驖》年代背景主旨,秦襄公追録秦仲説不可取,秦文公説依據不足或錯誤,秦武公説不足爲據,闕疑説(不知何公)論證不足,秦襄公説值得考慮。

二、《駟驖》年代背景主旨分析

《毛詩·秦風·駟驖》"公之媚子,從公于狩"及"公曰左之","公"3見,此"公"乃"秦公",學者無異議。

---

① 韓偉：《北園地望及石鼓詩之年代小議》,《考古與文物》1981年4期,第92—93頁。
② 倪晉波：《出土文獻與秦國文學》,文物出版社,2015年,第92頁。
③ 舒大剛：《春秋少數民族分佈研究》,臺北文津出版社,1994年,第184—186頁。
④ 楊曙明：《〈詩經·秦風·駟驖〉北園與鳳翔東湖淵源考》,《寶雞社會科學》2013年第1期,第58—60頁。

駟驖,本作"四驖",秦公所乘四駕也。
《毛詩·秦風·駟驖序》曰:

《駟驖》,美襄公也。始命有田狩之事,園囿之樂焉。①

《毛詩序》說與《駟驖》內容不違。
《石鼓詩·鑾車》記秦公田獵:

四馬其寫(卸),六轡沃若。②

與《毛詩·秦風·駟驖》"駟驖孔阜,六轡在手"、《小戎》"四牡孔阜,六轡在手"相近。《石鼓詩》的年代屬於秦文公時所作。③《駟驖》文辭簡約,大堡子山秦襄公金文,皆兩周之際戰亂之後簡樸之風氣,至秦文公《石鼓詩》逐步走向繁縟。《車鄰》與《石鼓詩》相近而又有異處,屬於秦襄公是適合的。

《駟驖》居《車鄰》《小戎》之間,《車鄰》《小戎》經考證屬於秦襄公時詩。所以,我們認為《駟驖》作於秦襄公時,《毛詩序》說有其來源與依據。

"公之媚子"者,媚子有媚人、卿大夫、嬖人、公子等不同的解釋。④ 筆者案:媚,愛也。秦襄公拯救周王室,收服西土周餘民,在秦人心目中處於"神"一樣的存在。《駟驖》讚美的乃秦襄公的雅正之事,所以有充分的理由排除媚人、臣子與嬖人等,寵姬、秦公子是依次值得考慮。媚子為寵姬或秦公子是恰當的,如果聯繫《車鄰》,則很可能是那位新寵愛的女子。《車鄰》《駟驖》完整描述了"秦仲(襄公)始大,有車馬、禮樂、侍御之好焉"。

秦襄公四十年(周平王三十三年),秦仲(秦襄公)獲封為秦公;秦襄公五十年(周平王四十三年),襄公卒。⑤ 所以,《駟驖》作於秦襄公四十年至五十年(周平王三十三年至四十三年,前738—前728年)。

《駟驖》描繪的對象是秦公及媚子狩獵之樂,乃隨秦襄公出獵的大夫所作。《駟驖》的主旨是描繪秦襄公及媚子遊獵之樂。

---

① 孔穎達:《毛詩正義》卷六《秦風·駟驖》,阮元校刻:《十三經注疏》上冊,第369頁上欄。
② 郭沫若:《石鼓文研究》,《郭沫若全集·考古編》第9卷,第64—66頁。
③ 本書下篇《石鼓文年代背景主旨新考》。
④ 劉毓慶等:《詩義稽考》,學苑出版社,2006年,第1290—1291頁;魯洪生主編:《詩經集校集注集評》,中華書局,2015年,第5冊,第2739—2741頁。
⑤ 程平山:《秦襄公、文公年代事蹟考》,《歷史研究》2013年第5期,第168頁。

圖 3-2-1　四駕
（圓頂山車馬坑 98LDK1 第一乘發掘情況，據禮縣博物館、禮縣秦西垂文化研究會編：《秦西垂陵區》，文物出版社，2004 年，第 23 頁）

圖 3-2-2　四駕
（圓頂山車馬坑 98LDK1，據禮縣博物館、禮縣秦西垂文化研究會編：《秦西垂陵區》，第 22 頁，1、3、4 爲四馬，2、5 爲兩馬）

第三節　《小戎》年代背景主旨諸說與分析

一、《小戎》年代背景主旨諸說

《毛詩·秦風·小戎》曰：

> 小戎俴收，五楘梁輈，游環脅驅，陰靷鋈續，文茵暢轂，駕我騏馵。
> 言念君子，溫其如玉；在其板屋，亂我心曲。
> 四牡孔阜，六轡在手。騏騮是中，騧驪是驂。龍盾之合，鋈以觼軜。
> 言念君子，溫其在邑。方何爲期？胡然我念之？
> 俴駟孔群，厹矛鋈錞，蒙伐有苑。虎韔鏤膺，交韔二弓，竹閉緄縢。
> 言念君子，載寢載興；厭厭良人，秩秩德音。[1]

---

[1] 孔穎達：《毛詩正義》卷六《秦風·小戎》，阮元校刻：《十三經注疏》上册，第 370 頁上、中、下欄。

安徽大學藏戰國簡《詩經·秦風·小戎》簡文完整。簡本第二章乃《毛詩》第三章，第三章乃《毛詩》第二章，不影響文義。簡本與《毛詩》文字多近，有異體字、通假字，不枚舉。① 阜陽漢簡《詩經》僅存"文茵暢轂""在手騏駽是中騧馬□"。②

關於《小戎》年代、背景、主旨主要有八種觀點。

1. 秦襄公説

《毛詩·秦風·小戎序》曰：

《小戎》，美襄公也。備其兵甲以討西戎，西戎方彊而征伐不休。國人則矜其車甲，婦人能閔其君子焉。

鄭康成《箋》曰：

矜，夸大也。國人夸大其車甲之盛，有樂之意也。婦人閔其君子，恩義之至也。作者叙外内之志，所以美君政教之功。

孔穎達《疏》曰：

作《小戎》詩者，美襄公也。襄公能備具其兵甲，以征討西方之戎。於是之時西戎方漸彊盛，而襄公征伐不休，國人應苦其勞，婦人應多怨曠。襄公能説以使之，國人忘其軍旅之苦，則矜夸其車甲之盛；婦人無怨曠之志，則能閔念其君子，皆襄公使之得所。故《序》外内之情以美之。③

《漢書·地理志》曰：

天水、隴西，山多林木，民以板爲室屋。及安定、北地、上郡、西河，皆迫近戎狄，修習戰備，高上氣力，以射獵爲先。故秦詩曰"在其板屋"；又曰"王于興師，修我甲兵，與子偕行"。及《車鄰》《四載》《小戎》之

---

① 安徽大學漢字發展與應用中心研究中心編，黃德寬、徐在國主編：《安徽大學藏戰國竹簡（壹）》，第30—32、102—106頁。
② 胡平生、韓自强：《阜陽漢簡詩經研究》，第16頁。
③ 孔穎達：《毛詩正義》卷六《秦風·小戎》，阮元校刻：《十三經注疏》上册，第369頁下欄—370頁上欄。

篇,皆言車馬田狩之事。

顏師古《注》曰:

　　《小戎》,美襄公備兵甲,討西戎。其詩曰"小戎俴收,五楘良輈","文茵暢轂,駕我騏馵","龍盾之合,鋈以觼軜"。①

陳喬樅《三家詩遺説考》曰:

　　師古引《車轔》及《四載》《小戎》諸詩,皆襲舊注《齊詩》之説,故字多與毛不同。②

案:《毛詩序》《齊詩序》皆以《小戎》美襄公備兵甲以討西戎。

贊成《毛詩序》説者甚多。宋人李樗、黃櫄《毛詩集解》,范處義《詩補傳》,呂祖謙《呂氏家塾讀詩記》,嚴粲《詩緝》,元人劉瑾《詩集傳通釋》,清人陳啟源《毛詩稽古編》,汪梧鳳《詩學女爲》,胡承珙《毛詩後箋》,陳奐《詩毛氏傳疏》,王先謙《詩三家義集疏》,方玉潤《詩經原始》,今人陳子展《詩經直解》《詩三百家解題》等從《毛詩序》。③

宋人歐陽修《詩本義·鄭氏詩譜》曰:

　　《駟驖》《小戎》《蒹葭》《終南》,右襄公。④

朱子《詩序辨説》曰:

---

① 《漢書》卷二十八下《地理志下》,第 1644 頁。
② 陳喬樅:《齊詩遺説考》卷一,陳壽祺撰,陳喬樅述:《三家詩遺説考》,《左海續集》,第 2 頁 a。
③ 李樗、黃櫄講義,呂祖謙釋音:《李迂仲黃實夫毛詩集解》卷十四,第 6 頁 a、b;范處義:《詩補傳》卷十一,第 3 頁 b—4 頁 a;呂祖謙:《呂氏家塾讀詩記》卷十二,第 234 頁;嚴粲:《詩緝》卷十二,第 323—324 頁;劉瑾:《詩集傳通釋》卷六,第 20 頁 a、b;陳啟源:《毛詩稽古編》,《皇清經解》卷六十六,第 3 頁 a、b;汪梧鳳:《詩學女爲》卷十一,第 3a;胡承珙:《毛詩後箋》卷十一,第 8 頁 a、b;陳奐:《詩毛氏傳疏》卷十一《秦風·小戎》,第 5 頁 a;王先謙:《詩三家義集疏》卷九《秦風·小戎》,第 440 頁;方玉潤:《詩經原始》卷七,第 270—271 頁;陳子展:《詩經直解》卷十一,第 382 頁;陳子展:《詩三百家解題》卷十一,第 463—466 頁。
④ 歐陽修:《詩本義·鄭氏詩譜》,張元濟等編:《四部叢刊三編》,第 9 頁 a。

此詩時世未必然,而義則得之。説見本篇。①

朱子《詩集傳》曰:

西戎者,秦之臣子所與不共戴天之讎也。襄公上承天子之命,率其國人往而征之,故其從役者之家人先誇車甲之盛如此,而後及其私情。蓋以義興師,則雖婦人亦知勇於赴敵,而無所怨矣。②

元人許謙《詩集傳名物鈔》曰:

《車鄰》《駟驖》《小戎》《終南》《無衣》。右襄五詩。③

劉瑾《詩集傳通釋》贊成《詩集傳》説。④
清人朱鶴齡《詩經通義》言:

此詩《集傳》備矣。⑤

劉始興《詩益》曰:

今按詩曰"在其板屋",板屋,西戎俗也,《漢書·地理志》可考。《序》説得之。朱子《集傳》襄公云云,蓋已從《序》義,《辨説》云時世未必然者,乃復爲疑詞耳。今從《集傳》爲正。⑥

崔述《讀風偶識》曰:

《小戎》,婦人詩也,而矜言其甲兵之盛,若津津有味者,則男子可知矣。……《朱傳》之論《無衣》,深得其旨。惟謂《小戎》爲"以義興師",

---

① 朱熹:《詩序辨説》,《詩集傳》,《朱子全書》(修訂本)第 1 册,第 378 頁。
② 朱熹:《詩集傳》卷六《秦風·小戎》,《朱子全書》(修訂本)第 1 册,第 508 頁。
③ 許謙:《詩集傳名物鈔》卷四,第 12 頁 b。
④ 劉瑾:《詩集傳通釋》卷六,第 20 頁 a、b。
⑤ 朱鶴齡:《詩經通義》卷四,第 8 頁 b。
⑥ 劉始興:《詩益》卷十六,第 23 頁 b。

尚有未盡。篇中但稱車甲之盛,固未嘗有一言之及於義也。①

郝懿行《詩問》曰:

　　《小戎》,思戍人也。襄公伐西戎啓西垂,令將士屯戍備之。室家閔其勤勞,詩人爲之賦爾。②

今人殷光熹《〈秦風〉總論》基於《史記》秦襄公伐戎、承朱子之說曰:

　　《小戎》是一首征婦懷念征夫的詩,與襄公征戎事有關,作於襄公之世。③

一些學者又有進一步分析。
(1) 秦襄公初救世父說
何楷《詩經世本古義》以爲《小戎》乃秦襄公初救世父詩:

　　《小戎》,美襄公也,備其甲兵以討西戎。

自《注》:

　　《史記·秦本紀》云:"莊公生子三人,其長男世父。世父曰:'戎殺我大父仲,我非殺戎王則不敢入邑。'遂將擊戎,讓其弟襄公爲太子。莊公卒,襄公代立。二年,戎圍犬丘世父。世父擊之,爲戎人所虜。歲餘,歸世父。"按《竹書》紀幽王四年秦人伐西戎。意世父遇虜即在是年。則此詩之所爲作蓋因秦師車甲之盛,戎慮非敵,故復歸世父耳。終襄公之世,惟兩伐戎。是役之後,至平王五年之役,則卒于師矣。據《史記》稱,襄公伐戎至岐卒,詩不應有"在其板屋"之語。固知是役爲救世父也。④

---

① 崔述:《讀風偶識》卷四《秦風》,顧頡剛編訂:《崔東壁遺書》下册,上海古籍出版社,2013年,第566頁下欄。
② 郝懿行:《詩問》卷二,安作璋主編:《郝懿行集》第1册,第664頁。
③ 殷光熹:《〈秦風〉總論(上)》,《楚雄師專學報》1999年第1期,第38—39頁。
④ 何楷:《詩經世本古義》卷十八《周幽王之世詩三十一篇·小戎》,第62頁a。

錢澄之《田間詩學》贊同何楷説。①
案：何楷説與本書上篇第二章考定的《秦風》年代不符。
（2）秦襄公勞軍説
姚際恒《詩經通論》曰：

　　《序》謂美襄公。國人則矜其車甲，婦人能閔其君子焉。一詩作兩義，非也。僞《傳》謂："襄公遣大夫征戎而勞之，意近是。"……予初亦疑"厭厭良人"爲婦目夫之詞……何玄子曰："先秦之世良人爲君子通稱。"②

方玉潤《詩經原始》曰：

　　襄公能作是詩，即宋祖之賜裘帽於全斌也。無怪其能承君命以復父讎，獨雄長於西方者，有由然已。後儒不察，又以爲從役者之家人所言。將秦人第一關係文字下屬廝役走夫之徒。則襄公勞士一片苦衷，不幾爲其所没，千載下誰復能諒之耶？③

（3）秦襄公救周説
程俊英等《詩經注析》認爲乃秦襄公七年至十二年伐西戎時的作品。④
趙逵夫主編《先秦文學編年史》曰：

　　首章言"在其板屋，亂我心曲"。《漢書·地理志》："天水隴西，山多林木，民以板爲室屋。故《秦詩》曰：'在其板屋。'"顏《注》曰："言襄公出征，則婦人居板屋之中而念其君子。"詩言所居之板屋，爲西陲特有，乃秦人於襄公封侯前、未遷居之習俗也。其次，《小戎》每章皆以"言念君子"與"亂我心曲"、"胡然我念之"等語對舉，似爲婦人口吻。然詩中極狀戰車裝備之精良、戰馬之雄健有力、兵甲之鋭利堅固，則其强毅果敢之民風，非襄公時莫屬。……從襄公七年至十二年伐戎至岐而卒之六年間都是伐戎之時，《小戎》當作於此期間。詩中並無襄公卒

---

① 錢澄之：《田間詩學》卷四，《錢澄之全集》之二，第303頁。
② 姚際恒：《詩經通論》卷七，第2頁b—3頁a；姚際恒：《詩經通論》卷七，《姚際恒著作集》第1冊，第203—204頁。
③ 方玉潤：《詩經原始》卷七，第270—271頁。
④ 程俊英、蔣見元：《詩經注析》，第339頁。

於山之痕迹,姑依其下限,繫於襄公卒於岐之前一年。①

邵炳軍《詩〈秦風〉創作年代考論(上)——春秋詩歌創作年代考論之十一》贊成《毛詩序》説,並有補正:

> 據襄二十九年《左傳》意,則《秦風》大都爲周平王分封秦襄公爲諸侯後的作品,而《小戎》當作於秦襄公八年(前770年)至十二年(前766年)之間。惜其具體作時難以詳考,姑繫於秦襄公卒年,即秦襄公十二年(前766年)。②

2. 秦襄公追録大夫秦仲説

《毛詩譜·秦譜》孔穎達《疏》曰:

> 服虔云:"秦仲始有車馬禮樂之好,侍御之臣,戎車四牡田狩之事。其孫襄公列爲秦伯,故'蒹葭蒼蒼'之歌、《終南》之詩,追録先人《車鄰》《駟驖》《小戎》之歌。與諸夏同風,故曰夏聲。"如服之意,以《駟驖》《小戎》爲秦仲之詩,與《序》正違,其言非也。③

清人陳喬樅《魯詩遺説考》曰:

> 服虔以《駟驖》《小戎》爲秦仲之詩,與《毛詩叙》不同,是據《魯詩》爲説,故與毛異。④

案:服虔以爲秦襄公追録大夫秦仲。但是,服虔未能區别大夫秦仲、秦襄公秦仲,故曲解《秦風》諸詩。并且,筆者在上文第二章已經證實大夫秦仲時代不符合讚頌的内容。因此,秦襄公追録大夫秦仲説根本不成立。

3. 闕疑説(不知何公)

宋人王質《詩總聞》曰:

---

① 趙逵夫主編,趙逵夫、韓高年撰:《先秦文學編年史》中册,第437—438頁。
② 邵炳軍:《詩〈秦風〉創作年代考論(上)——春秋詩歌創作年代考論之十一》,《西北大學學報(哲學社會科學版)》2011年第6期,第54—55頁。
③ 孔穎達:《毛詩正義》卷六《秦譜》,阮元校刻:《十三經注疏》上册,第368頁下欄。
④ 陳喬樅:《魯詩遺説考》卷二,陳壽祺撰,陳喬樅述:《三家詩遺説考》,第1頁a、b。

此詩止是行邊講武,故止用小戎車。①

楊簡《慈湖詩傳》、季本《詩説解頤正釋》、高亨《詩經今注》皆持闕疑説。②

4. 秦襄公追録大夫秦莊公説

龔橙《詩本誼》曰:

《小戎》,婦人思從軍也。周宣王命秦仲誅西戎,西戎殺秦仲。宣王立其子莊公,與兵七千,使伐西戎,破之。(《史記》)當作于此時。(毛《序》:"美襄公也。"續:"婦人閔其君子。"以服《注》追録先人《車鄰》《駟驖》《小戎》之詩正之,則當是莊公世。)

温其在邑。《秦本紀》:"莊公子世父曰:'戎殺我大父仲,我非殺戎王不敢入邑。'"此乍于莊公克復故都之後。③

魏源《詩古微·秦風答問》曰:

夫知爲襄公追録先世之詩,則是既爲諸侯以後,列於朝會,貢詩王朝,而非在西陲大夫之日矣。知《駟驖》《小戎》二篇非襄公詩,則田狩園囿,皆先世始爲附庸之事。而《駟驖》稱公,乃追録時所加,猶《譜疏》莊公爲追謚矣。知追録其先世不專指秦仲,(仲爲犬戎所殺。)則《小戎》自是秦仲子莊公以兵七千破西戎,故有兵車甲胄"在其板屋"之語;且復其先世大駱犬丘地並有之,居其故西犬丘,故有"温其在邑"之語。(《秦本紀》:莊公子世父曰:"戎殺我大父仲,我非殺戎王,則不敢入邑。"是以犬丘爲故都邑之證。)宜其在《蒹葭》《終南》二篇之前矣。④

魏源《詩古微·詩序集義》曰:

《小戎》,美莊公也。莊公以兵七千破西戎,故有兵車甲胄"在其板屋"之語。且復其先世大駱犬丘地,居其故國,故有"温其在邑"之語。

---

① 王質:《詩總聞》卷六,第 18 頁 a。
② 楊簡:《慈湖詩傳》卷九,第 4 頁 a—5 頁 a;季本:《詩説解頤正釋》卷十一,第 5a 頁;高亨:《詩經今注》,第 165 頁。
③ 龔橙:《詩本誼》,第 17 頁 b。
④ 魏源:《詩古微》中編之四《秦風答問》,《魏源全集》第 1 册,第 432 頁。

其子襄公立而追録其詩。(服虔述三家《詩》。)故列於《蒹葭》《終南》之前。(《毛序》以爲美襄公詩。考襄公伐戎至岐而卒,何嘗有深入戎廷"在其板屋"之事?何嘗有克復敵地"溫其在邑"之事?且既爲襄公末年事,何以列於《蒹葭》、《終南》初年詩之前?當從三家《詩》説。)①

案:魏源的秦襄公追録秦莊公説與上文第二章考定的《秦風》年代不符,大夫秦莊公不足道,没有值得讚揚而追録的事。

5. 秦穆公説

清人吴懋清《毛詩復古録》曰:

> 秦穆撰此爲出軍之樂,先序其車馬之備、矛戟之利、軍士之忠勇,並述其家人思念勸慰之情以獎之。②

案:此説缺乏依據。秦穆公時伐戎,秦國十分强大,戎處於弱勢,不足以令秦人擔憂。所以,此説與《小戎》的内容不符。

6. 秦文公説

楊壽祺《石鼓時代研究》曰:

> (三)征諸詩詞,《秦風》"車鄰""駟驖""小戎"注稱爲襄公之詩,實則襄公十二年伐戎而卒,未能成功,此三詩殆皆歌頌文公者。鼓文中稱"君子",稱"阪",稱"隰"與《車鄰》同。稱"公",稱"四馬",與《駟驖》同。稱"六轡",稱"徶徶",即"秩秩",與《小戎》同。……鼓文多與《秦風》相類,似不如斷爲文公之詩,尤覺符合。③

案:楊壽祺所持秦文公説認爲秦襄公早死,與史實不符,實際上秦襄公在位五十年、文公在位十二年。④ 楊壽祺説失去依據。

7. 秦襄公至秦穆公説

王次梅《怨而不怒的思婦之歌——讀〈詩經·秦風·小戎〉》曰:

> 秦與西戎的鬥争自襄公始,至穆公最爲激烈。所以我認爲,秦襄公

---

① 魏源:《詩古微》下編之一《詩序集義·秦風》,《魏源全集》第 1 册,第 642 頁。
② 吴懋清:《毛詩復古録》卷四,清光緒二十年仁和徐琪廣州學使署刻本,第 3 頁 b—4 頁 a。
③ 楊壽祺:《石鼓時代研究》,《考古社刊》1935 年第 3 期,第 95 頁。
④ 程平山:《秦襄公、文公年代事蹟考》,《歷史研究》2013 年第 5 期,第 168 頁。

時期是《小戎》一詩成詩年代的上限,其下限則是秦穆公時期。①

案:此說過於寬泛。

8. 秦襄公卒後至秦穆公三十七年說

倪晉波《出土文獻與秦國文學》曰:

> 秦襄公雖然因抗戎勤王之功而被封諸侯,但自己卻最終在伐戎的途中死去。由《史記》的記載看,在襄公以前,秦多敗於戎;襄公以後,局面雖然有所改觀,但西戎的威脅並未消除,所以如何對付西戎,成爲春秋前期秦國面臨的最大問題。文公"十六年,文公以兵伐戎,戎敗走";憲公三年,"與亳戰,亳王奔戎,遂滅蕩社";武公十年,"伐邽、冀戎,初縣之",十一年,"滅小虢"。直到穆公三十七年,"秦用由余謀伐戎王,益國十二,開地千里,遂霸西戎"。這是秦國對西戎諸族取得的決定性勝利。從此,秦國的目光開始轉向中原,與殘餘的戎族只有戰略周旋,沒有持續的戰鬥行爲。由詩中"方何爲期?胡然我念之"這一句看,秦國此次對戎的武裝守備應該很長,但具體是什麼時候,不可確知。總之,從秦國與西戎的關係看,《小戎》之作應該是在秦襄公卒後至秦穆公三十七年(前623)這段時間內。②

案:此說過於寬泛,並且排除秦襄公的理由不充分。

總之,關於《小戎》的年代、背景、主旨,秦襄公追録大夫秦仲說、秦襄公追録大夫秦莊公說不可取,秦文公說依據錯誤,闕疑說(不知何公)缺乏實質性證據,秦襄公元年至穆公三十九年說與秦襄公卒後至秦穆公三十七年說範圍太寬,秦穆公說與《小戎》的内容不符,只有秦襄公說值得考慮。宗《毛詩序》學者與反《毛詩序》學者對於《小戎》的意見較爲一致,都主張作於秦襄公之世。

二、《小戎》年代背景主旨分析

《毛詩·秦風·小戎序》曰:

> 《小戎》,美襄公也。備其兵甲以討西戎,西戎方彊而征伐不休。國

---

① 王次梅:《怨而不怒的思婦之歌——讀〈詩經·秦風·小戎〉》,《吉林師範學院學報(哲學社會科學版)》1990年第3—4期,第46頁。
② 倪晉波:《出土文獻與秦國文學》,第93頁。

人則矜其車甲,婦人能閔其君子焉。①

以呂祖謙爲代表的尊《毛詩序》派與朱子爲代表的反《毛詩序》派對此序都持贊成意見,今人亦多持贊同觀點。所以,此序有所依據。
《毛詩·秦風·小戎》曰:

在其板屋,亂我心曲。②

"亂",安徽大學藏戰國簡《詩經》作孁,乃"撓"字異體。《廣雅·釋詁三》:"撓,亂也。""撓我心曲"即擾亂我内心。③
《漢書·地理志》曰:

天水、隴西,山多林木,民以板爲室屋。及安定、北地、上郡、西河,皆迫近戎狄,脩習戰備,高上氣力,以射獵爲先。故秦詩曰:"在其板屋。"

顔師古《注》曰:

《小戎》之詩也。言襄公出征,則婦人居板屋之中而念其君子。④

《水經注·渭水》曰:

又東逕上邽城南,又得覈泉水,並出南山,北流注于藉。藉水即洋水也。北有濛水注焉。水出縣西北封山。翼帶衆流,積以成溪,東流南屈,逕上邽縣故城西,側城南出。上邽,故邽戎國也。秦武公十年,伐邽,縣之。舊天水郡治,五城相接,北城中有湖水,有白龍出是湖,風雨隨之。故漢武帝元鼎三年,改爲天水郡。其鄉居悉以板蓋屋,毛公所謂

---

① 孔穎達:《毛詩正義》卷六《秦風·小戎》,阮元校刻:《十三經注疏》上册,第 369 頁下欄—370 頁上欄。
② 孔穎達:《毛詩正義》卷六《秦風·小戎》,阮元校刻:《十三經注疏》上册,第 370 頁上、中、下欄。
③ 徐在國:《談〈詩·秦風·小戎〉"亂我心曲"之"亂"及文字考釋的重要性》,《安徽大學學報(哲學社會科學版)》20210 年第 5 期,第 76—79 頁。
④ 《漢書》卷二十八下《地理志下》,第 1644 頁。

"西戎板屋"也。①

張先堂《〈詩經·秦風〉與先秦隴右地方文化》曰：

> 還有一些其他資料也表明,以板爲屋是古代天水、隴西一種古老的民俗,自先秦以迄明清一直流傳。若探究其首創者,當系先秦時的西戎。因古之隴右山多林木,故最早居於當地的西戎就地取材以木板造屋,大概板屋既易修建,又便拆遷,很宜於遊牧生活之需。當秦人上層貴族西遷到隴右過上遊牧生活後,受當地西戎居住風俗的影響,遂以居住板屋爲俗。這又是秦人居於隴右時受到西戎風俗影響的一個例證。②

案:《小戎》"在其板屋,亂我心曲",證實秦與西戎正在進行戰爭。並且,此時西戎對秦尚能構成威脅,秦人有所憂慮,不是秦文公至秦穆公時秦人對西戎有計劃地攻擊,而是西戎對秦有攻擾。《小戎》"方何爲期？胡然我念之？"又證實秦長期伐西戎,正是秦襄公的事蹟。

《秦風》中的"君子"指秦公。《小戎》"四牡孔阜,六轡在手。騏駵是中,騧驪是驂"即《駟驖》"駟(四)驖孔阜,六轡在手",乃是四駕的高級戰車,正是秦公之乘。因此,《小戎》之作者乃秦公夫人。《毛詩序》記載爲秦襄公伐西戎有其來源與依據。所以,我們認爲《小戎》乃秦襄公夫人所作,描述秦襄公伐西戎,寄予思念。

秦仲(秦襄公)大規模伐西戎,始自周幽王十一年春,止於周平王(或周攜王)二十一年。③ 周幽王崩,周人立攜王爲周王,秦仲必聽命于攜王。周人殺攜王,立周平王爲周王,秦仲又聽命于周平王,因擁立周平王而獲封爲秦公。周幽王七年,秦仲任西垂大夫;周平王三十三年,秦仲升爲秦公,經歷了四十年,其升職不是一蹴而就的,而是存在一個逐步漸進的過程,即秦仲在周攜王朝就因戰功受到賞賜而升職。所以,在周平王朝就有資格獲封秦公與土地。那麼,秦仲可以在周攜王朝擁有享受四駕的資格。

所以,《小戎》作於秦襄公七年春至二十八年(周幽王十一年至周平王或周攜王二十一年,前771—前750年),更靠近周平王(或周攜王)二十一年(前750年)。

---

① 酈道元注,楊守敬、熊會貞疏:《水經注疏》卷十七《渭水上》,段熙仲點校,陳橋驛復校,江蘇古籍出版社,1989年,中冊,第1492—1494頁。
② 張先堂:《〈詩經·秦風〉與先秦隴右地方文化》,《甘肅社會科學》1993年第4期,第132頁。
③ 程平山:《秦襄公、文公年代事蹟考》,《歷史研究》2013年第5期,第168頁。

圖 3-3　小戎

（秦始皇陵一號銅車馬，據秦始皇兵馬俑博物館、陝西省考古研究所編：《秦始皇陵銅車馬發掘報告》，文物出版社，1998 年，彩版六）

圖 3-4　小戎圖

（秦始皇陵一號銅車馬各部位名稱，據秦始皇兵馬俑博物館、陝西省考古研究所編：《秦始皇陵銅車馬發掘報告》，第 328 頁）

第四節 《終南》年代背景主旨諸説與分析

一、《終南》年代背景主旨諸説

《毛詩·秦風·終南》曰：

終南何有？有條有梅。君子至止，錦衣狐裘，顔如渥丹，其君也哉！
終南何有？有紀有堂。君子至止，黻衣繡裳。佩玉將將，壽考不亡！①

安徽大學藏戰國簡《詩經·秦風·終南》簡文完整，二章，章六句，與《毛詩》同。簡本與《毛詩》文字多近，有初文、通假字，不枚舉。②

關於《終南》的年代、背景、主旨主要有五種觀點。

1. 秦襄公説

《毛詩·秦風·終南序》曰：

《終南》，戒襄公也。能取周地，始爲諸侯，受顯服，大夫美之，故作是詩，以戒勸之。

孔穎達《疏》曰：

美之者，美以功德受顯服。戒勸之者，戒令脩德無倦，勸其務立功業也。既見受得顯服，恐其惰於爲政，故戒之而美之，戒勸之者。③

鄭康成《毛詩譜·秦譜》孔穎達《疏》曰：

服虔云："秦仲始有車馬禮樂之好，侍御之臣，戎車四牡田狩之事。

---

① 孔穎達：《毛詩正義》卷六《秦風·終南》，阮元校刻：《十三經注疏》上册，第 372 頁中、下欄—373 頁上欄。
② 安徽大學漢字發展與應用中心研究中心編，黄德寬、徐在國主編：《安徽大學藏戰國竹簡（壹）》，第 33、108—109 頁。
③ 孔穎達：《毛詩正義》卷六《秦風·終南》，阮元校刻：《十三經注疏》上册，第 372 頁中、下欄。

其孫襄公列爲秦伯,故'蒹葭蒼蒼'之歌、《終南》之詩,追録先人《車鄰》《駟驖》《小戎》之歌。與諸夏同風,故曰夏聲。"①

清人陳喬樅《魯詩遺説考》曰:

服虔以《駟驖》《小戎》爲秦仲之詩,與《毛詩叙》不同,是據《魯詩》爲説,故與毛異。②

案:《毛詩序》《魯詩序》皆以《終南》爲秦襄公之詩。
贊成《毛詩序》説者甚多。宋人范處義《詩補傳》、吕祖謙《吕氏家塾讀詩記》、嚴粲《詩緝》、清人錢澄之《田間詩學》、朱鶴齡《詩經通義》、陳啓源《毛詩稽古編》、郝懿行《詩問》、陳奂《詩毛氏傳疏》、王先謙《詩三家義集疏》、方玉潤《詩經原始》、今人陳子展《詩經直解》《詩三百家解題》等從《毛詩序》。③

宋人楊簡《慈湖詩傳》、清人姚際恒《詩經通論》、劉始興《詩益》、胡承珙《毛詩後箋》、魏源《詩古微》、方玉潤《詩經原始》、今人殷光熹《〈秦風〉總論》、趙逵夫主編《先秦文學編年史》等否定《毛詩序》的"戒"説,而認爲乃"美"。

宋人楊簡《慈湖詩傳》曰:

秦君至周之終南,終南之人感秦君之德愛而説之,作是詩也。周人作之,秦人歌之,得是詩於秦歟?考之《史》,則周平王避犬戎之難,東遷洛邑,秦襄公以兵送至洛,平王封襄公爲諸侯,賜之岐以西之地,曰:"戎無道,侵奪我岐之地,秦能攻逐戎,即有其地。"終南之人感襄公既力戰以救周,又以兵送周平王東遷,念無以報之,曰:"終南何有?"不過有條爾、有梅爾,言無以報之,無以贈之也。君子,謂秦君也。秦君錦衣狐

---

① 孔穎達:《毛詩正義》卷六《秦譜》,阮元校刻:《十三經注疏》上册,第 368 頁上、中欄。
② 陳喬樅:《魯詩遺説考》卷二,陳壽祺撰、陳喬樅述:《三家詩遺説考》,第 1 頁 a、b。
③ 范處義:《詩補傳》卷十一,第 9b 頁;吕祖謙:《吕氏家塾讀詩記》卷十二,第 239 頁;嚴粲:《詩緝》卷十二,第 333 頁;錢澄之:《田間詩學》卷四,《錢澄之全集》之二,第 306—308 頁;朱鶴齡:《詩經通義》卷四,第 10 頁 a;陳啓源:《毛詩稽古編》,《皇清經解》卷六十六,第 5 頁 a、b;郝懿行:《詩問》卷二,安作璋主編:《郝懿行集》第 1 册,第 666 頁;陳奂:《詩毛氏傳疏》卷十一《秦風·終南》,第 12 頁 b;王先謙:《詩三家義集疏》卷九《秦風·終南》,第 450 頁;方玉潤:《詩經原始》卷七,第 274 頁;陳子展:《詩經直解》卷十一,第 389 頁;陳子展:《詩三百家解題》卷十一,第 471—472 頁。

裘,顔如渥丹,歎曰:"其君也哉!"美其儀容之盛,真國君也。①

清人姚際恒《詩經通論》曰:

《小序》謂戒襄公。按此乃美耳,無戒意。②

劉始興《詩益》曰:

今按此篇亦有創見誇美之意,其爲襄公始封諸侯時詩,蓋可信,《序》説未可削也,惟所謂戒勸者,則衍義耳。或疑《史記》周賜襄公岐、豐之地,至文公始逐戎居之,詩言至終南,恐非襄公之時。然襄公嘗以兵伐戎至岐矣,安必其不至南山乎?③

胡承珙《毛詩後箋》曰:

案詩文似美非戒,而《序》言戒者,蓋於頌美之中寓有規戒之意耳。④

魏源《詩古微·秦風答問》曰:

況襄公受賜岐西,雖地未至岐,而兵已至岐,則其南望終南,徘徊形勝,情所必有,此詩所由作也。至於文公破戎而遂有之。然岐以東則雖獻之周,周亦實不能有,尚爲戎藪。《秦本紀》:"寧、武、德、宣、成五世,皆與戎力戰吞併。而德公元年,卜居雍。後子孫當飲馬於河。"則其疆域距河尚遠,而地之未淪於戎者,則又有於周、晉。故周惠王與虢酒泉,在今同州府澄城縣,其時距東遷已將百載,而西畿尚爲周地。及晉惠公再返國時,入河外五城,東盡虢略,南及華山,內及解梁城,以賂於秦。故孝公令曰:繆公東平晉亂,以河爲界。《地里志》曰:襄公後八世孫繆公稱伯,以河爲竟。《秦本紀》曰:繆公時,秦地始東至河。所謂拓地

---

① 楊簡:《慈湖詩傳》卷九,第11頁a—12頁b。
② 姚際恒:《詩經通論》卷七,第5頁a;姚際恒:《詩經通論》卷七,《姚際恒著作集》第1冊,第206頁。
③ 劉始興:《詩益》卷十六,第24頁a。
④ 胡承珙:《毛詩後箋》卷十一,第27頁a。

千里者即此,孰謂襄公地已至河哉? 故知《終南》爲兵至岐西之時,歡於平王許有岐、豐之命而作。終南屏障豐、鎬,形勝要害,襄公雖未復岐東,而兵已至岐,且奉有賜岐、豐之王命,故曰"君子至止","其君也哉",皆臣下冀幸之詞。若曰:此地久爲戎有,今我軍已至終南,扼據形勝,使戎地復見舊京文物,漢官威儀,豈不盛哉? 不言戎服而言"錦衣狐裘",正以變戎俗,爲冀望之詞,猶周公東征未歸,而有袞衣繡裳之覯也。蓋襄公未卒時,兵已至岐而作,服虔惟以《蒹葭》《終南》二詩屬之襄公,皆本《韓詩》以發《秦風》之全例。使《左傳服注》盡存,則季札觀樂一篇,其有功於三家《詩》者,可勝道哉! ①

魏源《詩古微·詩序集義》曰:

《終南》,美襄公也。始爲諸侯,受顯服,兵至岐西。大夫美之而作。(《毛序》及服虔述三家,並以爲襄公詩。襄公地未至岐,兵已至岐,故以終南起興,蓋冀幸之詞。襄公詩惟此二篇。)②

方玉潤《詩經原始》曰:

此必周之耆舊,初見秦君撫有西土,皆膺天子之命以治其民,而無如何,於是作此以頌禱之。……蓋美中寓戒,非專頌禱。不然,秦臣頌君,何至作疑而未定之辭,曰"其君也哉",此必不然之事也。③

今人殷光熹《〈秦風〉總論》曰:

詩義與史實相近,周天子封襄公爲諸侯,得岐、豐之地,受賜禮服,西歸途中,路經終南山,身穿五彩斑斕的諸侯禮服,神采奕奕,受到當地人民的歡迎。詩人以終南山起興,讚美襄公儀表不凡,容光焕發,祝願他"壽考不忘!"④

趙逵夫主編《先秦文學編年史》曰:

---

① 魏源:《詩古微》中編之四《秦風答問》,《魏源全集》第1册,第433—434頁。
② 魏源:《詩古微》下編之一《詩序集義·秦風》,《魏源全集》第1册,第642頁。
③ 方玉潤:《詩經原始》卷七,第274頁。
④ 殷光熹:《〈秦風〉總論(上)》,《楚雄師專學報》1999年第1期,第39頁。

詩中"顏如渥丹"而服朝服、威儀尊嚴者，正乃秦襄公也。詩言"黻衣繡裳，佩玉將將，壽考不忘"者，則云"君子德足稱服，故美之也"（王先謙《詩三家義集疏》）。由此可見，《終南》亦秦襄公始封之詩也。①

倪晉波《出土文獻與秦國文學》曰：

　　其説可從。就是説，《終南》乃周王室的臣子見秦襄公受封岐周故地，特頌揚之並寓勸誡意，令其不忘天子之德，其製作時間在襄公初年。②

宋人歐陽修《詩本義》、元人許謙《詩集傳名物鈔》、今人程俊英等《詩經注析》、晁福林《論平王東遷》等皆贊成《終南》乃秦襄公時詩。

歐陽修《詩本義·鄭氏詩譜》曰：

　　《駟驖》《小戎》《蒹葭》《終南》，右襄公。③

許謙《詩集傳名物鈔》曰：

　　《車鄰》《駟驖》《小戎》《終南》《無衣》。右襄五詩。④

程俊英等《詩經注析》以爲秦襄公時周遺民所撰。⑤

晁福林《論平王東遷》曰：

　　（由於）岐以東的豐鎬之地爲戎及攜王所盤踞，所以襄公率兵送平王東遷和返歸要繞道而行，以免經過正當東西要衝的豐鎬之地……因此秦大夫隨襄公西歸時便途經終南而有是篇之作。⑥

邵炳軍《詩〈秦風〉創作年代考論（上）——春秋詩歌創作年代考論之十

---

① 趙逵夫主編，趙逵夫、韓高年撰：《先秦文學編年史》中册，第432頁。
② 倪晉波：《出土文獻與秦國文學》，第95頁。
③ 歐陽修：《詩本義·鄭氏詩譜》，張元濟等編：《四部叢刊三編》，第9頁a。
④ 許謙：《詩集傳名物鈔》卷四，第12頁b。
⑤ 程俊英、蔣見元：《詩經注析》，第348頁。西周既滅，停留在關中的周人成爲"周餘民"，亦可稱爲"周遺民"。
⑥ 晁福林：《論平王東遷》，《歷史研究》1991年第6期，第19頁。

一》曰：

　　晁福林《論平王東遷》就歷史、人事、地理以證詩，以此詩作於周平王東遷時說是；然晁氏以爲平王東遷在十一年，即秦文公六年（前760年），似不可從。故筆者以爲《終南》當作於秦襄公八年（前770年）至十二年（前766年）之間。惜其具體年代難以詳考，姑繫於周平王命襄公爲諸侯之年，即秦襄公八年（前770年）。①

2. 闕疑説（不知何公）
宋人李樗、黄櫄《毛詩集解》李樗曰：

　　按《秦本紀》，自西戎侵奪岐、豐之地，周遂東遷。雖使秦取岐、豐之地，而終襄公之世不能取之，但十二年伐戎至岐而卒。其子文公於是伐戎取其地。此詩《序》所言襄公能取周地，是説與《史記》相戾。從《史記》則此《序》之言爲可廢，從此《序》則《史記》之言爲妄，當闕之以俟知者。②

案：李樗、黄櫄《毛詩集解》困于《史記·秦本紀》之錯亂，雖然有疑問，卻不能斷。
朱熹《詩集傳》曰：

　　此秦人美其君之詞，亦《車鄰》《駟驖》之意也。③

季本《詩説解頤正釋》持闕疑説。④
今人高亨《詩經今注》以爲是"秦國貴族歌頌秦君的詩"。⑤
程俊英、蔣見元《詩經注析》以爲可能是周遺民所撰勸戒秦君詩。⑥

---

① 邵炳軍：《詩〈秦風〉創作年代考論（上）——春秋詩歌創作年代考論之十一》，《西北大學學報（哲學社會科學版）》2011年第6期，第51頁。
② 李樗、黄櫄講義，吕祖謙釋音：《李迂仲黄實夫毛詩集解》卷十四，《通志堂經解》，第17頁b；又第19頁a—20頁a。
③ 朱熹：《詩集傳》卷六《秦風·終南》，《朱子全書》（修訂本）第1册，第510頁。
④ 季本：《詩説解頤正釋》卷十一，第8頁a。
⑤ 高亨：《詩經今注》，第169頁。
⑥ 程俊英、蔣見元：《詩經注析》，第348頁。

張啓成《詩經風雅頌研究論稿》贊成朱子説。①
3. 秦文公説
劉瑾《詩集傳通釋》曰：

> 歐陽子曰：周雖以岐、豐賜秦，使自攻取，而襄公未嘗一以兵至岐，至文始逐戎而取岐、豐之地。②

何楷《詩經世本古義》曰：

> 《終南》，秦人美文公也。始得岐周之地，國人矜而祝之。……襄公雖受岐西之賜於周，而未能有其地；至文公始大敗戎師而後取之。此詩以"終南"入詠，當在文公時。③

錢澄之《田間詩學》曰：

> 歐陽子謂：自戎侵岐、豐，周遂東遷，雖以岐、豐賜秦，而終襄公之世不能取之，但嘗一以兵至岐，至文公始逐戎而取岐豐之地。則是詩詠文公也。

又曰：

> 岐豐之地，自幽王被殺犬戎盤據其中，平王以賜襄公，使之自取，襄公不能取也，易世之後至文公始逐戎而有之。蓋至是而周之遺民乃重見終南山，重睹中國之衣冠也。美之爲君，祝以壽考，周人自是始爲秦人矣。④

陸奎勳《陸堂詩學》亦據《史記》曰：

> 此詩當美文公，《序》云戒襄者非也。⑤

---
① 張啓成：《論秦風》，《詩經風雅頌研究論稿》，學苑出版社，2003年，第193頁。
② 劉瑾：《詩集傳通釋》卷六，第23頁a。
③ 何楷：《詩經世本古義》卷十九《周平王之世詩三十四篇・終南》，第75頁a。
④ 錢澄之：《田間詩學》卷四，《錢澄之全集》之二，第306—308頁。
⑤ 陸奎勳：《陸堂詩學》卷四，第20頁b。

龔橙《詩本誼》曰：

　　《終南》，美文公也，破戎，遂有岐西。《史記》南有終南也。《毛序》："戒襄公。"《秦本紀》：襄公七年，平王封爲諸侯，賜之岐以西之地，曰：秦能逐戎即有之。襄公十二年，伐戎至岐卒。子文公十六年以兵伐戎，敗走，遂收周餘民有之，地至岐，岐以東，獻之周。是襄公尚未得至終南之下也。①

陸侃如、馮沅君《中國詩史》以爲當在秦文公十六年以後。②
案：秦文公說以爲秦襄公未能擁有岐東之地，依據的是錯亂的《史記·秦本紀》。實際上，秦襄公擁有關中之地。③

4. 秦德公說
汪梧鳳《詩學女爲》曰：

　　《史記》平王封襄公爲諸侯，賜之岐以西之地。然襄公雖受命未能實有岐地。十二年，伐戎至岐卒。文公三年，以兵七百人東獵。四年，至汧渭之會，乃卜居之。十六年，以兵破戎，收周餘民而括地至岐。至德公徙居雍，則始在終南之下矣。……此篇首詠終南，疑美德公之詩，《序》云美襄公，恐非是。④

案：此說甚不明地理，秦襄公時秦國已經擁有終南。

5. 秦穆公說
葉酉《詩經拾遺》曰：

　　此詩編《蒹葭》篇後，《黃鳥》之前，其爲美穆公之作無疑。⑤

案：此說無實質性依據。序次僅能參考，不能成爲主要依據。
　　總之，關於《終南》的年代、背景、主旨，秦文公說依據錯誤，秦德公說不明地理，秦穆公說無實質性依據，闕疑說僅是困惑與《史記·秦本紀》之錯

---

① 龔橙：《詩本誼》，第18頁a。
② 陸侃如、馮沅君：《中國詩史》，百花文藝出版社，2008年，第33頁。
③ 程平山《秦襄公、文公年代事蹟考》，《歷史研究》2013年第5期，第170—172頁。
④ 汪梧鳳：《詩學女爲》卷十一，清乾隆不疏園刻本，第5頁b—6頁a。
⑤ 葉酉：《詩經拾遺》卷二，清乾隆耕餘堂刻本，第38頁a。

亂,只有秦襄公説值得考慮。

二、《終南》年代背景主旨分析

關於《終南》的創作時代,學者以往的研究困於秦襄公、文公取周土的年代,受制於《史記》的記載。其實,《史記》記載錯亂訛誤,秦襄公已經擁有終南之地。

《毛詩・秦風・終南》"錦衣狐裘,顏如渥丹,其君也哉"者,描繪的是秦公。鄭康成《箋》:"渥,厚漬也。顏色如厚漬之丹,言赤而澤也。"①"顏如渥丹"是飽經風霜而形成,秦公年紀已老。

陝西省寶雞縣太公廟村出土《秦公編鐘》《秦公編鎛》:

> 秦公曰:"我先且(祖)受天命、商(賞)宅受(授)或(國),剌=(烈烈)昭文公、靜公、憲公不墜于上,昭合(答)皇天,以虩事蠻方。"②

宋代吕大臨《考古圖》、薛尚功《歷代鐘鼎彝器款識法帖》著録的《盄和鎛鐘》(又稱《秦公鐘》或《秦公鎛》)曰:

> 秦公曰:"不(丕)顯朕皇且(祖)受天命,鼏(肇)又(有)下國,十又二公,不豕(墜)在上,嚴龏(恭)夤天命。保業氒(厥)秦,虩事蠻夏。"③

民國初年甘肅省秦州(今天水地區)出土的《秦公簋》曰:

> 秦公曰:"不(丕)顯朕皇且(祖)受天命,鼏宅禹責(迹)。十又二公,在帝之坏,嚴龏(恭)夤天命,保業氒(厥)秦,虩事蠻夏。"④

這位在秦文公之前"受天命"而"商(賞)宅受(授)或(國)""鼏(肇)又(有)下國""鼏宅禹迹"的"先祖"或"皇祖"是秦襄公,受到秦人的膜拜。

---

① 孔穎達:《毛詩正義》卷六《秦風・終南》,阮元校刻:《十三經注疏》上册,第372頁下欄。一說渥丹乃紅色的花。
② 盧連成、楊滿倉:《陝西寶雞縣太公廟村發現秦公鐘、秦公鎛》,《文物》1978年第11期,第1—5頁;中國社會科學院考古研究所編:《殷周金文集成》(修訂增補本)第1册,中華書局,2007年,第307—317頁。
③ 中國社會科學院考古研究所編:《殷周金文集成》(修訂增補本)第1册,第318—319頁。
④ 中國社會科學院考古研究所編:《殷周金文集成》(修訂增補本)第4册,第2682—2685頁。

因終南而讚美秦公擁有廣袤疆土，非秦襄公孰能當之？
《毛詩·秦風·終南序》曰：

  《終南》，戒襄公也。能取周地，始爲諸侯，受顯服，大夫美之，故作是詩，以戒勸之。①

因此，《毛詩序》有其來源與依據。
  秦襄公四十年（周平王三十三年），秦仲（秦襄公）獲封爲秦公；秦襄公五十年（周平王四十三年），襄公卒。② 所以，《終南》作於秦襄公四十年至五十年（周平王三十三年至四十三年，前738—前728年）。
  《終南》的作者乃秦大夫。《終南》的主旨乃秦人讚美秦襄公擁有關中之地。

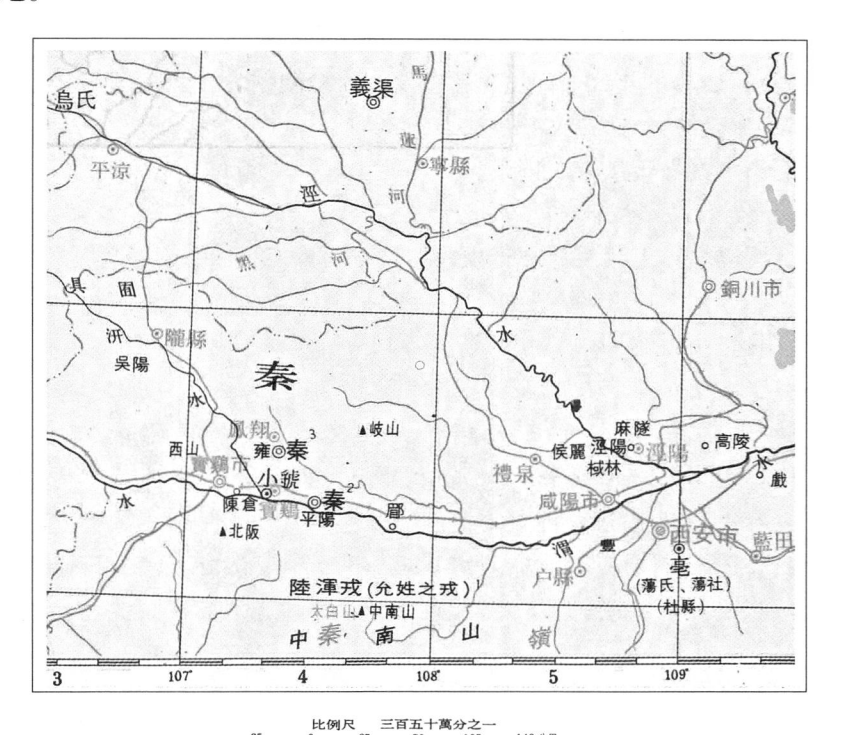

圖3-5 終南山（中南山）地理圖
（據譚其驤主編：《中國歷史地圖集》第1冊，第22—23頁）

---

① 孔穎達：《毛詩正義》卷六《秦風·終南》，阮元校刻：《十三經注疏》上冊，第372頁中欄。
② 程平山：《秦襄公、文公年代事蹟考》，《歷史研究》2013年第5期，第168頁。

第五節　《無衣》年代背景主旨諸説與分析

一、《無衣》年代背景主旨諸説

《毛詩·秦風·無衣》曰：

豈曰無衣？與子同袍。王于興師，脩我戈矛，與子同仇。
豈曰無衣？與子同澤。王于興師，脩我矛戟，與子偕作。
豈曰無衣？與子同裳。王于興師，脩我甲兵，與子偕行。①

安徽大學藏戰國簡《詩經·秦風·無衣》僅存殘句。有通假字等。②關於《無衣》的年代、背景、主旨主要有八種觀點。

1. 秦康公説

《毛詩·秦風·無衣序》曰：

《無衣》，刺用兵也。秦人刺其君好攻戰，亟用兵，而不與民同欲焉。

孔穎達《疏》曰：

康公以文七年立，十八年卒。案《春秋》文七年，晉人、秦人戰于令狐。十年，秦伯伐晉。十二年，晉人、秦人戰于河曲。十六年，楚人、秦人滅庸。見於經傳者已如是，是其好攻戰也。《葛生》刺好攻戰，《序》云刺獻公。此亦刺好攻戰，不云刺康公，而云刺用兵者，《葛生》以君好戰，故國人多喪，指刺獻公，然後追本其事。此指刺用兵，《序》順經意，故云刺用兵也。不與民同欲，章首二句是也。好攻戰者，下三句是也。經序倒者經刺君不與民同欲，與民同怨。故先言不同欲，而後言好攻戰。《序》本其怨之所由，由好攻戰，而不與民同欲，

---

① 孔穎達：《毛詩正義》卷六《秦風·無衣》，阮元校刻：《十三經注疏》上册，第 373 頁下欄—374 頁上欄。
② 安徽大學漢字發展與應用中心研究中心編，黄德寬、徐在國主編：《安徽大學藏戰國竹簡（壹）》，第 36、113 頁。

故民怨各自爲次,所以倒也。①

《無衣》曰:

豈曰無衣？與子同袍？王于興師,脩我戈矛,與子同仇！

毛亨《傳》曰:

興也。袍,襺也。上與百姓同欲,則百姓樂致其死。……戈長六尺六寸,矛長二丈。天下有道,則禮樂征伐自天子出。仇,匹也。

鄭康成《箋》曰:

此責康公之言也。君豈嘗曰:女無衣,我與女共袍乎？言不與民同欲。……于,於也。怨耦曰仇。君不與我同欲,而於王興師,則云:脩我戈矛,與子同仇,往伐之。刺其好攻戰。

孔穎達《疏》曰:

康公不與百姓同欲,非王興師而自好攻戰,故百姓怨也。
康公以文七年立,十八年卒。案《春秋》文七年,晉人、秦人戰於令狐。十年,秦伯伐晉。十二年,晉人、秦人戰於河曲。十六年,楚人、秦人滅庸。見於經、傳者已如是,是其好攻戰也。《葛生》刺好攻戰,序云"刺獻公",此亦刺好攻戰,不云刺康公,而云"刺用兵"者,《葛生》以君好戰,故"國人多喪",指刺獻公,然後追本其事。此指刺用兵,《序》順經意,故云刺用兵也。②

贊成《毛詩序》説者甚多。宋人李樗、黃櫄《毛詩集解》,范處義《詩補傳》,吕祖謙《吕氏家塾讀詩記》,嚴粲《詩緝》,元人劉瑾《詩集傳通釋》,清人朱鶴齡《詩經通義》,陳啓源《毛詩稽古編》,郝懿行《詩問》,陳奐《詩毛氏傳

---

① 孔穎達:《毛詩正義》卷六《秦風·無衣》,阮元校刻:《十三經注疏》上册,第373頁下欄。
② 孔穎達:《毛詩正義》卷六《秦風·無衣》,阮元校刻:《十三經注疏》上册,第373頁下欄。

疏》,方玉潤《詩經原始》等從《毛詩序》。①

宋人歐陽修《詩本義·鄭氏詩譜》曰:

　　《晨風》《無衣》《渭陽》《權輿》,右康公。②

筆者案:《漢書·地理志》曰:

　　天水、隴西,山多林木,民以板爲室屋。及安定、北地、上郡、西河,皆迫近戎狄,修習戰備,高上氣力,以射獵爲先。故秦詩曰"在其板屋";又曰"王于興師,修我甲兵,與子偕行"。及《車鄰》《四載》《小戎》之篇,皆言車馬田狩之事。③

《漢書·趙充國辛慶忌傳》曰:

　　山西天水、隴西、安定、北地處勢迫近羌胡,民俗修習戰備,高上勇力鞍馬騎射。故秦詩曰:"王于興師,修我甲兵,與子皆行。"其風聲氣俗自古而然,今之歌謠慷慨,風流猶存耳。④

案:班固所引《齊詩》,並無刺意。
王先謙《詩三家義集疏》曰:

　　毛謂《詩》之篇第以世爲次,此在穆公後,宜爲刺康公詩。其實世次之説,出毛武斷,而審度此詩詞氣,又非刺詩,斷從齊説。⑤

趙逵夫主編《先秦文學編年史》曰:

---

① 李樗、黃櫄講義,呂祖謙釋音:《李迂仲黃實夫毛詩集解》卷十四,第25頁a、b;范處義:《詩補傳》卷十一,第12頁b—13頁a;呂祖謙:《呂氏家塾讀詩記》卷十二,第244頁;嚴粲:《詩緝》卷十二,第342頁;劉瑾:《詩集傳通釋》卷六,第27頁a、b;朱鶴齡:《詩經通義》卷四,第11頁b—12頁b;陳啓源:《毛詩稽古編》,《皇清經解》卷六十六,第6b—7a;郝懿行:《詩問》卷二,安作璋主編:《郝懿行集》第1册,第668頁;陳奐:《詩毛氏傳疏》卷十一《秦風·無衣》,第18頁b—19頁a;方玉潤:《詩經原始》卷七,第277—278頁。
② 歐陽修:《詩本義·鄭氏詩譜》,張元濟等編:《四部叢刊三編》,第9頁a。
③ 《漢書》卷二十八下《地理志下》,第1644頁。
④ 《漢書》卷六十九《趙充國辛慶忌傳》,第2998—2999頁。
⑤ 王先謙:《詩三家義集疏》卷九《秦風·無衣》,第456頁。

鄭《箋》、孔《疏》以爲作於康公時。其説以刺詩説爲立足點，然詩非刺詩，上文已辯之。再説詩言"王于興師"，秦康公時當周襄王時，此時周衰無力命諸侯行征伐之事，故康公説不可信。①

2. 秦文公説

龔橙《詩本誼》曰：

《無衣》，文公從王伐戎之詩。毛《序》："刺用兵。"與《詩》不合。《地里志》："安定、北地、上郡、西河皆迫近戎狄，修習戰備，高上氣力，以射獵爲先，故秦詩曰'王于興師'云云，及《車鄰》《駟驖》《小戎》之篇，皆言車馬田狩之事。"是三家説有美而無刺也。後來楚申包胥來乞師，哀公爲之賦《無衣》，而出五百乘以救楚，若是刺康公用兵，豈反賦之救楚，(康(王)〔公〕當周頃王、匡王之世，又未有從王征伐之事，則知此詩必爲文公以前。西戎弑幽王，襄公救周，戰有功，或襄公十二年伐戎，與文公十六年敗戎，收周地數大用兵之時，誤次于康公之間，續序遂誤謂刺用兵也)。原次《晨風》下，今移上。②

趙逵夫主編《先秦文學編年史》曰：

考察詩本文，是秦人美其君而非刺其不同欲。詩曰："豈曰無衣？與子同袍。"又"與子同澤"，"與子同裳"。既是"同袍""同澤""同裳"，自然不爲"無衣"。故《毛傳》云："與百姓同欲，則百姓樂致其死。"顯然，《序》《箋》之説不合詩之本義。其次，詩言"王于興師"，《毛傳》："天下有道，則禮樂征伐自天子出。"鄭《箋》云："君不與我同欲而于王興師。"則詩中之"王"爲周王。詩又云："王于興師，修我戈矛，與子同仇。"《毛傳》："仇，匹也。"鄭《箋》："怨耦曰仇。君不與我同欲而於王興師，則云'王于興師，修我戈矛，與子同仇。'往伐之，刺其好戰。"《箋》説詩刺好戰無據。按"仇"，《韓詩》作"讎"。王先謙《詩三家義集疏》云："西戎殺幽王，於是周室諸侯爲不共戴天之讎，秦民敵王所愾，故曰同讎也。"王説是。據此，則《無衣》爲美秦文公破戎之事。③

---

① 趙逵夫主編，趙逵夫、韓高年撰：《先秦文學編年史》中冊，第454—455頁。
② 龔橙：《詩本誼》，第17頁b—18頁a。
③ 趙逵夫主編，趙逵夫、韓高年撰：《先秦文學編年史》中冊，第454—455頁。

案：秦文公説依據錯亂的《史記·秦本紀》，破戎乃秦襄公事迹。

3. 闕疑説（懷疑《毛詩序》）

朱子《詩序辨説》曰：

《序》意與詩情不協。説已見本篇矣。①

朱子《詩集傳》曰：

秦俗强悍，樂於戰鬭，故其人平居而相謂曰：豈以子之無衣，而與子同袍乎！蓋以王于興師，則將修我戈矛，而與子同仇也。其懽愛之心，足以相死如此。蘇氏曰：秦本周地，故其民猶思周之盛時，而稱先王焉。或曰：興也，取"與子同"三字爲義，後章放此。②

劉始興《詩益》曰：

今按篇中未有刺其君之意，故朱子《辨説》曰"《序》與詩情不協"，今從朱子《傳解》。詳見本傳。③

崔述《讀風偶識》贊成朱子説：

《無衣》，平日詩也，而志切於戈矛，意在於同仇，行陣也衽席視之，鋒鏑也而寤寐依之，則臨敵可知矣。其風俗之勁悍如是，天下誰復能當其鋒者！……《朱傳》之論《無衣》，深得其旨。……至《序》反以《無衣》爲刺用兵，失之遠矣。④

汪梧鳳《詩學女爲》曰：

是詩雖無確處，總宜在《黃鳥》前，奉王命出兵時所作。《序》以爲："秦人刺其君好攻戰，亟用兵，而不與民同欲焉。"鄭《箋》謂詩責康公，

---

① 朱熹：《詩序辨説》，《詩集傳》，《朱子全書》（修訂本）第 1 册，第 378 頁。
② 朱熹：《詩集傳》卷六《秦風·無衣》，《朱子全書》（修訂本）第 1 册，第 512 頁。
③ 劉始興：《詩益》卷十六，第 24 頁 b—第 25 頁 a。
④ 崔述：《讀風偶識》卷四《秦風》，顧頡剛編訂：《崔東壁遺書》下册，第 566 頁下欄。

孔《疏》因舉令狐、河曲之戰及滅庸之舉以實之,皆非是。①

高亨《詩經今注》以爲是"秦國勞動人民的參軍歌"。②

程俊英、蔣見元《詩經注析》以爲《無衣》乃秦國軍中戰歌,贊同王先謙説。③

案: 闕疑説論證不足。

4. 秦襄公説

元人許謙《詩集傳名物鈔》曰:

《車鄰》《駟驖》《小戎》《終南》《無衣》。右襄五詩。④

《詩總圖》謂作於"秦襄公之世",當"周幽王之時"。⑤

明人季本《詩説解頤正釋》曰:

此將帥與士卒同甘苦者所作,必襄公始封爲諸侯時詩也。蓋當時猶以王命興師,故有"王于興師"之言耳。⑥

姚際恒《詩經通論》認爲《無衣》乃秦襄公征犬戎而作:

《小序》謂刺用兵,無刺意。《集傳》倣之,謂秦强悍,樂於戰鬥。詩明有"王于興師"之語,豈可徒責之秦俗哉? 觀其詩詞,謂秦俗强悍,樂於用命,則可矣。僞《傳》説謂秦襄公以王命征戎,周人赴之賦此。近是。然不必云周人也。犬戎殺幽王,乃周人之仇,秦人言之,故曰"同仇","子"指周人也。⑦

夏炘《讀詩劄記》曰:

---

① 汪梧鳳:《詩學女爲》卷十一,第 9 頁 a。
② 高亨:《詩經今注》,第 173 頁。
③ 程俊英、蔣見元:《詩經注析》,第 356 頁。
④ 許謙:《詩集傳名物鈔》卷四,第 12 頁 b。
⑤ 許謙:《詩集傳名物鈔》卷八,第 40 頁 a。
⑥ 季本:《詩説解頤正釋》卷十一,第 12 頁 a。
⑦ 姚際恒:《詩經通論》卷七,第 7 頁 b;姚際恒:《詩經通論》卷七,《姚際恒著作集》第 1 册,第 209 頁。

此詩疑亦襄公征犬戎而作。平王謂襄公曰："能逐犬戎，即有岐豐之地。"故曰"王于興師"也，犬戎弒幽王，秦仲亦爲犬戎所弒，君父之仇，不共戴天。故曰"與子同仇"也。①

5. 秦莊公説

何楷《詩經世本古義》曰：

《無衣》，復王仇也。周宣王以兵七千，命秦莊公伐西戎，周從征之士賦此。據金履祥《通鑑前編》以此詩屬之莊公，今從之。②

錢澄之《田間詩學》曰：

按《史記》周厲王無道，西戎反王室，滅犬丘大駱之族。宣王即位，以秦仲爲大夫，誅西戎。仲遂死于戎。王立其子莊公，與兵七千，使伐西戎，破之，盡復大駱犬丘之地。命爲西垂大夫，居其故地犬丘。此詩從征之士所作。③

胡承珙《毛詩後箋》曰：

"王"字乃思古之詞，所以刺康公非王法而興師。故蘇《傳》、吕《解》、嚴《緝》皆以爲陳古刺今之作。④

李子偉、丁國棟《論〈秦風〉產生的時代、地域》曰：

《無衣》是一首慷慨激昂的軍歌。歌中表現了士兵們樂於用命，同仇敵愾的樂觀精神和飽滿旺盛的鬥志。秦人士兵的這種精神，如果我們能從歷史的角度出發去考察，自然會得出比較合理的結果。秦自中潏至文公三百年間，滄桑多變，戰火頻繁。秦人爲周保西垂，既與西戎各族有和平相處的年代，又有兵戎相見，相互攻伐的歲月，交織着戰爭與和平、進攻與退守、圍攻與反圍攻、淪陷與光復的反復較量，是一個悲

---

① 夏炘：《讀詩劄記》卷四，清咸豐三年刻本，第 13 頁 a、b。
② 何楷：《詩經世本古義》卷十七《周宣王之世詩二十篇・無衣》，第 72 頁 a。
③ 錢澄之：《田間詩學》卷四，《錢澄之全集》之二，第 312—313 頁。
④ 胡承珙：《毛詩後箋》卷十一，第 38 頁 a。

壯而激動人心的時代,是一幕跌宕起伏的歷史活劇。最慘重的是秦仲三年(公元前842年),西戎滅犬丘,盡屠大駱子成一族。犬丘淪陷西戎之手長達二十餘年。周宣王重用秦仲爲周王朝的大夫,命伐西戎,死難。又召莊公昆弟五人興兵七千人伐西戎獲勝,光復了犬丘。莊公把中心都邑遷至西犬丘後,遂命長子世父居犬丘奉祀宗廟。莊公、襄公居西犬丘。襄公二年,西戎又圍犬丘,世父擊之,爲戎所俘,次年復歸世父。回顧這段歷史,當使我們認識到,秦仲、莊公、襄公之世,是秦人創基立業的非常時期,此時的秦人,真可以說是上下同欲,團結一心,同仇敵愾,樂於用命。而秦人逐漸東遷後,隨着勢力的強大,日益驕橫,漸失民心,《無衣》中所體現的精神也逐漸衰微。根據穆公之世《黃鳥》詩中所反映出的情緒,我們完全可以判斷出《無衣》一詩絕非穆公以後的作品。姚際恒《詩經通論》:"僞《傳》謂'秦襄公以王命征伐,周人赴之,賦此。'近是;然不必云周人也。犬戎殺幽王,乃周人之仇;秦人言之,故曰'同仇'。'子'指周人也。"姚際恒的這種說法是妥切的,符合詩意的。凡三章中的六個子皆指周人,所以,這詩無疑是莊、襄之世的秦兵士對周人的鏗鏘陳言。據此,判定《無衣》爲莊、襄之世的作品是比較合理的。明代何楷的看法是正確的。①

倪晉波《出土文獻與秦國文學》曰:

《無衣》詩云:"王于興師。"表明此番秦人是奉王命而戰。考諸《史記》,這樣的戰事有兩次。第一次,周宣王七年,秦仲死於伐戎的戰鬥,"周宣王乃召莊公昆弟五人,與兵七千人,使伐西戎";第二次,周平王封襄公爲諸侯的同時,賜之岐以西之地,並說:"戎無道,侵奪我岐、豐之地,秦能攻逐戎,即有其地。"兩次王命,到底是哪一次呢?我看前一次的可能性大。詩言:"修我戈矛,與子同仇。"王先謙說:"西戎殺幽王,是於周室諸侯爲不共戴天之仇,秦民敵王所愾,故曰'同仇'也。"這樣的解釋是沒有看到"同仇"的對象,即詩所言的"子"。倘是與周王同仇敵愾,如何能稱"子"?據統計,《詩經》中"子"共有11種義項,但並沒有用以指代"王"或"天子"的。所以,這裏的"子"是一種尊稱,當指莊公。……《無衣》之製應該在周宣王令莊公伐西戎的那一年,即公元前821年。②

---

① 李子偉、丁國棟:《論〈秦風〉產生的時代、地域》,《貴州文史叢刊》2007年第3期,第7—8頁。
② 倪晉波:《出土文獻與秦國文學》,第93—94頁。

案：秦莊公説與上文第二章論證的《秦風》年代不符，秦莊公無著迹，不足道。

6. 秦哀公説

王夫之《詩經稗疏》曰：

> 《春秋》：申包胥乞師，秦哀公爲之賦《無衣》。……"爲賦"云者，與衛人爲之賦《碩人》、鄭人爲之賦《清人》，義例正同。則此詩哀公爲申胥作也。若所賦爲古詩，如子展賦《草蟲》之類，但言"賦"不言"爲賦"也。①

今人陳子展《詩經直解》《詩三百家解題》贊同此説。②

案：一些學者認爲賦詩與作詩有別，王夫之説不可從。程俊英、蔣見元《詩經注析》曰：

> 若據王氏考訂，此詩當爲秦哀公出師救楚所作。但是我們且查檢《左傳》。文七年："荀林父爲賦《板》之三章。"若依王氏義例，則《大雅·板》爲荀林父所作。但在此前，《左傳》僖五年士蔿曾引《板》詩。又如《左傳》昭十二年："宋華定來聘，通嗣君也。享之，爲賦《蓼蕭》。"若依王氏義例，則《蓼蕭》爲此時之作。但在此前，《左傳》襄二十六年："國景子相齊侯，賦《蓼蕭》。"由此可見，王氏自立《左傳》義例，證明《無衣》爲哀公所作之説不能成立。從詩的內容來看，亦不似秦王口氣，它應是流傳在民間的戰歌。③

殷光熹《〈秦風〉總論》曰：

> 秦哀公"爲之賦《無衣》""爲賦《無衣》"，只能是"賦詩言志"（引詩作答），與作詩顯然有別。④

趙逵夫主編《先秦文學編年史》曰：

---

① 王夫之：《詩經稗疏》卷一，船山全書編輯委員會編校：《船山全書》第 3 册，岳麓書社，1993 年，第 92 頁。
② 陳子展：《詩經直解》卷十一，第 400 頁；陳子展：《詩三百家解題》卷十一，第 489—492 頁。
③ 程俊英、蔣見元：《詩經注析》，第 356 頁。
④ 殷光熹：《〈秦風〉總論（上）》，《楚雄師專學報》1999 年第 1 期，第 40—41 頁。

王氏所定之義例並不嚴密,《左傳·文公七年》:"荀林父爲賦《板》之三章",而《板》非林父所作;《左傳·昭公十二年》:"宋定華來聘,通嗣君也。享之,爲賦《蓼蕭》。"而《蓼蕭》非魯人所作。《箋》云:"賦者,或造篇,或誦古。"《左傳·隱公元年》:"公入而賦:'大隧之中,其樂也融融。'姜出而賦:'大隧之外,其樂也洩洩。'"此爲造篇,哀公之賦《無衣》,誦古也。故王説不可從。①

案:三家之辨甚是。秦哀公説緣于王夫之的誤解。

7. 秦穆公説

陸奎勳《陸堂詩學》曰:

小《序》刺用兵也,不得其作詩之由。則姑以爲刺,試思"王于興師",秦固未嘗如吴楚之稱王也,而肯受其刺乎?

《左傳》裏王使簡師父告叔帶之難于晉,亦使左鄢父告於秦。秦伯師於河上,將納王。晉文聽狐偃謀,辭秦師,獨成定王之功。然則,奉王命而勵同仇,此詩正詠其事。況我送舅氏,康公尚爲太子,《晨風》《無衣》皆屬秦穆時無疑。②

魏源《詩古微·詩序集義》曰:

秦之先世與戎世仇,屢有勤王敵愾之事,至後世民俗猶存。當作於穆公拓地霸戎之時,故列於《渭陽》之前。③

殷光熹《〈秦風〉總論》承魏源説,曰:

穆公在位時間是公元前659年至公元前621年,這就是説,《無衣》的創作時間當在公元前621年之前。④

案:秦穆公時無王興兵于秦之事。魏氏秦穆公説與前説自相矛盾。
又案:秦穆公時秦國繁榮富饒,軍隊裝備精良,士卒不會稱"無衣"。并

---

① 趙逵夫主編,趙逵夫、韓高年撰:《先秦文學編年史》中册,第455頁。
② 陸奎勳:《陸堂詩學》卷四,第22頁a。
③ 魏源:《詩古微》下編之一《詩序集義·秦風》,《魏源全集》第1册,第643頁。
④ 殷光熹:《〈秦風〉總論(上)》,《楚雄師專學報》1999年第1期,第40頁。

且,秦穆公時勤王不成,與"王於興師"終究不符,何得作詩美之? 所以,秦穆公時與《無衣》反映的内涵不合。

8. 秦康公追録秦文公説

魏源《詩古微·秦風答問》申《魯詩》説:

> 《疏》説附《箋》,强鑿爲刺,非毛義非三家之義。《毛傳》曰:"上與百姓同欲,則百姓樂致其死。""天下有道,則禮樂征伐自天子出。"則是陳其先世勤王敵愾之事。故包胥之役,哀公賦此以出師。若爲直刺用兵,則是賦以拒七日之哭,何爲出五百乘之師乎? 若更據此以爲詩作於秦哀公,夫子應楚昭之聘,聞其詩而録之,則是《國風》不待陳於王朝,而凡滄浪之詠、接輿之歌、鸛鴞之謡,皆可傳聞采録矣,豈知經例者哉?《地里志》言安定、北地、上郡、西河,皆迫近戎、狄,修習戰備,高上氣力,以射獵爲先。故秦詩曰:"王于興師,修我甲兵,與子偕行。"及《車鄰》《駟驖》《小戎》之篇,皆言車馬田狩之事。此《魯詩》以《無衣》與《駟驖》《小戎》,皆秦先世美詩之證。若刺康公用兵,則民不樂戰,曷爲引以證秦俗之勇敢乎? 考《秦風》自《終南》以前,皆襄公前世之詩,而後此力戰破戎,收復岐東故地,獻諸周室者,功莫盛於文公,不應反無一詩。則《無衣》殆勸於平王賜岐之命,踴躍用兵,同仇赴敵,而康公時追録先世之詩,故編於康公詩内。如《駟驖》《小戎》追録於襄公之世,而《毛序》並以爲美襄公。又如《商頌》作於正考父,以其樂作於宋襄時,而《韓詩序》以美宋襄公歟? 故知《秦風》一陳於秦襄初受王命爲諸侯之時,再陳於晉伯主盟之日。周室衰微,秦必不肯以《黄鳥》刺繆之詩,上陳於周,故知皆晉伯所代陳。陳啓源曲傳《箋》《疏》刺用兵之義,因謂秦自商君立首虜之令,始以好戰稱雄,方春秋時,與晉用兵,殆十遇九敗,以駁秦俗强悍樂戰之説,不但顯違《漢志》,且秦以西垂養馬大夫耳,驪山之敗,四面皆戎,而文公岐山一旅,盡收已覆之神京,屢世蠶食,競霸西戎。至於穆公三置晉君,一救荆禍,益國二十,擴地千里,遂與晉、楚爲敵,豈得因殽師一敗,遂並韓原之獲雄,濟河之焚舟,岐東之拓地,申胥之復楚,皆謂秦兵不足用乎? 季札聞歌《秦》曰:"此之謂夏聲。"夫能夏則大,其周之舊乎? 誦詩而聞國政,知必有能辨之者。①

魏源《詩古微·詩序集義》曰:

---

① 魏源:《詩古微》中編之四《秦風答問》,《魏源全集》第1册,第437頁。

《無衣》,美用兵勤王也。秦地迫近西戎,修習戰備,高上氣力,故《秦風》有《車鄰》《駟驖》《小戎》之篇,及"王于興師,修我甲兵,與子偕行"之事。(《漢地里志》《魯詩》說)"上與百姓同欲,則百姓樂致其死。""天下有道,則禮樂征伐自天子出。"(《毛傳》)秦之先世與戎世仇,屢有勤王敵愾之事,至後世民俗猶存。當作於穆公拓地霸戎之時,故列於《渭陽》之前。(《秦風》自《終南》之前,皆襄公前世之詩。襄公曾與晉文侯、衛武公共立平王。至其子文公力戰破戎,收復岐東故地,獻諸周室。今此詩尊王,同仇敵愾,猶有二公之遺風。其秦穆用由余拓地千里,遂霸西戎之時,故次於穆公詩後,《渭陽》之前。美用兵,非刺用兵也。《續序》以爲刺用兵,並傅諸康公之世,不惟與詩詞冰炭,即《毛傳》亦不合,況刺康公? 曷爲列《渭陽》之前?)①

　　案:秦康公追錄秦文公說依據錯亂的《史記·秦本紀》,破戎乃秦襄公事迹。總之,關於《無衣》的年代背景主旨,秦莊公說不足考慮,秦文公說、秦康公追錄秦文公說依據錯誤,秦穆公說、秦康公說無依據,秦哀公說屬於誤解,闕疑說論證不足,秦襄公說值得考慮。

二、《無衣》年代背景主旨分析

《毛詩·秦風·無衣序》曰:

　　《無衣》,刺用兵也。秦人刺其君好攻戰,亟用兵,而不與民同欲焉。②

案:《漢書·地理志》曰:

　　天水、隴西,山多林木,民以板爲室屋。及安定、北地、上郡、西河,皆迫近戎狄,修習戰備,高上氣力,以射獵爲先。故秦詩曰"在其板屋";又曰"王于興師,修我甲兵,與子偕行"。及《車轔》《四載》《小戎》之篇,皆言車馬田狩之事。

顏師古注"王于興師,修我甲兵,與子偕行"曰:

　　《無衣》之詩也。言於王之興師,則修我甲兵,而與子俱征伐也。③

---

① 魏源:《詩古微》下編之一《詩序集義·秦風》,《魏源全集》第1冊,第643頁。
② 孔穎達:《毛詩正義》卷六《秦風·無衣》,阮元校刻:《十三經注疏》上冊,第373頁下欄。
③ 《漢書》卷二十八下《地理志下》,第1644頁。

陳喬樅《三家詩遺説考》曰：

> 師古引《車轔》及《四載》《小戎》諸詩，皆襲舊注《齊詩》之説，故字多與毛不同。①

筆者案：顏師古《注》實據《齊詩》爲説。《毛詩序》以《無衣》刺用兵，而《齊詩序》以《無衣》從王征伐，《漢書·地理志》以《無衣》"修習戰備"，皆與《毛詩序》不侔。考《無衣》詩，乃勸戰，並無刺意。

《左傳》定公四年：

> 昭王在隨，申包胥如秦乞師，曰："吳爲封豕、長蛇，以荐食上國，虐始於楚。寡君失守社稷，越在草莽，使下臣告急，曰：'夷德無厭，若鄰於君，疆埸之患也。逮吳之未定，君其取分焉。若楚之遂亡，君之土也。若以君靈撫之，世以事君。'"秦伯使辭焉，曰："寡人聞命矣。子姑就館，將圖而告。"對曰："寡君越在草莽，未獲所伏，下臣何敢即安？"立，依於庭牆而哭，日夜不絶聲，勺飲不入口七日。秦哀公爲之賦《無衣》。九頓首而坐。秦師乃出。②

《無衣》乃士卒之歌，詠戰事，同仇敵愾之意，今人持此論者甚多。③

"無衣"者，缺少裝備。"王于興師"者，周天子命伐也。秦哀公賦之，早有此詩，秦哀公賦之而已。所以，此描繪只能是兩周之際的秦仲、秦莊公、秦襄公之時。秦襄公長期致力於伐戎，軍備物資必然十分匱乏，士卒稱"無衣"是符合實情的。《秦風》始於秦襄公之時，歸爲秦襄公時是合理的。

秦仲（秦襄公）大規模伐西戎，始自周幽王十一年春，止于周平王（或周攜王）二十一年。④ 所以，《無衣》作于秦襄公七年至二十八年〔周幽王十一年至周平王（或周攜王）二十一年，前771—前750年〕。

《無衣》乃秦士卒之戰歌。《無衣》的主旨是秦襄公以王命伐西戎，士卒互勉也。

---

① 陳喬樅：《齊詩遺説考》卷一，陳壽祺撰，陳喬樅述：《三家詩遺説考》，《左海續集》，第2頁a。
② 孔穎達：《春秋左傳正義》卷五十四，阮元校刻：《十三經注疏》下册，第2137頁上、中欄。
③ 參見余冠英《詩經選》，人民文學出版社，1979年第2版，第133頁；高亨《詩經今注》，第173頁；袁梅《詩經譯注》，齊魯社，1980年，第344頁。
④ 程平山：《秦襄公、文公年代事蹟考》，《歷史研究》2013年第5期，第168頁。

第四章 《蒹葭》《晨風》年代背景主旨分析

第一節 《蒹葭》年代背景主旨諸説與分析

一、《蒹葭》年代背景主旨諸説

《毛詩·秦風·蒹葭》曰：

> 蒹葭蒼蒼，白露爲霜。所謂伊人，在水一方。
> 遡洄從之，道阻且長；遡游從之，宛在水中央。
> 蒹葭萋萋，白露未晞。所謂伊人，在水之湄。
> 遡洄從之，道阻且躋；遡游從之，宛在水中坻。
> 蒹葭采采，白露未已。所謂伊人，在水之涘。
> 遡洄從之，道阻且右；遡游從之，宛在水中沚。①

安徽大學藏戰國簡《詩經·秦風·蒹葭》簡文缺失較多，第一章八句與《毛詩》同；第二章七句與《毛詩》同，缺失最後一句；第三章確失嚴重，前五句缺失，後三句殘存且有缺字。簡本現存文字與《毛詩》多近，有異體字、通假字，不枚舉。②

關於《蒹葭》的年代、背景、主旨主要有四種觀點。

1. 秦襄公説

學者有更細的分析。

---

① 孔穎達：《毛詩正義》卷六《秦風·蒹葭》，阮元校刻：《十三經注疏》上册，中華書局，1980年影印本，第372頁上、中、下欄。
② 安徽大學漢字發展與應用中心研究中心編，黄德寬、徐在國主編：《安徽大學藏戰國竹簡（壹）》，中西書局，2019年，第32—33、106—108頁。

（1）刺襄公未能用周禮
《毛詩・秦風・蒹葭序》曰：

《蒹葭》，刺襄公也。未能用周禮，將無以固其國焉。

鄭康成《箋》曰：

秦處周之舊土，其人被周之德教日久矣，今襄公新爲諸侯，未習周之禮法，故國人未服焉。

孔穎達《疏》曰：

作《蒹葭》詩者，刺襄公也。襄公新得周地，其民被周之德教日久，今襄公未能用周禮以教之。禮者爲國之本，未能用周禮，將無以固其國焉。故刺之也。經三章皆言治國須禮之事。①

《毛詩譜・秦譜》孔穎達《疏》曰：

服虔云：“秦仲始有車馬禮樂之好，侍御之臣，戎車四牡田狩之事。其孫襄公列爲秦伯，故‘蒹葭蒼蒼’之歌、《終南》之詩，追錄先人《車鄰》《駟驖》《小戎》之歌。與諸夏同風，故曰夏聲。”②

清人陳喬樅《魯詩遺説考》曰：

服虔以《駟驖》《小戎》爲秦仲之詩，與《毛序》不同，是據《魯詩》爲説，故與毛異。③

案：《毛詩序》《魯詩序》皆以《蒹葭》爲秦襄公之詩。
贊成《毛詩序》説者者甚多。宋人李樗、黃櫄《毛詩集解》，范處義《詩補傳》，呂祖謙《呂氏家塾讀詩記》，嚴粲《詩緝》，清人陳啓源《毛詩稽古編》，胡

---

① 孔穎達：《毛詩正義》卷六《秦風・蒹葭》，阮元校刻：《十三經注疏》上册，第372頁上欄。
② 孔穎達：《毛詩正義》卷六《秦譜》，阮元校刻：《十三經注疏》，第368頁下欄。
③ 陳喬樅：《魯詩遺説考》卷二，陳壽祺撰，陳喬樅述：《三家詩遺説考》，《左海續集》，清光緒八年補刻本，第1頁a、b。

承珙《毛詩後箋》、陳奐《詩毛氏傳疏》、魏源《詩古微》、龔橙《詩本誼》、王先謙《詩三家義集疏》、方玉潤《詩經原始》等從《毛詩序》。①

歐陽修《詩本義·鄭氏詩譜》曰：

《駟驖》《小戎》《蒹葭》《終南》，右襄公。②

《詩本義》卷四以爲"詩人作《蒹葭》之時，秦猶未得周之地"，仍從《毛詩序》。③魏源《詩古微·詩序集義》曰：

《蒹葭》，刺襄公也。（《毛序》及服虔三家《詩》並同。）以戎俗變周民，而不以周禮變戎俗，故詩人歎之。④

（2）思慕周之賢人

宋人蘇轍《詩集傳》、明人朱鶴齡《詩經通義》、清人姚際恒《詩經通論》、崔述《讀風偶識》等以爲思賢詩。

蘇轍《詩集傳》曰：

襄公興於西戎，知以耕戰富國強兵，而不知以禮儀終成之。非不蒼然盛也，而君子以爲未成，故告之曰："有賢者，於是不遠也，在水一方耳，胡不求與爲治哉？"不以其道求之也，則道阻且長，不可得而見矣。如以其道求之，則宛然在水中耳。⑤

---

① 李樗、黄櫄講義，吕祖謙釋音：《李迂仲黄實夫毛詩集解》卷十四，《通志堂經解》，清康熙間通志堂刻本，第 13 頁 b；范處義：《（逸齋）詩補傳》卷十一，《通志堂經解》，清康熙間通志堂刻本，第 7 頁 b；吕祖謙：《吕氏家塾讀詩記》卷十二，黄靈庚等主編：《吕祖謙全集》第 4 册，梁運華點校，浙江古籍出版社，2009 年，第 238 頁；嚴粲：《詩緝》卷十二，李輝點校，中華書局，2020 年，第 330 頁；陳啓源：《毛詩稽古編》，阮元輯：《皇清經解》卷六十六，清道光庚申補刊本，第 4 頁 b—5 頁 a；胡承珙：《毛詩後箋》卷十一，清道光十七年求是堂刻本，第 22 頁 b；陳奐：《詩毛氏傳疏》卷十一《秦風·蒹葭》，清道光二十七年陳氏掃葉山莊刻本，第 10 頁 b；魏源：《詩古微》中編之四《秦風答問》，魏源全集編輯委員會編校：《魏源全集》第 1 册，岳麓書社，2004 年，第 432 頁；龔橙：《詩本誼》，清光緒十五年刻本，第 16 頁 a—17 頁 b；王先謙：《詩三家義集疏》卷九《秦風·蒹葭》，中華書局，1987 年，第 447—448 頁；方玉潤：《詩經原始》卷七，李先耕點校，中華書局，1986 年，第 273 頁。
② 歐陽修：《詩本義·鄭氏詩譜》，張元濟等編：《四部叢刊三編》，民國二十四至二十五年上海商務印書館影印宋刻本，第 9 頁 a。
③ 歐陽修：《詩本義》卷四，張元濟等編：《四部叢刊三編》，第 8 頁 a—9 頁 b。
④ 魏源：《詩古微》下編之一《詩序集義》，《魏源全集》第 1 册，第 642 頁。
⑤ 蘇轍：《詩集傳》卷六，宋淳熙七年蘇詡筠州公使庫刻本，第 14 頁 a、b。

朱鶴齡《詩經通義》贊成蘇轍説：

《序》説與詩不附，毛、鄭太泥周禮，永叔諸家推衍愈覺紆回。潁濱云："襄公不知以周禮治其國，故告之曰：'有賢者，于是不遠也，胡不求與爲治哉！'"此近之。①

姚際恒《詩經通論》曰：

此自是賢者隱居水濱，而人慕而思見之詩。②

崔述《讀風偶識》曰：

《蒹葭》亦好賢詩也。然但曰"所謂伊人，在水一方"而已。……詩人雖知其賢，而亦知其不適於當世之用。是以反覆歎美，而不勝其惋惜之情。吾故讀《蒹葭》而知三代之將變爲秦漢也。《序》以此詩爲刺襄公之不能用周禮。説者因以"伊人"爲喻周禮。朱子以其詩爲鑿，夫强指"伊人"以爲周禮，其説誠鑿，然以"伊人"之不出爲因周禮之不用，則朱《傳》與《序》説未嘗不互相發明也。特説《序》者失其指耳。嗟夫！此詩在《小戎》之後，《黄鳥》之前，知秦人惟務强兵，而不復以愛惜人材爲事。使"伊人"不在水一方，且將有繼子車氏之三良而不保其身者。信乎其有見幾之哲。宜詩人之反覆而歎美之也。③

郝懿行《詩問》不繫時代：

《蒹葭》，思隱也。時有高士隱於水濱，潛深伏隩，可望不可即，君子歎美之。④

---

① 朱鶴齡：《詩經通義》卷四，方功惠輯：《碧琳琅館叢書》，清宣統元年刻本，第9頁a、b。
② 姚際恒：《詩經通論》卷七，清道光十七年鐵琴山館刻本，第4頁b；姚際恒：《詩經通論》卷七，林慶彰主編：《姚際恒著作集》第1册，顧頡剛點校，臺北"中研院"文哲所，2014年，第205頁。
③ 崔述：《讀風偶識》卷四《秦風》，顧頡剛編訂：《崔東壁遺書》下册，上海古籍出版社，2013年，第567頁上欄。
④ 郝懿行：《詩問》卷二，趙立綱、陳乃華點校，安作璋主編：《郝懿行集》第1册，齊魯書社，2010年，第665頁。

顧廣譽《學詩詳説》曰：

　　《疏》以王氏肅説申之，謂維得人之道，乃在水一方。其義迂而不切。《箋》以伊人爲知周禮之賢人，乃與詩相比附，當爲正解。①

方玉潤《詩經原始》曰：

　　蓋秦處周地，不能用周禮，周之賢臣遺老，隱處水濱，不肯出仕。詩人惜之，託爲招隱，作此見志。一爲賢惜，一爲世望。曰伊人，曰從之，曰宛在。玩其詞，雖若可望不可即。味其意，實求之而不遠，思之而即至者，特無心以求之。則其人倜乎遠矣。《序》本有指，辭不能達。故致紛紛議起也。②

案："思賢説"是由"刺襄公未能用周禮説"衍生而來。
趙逵夫主編《先秦文學編年史》繫于襄公十二年：

　　詩本文云"在水一方""在水之涘"。産生於秦文公時代的《石鼓文》第二首云"于水一方"，描秦文公初遷至汧、渭流域時所見之景。二者文句頗爲相似，時代亦應相近。可證《序》説必有所據，姑從之繫於此年。③

邵炳軍《詩〈秦風〉創作年代考論（上）——春秋詩歌創作年代考論之十一》贊成《毛詩序》説，並有補正：

　　從毛《序》"秦襄公八年之後"説。惜其具體作時難以詳考，姑繫於秦襄公卒年，即秦襄公十二年（前766年）。④

（3）愛情詩
殷光熹《〈秦風〉總論》贊成《蒹葭》作于襄公時，評論曰：

---

① 顧廣譽：《學詩詳説》卷十一，清光緒三年刻本，第11頁a、b。
② 方玉潤：《詩經原始》卷七，第273頁。
③ 趙逵夫主編，趙逵夫、韓高年撰：《先秦文學編年史》中冊，商務印書館，2010年，第438頁。
④ 邵炳軍：《詩〈秦風〉創作年代考論（上）——春秋詩歌創作年代考論之十一》，《西北大學學報（哲學社會科學版）》2011年第6期，第55頁。

認爲二詩與賢人有關的這些看法,是有其一定的根據和道理的,空口無憑地予以否定,似欠公允。當然,從讀者的角度看,將《蒹葭》視爲一首愛情詩亦未嘗不可,因爲"男女情與君臣義原本相通"。①

2. 秦穆公説
宋人王質《詩總聞》曰:

秦興,其賢有二人焉:百里奚、蹇叔是也。秦穆初聞虞人百里奚之賢,自晉適楚,以五羖羊皮贖之。因百里奚而知蹇叔,曰:"蹇叔之賢,而世莫知。"使人厚幣逆之,所謂"伊人",豈此流也?②

清人吴懋清《毛詩復古録》亦持此説。③
案:此説純出於推測,毫無依據。

3. 不明説(懷疑《毛詩序》刺説)
(1) 不知所指
朱子《詩序辨説》曰:

此詩未詳所謂,然《序》説之鑿,則必不然矣。④

朱熹《詩集傳》曰:

言秋水方盛之時,所謂彼人者,乃在水之一方,上下求之,而皆不可得。然不知其何所指也。⑤

元人許謙《詩集傳名物鈔》曰:

《蒹葭》。(《秦》四) 不知所指。⑥

---

① 殷光熹:《〈秦風〉總論(上)》,《楚雄師專學報》1999年第1期,第38、41頁。
② 王質:《詩總聞》卷六,《武英殿聚珍版叢書》,清乾隆木活字印本,第19頁a。
③ 吴懋清:《毛詩復古録》卷四,清光緒二十年仁和徐琪廣州學使署刻本,第1頁a—11頁b。
④ 朱熹:《詩序辨説》,《詩集傳》,朱傑人校點,朱傑人等主編:《朱子全書》(修訂本)第1册,上海古籍出版社等,2010年,第378頁。
⑤ 朱熹:《詩集傳》卷六《秦風·蒹葭》,《朱子全書》(修訂本)第1册,第509頁。
⑥ 許謙:《詩集傳名物鈔》卷四,清康熙間通志堂刻本,第5頁b。

明人劉瑾《詩集傳通釋》錄朱子説。①

宋人楊簡《慈湖詩傳》，明人季本《詩説解頤正釋》，清人黃中松《詩疑辨證》、汪梧鳳《詩學女爲》、方玉潤《詩經原始》，今人陳子展《詩經直解》《詩三百家解題》、陸侃如、馮沅君《中國詩史》、程俊英等《詩經注析》等皆同。②

（2）情歌

自魏晉以來，學者或以爲《蒹葭》乃情詩。③

聞一多《風詩類鈔》以爲《蒹葭》乃男子所唱情歌。④

陳子展《詩經直解》曰：

　　詩人自道思見秋水伊人，而終不得見之詩。⑤

高亨《詩經今注》曰：

　　這篇似是愛情詩，詩的主人公是男是女，看不出來。敘寫他（或她）在大河邊追尋戀人，但未得會面。⑥

程俊英、蔣見元《詩經注析》曰：

　　這是一首抒寫追慕、追求意中人而不得的詩。⑦

趙逵夫主編《先秦文學編年史》曰：

---

① 劉瑾：《詩集傳通釋》卷六，元至正十二年建安劉氏日新書堂刻本，第 22 頁 b。
② 楊簡：《慈湖詩傳》卷九，張壽鏞輯：《四明叢書》，民國二十九年四明張壽鏞約園刻本，第 10 頁 a、b；季本：《詩説解頤正釋》卷十一，《詩説解頤總論正釋字義》，明嘉靖四十一年胡宗憲刻本，第 6 頁 b—7 頁 a；黃中松：《詩疑辨證》卷三《蒹葭篇》，中央圖書館籌備處輯：《四庫全書珍本初集》，民國二十三至二十四年上海商務印書館影印北平故宮博物院藏文淵閣本，第 20 頁 a—22 頁 a；汪梧鳳：《詩學女爲》卷十一，清乾隆不疏園刻本，第 5 頁 a、b；方玉潤：《詩經原始》卷七，第 274 頁；陳子展著，范祥雍、杜月村校閲：《詩經直解》卷十一，復旦大學出版社，1983 年，第 387 頁；陳子展：《詩三百家解題》卷十一，復旦大學出版社 2001 年，第 467—471 頁；高亨：《詩經今注》，上海古籍出版社，1980 年，第 168 頁；陸侃如、馮沅君：《中國詩史》，百花文藝出版社，2008 年，第 41 頁；程俊英等：《詩經注析》，中華書局，1991 年，第 344—345 頁。
③ 參見張啓成《詩經風雅頌研究論稿》，學苑出版社，2003 年，第 191—192 頁。
④ 聞一多：《聞一多全集》卷二《風詩類鈔甲》，湖北人民出版社，1993 年，第 296 頁。
⑤ 陳子展：《詩經直解》卷十一，第 387 頁。
⑥ 高亨：《詩經今注》，第 168 頁。
⑦ 程俊英、蔣見元：《詩經注析》，第 344 頁。

實際這是一首寫秋水伊人,愛而不得的情詩。①

(3) 猜測

蘇雪林以爲《蒹葭》乃"秦人祭河"。② 龔維英《〈詩·秦風·蒹葭〉内涵新探》以爲《蒹葭》乃以女祭河,是"河伯娶婦"的印證。③

日本國學者白川靜據《漢廣》"漢水女神"的傳說,以爲《蒹葭》乃漢水上游祭祀女神的歌曲,④此説被一些學者視爲"難以首肯的牽强之説"。⑤ 赤塚忠亦以爲乃祭祀水神詩。⑥ 家井真《〈詩經〉原意研究》以爲《漢廣》《蒹葭》乃祭祀水神用的禮儀歌;⑦吴從祥《〈蒹葭〉本義探微》以爲《蒹葭》乃巫在渭水邊祭祀水神時所唱的祭歌。⑧

趙逵夫《〈秦風·蒹葭〉新探》以爲《蒹葭》乃"牽牛織女"早期傳説的反映。⑨

案:各種猜測與《蒹葭》内容不符,不足信也。

4. 秦文公説

何楷《詩經世本古義》曰:

> 《蒹葭》,刺秦也,未能用周禮將無以固其國焉。……秦至襄公子文公始有岐、豐之地,則此詩當屬之文公。……則此詩乃刺文非刺襄也。⑩

錢澄之《田間詩學》曰:

---

① 趙逵夫主編,趙逵夫、韓高年撰:《先秦文學編年史》中册,第438頁。
② 蘇雪林:《詩經雜俎》,臺灣商務印書館,1995年;蘇雪林:《詩經雜俎》卷五《國風十五篇析説》,《蘇雪林文編》第1卷,中央編譯出版社,2019年,第266—267頁。
③ 龔維英:《〈詩·秦風·蒹葭〉内涵新探》,《福建論壇(人文社會科學版)》1986年第3期,第26—28頁。
④ [日]白川静著,黄諍譯:《詩經的世界》,四川人民出版社,2019年,第40—41頁。
⑤ 王曉平:《日本詩經學史》,學苑出版社,2009年,第378頁。
⑥ [日]赤塚忠:《石鼓文の新研究》,原載《甲骨學》第11號,日本甲骨學會,1976年;收入《赤塚忠著作集》第7卷《甲骨·金文研究》,研文社,2002年,第791頁。
⑦ [日]家井真著,陸越譯:《〈詩經〉原意研究》,《鳳凰文庫·海外中國研究系列》,江蘇人民出版社,2011年,第187—188頁。
⑧ 吴從祥:《〈蒹葭〉本義探微》,《河北師範大學學報(哲學社會科學版)》2019年第1期,第56—59頁。
⑨ 趙逵夫:《〈秦風·蒹葭〉新探》,《文史知識》2010年第8期,第4—9頁。
⑩ 何楷:《詩經世本古義》卷十九《周平王之世詩三十四篇·蒹葭》,明崇禎十四年刻本,第79頁a。

按秦至襄公子文公始有岐、豐之地,此詩當屬之文公。①

案:何楷、錢澄之依據錯亂的《史記·秦本紀》。實際上,秦襄公已經擁有岐、豐之地。

總之,關於《蒹葭》的年代、背景、主旨,秦穆公説屬於無據的推測,不明説(懷疑《毛詩序》刺説)論證不足,秦文公説依據錯誤,秦襄公説值得考慮。

二、《蒹葭》年代背景主旨分析

《蒹葭》"所謂伊人,在水一方""所謂伊人,在水之湄"、"所謂伊人,在水之涘",描繪的是對"伊人"的傾慕。

《蒹葭》"遡洄從之,道阻且長"、"遡洄從之,道阻且躋"、"遡洄從之,道阻且右",描繪的是地理上的阻礙,作者所處屬於山地。秦都西垂,居於西部山地;後都汧渭之會、平陽、雍、咸陽等皆屬於平原地帶,與"道阻"不符。或以爲雍城,②非也。

所以,《蒹葭》乃秦居隴之詩,即秦襄公居西垂之詩。

《毛詩·秦風·蒹葭序》曰:

《蒹葭》,刺襄公也。未能用周禮,將無以固其國焉。③

案:《蒹葭序》"《蒹葭》,刺襄公也。未能用周禮,將無以固其國焉"與詩的内容不符,秦襄公破戎、尊周而獲封國,在西土處於"神"的地位,故《毛詩序》説"刺襄公"不可信,詩的確作於秦襄公時(前777—前728年)。

自魏晉以來,學者或以爲《蒹葭》乃情詩。④ 陳子展《詩經直解》曰:

詩人自道思見秋水伊人,而終不得見之詩。⑤

高亨《詩經今注》曰:

---

① 錢澄之:《田間詩學》卷四,朱一清校點,余國慶、諸偉奇審訂:《錢澄之全集》之二,《安徽古籍叢書》,黄山書社,2005年,第304頁。
② 徐彦峰、田亞岐:《〈秦風·蒹葭〉與秦都雍城地理環境研究》,《西安建築科技大學學報(社會科學版)》2019年第3期,第36—41、48頁。
③ 孔穎達:《毛詩正義》卷六《秦風·蒹葭》,阮元校刻:《十三經注疏》上册,第372頁上欄。
④ 參見張啓成《詩經風雅頌研究論稿》,第191—192頁。
⑤ 陳子展:《詩經直解》卷十一,第387頁。

這篇似是愛情詩,詩的主人公是男是女,看不出來。叙寫他(或她)在大河邊追尋戀人,但未得會面。①

程俊英、蔣見元《詩經注析》曰:

這是一首抒寫追慕、追求意中人而不得的詩。②

趙逵夫主編《先秦文學編年史》曰:

實際這是一首寫秋水伊人,愛而不得的情詩。③

筆者案:《蒹葭》乃秦襄公時期的情詩。
《蒹葭》的主旨是描繪男子追慕女子的情感。

第二節　《晨風》年代背景主旨諸説與分析

一、《晨風》年代背景主旨諸説

《毛詩·秦風·晨風》曰:

鴥彼晨風,鬱彼北林。未見君子,憂心欽欽。如何如何！忘我實多。
山有苞櫟,隰有六駁。未見君子,憂心靡樂。如何如何！忘我實多。
山有苞棣,隰有樹檖。未見君子,憂心如醉。如何如何！忘我實多。④

安徽大學藏戰國簡《詩經·秦風·晨風》僅存首章兩句。簡本與《毛詩》文字近,有異體字、通假字,不枚舉。⑤
關於《晨風》的年代、背景、主旨主要有五種觀點。

---

① 高亨:《詩經今注》,第 168 頁。
② 程俊英、蔣見元:《詩經注析》,第 344 頁。
③ 趙逵夫主編,趙逵夫、韓高年撰:《先秦文學編年史》中册,第 438 頁。
④ 孔穎達:《毛詩正義》卷六《秦風·晨風》,阮元校刻:《十三經注疏》上册,第 373 頁中、下欄。
⑤ 安徽大學漢字發展與應用中心研究中心編,黃德寬、徐在國主編:《安徽大學藏戰國竹簡(壹)》,第 35、112 頁。

1. 秦康公説

《毛詩·秦風·晨風序》曰：

《晨風》，刺康公也。忘穆公之業，始棄其賢臣焉。

《晨風》曰：

鴥彼晨風，鬱彼北林。未見君子，憂心欽欽。如何如何！忘我實多。

毛亨《傳》曰：

興也。鴥，疾飛貌。晨風，鸇也。鬱，積也。北林，林名也。先君招賢人，賢人往之，駛疾如晨風之飛入北林。思望之，心中欽欽然。今則忘之矣。

鄭康成《箋》曰：

先君謂穆公。言穆公始未見賢者之時，思望而憂之。此以穆公之意責康公。如何如何乎？女忘我之事實多。①

贊成《毛詩序》説者甚多。宋人李樗、黃櫄《毛詩集解》，范處義《詩補傳》，呂祖謙《呂氏家塾讀詩記》，嚴粲《詩緝》，楊簡《慈湖詩傳》，清人朱鶴齡《詩經通義》，陳啓源《毛詩稽古編》，郝懿行《詩問》，陳奐《詩毛氏傳疏》，王先謙《詩三家義集疏》，今人陳子展《詩經直解》《詩三百家解題》等從《毛詩序》。②

宋人歐陽修《詩本義·鄭氏詩譜》曰：

---

① 孔穎達：《毛詩正義》卷六《秦風·晨風》，阮元校刻：《十三經注疏》上册，第 373 頁中欄。
② 李樗、黃櫄講義，呂祖謙釋音：《李迂仲黃實夫毛詩集解》卷十四，第 23 頁 a；范處義：《詩補傳》卷十一，第 11 頁 a；呂祖謙：《呂氏家塾讀詩記》卷十二，第 242 頁；嚴粲：《詩緝》卷十二，第 339 頁；楊簡：《慈湖詩傳》卷九，第 14 頁 a—15 頁 a；朱鶴齡：《詩經通義》卷四，第 11 頁 b；陳啓源：《毛詩稽古編》，《皇清經解》卷六十六，第 6 頁 a、b；郝懿行：《詩問》卷二，安作璋主編：《郝懿行集》第 1 册，第 668 頁；陳奐：《詩毛氏傳疏》卷十一《秦風·晨風》，第 18 頁 b；王先謙：《詩三家義集疏》卷九《秦風·晨風》，第 455 頁；陳子展：《詩經直解》卷十一，第 397 頁；陳子展：《詩三百家解題》卷十一，第 484 頁。

《晨風》《無衣》《渭陽》《權輿》,右康公。①

2. 闕疑說(不知何公)
（1）賢人思君
宋人王質《詩總聞》曰：

  此賢人居北林者也。當是有舊勞,以間見棄,而遂相忘也。欲見其君吐其情,又不得見,所以,懷憂久而至于如醉者也。②

戴溪《續呂氏家塾讀詩記》曰：

  《晨風》,賢者不忘其君也。③

明人季本《詩說解頤》曰：

  此賢臣被棄而思慕之詩也。④

（2）婦人念其君子之辭
朱子《詩序辨說》曰：

  此婦人念其君子之辭。《序》說誤矣。⑤

朱熹《詩集傳》曰：

  婦人以夫不在,而言鴥彼晨風,則歸于鬱然之北林矣。故我未見君子,而憂心欽欽也。彼君子者,如之何而忘我之多乎？此與《扊扅之歌》同意,蓋秦俗也。⑥

---

① 歐陽修：《詩本義·鄭氏詩譜》,張元濟等編：《四部叢刊三編》,第9頁a。
② 王質：《詩總聞》卷六,《武英殿聚珍版叢書》,第21頁b。
③ 戴溪：《續呂氏家塾讀詩記》卷一《讀秦風》,《武英殿聚珍版叢書》,清乾隆木活字印本,第43頁b。
④ 季本：《詩說解頤正釋》卷十一,第10頁b。
⑤ 朱熹：《詩序辨說》,《詩集傳》,《朱子全書》(修訂本)第1冊,第378頁。
⑥ 朱熹：《詩集傳》卷六《秦風·晨風》,《朱子全書》(修訂本)第1冊,第511—512頁。

元人許謙《詩集傳名物鈔》、劉瑾《詩集傳通釋》録朱子《詩序辨説》。許謙《詩集傳名物鈔》曰：

> 《晨風》，婦人念其君子。①

劉瑾《詩集傳通釋》録之。②
清人陸奎勳《陸堂詩學》贊成朱子説。③
劉始興《詩益》曰：

> 今按詩曰"未見君子，憂心欽欽，如何如何，忘我實多"，此婦人怨其夫之辭，若謂臣子怨君，則失之戇而非體矣。朱子《辨説》得之，但詩言"忘我實多"，有責其夫棄己之意，朱子《集傳》義未及此，故今增補之。④

余冠英《詩經選》曰：

> 這是女子懷念愛人的詩。她長時期見不著愛人，抱怨他把她忘了，甚至懷疑他把她抛棄了。⑤

今人高亨《詩經今注》曰：

> 這是女子被男子抛棄後所作的詩。⑥

程俊英、蔣見元《詩經注析》亦贊成朱子説：

> 這是一位婦女疑心丈夫遺棄她的詩。⑦

（3）男女情與君臣義不明

姚際恒《詩經通論》曰：

---

① 許謙：《詩集傳名物鈔》卷四，第 8 頁 a。
② 劉瑾：《詩集傳通釋》卷六，第 26 頁 a。
③ 陸奎勳：《陸堂詩學》卷四，清康熙五十三年陸氏小瀛山閣刻本，第 21 頁 b。
④ 劉始興：《詩益》卷十六，清乾隆八年尚古齋刻本，第 24 頁 b。
⑤ 余冠英：《詩經選》，人民文學出版社，1979 年第 2 版，第 131 頁。
⑥ 高亨：《詩經今注》，第 172 頁。
⑦ 程俊英、蔣見元：《詩經注析》，第 354 頁。

《序》謂刺康公棄其賢臣,此臆測語。《集傳》屬之婦人,亦無謂。僞説謂"秦君遇賢,始勤終怠",稍近之。①

方玉潤《詩經原始》曰:

今觀詩詞,以爲"刺康公"者固無據,以爲婦人思夫者亦未足憑。總之,男女情與君臣義原本相通,詩既不露其旨,人固難以意測。與其妄逞臆説,不如闕疑存參。②

高亨《詩經今注》以爲刺男女情與君臣義不明。③
殷光熹《〈秦風〉總論》贊成《晨風》作于秦康公時,評論曰:

實則仍把詩旨置於兩可之間:或指"男女情",或指"君臣義",均無不可。既然二者"原本相通",我們不妨將此詩作兩種解釋:棄賢詩或棄婦詩。④

倪晉波《出土文獻與秦國文學》曰:

《蒹葭》《晨風》二首乃純爲感懷之作,内證、外證均難尋覓,其具體創作時間,實難遽斷。方玉潤論《權輿》云:"今觀詩詞,以爲'刺康公'者固無據,以爲婦人思夫者亦未足憑。總之,男女之情與君臣義原本相通,詩既不露其旨,人固難以意測。與其妄逞臆説,不如闕疑存參。"誠哉斯言!⑤

(4) 父子詩
徐文靖《管城碩記》曰:

《晨風序》云:"刺康公忘穆公之業,始棄其賢臣。"《集傳》曰:"婦人

---

① 姚際恒:《詩經通論》卷七,第 7 頁 a;姚際恒:《詩經通論》卷七,《姚際恒著作集》第 1 册,第 209 頁。
② 方玉潤:《詩經原始》卷七,第 276 頁。
③ 高亨:《詩經今注》,第 172 頁。
④ 殷光熹:《〈秦風〉總論(上)》,《楚雄師專學報》1999 年第 1 期,第 38、42 頁。
⑤ 倪晉波:《出土文獻與秦國文學》,文物出版社,2015 年,第 95 頁。

以夫不在而言,與《岌翏之歌》同意。"

　　按:《韓詩外傳》:"魏文侯封太子擊於中山,三年使不往來。擊乃遣倉唐縹北犬,奉晨鳧,獻於文侯。文侯曰:'子之君何業?'對曰:'業《詩》。'文侯曰:'於《詩》何好?'曰:'好《晨風》。'文侯自讀《晨風》曰:'鴥彼晨風,鬱彼北林,未見君子,憂心欽欽。如何如何,忘我實多。'文侯曰:'子之君以我忘之乎?'倉唐曰:'不敢,時思耳。'乃封中山,而復太子擊。"觀此,則《晨風》蓋父子之詩,而非夫婦之吟也。安必以"忘我"二字與《岌翏》之歌同意,遂改爲婦人以夫不在而言?①

案:此足以駁朱子之説也。然魏文侯、太子擊不獨父子之關係,亦君臣也。徐文靖説未盡。

3. 秦襄公説

錢澄之《田間詩學》曰:

　　此詩與《蒹葭》篇,皆是苦秦思周之作。謂平王東遷,遂忘我周人而不顧也。晨風之搏擊,北林之陰幽,皆以比秦礉慘肅殺之氣。櫟與棣,土産也,種種叢生。今至于櫟皮斑駁,樸而成樹,則歷年久矣。皆周時遺植也,王棄之如遺。睹樹思周,正以見苦秦之虐也。②

莊有可《毛詩説》曰:

　　《晨風》,思周也。東周日卑,西周遂淪於秦,而秦政日暴,故詩人思之。③

案:秦襄公乃解救周餘民者,錢氏臆解,不足爲據。

4. 秦穆公説

(1) 悔過

何楷《詩經世本古義》曰:

　　《晨風》,穆公悔過也。④

---

① 徐文靖:《管城碩記》卷七,范祥雍點校,《學術筆記叢刊》,中華書局,1998年,第115頁。
② 錢澄之:《田間詩學》卷四,《錢澄之全集》之二,第312頁。
③ 莊有可:《毛詩説》,民國商務印書館景清鈔本,第43頁b—44頁a。
④ 何楷:《詩經世本古義》卷二十四《周襄王之世詩十五篇·晨風》,第74頁a。

今人翟相君《詩經〈晨風〉新解》贊成此説,有詳細分析。①
案:《晨風》的内容並没有此思想。
(2) 思賢士
龔橙《詩本誼》曰:

  《晨風》,思君子也。《藝文類聚》三十一:桓範與管寧書曰:"思請見于蓬廬之側,承訓誨于道德之門,厥涂無由,託思《晨風》。"明爲欲見賢者之乍。毛《序》:"刺康公。"續:"忘穆公之業,棄其賢臣。"與誼相反。②

魏源《詩古微·秦風答問》曰:

  康公之棄賢,於傳無徵,即以詩爲刺棄賢,亦於三家《詩》不合也。《後漢》桓範與管寧書曰:"思請見於蓬廬之側,承訓誨於道德之門,厥途無由,托思《晨風》。"(《藝文類聚》)是明爲欲見賢者之詩。《説苑》及《韓詩外傳》載:魏太子擊守中山,使倉唐於父文侯。文侯問擊何好,曰:"好《黍離》與《晨風》。"《黍離》既《衛風》父子之詩(詳《邶鄘衛問答》),則《晨風》亦謂不敢忘父好賢之意。"君子",謂賢人也。"如何如何,忘我實多",此秦君思賢之詞也。苟詩刺嗣君忘父棄賢,魏太子何爲誨之以感其父乎? 康公渭陽念母,霸業克紹,何爲遽有棄賢之刺?③

魏源《詩古微·詩序集義》曰:

  《晨風》,思賢士也。(《韓詩外傳》及《後漢》桓範與管寧書,並作思賢之詞。《毛序》:康公忘父業,棄賢臣。不合詩誼。與《唐風·有杕之杜》同失。)疑爲穆公求賢之詩,故列於《渭陽》之前。其次《黄鳥》後者,以其同爲穆公詩,無他誼也。④

案:龔橙、魏源將"君子"解釋爲賢人根本上是錯誤的,顛倒了思念的對象。《秦風》"君子"多指秦君。
5. 秦文公説
趙逵夫主編《先秦文學編年史》曰:

---

① 翟相君:《詩經〈晨風〉新解》,《延安大學學報(社會科學版)》1984 年第 2 期,第 46—48 頁。
② 龔橙:《詩本誼》,第 18 頁 a。
③ 魏源:《詩古微》中編之四《秦風答問》,《魏源全集》第 1 册,第 435 頁。
④ 魏源:《詩古微》下編之一《詩序集義·秦風》,《魏源全集》第 1 册,第 642—643 頁。

《毛序》以爲刺康公,與詩的内容不符。詩寫婦人疑丈夫遺棄,憂心如焚。朱熹《詩集傳》云:"此與《黄鳥之歌》同意,蓋秦俗也。"所謂《黄鳥之歌》是托爲百里奚妻所唱的秦地民歌(見《風俗通義》),主題是婦女怨丈夫富貴相忘。《晨風》或是根據類似歌謡改寫而成。姑繫於秦人初有史以記秦事之年。①

案:此説屬於"姑繫",並無依據。

總之,關於《晨風》的年代、背景、主旨,秦襄公説、秦文公説無依據,秦穆公説存在誤解,闕疑説(不知何公)有可取之處,秦康公説值得考慮。

二、《晨風》年代背景主旨分析

"未見君子"之"君子"者,秦公也。"未見君子,憂心欽欽。如何如何!忘我實多"是詩人對秦公追慕之情的真切描寫,擔憂被遺棄之情可見也。

《毛詩·秦風·晨風序》曰:

　　《晨風》,刺康公也。忘穆公之業,始棄其賢臣焉。②

案:《詩序》的解釋與《晨風》的内容相合。

《韓詩外傳》曰:

　　魏文侯有子曰擊,次曰訴,訴少而立之以爲嗣。封擊於中山,三年莫往來。其傅趙蒼唐諫曰:"父忘子,子不可忘父。何不遣使乎?"擊曰:"願之,而未有所使也。"蒼唐曰:"臣請使。"擊曰:"諾。"……文侯曰:"中山之君亦何好乎?"對曰:"好《詩》。"文侯曰:"於《詩》何好?"曰:"好《黍離》與《晨風》。"……文侯曰:"《晨風》謂何?"對曰:"'鴥彼晨風,鬱彼北林。未見君子,憂心欽欽。如何如何,忘我實多。'此自以忘我者也。"於是文侯大悦。③

《説苑·奉使》文略同而有異,曰:

---

① 趙逵夫主編,趙逵夫、韓高年撰:《先秦文學編年史》中册,第452頁。
② 孔穎達:《毛詩正義》卷六《秦風·晨風》,阮元校刻:《十三經注疏》上册,第373頁中欄。
③ 韓嬰撰,許維遹校釋:《韓詩外傳》卷八第9章,中華書局,1980年,第285—288頁;2020年,第269—272頁。

文侯曰:"子之君何業?"倉唐曰:"業《詩》。"文侯曰:"於《詩》何好?"倉唐曰:"好《晨風》《黍離》。"文侯自讀《晨風》曰:"鴥彼晨風,鬱彼北林,未見君子,憂心欽欽,如何如何,忘我實多。"文侯曰:"子之君以我忘之乎?"倉唐曰:"不敢,時思耳。"①

案:子擊思念魏文侯,引《晨風》"忘我實多",魏文侯亦言"以我忘之乎?"乃臣思君、子思父之意。此尤其可以證明《晨風》乃臣思念國君、憂慮被忘卻之詩。

朱子《詩序辨説》曰:

此婦人念其君子之辭。②

案:朱子的解釋似乎可爲一説。
高亨《詩經今注》曰:

這是女子被男子抛棄後所寫的詩。③

程俊英、蔣見元《詩經注析》曰:

這是一位婦女疑心丈夫遺棄她的詩。④

案:可爲一説。似乎女子尚未見被遺棄,而體現焦急等待與抱怨。

婦人念其君子情詩説,僅是可爲一説。朱子之説似乎是從表面看,高亨、程俊英進一步的解説似乎尚淺,皆不周全,都没有對"君子"給與恰當的解釋,而《毛詩序》之説有其深刻根源。

基於以上,《晨風》的年代背景主旨較爲可靠的有刺秦康公棄賢説。那麼,筆者以《毛詩序》説爲主。

所以,《晨風》作于秦康公時(前620—前607年)。

《晨風》的主旨當是賢臣抱怨被遺棄。

---

① 劉向撰,向宗魯校證:《説苑校證》卷十二《奉使篇》,《中國古典文學基本叢書》,中華書局,2011年,第296—298頁。
② 朱熹:《詩序辨説》,《詩集傳》,《朱子全書》(修訂本)第1册,第378頁。
③ 高亨:《詩經今注》,第172頁。
④ 程俊英、蔣見元:《詩經注析》,第354頁。

第五章 《黃鳥》《渭陽》《權輿》年代背景主旨分析

第一節 《黃鳥》年代背景主旨諸説與分析

一、《黃鳥》年代背景主旨諸説

《毛詩·秦風·黃鳥》曰:

> 交交黃鳥,止于棘。誰從穆公? 子車奄息。維此奄息,百夫之特。
> 臨其穴,惴惴其慄。彼蒼者天,殲我良人。如可贖兮,人百其身。
> 交交黃鳥,止于桑。誰從穆公? 子車仲行。維此仲行,百夫之防。
> 臨其穴,惴惴其慄。彼蒼者天,殲我良人。如可贖兮,人百其身。
> 交交黃鳥,止于楚。誰從穆公? 子車鍼虎。維此鍼虎,百夫之禦。
> 臨其穴,惴惴其慄。彼蒼者天,殲我良人。如可贖兮,人百其身。①

安徽大學藏戰國簡《詩經·秦風·黃鳥》簡文完整,三章,章十二句,與《毛詩》同。簡本第一章乃《毛詩》第二章,第二章乃《毛詩》第三章,第二章乃《毛詩》第一章,雖不影響文義,而應以《毛詩》奄息、仲行、鍼虎之次序(《左傳》文公六年同)爲正。簡本與《毛詩》文字多近,有通假字,不枚舉。②阜陽漢簡《詩經》僅存"虎維此"。③

關於《黃鳥》的年代、背景、主旨主要有三種觀點。

---

① 孔穎達:《毛詩正義》卷六《秦風·黃鳥》,阮元校刻:《十三經注疏》上册,中華書局,1980年影印本,第373頁上、中欄。
② 安徽大學漢字發展與應用中心研究中心編,黃德寬、徐在國主編:《安徽大學藏戰國竹簡(壹)》,中西書局,2019年,第34—35、109—111頁。
③ 胡平生、韓自强:《阜陽漢簡詩經研究》,上海古籍出版社,1988年,第16頁。

1. 秦穆公説

（1）哀三良

《毛詩·秦風·黄鳥序》曰：

> 《黄鳥》，哀三良也。國人刺穆公以人從死，而作是詩也。

鄭康成《箋》曰：

> 三良，三善臣也。謂奄息、仲行、鍼虎也。從死，自殺以從死。

孔穎達《疏》曰：

> 主傷善人，故言"哀三良也"。殺人以殉葬，當是後有爲之，此不刺康公，而刺穆公者，是穆公命從己死，此臣自殺從之，非後主之過，故箋辯之云："從死，自殺以從死。"①

贊成《毛詩序》説者甚多。宋人李樗、黄櫄《毛詩集解》，范處義《詩補傳》，吕祖謙《吕氏家塾讀詩記》，嚴粲《詩緝》，明人季本《詩説解頤正釋》，清人朱鶴齡《詩經通義》，陳啓源《毛詩稽古編》，胡承珙《毛詩後箋》，陳奂《詩毛氏傳疏》，龔橙《詩本誼》，王先謙《詩三家義集疏》，今人陳子展《詩經直解》《詩三百家解題》，趙逵夫主編《先秦文學編年史》等從《毛詩序》。②

---

① 孔穎達：《毛詩正義》卷六《秦風·黄鳥》，阮元校刻：《十三經注疏》上册，第 373 頁上欄。
② 李樗、黄櫄講義，吕祖謙釋音：《李迂仲黄實夫毛詩集解》卷十四，《通志堂經解》，清康熙間通志堂刻本，第 20 頁 a—21 頁 a；范處義：《（逸齋）詩補傳》卷十一，《通志堂經解》，清康熙間通志堂刻本，第 9 頁 b—10 頁 a；吕祖謙：《吕氏家塾讀詩記》卷十二，黄靈庚等主編：《吕祖謙全集》第 4 册，梁運華點校，浙江古籍出版社，2009 年，第 241 頁；嚴粲：《詩緝》卷十二，李輝點校，中華書局，2020 年，第 337 頁；季本：《詩説解頤正釋》卷十一，《詩説解頤總論正釋字義》，明嘉靖四十一年胡宗憲刻本，第 9 頁 a；朱鶴齡：《詩經通義》卷四，方功惠輯《碧琳琅館叢書》，清宣統元年刻本，第 10 頁 b—11 頁 a；陳啓源：《毛詩稽古編》，阮元輯：《皇清經解》卷六十六，清道光庚申補刊本，第 5 頁 b—6 頁 a；胡承珙：《毛詩後箋》卷十一，清道光十七年求是堂刻本，第 32 頁 a；郝懿行：《詩問》卷二，趙立綱、陳乃華點校，安作璋主編：《郝懿行集》第 1 册，齊魯書社，2010 年，第 667 頁；陳奂：《詩毛氏傳疏》卷十一《秦風·黄鳥》，清道光二十七年陳氏掃葉山莊刻本，第 15 頁 b；龔橙：《詩本誼》，清光緒十五年刻本，第 17 頁 b；王先謙：《詩三家義集疏》卷九《秦風·黄鳥》，中華書局，1987 年，第 452—453 頁；陳子展著，范祥雍、杜月村校閲：《詩經直解》卷十一，復旦大學出版社，1983 年，第 394 頁；陳子展：《詩三百家解題》卷十一，復旦大學出版社，2001 年，第 477 頁；趙逵夫主編，趙逵夫、韓高年撰：《先秦文學編年史》中册，商務印書館，2010 年，第 618 頁。

第五章 《黃鳥》《渭陽》《權輿》年代背景主旨分析

《左傳》文公六年：

>（夏，）秦伯任好卒，以子車氏之三子奄息、仲行、鍼虎爲殉，皆秦之良也。國人哀之，爲之賦《黃鳥》。①

陸奎勳《陸堂詩學》、姚際恒《詩經通論》、汪梧鳳《詩學女爲》等據《左傳》。②

齊、魯、韓三家詩説與鄭《箋》皆謂穆公生前約人從死，三良皆自殺以從。漢人焦延壽《易林·困之大壯》曰：

>緣山升木，中墮於谷。子輿失勞，《黃鳥》哀作。③

又《易林·革之小畜》曰：

>子車鍼虎，善人危殆。黃鳥悲鳴，傷國元輔。④

案：子輿即子車。

宋人楊簡《慈湖詩傳》曰：

>本詩初無刺穆公之意。按《史記》，殉者百七十人，未必皆穆公命之使殉已也。殆穆公惠愛入人之深，戎狄之俗以從死爲常耳。是詩哀三良而已矣，哀三良，正心也，道心也，故孔子取焉。若是詩以殉葬爲善，孔子將删去之。⑤

清人魏源《詩古微·詩序集義》曰：

---

① 孔穎達：《春秋左傳正義》卷十九上，阮元校刻：《十三經注疏》下册，中華書局，1980 年影印本，第 1844 頁上、中欄。
② 陸奎勳：《陸堂詩學》卷四，清康熙五十三年陸氏小瀛山閣刻本，第 21 頁 a；姚際恒：《詩經通論》卷七，清道光十七年鐵琴山館刻本，第 5 頁 b；姚際恒：《詩經通論》卷七，林慶彰主編：《姚際恒著作集》第 1 册，顧頡剛點校，臺北"中研院"文哲所，2014 年，第 207—208 頁；汪梧鳳：《詩學女爲》卷十一，清乾隆不疏園刻本，第 6 頁 a—7 頁 a。
③ 舊題焦延壽撰，徐傳武、胡真校點集注：《易林彙校集注》，《中華要籍集注叢書》，上海古籍出版社，2012 年，第 1745 頁。
④ 舊題焦延壽撰，徐傳武、胡真校點集注：《易林彙校集注》，第 1808 頁。
⑤ 楊簡：《慈湖詩傳》卷九，張壽鏞輯：《四明叢書》，民國二十九年四明張壽鏞約園刻本，第 13 頁 a、b。

《黄鸟》，哀三良也。国人刺穆公以人从死，三良与焉，而作是诗。（《毛序》、《左传》、三家同。）①

今人陆侃如、冯沅君《中国诗史》以为作于前621年（秦穆公三十九年）。②

陈子展《诗经直解》曰：

诗人只哀三良，其它百七十四人盖为奴隶，不足齿数乎？③

晁福林以为《黄鸟》仅是反对以三良为殉。④
（2）秦穆公贵信，三良践诺殉君
汉魏学者对于《黄鸟》的诗旨有另一种解读。
《汉书·匡衡传》匡衡上疏：

臣窃考《国风》之诗……秦穆贵信，而士多从死。

颜师古《注》引应劭说：

秦穆公与群臣饮酒，酒酣，公曰："生共此乐，死共此哀。"于是奄息、仲行、鍼虎许诺。及公薨，皆从死。《黄鸟》诗所为作也。⑤

班固《汉书·叙传》赞从田横死的五百壮士：

横虽雄材，伏于海隅，沐浴尸乡，北面奉首，旅人慕殉，义过《黄鸟》。

颜师古《注》曰：

---

① 魏源：《诗古微》下编之一《诗序集义·秦风》，魏源全集编辑委员会校：《魏源全集》第1册，岳麓书社，2004年，第642页。
② 陆侃如、冯沅君：《中国诗史》，百花文艺出版社，2008年，第33页。
③ 陈子展：《诗经直解》卷十一，第394页；陈子展：《诗三百家解题》卷十一，第494—495页，说同。
④ 晁福林：《〈黄鸟〉与人殉》，《社会科学辑刊》1980年第2期，第92页。
⑤ 《汉书》卷八十一《匡衡传》，中华书局，1962年点校本，第3335—3336页。又见《史记》卷五《秦本纪》张守节《正义》引。

劉德曰:"《黃鳥》之詩刺秦穆公要人從死,言今橫不要而有從者,故曰'過之'。"①

王粲《詠史詩》曰:

自古無殉死,達人所共知。秦穆殺三良,惜哉空爾爲。結髮事明君,受恩良不訾。臨没要之死,焉得不相隨?妻子當門泣,兄弟哭路垂。臨穴呼蒼天,涕下如綆縻。人生各有志,終不爲此移。同知埋身劇,心亦有所施。生爲百夫雄,死爲壯士規。黃鳥作悲詩,至今聲不虧。②

曹植《三良》曰:

功名不可爲,忠義我所安。秦穆先下世,三臣皆自殘。生時等榮樂,既没同憂患。誰言捐軀易?殺身誠獨難!攬涕登君墓,臨穴仰天歎。長夜何冥冥!一往不復還。黃鳥爲悲鳴,哀哉傷肺肝。③

今人洪國樑《〈詩經·秦風·黃鳥〉"三良"死因衡論》曰:

三良之殉穆公,乃自願從殉,蓋或嘗受恩於秦穆而以"義"殉君者。④

(3) 譏秦穆公、秦康公

蘇轍《詩集傳》曰:

三良之死,穆公之命也。康公從其言而不改,其亦異於魏顆矣。故《黃鳥》之詩交譏之也。⑤

(4) 憎殘暴

方玉潤《詩經原始》曰:

---

① 《漢書》卷一百下《叙傳下》,第4246頁。
② 王粲:《王粲集》,俞紹初校點,《中國古典文學基本叢書》,中華書局,1980年,第7頁。
③ 曹植:《曹植集校注》卷一《三良》,趙幼文校注,《中國古典文學基本叢書》,中華書局,2016年,第200頁。
④ 洪國樑:《〈詩經·秦風·黃鳥〉"三良"死因衡論》,《世新中文研究集刊》第9期(2013年),第1頁。
⑤ 蘇轍:《詩集傳》卷六,宋淳熙七年蘇詡筠州公使庫刻本,第16頁a。

此詩事見《左傳》,鑿鑿有據,自不必言。或以三良從死,命出穆公,或以爲康公迫死,或又以爲秦俗如此,非關君之賢否。總之,古人封建國君,得以專制一方,生殺予奪,惟意所欲。似此苛政惡俗,天子不能黜,國人不敢違。哀哉良善,其何以堪!①

余冠英《詩經選》曰:

這是一首挽歌。三章分挽三良。每章末四句是詩人的哀呼,見出秦人對於三良的惋惜,也見出秦人對於暴君的憎恨。②

高亨《詩經今注》曰:

秦人痛恨秦國統治者的殘暴,哀悼子車氏兄弟的屈死,因作這首詩。③

程俊英、蔣見元《詩經注析》曰:

這是秦國人民輓"三良"的詩。……十五《國風》中唯《秦風》有控訴人殉制度的詩。④

袁梅《詩經譯注》曰:

人民同情三良等一百七十七個無辜的犧牲者,痛恨反動統治者的暴行和慘絶人寰的殉葬制度,憤怒地控訴那人吃人的奴隸制社會。這首詩,便是滿腔怒火的控訴書。⑤

案:此今人之解釋,與《黄鳥》内容不符。
2. 秦康公説
朱子雖然贊成《毛詩序》,卻將《黄鳥》的創作年代推遲至秦康公時。

---

① 方玉潤:《詩經原始》卷七,李先耕點校,中華書局,1986年,第275—276頁。
② 余冠英:《詩經選》,《中國古典文學讀本叢書》,人民文學出版社,1979年第2版,第128頁。
③ 高亨:《詩經今注》,上海古籍出版社,1980年,第170頁。
④ 程俊英、蔣見元:《詩經注析》,中華書局,1991年,第350—351頁。
⑤ 袁梅:《詩經譯注》,齊魯書社,1980年,第340頁。

第五章 《黄鳥》《渭陽》《權輿》年代背景主旨分析

朱子《詩序辨説》曰：

  《黄鳥》，哀三良也。國人刺穆公以人從死，而作是詩也。（此《序》最爲有據。）①

劉瑾《詩集傳通釋》録之。②
朱子《詩集傳》曰：

  臨穴而惴慄，蓋生納之壙中也。……愚按：穆公於此，其罪不可逃矣！但或以爲穆公遺命如此，而三子自殺以從之，則三子亦不得爲無罪。今觀臨穴惴慄之言，則是康公從父之亂命，迫而納之於壙，其罪有所歸矣。③

許謙《詩集傳名物鈔》曰：

  《黄鳥》。右康一詩，三良殉穆，則詩作於康世。④

季本《詩説解頤》曰：

  三良殉葬之事，實秦康公所驅也。康公爲世子時，三良正爲穆公所信用，其言必有非康公所悦者，如燕惠王之於樂毅也，故使以忠殉穆公，豈非假此以害之乎？或謂穆公命從己死，而三良從之，蓋本《左氏》，則又邪説也。……觀"臨穴惴惴"之言，則爲康公所迫，非三良所欲可知矣。⑤

殷光熹《〈秦風〉總論》曰：

  《黄鳥》……作于康公之世。⑥

筆者案：《黄鳥》曰：

---

① 朱熹：《詩序辨説》，《詩集傳》，朱傑人校點，朱傑人等主編：《朱子全書》（修訂本）第 1 册，上海古籍出版社等，2010 年，第 378 頁。
② 劉瑾：《詩集傳通釋》卷六，元至正十二年建安劉氏日新書堂刻本，第 25 頁 a。
③ 朱熹：《詩集傳》卷六《秦風·黄鳥》，《朱子全書（修訂本）》第 1 册，第 511 頁。
④ 許謙：《詩集傳名物鈔》卷四，《通志堂經解》，清康熙間通志堂刻本，第 13 頁 a。
⑤ 季本：《詩説解頤正釋》卷十一，第 10 頁 a。
⑥ 殷光熹：《〈秦風〉總論（上）》，《楚雄師專學報》1999 年第 1 期，第 38 頁。

臨其穴,惴惴其栗。

鄭康成《箋》曰:

穴,謂冢壙中也。秦人哀傷此奄息之死,臨視其壙,皆爲之悼慄。①

陸奎勳《陸堂詩學》曰:

臨穴惴惴,詩人自寫其心,非言三良畏死也。鄭《箋》作"臨視其壙",得之。②

姚際恒《詩經通論》曰:

偏是宋儒有此深文,何也?其意以穆公尚爲賢主,康公庸鄙,故舉而歸其罪。③

"臨穴惴惴"乃詩人之感受,非三良之容貌,朱子失之,故其以爲《黃鳥》作于秦康公時並無依據。

3. 闕疑説

錢澄之《田間詩學》曰:

穆公養士能得志,而令之死,是即穆公死之也。蓋霸主之恩惠結人,不知王者蕩蕩無私之道也。三良從死,非殉葬也。此後人弔三良墓之詩。④

案:此説無據,不符合《秦風》的年代範疇。

總之,關於《黃鳥》的年代、背景、主旨,秦康公説、闕疑説無據,秦穆公説值得考慮。

---

① 孔穎達:《毛詩正義》卷六《秦風·黃鳥》,阮元校刻:《十三經注疏》上册,第 373 頁上欄。
② 陸奎勳:《陸堂詩學》卷四,第 21 頁 a。
③ 姚際恒:《詩經通論》卷七,第 5 頁 b—6 頁 b;姚際恒:《詩經通論》卷七,《姚際恒著作集》第 1 册,第 208 頁。
④ 錢澄之:《田間詩學》卷四,朱一清校點,余國慶、諸偉奇審訂:《錢澄之全集》之二,《安徽古籍叢書》,黄山書社,2005 年,第 308 頁。

二、《黄鳥》年代背景主旨分析

《毛詩·秦風·黄鳥》記載"誰從穆公？子車奄息"，"子車仲行"，"子車鍼虎"，有翔實的内容。並且，《左傳》有記載。《左傳》文公六年：

> （夏，）秦伯任好卒，以子車氏之三子奄息、仲行、鍼虎爲殉，皆秦之良也。國人哀之，爲之賦《黄鳥》。①

《左傳》記載秦穆公卒於夏，《黄鳥》有其諡號并且已經埋葬。春秋時期諸侯埋葬有一定時間，《禮記·禮器》曰：

> 天子崩，七月而葬，五重八翣。諸侯五月而葬，三重六翣。大夫三月而葬，再重四翣。此以多爲貴也。②

《春秋》昭公五年、六年：

> 秋……秦伯卒。
> 六年春……葬秦景公。③

《春秋》定公九年：

> 秋……秦伯卒。冬，葬秦哀公。④

《春秋》哀公三年、四年：

> 冬十月癸卯，秦伯卒。
> 四年春……葬秦惠公。⑤

---

① 孔穎達：《春秋左傳正義》卷十九上，阮元校刻：《十三經注疏》下册，第 1844 頁上欄。
② 孔穎達：《禮記正義》卷二十三《禮器》，阮元校刻：《十三經注疏》上册，中華書局，1980 年影印本，第 1432 頁上欄。
③ 孔穎達：《春秋左傳正義》卷四十三，阮元校刻：《十三經注疏》下册，第 2040 頁上欄、2043 頁中欄。
④ 孔穎達：《春秋左傳正義》卷五十五，阮元校刻：《十三經注疏》下册，第 2143 頁中欄。
⑤ 孔穎達：《春秋左傳正義》卷五十七，阮元校刻：《十三經注疏》下册，第 2157 頁下欄、2158 頁中欄。

秦景公、哀公、惠公皆五月而葬,與《禮記》所記一致。秦穆公作爲諸侯,其墓葬的規模與隨葬品有限,秦國又有財力,五月而葬足矣,故秦襄公于夏卒,秋冬之際而葬。所以,《黄鳥》的年代在秦穆公三十九年(前621年)秋冬。

《毛詩序》的建構有其依據,《車鄰》《黄鳥》存在明顯的證據。但是,我們必須清醒地認識到,這一建構不是秦人來完成的,不可避免地存在不當之處,所謂"言不由中"。

秦穆公以三良等從死,被一些人視爲過失。《左傳》文公六年:

> 君子曰:"秦穆之不爲盟主也宜哉!死而棄民。先王違世,猶詒之法,而況奪之善人乎?《詩》曰:'人之云亡,邦國殄瘁。'無善人之謂。若之何奪之?古之王者,知命之不長,是以並建聖哲,樹之風聲,分之采物,著之話言,爲之律度,陳之藝極,引之表儀,予之法制,告之訓典,教之防利,委之常秩,道之以禮,則使毋失其土宜,衆隸賴之,而後即命。聖王同之。今縱無法以遺後嗣,而又收其良以死,難以在上矣。"君子是以知秦之不復東征也。①

《史記·秦本紀》曰:

> 三十九年,繆公卒,葬雍。從死者百七十七人,秦之良臣子輿氏三人名曰奄息、仲行、鍼虎,亦在從死之中。秦人哀之,爲作歌《黄鳥》之詩。君子曰:"秦繆公廣地益國,東服彊晉,西霸戎夷,然不爲諸侯盟主,亦宜哉!死而棄民,收其良臣而從死。且先王崩,尚猶遺德垂法,況奪之善人良臣百姓所哀者乎?是以知秦不能復東征也。"②

《史記·十二諸侯年表》曰:

> 繆公薨。葬殉以人,從死者百七十人。君子譏之,故不言卒。③

《史記·太史公自序》曰:

---

① 孔穎達:《春秋左傳正義》卷十九上,阮元校刻:《十三經注疏》下册,第1844頁上欄、中欄。
② 《史記》卷五《秦本紀》,中華書局,2014年,第247頁。
③ 《史記》卷十四《十二諸侯年表》,第740—741頁。

穆公思義,悼豪之旅;以人爲殉,詩歌《黃鳥》。①

《史記·蒙恬列傳》曰:

> 昔者秦穆公殺三良而死,罪百里奚而非其罪也,故立號曰"繆"。②

應劭《風俗通義·皇霸篇》曰:

> 繆公受鄭甘言,置戍而去,違黃髮之計,而遇殽之敗,殺賢臣百里奚,以子車氏爲殉,詩《黃鳥》之所爲作,故謚曰繆。③

案:《黃鳥》的主旨是複雜的,反映了秦貴族文化與意識。秦上層貴族屬於殷遺民,從死殉葬乃其風俗。甘肅省禮縣大堡子山秦公墓存在殉人,④此習俗源自商文化,一直延續到後世秦公。《史記·秦本紀》曰:

> 二十年,武公卒,葬雍平陽。初以人從死,從死者六十六人。⑤

《史記·十二諸侯年表》曰:

> 繆公薨。葬殉以人,從死者百七十人。君子譏之,故不言卒。⑥

雍城秦公一號大墓(秦景公墓)亦有大量殉人。⑦
《史記·秦本紀》曰:

> 獻公元年,止從死。⑧

---

① 《史記》卷一百三十《太史公自序》,第 4008 頁。
② 《史記》卷八十八《蒙恬列傳》,第 3117 頁。
③ 應劭:《風俗通義》卷一《皇霸篇》,王利器校注,《新編諸子集成續編》,中華書局,2010 年第 2 版,第 19 頁。
④ 戴春陽:《禮縣大堡子山秦公墓地及有關問題》,《文物》2000 年第 5 期,第 75 頁。
⑤ 《史記》卷五《秦本紀》,第 235 頁。
⑥ 《史記》卷一百三十《秦本紀》,第 740—741 頁。
⑦ 韓偉、焦南峰:《秦都雍城考古發掘研究綜述》,《考古與文物》1988 年 5、6 期,第 120—121 頁。
⑧ 《史記》卷五《秦本紀》,第 254 頁。

秦公墓的殉人乃保存商文化舊俗，而周人墓葬罕有殉人，殉人數量亦遠不及秦公墓，反映二者思想信仰方面的差異。

案：《黃鳥》僅舉三良，《左傳》文公六年亦僅曰"以子車氏之三子奄息、仲行、鍼虎爲殉，皆秦之良也。國人哀之，爲之賦《黃鳥》"，①不及他人。所以，《黃鳥》並非是反對殉葬，而是哀傷殉葬的三良而已。

《黃鳥》曰：

> 彼蒼者天，殲我良人！如可贖兮，人百其身！

鄭康成《箋》曰：

> 言彼蒼者天，愬之。如此奄息之死，可以他人贖之者，人皆百其身。謂一身百死猶爲之，惜善人之甚。

孔穎達《疏》曰：

> 乃愬之於天，彼蒼蒼者是在上之天，今穆公盡殺我善人也，如使此人可以他人贖代之兮，我國人皆百死其身以贖之。愛惜良臣，寧一人百死代之。②

案：《黃鳥》的內容並沒有譴責殉葬，而是讚美三良的才能，願意替代他們而死，充滿惋惜之情。觀《黃鳥》的內容，仍然是惋惜三良。

所以，《黃鳥》須以秦上層文化解讀。殉葬可行，三良可惜了，故賦《黃鳥》哀之，是矛盾之事中的複雜感情。

《黃鳥》的主旨就是"哀三良"從死。至於他説，皆不確。《黃鳥》並無刺意，《左傳》《史記》的"君子曰"屬於不切實際的議論，《史記·十二諸侯年表》"薨"議論，更屬可笑之談。至於"貴信"之説，與《黃鳥》內容不符，而是學者附會之論。

另外，上博簡孔子《詩論》第9號簡：

> 《黃鳥》則困而谷（欲）反（返）其古也，多恥者其方心之乎？③

---

① 孔穎達：《春秋左傳正義》卷十九上，阮元校刻：《十三經注疏》下册，第1844頁上欄。
② 孔穎達：《毛詩正義》卷六《秦風·黃鳥》，阮元校刻：《十三經注疏》上册，第373頁上欄。
③ 晁福林：《上博簡〈詩論〉研究》，商務印書館，2013年，第113—115頁。

學者對此有不同意見。① 筆者細審其意,適合於《小雅·黃鳥》,並不適用於《秦風·黃鳥》。

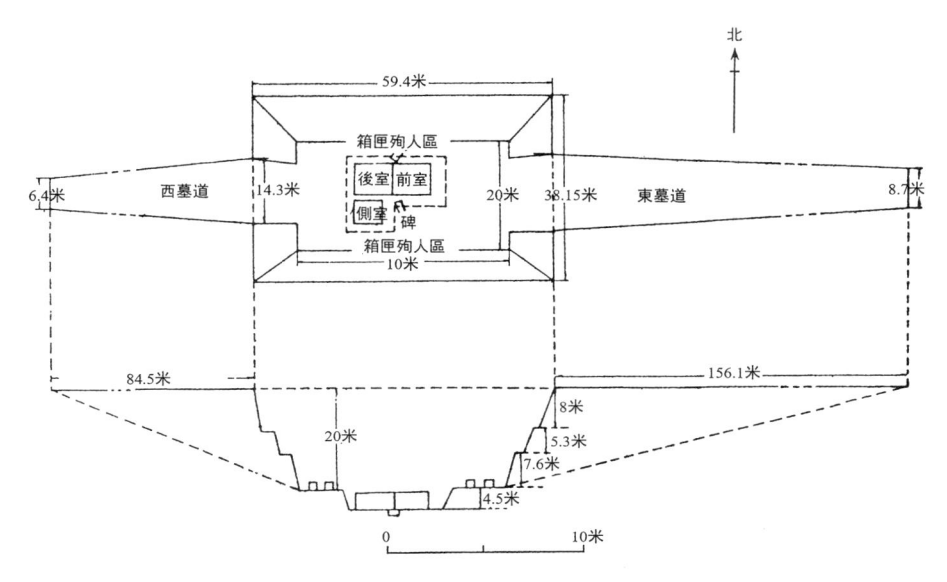

圖 5-1 雍城秦公一號大墓平面示意圖
(據王學理:《秦物質文化通覽》,科學出版社,2015 年,第 521 頁)

第二節 《渭陽》年代背景主旨諸説與分析

一、《渭陽》年代背景主旨諸説

《毛詩·秦風·渭陽》曰:

我送舅氏,曰至渭陽。何以贈之?路車乘黃。
我送舅氏,悠悠我思。何以贈之?瓊瑰玉佩。②

安徽大學藏戰國簡《詩經·秦風·渭陽》簡文完整,第二章乃《毛詩》第

---

① 晁福林:《上博簡〈詩論〉與〈詩經·黃鳥〉探論》,《江海學刊》2002 年第 5 期,第 136—142 頁。
② 孔穎達:《毛詩正義》卷六《秦風·渭陽》,阮元校刻:《十三經注疏》上册,第 374 頁中欄。

三章,第三章乃《毛詩》第二章。簡本與《毛詩》文字多近,有異體字、通假字等,不枚舉。①

關於《渭陽》的年代、背景、主旨主要有兩種觀點。

1. 秦康公說

《毛詩·秦風·渭陽序》曰:

> 《渭陽》,康公念母也。康公之母,晉獻公之女。文公遭麗姬之難,未反,而秦姬卒。穆公納文公,康公時爲大子贈送文公于渭之陽,念母之不見也。我見舅氏,如母存焉。及其即位,思而作是詩也。

孔穎達《疏》曰:

> 作《渭陽》詩者,言康公念母也。康公思其母,自作此詩。秦康公之母是晉獻公之女。文公者,獻公之子,康公之舅。獻公嬖麗姬,譖文公,獻公欲殺之,文公遭此麗姬之難出奔,未得反國,而康公母秦姬已卒。及穆公納文公爲晉君,於是康公爲太子贈送文公,至於渭水之陽,思念母之不見舅歸也,康公見其舅氏如似母之存焉。於是之時,思慕深極。及其即位爲君,思本送舅時事而作。是《渭陽》之詩述已送舅念母之事也。……康公見舅得反,憶母宿心,故念母之不見,見舅如母存也。謂舅爲氏者,以舅之與甥氏姓必異,故《書》《傳》通謂爲舅氏。秦康公以文七年即位,文公時亦卒矣,追念送時之事作此詩耳。經二章皆陳贈送舅氏之事。"悠悠我思",念母也。因送舅氏而念母,爲念母而作詩,故《序》主言念母也。②

贊成《毛詩序》說者者甚多。宋人李樗、黃櫄《毛詩集解》,范處義《詩補傳》,呂祖謙《呂氏家塾讀詩記》,嚴粲《詩緝》,明人季本《詩說解頤正釋》,清人錢澄之《田間詩學》,陳啓源《毛詩稽古編》,汪梧鳳《詩學女爲》,郝懿行《詩問》,胡承珙《毛詩後箋》,陳奐《詩毛氏傳疏》,王先謙《詩三家義集疏》,

---

① 安徽大學漢字發展與應用中心研究中心編,黄德寬、徐在國主編:《安徽大學藏戰國竹簡(壹)》,第35、111—112頁。
② 孔穎達:《毛詩正義》卷六《秦風·渭陽》,阮元校刻:《十三經注疏》上册,第374頁上、中欄。

方玉潤《詩經原始》等從《毛詩序》。①

宋人歐陽修《詩本義·鄭氏詩譜》曰：

《晨風》《無衣》《渭陽》《權輿》，右康公。②

劉向《古列女傳》曰：

穆姬者，秦穆公之夫人，晉獻公之女，太子申生之同母姊，與惠公異母，賢而有義。……穆姬死，穆姬之弟重耳入秦，秦送之晉，是爲晉文公。太子罃思母之恩而送其舅氏也。作詩曰："我送舅氏，曰至渭陽，何以贈之，路車乘黃。"③

《後漢書·馬援傳》注引《韓詩》曰：

秦康公送舅晉文公于渭之陽，念母之不見也。其詩曰："我見舅氏，如母存焉"。④

王先謙《詩三家義集疏》曰：

是《魯傳》《韓序》並與毛合，《齊詩》亦必同也。惟毛以爲康公即位後方作詩。案，贈送文公，乃康公爲太子時事，似不必即位後方作詩。魯韓不言，不從可也。⑤

---

① 李樗、黃櫄講義，呂祖謙釋音：《李迂仲黃實夫毛詩集解》卷十五，第 1 頁 a—2 頁 a；范處義：《詩補傳》卷十一，第 13 頁 b—14 頁 a；呂祖謙：《呂氏家塾讀詩記》卷十二，第 245 頁；嚴粲：《詩緝》卷十二，第 343—344 頁；季本：《詩説解頤正釋》卷十一，第 13 頁 a；錢澄之：《田間詩學》卷四，《錢澄之全集》之二，第 315 頁；陳啓源：《毛詩稽古編》，《皇清經解》卷六十六，第 7 頁 b—8 頁 a；汪梧鳳：《詩學女爲》卷十一，第 9 頁 b；郝懿行：《詩問》卷二，安作璋主編：《郝懿行集》第 1 册，第 669 頁；胡承珙：《毛詩後箋》卷十一，第 40 頁 a；陳奐：《詩毛氏傳疏》卷十一《秦風·渭陽》，第 20 頁 a；王先謙：《詩三家義集疏》卷九《秦風·渭陽》，第 458 頁；方玉潤：《詩經原始》卷七，第 278—279 頁。
② 歐陽修：《詩本義·鄭氏詩譜》，張元濟等編：《四部叢刊三編》，民國二十四至二十五年上海商務印書館影印宋刻本，第 9 頁 a。
③ 劉向：《古列女傳》卷二，元建安余氏刊本，第 30 頁 a、b。
④ 《後漢書》卷二十四《馬援傳》，中華書局，1965 年，第 858 頁；王先謙：《詩三家義集疏》卷九《秦風·渭陽》，第 458 頁。
⑤ 王先謙：《詩三家義集疏》卷九《秦風·渭陽》，第 458 頁。

今人李霖以爲《渭陽序》缺乏外部文獻支撐,現存文獻亦不能完全否定《渭陽序》成立的可能。《詩序》之説出於建構。①

2. 秦穆公説

朱子《詩序辨説》曰:

> 此《序》得之。但"我見舅氏,如母存焉"兩句若爲康公之辭者,其情哀矣,然無所繫屬,不成文理。蓋此以下又别一手所爲也。"及其即位,而作是詩",蓋亦但見首句云"康公",而下云"時爲太子",故生此説。其淺暗拘滯大率如此。②

元人許謙《詩集傳名物鈔》曰:

> 《渭陽》。右穆一詩,康公爲太子時作,正穆世也。③

劉瑾《詩集傳通釋》録之。④ 清人朱鶴齡《詩經通義》采朱子説。⑤

明人季本《詩説解頤正釋》、清人陸奎勳《陸堂詩學》、姚際恒《詩經通論》、顧廣譽《學詩詳説》皆持秦康公即位前説。⑥

劉始興《詩益》曰:

> 今按此篇《序説》云康公即位作是詩,朱子《傳》解又云爲大子時作此詩,今從朱子。詳見本傳。⑦

龔橙《詩本誼》曰:

> 《渭陽》,太子罃送晉文公思母之乍也。康公之母,晉獻公之女也。《後漢書·馬援傳》注:《韓詩》曰:秦康公送舅晉文公于渭之陽,念母

---

① 李霖:《秦風〈渭陽〉的經學建構》,《中國哲學史》2017年第3期,第5—11、29頁。
② 朱熹:《詩序辨説》,《詩集傳》,《朱子全書》(修訂本)第1册,第378頁。
③ 許謙:《詩集傳名物鈔》卷四,第13頁a。
④ 劉瑾:《詩集傳通釋》卷六,第29頁a。
⑤ 朱鶴齡:《詩經通義》卷四,第12頁b。
⑥ 季本:《詩説解頤正釋》卷十一,第13頁a;陸奎勳:《陸堂詩學》卷四,清康熙五十三年陸氏小瀛山閣刻本,第22頁b;姚際恒:《詩經通論》卷七,第8頁a;姚際恒:《詩經通論》卷七,《姚際恒著作集》第1册,第210頁;顧廣譽:《學詩詳説》卷十一,清光緒三年刻本,第21頁b。
⑦ 劉始興:《詩益》卷十六,清乾隆八年尚古齋刻本,第26頁a。

之不見也,曰:我見舅氏,如母存焉。《列女傳》:太子罃思母穆姬之恩,而送其舅氏乍詩。毛《序》:"康公念母。"續云:"穆公納文公,康公時爲太子,及其即位思而乍是詩。"誤于前二篇《晨風》《無衣》爲康公詩也。①

魏源《詩古微·詩序集義》曰:

　　《渭陽》,康公念母也。穆公納文公於晉,康公時爲世子,贈送於渭之陽,念母之不見也,思而作是詩。(詩作於秦穆之世。《續序》以爲即位後思舅而作,蓋欲護前三篇之爲康公詩,故强謂追作也。)無即位後追作之義。②

王先謙《詩三家義集疏》曰:

　　惟毛以爲康公即位後方作詩。案,贈送文公,乃康公爲太子時事,似不必即位後方作詩。魯韓不言,不從可也。③

今人陳子展《詩經直解》曰:

　　戴氏《續詩記》、何氏《古義》,謂《序》云即位者指晉文公,未見其必是;《孔疏》、姜炳章《廣義》、李黼平《紬義》,謂詩爲秦康公即位後追思而作者,則見其爲非。據《春秋·左傳》,晉文公由秦歸國在僖二十四年,當周襄王十六年,次年即位。(公元前六三五年)是《渭陽》一詩當作在僖二十四年,至遲亦不過次年。其時康公爲太子。晉文公卒於僖三十二年,當周襄王二十四年,在位八年。秦康公即位在文七年,當周襄王三十二年。以知晉文公死後八年,秦康公始即位。彼固無緣於事過十六七年之久,此時復述送別渭陽之事而著之於詩也。④

今人高亨《詩經今注》、程俊英、蔣見元《詩經注析》等皆持康公即位前

---

① 龔橙:《詩本誼》,第18頁a、b。
② 魏源:《詩古微》下編之一《詩序集義·秦風》,《魏源全集》第1册,第643頁。
③ 王先謙:《詩三家義集疏》卷九《秦風·渭陽》,第458頁。
④ 陳子展:《詩經直解》卷十一,第403頁。陳子展:《詩三百家解題》卷十一,第494—495頁,近同。

説,作於秦穆公之世。①

殷光熹《〈秦風〉總論》曰:

從重耳入秦返晉直至親政的過程都説得很明白,其中涉及的主要人物是秦穆公和晉公子重耳(晉文公),並無秦太子罃(康公)送舅父重耳回晉而作《渭陽》一詩事,所謂"康公思其母,自作此詩","康公時爲太子……思而作是詩也",似無史實根據而難於成立。我以爲豐坊的説法較爲合理而合乎史實,他説:"晉公子重耳歸於晉,秦穆公送之,而作是詩。""重耳入於晉,秦穆公送之,賦《渭陽》。"另外,由於對"舅氏"内涵的理解有異,也導致不同的解釋:一種是把它理解爲子輩對父輩的稱呼——舅父,"我送舅氏"中的"我"指康公,"舅氏"則指重耳。晉公子重耳是康公之舅父固然不錯,但詩中的"我"不等於就是指康公,即如前面引《左傳》所載,送重耳歸晉者爲穆公,並未提及康公送重耳事。另一種解釋則爲:"同姓曰伯氏,異姓曰舅氏,古人通稱也。"秦穆公夫人是晉公子重耳之姐,與秦屬異姓聯姻,那麽秦穆公送晉公子重耳回晉時也可稱對方爲"舅氏"。②

趙逵夫主編《先秦文學編年史》繫於秦穆公二十四年(前636年):

《渭陽》見《秦風》,《詩序》以來諸家解詩均以爲秦康公送重耳所作。《詩集傳》:"秦康公之舅,晉公子重耳也。出亡在外,(秦)穆公召而納之。時康公爲太子,送之渭陽而作是詩也。"今人説《詩》者陳子展、程俊英、張啓成、殷光熹等均主此説。按:詩中言所贈之物爲"路車",是諸侯之物。這表明主人公身份。今據諸家之説,繫於此年。③

總之,關於《渭陽》的年代背景主旨,秦康公説不足據,只有秦穆公説值得考慮。

二、《渭陽》年代背景主旨分析

《渭陽》"我送舅氏"者,太子康公送重耳也。

《左傳》僖公二十四年:

---

① 高亨:《詩經今注》,第174頁;程俊英、蔣見元:《詩經注析》,第358頁。
② 殷光熹:《〈秦風〉總論(上)》,《楚雄師專學報》1999年第1期,第39頁。
③ 趙逵夫主編,趙逵夫、韓高年撰:《先秦文學編年史》中册,第589頁。

二十四年,春,王正月。秦伯納之(重耳),不書,不告入也。……壬寅,公子(重耳)入于晉師。丙午,入于曲沃。丁未,朝于武宮。①

劉向《古列女傳》曰:

> 穆姬者,秦穆公之夫人,晉獻公之女,太子申生之同母姊,與惠公異母,賢而有義。……穆姬死,穆姬之弟重耳入秦,秦送之晉,是爲晉文公。太子罃思母之恩而送其舅氏也。作詩曰:"我送舅氏,曰至渭陽,何以贈之,路車乘黃。"②

重耳返晉在魯僖公二十四年(前636年)。所以,《渭陽》作於秦穆公二十四年(前636年)。

《渭陽》的主旨是太子康公送舅父重耳歸晉國,賦詩寄相思也。

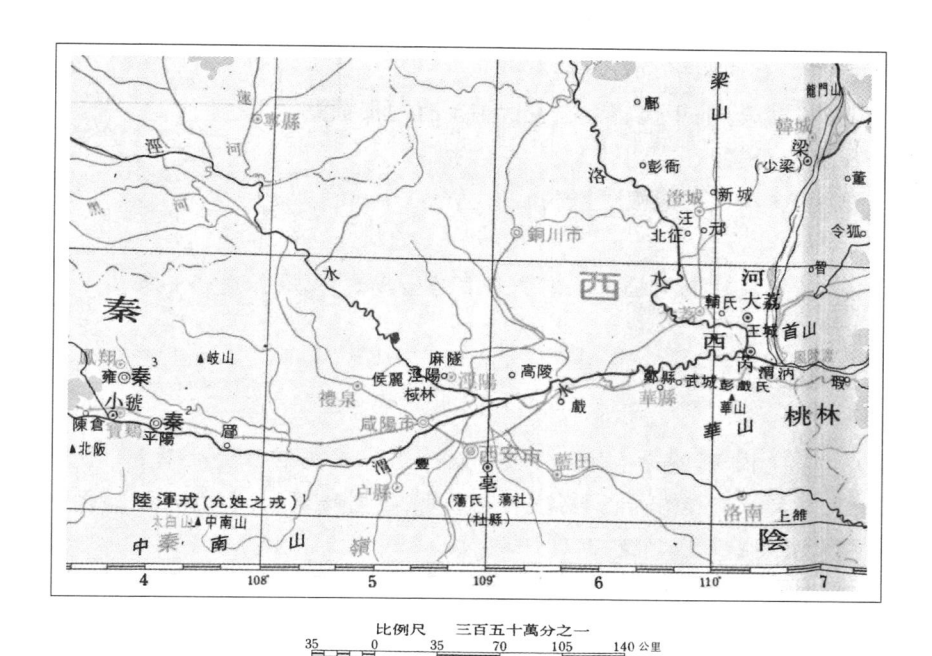

圖5-3 雍都地理圖

(據譚其驤主編:《中國歷史地圖集》第1冊,第22—23頁)

---

① 孔穎達:《春秋左傳正義》卷十五,阮元校刻:《十三經注疏》上冊,第1816頁中、下欄。
② 劉向:《古列女傳》卷二,第30頁a、b。

第三節　《權輿》年代背景主旨諸説與分析

一、《權輿》年代背景主旨諸説

《毛詩·秦風·權輿》曰：

> 於我乎，夏屋渠渠，今也每食無餘。于嗟乎，不承權輿。
> 於我乎，每食四簋，今也每食不飽。于嗟乎，不承權輿。①

安徽大學藏戰國簡《詩經·秦風·權輿》簡文有缺失，第一章五句與《毛詩》同，第二章殘存二句。簡本與《毛詩》文字多近而有別，"於我乎"作"始也於我"，"于嗟乎"作"于嗟"，"不承權輿"作"不再權輿"，"每食四"作"每食八"。有通假字，不枚舉。②

關於《權輿》的年代、背景、主旨主要有兩種觀點。

1. 秦康公説

《毛詩·秦風·權輿序》曰：

> 《權輿》，刺康公也。忘先君之舊臣與賢者，有始而無終也。

孔穎達《疏》曰：

> 作《權輿》詩者，刺康公也。康公遺忘其先君穆公之舊臣，不加禮餼，與賢者交接有始而無終，初時殷勤，後則疏薄，故刺之。經二章皆言禮待賢者有始無終之事。③

贊成《毛詩序》説者甚多。宋人李樗、黃櫄《毛詩集解》，范處義《詩補傳》，吕祖謙《吕氏家塾讀詩記》，嚴粲《詩緝》，明人劉瑾《詩集傳通釋》，清人

---

① 孔穎達：《毛詩正義》卷六《秦風·權輿》，阮元校刻：《十三經注疏》上册，第 374 頁中、下欄。
② 安徽大學漢字發展與應用中心研究中心編，黃德寬、徐在國主編：《安徽大學藏戰國竹簡（壹）》，第 36、113—114 頁。
③ 孔穎達：《毛詩正義》卷六《秦風·權輿》，阮元校刻：《十三經注疏》上册，第 374 頁中欄。

錢澄之《田間詩學》，陳啓源《毛詩稽古編》，汪梧鳳《詩學女爲》，胡承珙《毛詩後箋》，陳奐《詩毛氏傳疏》，王先謙《詩三家義集疏》，方玉潤《詩經原始》，今人陳子展《詩經直解》《詩三百家解題》，程俊英等《詩經注析》，殷光熹《〈秦風〉總論》，趙逵夫主編《先秦文學編年史》等從《毛詩序》。①

宋人歐陽修《詩本義·鄭氏詩譜》曰：

《晨風》《無衣》《渭陽》《權輿》，右康公。②

陸奎勳《陸堂詩學》曰：

此所謂賢特彈鋏歌魚之屬耳。張氏曰：誦《權輿》，其逐客坑儒之漸與？按造稱者始權，造車者始輿，故以始爲權輿。③

劉始興《詩益》曰：

今按此篇上屬《渭陽》，又繫《秦風》之末，《序》説不可易也。考《春秋傳》《史記》，秦穆公尊顯百里奚、孟明諸人，可謂能用賢矣。及康公即位，猶承先公舊業，其後禮意寖衰，故詩人刺之如此。若康公以後，終春秋之世，自其迄悼凡六君（共公、桓公、景公、哀公、惠公、悼公），未聞賢明好士者，恐未必有"渠渠之夏屋"以待賢人，如詩所云也。故此篇傳解當從舊説爲正云。④

魏源《詩古微·秦風答問》曰：

---

① 李樗、黃櫄講義，呂祖謙釋音：《李迂仲黃實夫毛詩集解》卷十五，第3頁a；范處義：《詩補傳》卷十一，第14頁b；呂祖謙：《呂氏家塾讀詩記》卷十二，第246頁；嚴粲：《詩緝》卷十二，第345頁；劉瑾：《詩集傳通釋》卷六，第30a；錢澄之：《田間詩學》卷四，《錢澄之全集》之二，第316—317頁；陳啓源：《毛詩稽古編》，《皇清經解》卷六十六，第8頁b—9頁a；汪梧鳳：《詩學女爲》卷十一，第10頁a；郝懿行：《詩問》卷二，安作璋主編：《郝懿行集》第1冊，第670頁；胡承珙：《毛詩後箋》卷十一，第41頁b；陳奐：《詩毛氏傳疏》卷十一《秦風·權輿》，第21頁a；王先謙：《詩三家義集疏》卷九《秦風·權輿》，第459頁；方玉潤：《詩經原始》卷七，第279—280頁；陳子展：《詩經直解》卷十一，第406頁；陳子展：《詩三百家解題》卷十一，第496—497頁；程俊英等：《詩經注析》，第358頁；殷光熹：《〈秦風〉總論（上）》，《楚雄師專學報》1999年第1期，第38頁；趙逵夫主編，趙逵夫、韓高年撰：《先秦文學編年史》中冊，第621頁。
② 歐陽修：《詩本義·鄭氏詩譜》，張元濟等編：《四部叢刊三編》，第9頁a。
③ 陸奎勳：《陸堂詩學》卷四，第22頁b。
④ 劉始興：《詩益》卷十六，第26頁a、b。

若執《權輿》篇爲棄賢之證,則尤不然。賢者事君,道合則留;諫不行,言不聽,則去。未聞以口腹爲睽合也。醴酒不設,見幾而作,重禮重道,未聞戀哺啜而不去也。古之明君,得士者昌,則得明夷不食之士,非得觀我朵頤之士也。戰國之君,虛其國,疲其民,以養遊士,士皆修其冠劍,多其談諧,矜其詭捷,以娛人主於榱題之下。孟嘗之門,食客三千。上客肉食乘車,中客魚飧,下客草具藜藿,其豢之也,殆狗焉無幾矣。湯得一士於莘野,武丁得一士於傅岩,文王得一士於渭濱,皆未嘗食三千之客於門下也。方秦穆之求士也,取由余於戎,得百里奚於宛,迎蹇叔於宋,求丕豹、公孫枝於晉。且屢敗猶用孟明,善馬以食勇士。四方遊士,望風奔秦,如水赴壑,如獸走曠。抵掌遊談,濫竽響沫。"惟捷捷善謅言,俾君子易辭,我遑多有之。"蓋秦穆晚亦悔之矣。康公嗣位,思紹霸業,始亦適館授餐,虛市駿骨,士歸之如晨風之鳥北林,此夏屋四簋所由來也。既而自老成者舊外,賢士百不得一,才士十不得一,依草附木,類多虛浮嗜利無恥之徒,秦人深厭之。又懼其持國中陰事走諸侯以相難也,乃不飽以困之,坐老旅食,垂死關中,而遊士之風,爲秦人戒,使其民趨實去華,益勤於耕戰。蓋楚與秦皆不棄親而用羈,病天下而不病其國者也。君子於此無譏焉?曰:此以不飽無餘爲嗟者,雖厭之可也。"長鋏歸來乎?食無魚,出無車。"《權輿》詩人,其馮諼之流乎?"殘杯與冷炙,到處潛悲辛。"唐人不以爲恥,雖以自命稷、契之人,而有不醉呼蹴之詠。《權輿》詩人,與《衛風·北門》憂貧之大夫,皆自道其憐乞告哀之情而無所泚淰,其皆唐詩所祖乎?視不食嗟來之餓夫,猶鴟鼠之嚇鵷雛矣。(至於"夏屋"之訓,則王肅述毛云:屋則受之於先君,食則受之於今君,故居大屋而食無餘。《檀弓》以堂防夏屋象馬鬣之封。崔駰《七依》以"夏屋渠渠",說宮室之美。《楚詞·大招》陳夏屋之廣大。揚子《法言》知夏屋幷帳。《鄭箋》別訓屋爲食具,則與下章"四簋"相重,與《韓詩傳》周人夏屋而商門之訓不合;《通典》與《毛傳》"夏,大",《說文》"屋,居"之訓亦不合。豈得舍《檀弓》夏屋之文,借《爾雅》"屋,具"之釋乎?)①

魏源《詩古微·詩序集義》曰:

《權輿》,刺康公也。忘先君之舊臣,有始無終也。(《毛序》說詳《答問》。)《秦風》終於穆、康二世,皆晉伯所陳之詩。②

---

① 魏源:《詩古微》中編之四《秦風答問》,《魏源全集》第1冊,第435—436頁。
② 魏源:《詩古微》下編之一《詩序集義》,《魏源全集》第1冊,第643頁。

方玉潤《詩經原始》曰：

"不知者以爲爲肉也，其知者以爲爲無禮也。"是詩之作，亦猶是哉！蓋賢者每欲微罪行，不欲爲苟去，恐彰君過耳。康公之失當不止，是故賢者藉是乘幾而作也。不然，食至無餘，而且不飽，康公禮貌縱衰，何至此極耶？①

趙逵夫主編《先秦文學編年史》繫於秦康公二年（前619年）：

《權輿》見《秦風》，《毛序》："《權輿》，刺康公也。忘先君之舊臣，與賢者有始而無終也。"《序》說大致合於詩旨。春秋中葉血緣宗法制逐步解體或衰微，秦尚首功，於此猶劇，故舊貴族漸失昔日之特權，故作詩以哀歎。高亨《詩經今注》以爲"這是沒落階級自悲自嘆的詩"。按：據史載，穆、康之際秦與晉爭霸甚劇，詩當作於秦康公初年。②

2. 闕疑說（不知何公）

朱子《詩集傳》曰：

此言其君始有渠渠之夏屋以待賢者，而其後禮意寖衰，供億寖薄，至於賢者每食而無餘，於是歎之，言不能繼其始也。③

許謙《詩集傳名物鈔》曰：

《權輿》。（《秦》十）君待賢者有始無終。④

季本《詩說解頤正釋》持闕疑說。⑤
姚際恒《詩經通論》曰：

---

① 方玉潤：《詩經原始》卷七，第279—280頁。
② 趙逵夫主編，趙逵夫、韓高年撰：《先秦文學編年史》中冊，第621頁。
③ 朱熹：《詩集傳》卷六《秦風·權輿》，《朱子全書》（修訂本）第1冊，第514頁。
④ 許謙：《詩集傳名物鈔》卷四，第11頁b。
⑤ 季本：《詩說解頤正釋》卷十一，第14頁a。

此賢者嘆君禮意寖衰之意。①

龔橙《詩本誼》曰：

《權輿》，游士之詩。（毛《序》："刺康公。"續："忘先君之舊臣與賢者。"然責人口腹夏屋不去，何賢之有？穆公雖得由余百里奚、蹇叔、丕豹、公孫枝之輩，而晚年悔過遷多有之。我尚不欲一個之臣，終託昧昧，何先君舊臣之有厭悔哺啜？康公正善承先志者專用美刺一誼。説詩不顧本誼，其蔽有如斯已。）②

倪晉波《出土文獻與秦國文學》曰：

《權輿》一詩，其作者應該是一個貴族。首句言："於我乎，夏屋渠渠，今也每食無餘。""夏"者，大也。"渠渠"，盛也，修飾語。第二章又云："每食四簋，今也每食不飽。"簋是食器。《詩三家義集疏》引馬瑞辰語："《玉藻》云'少牢五俎四簋'，是四簋爲公食大夫之禮。"由此看來，作者曾經是一個貴族，高門大户，衣食講究，可如今卻淪落得連飯也吃不飽，因而發出今不如昔的慨歎。《毛序》説秦康公"不念先君之舊臣與賢者，有始而無終"，故詩人作詩以諷之。這是附會之言。秦康公確不曾有其父穆公的雄才大略，因其好戰與短視，强盛一時的秦國在他手上開始衰落。但是，人生之起伏跌宕，並不總隨時代變遷而起舞，家族的衰敗和生活的窘迫在任何一種時代的任何時候都是存在的。所以，這首詩的具體年代僅憑詩歌的内容尚難確定。③

高亨《詩經今注》曰：

這是没落階級自悲自歎的詩。④

陸侃如、馮沅君《中國詩史》曰：

---

① 姚際恒：《詩經通論》卷七，第 8 頁 b；姚際恒：《詩經通論》卷七，《姚際恒著作集》第 1 册，第 211 頁。
② 龔橙：《詩本誼》，第 18 頁 b。
③ 倪晉波：《出土文獻與秦國文學》，文物出版社，2015 年，第 95 頁。
④ 高亨：《詩經今注》，第 175 頁。

舊説是刺秦君待賢者有始無終的。其實這篇許是破落户子弟自歎之作,故極沉痛。①

程俊英、蔣見元《詩經注析》曰:

這是一首没落貴族回想當年生活而自傷的詩。②

總之,關於《權輿》的年代、背景、主旨,秦康公説有所依據,闕疑説與《序説》不違而不能確指耳。

二、《權輿》年代背景主旨分析

《毛詩》"於我乎",安徽大學藏戰國簡《詩經》作"始也於我"。於是,安徽大學藏戰國簡《詩經》文"始也於我""今也"形成明顯的對照,故此處安徽大學藏戰國簡《詩經》文優於《毛詩》本。《權輿》正是通過今昔對比,闡發情感。

夏屋渠渠,毛亨《傳》:"夏,大也。"鄭康成《箋》:"屋,具也。渠渠,猶勤勤也。言君始於我,厚設禮食大具以食我,其意勤勤然。"③

《毛詩》"不承權輿",毛亨《傳》:"承,繼也。權輿,始也。"④《爾雅·釋詁》:"權輿,始也。"⑤"不承(再)權輿",秦公不能承受大命也,與秦康公作爲相符。

《毛詩》"每食四簋",安徽大學藏戰國簡《詩經》作"每食八〔簋〕"。"每食四簋"者,秦大夫用五鼎四簋之禮也。甘肅省禮縣大堡子山秦公墓出七鼎六簋,⑥秦上卿用五鼎四簋。因此,《權輿》乃秦卿所作。"每食八〔簋〕"者,則是雙份,屬於盛宴。《毛詩·小雅·伐木》曰:"於粲洒埽,陳饋八簋。既有肥牡,以速諸舅。寧適不來,微我有咎。"⑦"陳饋八簋"屬於盛宴。

孔穎達《疏》曰:

---

① 陸侃如、馮沅君:《中國詩史》,百花文藝出版社,2008年,第41頁。
② 程俊英、蔣見元:《詩經注析》,第360頁。
③ 孔穎達:《毛詩正義》卷六《秦風·權輿》,阮元校刻:《十三經注疏》上册,第374頁中、下欄。
④ 孔穎達:《毛詩正義》卷六《秦風·權輿》,阮元校刻:《十三經注疏》上册,第374頁中、下欄。
⑤ 邢昺:《爾雅注疏》卷一《釋詁上》,阮元校刻:《十三經注疏》下册,第2568頁上欄。
⑥ 戴春陽:《禮縣大堡子山秦公墓地及有關問題》,《文物》2000年第5期,第76—78頁;祝中熹:《禮縣大堡子山秦陵墓主再探》,《文物》2004年第8期,第66頁。
⑦ 孔穎達:《毛詩正義》卷九《小雅·伐木》,阮元校刻:《十三經注疏》上册,第411頁上欄。

此述賢人之意,責康公之辭。言康公始者於我賢人乎！重設饌食禮物大具,其意勤勤然,於我甚厚也。至於今日也,禮意疏薄,設饌校少,使我每食纔足,無復盈餘也。于嗟乎！此君之行,不能承繼其始。以其行無終始,故于嗟歎之。①

　　所以,《權輿》作於秦康公時(前 620—前 607 年)。《權輿》的主旨是秦卿刺秦康公不能承受大命也。

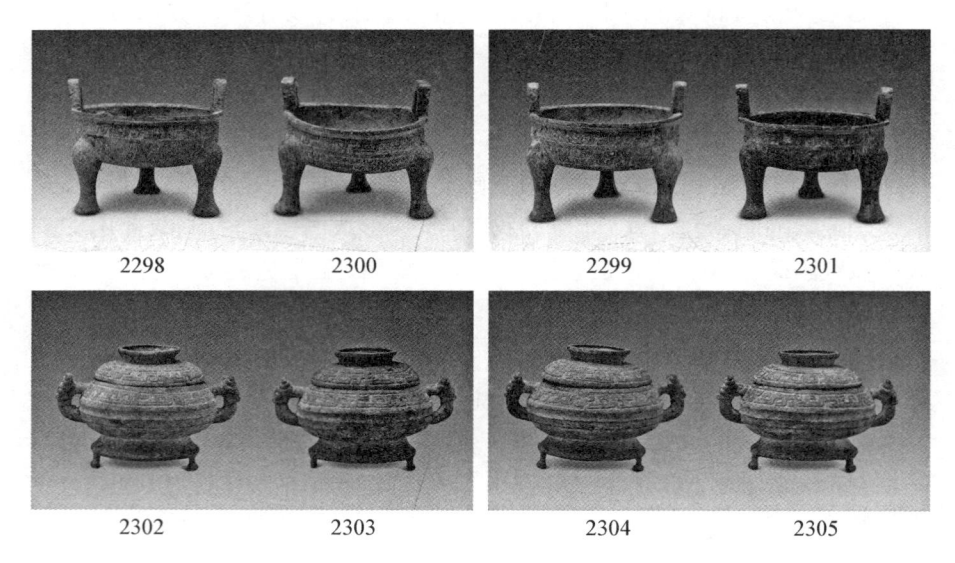

圖 5-4　秦五鼎四簋
(缺一鼎,據蔡慶良、張志光主編:《嬴秦溯源:秦文化特展》,第 224—225、228—229 頁)

---

① 孔穎達:《毛詩正義》卷六《秦風·權輿》,阮元校刻:《十三經注疏》上冊,第 374 頁中、下欄。

第六章　結　語

　　在對《秦風》分類與判斷起始的基礎上，筆者利用出土文獻與學者新的研究成果，排除了一些不可靠的説法，同時强化了一些較爲可靠的觀點，從而對《秦風》的年代背景主旨得出新的認識。

　　根據學者利用清華簡《繫年》等研究的成果，秦仲（秦襄公）七年至二十八年〔周幽王十一年至周平王（或周攜王）二十一年，前771—前750年〕，秦仲（秦襄公）大規模伐西戎。秦襄公四十年（周平王三十三年，前738年），秦仲（秦襄公）獲封爲秦公；秦襄公五十年（周平王四十三年，前728年），襄公卒。①

　　《車鄰》，作於秦襄公四十年至五十年（周平王三十三年至四十三年，前738—前728年）。秦襄公之姬所作，"美秦仲也"，讚美秦襄公與姬相樂。

　　《駟驖》，作於秦襄公四十年至五十年（周平王三十三年至四十三年，前738—前728年）。隨秦襄公出獵的大夫所作，描繪秦襄公及媚子遊獵之樂。

　　《小戎》，作於秦襄公七年春至二十八年〔周幽王十一年至周平王（或周攜王）二十一年，前771—前750年〕，更靠近周平王（或周攜王）二十一年（前750年）。秦襄公夫人所作，思襄公伐西戎，寄託相思也。

　　《終南》，作於秦襄公四十年至五十年（周平王三十三年至四十三年，前738—前728年）。秦大夫所作，讚美秦襄公擁有廣袤疆土。

　　《無衣》，作於秦襄公七年至二十八年〔周幽王十一年至周平王（或周攜王）二十一年，前771—前750年〕。秦士卒之戰歌，秦襄公以王命伐西戎，士卒互勉也。

　　《蒹葭》，作於秦襄公時（前777—前728年），描繪男子追慕女子的情感。

　　《晨風》，作於秦康公時（前620—前607年），刺秦康公棄賢。

　　《渭陽》，作於秦穆公二十四年（前636年）；太子康公送舅父重耳歸晉

---

①　程平山：《秦襄公、文公年代事蹟考》，《歷史研究》2013年第5期，第168頁。

國,賦詩寄相思也。

《黃鳥》,作於秦穆公三十九年(前621年)秋冬,哀三良從死也。

《權輿》,作於秦康公時(前620—前607年),秦卿刺秦康公不能承受大命也。

《車鄰》《駟驖》《小戎》《終南》《無衣》五篇從多方面描述了秦襄公的事蹟,《小戎》《無衣》記載伐西戎的長期艱辛,《終南》頌揚獲賞封國而國土之遼闊,《車鄰》《駟驖》描述與女怡樂、與媚子田獵之快樂,車馬、寺人反映了"秦仲(秦襄公)始大,有車馬、禮樂、侍御之好"。《車鄰》《駟驖》《小戎》《終南》的中心人物是秦襄公,居於《秦風》的最重要位置。

《蒹葭》屬於情詩,描繪男子追慕女子之心境。《晨風》表達的是抱怨,描繪賢臣擔憂被遺棄之情。

《渭陽》《黃鳥》《權輿》三篇的創作時代是確定的,並且創作背景是清楚的。《渭陽》《黃鳥》乃秦穆公時詩,《權輿》乃秦康公時詩。

所以,在筆者看來,《秦風》十篇可以確定年代背景主旨。這樣,我們獲得嶄新而可靠的研究成果,大大改善了戰國漢代以來學者的認識。

重新審視《毛詩序》,我們可以發現《毛詩序》既存在一些正確的詮釋,又確實存在一些錯誤的解釋,其原因在於誤會與附會。

第一,《毛詩序》對《駟驖》《小戎》的詮釋是正確的。

第二,《毛詩序》對《晨風》《權輿》的詮釋成立。

第三,《毛詩序》對《終南》《渭陽》的詮釋大體正確,但存在小的問題。《終南》在"美"並無"戒"意,《渭陽》的年代並非秦康公即位之後。

第四,《毛詩序》對《車鄰》《無衣》《蒹葭》《黃鳥》的詮釋存在較大問題。《毛詩序》對《車鄰》的解釋年代與內容皆不符合,《毛詩序》的作者不明白"秦仲"何人。《無衣》的主旨是勸戰,而非《毛詩序》描述的刺戰。《毛詩序》言《蒹葭》刺襄公不能用周禮,完全脫離當時的歷史背景與秦襄公的形象。《毛詩序》言《黃鳥》刺穆公以人從死,屬於不明白秦人上層的思想與文化。

以上情況證明,《毛詩序》雖然有不足之處,卻有其存在的合理性。《毛詩序》的作者並非秦人,故有史料上的不足,又有理解上的偏差,更有某種偏見。這是導致《毛詩序》存在不足的根源。《毛詩序》屬於詩與史的建構,《毛詩·秦風序》更屬於他人對秦文化的解讀。

朱子、許謙、劉瑾等力圖求是而糾正《毛詩序》的一些錯誤。但是,朱子等缺乏必備的史料,其結論多難以坐實。受到歐陽修、鄭樵等學者的影響,朱子對於《國風》的性質缺乏足夠的認識。朱子《詩序辨說》以為《國風》皆民歌,故以之解讀。事實上,《秦風》多描繪秦上層貴族之事蹟、情感,非民歌也。

今人擁有史料方面的優勢,出土文獻的發現與研究有助於我們辨明《秦風》與《毛詩序》的真相。我們相信隨着新資料的出土,《詩經》的研究會取得新的成就。

下 篇
《石鼓詩》年代背景主旨新考

第一章 《石鼓詩》年代背景主旨諸説與分析

　　石鼓文(《石鼓詩》)是中國著名的石刻文字,石鼓(或謂之"碑碣")珍藏於北京故宫博物院。① 石鼓文(《石鼓詩》)是對石鼓上文字的習稱,其内容是詩,故學者稱之爲《石鼓詩》。出於與《詩經·秦風》的對應,本書采用《石鼓詩》這個稱謂。自《石鼓詩》發現以來,其年代、背景、主旨成爲學者争論的焦點,是《石鼓詩》研究中最爲重要的問題之一。學者以往的研究取得了一些可觀的成績,但是尚未形成一致的意見。近年來,隨着相關的秦國出土文獻與考古實物的顯著增多,爲研究《石鼓詩》的年代背景主旨提供了很好的條件。我們擬在前賢與時賢的基礎上進一步研究《石鼓詩》的年代、背景、主旨。

第一節　概念的界定

　　在展開學術述評之前,需要若干概念進行界定,以免發生歧義或混亂。

1. 年代

　　年代指時代、時期、時間。② 本篇中的"年代"一詞,區分爲内容的年代、文字的年代。内容的年代即"創作年代",是指具體的歷史時期的具體年代,一般是指作品産生的最初年代。雖然一些作品或許存在後世文字的修訂,但是它們被忽略。文字的年代即文物上面文字的刻寫年代。

2. 背景

　　背景指對人物、事件起作用的歷史情况或現實環境。③ 本篇中"背景"

---

① 故宫博物院編:《故宫石鼓館》,故宫出版社,2014年。
② 中國社會科學院語言研究所詞典編輯室編:《現代漢語詞典》(第7版),商務印書館,2016年,第951頁。
③ 中國社會科學院語言研究所詞典編輯室編:《現代漢語詞典》(第7版),第57頁。

一詞,即内容的"創作背景",是指作品創作時的歷史背景,它包括宏觀背景與微觀背景。

3. 主旨

主旨通常指主要的意義、用意或目的。① 本篇中的"主旨"一詞,通常是指作品的主要思想,所要表達的核心意圖。學界對於詩類作品的核心意圖亦用"詩旨"一詞。

4. 内容

内容指事物内部所含的實質或存在的情況。② 本篇中的"内容"一詞,通常是指作品的文字表述。

《石鼓詩》年代背景主旨研究,以年代繫背景、主旨。總結各說,列舉年代,内含背景、主旨。

第二節　《石鼓詩》年代背景主旨諸説

自唐以來,學者關於《石鼓詩》(《石鼓文》)的時代有周、秦、漢、晉、後魏、北周等幾種説法。《石鼓詩》年代背景主旨難解,學者多有總結、評論與思考。學者以往的綜述評論有 3 種方式:第一種,擇取主要學者的觀點並作評論。③ 第二種,簡單抄録或羅列各家觀點。④ 第三種,簡單列表舉出各家觀點。⑤ 第二種、第三種方法對於各説的源流及相互關係揭示尚不足,一些學者的總結尚存在訛誤之處(例如,誤以爲秦文公説始於震鈞,羅振玉《石

---

① 中國社會科學院語言研究所詞典編輯室編:《現代漢語詞典》(第 7 版),第 1712 頁。
② 中國社會科學院語言研究所詞典編輯室編:《現代漢語詞典》(第 7 版),第 945 頁。
③ 張德容:《二銘艸堂金石聚》,新文豐出版公司編輯部輯:《石刻史料新編》第二輯第 3 冊,臺灣新文豐出版公司,1979 年影印同治十一年張氏刊本,第 1736 頁下欄—1747 頁上欄;羅君惕:《秦刻十碣考釋》,齊魯書社,1983 年,第 211—288 頁;裘錫圭:《關於石鼓文的時代問題》,原載《傳統文化與現代化》1995 年第 1 期,收入《裘錫圭文集》第 3 卷,復旦大學出版社,2012 年,第 307—319 頁;陳平:《關隴文化與嬴秦文明》,鳳凰出版社,2004 年,第 425—446 頁;等等。
④ 朱彝尊:《石鼓考》,朱彝尊原輯,于敏中等修,竇光鼐等纂:《欽定日下舊聞考》卷七十《官署》,北京古籍出版社,1985 年,第 1167—1175 頁;李光暎:《觀妙齋藏金石文考略》卷一,清雍正刻本,第 8 頁 a—20 頁 b;倪濤:《六藝之一録》卷二十八至二十九,中央圖書館籌備處輯:《四庫全書珍本初集》,民國二十三至二十四年商務印書館,第 1 頁 a—39 頁 b;王昶:《金石萃編》卷一《周宣王石鼓文》,清嘉慶十年經訓堂刻本,第 11 頁 b—37 頁 a;馬非伯:《秦集史》,中華書局,1982 年,第 763—766 頁;徐暢:《石鼓文年代研究綜述》,《中國書法全集·春秋戰國刻石簡牘帛書卷》,榮寶齋,1996 年,第 36—38 頁;等等。
⑤ 徐寶貴:《石鼓文年代諸説簡表》,《石鼓文整理研究》,中華書局,2008 年,第 698—704 頁。

鼓文考釋》持秦文公説,王國維的主要觀點爲秦德公以後説,郭沫若的秦襄公説,明清時期已有之,等等)。本文重新整理,希望得到較爲全面翔實可靠的《石鼓詩》年代背景主旨的學術史。今人多選擇春秋、戰國説,極少數選擇西周説,漢、晉、後魏、北周説隨廢棄。所以,我們考察西周、春秋、戰國説。

歷代學者判斷石鼓年代背景主旨的依據多種,辨析主要依據的不同,根據學者對於《石鼓詩》研究區别文字與内容時代不同而詳加證明的與否,可以分爲兩類。

甲類

學者認爲《石鼓詩》的文字與内容時代一致,而未加區别。

本類屬於西周時期的周成王説、周共和説、周宣王説、西虢説;屬於春秋至戰國早期的秦獻公之前、秦襄公之後説;屬於春秋早期至早中期之際的秦襄公説、秦文公説、秦武公説、秦德公説、秦宣公説、秦穆公説;屬於春秋中晚期的春秋中晚期説、秦景公四年至三十二年以及秦厲共公元年至八年説、春秋戰國間説、秦哀公三十二年説;屬於戰國時期的戰國説、戰國中期説、秦靈公三年説、秦獻公十一年説、秦孝公説、秦惠文王説、秦惠文王之後説、秦武王元年至秦昭王三年説、秦昭王説。

1. 西周

(1) 周宣王説

學者以爲《石鼓詩》文字乃周宣王太史史籀的筆迹,故斷爲周宣王時。

《漢書·藝文志》曰:

《史籀》十五篇。(周宣王太史作大篆十五篇,建武時亡六篇矣。)①

許慎《説文解字叙》曰:

及宣王大史籀著大篆十五篇,與古文或異。②

唐人李嗣真(?—696年)《書後品》曰:

倉頡造書,鬼哭天廪;史籀湮滅,陳倉藉甚。③

---

① 《漢書》卷三十《藝文志》,中華書局,1962年,第1719頁。
② 許慎撰,段玉裁注:《説文解字注》卷十五上,中華書局,2013年影印本,第764頁下欄。
③ 李嗣真:《書後品》,張彦遠輯:《法書要録》卷七,洪丕謨點校,上海書畫出版社,1986年,第82頁。

案：李嗣真將史籀與陳倉《石鼓文》相聯繫，是將《石鼓文》歸爲周宣王太史史籀之作。

唐建中四年（738年），徐浩《古迹記》曰：

史籀造籀文……史籀《石鼓文》。①

案：徐浩依據《漢書·藝文志》《説文解字叙》等爲説，繫《石鼓文》于史籀。

張懷瓘《書斷·籀文》曰：

案籀文者，周太史史籀之所作也。與古文、大篆小異，後人以名稱書，謂之籀文。《七略》曰："史籀者，周時史官教學童書也。與孔氏壁中古文異體。甄酆定六書，二曰奇字是也。"其迹有《石鼓文》存焉，蓋諷宣王畋獵之所作，今在陳倉。②

韋應物《石鼓歌》曰：

周宣大獵兮岐之陽，刻石表功兮煒煌煌。③

歐陽修《集古録》曰：

韋應物以爲周文王之鼓、宣王刻詩。韓退之直以爲宣王之鼓。④

葛立方《韻語陽秋》曰：

《左傳》云："周成王蒐於岐陽。"而韓退之《石鼓歌》則曰宣王，所謂"宣王憤起揮天戈，蒐于岐陽騁雄俊"是也。韋應物《石鼓歌》則曰文

---

① 徐浩：《古迹記》，張彥遠：《法書要録》卷三，洪丕謨點校，上海書畫出版社，1986年，第94頁。
② 張懷瓘：《書斷上》，張彥遠：《法書要録》卷七，洪丕謨點校，上海書畫出版社，1986年，第189頁。
③ 韋應物著，孫望編著：《韋應物詩集繫年校箋》卷二《石鼓歌》，《中國古典文學基本叢書》，中華書局，2002年，第90頁。
④ 歐陽修：《集古録跋尾》卷一，《歐陽修全集》，李逸安點校，《中國古典文學基本叢書》，中華書局，2001年，第2079—2080頁。

王,所謂"周文大獵岐之陽,刻石表功何煒煌"是也。唐蘇氏《載記》云石鼓文謂周宣王獵碣,共十鼓。①

案:韋應物《石鼓歌》作"周宣大獵兮岐之陽",可見歐陽修、葛立方誤引。

《諸道石刻錄》(《寶刻叢編》卷一引)曰:

《石鼓文》。舊在岐陽孔子廟。世傳周宣王刻石,史籀書。大觀中,自鳳翔遷入辟雍,後入保和殿。②

案:唐憲宗元和十三年(818年),《石鼓詩》遷徙至鳳翔府夫子廟。宋徽宗大觀二年(1108年),遷徙至京師。

持周宣王説者甚多。唐人韓愈《石鼓歌》、李吉甫《元和郡縣圖志》,③宋人歐陽修《集古錄》、趙明誠《金石錄》、薛尚功《歷代鐘鼎彝器款識》、王厚之《復齋碑錄》、章樵《古文苑序》等以爲《石鼓詩》乃周宣王時。④ 元人潘迪《石鼓文音訓》,⑤明人陳鑑《碑藪》、王世貞《弇州山人四部稿》、于奕正《天下金石志》、孫克弘《古今石刻碑帖目》、趙均《金石林時地考》,⑥清人馬驌《繹史》、納蘭性德《石鼓記》、林侗《來齋金石考略》、李光暎《觀妙齋藏金石文考略》、王昶《金石萃編》、張德容《二銘艸堂金石聚》等亦持《石鼓詩》乃周

————

① 葛立方:《韻語陽秋》卷十四,宋刻本,第6頁a、b。
② 不著撰人:《諸道石刻錄》,陳思編著:《寶刻叢編》卷一《京畿·東京·石鼓文》,浙江古籍出版社,2012年影印本,第3頁。
③ 韓愈:《石鼓歌》,屈守元、常思春主編:《韓愈全集校注》,四川大學出版社,1996年,第549—558頁;李吉甫:《元和郡縣圖志》卷二《關內道二·鳳翔府·天興縣》,賀次君點校,《中國古代地理總志叢刊》,中華書局,1983年,第41頁。
④ 歐陽修:《集古錄跋尾》卷一,《歐陽修全集》,第2079—2080頁;趙明誠:《金石錄校證》卷十三,金文明校證,《中國史學基本典籍叢刊》,中華書局,2019年,第250頁;薛尚功:《歷代鐘鼎彝器款識》,《宋人著錄金文叢刊》,中華書局,1986年影印朱謀垔刻本,第84—96頁;王厚之:《復齋碑錄》,闕名編,章樵注:《古文苑注》卷1引,第8頁b—12頁a;闕名編,章樵注:《古文苑序》,《古文苑》,張元濟等編:《四部叢刊》,民國十八年上海商務印書館影印常熟瞿氏鐵琴銅劍樓藏宋刊本,第1頁a。
⑤ 潘迪:《石鼓文音訓》,上海圖書館編:《石鼓墨影》,上海書畫出版社,2018年影印朵雲軒藏明拓本,第271—278頁。
⑥ 陳鑑:《碑藪》,明鈔本,第16頁b;王世貞:《弇州山人四部稿》卷一百三十四《文部·岐陽石鼓文》,明萬曆五年世經堂刻本,第1頁b;于奕正:《天下金石志》上冊《北直隸》,明崇禎刻本,第1頁a;孫克弘:《古今石刻碑帖目》卷上,明萬曆刻本,第1頁a;趙均:《寒山堂金石林時地考》卷上,伍崇曜輯:《粵雅堂叢書》三編,清道光光緒間刻本,第1頁a。

宣王時的觀點。①《(雍正)陝西通志》、畢沅《關中勝蹟圖志》引《元和郡縣圖志》周宣王説,孫星衍《寰宇訪碑錄》引韓愈説。② 實際上,清乾隆五十五年重摹勒石,定爲周宣王時物,從此至清末成爲流行觀點。1999 年,饒宗頤爲王輝等《秦出土文獻編年》作序,仍傾向周宣王時説。③

案:《石鼓詩》記載田獵,學者僅僅因其字體而斷爲周宣王時,證據明顯不足。今人已經充分證實《石鼓詩》文字屬於秦國文字。

(2) 周共和説

晁補之(北宋仁宗皇祐五年生,徽宗大觀四年卒,1053—1110 年)《胡戩秀才效歐陽公集古作琬琰堂》曰:

> 共和十鼓記亡一,嶧山肉在無復骨。④

案:此説無分析,《石鼓詩》的内容與文字皆不合于此説。

(3) 周成王説

董逌(生卒年不詳,兩宋間人,歷哲宗、徽宗、欽宗、高宗朝)《廣川書跋》〔紹興二十七年(1157 年)裒集舊文,文當作于兩宋之際〕曰:

> 《傳》曰:"成有岐陽之蒐。"杜預謂:"還歸自奄,乃大蒐于岐陽。"然則此當岐周,則成王時矣。⑤

---

① 馬驌:《繹史》卷二十七,王利器整理,中華書局,2002 年,第 816—828 頁;納蘭性德:《通志堂集》卷十三《記·石鼓記》,黃曙輝、印曉峰點校,華東師範大學出版社,2008 年,第 261—262 頁;林侗:《來齋金石考略》卷上,《景印文淵閣四庫全書》第 684 册,臺灣商務印書館,1986 年影印臺北"故宫博物院"藏本,第 5 頁下欄;李光暎:《觀妙齋藏金石文考略》卷一,第 8 頁 a;王昶:《金石萃編》卷一《周宣王石鼓文》,第 1 頁 a、32 頁 a—34 頁 a;張德容:《二銘艸堂金石聚》,臺灣新文豐出版公司編輯部輯:《石刻史料新編》第二輯第 3 册,第 1736 頁下欄;等等。

② 劉於義等修,沈青崖等纂:《(雍正)陝西通志》卷九十四,《景印文淵閣四庫全書》第 556 册,臺灣商務印書館,1986 年影印臺北"故宫博物院"藏本,第 525 頁上欄—527 頁下欄;畢沅:《關中勝迹圖志》(修訂版)卷十六《名山》,張沛校點,三秦出版社,2021 年,第 474 頁;孫星衍、邢澍:《寰宇訪碑錄》卷一,孫星衍輯:《平津館叢書》,清嘉慶間蘭陵孫氏刻本,第 1 頁 b。

③ 饒宗頤:《序》,王輝、王偉編著:《秦出土文字編年訂補》,三秦出版社,2014 年,第 3—4 頁。

④ 晁補之:《濟北晁先生雞肋集》卷九《古詩·胡戩秀才效歐陽公集古作琬琰堂》,張元濟等編:《四部叢刊》,民國十八年上海商務印書館影印上海涵芬樓藏明詩瘦閣仿宋刊本,第 8 頁 b—9 頁 a。

⑤ 董逌:《廣川書跋》卷二《石鼓文辯》,毛晉編:《津逮秘書》,明崇禎毛氏汲古閣刻本,第 2 頁 a、b。

程大昌(宋徽宗宣和五年生,宋寧宗慶元元年卒,1123—1195 年)《雍錄》曰:

> 予之取古辭而叙辨石鼓也,非獨不曾見石鼓,亦復不見墨本。獨因鄭樵模寫其字之可曉者,而隨用其見以爲之辨。南劍州州學以鄭本鋟木,予既得版本,遂隨事而爲之辨。紹熙辛亥有以墨本見示者,建康秦丞相家藏本也。

又曰:

> 《左氏》昭四年,椒舉言於楚子曰:"成有岐陽之蒐。"杜預曰:"成王歸自奄,大蒐於岐山之陽。岐山在扶風美陽縣西北也。"杜預之爲若言也,雖不云蒐岐之有遺鼓,而謂成蒐之在岐陽者,即古鼓所奠之地也。然則鼓記田漁,其殆成王之田之漁也歟?①

南宋孝宗淳熙丁酉(1177 年)六月洪适《跋岐陽石鼓文》,明人郭宗昌《金石史》,清人翁方綱《石鼓考》、沈梧《石鼓文定本》等亦采此説。②

案:字體明顯不符,内容亦不相關。《石鼓詩》乃周諸侯所作,與周成王無關。周成王説因"岐陽石鼓"之稱,此稱緣自韋應物《石鼓歌》"周宣大獵兮岐之陽,刻石表功兮煒煌煌",即此説系由"岐陽石鼓"衍生的。

清人馮雲鵬、馮雲鵷《金石索》亦贊成周成王説:

> 洵成周之鉅製,篆刻之極軌也。秦漢以來,遺佚陳倉田野中,未顯於世上。③

葉昌熾《語石》以爲石鼓文乃"成周古刻"。④

---

① 程大昌:《雍録》卷九《岐陽石鼓文七》,黃永年點校,中華書局,2002 年,第 204 頁;《雍録》卷 9《岐陽石鼓文三》,第 200—201 頁。
② 洪适:《盤洲文集》卷六十三《跋岐陽石鼓文》,宋刻本,第 10 頁 a、b;郭宗昌:《金石史》卷上《周岐陽石古文》,鮑廷博輯,鮑志祖續輯:《知不足齋叢書》第 4 集,清乾隆至道光間長塘鮑氏刻本,第 2 頁 a;翁方綱:《石鼓考》卷七,中國國家圖書館藏稿本;古華山農(沈梧):《石鼓文定本序》,《石鼓文定本》,清光緒十六年無錫沈梧古華山房刻本,第 3 頁 a、b。
③ 馮雲鵬、馮雲鵷輯:《金石索》石索一,清道光滋陽縣署刻後印本;馮雲鵬、馮雲鵷輯:《金石索》石索一,《海内古籍孤本稀見本選刊》,書目文獻出版社,1996 年影印清道光滋陽縣署刻本,第 948 頁。
④ 葉昌熾:《語石 語石異同評》卷一,考古學專刊丙種第四號,中華書局,1994 年,第 1 頁。

(4) 西虢説

民國十年(1921年,辛酉),王國維《明拓石鼓文跋》曰:

　　金文中文字與石鼓體勢相同者,唯合肥劉氏所藏之虢季子白盤及新出之秦公敦耳。虢盤出於郿縣禮邨,乃西虢之器,班《志》所謂"西虢在雍"者也。秦公敦有"十有二公"語,亦德公都雍以後所作,與在陳倉之石鼓爲一地之器,故字迹相同。余謂石鼓當亦秦公所作。是時宗周以西虢爲最大,天子巡狩漁獵于此,乃刻石以紀事。鼓中"麗"字當即"雍"之古文,其字從邑、虞聲。虞字雖不可識,"男"即"勇"之古字也。戊鼓云"□□自廊",是廊爲地名之證。又壬鼓有"公謂大□"句,蓋虢公所作之證也。周既東遷,小虢遂爲秦滅。然秦之文字尚沿用之,詛楚文及新出之新鄭虎符,均以"殹"爲"也",與石鼓以"殹"爲"池"同。故古文中與小篆體勢最近者,唯石鼓及虢、秦諸器而已。①

案:《明拓石鼓文跋》"秦公敦有十有二公語,亦德公都雍以後所作"是指《秦公敦》,一些學者誤以爲是指《石鼓詩》的年代背景。西虢於西周之時在雍,後乃徙大陽(今河南省三門峽市一帶)。王氏説誤。

民國十二年(1923年),王國維《秦公敦跋》(春以前撰寫,八月修訂)曰:

　　字迹雅近石鼓文。金文中與石鼓相似者,惟虢季子白槃及此敦耳。虢槃出今鳳翔府郿縣禮邨,乃西虢之物。班《書·地理志》所謂"西虢在雍"者也。此敦雖出甘肅,然其叙秦之先世曰"十有二公",亦與秦盄和鐘同。雖年代之説,歐、趙以下人各不同,要必在德公徙雍以後。雍與西虢壤土相接,其西去陳倉亦不甚遠,故其文字體勢與寶槃、獵碣血脈相通,無足異也。……故此敦文字之近石鼓,得以其作於徙雍以後解之。……癸亥八月。②

2. 春秋至戰國早期

(1) 秦獻公之前、秦襄公之後説

翟豐(南宋高宗紹興十八年生,宋寧宗嘉定十年卒,1148—1217年)

---

① 王國維:《明拓石鼓文跋》,謝維揚、房鑫亮總編,胡逢祥主編:《王國維全集》第14卷,浙江教育出版社等,2010年,第437頁。
② 王國維:《秦公敦跋》,《王國維全集》第14卷,第460—461頁。

以爲：

> 岐本周地，平王東遷以賜秦襄公矣，自此岐地屬秦。秦人好田獵，是詩之作其在獻公之前，襄公之後乎？其字類小篆。地，秦地也；字，秦字也；其爲秦物可知。①

楊慎《升庵集·石鼓文》曰：

> 宣王之世，去古未遠，所用皆科斗籀文，今觀《説文》所載籀文與今石鼓文不同，石鼓乃類小篆，可疑一也。觀孔子篆比干墓及吳季札墓尚是科斗，則宣王時豈有小篆乎？又按，《南史》襄陽人伐古冢得玉鏡、竹簡古書，江淹以科斗字推之，知爲宣王時物，則宣王時用科斗書可知矣。鞏豐云："岐本周地，平王東遷以賜秦襄公矣，自此岐地屬秦。秦人好田獵，是詩之作其在獻公之前，襄公之後乎？地，秦地也；字，秦字也；其爲秦物可知。"此説有理，予切信之。②

案：此説時間範圍過於寬泛，須窄定年代背景。

3. 春秋早期至早中期之際（秦襄公至秦穆公）

（1）秦文公説

清人程廷祚（清康熙三十年生，乾隆三十二年卒，1691—1767 年）《石鼓文辨》曰

> 然則石鼓作于何代？曰：此秦文公之物也。《本紀》云：秦之先世甚微，至襄公始列爲諸侯，而平王東徙，賜以岐、豐之地，命之伐戎，其時未能有岐也。子文公三年以兵七百人東獵，始自西陲，營邑於汧渭之會。十六年敗西戎，收周餘民有之，地至岐，岐以東獻之周，而秦始大矣。《地理志》云：秦地迫近戎狄，脩習戰備，高上氣力，以射獵爲先。故其《風》有《車鄰》《駟驖》《小戎》之篇，言車馬田狩之事。文公在位最久，其破戎之後，告成於王，蓋又命爲方伯。歸至岐陽，而行搜狩之禮。石鼓之作，當在此時。故其文有"彤弓""彤矢"云云也。唐人言石鼓初在陳倉野中，陳倉於漢屬右扶風，此文公得陳寶之地也。且古之述

---

① 楊慎著，楊有仁輯：《太史升菴文集》卷六十二《石鼓文》，明萬曆十年蔡汝賢刻本，第 3 頁 b。
② 楊慎著，楊有仁輯：《太史升菴文集》卷六十二《石鼓文》，第 3 頁 a、b。

功德者,惟鐘與鼎。而始皇巡行天下,碣石、之罘之屬,靡不刻石自誦。此於古無所本,而法文王者也。①

孫志祖《讀書脞録》引俞思謙(乾隆時人)亦持此説:

前人以爲文、成、宣及始皇者,固未見確據,且其都皆在岐東,與"西歸"不合。馬氏以爲宇文,恐亦未見其必然也。《史記》秦文公三年東獵汧渭之間,《水經注》亦引其文於汧水下,而盛言汧水之多魚,與鼓文言漁于汧水適合,疑此文出於秦文公也。文公三年爲周平王八年,時籀文方盛行,故文多籀文,而文公四年始遷都汧渭之間,其時尚居秦州西垂宮,故曰"西歸",且其詩亦與《車鄰》《駟驖》《小戎》諸篇相近,曰"天子永寧""燕樂天子""來嗣王始"等語皆祝平王之詞,若北周時籀文之傳者不過《説文》所載百十字而已,而石鼓籀文多在《説文》之外,又何據邪?②

案:"西歸",自清末劉心源以來多釋作"囪歸"。
陳鱣(清乾隆十八年生,道光十七年卒,1753—1817年,浙江海寧人)曰(朱駿聲《經傳室文集·石鼓考》引):

周文、成、宣皆都岐東,與"西歸"不合。惟《史記》秦文公三年東獵汧渭之間,《水經注》引其文于汧水下而盛言汧水之多魚,與鼓文漁於汧水適合。文公四年爲周平王八年,當時用籀書,鼓正作籀文,而文公四年始遷都汧渭之間,其時尚居秦州西垂宮,故曰"西歸自廊",且詞亦與《車鄰》《駟驖》《小戎》相近。曰"天子永寧""公謂天子",曰"樂天子"等語皆祝平王之詞。蓋此文出于秦文公也。按《水經注》又云:吳山古文以爲汧山,《周禮》所謂虞矣,則鼓文有"吳人憐亟"語,疑謂此山之人。③

案:陳鱣説與俞思謙説近,文辭亦近同。
清光緒二十五年(1899年),劉心源《奇觚室樂石文述》曰:

---

① 程廷祚:《青溪集》卷四《石鼓文辨》,宋效勇校點,《安徽古籍叢書》第3輯,黄山書社,2004年,第92頁。
② 孫志祖:《讀書脞録》卷七《石鼓》,清嘉慶間刻本,第1頁b—3頁a。
③ 朱駿聲:《經傳室文集》卷十《石鼓考》,《求恕齋叢書》,民國間劉承幹刻本,第5頁a、b。

此鼓篆體緐雜於器刻、小篆之間,已導李斯先路。或以爲秦物,其文公乎?《秦本紀》:"平王封襄公爲諸侯,賜之岐以西之地。(成王蒐岐陽,陽,南也,非西。)文公元年,居西垂宫。三年,文公以兵七百人東獵。四年,至汧、渭之會,曰:'昔周邑我先秦嬴於此,(非子主馬汧渭之間。)後卒獲爲諸侯。'乃卜居之,占曰吉,即營邑之。"此鼓言汧言獵,證一也。鄭漁仲以"毆""丞"二字指爲秦物,後人非之。"丞"字猶未確。用"毆"爲"也",止有秦權及詛楚文,蓋其方音耳。(非謂"毆"字創于秦,《金石聚》似誤會。)余又考出"宣"字。……並是秦刻。……證二也。毛先舒謂文公時秦未稱王,安得嗣王、天子之名?不知庚鼓"天子"二字,上下文缺。未識所謂"來嗣王"三字相連,未必嗣王是現成名稱。且秦人之文,何必不可頌周天子、嗣王也。況文公爲襄公子,躬承賜地封侯之盛,追詠汧地所由來,言及天子,乃理所必至。其云:"昔周邑我先秦嬴於此,後卒獲爲諸侯。"史有明文,秦亦豈忘周天子哉?玩鼓中"天子永寧"句,緊接上文"邀水既瀞"四句,正是此意。寧者,安也,安慰安撫之謂也。……"天子永寧"者,謂平王永遠以汧地安撫秦伯,與盂爵文法同。此亦何礙秦文言天子哉?《十二諸侯年表》秦文公元年當周平王六年、魯惠公四年,秦文公四十四年爲魯隱公元年,始入春秋。此鼓作於春秋之前,雖晚周文字,實與襄公《駟驖》《小戎》兩詩豔響雙高,篆體漸趨整齊,仍饒蒼渾之氣,上畢三代,下萌小篆,殆風會使然耳。①

清光緒三十三年(1907年),震鈞(清咸豐七年生,民國九年卒,1857—1920年)《石鼓文集注》(《十篆齋題跋》)以爲《石鼓詩》乃秦文公東獵時所刻,《天咫偶聞》卷四《北城》撮述其大略曰:

考《史記·秦紀》,文公三年以兵七百人東獵,四年至汧、渭之會,此即所云"汧毆沔沔"是也。又曰昔周邑我先秦嬴於此,後卒獲爲諸侯,乃卜居之,占曰吉,即營邑之,此即所云"邀道既平,嘉樹則里",皆言營邑之事也。"日佳丙申"者,所卜得之日也。第一鼓皆言獵事,則七百人東獵事有據矣。而且一鼓之中,天子與公雜見,豈有宣王獵碣,既稱天子復稱公之理;則天子,周王也;公,秦文也。②

---

① 劉心源:《奇觚室樂石文述》卷二《周刻石·石鼓文》,清光緒二十五年寫刻本,第45頁b—46頁a。
② 震鈞:《天咫偶聞》卷四《北城》,北京古籍出版社1982年,第74頁。

案：震鈞的理由僅僅停留在表面，缺乏強有力的證據確定必是文公之時。所以，尚需深入研究。

民國十四年（乙丑，1925 年），羅振玉《秦公敦跋》曰：

《石鼓文》前人皆以爲周物，鄭漁仲以爲先秦，以書體及出土之地考之，鄭氏之説殆不可疑。惟漁仲因鼓文中有"天子"及"嗣王"語，謂秦自惠文始稱王，當在惠文以後始皇以前，則不然。嗣王與天子均指周天子言之，鼓文又有"公謂天子"，所謂公者，殆指秦公。予意石鼓之刻當在文公時也。予別有考。①

民國二十四年（1935 年），馬叙倫《石鼓爲秦文公時物考》曰：

《本紀》言："文公三年，以兵七百人東獵。四年，至汧渭之會，曰：'昔周邑我先秦嬴於此，後卒獲爲諸侯。'乃卜居之，占曰吉，即營邑之。"《正義》引《括地志》謂文公所營邑，即郿縣故城。然《本紀》言孝王賜非子姓嬴，分土爲附庸，邑之秦，號曰秦嬴。是秦嬴即非子，而周邑之於秦。《漢書·地里志》：秦，今隴西秦亭秦谷也。秦谷固在渭北，而與汧渭之會相去遠矣。《水經注》：渭水自郁夷來，合汧水、磻溪水，東逕積石原，又逕五丈原北，又逕郿縣故城南。則《括地志》以爲郿縣故城者近之。蓋是時畿京近地，即《本紀》所謂使主馬于汧渭之間者也。地在汧東。文公初居西垂宮，故《本紀》言東獵至汧渭之會也。郿雍相近，是時皆爲秦有。《鼓辭》："汧殹沔＝，藨＝□□，舫舟西逮，□□自廊。"余以爲廊即郿之異文。《鼓辭》所記田漁二事，而漁不於渭而於汧。又《鼓辭》言"西逮"，又言"氐西氐北"，則其溯汧水而至襄公故都也。《鼓》又有"汧殹泛＝，丞彼淖淵，及帥彼阪，□□＝□，萬爲卅里"之辭。檢《水經注》，汧水有二源，一水出縣西山，世謂之小隴山，其水東北流，歷澗注以成淵，而酈道元謂小隴山巖嶂高險，不通軌轍。故張衡《四愁詩》曰："我所思兮在漢陽，欲往從之隴坂長。"《後漢書·郡國志》隴有大阪。而《鼓辭》："□□□獸，乍邊乍□，□＝□尊，徯我嗣□，□□□除，帥彼阪□。□＝□□，萬爲卅里"及"吾水既瀞，吾箙既平，吾□既

---

① 羅振玉：《秦公敦跋》，《松翁近稿》，《羅振玉學術論著集》第 10 集，上海古籍出版社 2013 年，第 49 頁。引文又見《貞松堂集古遺文》卷六《簋下·秦公敦》，民國三十年石印本，第 16 頁 a、b。

止,嘉叙則里",皆爲開治道路之意,皆可爲其田漁直至汧都之證。而"甄西甄北"之後有曰:"帛圛孔□,□鹿□□。"則圉,蓋即《四載》所謂北圉者也。古之田狩,所以共承宗廟教習兵行之義。而《易·明夷》:"明夷于南狩。"注:"狩者,征伐之類。"余意文公將以兵伐戎,故大狩以習兵。《鼓辭》極陳車徒之盛,文言"甄西甄北,勿竈勿伐","竈"借爲"祮",《周禮·太祝》:大師造于祖。《司馬法》:將用師,乃造于先王。"造"亦"祮"之借。《鼓辭》復有"□□太祝",尤足證爲文公將伐戎而歸祮于祖廟。蓋雖已營居汧渭之會,岐鄼未復,猶逼於戎,未嘗立宗廟耳。由此言之,鼓爲秦物,而作於文公明矣。①

日本學者中村不折認爲《石鼓詩》是秦文公時物。②

民國二十四年(1935年),楊壽祺《石鼓時代研究》不贊成馬衡的穆公説而贊成文公説:

（一）徵諸文字,古文多而籀文少……而籀文興於宣王時代,似尚可信。秦文公去宣王僅數十年,故用籀文尚少而用古文爲多。（二）徵諸史乘,《史記·秦本紀》:"文公三年以兵七百人東獵","四年,至汧渭之會","十六年文公以兵伐戎,戎敗走,於是文公遂收周餘民有之,地至岐,岐以東獻之周。"東獵至汧,與鼓文完全相合。……（三）徵諸詩詞,《秦風》"車鄰""駟驖""小戎"注稱爲襄公之詩,實則襄公十二年伐戎而卒,未能成功,此三詩殆皆歌頌文公者。鼓文中稱"君子",稱"阪",稱"濕"與《車鄰》同。稱"公",稱"四馬",與《駟驖》同。稱"六轡",稱"徽徽",即"秩秩",與《小戎》同。……鼓文多與《秦風》相類,似不如斷爲文公之詩,尤爲符合。③

許莊《石鼓爲秦文公舊物考》從"廊"之地望及《石鼓詩》所反映的經行

---

① 馬叙倫:《石鼓爲秦文公時物考》,初刊《國立北平圖書館館刊》第7卷第2號(1933年),修訂後收入氏著《石鼓文疏記》,民國二十四年上海商務印書館石印本,第28頁a—29頁b;收入許嘉璐主編:《馬叙倫全集》,浙江古籍出版社,2018年影印民國二十四年上海商務印書館石印本,第58—59頁。
② 中村不折:《石鼓文研究》,郭沫若《石鼓文研究》引,《郭沫若全集·考古編》第9卷,科學出版社,1982年第3版,第33頁。
③ 楊壽祺:《石鼓時代研究》,《考古社刊》1935年第3期,第94—96頁;楊若漁:《石鼓文時代考——隘廬石鼓研究之一》,《中央日報·文物週刊》1948年1月7日第7版第74期。二文文字近同,後者另補文末與圖。

路線來考察：

  總觀其經行之序：蓋由"廊"西至汧水，再由汧周道載北至中囿，止於"陝"，復還於"廊"道。……據此所考，則石鼓之建置在秦文公十年作廊時時；所紀事則從廊西至汧水轉襄公舊都，至北囿止於陝，獲獻時之異牲，歸廊刻石置於時者也。①

陳直《史記新證》贊同此說。② 宋鴻文、李鐵華、楊宗兵等亦認爲《石鼓詩》是秦文公時物。③
（2）秦穆公説
民國十二年（1923 年），馬衡《石鼓爲秦刻石考》在鄭樵的基礎上論證了石鼓爲秦刻，又在鞏豐劃定的範圍内定《石鼓詩》作於秦穆公時：

  其時代，則鄭樵以爲惠文以後，始皇之前；鞏豐以爲獻公之前，襄公之後；震鈞等以爲文公時。余以爲鞏説是也。何則？繆公之作鐘與敦也，稱曰"秦公"；惠文王之詛楚也，稱曰"有秦嗣王"。皆於本文中之稱謂及所紀世次推計而得之。鼓文雖殘闕，猶有"公謂大□，余及如□"句。公者，秦公也；大□者，當爲官名，或即大史、大祝之類；余者，自稱之詞也。鄭氏引鼓文曰"天子"，曰"嗣王"者，皆指周天子也。惜此章（第七鼓）文醨闕蝕，上下不相屬，不能得其文義，然第九鼓猶有"天子永寧"之語，可知其爲祝頌之詞。夫秦自襄公有功王室，得岐西之地而列爲諸侯，至繆公始霸西戎，天子致賀。鼓文紀田漁之事，兼及其車徒之盛，又有頌揚天子之語，證以秦公敦之字體及"烈烈桓桓"之文，則此鼓之作當與同時。繆公時居雍城，雍城在今鳳翔縣雍水之南，《元和郡縣圖志》所紀出土之地，正爲雍城故址。岐山在其東，汧水在其西。鼓文有曰"汧殹沔沔……舫舟西逮"。謂由雍至汧爲西逮也。④

---

① 許莊：《石鼓爲秦文公舊物考》，《文史雜誌》1945 年 3、4 期，第 80—81 頁；《石鼓爲秦文公舊物考》，《石鼓考綴》，民國三十六年貴陽許學宧石印本，第 1 頁 b—3 頁 b。
② 陳直：《史記新證》，天津人民出版社，1979 年，第 11 頁。
③ 宋鴻文：《石鼓文新探》，《貴州文史叢刊》1993 年第 4 期，第 58—60 頁；李鐵華：《石鼓新響》，三秦出版社，1994 年，第 183—196 頁；楊宗兵：《石鼓製作緣由及其年代新探》，《中國歷史文物》2004 年第 4 期，第 4—5 頁；《石鼓文新鑑》，世界圖書出版社西安公司，2005 年，第 98—116 頁。
④ 馬衡：《石鼓爲秦刻石考》，原載北京大學《國學季刊》第 1 卷第 1 期，1923 年；1931 年增訂刊刻，氏著《石鼓爲秦刻石考》，民國二十年楊心得石印本；又收入氏著《凡將齋金石叢稿》，中華書局，1977 年，第 170—171 頁。

案：羅振玉定《秦公簋》屬秦穆公器，馬衡從之。馬氏以《秦公簋》定《石鼓詩》年代，今人定《秦公簋》在秦景公之時，①故馬氏之説失去依據。

1952年，戴君仁《石鼓文的時代文辭及其字體》贊同此説。② 1976年，日本學者赤塚忠亦持此説。③

（3）秦德公以後説

① 秦德公以後説

民國十二年（1923年）2月上旬，王國維回復馬衡信：

> 奉到《國學季刊》，讀大著《石鼓爲秦刻石考》，欽佩欽佩。茲有一事爲尊説作證者：此鼓作於秦遷雍以後也。案丁、戊二鼓均有"䮾"字，此字自來無釋，愚意此字當是从邑，䖟聲，或从廣，䮾聲；而"䮾"字又从邑，䖟聲，由前説則爲地名，由後説則爲"廱"之異文。"䖟"字雖不可識，然其下"男"字從用從力，疑實即"勇"字；其上之卢，實爲繁文，古文"且"作虘，"魚"作鱻，其多加虎頭，均無意義。勇聲與邕是同部，"廱"字之繁文，以聲類言之，無可疑也。然則"䮾"即"雍"字，丁鼓"䮾"下文闕，戊鼓"□□自䮾"，或當作"我來自䮾"，蓋自雍西出而漁獵於汧水也。此字懷之有年，今讀尊《考》，因樂以質之左右，殆所謂出門合轍者乎。④

案：王國維原以爲《石鼓詩》爲虢公物，讀馬衡文後，改變看法，並提供新證據。但是僅一"䮾"釋爲"雍"字遠不足將《石鼓詩》定爲秦德公遷雍以後，故此説可謂證據薄弱。

② 秦德公説

1961年，段颺主張石鼓爲秦德公元年（前677年）徙都於雍時所立。德公元年正是周僖（釐）王崩、周惠王嗣位之年，認爲《石鼓詩》的"天子""嗣王"是指周惠王的。

---

① 陳昭容：《秦公簋的時代問題：兼論石鼓文的相對年代》，《中研院歷史語言研究所集刊》第64本4分（1993年），第1077—1092頁。
② 戴君仁：《石鼓文的時代文辭及其字體》，原載《大陸雜誌》第5卷第7期（1952年），收入大陸雜誌社編輯委員會編：《先秦史研究論集》下冊，《大陸雜誌史學叢書》第1輯，臺北大陸雜誌社，1970年，第216—221頁。
③ ［日］赤塚忠：《石鼓文の新研究》，原載《甲骨學》第11號，日本甲骨學會1976年；收入《赤塚忠著作集》第7卷《甲骨·金文研究》，研文社，2002年，第885—890頁。
④ 王國維：《書信·致馬衡》，謝維揚、房鑫亮總編，房鑫亮主編：《王國維全集》第15卷，第810頁。

一、秦德公元年自平陽徙都於雍，三時原正在雍，亦即古之周原。《封禪書》叙文公作鄜時曰"自未作鄜畤也，而雍旁故有吴陽武畤，雍東有好畤"。皆廢無祠，或曰："自古以雍州積高，神明之隩，故立畤郊上帝，諸神祠皆聚云。"鄜畤地區原爲文公所都。《索隱》謂皇甫謐云：文公徙都於汧也。《正義》引《括地志》云：鄜縣故城在岐州鄜縣東北十五里，即此城也。是在渭北，又似指渭水爲汧水。

二、據《資治通鑑》德公從雍入大鄭官，適當周僖王崩周惠王已踐位尚未改元之時，其明年爲惠王元年。石中"天子""嗣王"乃指周惠王。

三、德公於鄜畤曾有一番大修建、大祭祀，《封禪書》曰："作鄜畤後七十八年，秦德公既立，卜居雍，後子孫飲馬於河，遂都雍。雍之諸祠自此興，用三百牢於鄜畤，作伏祠。"《索隱》疑"三百"當爲"三白"之誤，蓋不相信德公有如此大規模之郊祭也。作伏祠與刻石在當時皆是大事，德公時有此財力和環境可以爲之。秦在德公以前時常遷都。自德公以後經十六世都立都在雍。至獻公元年始遷都櫟陽。可見德公時秦於"雍地"（此雍非指雍州，乃指雍城，在今歧縣東南，鄜縣東北）已鞏固。

四、德公只立二年便死去，他没有什麼征伐之事，方即位便遷都雍，積極從事建設。故但有遊魚、田獵之樂可叙，與石鼓文正相合。

五、德公遷雍，必有一翻經營與整理，亦如周之公劉"于胥斯原""于豳斯館""于京斯宇"（詩《大雅·公劉》），要作原、作館、作宇。如作伏祠，建大鄭官之類。作原則是開闢基地，因文公時曾有一番草創，此時不過重新整頓，順勢延導。故《作原》一石有："作源導延"之語。……

六、秦德公對周僖王之喪，周惠王之踐祚及改元，必有吊喪朝賀之禮起碼得派使者。周對秦德公之遷雍入大鄭官，亦必有所表示。雖史無明文，其事在必有。《左傳》稱惠王元年虢公、晉侯朝王，王饗禮。命之宥，皆賜玉五瑴，馬三匹。且譏其非禮。德公大概只派有使者赴周，故史不書。《而師》一石，有似叙此種慶吊之事。①

案：段氏的證據多推測之辭，難以爲據。

1963年，戴君仁《重論石鼓的時代》亦以爲《石鼓詩》乃德公元年雍城初

---

① 段熙：《論石鼓乃秦德公時遺物及其他——讀郭沫若同志〈石鼓文研究〉後》，《學術月刊》1961年第9期，第41—42頁。

建時所刻置：

三、石鼓應是秦德公元年所刻置……《而師》石末了有這樣三句，"天子□來，嗣王始□，古我來□"（始字左半泐，諸家多釋始）。這是依石鼓文研究的讀法。然細看拓片，第三句來下無字，故此句當讀為"□古我來"。案《史記·十二諸侯年表》，周釐王五年是秦德公元年。《秦本紀》："德公元年初居雍城大鄭宮。"《周本紀》："五年，釐王崩，子惠王閬立。"合起這幾條看，就是周釐王崩于五年，惠王繼立，那年秦德公遷都雍城。鼓文中"嗣王始□"，當是嗣王始立；而"天子□來"，所空一字，疑是"赴"字。這毫無疑義是新天子初即位的一年，剛剛和秦遷雍城相合，豈不是極強的證據？再看《而師》鼓可能是最先的一石，如十鼓要排次序，《而師》應在第一。鼓文述遷都情形，有衆多的"師"徒，"孔庶"的"弓矢"，"滔滔"長行，車乘"其寫"，"小大具來"（從《石鼓文疏記》讀），分明是描寫旅行的。而末句"□古我來"，古上所佚若是"有"字，則更可為遷都之證。《周書》常訓，"民乃有古"。注："皆有經遠之規，謂之有古。"鼓文用此，應是説遷都有遠大的規圖。但這只是空測，不敢肯定。可是無論如何，"我來"二字，則無問題，應是說遷居來此。所以我敢確定這首鼓文，是秦德公元年做的。即是遷都那年做的。刻石也許即時，也許稍後，就無關重要了。①

（4）秦襄公説

民國二十二年（1933年），郭沫若作《石鼓文研究》，收入《古代銘刻匯考四種》。後修訂補充，民國二十五年（1936年）完成，民國二十八年（1939年）由商務印書館獨立出版。收入《郭沫若全集·考古編》第9卷的《石鼓文研究》即以《古代銘刻匯考四種》本為基礎。

民國二十二年（1933年），郭沫若《石鼓文研究》定《石鼓詩》屬秦襄公八年：

據《元和郡縣志》天興縣下云"石鼓文在縣南二十里許，石形如鼓，其數有十"。唐天興縣即秦雍縣，石鼓所在地則所謂三畤原也。《秦本紀》"文公十年初為鄜畤"，《正義》引《括地志》云"三畤原在岐州雍縣南二十里，《封禪書》云秦文公作鄜畤，襄公作西畤，靈公作吳陽上畤。

---

① 戴君仁：《重論石鼓的時代》，《大陸雜誌》第26卷第7期（1963年），第211頁。

坿此原上,因名也。"……

　　石鼓既在三畤原上,則與三畤之一之建立必有攸關。揆其用意實猶後世神祠佛閣之建立碑碣也。三畤之作,據《史記·十二諸侯年表》,西畤作於襄公八年,當周平王元年,鄜畤作於文公十年,當平王十五年。……今考《而師》一石有"天子□來,嗣王始□,古(故)我來□"等語,此中雖泐去數字,然爲新王始立之意,固甚明白。與此關係相合者,謹襄公作西畤一事而已。……

　　襄公立西畤之由,《秦紀》言之頗詳:

　　　　西戎犬戎與申侯伐周,殺幽王驪山下,而秦襄公將兵救周,戰甚力,有功。周避犬戎難,東徙雒邑,襄公以兵送周平王。平王封襄公爲諸侯,賜之岐以西之地,曰"戎無道,侵奪我岐、豐之地,秦能攻逐戎,即有其地"。與誓,封爵之。襄公於是始國,與諸侯通使聘享之禮,乃用駵駒、黃牛、羝羊各三(《封禪書》作各一)祠上帝西畤。

　　用知西畤乃襄公送平王而凱旋時紀功之作。考之石文雖斮多殘泐,而蛛絲馬迹猶有線索可尋。如《汧沔》一石乃偶美其國都汧源之風物。《霝雨》一石乃追記出師之始,所謂"其奔其敔,□□其事"者,即攻戎救周之事也。《而師》一石之"□□而師,弓矢孔庶",乃天子之命辭,"而"即"爾""汝"字,猶《書·文侯之命》言"其歸視爾師,寧爾邦,用賚爾秬鬯一卣,彤弓一、盧矢百,盧弓一、彤矢百"也。又其"嗣王始□,古(故)我來□",尤屬與送平王事若合符契。《作原》一石當是作畤時時事……《吾水》一石應承《作原》之後……其餘《車工》《田車》《鑾鍥》《馬薦》諸章乃紀畤成後改獵以爲樂。《吳人》言"獻用",言"大祝",乃叙畋獵有獲以獻於畤也。①

民國二十三年(1934年),郭沫若《再論石鼓文之年代》強調:

　　平王東遷,襄公出師送之,凱旋時所作,事在襄公八年。②

1959年,《石鼓文研究·三版小引》曰:

---

① 郭沫若:《石鼓文研究》,田中慶太郎編:《古代銘刻匯考四種》,文求堂昭和八年(1933年)版,第8頁b—10頁b;郭沫若:《石鼓文研究》,《郭沫若全集·考古編》第9卷,第36—40頁。

② 郭沫若:《再論石鼓文之年代》,原載田中慶太郎編:《古代銘刻匯考續編》,文求堂昭和九年(1934年)版,收入《郭沫若全集·考古編》第9卷,第99頁。

石鼓文中秦自稱公，又有"天子"與"嗣王始□"之語，自當指周王。由此內證及其他根據，故我考定作於秦襄公八年，時當周平王元年（前七七〇年）。①

1945年，沈兼士《石鼓文研究三事質疑》贊同郭沫若説。② 1981年，林劍鳴《秦史稿》采用郭沫若説。③ 民國二十三年（1934年），馬叙倫不同意郭沫若説，與之商榷。④ 王輝等亦質疑郭沫若説。⑤

案："西時"者，時在西地也。西在甘肅省禮縣。考古發現漢代西時在甘肅省禮縣鸞亭山，⑥東周時期的西時在其附近，郭沫若説誤。

1966年，張光遠《先秦石鼓存詩考》曰：

> 十鼓所勒十詩，皆襄公在位之盛事，内容歸納，不外襄公出征護駕、作囿、獻祭、獵、漁之事。叙事時間爲襄公七年起，至十年左右之四、五年間。余觀十鼓所勒，不論其縱排横列、字體大小，俱入規格，整齊勻稱。故余判十鼓爲同時及一人之作，非間續勒成者也。明此，則十鼓之勒，在襄公十年左右，不難揣知。⑦

1979年，張光遠《西周文化繼承者秦國文化與史籀作石鼓考》曰：

> 我考定石鼓刻製的年代，是在秦襄公十年（B.C.768），雖然和郭氏之説同爲襄公，但卻推後二年，而且所持力證頗有不同，下面摘要舉出我的論據：
> 1. 石鼓（見其"吾水""零雨""汧漁"三詩）詠事的地點，以汧水流域之上、中游的地理環境爲主。
> 2. 石鼓（見其"而師"詩）詠述出兵的情形，並有祈求天子永寧的祝福。按這是秦人尚未壯大而忠於周天子時的表現。

---

① 郭沫若：《三版小引》，《石鼓文研究》，《郭沫若全集·考古編》第9卷，第5頁。
② 沈兼士：《石鼓文研究三事質疑》，《輔仁學志》第13卷第1、2期（1945年），第61—65頁。
③ 林劍鳴：《秦史稿》，上海人民出版社，1981年，第104頁。
④ 馬叙倫：《跋石鼓文研究》，《馬叙倫學術論文集》，中華書局，1963年，第207—224頁。
⑤ 王輝：《由"天子""嗣王""公"三種稱謂説到石鼓文的時代》，原載《中國文字》新20期（1995年）；收入《一粟集——王輝學術文存》，臺北藝文印書館，2002年，第385—387頁。
⑥ 早期秦文化聯合考古隊：《2004年甘肅禮縣鸞亭山遺址發掘主要收穫》，《中國歷史文物》2005年第5期，第4—14頁。
⑦ 張光遠：《先秦石鼓存詩考》，張光遠、臺北中華大典編印會合作，1966年，第38頁。

3. 石鼓(見其"作原"詩)詠述墾建一座約十五公里範圍的園囿。按方圓這樣大的土地,在汧水流域一帶,只有鳳翔縣南的雍地宜之。

4. 石鼓(見其"虞人"詩)詠述國君在新建的園囿中舉行祭祀,並與臣屬遊賞園囿的事。

5. 石鼓(見其"鑾車"詩)詠述出獵,帶着"彤弓"和"彤矢"(紅色的弓箭)。這是諸侯有很大的戰功,所受諸侯頒賜的贈物。

6. 石鼓(見其"零雨"詩)詠述獵罷,乘船西返汧水上游。

7. 石鼓(見其"汧漁"詩)最後詠述在汧水上游水潭的漁樂。

以上這些取自石鼓所刻十詩的原始資料,我們將它們與經史印證,則與秦人發祥於汧水流域,襄公八年出兵護送周天子(平王)東遷,襄公因戰功受到封賜,襄公獲賜岐以西的雍地,襄公建都在汧水上遊的隴縣,《詩經·秦風》之"駟驖"篇詠述襄公"遊于北園"等事,無不一一相符合。又因石鼓所詠述的這些事,絕難都發生在襄公八年的這一年內,譬如它最後一篇詠漁的事,必是在祭祀和獵罷之後的另一年春天才有之,所以我考定石鼓應作於秦襄公十年才對。①

張氏以内容認爲《石鼓詩》之《吾水》《而師》《作原》《虞人》詠秦襄公八年之事,《鑾車》《田車》《馬薦》《零雨》詠秦襄公九年之事,《汧漁》詠秦襄公十年之事。

張氏又舉出了《石鼓詩》中少量"複體繁筆字"的字形,作爲其時代可以早到春秋初年的證據。

案:《秦本紀》訛誤,襄公八年或十年,秦尚未封國,尚處於周人、秦人與戎人作戰之時,關中爲戎人所盤踞,②周、秦無暇田獵。《石鼓詩》有許多晚出的文字字形,故張氏判定的方法不足取。

(5) 宣公説

1981 年,李仲操認爲石鼓最初所在地是陳倉,《石鼓詩》爲秦宣公四年(前 672 年)作密畤於陳倉北阪時所刻:

秦宣公元年冬季,周天子因"五人作亂"出奔鄭國,此時"五人"立

---

① 張光遠:《西周文化繼承者秦國文化與史籀作石鼓考》,《故宫季刊》第 14 卷第 2 期(1979 年),第 89—90 頁。
② 程平山:《秦襄公、文公年代事蹟考》,《歷史研究》2013 年第 5 期,第 168 頁。

子穨爲王。至秦宣公三年,即周惠王四年夏四月,周天子在鄭與虢君的援助下復國。此事後,約數月時間,秦宣公即來陳倉北阪作密畤祠青帝。而《石鼓·而師篇》有"天子□來,嗣王□口,故我來□"。顯然與上述事實吻合。故鼓文"天子"當指周之惠王,"嗣王"當指周之王子穨,"故我來□"爲秦宣公述自己的活動。①

案:天子忙於復國(細考季節,田獵在春夏之交,正值天子忙亂之時),焉有暇來秦? 又若秦以王子穨爲嗣王,則秦從亂黨矣。李氏所論並非"吻合"。

1994年,胡建人持宣公四年在陳倉作密畤時。② 1999年,張啓成《論石鼓文作年及其與詩經之比較》補充此說。③

(6) 武公説

1981年,韓偉根據秦都雍城以南的鳳翔高莊秦墓出土"北園王氏""北園呂氏"等陶文,參照雍城周圍地勢,認爲《秦風·駟驖》"北園"即《石鼓詩》所詠的園囿,在雍城南面"後來稱爲三畤原的地方",因其地在秦寧公所徙都的平陽(今陽平)之北而得名。他認爲:

> 北園範圍東起陽平,西到汧河東岸,其中必然包括着西虢部分領地。西虢即今鳳翔虢王鎮附近。《史記》載:秦武公於十一年,初縣杜、鄭,滅小虢。因之,只有滅了小虢,才能在小虢領地修造園囿,北園造修大約是武公十一年以後的事,武公伐彭戲、邽冀諸戎,把秦的勢力向東推進到關中中部,勵精圖治,武功顯赫,所以石鼓詩及《駟驖》三章均可能是武公時代的產物。④

案:小虢乃少數民族居於秦國者,⑤秦襄公立國後,獲允許居地,至秦武王則滅之。小虢非西虢,西虢大而小虢小,不能等同,小虢所居僅爲西虢部分區域,且小虢爲遊牧民族,難以判定北園必爲小虢居地。秦都雍,北園與小虢並不矛盾。并且,韓偉依據墓葬出土陶文確定北園的地理位置,其方法

---

① 李仲操:《石鼓最初所在地及其刻石年代》,《考古與文物》1981年2期,第85頁。
② 胡建人:《石鼓和石鼓文考略——兼論郭沫若的襄公八年説》,《寶雞文理學院學報(哲學社會科學版)》1994年3期,第125—127頁。
③ 張啓成:《論石鼓文作年及其與詩經之比較》,《欽州師範高等專科學校學報》1999年第4期,第36—37頁。
④ 韓偉:《北園地望及石鼓詩之年代小議》,《考古與文物》1981年4期,第92—93頁。
⑤ 舒大剛:《春秋少數民族分佈研究》,臺北文津出版社,1994年,第184—186頁。

尚存在不足。一些學者不同意韓說,而認爲雍城南屬於墓葬區,北園應在雍城之北。① 總之,韓偉說不足爲據。

4. 春秋中晚期

（1）春秋中晚期

1984年,李學勤《東周與秦代文明》認爲:

> 我們認爲,唐蘭同志指出石鼓文某些詞語和字的寫法晚於秦公鐘、秦公簋,是完全正確的。石鼓的詩,風格類於《詩經》,如顧炎武《日知錄》所論,戰國已没有賦詩的風尚。如把石鼓下推到晚周,恐不可能。最近有同志指出石鼓所云"遊于北園","北園"據出土陶器知在鳳翔,這對判斷石鼓原在地和年代提供了新的線索。看來,石鼓大約爲春秋中晚期的作品。②

1994年,李學勤《石鼓新響序》曰:

> 細讀石鼓文,正如一些論著所云,《吾水》有"天子"與"公",而師有"天子""嗣王"。玩味詩篇内容,如《吾水》:"吾水既清,吾道既平,吾□既止,嘉樹則里,天子永寧。"所表達的周秦關係,恐怕只有秦國初建時期始克相副。周平王東遷,秦襄公以兵護送,遂受封爲諸侯。其子文公以兵七百人東獵,營邑于汧渭之會,隨後伐戎,收周餘民,將岐以東獻給周朝。詩中"天子永寧"的祝願,恰合那時的情勢。後來的秦國文字也有述及周天子的,例如一九四八年陝西鄠縣發現的大良造庶長遊瓦書,是秦惠文君四年時物,文中稱呼天子的口氣便大不一樣了。
>
> 也有不少學者提到,石鼓文的文字風格看來較晚。例如唐蘭先生就認爲,石鼓文某些文字的寫法遲於北宋時得自陝西的秦公鎛、一九一九年出於甘肅天水的秦公簋,但此說確否尚待核證。這兩件器物作於春秋中葉,確屬何公也訖無定論,而近年有幾項秦國文字的發現,卻足以成爲定點。一九七八年陝西寶雞出土的秦公鎛、鐘,是秦武公器;前些年發掘的鳳翔南指揮大墓出土的石磬,是秦景公器。後者還没有發表,一旦公布,我們將有可能對石鼓文的時代早晚作出檢驗。必須說

---

① 楊曙明:《〈詩經·秦風·駟驖〉北園與鳳翔東湖淵源考》,《寶雞社會科學》2013年第1期,第58—60頁。
② 李學勤:《東周與秦代文明》,文物出版社,1984年,第186頁。

明,不管結果如何,這不影響石鼓上面的詩篇作於東周初年的推論,因爲作詩與刻石的年代未必是一致的,近來已有學者悟到了這一點。①

2010年,倪晉波《秦系文字的時間序列與石鼓文的勒製年代》認爲:

  從太公廟秦公鎛銘到秦公簋銘,到秦景公墓石磬銘,到石鼓文字,到詛楚文字,再到封宗邑瓦書文字,是秦系文字合理的進化序列。其中,石鼓銘與秦景公墓石磬銘、春秋晚期之前的秦公簋銘三者文字的切近程度最高。這就意味着,石鼓文的勒製時間應該在春秋中晚期。②

(2) 春秋戰國間説

裘錫圭、美國學者 Gilbert L. Mattos(馬幾道)、陳昭容持此説。

1988年,裘錫圭《文字學概要》曰:

  從字體上看,石鼓文似乎不會早於春秋晚期,也不會晚於戰國早期,大體上可以看作春秋戰國間的秦國文字。③

1988年,Gilbert L. Mattos(馬幾道)*The Stone Drums of CH' IN*(《秦石鼓》)將《石鼓詩》與《秦武公鐘》、《秦公簋》、《詛楚文》、小篆作了較爲全面的字形對比,考慮到周代字形的發展變化,他贊同唐蘭將《石鼓詩》的時代在《秦公簋》和《詛楚文》之間的意見,但是又認爲唐氏將《石鼓詩》定爲秦獻公之時則時間過晚。他認爲《石鼓詩》的時代:

  在秦公簋之後,但明顯早於詛楚文……總之,從它們的字體的角度來看,十個石鼓大概刻於前六至五世紀間的某個時間。④

馬幾道以爲《秦公簋》乃秦桓公器,⑤在全書結語説:

---

① 李學勤:《序》,李鐵華:《石鼓新響》,三秦出版社,1994年,第6—7頁。
② 倪晉波:《秦系文字的時間序列與石鼓文的勒製年代》,《揚州大學學報(人文社會科學版)》2010年第2期,第123頁。
③ 裘錫圭:《文字學概要》,商務印書館,1988年,第59頁。
④ [美] Gilbert L. Mattos(馬幾道),*The Stone Drums of CH' IN*(《秦石鼓》),《華裔學志叢書》第19種,Steyler Verl,1988. p.363.
⑤ [美] Gilbert L. Mattos(馬幾道),*The Stone Drums of CH' IN*(《秦石鼓》),pp.96-97.

結合石鼓文的語言和字體的早期和晚期特徵來看，並考慮到在中國刻石的風氣似乎出現得比較晚，我們傾向於把石鼓時代定於前五世紀。①

1993 年，陳昭容《秦公簋的時代問題：兼論石鼓文的相對年代》認爲：

石鼓文的製作應稍晚於秦公簋，早於詛楚文（B.C.312），更具體的年代宜在春秋晚期到戰國早期之間，距秦公簋近些，離詛楚文遠些。②

2003 年，陳昭容《秦系文字研究》曰：

本文著重於從文字語彙的觀點，檢討唐蘭的説法及證據，認爲唐蘭的論説足以證明石鼓不應早到春秋早、中期，但用以指陳石鼓晚到戰國中期的證據則嫌不足。從一些字的寫法、語辭的用法及《史籀篇》的年代等方面來看，石鼓的年代應在春秋晚期，不宜晚到戰國中期。

又曰：

我們同意王輝及徐寶貴的研究，將石鼓訂在與景公石磬和秦公簋同一個時代，但考慮到石鼓文部份字規整程度似乎更高些，其年代有可能略晚於秦公簋與景公磬，但不至晚到戰國時期。石鼓究竟該晚秦公簋、景公磬多少時間，需要再作進一步的研究，我們傾向於留一個彈性空間，暫訂爲春秋晚期。③

（3）秦景公四年至三十二年以及秦厲共公元年至八年説

1995 年，王輝《由"天子""嗣王""公"三種稱謂説到石鼓文的時代》曰：

石鼓文"天子"與"王"必同指周王，這是因爲在春秋晚期到戰國早期這一段，秦未稱王。既然"天子""嗣王"指周王，則石鼓文的"公"只

---

① ［美］Gilbert L. Mattos（馬幾道），*The Stone Drums of CH'IN*（《秦石鼓》），p.369.
② 陳昭容：《秦公簋的時代問題：兼論石鼓文的相對年代》，《中研院歷史語言研究所集刊》第 64 本 4 分（1993 年），第 1106 頁。
③ 陳昭容：《秦系文字研究——從漢字史的角度考察》，《中研院歷史語言研究所集刊》第 103 本（2003 年），第 209、212 頁。

能指秦公。黃奇逸説"公"指秦之卿大夫,未舉出任何證據。其實,文獻並未見秦公卿稱公。①

又曰:

　　拙文《秦公大墓石磬殘銘考釋》以爲"天子匽喜"一句中,天子(周王)是被"匽(燕)"樂的對象,而主語是被省略的秦景公。作器者爲燕樂的主人,被燕者爲嘉賓貴客,此類例子金文及典籍多見。……《詩·小雅·六月》是周宣王時歌,所述爲尹吉甫"薄伐獵狁"得勝而歸宣王賜宴之事。《詩》云:"薄伐獵狁,至于太原。文武吉甫,萬邦爲憲。吉甫燕喜,既多受祉。來歸自鎬,我行永久。飲御諸友,炰鱉膾鯉。"鄭玄箋:"吉甫既伐獵狁而歸,天子以燕禮樂之,則歡喜矣,又多受賞賜也。""吉甫燕喜",是周天子燕喜尹吉甫。磬銘"天子匽喜"與"吉甫燕喜"文例相同,所説爲秦景公燕喜周天子,意思極爲明確。

　　磬銘"龏趣"拙文考定爲共公、桓公二位秦公。編磬作者秦景公繼承共、桓二公的事業,在周天子的認可下,承嗣大統。磬銘紀年只有四年,無元年。……此年秦景公行冠禮(磬銘八五鳳南 M 一:八八四有"……宜政",即宜於親政。古諸侯少年即位者冠禮後即可親政)……周天子來秦參加秦景公的冠禮儀式,這件事本身就明了當時的秦周關係"相當密切"。石鼓文説"天子口來",雖有殘泐,但顯然説的是周天子來秦地。我們還注意到,鼓文"天子口來"上邊有"來樂"二字,而磬銘有"允樂","匽喜"亦喜樂之事,可見鼓文與磬銘所反映的氣氛亦酷似。我們甚至猜想:周天子會不會在秦景公四年來秦參加景公冠禮,而後到距雍都不遠的汧水流域去共同遊獵,做詩以記其事呢?由下文所就的理由看起來,這種可能性是極大的。

　　説到"當時的周王應該剛即位不久"這個條件,也應當有。秦景公五年(元前五七二年),周簡王崩,子靈王泄心立。在景公四年,即周簡王崩前一年,太子泄心能否稱"嗣王"?依舊説,似不可能。不過,有幾條材料顯示似乎即將即位之王也可被稱嗣王。河北平山縣出土有戰國時中山國"胤昪(嗣)舒蚉"所作之壺,壺作於先王初死,蚉未嗣立之時,故自稱"胤嗣",不稱"嗣王";但在其父中山王𰻞十四年命相邦賙用作

---

① 王輝:《由"天子""嗣王""公"三種稱謂説到石鼓文的時代》,《一粟集——王輝學術文存》,第 384 頁。

鑄的壺的銘文裏,王臀要朝記述鄰國燕國曾亡國的教訓,"以憖(儆)嗣王",好像王臀已把蚃看作嗣王。在秦國,也往往把已成年而未即位的太子稱作"公",如秦文公四十八年,"太子卒,賜謚爲竫(静)公",謚"竫",而"公"必生前之稱,由秦公簋、王姬鎛、鍾我們知道,静公已列入秦之世系。《秦本紀》又云秦哀公"三十六年卒。太子夷公。夷公蚤死,不得立。立夷公子,是爲惠公。"看來静公、夷公生前以太子的身份被稱爲嗣公的可能性很大。若果真如此,則周靈王在秦景公四年,即靈王在即位前一年,有可能被人稱作"嗣王"。退一步説,即使没有這種可能性,靈王在秦景公五年即王位後總可稱嗣王,而此時的周秦關係肯定還是好的,靈王可以來秦遊獵。

又秦景公三十二年(元前五四五年),周靈王崩,子景王即位,也存在被稱"嗣王",來秦遊獵的可能。①

又曰:

我以爲,石鼓文與秦公簋、秦公大墓磬銘的差别極小,大體上可以看作同一時代的文字。

又曰:

秦景公既得於鄜畤祭天,石鼓文所記地名有鄜,石鼓文出於鄜畤所在的三畤原,這都證明石鼓作於景公四至三十二年的可能性極大。

又曰:

本文試圖把石鼓文的稱謂等内容與詞匯、文字風格等特徵結合起來,以探討其時代,把它定位在秦景公四年至三十二年以及秦厲共公元年至八年這兩段共三十七年的範圍内,同時認爲景公時的可能性極大,屬共公時的可能性極小。②

---

① 王輝:《由"天子""嗣王""公"三種稱謂説到石鼓文的時代》,《一粟集——王輝學術文存》,第387—389頁。
② 王輝:《由"天子""嗣王""公"三種稱謂説到石鼓文的時代》,《一粟集——王輝學術文存》,第392、396、399—400頁。

案：王氏根據近年出土的秦公大墓殘磬銘文，從文字風格、《石鼓詩》的內容、語彙及《石鼓詩》與《秦風》《小雅》的格調等方面論證《石鼓詩》年代在"景公五年（前572年）後數年內，或景公三十二年（前545年）後數年內"。①"天子匽喜，共桓是嗣"，天子款待來朝的秦公，秦共公、桓公繼承公位，並非如王輝所說的秦公款待天子。

2005年，陳平先生認爲：

> "天子"，當是周天子無疑。"嗣王"以詩中另有"公"看，不可能是諸侯王。他若非天子周王，則必爲周王之太子。"公"乃諸侯國君，石鼓即爲該"公"所作，而非周王所作。……所有將石鼓定爲秦惠文王稱王以後之物的學者，都犯了與鄭樵同樣的錯誤，即將鼓文中與"天子""公"（秦公）並存的"嗣王"誤當成了秦王，故而其説皆不足以取信。②

又曰：

> 石鼓文的年代就應在居於秦公簋與《詛楚文》之間的春秋晚期至戰國早期。寬些説，大約在秦景公至秦獻公之間；窄些説，則大約在秦景公至秦厲共公之間。總而言之，石鼓文的年代僅就其書體考察，便可斷言它不會早於秦景公之世。③

2010年，董珊《石鼓文考證》亦贊成王輝先生説，以爲周靈王作爲"嗣王"來秦。④

（4）秦哀公三十二年説

1998年，易越石《石鼓文通考》以爲《石鼓詩》中《吳人》之"吳人"爲吳國人：

> 吳人伐楚孫子爲將，攻入郢都楚國將亡。只因闔閭之弟夫概聞秦兵救楚，回國自立爲王，越王又乘機攻吳本土，因此内憂外患，正是"吳

---

① 王輝：《秦出土文獻編年》，臺北新文豐出版公司2000年，第50—53頁；王輝、王偉《秦出土文獻編年訂補》，第28—31頁。
② 陳平：《關隴文化與嬴秦文明》，第426、435頁。
③ 陳平：《關隴文化與嬴秦文明》，第437頁。
④ 董珊：《石鼓文考證》，劉釗主編：《出土文獻與古文字研究》第3輯，復旦大學出版社，2010年，第135—136頁。

人憐亟,朝夕儆惕",惶恐之亟!石鼓本身所記,正符合秦、吳大戰是實,於此得知石鼓年代確係公元前五〇六年吳人伐楚第二年秦師勝吳人凱旋後之刻石。①

徐暢《石鼓文刻年新考》申易越石説,亦以爲《石鼓詩》刻於秦哀公三十二年。②

案:王輝不同意此説,于文末有所評論,既而又有商榷。③ 王輝《〈石鼓文·吳人〉集釋——兼再論石鼓文的時代》總結"吳人"的解讀有三種:虞山之人、吳國人、虞人,而以虞人爲是。所以,秦哀公三十二年説失去了依據。④

5. 戰國時期

(1) 秦惠文王之後説

鄭樵作《石鼓文考》三卷,亡佚。鄭樵《金石略》曰:

> 石鼓文。(秦。鳳翔府。宣和間移置東宫。臣有《石鼓辨》,明爲秦篆。)

又曰:

> 祀巫咸大湫文。(俗呼《詛楚文》,李斯篆。鳳翔府。又渭州州學本,與鳳翔小異。)⑤

鄭樵《石鼓音序》認爲《石鼓詩》爲秦物,作於秦惠文王之後。鄭樵《石鼓音序》曰。

> 此十篇皆是秦篆。秦篆者,小篆也,簡近而易曉。其間有可疑者,若以"也"爲"殹",以"丞"爲"𢀝"之類是也。及考之銘器,"殹"見於秦

---

① 易越石:《石鼓文書法與研究》,香港志蓮浄苑 1998 年,第 125 頁;《石鼓文通考》,上海人民出版社,2009 年,第 35 頁。
② 徐暢:《石鼓文刻年新考》,《考古與文物》2003 年第 4 期,第 75—80 頁。
③ 王輝:《〈石鼓文·吳人〉集釋——兼再論石鼓文的時代》,原載《中國文字》新 29 期(2003年),收入《高山鼓乘集——王輝學術文存二》,中華書局 2005 年,第 137—144 頁;《再與徐暢先生討論石鼓文的時代》,原載《古文字論集(三)》,《考古與文物》2005 年增刊,收入《高山鼓乘集——王輝學術文存二》,第 147—152 頁。
④ 王輝:《〈石鼓文·吳人〉集釋——兼再論石鼓文的時代》,《高山鼓乘集——王輝學術文存二》,第 131—134 頁。
⑤ 鄭樵:《通志二十略·金石略》,王樹民點校,中華書局,1995 年,第 1847 頁。

斤,"弅"見于秦權。正如作越語者,豈不知其人生于越?作秦篆者,豈不知書出于秦也?秦篆本于籀,籀本于古文。石鼓之書間用古文者,以篆書之所本也。秦人(維)〔雖〕創小篆,實因古文、籀書,加減之取成類耳。其不得而加減者,用舊文也。或曰:"石鼓固秦文也,知爲何代文乎?"曰:"秦自惠文稱王,始皇稱帝,今其文有曰'嗣王',有曰'天子',天子可謂帝,亦可謂王,故知此則惠文之後,始皇之前所作也。"①

案:鄭樵舉"殴見於秦斤,弅見於秦權"作爲《石鼓詩》屬於秦器的理由,其實"殴"字西周時期金文《格伯簋》已有。②

南宋人任汝弼(南宋孝宗乾道間,淳熙五年進士)從書刻工具、書刻方式與筆劃形態出發,認爲《石鼓詩》文字是秦篆書。張淏《雲谷雜記》引評曰:

任汝弼云:"籀與古文書以刀,刀故銳。秦篆書以漆,漆以刓。石鼓之文,其端皆刓,以是知石鼓爲秦時也。"夫千載之刻,磨滅剥落之餘,幸有一二可讀,亦僅存字體之髣髴爾。汝弼乃欲辨其刓鋭于筆畫之間,而斷爲秦人之作,非所敢聞也。③

1923年,歐陽輔作《集古求真》亦以《石鼓詩》爲秦物,④隨後聞馬衡説。⑤

(2)秦昭王説

民國三十三年(1944年),蔣志範《石鼓發微》曰:

石鼓造於秦昭王之世,必在周赧王十九年之後,二十七年之前。……愚知在周赧王二十七年以前者,因鼓有"天子""嗣王"字。秦自惠文稱王後,歷武王至昭王,昭稱"嗣王",了無疑義。且考秦《詛楚文》起句,即曰"又秦嗣王"。是惠文早稱"嗣王",更何疑於昭王?至"天子"亦秦昭自稱。因壬鼓曰:"……天子永寧,日佳丙申。""天子"二

---

① 鄭樵:《石鼓音序》,陳思編著:《寶刻叢編》卷一《京畿·東京·石鼓文》,第9—10頁。
② 中國社會科學院考古研究所編:《殷周金文集成》(修訂增補本)第4册,中華書局,2007年,第2590—2595頁。
③ 張淏:《雲谷雜記》卷三,《武英殿聚珍版叢書》,清乾隆活字印本,第13頁a;張淏:《雲谷雜記》卷三,張宗祥校,中華書局,1958年,第42—43頁。
④ 歐陽輔:《集古求真》卷十一《篆書·石鼓文》,民國十二年開智書局石印本,第5頁a—6頁a。
⑤ 歐陽輔:《集古求真補正》卷四《篆書·石鼓文》,民國十二年開智書局石印本,第8頁b。

字,承"吾水""吾道""吾人"説,明明是吾秦之天子。敢稱"天子"者,因周赧王二十七年,昭王曾稱帝也。……鼓文云:"天子永寧,日隹丙申。"蓋諏吉日……更知必在周赧王十九年以後者,以十九年秦取周九鼎。①

案:蔣氏以爲《石鼓詩》乃周赧王十九年之後、二十七年之前所作。

(3) 秦靈公三年説、秦獻公十一年説

二説皆唐蘭先生所創,主要從文字方面尋找依據,選擇具體年代稍有不同。

民國二十四年至二十五年(1935—1936 年),唐蘭撰《汧陽刻石考》,列舉學者以往研究觀點,對於年代背景尚無定論,僅曰"以俟知者之考訂焉"。②

① 秦靈公三年説

民國三十六年(1947 年),唐蘭《石鼓文刻於秦靈公三年考》在宋人翟耆年、鄭樵等人論證《石鼓詩》文字非三代文字而是秦篆的基礎上,進一步論證《石鼓詩》的時代:

① 秦公簋和秦公鐘裏所用第一人稱代名詞,只有"朕"和"余",朕字用在領格,余用在主格。

石鼓文有兩處用"余",兩處用"我"字,十一處用"避"字,"避"的用法,有主格,有領格,領格較多,没有"朕"字。

詛楚文有六個"我"字,三個"俉"字,"我""俉"的界限不狠清楚,也没有"朕"字。

秦公簋羅振玉以爲穆公時,郭沫若以爲景公時,簋銘説"十有二公",郭説大概可信。可見在景公(紀元前五七六—五三七)時還用"朕"字而不用"避"或"俉",到了惠文王時因五國擊秦而作的詛楚文(紀元前三一八),卻用"俉"而不用"朕"了。石鼓文和詛楚文接近,它的時代決不會更在秦公簋以前的襄公文或穆公文是狠清楚的。

② 秦公簋秦公鐘也没有"殹"或"也"。在春秋以前的銅器裏就没有見過這類字。春秋末年的陳常陶釜才有"也",石鼓才兩用"殹"。詛楚文的亞馳本巫咸本説"以自救殹",湫淵本作"也"。新郪虎符用"殹"字,秦權量用"也"字,也偶作"殹"。可見石鼓應在春秋末年後。

---

① 蔣志範:《石鼓發微》,《學海月刊》第 1 卷第 2 册(1944 年),第 46—48 頁。

② 唐蘭:《汧陽刻石考》,《唐蘭全集》第 10 册,上海古籍出版社,2005 年,第 747—754 頁。

③ 兩周金文不用"予",石鼓文"迟"字偏旁從"予"。

由於這些證據,我們可以指出石鼓文應在春秋末年。但是它稱"公"而不稱"王",並且拿商鞅量來比較,字體繁複得多,所以應該在秦孝公前,就是從公元前四八一(陳常弒簡公相平公的一年)到公元前三六一(秦孝公元年)之間。

又曰:

在銘辭裏又說到"嗣王",秦靈公三年是周威烈王的四年,也是新即位,當然可以稱嗣王了。①

唐蘭依據石鼓上"遊""余""我"第一人稱代詞的使用,提出了《石鼓詩》作於春秋末,又主張《石鼓詩》爲靈公三年(前422年)作吳陽上下畤時所刻。

1949年,唐蘭《中國文字學》仍持"秦靈公三年說",並補充書法方面的證據,證明《石鼓詩》晚於《秦公簋》。

據《史記》文公十三年,"初有史以紀事";據《呂氏春秋·音初篇》,秦穆公時纔有《秦風》,遠在襄公、文公時就有這種詩篇是不相稱的。它們的文字書法,也決不是春秋初期的作品。

一直到最近,我纔發現了一個原則,在銅器裏用"朕"字時,不用"吾"作代名辭,到用"吾"字時,又不用"朕"字,"朕"字在前,"吾"字在後。秦景公時的《秦公鐘》《秦公簋》都還用"朕"字(西元前五七六—五三七)而惠文王時的詛楚文卻用"吾"字(西元前三一八年五國攻秦後),石鼓文用"遊","余""我",三字而不用"朕"字,所以應該在景公之後,跟詛楚文接近。因爲要說成秦民族在春秋初期用"吾",後期用"朕",到戰國中葉再用"吾"是不可能的。

由於石鼓的出土在三畤原,《吾車》石說"即遊即畤",畤就是畤,所以我也相信這原是畤裏的刻石。現在襄公、文公的說法既無可能,而三

---

① 唐蘭:《石鼓文刻於秦靈公三年考》,原載《申報·文史週刊》第1、2期,1947年12月6日第9版、13日第8版,收入《唐蘭全集》第2册,第717—720頁。又唐國香(唐蘭的化名)《石鼓文刻於秦靈公三年考》,原載《大陸雜誌》1952年第5期,收入大陸雜誌社編輯委員會編:《先秦史研究論集》下册,《大陸雜誌史學叢書》第1輯,臺北大陸雜誌社,1970年,第222—223頁。

時原上除了文公的鄜畤外,還有靈公的吳陽上畤、吳陽下畤,所以我以爲這是靈公時的作品,靈公三年作上、下畤,是西元前四二二年。①

蘇瑩輝、那志良等從唐蘭説。② 童書業不同意唐蘭説,與唐蘭展開多次辯論。③ 1958 年,唐蘭已經放棄此説。

② 秦獻公十一年説

1958 年,唐蘭《石鼓年代考》將《石鼓詩》年代改定爲秦獻公十一年(前 374 年)。④ 唐氏先從石刻的發展、文學史的發展、新的語彙應用、書法(字形的發展、篆書之祖)、石鼓的發現地點、十篇的次序和内容的分析、《石鼓詩》内地望的分析等 8 個方面斷定《石鼓詩》時代爲戰國中葉,《秦公簋》之後、《詛楚文》之前。唐氏承認《石鼓詩》的"嗣王"應指嗣位不久的周天子,《史記》"獻公十一年周太史儋見獻公"爲周烈王二年,他認爲這一年烈王"還可以稱嗣王",獻公十一年才是《石鼓詩》製作的時代。

唐蘭《石鼓年代考》以爲:

1. 從銘刻的發展説,它應該在戰國中葉,和詛楚文秦始皇刻石相近。2. 從文學史的發展視,它跟三百篇,尤其是秦風不是同時作品,它的新創風格應在戰國時期,善於模仿,和詛楚文接近。3. 從新語彙的應用來説"吾"字的出現,"朕"字的消失,晚於秦公簋,"吾"字作"敔",略早於詛楚文。"迄"字的使用,應該在戰國,"殹"字的使用和詛楚文等接近。4.從字形的發展説,尤其可以證明它屬於戰國時期,"四"字已經不作亖,在秦公簋和史籀篇之後,屬於籀文到小篆的過渡時期。5.從書

---

① 唐蘭:《中國文字學》,原刊上海開明書店(1949 年),收入《唐蘭全集》第 6 册,第 492—494 頁。
② 蘇瑩輝:《石鼓文刻於秦靈公三年説補正》,原載《大陸雜誌》1952 年第 12 期,收入大陸雜誌社編輯委員會編:《先秦史研究論集》下册,第 224—226 頁;那志良:《石鼓通考》,臺北中華叢書委員會,1958 年,第 21—66 頁。
③ 童書業:《評唐蘭先生"石鼓文刻於秦靈公三年考"》,原載《中央日報》1948 年 1 月 7 日第 7 版《文物週刊》第 68 期,收入《童書業史籍考證論集》,童教英整理:《童書業著作集》第 3 卷,中華書局,2008 年,第 787—793 頁;《論石鼓文的時代再質唐蘭先生》,原載《中央日報》1948 年 3 月 17 日《文物週刊》第 77 期,收入《童書業史籍考證論集》,《童書業著作集》第 3 卷,第 794—801 頁;《論石鼓文的用字三質唐蘭先生》,原載《中央日報》1948 年 5 月 26 日《文物週刊》第 85 期,收入《童書業史籍考證論集》,《童書業著作集》第 3 卷,第 802—811 頁;《從石鼓文的問題談到考據的方法》,原載《中央日報》1948 年 7 月 7 日《文物週刊》第 91 期,收入《童書業史籍考證論集》,《童書業著作集》第 3 卷,第 812—816 頁。
④ 唐蘭:《石鼓年代考》,原載《故宫博物院院刊》1958 年第 1 期,收入《唐蘭全集》第 3 册,第 1017—1035 頁。

法的發展説,石鼓的寫法晚於秦公簋而早於始皇刻石,也只能是戰國時代。6.從石鼓的發現地點來説,三畤原只是吳陽武畤和上下畤,與遠在西縣的西畤和在汧水西的鄜畤無關,所以襄公、文公等説都是不可靠的。7.從十篇的次序和内容分析説,遊獵的盛况,也不會是襄公、文公時代。8.從地望説,秦公的出遊,由東至西,經過"螯道",到"吳陽",最後到"鄜",可證秦公已不在汧、雍,而在靈公居涇陽或獻公遷櫟陽之後。

從這八方面來分析,我們都可以斷定它應該在戰國中葉,秦公簋之後,詛楚文之前。在十篇中既有"公",又有"天子"和"嗣王",所以鄭樵把它定爲惠文王之後是錯的。稱"嗣王"顯然是新即位的周天子。從十篇裏可以看出那時周天子和秦有了接觸。

……據《史記》顯公時和天子有過兩次接觸,第一次是獻公十一年,周太史儋見獻公,曰:"周故與秦國合而別,別五百歲復合,合七十七歲而霸王出。"……是周烈王二年(公元前374),還可以稱嗣王,所以只有這一年,公元前374年,才是石鼓製成的時代。①

案:唐蘭之説存在諸多局限性,他對石刻發展史、新的語彙應用、書法等方面的見解已經被新資料否定。關於唐蘭在新的語彙應用方面的一些誤解,裘錫圭、陳昭容先生等已經作了詳細的辨別。②

(4)秦武王元年至秦昭王三年説

1982年,黄奇逸《石鼓文年代及其相關諸問題》曰:

　　天子:當是本鼓文作者稱周天子。

　　嗣王,當是本鼓文作者稱一位新繼位之秦王。舊各家均以爲天子、嗣王當是一人,均是指周天子。……我們深感舊説不足據,《而師》石原文"天子□來,嗣王始□",天子與嗣王同在一句之中,顯然成對文,萬無解爲一人之理,尤其在與《石鼓文》同時代的典籍中,更無解爲一人之理,尤其在與《石鼓文》同時代的典籍中,萬無如此行文,而把兩稱解爲一人的例證。

　　公:舊説指秦之國君,同"秦襄公""秦文公"之類。我們認爲"公"

---

① 唐蘭:《石鼓年代考》,《唐蘭全集》第3册,第1033—1034頁。
② 裘錫圭:《關於石鼓文的時代問題》,《裘錫圭文集》第3卷,第314、318頁;陳昭容:《秦公簋的時代問題:兼論石鼓文的相對年代》,《中研院歷史語言研究所集刊》第64本4分(1993年),第1101—1103頁;《秦系文字研究——從漢字史的角度考察》,《中研院歷史語言研究所集刊》第103本(2003年),第199—200頁。

當是秦王出獵的隨獵大夫,因在古代,大夫是稱公的。

又曰:

　　據《史記·周本紀》,秦國在周顯王四十四年稱王,也就是秦惠文君當政後的十三年改稱秦惠文王(前三二五年)。這樣,惠文王便算不得"嗣王"了,石鼓文所記獵會年代的上限,應排除惠文王之時,應退到武王元年。
　　其下限呢?我們據鼓文有"天子□來,嗣王始□"之句,知石鼓文製作時周天子尚存。周赧王被秦滅于公元前二百五十六年(秦昭王五一年)。故這位"嗣王"只能在秦武王、秦昭王二代中尋找,不是剛即位的秦武王,便是剛即位的秦昭王。也就是説,石鼓成於〔公〕元前三一〇年(秦武王元年)——〔公〕元前三〇四年(秦昭王三年)之間。①

案:黃氏對"嗣王""公"的解釋很勉强,難以成立,受到王輝、陳平等先生的批評。

(5) 秦惠文王説

1984 年,程質清《石鼓文試讀》曰:

　　今從《石鼓文》十篇,反復探求,參證《史記·秦本紀》,認爲《而師》篇,是叙頌秦惠文王三年,王冠,天子致文武胙肉事。秦惠文王三年,爲公元前三三五年,故把《而師》鼓編次第十。因此,我認爲《石鼓文》十篇最早刻成年代,爲惠文王三年至十三年(公元前三三五年至公元前三二五年)。《石鼓文》爲叙事詩,叙事詩歌與讚頌業績的頌辭,都要有一定的客觀現實生活爲素材,方能寫出。《石鼓文》亦不能例外,所以只能是追記。從這一點推究,《石鼓文》刻於秦惠文王三年始嗣王位(第一個膺嗣王位)以後,是比較合乎客觀實際的。②

1999 年,楊文明《石鼓文全集》贊從程質清《石鼓文試讀》説。③

1995 年,平勢隆郎《史記東周紀年の再編について》據石鼓"嗣王"以爲

---

① 黃奇逸:《石鼓文年代及其相關諸問題》,《古文字研究論文集》(《四川大學學報叢刊》第 10 輯),四川人民出版社,1982 年,第 229—231 頁。
② 程質清:《石鼓文試讀》,《書法》1984 年第 3 期,第 20 頁。
③ 楊文明:《石鼓文全集》,雲南人民出版社,1999 年,第 3—4 頁、60—61 頁。

石鼓屬秦惠文王時。① 1997 年，篠田幸夫《石鼓文製作年代攷——〈詩経〉·秦公諸器銘文との比較に於いて》、小南一郎《石鼓文製作の時代背景》持同樣的觀點。②

1998 年，賴炳偉作《石鼓文年代再研究》；2006 年，賴炳偉修訂爲《石鼓文年代再討論》，其文曰：

> 關於石鼓文刻製的確切年代，我認爲可以根據鼓詩的關鍵部分《而師》："天子來□，嗣王始□"句分析推斷。過去有人認爲"嗣王"即惠文王，駁正者則説惠文王始稱王，不得自稱嗣王，嗣王只能是指惠文王之後的武王或昭王。其實這點我認爲不必争論，郭沫若在《詛楚文考釋》一文中所引《曲禮》的一段話用來解釋石鼓文的"嗣王"至爲貼切。其云："'踐祚臨祭祀，内事曰孝王某，外事曰嗣王某。'内事是祭宗廟，外事是祭天地社稷……今惠文王已稱王，有事告上帝鬼神而稱'嗣王'正合乎古例。"所以，惠文王未必不可自稱嗣王。

> 據《史記·秦本紀》秦惠文君"二年（前 336）天子賀，三年王冠，四年天子致文武胙"可知，公元前 334 年，周天子致文武胙於秦惠文王（《秦封宗邑瓦書》的出土也證明了這一史實），之後，秦惠文王十三年（前 325）稱王，十四年更元。《而師》："天子來□，嗣王始□"句似是稱頌秦惠文王始稱王，周天子前來致賀之事。秦稱王乃秦國歷史上一件空前的大事，它標誌著秦國國勢的强大和惠文王所取得的業績，於是秦惠文王回秦的故都——雍（今陝西鳳翔附近，石鼓文即發現於此）致祭天地社稷和先人，爲慶祝這一盛典，又率衆進行畋游，作爲一次軍事大演習，以顯示秦國國力，以威懾鄰國民心。從鼓詩《吾車》《田車》《鑾車》《霝雨》等篇可看出這一史實。……

> 綜觀石鼓文的用字、書法、詩文内容並聯繫史實，我認爲《石鼓文》當作於秦惠文王稱王之年，即公元前 325 年，石鼓的刻製年代也當與此同時。③

---

① ［日］平勢隆郎：《史記東周紀年の再編について》，《新編史記東周年表》，東京大學東洋文化研究，1995 年，第 37—40 頁。

② ［日］篠田幸夫：《石鼓文製作年代攷——『詩経』·秦公諸器銘文との比較に於いて》，《二松學舍大學論集》第 40 號（1997 年），第 128—129 頁；［日］小南一郎：《石鼓文製作の時代背景》，《東洋史研究》第 56 卷第 1 號（1997 年），第 6 頁。

③ 賴炳偉：《石鼓文年代再研究》，《吉林大學古籍研究所建所十五周年紀念文集》，吉林大學出版社，1998 年，第 143—144 頁；《石鼓文年代再討論》，《古文字研究》第 26 輯，中華書局，2006 年，第 406 頁。

2010年,高明《論石鼓文年代》以爲《石鼓詩》是戰國中晚期,秦遷都咸陽以後的作品。《石鼓詩》製作當在秦惠文王廢"公"稱"王"改元後的十四年之内。《石鼓詩》中秦君既稱公又稱嗣王的特點,則非戰國中晚期的秦惠文王而莫屬。① 高明《論石鼓文年代》以爲:

考察石鼓文刻製的時代,值得注意的是鼓辭中關於對秦君的稱謂。如《避水》文有"天子永寧"和"公謂大□"兩句詩文。《而師》文有"天子□來,嗣王始□"兩種稱謂互爲連綴的詩句。《避水》文中"天子"與"公"互見,《而師》文中"天子"與"嗣王"互見。顯示出兩鼓所載的事件,發生在兩個不同時代。《避水》前稱"天子",後稱"公",顯然是對周天子和當時執政的秦君的不同稱謂。《而師》鼓文"天子□來,嗣王始□","嗣王"也是對當時執政秦君的稱謂。秦君稱"嗣王"曾見於《詛楚文》,如《湫淵》《亞駝》《巫咸》三石銘文,開始均作:"有秦嗣王敢用吉玉宣璧使其宗祝……肯告于丕顯大神。"足證《而師》文中之"嗣王"乃指當政秦君是可以肯定的。那麼同一位秦君爲何既稱"公"又稱"嗣王"?這裏給我們提出一個石鼓文刻製時代的很有價值的信息。嬴秦自襄公七年(公元前771年)開始列爲諸侯,至秦始皇時共有三十一位秦公和秦王。在他們當中,既稱公又稱王的只有一位,那就是秦惠文王。②

案:高明對於"嗣王""公"的解釋充斥着矛盾,秦公稱王後所作詩歌,稱謂就不會稱"公"。所以,高明的見解是秦公先稱王,作《石鼓詩》與刻《石鼓詩》時返回再稱公,屬於開歷史倒車。

2006年、2016年,寶雞學者官波舟以爲"天子永寧"指周顯王已經在位44年之事,"嗣王"指秦惠文王,定《石鼓詩》製作於秦惠文王稱王之年(前325年)。③

(6)戰國説

1986年,李學勤《中國大百科全書·考古學》之《石鼓文》條曰:

---

① 高明:《論石鼓文年代》,《考古學報》2010年第3期,第317、319—320頁。
② 高明:《論石鼓文年代》,《考古學報》2010年第3期,第319頁。
③ 官波舟:《〈石鼓文〉製作年代考》,《寶雞社會科學》2006年第2期,第46頁;《石鼓文詮釋》,《寶雞青銅器博物院系列叢書》,三秦出版社,2011年,第99—106頁;《秦惠文王製作了〈石鼓文〉——〈石鼓文〉製作年代再考》,《寶雞日報》2016年3月2日第11版。

戰國時期秦國石刻。……馬衡、郭沫若等主張刻於春秋時期,唐蘭等主張刻於戰國時期。①

案:李氏之總結實據唐蘭説。

1989 年,何琳儀《戰國文字通論》曰:

根據石鼓文的文字結構和書寫風格,我們傾向鄭樵和唐蘭的戰國説。……儘管石鼓文的絕對年代還有待進一步研究,但石鼓文字體晚于秦公簋是肯定的。我們認爲當銘刻内容不能説明其時代時,用字形發展的規律限定銘刻相對年代是切實可行的。通過以上分析可知,石鼓文的年代充其量不會早于春秋晚期。因此,可以把石鼓文列入戰國文字之内研究。②

2003 年,何琳儀《戰國文字通論(訂補)》曰:

近年,學者對石鼓文的年代又多有討論,或以爲應在春秋戰國之際,或以爲秦"景公時的可能性很大"。我們認爲在没有確鑿的證據之時,春秋戰國之際説可能更爲穩妥。有學者認爲戰國時已無賦詩風尚,用以證明石鼓詩類似《詩經》,從而得出石鼓詩不可能作於晚周。其實戰國時代也有賦詩的風尚,戰國中山王器多次引用《詩經》即其例。③

(7) 戰國中期説
1988 年,張政烺《中國大百科全書・語言字》之《籀文》條曰:

傳世《石鼓文》《詛楚文》皆戰國中期秦的作品。前者關係國家禮儀,書法精美。後者是通行字體。兩者皆屬大篆,其中絕大部分和小篆相同,也有不少《説文》列舉的籀文。④

---

① 中國大百科全書總編輯委員會《考古學》編輯委員會編:《中國大百科全書・考古學》,中國大百科全書出版社,1986 年,第 472 頁。
② 何琳儀:《戰國文字通論》,中華書局,1989 年,第 159—160 頁。
③ 何琳儀:《戰國文字通論》(訂補),江蘇教育出版社,2003 年,第 186 頁。
④ 中國大百科全書總編輯委員會《語言文字》編輯委員會編:《中國大百科全書・語言文字》,中國大百科全書出版社,1992 年第 2 版,第 538 頁。

(8) 秦孝公説

2015 年,趙超《也談石鼓文的産生年代》受到巫鴻的紀念碑思想的影響,他推測石鼓文與商鞅變法有關:

> 將之(石鼓)看作秦孝公或秦惠文王以下時間段的産物,屬於秦王陵墓或宗廟中的石製紀念物或許是比較合理的。如果考慮到現有記載中多稱石鼓出土於鳳翔雍城地區的情況,由於秦惠文王以下的秦王陵墓多建於鳳翔東方的咸陽、西安一帶,那麽,可以將其認爲屬於秦孝公時期的器物。①

乙類

學者區别《石鼓詩》的文字與内容時代不同而加以論證。

本類内容與刻寫文字的時代不一,有《石鼓詩》乃孔子未收的逸詩,文字則刻於秦惠文王後、秦始皇前説;《石鼓詩》作於西周中期至春秋初期,文字則刻於秦公簋之時説;《石鼓詩》作於秦襄公時,文字則刻於春秋中晚期説;《石鼓詩》作於春秋時期,文字則刻於秦景公至秦惠文王間説。

1.《石鼓詩》乃孔子未收的逸詩,文字則刻於秦惠文王後、秦始皇前

民國二十四年(1935 年),羅君惕《秦刻十碣時代考》提出區别《石鼓詩》的文字與内容時代的想法:

> 獵碣凡十石,存詩亦十篇,與詩以十篇爲什尤相類;詩每篇分若干章,章分若干句,碣文亦然,此其體制相同也。是以知其爲詩;然而《詩經》不載,當爲孔子所未收,或出於孔子之後,是以知其爲佚詩也。若就其字論之,十碣去其同文,凡二百四十六字。(據安氏十鼓齋本)與金文同者八十二,與秦刻同者五十七,與許書同者八十餘。(原著附表兹略)夫籀文衍爲秦篆,秦篆形成許書,三者互有同異。其同者,相承也;其異者,相改也。故同爲一字,而三者互異,則時代不同,而有省益也。碣文、籀文、許書或同或不同,而與秦刻則無不同,碣文字法圓而體則方,刻畫拘謹,行間嚴肅,秦刻亦然。秦未同文之先,其字猶作正方,間有與古籀合者,碣文亦然。自同文之後則作長方,與古籀多不合矣。《詛楚

---

① 趙超:《也談石鼓文的産生年代》,原載中國社會科學院考古研究所編著:《新世紀的中國考古學——王仲殊先生九十華誕紀念論文集》,科學出版社,2015 年,收入氏著《我思古人:古代銘刻與歷史考古研究》,社會科學文獻出版社,2018 年,第 54—55 頁。

文》作自惠文,字與之類,是以知其當在惠文之後,始皇同文之先也。然胡爲而作,則莫得而考焉。①

1981年,羅君惕《秦刻十碣考釋》將石鼓十碣、鐘鼎、秦刻、許書之字列表比較,認爲:

> 碣文與金文同者八十三,與秦文同者六十一,與許書同者一百一。夫籒文衍爲秦篆,秦篆形成許書,三者互有同異,其同者,相承也;其異者,相改也。故同一文字而三者互異,則時代不同而有省益也。由是言之,依其字體可以知其時代矣。碣文、金文與許書有同有不同,然與秦刻之權、量、詔書、碑碣,幾盡相同;其不同者,惟一道字而已。此其一。……
>
> 《避水石》有"天子永寧,公謂大□"句,《而師石》亦有"樂天子□"句,天子,王之尊稱,以指當時之王也;公,諸侯之尊稱,以指當事之諸侯也。《鑾車石》有"□弓孔碩,彤矢□□"句,《書·文侯之命》曰"彤弓一",《詩·小雅》"彤弓",《序》曰:"彤弓,天子錫有功諸侯也。"則十碣爲諸侯之事之物可知矣。其所在地先屬于周,後入于秦,然周爲諸侯時方當殷季,其文不若是也,則爲秦國之事之物又可知矣。此其六。
>
> 秦未同文之先其篆正方,多用古籒;同文之後則作長方,頗有省改。今案碣文正方,多用古籒,然與《詛楚文》互見者凡三十七字,其不同者有宣、一、道、中、悟、受六字;與始皇、二世之權、量、詔書、虎符、碑碣互見者凡六十二字,其不同者僅一"道"字而已。蓋時代愈近,則相同愈多也,故斷十碣必在惠文與始皇未"同文"之時,復何疑乎? 此其七。②

案:羅氏認爲《石鼓詩》並非當時作品,而爲《詩經》未載之佚詩。裘錫圭先生作了進一步發揮,而徐寶貴、譚步雲等按此思路論證。又《石鼓詩》字體明顯早於《詛楚文》,羅氏的認識存在不足。

2.《石鼓詩》作於西周中期至春秋初期,文字則刻於秦公簋之時

1961年,沈肇年《石鼓文詮補》列表以爲《石鼓詩》中《作原》時代不明,《而師》作於周孝王十三年,《車工》詠周宣王八年伐戎還師而遊獵,《田車》詠周平王元年、秦襄公八年秦襄公以祚獵戎衆送周平王于洛,《鑾車》時代不

---

① 羅君惕:《秦刻十碣時代考》,《考古社刊》1935年第3期,第105—106頁。
② 羅君惕:《秦刻十碣考釋》,第317—322頁。

明,《霝雨》詠秦襄公西歸於汧,《吾水》詠秦文公四年秦營於汧渭之會,《吴人》詠秦文公十年秦作鄜畤,《馬薦》詠秦文公十九年秦得陳寶。① 沈氏之説僅僅是簡單地推測,並無詳證。沈肇年《石鼓文詮補》又曰:

> 至石鼓文與秦公敦爲同一地方同一時代之文物,其製作先後亦相距不遠。考古者謂石鼓文與秦公敦如出一手,信然。②

3.《石鼓詩》作於秦襄公時,文字則刻於春秋中晚期
(1)《石鼓詩》作於秦襄公時,文字則刻於春秋戰國間
1995 年,裘錫圭《關於石鼓文的時代問題》提出"石鼓之詩可能早於文字之刻"的觀點:

> 按照石鼓文稱"天子""嗣王"等内容來看,其年代必須合乎兩個條件:一、在當時秦與周應有相當密切的關係。二、當時的周王應該剛即位不久。郭沫若主要就是根據這兩點把石鼓文的年代定爲襄公八年的。可是在馬幾道、陳昭容所定的石鼓文時代的範圍内,卻很難找到同時合乎這兩個條件的年份,所以他們都認爲目前還無法確定石鼓文的絶對年代。
> 平心而論,如果撇開字體的時代性不論,郭沫若的襄公説是相當合理的……其他關於石鼓文絶對年代的説法,都難以滿足上述兩個條件。……
> 總之,關於石鼓文的時代,直到目前還没有出現一種既能很好照顧到其内容,又能很好照顧到其字體的説法。爲了解決内容與字體的矛盾,有必要强調指出羅君惕關於石鼓文時代的意見裏的一個合理因素。羅氏所定的時代雖然不足信,他所提出的石鼓所刻之詩是早於刻石時代的作品的想法,卻十分具有啓發性。按照這種思路,我們完全可以把郭沫若的意見跟馬幾道、陳昭容的意見統一起來。……
> 總之,我們初步認爲石鼓文是春秋晚期或戰國早期,也可以説是前 5 世紀(如認爲秦公簋非景公器,而是桓公或共公器,便可以説前 6 世紀晚期至前 5 世紀晚期之間)的秦人所刻的、秦襄公時代的一組詩。③

---

① 沈肇年:《石鼓文詮補》下卷,中國國家圖書館藏 1961 年湖北省文史研究館影印天門沈肇年稿本。
② 沈肇年:《石鼓文詮補》上卷。
③ 裘錫圭:《關於石鼓文的時代問題》,《裘錫圭文集》第 3 卷,第 317—319 頁。

（2）《石鼓詩》作於秦襄公時，文字則刻於秦景公時

1997年，徐寶貴從石鼓文的文字形體特點、《石鼓詩》與《詩經》的語言關係以及《石鼓詩》内容所反映的史實等方面，認爲：

> 一、石鼓文與秦公磬、秦公簋爲同時期所作，絶對時代當在春秋中晚期之際——秦景公時期（前五七六年至五三七年）。二、通過石鼓詩跟《詩經》語言的比較，可以看出石鼓詩就是《詩經》時代的作品。三、從石鼓詩所反映的史實看，郭沫若定其時代爲"秦襄公八年"，應是正確的。石鼓詩的内容所反映的時代，與石鼓文的文字形體所反映的時代是矛盾的。對此，我們作這樣的解釋：見於石鼓的詩原爲秦襄公時所作，石鼓上的文字則爲秦景公時所寫所刻。①

案：郭沫若説存在問題，又《史記·秦本紀》秦襄公、文公事迹存在轉抄錯亂。

（3）《石鼓詩》作於秦襄公時，文字刻於春秋中晚期之際

2000年，裘錫圭先生爲徐寶貴《石鼓文整理研究》作《序》曰：

> 他在《石鼓文年代研究考辨》一文中，將石鼓文的字形跟其他秦系文字資料的字形作了全面、細緻的比較，認爲石鼓文的年代"當在春秋中晚期之際"（北京大學中國傳統文化研究中心《國學研究》四二八頁），説服力很强。在石鼓文時代問題上，我本來相信春秋戰國之際説，讀此文後就相信春秋中晚期之際説了。②

2013年，裘錫圭《文字學概要》（修訂本）曰：

> 據學者較新的研究，通過與秦公簋和20世紀90年代發表的秦公大墓殘石磬的字體的仔細比較，石鼓文的時代最可能屬於春秋晚期早段，參看徐寶貴《石鼓文整理研究》，中華書局，2008年。③

案：裘錫圭先生此前的認識爲《石鼓詩》作於秦襄公時、文字則刻於春

---

① 徐寶貴：《石鼓文年代考辨》，《國學研究》第4卷，第428頁；《石鼓文整理研究》上册，第654頁。文字有修訂改易，兹采後文。
② 裘錫圭：《序》，徐寶貴《石鼓文整理研究》，第1頁。
③ 裘錫圭：《文字學概要》（修訂本），商務印書館，2013年，第65頁。

秋戰國間,進一步發展爲《石鼓詩》作於秦襄公時、文字則刻於春秋中晚期之際。

4.《石鼓詩》作於春秋時期,文字則刻於秦景公至秦惠文王間

譚步雲《"秦雍十碣"解惑》曰:

> "秦雍十碣"銘文創作的時間和刻石的時間並不一致:創作時間早於刻石時間,約當春秋時期,與《論語》出現的時代相當;刻石時間當在秦景公(前576—前537)—秦惠文王(前337—前309)之間。①

案:此參考裘錫圭先生説、王輝先生説等而爲之。

第三節 《石鼓詩》年代背景主旨諸説分析

關於《石鼓詩》年代背景主旨諸説可以分爲2類7組。

甲類(學者認爲《石鼓詩》的文字與內容時代一致,而未加區別)可以分爲4組。

第一組:時代屬於西周。有周成王説、周共和説、周宣王説、西虢説。

第二組:時代屬於春秋早期至早中期之際。有秦襄公説、秦文公説、秦武公説、秦德公以後説、秦德公説、秦宣公説、秦穆公説。

第三組:時代屬於春秋中晚期。有春秋中晚期説、秦景公四年至三十二年以及秦厲共公元年至八年説、春秋戰國間説、秦哀公三十二年説。

第四組:時代屬於戰國時期。有戰國説、戰國中期説、秦惠文王之後説、秦惠文王説、秦靈公三年説、秦獻公十一年説、秦孝王説、秦武王元年至秦昭王三年説、秦昭王説。

第一組屬於西周時期。《石鼓詩》的文字與內容已經被充分論證爲秦物秦事,故西周諸説目前學者罕有考慮,所以此組諸説難以成立。

第二組屬於春秋早期至早中期之際。秦襄公説基於《史記·秦本紀》,實際上,《秦本紀》秦襄公、文公年代事蹟存在錯亂,校正之後需要重新論證。不少學者持秦文公説,但是論證尚顯不足。秦武公説證據存在疑問。秦德公以後説證據單薄,秦德公説證據多推測之辭。秦宣公説證據存在問題。

---

① 譚步雲:《"秦雍十碣"解惑》,中山大學古文字研究所編:《康樂集:曾憲通教授七十壽慶論文集》,中山大學出版社,2006年,第109頁。

秦穆公説本于秦公簋作于秦穆公之時，目前學者已經充分論證秦公簋作於秦景公之時，秦穆公説失去了依據。

第三組屬於春秋中晚期。有春秋中晚期説、秦景公四年至三十二年以及秦厲共公元年至八年説、春秋戰國間説、秦哀公三十二年説。一些學者推斷具體年代，實屬冒險，而歸入春秋中晚期較爲合適。秦景公四年至三十二年以及秦厲共公元至八年説僅存在《石鼓詩》文字上的一些依據，並不能確定到具體的秦公；内容方面尚是推測，並無實據，並且存在"天子匽喜"釋讀上的缺陷。秦哀公三十二年説中"吴人"當作"虞人"，其説失去了依據。

第四組屬於戰國時期。秦靈公三年説、秦惠文王之後説、秦惠文王説、秦武王元年至秦昭王三年説、秦昭王説都主張"嗣王"爲秦王，存在很大的疑問。唐蘭先生提出秦靈公三年説既而放棄。唐蘭先生提出秦獻公十一年説，罕有贊同。戰國中期説以爲"《石鼓文》《詛楚文》皆戰國中期秦的作品"，與事實不符，二者時代遠隔。戰國説局限於文字，並且或放棄此説，或疑問於春秋晚期。秦昭王説以"天子""嗣王"皆指秦昭王，則不明"公"所指，誤多矣。

乙類（學者區别《石鼓詩》的文字與内容時代不同而加以論證）可以分爲3組。

第一組：《石鼓詩》作於春秋，文字則刻於秦惠文王前後。有《石鼓詩》乃孔子未收的逸詩而文字則刻於秦惠文王後、秦始皇前説，《石鼓詩》作於春秋時期而文字則刻於秦景公至秦惠文王間説。

第二組：《石鼓詩》作於西周中期至春秋初期，文字則刻於《秦公簋》之時。有《石鼓詩》作於西周中期至春秋初期，文字則刻於《秦公簋》之時説。

第三組：《石鼓詩》作於秦襄公時，文字則刻於春秋中晚期。有《石鼓詩》作於秦襄公時而文字則刻於秦景公時説、《石鼓詩》作於秦襄公時而文字則刻於春秋中晚期之際説、《石鼓詩》作於秦襄公時而文字則刻於春秋戰國間説。

第一組屬於《石鼓詩》作於春秋而文字則刻於秦惠文王前後。文字定刻於秦惠文王前後有些偏晚。

第二組屬於《石鼓詩》作於西周中期至春秋初期而文字則刻於《秦公簋》之時。只是簡單無據的推測。

第三組屬於《石鼓詩》作於秦襄公時，文字則刻於春秋中晚期。此組較爲合理，只是尚需出土文獻的進一步證實。

目前學者争論的焦點集中在《石鼓詩》字體的時代、《石鼓詩》創作的時代。

對於以往學者的研究，裘錫圭先生有很好的評論：

　　按照石鼓文稱"天子""嗣王"等内容來看，其年代必須合乎兩個條件：一、在當時秦與周應有相當密切的關係。二、當時的周王應該剛即位不久。郭沫若主要就是根據這兩點把石鼓文的年代定爲襄公八年的。可是在馬幾道、陳昭容所定的石鼓文時代的範圍内，卻很難找到同時合乎這兩個條件的年份，所以他們都認爲目前還無法確定石鼓文的絕對年代。

　　平心而論，如果撇開字體的時代性不論，郭沫若的襄公說是相當合理的……其他關於石鼓文絕對年代的說法，都難以滿足上述兩個條件。如德公說就只能滿足後一個條件，因爲史書中毫無德公時周、秦發生關係的記載。又如主張宣公說者，不但不能舉出當時周、秦發生關係的歷史記載；而且既認爲秦公當時站在周惠王一邊，又說鼓文的"嗣王"指作亂的王子頹，也是不合理的。唐蘭認爲周烈王二年還可以稱嗣王，也顯然很牽強。然而襄公八年在春秋之初，襄公說比其他各說更不能與石鼓文的字體相合。主張襄公十年說的張光遠，曾談到石鼓文的字體。但是他顯然是先有了石鼓詩應爲襄公時所作的看法，然後再去找字體上的證據的。他只指出石鼓文中有寫法古老的字形，卻不管那些顯然很晚的字形。這是不合理的。就跟考古學遺迹的斷代必須以所包含的時代最晚的遺物爲根據一樣，石鼓文的時代也應該根據時代特徵最晚的字形來斷定（參看馬幾道《秦石鼓》355—356 頁）。[1]

　　案：裘先生的評價中肯。當然一些學者有不同的看法，王輝先生等認爲郭沫若的襄公說存在不妥。隨着學者對清華簡《繫年》等出土文獻的深入研究，秦襄公說、秦文公說亦需要重新考慮。

　　學者以往對《石鼓詩》的研究，既有理性分析，又有主觀推測。隨著出土文獻的增多，學者的觀點趨於集中。目前，學者爭論的焦點集中在《石鼓詩》的文字年代與内容年代背景主旨，或偏重於文字年代，或著重於内容年代背景主旨。當今流行的觀點，一種觀點是《石鼓詩》作于秦襄公時而文字刻寫于秦景公時說，另一種觀點是《石鼓詩》創作與文字刻寫于秦惠文王時說，二說相差懸殊，證明學者的認識存在巨大的差異。所以，《石鼓詩》的年代背景主旨是一個懸而未決的問題。分析學者以往研究長期難以形成定論的根

---

[1]　裘錫圭：《關於石鼓文的時代問題》，《裘錫圭文集》第 3 卷，第 317 頁。

源,主要原因有二:一是歷史文獻記載的不明確,二是出土資料較少。在《石鼓詩》的研究史上,鄭樵、唐蘭的觀點顯現了資料的巨大局限性。從目前資料來看,鄭樵的依據尚不足以判斷《石鼓詩》文字屬於秦,唐蘭的依據不足以判定《石鼓詩》屬於戰國時期。

　　近二十年來,新發現的上博簡、清華簡推動了傳世文獻、出土文獻研究的不斷深入,學者對與本課題相關的古本《竹書紀年》、清華簡《繫年》、《史記》的記載有了嶄新的認識。秦文化考古取得了豐碩成果,出土了諸多的相關文物。它們爲研究《石鼓詩》年代背景主旨創造了良好條件,攻克《石鼓詩》年代背景主旨的時機已經成熟。筆者正是要在利用最新的出土資料與學者最新研究成果的基礎上來研究《石鼓詩》年代背景主旨。

第二章　判定《石鼓詩》年代背景主旨的若干準則

筆者認爲,學者以往對於《石鼓詩》年代背景主旨的研究注重於具體問題,而缺乏理論的系統論證,導致結論差異而各持所見。所以,必須加強理論與方法的探討,要從理論上確立判定《石鼓詩》年代背景主旨的準則,爲確保結論的正確奠定理論基礎。

探討《石鼓詩》(《石鼓文》)的年代背景主旨必須確立判定《石鼓詩》年代背景主旨的準則。判定《石鼓詩》年代背景主旨的準則主要從三個方面出發：內容、文字、出土地。

《石鼓詩》的內容、文字、出土地都不是獨立的,它們是互相關聯的一體。其中,《石鼓詩》的內容無疑是首要的。當學者根據內容判定《石鼓詩》年代背景主旨出現分歧時,就求助於文字。然而,文字在判定《石鼓詩》年代背景上有很大的局限性,依賴于大量豐富翔實的資料。事實上,文物的出土地是需要考慮的重要因素,尤其是像石鼓這樣的不易搬動文物的原始出土地點賦有特殊的意義,《石鼓詩》與出土地發生過的歷史密切相關,所以要將《石鼓詩》的出土地與內容緊密結合。

學者判定《石鼓詩》的文字年代,多依據《石鼓詩》的書體、用字、字形演變。學者判定《石鼓詩》的內容年代背景主旨,以《史記·秦本紀》《詩經》等來對照。自唐初以來,學者探討《石鼓詩》的年代背景主旨,分析的對象主要是《石鼓詩》的內容與文字。對於《石鼓詩》的內容,自宋代鄭樵以來,學者多將內容放到至關重要的地位,但是結論懸殊,故需要確保對史料客觀分析,拋棄主觀臆測。對於《石鼓詩》的文字,學者爭議頗大,故需要新的出土文獻補充。近年來,學者探討《石鼓詩》的年代背景主旨,越來越在追求文字年代與內容年代背景主旨的平衡。

1993年,陳昭容《秦公簋的時代問題：兼論石鼓文的相對年代》認爲：

> 大部分考訂石鼓年代的方法,都是從文獻資料中找出某位秦公在

位時有某一特殊歷史事件，與石鼓文所叙相合，以此訂其具體年代。然而，漁獵、修道、植樹，何代没有？用歷史事件來訂具體年代，可以是方法之一，但不是惟一的方法。①

事實上，歷史文獻文本的内容重於形式，形式爲内容服務。②《石鼓詩》的文字屬於形式，服務於《石鼓詩》的内容。類似的情況在古文獻中屢見不鮮。《逸周書》一些篇的内容（史實）屬於商周之際，而其形式（語言、修辭、語法、句法）存在東周的一些特點，緣於流傳過程中爲了人們易於理解或潤色的需要改用當時的語言文字與修辭，但是這不能否定《逸周書》《史記》記載史實的真實性。熹平石經以隸書書寫《周易》《尚書》《詩經》等屬於先秦文獻，三體石經以古文、小篆、隸書書寫《尚書》《春秋》《左傳》，③都不改變《周易》《尚書》《詩經》《春秋》《左傳》等的創作年代。羅君惕已經將石鼓和《石鼓詩》或石鼓文字和《石鼓詩》歸屬於不同年代，裘錫圭先生申此説，而一些學者從之。

筆者認爲，《詩經·商頌》《大雅·文王之什》《大雅·生民之什》等屬於後世追頌祖先的讚美詩，皆有具體的讚美對象。《石鼓詩》没有記載具體的秦公，不屬於後世稱頌祖先之詩歌，而是屬於應時之作。並且，《石鼓詩》十篇描述當時的場景之細膩、心境之真誠均非後世僅靠想像而能刻畫，即後世難以費心創作。所以，筆者認爲《石鼓詩》的年代可以排除後世追慕而作的因素。

總之，筆者認爲，判定《石鼓詩》的年代背景主旨必須以内容爲主、文字與出土地爲輔助，這是必須恪守的準則。

於是，筆者遵照循序漸進的認識規律，對《石鼓詩》的出土地、内容、文字作出客觀分析。

首先，利用出土文獻斷定《石鼓詩》的文字年代。

其次，根據《石鼓詩》可靠的出土地，結合《石鼓詩》的内容，判定《石鼓詩》出土地、内容與所屬階段文化的關係。

最後，傳世文獻與出土文獻，判定《石鼓詩》的内容年代背景主旨。

---

① 陳昭容：《秦公篡的時代問題：兼論石鼓文的相對年代》，《中研院歷史語言研究所集刊》64本4分（1993年），第1093—1094頁。
② 參見易蘭《蘭克史學研究》，復旦大學出版社，2006年，第137—138頁；[美]赫克斯特《歷史的修辭》，陳新主編：《當代西方歷史哲學讀本（1967—2002）》，復旦大學出版社，2006年，第60—63頁。
③ 參見毛遠明《碑刻文獻學通論》，中華書局，2009年，第280—283頁。

第一節 《石鼓詩》文字方面年代的準則

關於文字方面判定《石鼓詩》年代的準則，文字方面包括書體、用字、字體（字形的演變）等。

1. 書體。學者以往用書體作爲判定《石鼓詩》文字時代的重要依據之一，然而對於《石鼓詩》的書體存在很大爭議。

2. 用字。唐蘭先生以《石鼓詩》的一些特殊用字來作爲判定《石鼓詩》文字時代的重要依據之一，學者予以重視，探討亦多。

3. 字體（字形的演變）。學者以字形的演變考察《石鼓詩》文字的時代，唐蘭先生提出一些觀點，學者予以探討。目前，所獲秦文字資料日益豐富，此方面的研究大有可爲。

第二節 《石鼓詩》出土地、內容與所屬階段文化的關係

關於《石鼓詩》出土地、內容與所屬階段文化的關係，學者以往探討的較少，卻是判定《石鼓詩》時代的關鍵。

1. 《石鼓詩》的出土地。《石鼓詩》的出土地有不同的記載，可靠的出土地大體範圍屬於汧渭之會。

2. 秦都汧渭之會。秦自秦文公定都於汧，以後遷都平陽、雍，都屬於汧渭之會這個大的地理範圍之內。

3. 《石鼓詩》鄜地與秦人的鄜畤。《石鼓詩》記載有鄜地，它是秦文公設立的鄜畤之所在。

4. 《石鼓詩》的歌詠對象。《石鼓詩》歌詠汧水，記載了秦人在汧水邊從事爲狩獵作準備、田獵、秦公迎接天子等活動。

第三節 《石鼓詩》內容方面年代背景主旨的準則

關於內容方面判定《石鼓詩》年代背景主旨的準則，裘錫圭先生總結：

按照石鼓文稱"天子""嗣王"等内容來看,其年代必須合乎兩個條件:一、在當時秦與周應有相當密切的關係。二、當時的周王應該剛即位不久。①

具體探討《石鼓詩》内容的年代背景主旨則包括《石鼓詩》與《詩經》的關係、稱謂、車馬制度、周秦關係等。

1.《石鼓詩》與《詩經》的關係。《石鼓詩》與《詩經》關係密切,一些詩句近同。學者對之關注並探討。

2. 稱謂。稱謂乃學者判定《石鼓詩》年代背景主旨的重要依據之一,討論者甚多。學者對於"天子"指周天子確定,但是對於"嗣王""公"所指存在嚴重分歧;"嗣王"或以爲周王,或以爲秦王;"公"或以爲秦公,或秦卿。所以,需要進一步確證。

3. 車馬制度。《石鼓詩》的内容的"六馬""四馬"反映了"六駕""四駕"制度。需要結合《石鼓詩》中的"天子""嗣王""公"予以探討。

4. 周秦關係。《石鼓詩》反映周秦關係十分密切,周天子來秦。學者都在尋找文獻中的證據。

---

① 裘錫圭:《關於石鼓文的時代問題》,原載《傳統文化與現代化》1995年第1期,收入《裘錫圭文集》第3卷,復旦大學出版社,2012年,第317頁。

第三章 《石鼓詩》文字的年代

關於文字方面判定《石鼓詩》文字年代的準則，文字方面包括書體、用字、字體（字形的演變）等。

第一節 書體分析

關於石鼓文的書體，學者有籀文、小篆、籀文小篆之間、秦國文字等不同觀點。

1. 籀文

張懷瓘《書斷·籀文》曰：

案籀文者，周太史史籀之所作也。與古文、大篆小異，後人以名稱書，謂之籀文。《七略》曰："史籀者，周時史官教學童書也，與孔氏壁中古文異體。甄酆定六書，二曰奇字是也。"其迹有石鼓文存焉。蓋諷宣王畋獵之所作，今在陳倉。①

清人翟耆年《籀史》曰：

蓋字畫無三代醇古之氣。吾是以云：前輩尚疑《繫辭》非夫子所作，僕于此書直謂非史籀迹也。②

2. 小篆

鄭樵《石鼓音序》曰：

---

① 張懷瓘：《書斷上》，張彥遠：《法書要錄》卷七，洪丕謨點校，上海書畫出版社，1986年，第189頁。
② 翟耆年：《籀史》卷上《石鼓碑》，錢熙祚輯：《守山閣叢書》，清道光二十四年金山錢氏刻本，第8頁a。

此十篇皆是秦篆。秦篆者,小篆也,簡近而易曉。其間有可疑者,若以"也"爲"殹",以"丞"爲"氶"之類是也。及考之銘器,"殹"見於秦斤,"氶"見于秦權。正如作越語者,豈不知其人生于越? 作秦篆者,豈不知其書出于秦也? 秦篆本于籀,籀本于古文。石鼓之書間用古文者,以篆書之所本也。秦人維創小篆,實因古文、籀書,加減之取成類耳。其不得而加減者,用舊文也。①

王厚之(順伯)《復齋碑錄》駁鄭漁仲以爲非秦篆:

　　小篆之作本於大篆,"氶""殹"二字見於秦器,固無害。況"丞"字從山,取山高奉丞之義,著在《說文》,字體宜然,非始於秦也。②

3. 籀文小篆之間

宋人鞏豐提出《石鼓詩》文字字體類小篆,楊慎贊同之。羅君惕論證《石鼓詩》文字字體在籀文小篆間。唐蘭亦認爲《石鼓詩》文字字體在《秦公簋》和史籀篇之後,屬於籀文到小篆的過渡時期。

楊慎《升庵集·石鼓文》曰:

　　宣王之世,去古未遠,所用皆科斗籀文,今觀《說文》所載籀文與今石鼓文不同,石鼓乃類小篆,可疑一也。……鞏豐云:"岐本周地,平王東遷以賜秦襄公矣,自此岐地屬秦。秦人好田獵,是詩之作其在獻公之前,襄公之後乎? 地,秦地也;字,秦字也;其爲秦物可知。"此說有理,予切信之。③

民國二十四年(1935年),羅君惕《秦刻十碣時代考》曰:

　　若就其字論之,十碣去其同文,凡二百四十六字。(據安氏十鼓齋本)與金文同者八十二,與秦刻同者五十七,與許書同者八十餘。(原著

---

① 鄭樵:《石鼓音序》,陳思編著:《寶刻叢編》卷一《京畿·東京·石鼓文》,浙江古籍出版社,2012年影印本,第9—10頁。
② 王厚之:《復齋碑錄》,闕名編,章樵注:《古文苑注》卷一引,張元濟等編:《四部叢刊》,民國十八年上海商務印書館影印常熟瞿氏鐵琴銅劍樓藏宋刊本,第10頁 b。
③ 楊慎著,楊有仁輯:《太史升庵文集》卷六十二《石鼓文》,明萬曆十年蔡汝賢刻本,第3頁 a、b。

附表茲略)夫籀文衍爲秦篆,秦篆形成許書,三者互有同異。其同者,相承也;其異者,相改也。故同爲一字,而三者互異,則時代不同,而有省益也。碣文與籀文、許書或同或不同,而與秦刻則無不同,碣文字法圓而體則方,刻畫拘謹,行間嚴肅,秦刻亦然。秦未同文之先,其字猶作正方,間有與古籀合者,碣文亦然。自同文之後則作長方,與古籀多不合矣。《詛楚文》作自惠文,字與之類,是以知其當在惠文之後,始皇同文之先也。①

1981 年,羅君惕《秦刻十碣考釋》曰:

碣文與金文同者八十三,與秦文同者六十一,與許書同者一百一。夫籀文衍爲秦篆,秦篆形成許書,三者互有同異,其同者,相承也;其異者,相改也。故同一文字而三者互異,則時代不同而有省益也。由是言之,依其字體可以知其時代矣。碣文與金文、許書有同有不同,然與秦刻之權、量、詔書、碑碣,幾盡相同;其不同者,惟一道字而已。此其一。……

秦未同文之先,其篆正方,多用古籀;同文之後則作長方,頗有省改。今案碣文正方,多用古籀,然與《詛楚文》互見者凡三十七字,其不同者有宣、一、道、中、𠯑、受六字;與始皇、二世之權、量、詔書、虎符、碑碣互見者凡六十二字,其不同者僅一"道"字而已。蓋時代愈近,則相同愈多也,故斷十碣必在惠文與始皇未"同文"之時,復何疑乎?此其七。②

1958 年,唐蘭《石鼓年代考》在字體風格方面,除祖述《籀史》之説外,還將《石鼓詩》文字與《秦公簋》銘文作了相當詳細的比較:

從字形的發展説,尤其可以證明它屬于戰國時期,"四"字已經不作三,在秦公簋和《史籀篇》之後,屬於籀文到小篆的過渡時期。③

又曰:

---

① 羅君惕:《秦刻十碣時代考》,《考古社刊》1935 年第 3 期,第 105—106 頁。
② 羅君惕:《秦刻十碣考釋》,齊魯書社,1983 年,第 317—322 頁。
③ 唐蘭:《石鼓年代考》,《唐蘭全集》第 3 册,上海古籍出版社,2005 年,第 1033 頁。

石鼓是大篆,秦刻石是小篆,他們的關係是十分密切的,石鼓既晚于秦系文字的秦公簋,也晚於春秋戰國之交的《史籀篇》,那末,他的時代,也就很明顯了。①

2003年,陳昭容《秦系文字研究》曰:

"大篆"一詞,由於研究文字學的人使用這個名稱時,定義各有不同,比較混亂,筆者贊成裘錫圭的辦法:"爲了避免誤解,最好乾脆不要用這個名稱。"石鼓中有不少字與《說文》籀文寫法相同,風格與小篆相近而時代早於小篆,這樣的叙述大概比較不致引起混淆。②

4. 秦國文字

1988年,裘錫圭《文字學概要》曰:

從字體上看,石鼓文似乎不會早於春秋晚期,也不會晚於戰國早期,大體上可以看作春秋戰國間的秦國文字。③

筆者案:關於石鼓文的書體,曾有籀文、小篆、籀文小篆之間説,已被學者否定。裘錫圭先生提出的"秦國文字"説可從。

第二節　用　字　分　析

唐蘭先生對於《石鼓詩》中用字的時代提出看法,爲學者所重視,予以探討,對於確定石鼓文的時代大有益處。

1. 避

《石鼓詩·吾車》曰:

避(吾)車既工,避(吾)馬既同。④

---

① 唐蘭:《石鼓年代考》,《唐蘭全集》第3册,第1025頁。
② 陳昭容:《秦系文字研究——從漢字史的角度考察》,《中研院歷史語言研究所集刊》第103本(2003年),臺北中研院歷史語言研究所,第200頁。
③ 裘錫圭:《文字學概要》,商務印書館,1988年,第59頁。
④ 郭沫若:《石鼓文研究》,《郭沫若全集·考古編》第9卷,科學出版社,1982年第3版,第60頁。

民國三十六年(1947年),唐蘭《石鼓文刻於秦靈公三年考》曰:

① 秦公簋和秦公鐘裏所用第一人稱代名詞,只有"朕"和"余",朕字用在領格,余用在主格。

石鼓文有兩處用"余",兩處用"我"字,十一處用"𢓜"字,"𢓜"的用法,有主格,有領格,領格較多,没有"朕"字。

詛楚文有六個"我"字,三個"𠮵"字,"我""𠮵"的界限不狠清楚,也没有"朕"字。

秦公簋羅振玉以爲穆公時,郭沫若以爲景公時,簋銘説:"十有二公",郭説大概可信。可見在景公(紀元前五七六—五三七)時還用"朕"字而不用"𢓜"或"𠮵",到了惠文王時因五國擊秦而作的詛楚文(紀元前三一八),卻用"𠮵"而不用"朕"了。石鼓文和詛楚文接近,它的時代決不會更在秦公簋以前的襄公文或穆公文是狠清楚的。①

1949年,唐蘭《中國文字學》曰:

一直到最近,我纔發現了一個原則,在銅器裏用"朕"字時,不用"吾"作代名辭,到用"吾"字時,又不用"朕"字,"朕"字在前,"吾"字在後。秦景公時的《秦公鐘》《秦公簋》都還用"朕"字(西元前五七六—前五三七),而惠文王時的詛楚文卻用"𠮵"字(西元前三一八年五國攻秦後),石鼓文用"𢓜""余""我"三字而不用"朕",所以應該在景公之後,跟詛楚文接近。因爲要説成秦民族在春秋初期用"吾",後期用"朕",到戰國中葉再用"吾"是不可能的。②

1958年,唐蘭《石鼓年代考》曰:

石鼓文裏的第一人稱代名詞跟甲骨、金文、《尚書》、《詩經》裏的系統有顯著的不同,它有兩個"余"字,兩個"我"字,十四個"𢓜"字,這是一個新的現象。"朕"字消失了,而新加入一個"𢓜"字,這個字雖然跟春秋末年金文的"虞"或"戲"相通,但在人稱代名詞方面寫這個字,石

---

① 唐蘭:《石鼓文刻於秦靈公三年考》,《唐蘭全集》第2册,第718—719頁。
② 唐蘭:《中國文字學》,《唐蘭全集》第6册,第493頁。

鼓是最早的,詛楚文簡化爲"䌛",小篆更簡化爲"吾"。

又曰:

　　從新語彙的應用來説,"吾"字的出現,"朕"字的消失,晚于秦公簋。"吾"字作"䌛",略早於詛楚文。"䌛"字的使用,應該在戰國,"殹"字的使用和詛楚文等接近。①

民國三十七年(1948 年),童書業《評唐蘭"石鼓文刻於秦靈公三年考"》曰:

　　"朕""余""我"三字,古人的用法本來是不同的,唐先生祇注意了"領格""主格"的區別,卻忽略了"單數""多數"的分別。

又曰:

　　"䌛"就是"我"的異文,其文法與早期金文和《周書》並無差異,決不能因此而證明石鼓文是晚出的作品。至於石鼓裏没有"朕"字,是因爲石鼓文的文字没有用"朕"字的必要。("朕"字多用爲單數領格第一人稱代名詞,石鼓文中並無需用這種代名詞之處。)②

民國三十七年(1948 年),童書業《論石鼓文的時代再質唐蘭先生》曰:

　　我前文是説石鼓文中的"䌛"字用法,與《詩》《書》中的"我"字用法相同,並不是説它們本是一個字,祇不過説"䌛"字可以代替"我"字而已。"䌛""䌛'"我"音雖不全同,但聲音畢竟相近,儘可通假啊!③

童氏認爲《尚書·微子》"吾家耄遜於荒"出現於春秋前期、《周易·中

---

① 唐蘭:《石鼓年代考》,《唐蘭全集》第 3 册,第 1021、1033 頁。
② 童書業:《評唐蘭先生"石鼓文刻於秦靈公三年考"》,《童書業史籍考證論集》,《童書業著作集》第 3 卷,中華書局,2008 年,第 788、790 頁。
③ 童書業:《論石鼓文的時代再質唐蘭先生》,《童書業史籍考證論集》,《童書業著作集》第 3 卷,第 795 頁。

孚》九二"吾與爾靡之"出現於春秋時期,證明"吾"開始用作第一人稱代詞比唐氏所説的早。①

1954 年,郭沫若在《石鼓文研究·重印弁言》曰:

> 《易經·中孚》九二"我有好爵,吾與爾靡之",已有"吾"字。《易經》成書雖甚晚,然此爻辭則采自民歌,爲時當頗古。"吾""卬"乃陰陽對轉,《邶風·匏有苦葉》,《毛傳》以爲刺衛宣公,詩中三見"卬"字,均作爲"我"字用。是則"吾""卬"殆古時民間俗語,故於民歌民風中見之。《石鼓文》作者采用俗語,故首於貴族詩歌中使用"遘"字。②

1995 年,裘錫圭先生贊同童書業、郭沫若説並指出:

> 這些意見是有道理的。唐蘭在《年代考》中爲了維護他關於"吾"的説法,以《周易》爻辭寫定時代較晚,出現"吾"字"是受時代影響的緣故"來作解釋(已見上引)。如果這種説法能够成立,别人也可以説襄公之詩刻在石鼓上的時代較晚,出現"吾"字"是受時代影響的緣故"。③

1993 年,陳昭容《秦公簋的時代問題:兼論石鼓文的相對年代》評論唐蘭説:

> 在春秋時期,東土各國出現與"吾"字音同或音近而用法相同的"䖒""虞""敔""魚""吴"等字,其中最早出現者爲齊器鮑鎛中的"䖒"字(公元前七世紀末),比較多見是在春秋晚期,如欒書缶及杕氏壺有"䖒"字,沇兒鐘有"敔"字,侯馬盟書"䖒""魚""吴"並見,戰國時越王鐘作"虞",中山器作"䖒",這顯然是同一語言因地域不同而有書寫上的差異。石鼓文的年代應與上引諸器約略同時。④

2003 年,陳昭容《秦系文字研究》於文末補充爲"石鼓文的年代應與上

---

① 童書業:《論石鼓文的時代再質唐蘭先生》,《童書業史籍考證論集》,《童書業著作集》第 3 卷,第 796 頁。
② 郭沫若:《石鼓文研究》,《郭沫若全集·考古編》第 9 卷,第 12 頁。
③ 裘錫圭:《關於石鼓文的時代問題》,原載《傳統文化與現代化》1995 年第 1 期,收入《裘錫圭文集》第 3 卷,復旦大學出版社,2012 年,第 318 頁。
④ 陳昭容:《秦公簋的時代問題:兼論石鼓文的相對年代》,《中研院歷史語言研究所集刊》第 64 本 4 分(1993 年),第 1101 頁。

引諸器約略同時,但不應特定於戰國中期"。①

案:學者對於《石鼓詩》"𢼸"字主要有 2 種觀點。

(1)"𢼸"釋作"我"

宋人薛尚功《歷代鐘鼎彝器款識法帖》釋作"我"。②

董逌《廣川書跋》曰:

"𢼸","我"字。下同。③

《古文苑》作"𢼸",章樵《注》曰:

薛:音我。④

元人吾丘衍《周秦刻石釋音》亦釋爲"我"字。⑤

潘迪《石鼓文音訓》曰:

𢼸,薛氏音我。⑥

明人楊慎《石鼓文音釋》曰:

𢼸,本音吾,讀作我。下同。⑦

都穆《金薤琳琅》釋作"我"字。⑧

李中馥《石鼓文考》曰:

---

① 陳昭容:《秦系文字研究——從漢字史的角度考察》,《中研院歷史語言研究所集刊》第 103 本(2003 年),第 198 頁。
② 薛尚功:《歷代鐘鼎彝器款識法帖》,《宋人著録金文叢刊》,中華書局,1986 年影印明朱謀㙔刻本,第 86 頁。
③ 董逌:《廣川書跋》卷二《石鼓文》,毛晉編:《津逮秘書》,明崇禎毛氏汲古閣刻本,第 18 頁 b。
④ 闕名編,章樵注:《古文苑注》卷一,第 1 頁 b。
⑤ 吾丘衍:《周秦刻石釋音》,陸心源輯:《十萬卷樓叢書》第 2 編,清光緒間歸安陸心源刻本,第 1 頁 b。
⑥ 潘迪:《石鼓文音訓》,上海圖書館編:《石鼓墨影》,上海書畫出版社,2018 年影印朵雲軒藏明拓本,第 271 頁。
⑦ 楊慎:《石鼓文音釋》卷三,明正德十六年刻本,第 1 頁 a。
⑧ 都穆:《金薤琳琅》卷一,明刻本,第 6 頁 a。

遨,本音吾,讀作我。①

陶滋《石鼓文正誤》曰:

遨,本音吾,讀作我。餘章皆同。②

梅膺祚《字彙》曰:

遨,五可切,音我。周宣王石鼓文"遨車既工"。③

張自烈《正字通》曰:

遨,石鼓文"我","遨車既工"。④

傅山《石鼓文集注》曰:

遨……薛音我。⑤

清人倪濤《六藝之一錄》曰:

遨,薛音我。王順伯曰:"按王存乂《切韻》:'我字音吾。'蓋吾字亦可借我用。"以辛文"我車既攻,我馬既同"求之,薛氏之訓得之矣。⑥

翁方綱《石鼓考》引潘迪、薛尚功説。⑦
吳東發《石鼓讀》曰:

---

① 李中馥:《石鼓文考》,民國四年榆次常贊春忍冬盦刻本,第9頁b。
② 陶滋:《石鼓文正誤》卷二,明嘉靖十二年刻本,第1頁b。
③ 梅膺祚:《字彙》酉集,明萬曆四十三年刻本,第95頁b。
④ 張自烈撰、清廖文英續:《正字通》卷一〇《酉集下》,清康熙二十四年清畏堂刻本,第61頁b。
⑤ 傅山:《石鼓文集注》,尹協理主編:《傅山全書》第4册,山西人民出版社,2016年,第1頁。
⑥ 倪濤:《六藝之一錄》卷一百八十一《古今書體十三》,中央圖書館籌備處輯:《四庫全書珍本初集》,民國二十三至二十四年商務印書館,第16頁a、b。
⑦ 翁方綱:《石鼓考》卷二《釋文》,中國國家圖書館藏稿本,第1頁a。

遇，我也。①

民國五年（1916年），羅振玉《石鼓文考釋》曰：

遇，（潘迪）《音訓》："薛氏音我。"②

（2）"遇"釋作"吾"
清人劉凝《周宣王石鼓文定本》曰：

"遇"即"吾"字，讀作"我"者，非也。第六鼓并七、八俱別有"我"篆，豈得因《車攻》之詩遂强訓"遇"爲"我"乎？③

任兆麟《石鼓文集釋》曰：

遇，趙云：古"吾"字。④

嚴可均《鐵橋漫稿》曰：

遇，即"吾"字。⑤

清同治十一年，張德容《二銘艸堂金石聚》曰：

薛氏音我。嚴可均云即"吾"字。容按……弟六鼓有"我"字，嚴釋此作"吾"，甚是。⑥

清光緒七年，吳大澂《説文古籀補》曰：

---

① 吳東發：《石鼓爾雅》，《石鼓讀》，民國間海寧陳乃乾慎初堂影印本，第1頁a。
② 羅振玉：《石鼓文考釋》，《羅振玉學術論著集》第1集，上海古籍出版社，2013年，第511頁。
③ 劉凝：《周宣王石鼓文定本》卷上《音訓》，清康熙四年刻本，第1頁a。
④ 任兆麟：《石鼓文集釋》，清乾隆五十三年同川書院刻本，第1頁a。
⑤ 嚴可均：《鐵橋漫稿》卷九《文類七》，清道光十八年嚴氏四録堂刻本，第3頁a。
⑥ 張德容：《二銘艸堂金石聚》卷一，清同治十一年張氏刊本，第4頁a、b。

䢊,石鼓文吾字,从辵,从午。①

清光緒十一年,趙烈文《石鼓文纂釋》曰:

䢊,薛讀"我"。烈按:己鼓、庚鼓皆有"我"字,不作"䢊",此應讀"吾"。《說文》:"䢊,逆也。从午,吾聲。"此則从辵䢊聲,爲䢊之籀文。古聲多平,吾、䢊一音。吾本叚借字,故"吾"亦可作"䢊"也。②

清光緒十六年,古華山農(沈梧)《石鼓文定本》亦以"䢊"爲"吾"。③
清光緒十九年,尹彭壽《石鼓音訓集證》曰:

弟六鼓尚有"我"字,薛説似非。④

清光緒二十五年,劉心源《奇觚室樂石文述》曰:

䢊,舊釋"我",非。从辵,吾、午皆聲。(或曰从吾,迕聲。)它鼓有"我"字,知此爲"吾"。不得因《毛詩》"我車既攻"二句而昧此鼓之形聲也。⑤

清光緒三十一年(1905年,乙巳),吳廣霈《石鼓文考證》曰:

䢊同吾,釋作"我"字謬,下文另有"我"字。⑥

民國十五年(1926年),陳矩《石鼓全文箋》從劉心源説釋作"吾"。⑦
1966年,張光遠《先秦石鼓存詩考》亦贊同劉心源説釋作"吾"。⑧
民國二十三年(1934年),張政烺《獵碣考釋初稿》認爲"䢊"乃"吾"字,

---

① 吳大澂:《説文古籀補》卷二,清光緒七年刻本,第5頁a。
② 趙烈文:《石鼓文纂釋》,清光緒十一年靜圃刻本,第1頁a。
③ 古華山農(沈梧):《石鼓文析孰》甲鼓,《石鼓文定本》,清光緒十六年無錫沈梧古華山房刻本,第1頁b。
④ 尹彭壽:《石鼓音訓集證》,《石鼓文彙》,清光緒十九年諸城尹氏來山園刻本,第1頁a。
⑤ 劉心源:《奇觚室樂石文述》卷二《周刻石·石鼓文》,清光緒二十五年寫刻本,第19頁a。
⑥ 吳廣霈:《石鼓文考證》,民國二十年瑞安陳淮湫滲齋刻本,第1頁a。
⑦ 陳矩:《石鼓全文箋》,民國十五年盤縣張友樞石印本,第1頁a。
⑧ 張光遠:《先秦石鼓存詩考》,張光遠、臺北中華大典編印會合作,1966年,第69頁。

考證甚詳。①

民國二十四年(1935年),馬叙倫《石鼓文疏記》曰:

遬從吾得聲,故此借爲"吾"。②

民國二十四年(1935年),強運開《石鼓釋文》曰:

秦詛楚文"吾"字作"䇓",从彳與从辵同意。且六七兩鼓别有"我"字……正不必以此四語與《車攻》之詩相同,遂讀此篆爲"我"也。③

(3)"遬"釋作"吾""我"皆可

張燕昌《石鼓文釋存》曰:

王氏厚之曰:按王存乂《切韵》:遬字音吾。蓋"吾"字亦可借作"我"用。④

馮雲鵬、馮雲鵷《金石索》曰:

遬即吾,亦釋我。⑤

民國三十六年(1947年),徐昂《石鼓文音釋》曰:

按我爲本字,吾繁文作遬,爲假借字。……以音通之,趙烈文等固當,薛尚功輩亦不得直謂之謬,我爲自稱代名詞之元音,吾乃孳乳之音也。⑥

---

① 張政烺:《獵碣考釋初稿》,原載北京大學潛社編:《史學論叢》第1期(1934年),收入《文史叢考》,《張政烺文集》,中華書局,2012年,第2—3頁。
② 馬叙倫:《石鼓文疏記》,民國二十四年上海商務印書館石印本,第14頁b;收入許嘉璐主編:《馬叙倫全集》,浙江古籍出版社,2018年影印民國二十四年上海商務印書館石印本,第30頁。
③ 強運開:《石鼓釋文》卷上《甲鼓》,民國二十四年上海商務印書館石印本,第1頁a、b。
④ 張燕昌:《石鼓文釋存補注》,《石鼓文釋存》,清乾隆五十三年刻本,第29頁a。
⑤ 馮雲鵬、馮雲鵷輯:《金石索》石索一,清道光滋陽縣署後印本;馮雲鵬、馮雲鵷輯:《金石索》石索一,《海内古籍孤本稀見本選刊》,書目文獻出版社,1996年影印清道光滋陽縣署刻本,第930頁。
⑥ 徐昂:《石鼓文音釋》,民國三十六年南通翰墨林書局鉛印本,第1頁a、b。

（4）"䢊"乃語辭

趙椿年《覃揅齋石鼓十種考釋》曰：

> 江安傅同年增湘藏高郵王氏校《廣川書跋·石鼓文》後有記云："'䢊'字並在句首,似爲語辭。"①

案：王氏説誤,不可從。

（5）"䢊"乃"御"字

① "䢊"乃"御"字,借爲"吾"

民國二十二年(1933年),郭沫若《石鼓文研究》曰：

> 䢊蓋"御"字之異,假爲"吾"。②

② "䢊"乃"御"字,借爲"我"

1925年,高田忠周《古籀篇》曰：

> 按"䢊"即"䰩"字異文,䰩从吾聲,此从䢊聲,亦作悟,即"御"字也。此借"䰩"爲"我"。薛氏釋作"我",潘氏亦音"我",此爲得矣。《詩·車攻》曰："我車既好。"本字本義,以"䰩"爲"我",亦猶以"吾"爲"我"也。③

以上觀點主要是"吾""我"關係之争。《石鼓詩·吾車》曰：

> 䢊(吾)車既工,䢊(吾)馬既同。④

《毛詩·小雅·車攻》曰：

> 我車既攻,我馬既同。⑤

---

① 趙椿年：《覃揅齋石鼓十種考釋》,民國二十五年武進趙椿年北平刻藍印本,第2頁a。
② 郭沫若：《石鼓文研究》,《郭沫若全集·考古編》第9卷,第75頁。
③ ［日］高田忠周：《古籀篇》卷二十六,大正十四年(1925年)日本説文樓影印本,第25頁b；又見《古籀篇》卷28,第10頁a、b。
④ 郭沫若：《石鼓文研究》,《郭沫若全集·考古編》第9卷,第60頁。
⑤ 孔穎達：《毛詩正義》卷十《小雅·車攻》,阮元校刻：《十三經注疏》上册,中華書局,1980年影印本,第428頁上欄。

《石鼓詩》"遞"相當於《詩經》"我"字。《石鼓詩》"吾""我"只是避免重復而作交替使用,"吾""我"於時並存。"吾"字早有,唐蘭説誤。

2. 殹

《石鼓詩·汧殹》曰:

汧殹沔=(沔沔),丞(承)皮(彼)淖淵。①

《石鼓詩·靈雨》曰:

汧殹洎洎,蓁=(萋萋)□□,舫舟囪逮。②

民國三十六年(1947年),唐蘭《石鼓文刻於秦靈公三年考》曰:

② 秦公簋秦公鐘也没有"殹"或"也"。在春秋以前的銅器裏就没有見過這類字。春秋末年的陳常陶釜才有"也",石鼓才兩用"殹"。詛楚文的亞駝本説"以自救殹",湫淵本作"也"。新郪虎符用"殹"字,秦權量用"也"字,也偶作"殹"。可見石鼓應在春秋末年後。③

1958年,唐蘭《石鼓年代考》曰:

語尾助詞的"也"字,在《詩經》裏已經很多,但是在春秋時代金文裏還没有見過,石鼓兩見"殹"字,鄭樵舉詛楚文和平陽斤都有"殹"字,證明石鼓是秦物是正確的。近代出土的新郪虎符也有"殹"字,詛楚文是公元前三一○年,新郪虎符約公元前二三○—前二二一年,平陽斤爲公元前二二一年,石鼓的時代和這些器物應該是很接近的。④

案:"殹"字,西周《格伯簋》已經有之。⑤ 所以,鄭樵、唐蘭將它視爲秦文字獨有是錯誤的。

---

① 郭沫若:《石鼓文研究》,《郭沫若全集·考古編》第9卷,第43—44頁。
② 郭沫若:《石鼓文研究》,《郭沫若全集·考古編》第9卷,第47頁。
③ 唐蘭:《石鼓文刻於秦靈公三年考》,《唐蘭全集》第2册,第717—720頁。
④ 唐蘭:《石鼓年代考》,《唐蘭全集》第3册,第1022頁。
⑤ 中國社會科學院考古研究所編:《殷周金文集成》(修訂增補本)第4册,中華書局,2007年,第2590—2595頁。

1993 年,陳昭容《秦公簋的時代問題:兼論石鼓文的相對年代》評論唐蘭説:

> 關於"殹"字,確爲秦系文字的特色,新出的杜虎符(B.C.337－325)也見"殹"字,睡虎地簡"殹""也"並用,詛楚文亦"殹""也"並用。東土列國不用"殹"字,但有"也"字,見於春秋末期的陳常陶釜及戰國時的信陽楚簡,"殹""也"也是同一語言的不同書面形式。鑑此,則石鼓文的年代不宜推晚到戰國中期。①

1995 年,裘錫圭先生提出:

> 秦國的"殹"與他國的助詞"也"相當。既然"語尾助詞的'也'字,在《詩經》裏已經很多"(《年代考》中語,已見上引);在襄公的詩裏出現"殹"字,也就不足爲奇了。至於秦公鐘、簋等未用"殹"字,是文章體裁使然,不足以證明當時秦人尚未使用"殹"字。所以唐氏提出的辭彙方面的證據,也不能用作石鼓詩作於襄公説的反證。②

案:"汧殹"之"殹"主要有 3 種觀點。
(1)"殹"用爲助詞
①"殹"用爲"也"字
宋人薛尚功《歷代鐘鼎彝器款識法帖》釋作"也"。③
董逌《廣川書跋》曰:

> "殹",古"也"字。又郭(忠恕)云:讀如繄,語助也。④

《古文苑》章樵《注》曰:

> 王(厚之)云:……"殹"即"也"字,見《詛楚》及秦斤,下同。⑤

---
① 陳昭容:《秦公簋的時代問題:兼論石鼓文的相對年代》,《中研院歷史語言研究所集刊》第 64 本 4 分(1993 年),第 1102 頁。
② 裘錫圭:《關於石鼓文的時代問題》,《裘錫圭文集》第 3 卷,第 318 頁。
③ 薛尚功:《歷代鐘鼎彝器款識法帖》,第 91 頁。
④ 董逌:《廣川書跋》卷二《石鼓文》,毛晉編:《津逮秘書》,第 19 頁 a。
⑤ 闕名編,章樵注:《古文苑注》卷 1,第 2 頁 a。

元人吾丘衍《周秦刻石釋音》亦訓爲"也"字。① 明人都穆《金薤琳琅》、清人劉凝《周宣王石鼓文定本》、翁方綱《石鼓考》亦釋爲"也"字。②

許慎《説文解字》殳部：

> 殴,擊中聲也。从殳醫聲。

段玉裁《説文解字注》曰：

> 此字本義亦未見。酉部醫從殴。王育説："殴,惡姿也。一曰殴,病聲也。"此與擊中聲義近。秦人借爲語詞。詛楚文："禮使介老將之以自救殴。"薛尚功所見秦權："其於久遠殴。"石鼓文："汧殴沔沔。"權銘"殴"字,琅邪臺刻石及他秦權秦斤皆作"殹"。然則周秦人以"殴"爲"也"可信。《詩》之"兮"字,俾《詩》者或用"也"爲之。三字通用也。③

又曰：

> 薛尚功《歷代鍾鼎款識》載秦權一、秦斤一,文與《家訓》大同,而權作"殹",斤作"殴"。又知"也""殴"通用,鄭樵謂秦以"殴"爲"也"之證也。"殴"蓋與"兮"同,"兮""也"古通。故《毛詩》"兮""也"二字,他書所稱或互易。石鼓"汧殴沔沔","汧殴"即"汧兮"。④

馮雲鵬、馮雲鵷《金石索》曰：

> 殴即"也"字,或釋"兮"字。⑤

吳大澂《説文古籀補》曰：

> 殴,許氏説："擊中聲也。"大澂按：秦銅權"其於久遠殴","殴"與

---

① 吾丘衍：《周秦刻石釋音》,第 2 頁 b。
② 都穆：《金薤琳琅》卷一,第 5a;劉凝：《周宣王石鼓文定本》卷上,第 11 頁 a;翁方綱：《石鼓考》卷 2《釋文》,第 3 頁 b。
③ 許慎撰,段玉裁注：《説文解字注》卷三下,中華書局,2013 年影印本,第 120 頁下欄—121 頁上欄。
④ 許慎撰,段玉裁注：《説文解字注》卷十二下丂部,第 634 頁上欄。
⑤ 馮雲鵬、馮雲鵷輯：《金石索》石索一,第 932 頁。

"也"通用,石鼓文。①

趙烈文《石鼓文纂釋》采王厚之說。②
1925年,高田忠周《古籀篇》贊成段玉裁《説文解字注》卷三説。③
民國二十三年(1934年),張政烺《獵碣考釋初稿》以爲是"也"字,"'殹'明是語助",不同意"池"字。④
民國三十六年(1947年),許莊《石鼓考綴》曰:

殹,借爲"也",爲"兮"。⑤

② "殹"讀如"繫"
《古文苑》章樵《注》曰:

郭(忠恕)云讀如繫,語助也。⑥

元人潘迪《石鼓文音訓》曰:

今按醫、繫皆从殹,已見古書,非始於秦也。⑦

明人楊慎《石鼓文音釋》曰:

殹,音繫,語辭。⑧

李中馥《石鼓文考》引王厚之、楊慎説。⑨
陶滋《石鼓文正誤》曰:

---

① 吳大澂:《説文古籀補》卷三,第16頁a。
② 趙烈文:《石鼓文纂釋》,第3頁a。
③ 高田忠周:《古籀篇》卷六十,第4頁a、b。
④ 張政烺:《獵碣考釋初稿》,《文史叢考》,《張政烺文集》,第12頁。
⑤ 許莊:《石鼓刻辭章句》,《石鼓考綴》,民國三十六年貴陽許學寯石印本,第1頁a。
⑥ 闕名編,章樵注:《古文苑注》卷一,第2頁a。
⑦ 潘迪:《石鼓文音訓》,上海圖書館編:《石鼓墨影》,第272頁。
⑧ 楊慎:《石鼓文音釋》卷三,第1頁b。
⑨ 李中馥:《石鼓文考》,第10頁b。

殹,讀作繄,古文省,語助聲。①

傅山《石鼓文集注》曰:

郭云:"讀如繄,語助也。"②

清人吴東發《石鼓讀》(乾隆甲寅序)、周養田《校補石鼓文音訓》(光緒二十一年自序)采郭忠恕説。③
③"殹"讀如"兮",若"猗"字
清人任兆麟《石鼓文集釋》曰:

殹,古"兮"字,通繹。④

段玉裁《説文解字注》殳部:

然則周秦人以"殹"爲"也"可信。《詩》之"兮"字,儷《詩》者或用"也"爲之。三字通用也。⑤

朱駿聲《説文通訓定聲》解部第十一:

石鼓文"汧殹沔沔","殹""兮"同聲,邪"兮""也"一聲之轉。又"也"形與"它"相似。《説文》迆、歧、柂、施、馳、阤六文皆从也聲。按當从它聲,轉寫之誤,古聲讀可證也。⑥

朱駿聲《説文通訓定聲》履部第十二,殹字叚借:

---

① 陶滋:《石鼓文正誤》卷二,第1頁b。
② 傅山:《石鼓文集注》,尹協理主編:《傅山全書》第4册,第2頁。
③ 吴東發:《石鼓釋文考異》,《石鼓讀》,第7b;周養田:《校補石鼓文音訓》,清光緒二十三年刻本,第3頁a。
④ 任兆麟:《石鼓文集釋》,第2頁a。
⑤ 許慎撰、段玉裁注:《説文解字注》卷三下,第120頁。
⑥ 朱駿聲:《説文通訓定聲》解部第十一,清道光二十八年刻本,第21頁b,又25頁b;中華書局,2016年第2版影印臨嘯閣刻本,第528頁上欄,又530頁上欄。

殹,又爲兮,石鼓文"汧殹沔沔"。①

清光緒十六年,古華山農(沈梧)《石鼓文定本》曰:

"殹"同"兮",語辭。②

清光緒二十五年,劉心源《奇觚室樂石文述》曰:

"殹"舊讀"也"。案秦石刻其於久遠也,秦權"也"作"殹",自是"殹""也"通用。余謂此"殹"即"兮"字,古亦用"猗",如斷=猗河水清且漣猗,(今詩作漪,爾疋釋文"漪"本作"猗"。)皆"兮"字,殹亦猗音。③

民國十一年(1923年),馬衡《石鼓爲秦刻石考》曰:

殹,語助詞,與"也"同,又與"兮"通。④

民國二十二年(1933年),郭沫若《石鼓文研究》曰:

"殹"字秦文多用爲"也",此處當讀爲"兮"若"猗"字。⑤

案:郭沫若說實本段玉裁《說文解字注》。

民國二十四年(1935年),馬叙倫《石鼓文疏記》曰:

實當爲"兮"……借"也"爲"兮"。⑥

民國二十四年(1935年),强運開《石鼓釋文》引錢大昕、張燕昌、段玉裁說後判斷:

---

① 朱駿聲:《說文通訓定聲》履部第十二,第115頁b;中華書局,2016年第2版影印臨嘯閣刻本,第615頁上欄。
② 古華山農(沈梧):《章句注疏》卷二,《石鼓文定本》,第2頁b。
③ 劉心源:《奇觚室樂石文述》卷二《周刻石·石鼓文》,第12頁b。
④ 馬衡:《石鼓爲秦刻石考》,《國學季刊》第1卷第1期,1923年;《凡將齋金石叢稿》,中華書局,1977年,第170頁。
⑤ 郭沫若:《石鼓文研究》,《郭沫若全集·考古編》第9卷,第72頁。
⑥ 馬叙倫:《石鼓文疏記》,第5頁b;許嘉璐主編:《馬叙倫全集》,第12頁。

仍以作"兮"字解較爲允當。①

民國三十六年(1947年),徐昂《石鼓文音釋》曰:

仍以作"兮"字解較爲允當。②

1966年,張光遠《先秦石鼓存詩考》曰:

此字應屬語助詞,通繄、也、兮、猗諸詞皆確,劉氏(心源)、馬氏(衡)之説,均足佐證矣!③

(2)"毆"用爲"池"字

錢大昕《潛研堂文集》曰:

昔人據秦斤釋"毆"爲"也",考"汧毆"字兩見,尋繹上下文,似是水名,不當作虛字訓,疑即古"池"字。④

《爾雅·釋水》曰:

汧出不流。

郭璞《注》曰:

水泉潛出便自停成污池。⑤

張燕昌《石鼓文釋存》曰:

嘉定錢竹汀曰:秦斤以"毆"當"也"字。按:"汧毆"字兩見,尋繹

---

① 强運開:《石鼓釋文》卷上《乙鼓》,第2頁a。
② 徐昂:《石鼓文音釋》,第3頁a。
③ 張光遠:《先秦石鼓存詩考》,第184頁。
④ 錢大昕:《潛研堂文集》卷二十一《記二·石鼓亭記》,祝竹點校,陳文和主編:《嘉定錢大昕全集》(增訂本)第9册,江蘇古籍出版社,2016年,第326頁。
⑤ 邢昺:《爾雅注疏》卷七《釋水》,阮元校刻:《十三經注疏》下册,中華書局,1980年影印本,第2619頁上欄。

上下文,當是水名,不應作虛字訓,疑即古"池"字。《春秋》曲池亦作歐蛇,池蛇古通用,池字古蛇亦有移音。燕昌按《爾雅·汧水篇》:"汧出不流。"郭注:"水泉潛出便自停成污池。"可證"汧歐"爲"汧池"也。①

清光緒十九年,尹彭壽《石鼓音訓集證》曰:

> 疑即古"池"字,亦有移音,當是水名。②

清光緒三十一年(1905年,乙巳),吳廣霈《石鼓文考證》曰:

> "歐"亦當是水名,不必泥秦權作"也"字。③

民國五年(1916年),羅振玉《石鼓文考釋》曰:

> 錢詹事云:"'汧歐'字兩見,尋繹上下文,當是水名,疑即古'池'字。"《春秋》"曲池"亦作"歐蛇",池、蛇古通用,"池"字古亦有移音。④

民國十年(1921年,辛酉),王國維《明拓石鼓文跋》曰:

> 詛楚文及新出之新郪虎符,均以"歐"爲"也",與石鼓以"歐"爲"池"同。⑤

民國十五年(1926年),陳矩《石鼓全文箋》贊同錢大昕説,補正曰:

> 按《説文》:池,從水,也聲。"歐",古"也"字。則如鼓中"何"之作"可",他鼓"持"之作"寺"之例,省水耳。錢説爲是。⑥

---

① 張燕昌:《石鼓文釋存補注》,《石鼓文釋存》,第29頁b—30頁a。"《爾雅·汧水篇》"以下乾隆五十三年、光緒二十八年刻本皆無,而王昶《金石萃編》(卷1,第30頁a)、馮承輝《石鼓文音訓考證》(卷三,清光緒十九年蒼溪刻本,第6頁a)、趙椿年《覃擘齋石鼓十種考釋》(第5頁a)皆引有,今據王昶《金石萃編》補入。
② 尹彭壽:《石鼓音訓集證》,《石鼓文彙》,第2頁b。
③ 吳廣霈:《石鼓文考證》,第5頁a。
④ 羅振玉:《石鼓文考釋》,《羅振玉學術論著集》第1集,第514頁。
⑤ 王國維:《明拓石鼓文跋》,謝維揚、房鑫亮總編,胡逢祥主編:《王國維全集》第14卷,浙江教育出版社等,2010年,第437頁。
⑥ 陳矩:《石鼓全文箋》,民國十五年盤縣張友樞石印本,第3頁a。

民國二十五年(1936年),趙椿年《覃揅齋石鼓十種考釋》采張燕昌說。①
(3)"殹"爲水名
清人陳慶鏞《周格伯簋銘考釋》曰:

  石鼓文"汧殹沔沔",汧、殹並舉,爲岐陽二水,與《詩》"江漢浮浮"句相似。《水經注》汧水出汧縣西北,又有楚水,闞駰以爲汧水,亦出汧縣,世謂之長蛇水。蛇聲近殹,《楚詞》以蛇韻夷,殹、夷同在段氏古音十五部,疑俗呼者代遠,訛"殹"爲"虵"。長虵水即隃麋澤,《元和郡縣志》後魏於長虵川置長虵縣,本漢隃麋縣,縣東八里有隃麋澤。隃、麋、虵皆一聲之轉,疾言之爲殹,徐言之爲隃麋,爲長虵,則殹亦鄠近地也。乃薛氏釋"殹"爲"也",而郭氏"讀如繄,語助",均失之。宋鄭樵謂"殹"字始見詛楚文及秦斤,則又未之考耳。②

以上三種觀點,皆有一定的成立依據。若以"殹"爲"也",則裘錫圭、陳昭容先生的觀點可以采納,唐蘭説不能成立。若以"殹"爲長蛇水之"蛇",似乎亦可爲一説,但是難以進一步證實。若以汧殹爲"汧池",從軍事、地理角度亦説的通。石鼓詩《霝雨》曰:"汧殹泊泊。"③汧殹爲水名無疑。《春秋》桓公十二年:"夏,六月壬寅,公會杞侯、莒子盟于曲池。"(《穀梁傳》同,《公羊傳》則作"盟于殹蛇。")杜預《注》曰:"曲池,魯地,魯國汶陽縣北有曲水亭。"④《左傳》僖公四年,楚屈完言於齊桓公:"楚國方城以爲城,漢水以爲池"⑤,則"池"字早有,不能作爲晚出的依據。汧池之稱符合軍事、地理,汧水實乃汧渭之會之護城河。總之,以上任何一種觀點都不支持唐蘭説,唐蘭説將問題簡單化了。

3. 趍

《石鼓詩·鑾車(萃欮)》曰:

  趍□如虎,獸(狩)鹿如□。⑥

---

① 趙椿年:《覃揅齋石鼓十種考釋》,第5頁a。
② 陳慶鏞:《籀經堂類稿》卷十八《鐘鼎考釋·周格伯簋銘考釋》,清光緒九年刻本,第3頁b。
③ 郭沫若:《石鼓文研究》,《郭沫若全集·考古編》第9卷,第47—48頁。
④ 孔穎達:《春秋左傳正義》卷七,阮元校刻:《十三經注疏》下册,第1756頁上欄;楊士勛:《春秋穀梁傳注疏》卷四,阮元校刻:《十三經注疏》下册,第2377頁上欄;徐彦:《春秋公羊傳注疏》卷五,阮元校刻:《十三經注疏》下册,第2220頁下欄。
⑤ 孔穎達:《春秋左傳正義》卷十二,阮元校刻:《十三經注疏》下册,第1793頁上欄。
⑥ 郭沫若:《石鼓文研究》,《郭沫若全集·考古編》第9卷,第66頁。

民國三十六年(1947年),唐蘭《石鼓文刻於秦靈公三年考》曰:

③ 兩周金文不用"予",石鼓文"迓"字偏旁從"予"。①

1958年,唐蘭《石鼓年代考》曰:

無論在甲骨金文上都沒有用過"予"字,但是石鼓的《鑾車》一石里説"赶□如虎,獸鹿如□",這裏可惜有兩個闕文,如果用《詩經》的《簡兮》所説"有力如虎,執轡如組"來比較,應該是"迓力如虎,獸鹿如兔",那末,"迓"字也是第一人稱。"吾"字既寫作"遥","予"字也可以寫作"迓",這更可以證明石鼓在春秋以後了。②

1993年,陳昭容《秦公簋的時代問題:兼論石鼓文的相對年代》評論唐蘭説:

唐蘭還舉秦敦中的"迓□如虎"之"迓"爲"予",認爲是新出的第一人稱代詞。這一條資料由於殘損不全,很難肯定唐氏的讀法是否正確。甲金文中都只見"余"字,不見"予"字,古文字材料中,"予"字最早出現於馬王堆帛書《老子》中,並非借爲第一人稱之用。睡虎地簡中"給予"字假"鼠"字爲之,未見"予"字。"予"字借爲第一人稱用,在先秦古文字材料中未之一見,石鼓文的"迓□如虎"之"迓"是否借爲第一人稱用,暫且存疑。③

1995年,裘錫圭《關於石鼓文的時代問題》曰:

唐氏還把《鑾車》石"迓□如虎"的"迓"讀爲人稱代詞"予",用作"新的語彙"的例證(同上8頁)。這種讀法恐不可信(參看下引陳昭容文1102頁)。即使可信,由於用作人稱代詞的"予"只是"余"的一種異寫,充其量也只能看作新的字形而不能看作"新的語彙"。④

---

① 唐蘭:《石鼓文刻於秦靈公三年考》,《唐蘭全集》第2册,第719頁。
② 唐蘭:《石鼓年代考》,《唐蘭全集》第3册,第1022頁。
③ 陳昭容:《秦公簋的時代問題:兼論石鼓文的相對年代》,《中研院歷史語言研究所集刊》第64本4分(1993年),第1102頁。
④ 裘錫圭:《關於石鼓文的時代問題》,《裘錫圭文集》第3卷,第314頁。

案：“迖”字主要有三種觀點。
(1) 釋作"迖"
① 釋作"迖"
薛尚功《歷代鐘鼎彝器款識法帖》釋作"迖"。①
② 釋作"迖"，即"徐"字
董逌《廣川書跋》曰：

　　迖，今作徐。②

《古文苑》章樵《注》曰：

　　迖，今作徐。③

張自烈《正字通》曰：

　　迖，訛字。舊《注》：見石鼓文，"迖"，今作"徐"，誤。④

1966 年，張光遠《先秦石鼓存詩考》曰：

　　明張自烈《正字通》："石鼓文迖，今作徐。"
　　按：《正字通》是也，徐、安行也。有以爲迖通抒，難以采信。此句"□徐如虎"，缺第一字，惟全句猶謂行獵之舉，如虎之威勢也。⑤

③ 釋作"迖"，即"趣"字
明人梅膺祚《字彙》曰：

　　迖，即趣字。周宣王石鼓文"迖迖六馬"。⑥

---

① 薛尚功：《歷代鐘鼎彝器款識法帖》，第 89 頁。
② 董逌：《廣川書跋》卷二《石鼓文》，毛晉編：《津逮秘書》，第 20 頁 b。
③ 闕名編，章樵注：《古文苑注》卷一，第 4 頁 b。
④ 張自烈撰，廖文英續：《正字通》卷十《酉集下》，第 37 頁 a。
⑤ 張光遠：《先秦石鼓存詩考》，第 125 頁。
⑥ 梅膺祚：《字彙》酉集，第 51 頁 b—52a。

張自烈《正字通》曰：

　　赶，舊《注》："即趣字。石鼓文'迀迀六馬'。"或曰："古'予'、'與'通。迀即趣之譌省。石鼓無迀，舊《注》迀同趣誤。"

又曰：

　　迀，訛字。舊《注》：見石鼓文，"迀"，今作"徐"，誤。①

傅山《石鼓文集注》曰：

　　鄭云："迀即趣字。七走反。"②

(2) 釋作"趂"
錢大昕《潛研堂文集》曰：

　　"趂"字見《説文》，而誤釋爲"趣"，又爲"赶"。③

(3) 不明
强運開《石鼓釋文》曰：

　　此篆惟薛尚功本有之，然摹寫前後倒置，各本均已磨泐，今據安藏北宋拓弟一本樵拓如上，從辵，從予，《説文》所無，《正字通》云："《石鼓文》迀今作徐。"蓋謂即"徐"字。但毫無佐證，殊未可信，"迀"篆或上與下當闕一字，與"如虎"兩字聯合成句，既係摹擬虎狀，似與"徐"字之義極不相近，其音與義實未敢臆定也。④

以上三種觀點，學者對於"迀"字的用法持有疑問，皆無尚好的解釋。聯繫到裘錫圭、陳昭容先生的意見，都不支持唐蘭的解釋。《石鼓詩·鑾車（萃

---

① 張自烈撰，廖文英續：《正字通》卷十《酉集中》，第 52 頁 a；卷十《酉集下》，第 37 頁 a。
② 傅山：《石鼓文集注》，尹協理主編：《傅山全書》第 4 册，第 4 頁。
③ 錢大昕：《潛研堂文集》卷二十一《記二·石鼓亭記》，《嘉定錢大昕全集》（增訂本）第 9 册，第 326 頁。
④ 强運開：《石鼓釋文》卷下《丁鼓》，第 9 頁 b。

秋）》"赶□如虎,獸(狩)鹿如□"者,形容狩獵者威武狀,"赶"非人稱代詞。所以,唐蘭之想像難以成立。

總之,唐蘭先生以爲《石鼓詩》中若干用字可以證明《石鼓詩》年代偏晚,其說受到當時已經出土的文字資料的局限。裘錫圭、陳昭容等已經辨別的較爲清楚,他們的意見都不支持唐蘭的解釋。

第三節　字體(字形的演變)分析

關於《石鼓詩》文字的字形,唐蘭先生提出一些觀點,學者予以探討。目前,所獲秦文字資料日益豐富,此方面的研究大有可爲。

1. 字形的演變

1958 年,唐蘭《石鼓年代考》以爲:

> 從字形的發展説,尤其可以證明它屬于戰國時期,"四"字已經不作 三,在秦公簋和史籀篇之後,屬於籀文到小篆的過渡時期。

又曰:

> "四"字春秋時一般作"三",齊國從國差𦉢(公元前五八九年前後)一直到陳侯午錞(公元前三六一年)都還用"三"字,晉國的晉公𦤜簋(公元前五一一——前四七四年)和令瓜君壺,秦國的秦公鐘、秦公簋(公元前五七六—前五三七)也都用"三"字,而石鼓文卻不只一次用"四"字,它的年代,顯然不能在秦公鐘、秦公簋之前。
>
> 《秦風》有"駟驖",齊靈公時的庚壺也有"駟"字,"駟"是四馬,"驂"是三馬,數目字的"三",一般不寫作"參",那末數目字的"三",本來也不應該寫做"四"。在金文裏最早把"四"作數目字用的是吳國的者減鐘……者減鐘的時代應該在公元前五四八年,諸樊死的前後。此外,戰國時代的鄲孝子鼎、邟鼎、梁鼎也都有了"四"字。由此可見公元前五四八年前後吳國已用"四"字,而秦國還用"三"字,戰國時期,一般已用"四"字,但齊國還用"三"字(公元前三六一),石鼓文既爲秦物,應該屬于戰國時期是無疑的。①

---

① 唐蘭:《石鼓年代考》,《唐蘭全集》第 3 册,第 1033、1022—1023 頁。

1993年,陳昭容《秦公簋的時代問題：兼論石鼓文的相對年代》評論唐蘭說：

> 關於"四"字,太公廟秦公鐘、秦公簋及景公大墓磬銘皆作"三",石鼓作"四",與秦封宗邑瓦書(B.C.334)、青川木牘(B.C.309)、睡虎地簡及多數戰國秦兵器同,秦代陶文則四、三並見。目前可見的材料中,"四"字最早出現於春秋早期的曾子斿鼎,又見於者減鐘(B.C.548)及春秋晚期的邾鐘,同時期的庚壺有"駟"字。戰國時的郘王子鐘、鄦孝子鼎、大梁鼎等都見"四"字,但"三"字仍然並用。石鼓作"四",可以略知其時代大概在東土諸國"四"字流行之後,不會早到春秋前期,但無法導致其成於戰國中期的結論。①

案：《石鼓詩》中的"四",表示"四馬"的詞出現三次：
《石鼓詩·吾水》曰：

四輪(翰)霝=(靈靈)。②

《石鼓詩·田車》曰：

田車孔安,鋚勒駕=,四(駟)介既簡。左驂旛旛,右驂騝騝,邎(吾)以隓(隮)于遵(原)。③

《石鼓詩·鑾車》曰：

四馬其寫,六轡沃若。④

《毛詩·秦風·小戎》描繪的是秦公之駕,文曰：

四牡孔阜,六轡在手。騏駵是中,騧驪是驂。……俴駟孔群,厹矛鋈錞。蒙伐有苑,虎韔鏤膺。

---

① 陳昭容：《秦公簋的時代問題：兼論石鼓文的相對年代》,《中研院歷史語言研究所集刊》第64本4分(1993年),第1102—1103頁。
② 郭沫若：《石鼓文研究》,《郭沫若全集·考古編》第9卷,第58頁。
③ 郭沫若：《石鼓文研究》,《郭沫若全集·考古編》第9卷,第63頁。
④ 郭沫若：《石鼓文研究》,《郭沫若全集·考古編》第9卷,第66頁。

毛《傳》曰：

    俴駟，四介馬也。

鄭康成《箋》曰：

    中，中服也。驂，兩騑也。①

《毛詩·秦風·駟驖》曰：

    駟驖孔阜，六轡在手。……遊于北園，四馬既閑。②

《石鼓詩·鑾車》"四馬其寫，六轡沃若"與《毛詩·秦風·小戎》"四牡孔阜，六轡在手"、《毛詩·秦風·駟驖》"駟驖孔阜，六轡在手"相近，可參證。《小戎》"四牡孔阜，六轡在手"與《駟驖》"駟驖孔阜，六轡在手"比較，"四牡孔阜"即"駟驖孔阜"，"四牡"即"駟驖"也，"四牡"之"四"即"駟驖"之"駟"。《說文解字》卷十上馬部："駟，一乘也。從馬，四聲。"又曰："驖，馬赤黑色。从馬戠聲。《詩》曰：'四驖孔阜。'"③陳奐《詩毛氏傳疏》曰：

    駟當作四，四馬曰駟。若下一字爲馬名，則上一字作四，不作駟。……《說文》引《詩》作"四驖"，《漢書·地理志》作"四載"，載乃戜或之誤，而其字皆作"四"可證。④

三家詩正作"四"字。王先謙《詩三家義集疏》曰：

    《注》："三家'駟'作'四'"。……《疏》："……《漢志》引《詩》作'四載'，是齊作'四載'。'載'乃'戜'之誤字。"⑤

《石鼓詩·鑾車》"四馬其寫"之"四"亦即"駟"字。"四""駟"之通用在

---

① 孔穎達：《毛詩正義》卷六《秦風·小戎》，阮元校刻：《十三經注疏》上冊，第 370 頁下欄。
② 孔穎達：《毛詩正義》卷六《秦風·駟驖》，阮元校刻《十三經注疏》上冊，第 369 頁中、下欄。
③ 許慎撰，段玉裁注：《說文解字注》卷十上，第 470 頁上欄、466 頁下欄—477 頁上欄。
④ 陳奐：《詩毛氏傳疏》卷十一《秦風·駟驖》，清道光二十七年陳氏掃葉山莊刻本，第 3 頁 b。
⑤ 王先謙：《詩三家義集疏》卷九《秦風·駟驖》，《十三經清人注疏》，中華書局，1987 年，第 438 頁。

《毛詩·秦風·小戎》《駟驖》已有明證。東方文字中,《庚壺》以"駟"表示"四"字,與《秦風》《石鼓詩》同。至於陳昭容先生言"石鼓作'四',可以略知其時代大概在東土諸國'四'字流行之後,不會早到春秋前期",尚需斟酌,《小戎》《駟驖》的時代正值春秋前期。①

民國二十二年(1933年),郭沫若《石鼓文研究》曰:

《石鼓文》"四"字均"駟"之省文,《秦風》襄公時詩有《駟驖》,春秋齊靈公時之《庚壺》銘已有"駟"字。駟省爲"四",而不作"亖",不足爲異。②

《石鼓詩》中的"四"源自"駟"字,"駟"字西周時期已有,春秋早期已有"駟"字省作"四"的現象。

2. 字形的時代

清光緒二十五年(1899年),劉心源《奇觚室樂石文述》曰:

篆體漸趨整齊,仍饒蒼渾之氣,上畢三代,下萌小篆,殆風會使然耳。③

民國十年(1921年),王國維《明拓石鼓文跋》曰:

金文中文字與石鼓體勢相同者,唯合肥劉氏所藏之虢季子白盤及新出之秦公敦耳。虢盤出於郿縣禮邨,乃西虢之器,班《志》所謂"西虢在雍"者也。秦公敦有"十有二公"語,亦德公都雍以後所作,與在陳倉之石鼓爲一地之器,故字迹相同。④

民國十二年(1923年),馬衡《石鼓文爲秦刻石考》曰:

鼓文紀田漁之事,兼及其車徒之盛,又有頌揚天子之語,證以秦公敦之字體及"烈烈桓桓"之文,則此鼓之作當與同時。⑤

1958年,唐蘭《石鼓年代考》以爲:

---

① 參見趙逵夫主編,趙逵夫、韓高年撰《先秦文學編年史》中冊,商務印書館,2010年,第431、437—438頁。
② 郭沫若:《石鼓文研究》,《郭沫若全集·考古編》第9卷,第11—12頁。
③ 劉心源:《奇觚室樂石文述》卷二《周刻石·石鼓文》,第46頁a。
④ 王國維:《明拓石鼓文跋》,《王國維全集》第14卷,第436—438頁。
⑤ 馬衡:《石鼓爲秦刻石考》,《凡將齋金石叢稿》,第171頁。

從字形的發展説,尤其可以證明它屬於戰國時期,"四"字已經不作亖,在秦公簋和史籀篇之後,屬於籀文到小篆的過渡時期。①

1988年、2003年,何琳儀《戰國文字通論》接受唐蘭的石鼓文字形戰國説。②1988年,裘錫圭《文字學概要》曰:

> 從字體上看,石鼓文似乎不會早於春秋晚期,也不會晚於戰國早期,大體上可以看作春秋戰國間的秦國文字。③

1988年,馬幾道《秦石鼓》將《石鼓詩》的字形與《秦武公鐘》《秦公簋》《詛楚文》和小篆的字形作了較爲全面的對比。根據這些研究,並考慮到周代字形的發展變化,他贊同唐蘭將《石鼓詩》的時代在《秦公簋》和《詛楚文》之間的意見,但是又認爲唐氏將《石鼓詩》定爲秦獻公之時則時間過晚。他認爲《石鼓詩》的時代:

> 在秦公簋之後,但明顯早於詛楚文……總之,從它們的字體的角度來看,十個石鼓大概刻於前六至五世紀間的某個時間。④

馬幾道以爲《秦公簋》乃秦桓公器,⑤又曰:

> 結合石鼓文的語言和字體的早期和晚期特徵來看,並考慮到在中國刻石的風氣似乎出現得比較晚,我們傾向於把石鼓時代定於前五世紀。⑥

1993年,陳昭容《秦公簋的時代問題:兼論石鼓文的相對年代》認爲:

> 石鼓文的製作應稍晚於秦公簋,早於詛楚文(B.C.312),更具體的年代宜在春秋晚期到戰國早期之間,距秦公簋近些,離詛楚文遠些。⑦

---

① 唐蘭:《石鼓年代考》,《唐蘭全集》第3册,第1033—1034頁。
② 何琳儀:《戰國文字通論》,中華書局,1989年,第159—160頁;《戰國文字通論》(訂補),江蘇教育出版社,2003年,第186頁。
③ 裘錫圭:《文字學概要》,第59頁。
④ [美] Gilbert L. Mattos(馬幾道),*The Stone Drums of CH'IN*(《秦石鼓》),《華裔學志叢書》第19種,Steyler Verl,1988. p.363.
⑤ [美] Gilbert L. Mattos(馬幾道),*The Stone Drums of CH'IN*(《秦石鼓》),pp.96-97.
⑥ [美] Gilbert L. Mattos(馬幾道),*The Stone Drums of CH'IN*(《秦石鼓》),p.369.
⑦ 陳昭容:《秦公簋的時代問題:兼論石鼓文的相對年代》,《中研院歷史語言研究所集刊》第64本4分(1993年),第1106頁。

1995 年,王輝《由"天子""嗣王""公"三種稱謂說到石鼓文的時代》曰:

> 我以爲,石鼓文與秦公簋、秦公大墓磬銘的差别極小,大體上可以看作同一時代的文字。

又曰:

> 本文試圖把石鼓文的稱謂等内容與詞匯、文字風格等特徵結合起來,以探討其時代,把它定位在秦景公四年至三十二年以及秦厲共公元至八年這兩段共三十七年的範圍内,同時認爲景公時的可能性極大,屬共公時的可能性極小。①

1997 年,徐寶貴從《石鼓詩》的文字形體特點、《石鼓詩》與《詩經》的語言關係以及《石鼓詩》内容所反映的史實等方面,認爲:

> 石鼓文與秦公磬、秦公簋爲同時期所作,絶對時代當在春秋中晚期之際——秦景公時期(前五七六年至前五三七年)。②

2010 年,倪晉波《秦系文字的時間序列與石鼓文的勒製年代》認爲:

> 從太公廟秦公鎛銘,到秦公簋銘,到秦景公墓石磬銘,到石鼓文字,到詛楚文字,再到封宗邑瓦書文字,是秦系文字合理的進化序列。其中,石鼓銘與秦景公墓石磬銘、春秋晚期之前的秦公簋銘三者文字的切近程度最高。這就意味着,石鼓文的勒製時間應該在春秋中晚期。③

筆者案:學者以往利用的比較資料集中在春秋中晚期以後,對其年代經過長期探討,或形成定論,或漸趨一致。本文新加入春秋初期的秦公器等。並且,學者以往對於《石鼓詩》與《詛楚文》的年代距離存在嚴重分歧。所以,我們將

---

① 王輝:《由"天子""嗣王""公"三種稱謂說到石鼓文的時代》,《一粟集——王輝學術文存》,臺北藝文印書館 2002 年,第 392、399—400 頁。
② 徐寶貴:《石鼓文年代考辨》,《國學研究》第 4 卷,第 428 頁;《石鼓文整理研究》,中華書局,2008 年,第 654 頁。
③ 倪晉波:《秦系文字的時間序列與石鼓文的勒製年代》,《揚州大學學報(人文社會科學版)》2010 年第 2 期,第 123 頁。

《石鼓詩》與其它秦國春秋、戰國文字資料比較,以確定《石鼓詩》的年代位置。

秦器發現自春秋初期以降皆有發現,對其時代經過長期探討,或形成定論,或漸趨一致。與《石鼓詩》時代密切相關的有以下器物及銘文。

1. 甘肅省禮縣大堡子山出土春秋初年秦公鼎、簋、鎛、壺等,①出自秦襄公夫婦墓。② 學者對於銅器時代的認識亦集中於秦襄公、文公之時。③ 以《秦記》《史記·秦本紀》證之,唯秦襄公葬於西垂,屬秦襄公器為是。

2. 陝西省寶雞縣太公廟村出土《秦公鐘》《秦公鎛》,年代屬於秦武公時。④

3. 甘肅省禮縣大堡子山出土春秋秦子簋蓋、鎛、鐘等,⑤年代屬於秦宣公時。⑥

4. 宋代呂大臨《考古圖》、薛尚功《歷代鍾鼎彝器款識法帖》著錄的《盄和鎛鐘》(又稱《秦公鐘》或《秦公鎛》)⑦、民國初年甘肅省秦州(今天水地區)出土春秋《秦公簋》⑧,年代屬於秦景公時。⑨

5. 陝西出土春秋《秦公磬》,年代屬於秦景公時。⑩

6. 陝西、甘肅出土戰國《詛楚文》,年代屬於秦惠文王時。⑪

---

① 戴春陽:《禮縣大堡子山秦公墓地及有關問題》,《文物》2000年第5期,第74—80頁;國家文物局編:《秦韻——大堡子山出土文物集粹》,文物出版社,2015年。
② 戴春陽:《禮縣大堡子山秦公墓地及有關問題》,《文物》2000年第5期,第78—79頁。
③ 禮縣博物館、禮縣西垂秦文化研究會:《秦西垂陵區》,文物出版社,2004年,第12—13、16—18、43—54頁。
④ 盧連成、楊滿倉:《陝西寶雞縣太公廟村發現秦公鐘、秦公鎛》,《文物》1978年第11期,第1—5頁。
⑤ 早期秦文化聯合考古隊:《2006年甘肅禮縣大堡子山祭祀遺迹發掘簡報》,《文物》2008年第11期,第18、27頁;[日] MIHO MUSEUM,《中國戰國時代の靈獸》,MIHO MUSEUM,2000年,第11頁;[日] 松丸道雄:《甘肅禮縣秦公墓的墓主是誰か?—MIHO MUSWUM新收の編鐘を手掛りに》,日本中國考古學會關東部會四月例會演講2002年4月20日,第7頁;蕭春源:《珍秦齋藏金——秦銅器篇》,澳門基金會,2006年,第5—6頁、第26—35頁圖版2;李學勤:《秦子盉與"秦子"之謎》,寶雞市青銅器博物館編:《周秦文明論叢》第2輯,三秦出版社,2009年,第1—4頁;王輝、蕭春源:《新見銅器銘文考跋二則》,原載《考古與文物》2003年第2期,改名《珍秦齋藏秦子戈考跋》,收入《珍秦齋藏金——秦銅器篇》,第153—157頁;張光裕:《新見〈秦子戈〉二器跋》,《屈萬里先生百歲誕辰國際學術研討會論文集》,臺北市行政院文建會,2006年,第261—262頁;吳鎮烽:《秦兵新發現》,廣東炎黃文化研究會等合編:《容庚先生百年誕辰紀念文集》,廣東人民出版社,1998年,第563—572頁;中國社會科學院考古研究所編:《殷周金文集成》(修訂增補本)第7冊,第6116頁;第7冊,第6115頁;第8冊,第6318頁。
⑥ 程平山:《秦子器主考》,《文物》2014年第10期,第49—56頁。
⑦ 中國社會科學院考古研究所編:《殷周金文集成》(修訂增補本)第1冊,第318—319頁。
⑧ 中國社會科學院考古研究所編:《殷周金文集成》(修訂增補本)第4冊,第2682—2685頁。
⑨ 陳昭容:《秦公簋的時代問題:兼論石鼓文的相對年代》,《中研院歷史語言研究所集刊》64本4分(1993年),第1077—1092頁。
⑩ 王輝、焦南峰、馬振智:《秦公大墓石磬殘銘考釋》,原載《中研院歷史語言研究所集刊》67本第2分(1996年);收入《一粟集——王輝學術文存》,第305—376頁。
⑪ 郭沫若:《詛楚文研究》,《郭沫若全集·考古編》第9卷,第275—342頁。

《石鼓詩》拓本保存文字 500 餘字,已經出土的春秋時期的秦文字很多,它們所反映的文字更多。限於篇幅,本文選擇若干文字及偏旁進行比較。

秦襄公鎛	秦武公鎛	秦子鎛
1　2	3	4
秦公簋	石鼓詩	秦公磬
5	6	7

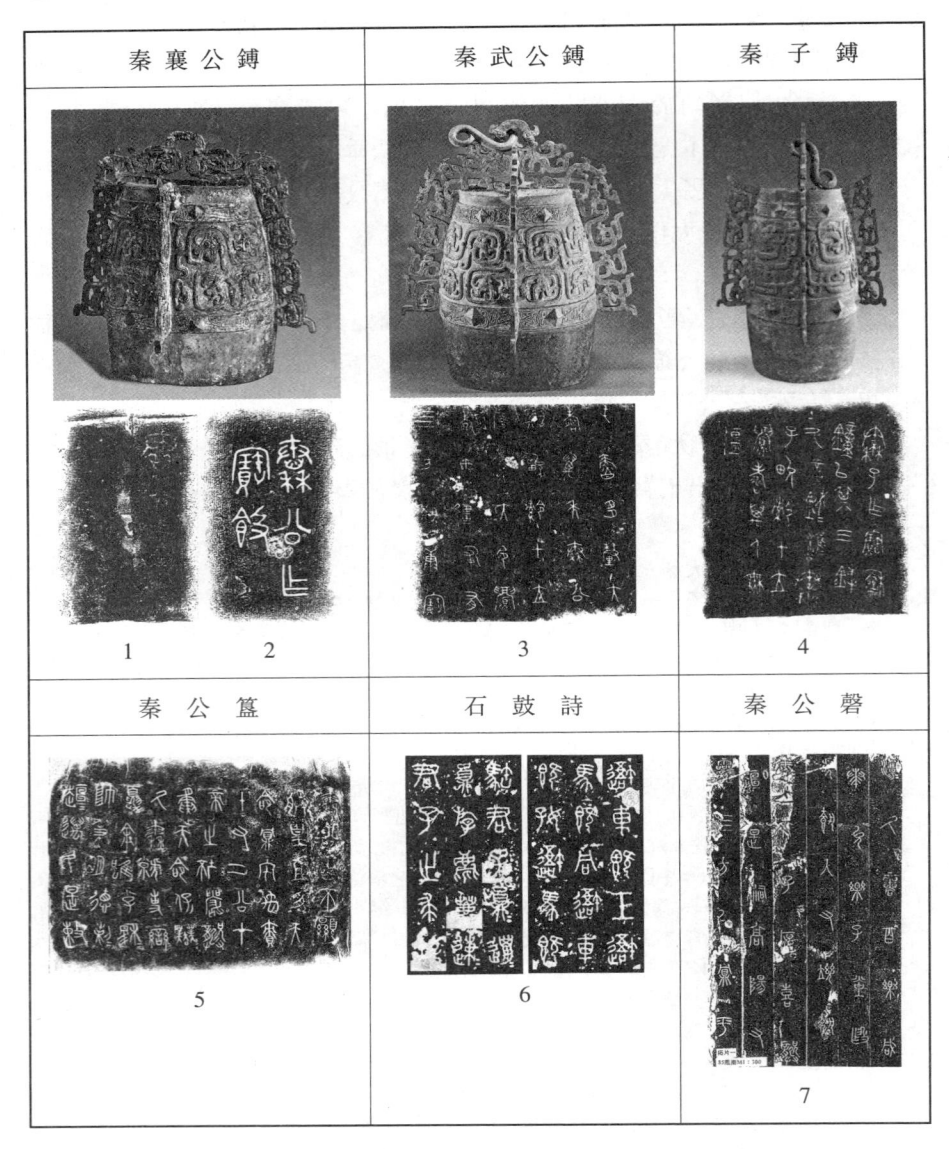

圖 3-1 《石鼓詩》與《秦襄公鎛》《秦武公鎛》《秦子鎛》《秦公簋》《秦公磬》銘文比較

1. 上博藏《秦襄公鎛》(器據《秦西垂陵區》第 54 頁,銘文拓片據《青銅學步集》,文物出版社,2007 年,第 91 頁) 2. 上博藏《秦襄公簋》銘文(據《秦西垂陵區》第 52 頁) 3.《秦武公鎛》(器據《中國青銅器全集》第 7 冊第 54 頁,銘文拓片據《殷周金文集成》(修訂增補本)第 1 冊第 313 頁) 4. 大堡子山祭祀坑出《秦子鎛》(據《文物》2008 年第 11 期第 18、27 頁) 5.《秦公簋》(據《殷周金文集成》(修訂增補本)第 4 冊第 2682 頁) 6.《石鼓詩》(據二玄社編:《中國法書選》第 2 冊《石鼓文泰山刻石》,二玄社,1989 年,第 2—3 頁) 7.《秦公磬》(據王輝《一粟集》,第 355 頁)

第三章　《石鼓詩》文字的年代　·213·

	秦襄公器	秦武公鎛	秦子器	秦公簋	秦公鎛	石鼓詩	秦公磬
公							
子							
孔							
作							
用							
左							
右							
有							
天							
王							
多							
康							
敬							

圖3－2　《石鼓詩》與字形相近的秦文字
（《石鼓詩》字例據郭沫若《石鼓文研究》）

·214· 《詩經·秦風》《石鼓詩》年代背景主旨新考

"公""子""孔""作""用""左""右""有""天""王""多""康""敬"等存在很大共同性,沒有明顯的差異(圖3-2)。

	秦武公鎛	秦子器	秦公簋	秦公鎛	石鼓詩	秦公磬
萬						
其						
于						
宮						
竈						
受						
魚						
以						
允						
余						

圖3-3 《石鼓詩》與春秋時期字形不同的秦文字(顯著差別)
(《石鼓詩》字例據郭沫若《石鼓文研究》)

第三章 《石鼓詩》文字的年代 ·215·

	秦襄公器	秦武公鎛	秦子器	秦公簋	秦公鎛	石鼓詩	秦公磬
不							
鼎							
戈或咸							
虎							
我							
隹							
方							
心							
頁							
弓							
靜							

圖 3-3 《石鼓詩》與春秋時期字形不同的秦文字（顯著差別）（續）
（《石鼓詩》字例據郭沫若《石鼓文研究》）

· 216 ·　《詩經·秦風》《石鼓詩》年代背景主旨新考

	秦武公鎛	秦子器	秦公簋	秦公鎛	石鼓詩	秦公磬
事						
之						
戀						
即						
金						

圖 3-4　《石鼓詩》與春秋時期字形不同的秦文字（細小差別）
（《石鼓詩》字例據郭沫若《石鼓文研究》）

圖 3-3、圖 3-4 所列文字乃顯現時代不同的字形，下面略作分析，加以說明。
甲類
顯著差異者（圖 3-3）。
"萬"字或萬字旁下端發生變化，《秦武公鎛》《秦子器》與《秦公簋》《秦公鎛》《石鼓詩》的寫法顯著差異。
"其"字上端發生變化，《秦武公鎛》《秦子器》與《秦公簋》《秦公鎛》《石鼓詩》的寫法顯著差異。
"于"字下端發生變化，《秦武公鎛》與《秦子器》《秦公簋》《秦公鎛》《石鼓詩》《秦公磬》的寫法顯著差異。
"宮"字整體發生變化，《秦子器》"宮"字外形方折，《石鼓詩》《秦公磬》"宮"字外形不僅變的圓順，並且上有一點，寫法顯著差異。
"竈"字整體發生變化，《秦公簋》"竈"字外形方折，《石鼓詩》《秦公磬》"竈"字外形不僅變的圓順，並且上有一點，寫法顯著差異。
"受"字中端"舟"形，《秦武公鎛》《秦子器》《石鼓詩》與《秦公簋》《秦公鎛》《秦公磬》的寫法顯著差異，前者沿襲西周晚期的寫法。但是，《石鼓詩》"舟"字的寫法與《秦公簋》《秦公鎛》《秦公磬》"舟"形的寫法無異。所以，《石鼓詩》"受"字"舟"形采用早期寫法，而"舟"字采用晚期寫法，出自書法家的選擇。

"魚"字尾端發生變化,《秦武公鎛》《秦子器》與《秦公簋》《秦公鎛》《石鼓詩》的寫法存在差異,後者"魚"字尾端呈"火"形顯著。

"以"字、"允"字的字形存在一些差異。"以"字上端,《秦武公鎛》《秦子器》與《秦公簋》《秦公鎛》《石鼓詩》的寫法存在差異。"允"字上端、下端,《秦武公鎛》《秦子器》與《秦公簋》《秦公鎛》《石鼓詩》的寫法存在差異。

"余"字下端發生變化,《秦武公鎛》"余"字的寫法形同甲骨文、西周金文,《秦公簋》《秦公鎛》《石鼓詩》《秦公磬》的寫法屬于後出,多出"八",其間存在顯著差異。

"不"字上端橫筆之下的區域,《秦武公鎛》《秦公簋》《秦公鎛》的寫法是三筆形成的小三角形,《秦公鎛》《石鼓詩》《秦公磬》"不"字的寫法上端橫筆之下畫一小半圓。所以,書寫的筆劃與形成存在一定區別。

"鼎"字的區別在於下部兩側,春秋初期的秦襄公鼎"鼎"字下部兩側作直筆,《秦公簋》《石鼓詩》《秦公磬》"鼎"字下部兩側作曲筆,寫法存在一定差異。

"戈""或""咸"字的區別在於上部橫筆,《秦武公鎛》"或"字上部橫筆作平直,《秦公簋》"咸"字、《石鼓詩》《秦公磬》"或"字上部橫筆右側作曲折,寫法存在明顯差異。《秦武公鎛》"或"字下部作圓圈形"〇",《秦公簋》"咸"字、《石鼓詩》《秦公磬》"或"字下部作"口"。

"虎"字字形發生變化,《秦武公鎛》與《秦公簋》《秦公鎛》《石鼓詩》《秦公磬》的寫法顯著差異。

"我"字字形發生變化,《秦武公鎛》與《石鼓詩》的寫法顯著差異。

"隹"字或隹字旁字形上端鳥首部位發生變化,《秦武公鎛》《秦子器》"隹"字上端鳥首小而平,《秦公簋》《石鼓詩》《秦公磬》"隹"字上端鳥首部位筆劃大而斜。《秦公鎛》的摹寫存在訛誤。

"方"字字形發生變化,《秦武公鎛》《秦子器》與《秦公簋》《秦公鎛》《石鼓詩》《秦公磬》的寫法有顯著差異。

"心"字或心字旁字形發生變化,《秦武公鎛》《秦公簋》與《秦公鎛》《石鼓詩》的寫法有顯著差異。

"頁"字或頁字旁字形發生變化,《秦武公鎛》《秦公簋》與《秦公鎛》《石鼓詩》的寫法有顯著差異。

"弓"字或弓字旁寫法字形發生變化,《秦武公鎛》《秦子器》與《秦公簋》《秦公鎛》《石鼓詩》《秦公磬》的寫法有明顯區別。

"静"字或"瀞"字寫法字形發生變化,《秦武公鎛》與《秦公簋》《秦公鎛》《石鼓詩》《秦公磬》的寫法有明顯區別。

乙類

微小差異者(圖3-4)。

"事"字字形上端發生變化,《秦武公鎛》與《秦公簋》《秦公鎛》《石鼓詩》《秦公磬》的寫法有一定差異。

"之"字下端與橫交筆處發生變化,《秦子器》與《秦公簋》《石鼓詩》的寫法存在一定差異,《詛楚文》又發生變化。

"戀"字或"巒"字字形言、絲關係有微小的變化,《秦武公鎛》"戀"字的言、絲是分離的,《秦公簋》《石鼓詩》《秦公磬》"戀"字的言、絲是聯結的。

"即"字左側字形發生微小變化,《秦武公鎛》"即"字左側下端交筆處等齊,《石鼓詩》《秦公磬》"即"字左側下端交筆處左側超出。

"金"字旁內的小點位置,《秦武公鎛》"金"字內的小點分散于下部,《秦公簋》《秦公鎛》《石鼓詩》《秦公磬》"金"字內的小點平均分佈。

(1)《石鼓詩》文字字形比較

①《石鼓詩》與《秦武公鎛》文字字形比較

圖3-2中,《石鼓詩》與《秦武公鎛》文字的"子""左""右""有""天""王""多""康""敬"字形相同;圖3-3中,"受"字字形相近;圖3-5中,《石鼓詩》與《秦武公鎛》文字"鹿""異""具""需"字形近同。

圖3-3中,《石鼓詩》與《秦武公鎛》文字的"萬""其""于""魚""以""允""余""不""戈"("或""咸")"虎""我""隹""方""心""頁""弓""靜"字形存在顯著差異。圖3-4中,《石鼓詩》與《秦武公鎛》文字的"事""之""戀""即""金"字形存在微小差異。圖3-5中,《石鼓詩》與《秦武公鎛》文字"盜"字形存在顯著差異。

所以,《石鼓詩》與《秦武公鎛》文字字形多數存在顯著差異,少數字體近同,證明二者時代相遠,而《秦武公鎛》時代較早。

	秦武公鎛	石鼓詩		秦武公鎛	石鼓詩		秦武公鎛	石鼓詩
異			具			需		
盜								

圖3-5 《石鼓詩》與《秦武公鎛》文字比較

(《石鼓詩》字例據郭沫若《石鼓文研究》)

②《石鼓詩》與《秦公簋》文字字形比較

圖 3-2 中，《石鼓詩》與《秦公簋》文字的"公""子""作""有""王""多""敬"字形相同。圖 3-3 中，《石鼓詩》與《秦公簋》文字的"萬"（"蠆"）"魚""以""允""余""鼎""戈"（"或""咸"）"虎""隹""方""弓""靜"字形相同。圖 3-4 中，《石鼓詩》與《秦公簋》文字的"䜌""金"字形相同。圖 3-6 中，《石鼓詩》與《秦公簋》文字的"帥""是""追（逋）"字形相同。

圖 3-3 中，《石鼓詩》與《秦公簋》文字的"黽""不""心""頁"字形存在顯著差異，而《秦公簋》的字形較早。《秦公簋》"受"的字形略晚於《石鼓詩》。圖 3-4 中，"事"字形存在微小差異，而《秦公簋》的字形較早。圖 3-6 中，《石鼓詩》與《秦公簋》文字的"亘"形寫法存在差異，而《秦公簋》的字形較早。

所以，《石鼓詩》與《秦公簋》文字字形多相同，個別字存在一些差異，證明二者的時代很接近，而《秦公簋》略早。

	秦公簋	石鼓詩		秦公簋	石鼓詩		秦公簋	石鼓詩
帥			是			追（逋）		
亘			鹿					

圖 3-6 《石鼓詩》與《秦公簋》文字比較
（《石鼓詩》字例據郭沫若《石鼓文研究》）

③《石鼓詩》與《秦公磬》文字字形比較

圖 3-2 中，《石鼓詩》與《秦公磬》文字的"子""作""左""有""天""康"字形相同。圖 3-3 中，《石鼓詩》與《秦公磬》文字的"于""以""允""不""或""虎""隹""方""弓""瀞"字形相同。圖 3-4 中，《石鼓詩》與《秦公磬》文字的"事""䜌""即""金"字形相同。圖 3-7 中，《石鼓詩》與《秦公磬》文字的"尃""䰜""需""申""樂""永""陽""自""䰈""禾""喜""㚔""酉""同""豕""月""是""靈"字形相同。

圖 3-3 中，《石鼓詩》與《秦公磬》文字的"受"字中"舟"形有別，而《石鼓詩》"舟"字與《秦公磬》"舟"形無異。

所以，《石鼓詩》與《秦公磬》文字字形大體相同，證明二者屬於同一時代。

・220・ 《詩經・秦風》《石鼓詩》年代背景主旨新考

	石鼓詩	秦公磬		石鼓詩	秦公磬		石鼓詩	秦公磬
尃			鼄			霝		
申			樂			永		
陽			自			覯		
禾			喜			奉		
酉			同			月		
豕			是					

圖 3-7 《石鼓詩》與《秦公磬》文字比較
(《石鼓詩》字例據郭沫若《石鼓文研究》)

④《石鼓詩》與《詛楚文》文字字形比較

《石鼓詩》與《詛楚文》文字字形比較(圖3-8、圖3-9),《石鼓詩》猶有

石　鼓　詩	詛　楚　文
1	2

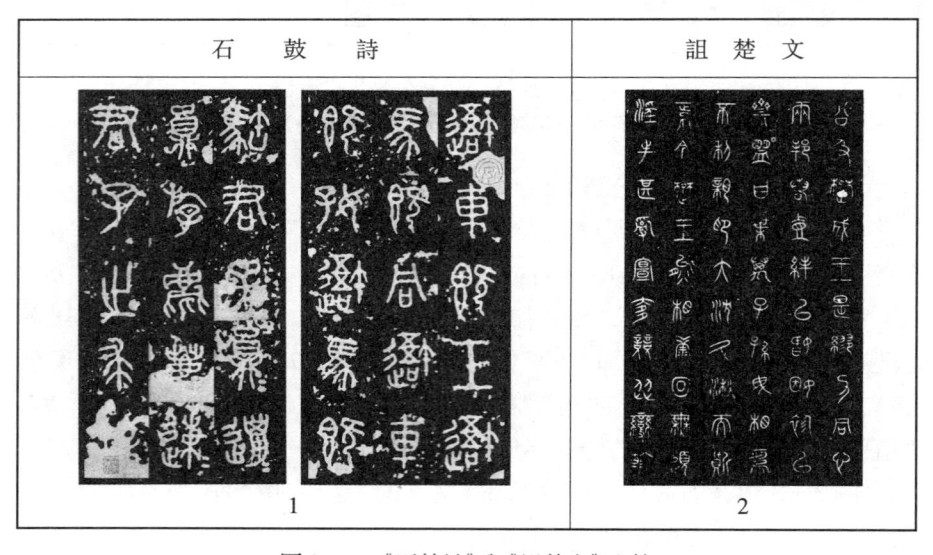

圖 3-8 《石鼓詩》與《詛楚文》比較
1.《石鼓詩》(據二玄社編:《中國法書選》第 2 册《石鼓文泰山刻石》,第 2—3 頁)
2.《詛楚文》(據郭沫若《郭沫若全集・考古編》第 9 卷,第 316 頁)

西周晚期、春秋早期特點,趨於規整,而《詛楚文》比較是規劃統一的文字。從整體風格到具體每個文字,其風韻皆存差異,顯然屬於不同時代的風格。《詛楚文》的時代處於戰國秦惠文王時期(前325年—前311年),《石鼓詩》則遠早於《詛楚文》的時代。

	石鼓詩	詛楚文		石鼓詩	詛楚文		石鼓詩	詛楚文
嗣			多			則		
其			我			虎		
祝			之			邁萬		
是			靈			䜌旁		
中			心旁			庚		
子			阜旁			佳唯		
吾			宣			同		
車			馬旁			殹		
受			世(丗)旁			戈旁		
禾旁			求救			皀旁		
驕齊			及			事		
頁旁								

圖3-9 《石鼓詩》與《詛楚文》文字異同之比較
(《石鼓詩》《詛楚文》字例據郭沫若《石鼓文研究》)

	石鼓詩	詛楚文		石鼓詩	詛楚文		石鼓詩	詛楚文
公			若			用		
王			于			以		
不			天			有		
可			木					

圖 3-9 《石鼓詩》與《詛楚文》文字異同之比較（續）
（《石鼓詩》《詛楚文》字例據郭沫若《石鼓文研究》）

（2）《石鼓詩》字字形繁複分析

圖 3-10 中，文字繁複，略作分析。

第一組，"草""蓐""芇""萋""薦"（以上 5 字皆作艸，風格與甲骨文正同）"囿""栗""衍（行）""梟""鳴"有甲骨文遺風。"隮""陕""除""阪""陰""陽"的"阜"旁承襲甲骨文的特點（西周金文或采此偏旁）。

第二組，"則""奔""獵""帥""角""卣""漁""鰲""西""皮""驪""章（庸）""敲""霝""樹"承襲西周金文的寫法。"轙""盜""獵"有西周金文的特徵。"中"乃西周金文之省；"射"由西周金文演變而來，有訛變；"橐""丞"由西周金文演變而來，略繁。

第三組，"避（吾）""饡（食）""鰡"（魷）"流""謂""寫""猶""罟""戠""箬""憐""欐""楉""徎""趑""趍""趟""鯥""鼙"字形雖不見於目前所發現的商代、西周文字，卻顯見繁複。

以上文字特點，證實《石鼓詩》文字的多重性。

筆者認爲，《石鼓詩》文字多數字形晚於春秋早期大堡子山秦公器、秦武公器的文字；與《秦公簋》《秦公鎛》《秦公磬》的字形相近，個別文字略晚於《秦公簋》（二者時代很接近），與《秦公磬》屬於同一時代；與《詛楚文》的字形、整體風格懸殊。《秦武公鎛》屬於秦武公時期，《秦公簋》《秦公鎛》屬於秦景公（或以爲略早），《秦公磬》屬於秦景公四年。以《秦公磬》爲準，《石鼓詩》文字的時代處於秦景公前後。秦共公在位 5 年、秦桓公在位 27 年，秦景公在位 40 年、哀公在位 36 年。所以，《石鼓詩》文字書寫的年代上限不出秦共公時期，下限晚不過秦哀公時期。

		石鼓詩		石鼓詩		石鼓詩		石鼓詩		石鼓詩
第一組	草		蓨		菳		萋		薦	
	囿		栗		術		夐		鳴	
	隮		陝		除		阪		陰	
	陽									
第二組	則		奔		奔		帥		角	
	卣		漁		盠		西		皮	
	驢		橐		敔		霝		樹	
	轂		盜		獵					
	中		射		棐		囪		丞	
第三組	吾		炱		鮂		流		謂	
	寫		貓		罟		戠		箬	
	憐		櫷		楉		徹		趣	
	趣		趙		鰈		髮			

圖 3-10 《石鼓詩》繁複字形
(《石鼓詩》字例據郭沫若《石鼓文研究》)

總之,《石鼓詩》的文字很複雜,具有多重性。從文字分析《石鼓詩》的年代依賴於豐富的資料,目前的文字資料還有待於進一步豐富,才可以更精準地把握《石鼓詩》的時代。在目前情況下,將《石鼓詩》定在秦景公前後較爲穩妥。

第四章 《石鼓詩》出土地、内容與所屬階段文化的關係

關於《石鼓詩》出土地、内容與所屬階段文化的關係,學者以往探討的較少。事實上,文物的出土地反映諸多史實。一些容易搬遷的文物,或許難以確定其原始的位置。一些個體龐大、具有特定用處的文物,其位置可以聯繫到具體的歷史時期加以判定。《石鼓詩》出土地與《石鼓詩》的年代之間存在怎樣的關係?石鼓形體很大,對於秦國而言没有搬遷的必要。

第一節 《石鼓詩》的出土地

關於《石鼓詩》的出土地,可以歸爲三種觀點:陳倉、岐山石鼓村説;關中、雍城南、天興説;岐陽説。

1. 陳倉、岐山石鼓村説

唐人李嗣真《書後品》曰:

> 倉頡造書,鬼哭天廩;史籀湮滅,陳倉藉甚。①

張懷瓘《書斷》曰:

> 其迹有石鼓文存焉,蓋諷宣王畋獵之所作,今在陳倉。②

杜甫《贈李潮八分小篆歌》曰:

---

① 李嗣真:《書後品》,張彦遠輯:《法書要録》卷七,洪丕謨點校,上海書畫出版社,1986年,第82頁。
② 張懷瓘:《書斷上》,張彦遠輯:《法書要録》卷七,第189頁。

陳倉石鼓又(文)已訛,大小二篆生八分。①

王厚之《復齋碑録》曰:

石鼓文,周宣王之獵碣也。……其鼓有十……其初散在陳倉野中。韓吏部爲博士時請於祭酒,欲以數橐馳輿致太學,不從。鄭餘慶始遷之鳳翔孔子廟。②

宋人周越《法書苑》曰:

《石鼓文》謂之周宣王獵碣,共有十鼓,其文則史籀大篆也。年代斯遠,字多訛缺。舊存岐山石鼓村,今移置鳳翔府夫子廟。③

案:《法書苑》實據《復齋碑録》,並參考他書,"岐山石鼓村"即在陳倉。
2. 關中、雍城南、天興説
《舊唐書·地理志》曰:

鳳翔府　隋扶風郡。武德元年,改爲岐州,領雍、陳倉、郿、虢、岐山、鳳泉等六縣。……天寶元年,改爲扶風郡。至德二年,肅宗自順化郡幸扶風郡,置天興縣,改雍縣爲鳳翔縣,並治郭下。初以陳倉爲鳳翔縣,乃改爲寶雞縣。

又曰:

天興　隋雍縣。至德二年,分雍縣置天興縣。寶應元年,廢雍縣,併入天興。……

寶雞　隋陳倉縣。至德二年二月十五日,改爲鳳翔縣。其月十八日改爲寶雞。④

---

① 杜甫撰,仇兆鼇注:《杜詩詳注》卷十八《李潮八分小篆歌》,《中國古典文學基本叢書》,中華書局,2015 年,第 1550 頁。
② 王厚之:《復齋碑録》,闕名編,章樵注:《古文苑注》卷一引,張元濟等編:《四部叢刊》,民國十八年上海商務印書館影印常熟瞿氏鐵琴銅劍樓藏宋刊本,第 8 頁 b、11 頁 a。
③ 吾丘衍:《周秦刻石釋音》,陸心源輯:《十萬卷樓叢書》二編,清光緒間歸安陸心源刻本,第 13 頁 b。
④ 《舊唐書》卷三十八《地理志一》,中華書局,1975 年點校本,第 1402—1403 頁。

《後漢書·鄧陟傳》李賢《注》曰：

今岐州《石鼓銘》，凡重言者皆爲"二"字，明驗也。①

李吉甫《元和郡縣圖志》曰：

天興縣。本秦雍縣，秦國都也。漢縣，屬右扶風，四面高曰雍。又四望不見四方故謂之雍。秦回中宫在縣西。……至德二年分置鳳翔縣。永泰元年廢，仍改雍縣爲天興縣。……

石鼓文在縣南二十里許，石形如鼓，其數有十，蓋紀周宣王畋獵之事，其文即史籀之迹也。

又曰：

寶雞縣。本秦陳倉縣，秦文公所築，因山以爲名，屬右扶風。隋大業九年，移於今理，在渭水北。至德二年改爲寶雞，以昔有陳寶鳴雞之瑞，故名之。②

案《舊唐書》《元和郡縣圖志》唐至德二年（757年），分雍縣置天興縣。《舊唐書》寶應元年（762年），廢雍縣併入天興。《元和郡縣圖志》永泰元年（765年），廢天興縣，仍改雍縣爲天興縣。故《元和郡縣圖志》（813年）所記載的天興縣屬於舊雍縣，即秦代、隋代的雍縣。

竇臮《述書賦》（大曆十年注）曰：

史籀，周宣王時史官。著大篆，教學童。岐州雍城南有周宣王獵碣，十枚，並作鼓形，上有篆文，今見打本。吏部侍郎蘇勗《叙記》卷首云："世咸言筆迹存者李斯最古，不知史籀之迹近在關中。"即其文也。③

---

① 《後漢書》卷十六《鄧陟傳》，中華書局，1965年點校本，第615頁。
② 李吉甫：《元和郡縣圖志》卷二《關内道二·鳳翔府·天興縣》，賀次君點校，《中國古代地理總志叢刊》，中華書局，1983年，第41—42頁。
③ 竇臮：《述書賦》，張彥遠輯：《法書要錄》卷五，第142頁；卷6，第180頁，記載"大曆十年"作。

案：大曆十年(775年),天興縣屬於舊雍縣,即岐州雍城南在岐州天興縣(舊雍縣)。竇蒙《述書賦注》"岐州雍城南"與《元和郡縣圖志》天興"縣南二十里許"同在一地,亦蘇勗《叙記》"關中"所在。

《史記·秦本紀》曰：

(文公)十年,初爲鄜畤,用三牢。

張守節《正義》曰：

《括地志》云："三畤原在岐州雍縣南二十里。《封禪書》云秦文公作鄜畤,襄公作西畤,靈公作吳陽上畤,並此原上,因名也。"①

唐代元和時期的天興縣即秦、隋、唐初的雍縣,《元和郡縣圖志》天興"石鼓文在縣南二十里許",與《括地志》"三畤原在岐州雍縣南二十里"合,石鼓所在地則三畤原也。

3. 岐陽説

韋應物《石鼓歌》曰：

周宣大獵兮岐之陽,刻石表功兮煒煌煌。②

韓愈《石鼓歌》曰：

宣王憤起揮天戈,大開明堂受朝賀。諸侯劍珮鳴相磨,蒐于岐陽騁雄俊。③

案：此説實以"周成王作岐陽"而名。説既不實,實不足據。
石鼓發現之地有陳倉、雍城南2種觀點,王國維、李仲操、官波舟等選擇

---

① 《史記》卷五《秦本紀》,中華書局,第230—231頁。
② 韋應物著,孫望編著：《韋應物詩集繫年校箋》卷二《石鼓歌》,《中國古典文學基本叢書》,中華書局,2002年,第90頁。
③ 韓愈：《石鼓歌》,屈守元、常思春主編：《韓愈全集校注》,四川大學出版社,1996年,第549頁。

了陳倉説,①郭沫若、唐蘭、張光遠、王輝等選擇了雍城南説。②

《石鼓詩》發現地初在陳倉(今屬陝西省寶雞市),雍城南(今屬陝西省寶雞市鳳翔區)是後遷之所。所以,《石鼓詩》出土於寶雞,《石鼓詩》所在地爲寶雞一帶爲學者所接受,並無異議。那麽,《石鼓詩》是秦設立用於頌揚秦公的作品。

《石鼓詩》出土於寶雞市陳倉,遷徙于雍城南,地域屬於汧渭之會,與秦國都城秦文公所都汧渭之會(陳倉故城一帶)、平陽、雍關係密切。

第二節　秦都"汧渭之會"

一、秦文公所都汧渭之會

秦人舊居西垂(今甘肅省禮縣),對於新的國土而言,過於偏於一隅。定新都應是襄公時已經確定的大計。秦襄公過世,"三年喪畢",秦文公三年,率領七百人物色新都。

《史記・秦本紀》曰:

  非子居犬丘,好馬及畜,善養息之。犬丘人言之周孝王,孝王召使主馬于汧渭之閒。③

《史記・秦本紀》曰:

  文公元年,居西垂宫。三年,文公以兵七百人東獵。四年,至汧渭之會。曰:"昔周邑我先秦嬴於此,後卒獲爲諸侯。"乃卜居之,占曰吉,

---

① 王國維:《明拓石鼓文跋》,謝維揚、房鑫亮總編,胡逢祥主編:《王國維全集》第14卷,浙江教育出版社等,2010年,第437頁;李仲操:《石鼓最初所在地及其刻石年代》,《考古與文物》1981年2期,第83頁;《石鼓出土地及其在唐宋的聚、散、遷》,《人文雜誌》1993年第2期,第101—102頁;官波舟:《石鼓文出土地點考》,《寶雞社會科學》2010年第1期,第41—43頁。

② 郭沫若:《石鼓文研究》,《郭沫若全集・考古編》第9卷,科學出版社,1982年第3版,第36—40頁;唐蘭:《中國文字學》,《唐蘭全集》第6冊,上海古籍出版社,2005年,第492頁;《石鼓年代考》,《唐蘭全集》第3冊,第1025—1027頁;張光遠:《先秦石鼓存詩考》,張光遠、臺北中華大典編印會合作,1966年,第36頁;王輝:《由"天子""嗣王""公"三種稱謂説到石鼓文的時代》,《一粟集——王輝學術文存》,上册,第386頁。

③ 《史記》卷五《秦本紀》,第227—228頁。

即營邑之。①

《史記·封禪書》曰：

秦文公東獵汧渭之閒，卜居之而吉。②

《史記·六國年表》曰：

及文公踰隴，攘夷狄，尊陳寶，營岐雍之閒。③

關於秦文公都居汧渭之會的地望，學者主要有 6 種觀點。
1. 眉縣
皇甫謐《帝王世紀》(《太平御覽》卷一五五引)曰：

襄公始受酆之地，列爲諸侯。文公徙汧，故《秦本紀》曰："〔文〕公(事)〔東〕獵，至汧，乃卜居之。"今扶風郿縣是也。④

《史記·秦本紀》正義：

《括地志》云："郿縣故城在岐州郿縣東北十五里。毛萇云：'郿，地名也。'秦文公東獵汧渭之會，卜居之，乃營邑焉，即此城也。"⑤

《史記·封禪書》曰：

秦文公東獵汧渭之閒，卜居之而吉。

《正義》曰：

---

① 《史記》卷五《秦本紀》，第 230 頁。
② 《史記》卷二十八《封禪書》，第 1634—1635 頁。
③ 《史記》卷十五《六國年表》，第 835 頁。
④ 李昉等：《太平御覽》卷一百五十五《州郡部一·叙京都上》第 1 册，中華書局，1960 年影印本，第 755 頁。
⑤ 《史記》卷五《秦本紀》，第 231 頁。

《括地志》云："郿縣故城在岐州郿縣東北十五里，即此城也。"①

林劍鳴《秦史稿》定在"今陝西扶風和眉縣一帶"，②黃灼耀以爲在郿縣。③
案：扶風、眉縣地理位置偏東，不屬汧渭之會。所以，此說不可信。
2. 槐里
《毛詩譜·秦譜》孔穎達《疏》曰：

非子別居於犬丘。……徐廣云：犬丘，今槐里縣也。……文公還居非子舊墟，在汧渭之間，即槐里是也。④

案：槐里在陝西省興平縣。興平縣遠离汧渭之會。所以，此說罕有學者考慮。
3. 汧縣、隴縣
《水經注·渭水》曰：

《爾雅·釋水》曰：水決之澤爲汧。汧之爲名，實兼斯舉。水有二源，一水出縣西山，世謂之小隴山，巖障高險，不通軌轍。故張衡《四愁詩》曰：我所思兮在漢陽，欲往從之隴阪長。其水東北流，歷澗，注以成淵，潭漲不測。出五色魚，俗以爲靈，而莫敢采捕，因謂是水爲龍魚水，自下亦通謂之龍魚川。川水東逕汧縣故城北，《史記》"秦文公東獵汧田，因遂都其地"是也。

楊守敬、熊會貞《疏》曰：

會貞按：《史記》無獵汧田之說。據《秦本紀》文公三年，東獵；四年，至汧、渭之會，即營邑之。《封禪書》亦云，文公東獵汧、渭之間，卜，居之而吉。此"田"字當是"渭"字之脫爛。⑤

《史記·封禪書》曰：

---

① 《史記》卷二十八《封禪書》，第1634—1635頁。
② 林劍鳴：《秦史稿》，上海人民出版社，1981年，第26頁。
③ 黃灼耀：《秦人早期史迹初探》，《學術研究》1980年第6期，第73頁。
④ 孔穎達：《毛詩正義》卷六《秦風·秦譜》，阮元校刻：《十三經注疏》上冊，中華書局，1980年影印本，第368頁上、中欄。
⑤ 楊守敬、熊會貞：《水經注疏》卷十七《渭水上》，第1512—1513頁。

秦文公東獵汧渭之閒，卜居之而吉。

《索隱》曰：

按：《地理志》汧水出汧縣西北入渭。皇甫謐云"文公徙都汧"者也。①

《史記·秦本紀》正義：

《括地志》云："故汧城在隴州汧源縣東南三里。《帝王世紀》云秦襄公二年徙都汧。即此城。"②

案：《秦記》《秦本紀》秦襄公居西垂，秦居西垂，擔負防衛戎人的責任，又係大夫，焉能記爲"秦襄公二年徙都汧"？張守節《史記正義》所引《帝王世紀》的記載存在文字與史實的訛誤，當是傳抄訛誤所致。所以，《史記·秦本紀》正義引《括地志》"秦襄公二年徙都汧"，誤，當爲秦文公四年事。

《元和郡縣圖志·關內道二·隴州》曰：

《禹貢》雍州之域，秦文公所都。漢爲汧縣，屬右扶風。

又曰：

汧源縣，本漢汧縣地，屬右扶風。在汧水之（北）〔南〕，後魏改爲汧陰縣，隋改爲汧源縣。隴山，在縣西六十二里。……秦城，在州東南二十五里。秦非子養馬汧、渭之間，有功，周孝王命爲大夫。③

《太平寰宇記·關內道八·隴州》曰：

隴州，周爲岐、隴之地。春秋時屬秦國，文公曾都於此，今郡南三里汧水南故汧城是也。

---

① 《史記》卷二十八《封禪書》，第 1634—1635 頁。
② 《史記》卷五《秦本紀》，第 230 頁。
③ 李吉甫：《元和郡縣圖志》卷二《關內道二·隴州》，第 44—45、53—54 頁。

又曰：

汧源縣，漢汧縣之地，屬右扶風。《晉地道記》云："汧縣，屬秦國，故城在今縣南。漢置隴關，西當犬戎，今名大震關，在今縣西。"後魏廢帝改爲汧陰縣。周明帝移州并縣于今理。隋改爲汧源縣。……隴山，在縣西六十二里。……秦城，在州東南二十五里。秦非子養馬汧、渭之間，有功，周孝王命爲大夫。①

《(乾隆)大清一統志·鳳翔府·建置沿革》曰：

隴州在府西少北一百五十里。②

又《鳳翔府二·古迹》曰：

汧縣故城，在隴州南。漢置。《括地志》：故汧城在汧縣東南三里。《元和志》：隴州，秦文公所都。後魏置東秦州。西魏文帝改名隴州，以山爲名。東至鳳翔府百五十治。③

馬非伯《秦集史·都邑表》據《一統志》。④ 曲英傑《先秦都城復原研究》以爲在今陝西省隴縣境，漢時爲汧縣。⑤

陝西隴縣城東南5公里的汧河南岸的邊家莊一帶發現30多座春秋墓葬，時代屬春秋早中期，其中8座墓各自出土5鼎4簋，3座墓各自出土3鼎2簋，證明邊家莊墓地是一處高規格的貴族墓地。⑥ 邊家莊墓地東南3里即

---

① 樂史：《太平寰宇記》卷三十二《關内道八·隴州》，第684—687頁。
② 和珅等修纂：《(乾隆)大清一統志》卷一百八十三《鳳翔府》，《景印文淵閣四庫全書》第478册，第177頁下欄。
③ 和珅等修纂：《(乾隆)大清一統志》卷一百八十四《鳳翔府二》，《景印文淵閣四庫全書》第478册，第191頁下欄。
④ 馬非伯：《秦集史》下册，第874頁。
⑤ 曲英傑：《先秦都城復原研究》，黑龍江人民出版社，1991年，第164頁。
⑥ 尹盛平、張天恩：《陝西隴縣邊家莊一號春秋秦墓》，《考古與文物》1986年第6期，第15—22頁；肖琦：《陝西隴縣邊家莊出土春秋銅器》，《文博》1989年第3期，第79—81頁；陝西省考古研究所、寶雞工作站等：《陝西隴縣邊家莊五號春秋墓發掘簡報》，《文物》1988年第11期，第14—23頁；張天恩：《邊家莊春秋墓地與汧邑地望》，原載《文博》1990年第5期，第227—231頁，收入氏著《周秦文化研究論集》，科學出版社，2009年，第256—271頁。

磨兒原古城,時代爲春秋早期。① 張天恩根據隴縣東南春秋時期邊家莊墓地及磨兒原古城,推測磨兒原古城乃秦襄公二年所遷的汧邑。② 祝中熹先生等以爲在陝西省隴縣東南。③

案:隴縣在汧水上游,地理位置偏僻,明顯不妥。

4. 寶雞市陳倉故城

《史記·封禪書》曰:

> 秦文公東獵汧渭之閒,卜居之而吉。……後九年,文公獲若石云,于陳倉北阪城祠之。④

李吉甫《元和郡縣圖志》曰:

> 陳倉故城,在今縣東二十里,即秦文公所築。《魏略》云:"太和中將軍郝昭築陳倉城。……"按今城有上下二城相連,上城是秦文公築,下城是郝昭築。⑤

案:秦文公所築城在今寶雞市東10餘公里臥龍崗西北之陳倉故城,即《史記·封禪書》"陳倉北阪城"。

張光遠將秦文公都居汧渭之會在汧河與渭河西夾角的古陳倉。⑥ 李零以爲:

> 非子所邑之秦,既與文公所築城邑爲一城或者相近,則其地亦當在陳倉附近,殆在千河匯入渭河西夾角處的臥龍寺西北一帶。⑦

高次若、王雷生、陳平、王學理等認爲秦文公都居汧渭之會在寶雞市陳

---

① 張天恩:《邊家莊春秋墓地與汧邑地望》,《周秦文化研究論集》,第256—271頁;陝西省考古研究所:《隴縣店子秦墓》,三秦出版社,1998年,第160—161頁。
② 張天恩:《邊家莊春秋墓地與汧邑地望》,《文博》1990年第5期,第227—231頁。
③ 祝中熹:《秦人早期都邑考》,原載《隴右文博》1996年創刊號,收入氏著《秦史求知錄》,上海古籍出版社,2012年,第358—361頁;祝中熹:《汧渭之閒與汧渭之會——兼議對〈史記〉的態度》,原載《絲綢之路》2009年夏半月刊,收入《秦史求知錄》,第421—436頁。
④ 《史記》卷二十八《封禪書》,第1634—1635頁。
⑤ 李吉甫:《元和郡縣圖志》卷二《關內道二·京兆府·寶雞縣》,第42—43頁。
⑥ 張光遠:《先秦石鼓存詩考》,張光遠、中華大典編印會合作,1966年;《西周文化繼承者秦國文化與史籀作石鼓考》,《故宮季刊》第14卷第2期(1979年),第77—116頁。
⑦ 李零:《〈史記〉中所見秦早期都邑葬地》,《文史》第20輯,第17—18、20頁。

倉故城，①楊東晨認爲在陳倉故城及其附近區域。②

5. 寶雞市魏家崖遺址、陳家崖遺址

1998 年，蔣五寶以爲秦文公都居汧渭之會在寶雞市魏家崖遺址。③ 2000 年，徐衛民論證亦以爲秦文公所都汧渭之會在魏家崖遺址。④ 2008—2009 年，梁雲等對王家水庫以南的汧渭交界處兩岸進行調查。大部分遺址的面積不大，在 5 萬平方米左右，唯陳家崖面積 20 萬平方米。陳家崖遺址發現灰坑、墓葬、夯土基址等，出土春秋早期鬲足、筒瓦、刀範等。梁雲以爲汧渭之會在汧河和渭河的東夾角地帶的陳家崖。⑤ 2011 年，陳家崖遺址旁的魏家崖遺址發現銅器墓，出土五鼎、簋、壺、盉等。此外，魏家崖遺址出土金鋪首、金虎等。2015 年，王學理《秦物質文化通覽》認爲：

> 儘管魏家崖的地形、地貌特徵符合"汧渭之會"存在的基本條件，但金器、青銅器和陶片的時代都偏晚，至少處在春秋晚期或者更晚一些。⑥

2020 年，梁雲將寶雞市魏家崖遺址、陳家崖遺址視爲一體，以爲乃汧渭之會。⑦

案：魏家崖遺址在汧水以東，屬於廣義的、大範圍的汧渭之會。秦文公所都汧渭之會，地点明確，地域有限，適應於狹義的汧渭之會，即汧水入渭水

---

① 高次若：《先秦都邑陳倉城及秦文公、寧公葬地芻議》，秦始皇兵馬俑博物館論叢委員會編：《秦文化論叢》第 3 輯，西北大學出版社，1994 年，第 284—299 頁；高次若、劉明科：《關於汧渭之會都邑及其相關問題》，《周秦文化研究》編委會編：《周秦文化研究》，陝西人民出版社，1998 年，第 582—590 頁；《再論汧渭之會及其相關問題》，《秦都咸陽與秦文公研究——秦文化學術研討會論文集》，陝西人民教育出版社，2001 年，第 518—529 頁；劉明科、高次若、楊曙明：《戴家灣尋古紀事》，文物出版社 2019 年，第 31—41、168—180、191—194 頁；王雷生：《秦文公建都"汧渭之會"及其意義——兼考非子秦邑所在》，《人文雜誌》2001 年第 6 期，第 112—118 頁；陳平：《關隴文化與嬴秦文明》，鳳凰出版社，2004 年，第 262—263 頁；王學理：《秦物質文化通覽》，科學出版社，2015 年，第 146—148 頁。

② 楊東晨：《秦人秘史》，陝西人民教育出版社，1991 年，第 144 頁。

③ 蔣五寶：《"汧渭之會"遺址具體地點再探》，《寶雞文理學院學報》1998 年第 2 期，第 55—58 頁。

④ 徐衛民：《秦都城研究》，陝西人民教育出版社，2000 年，第 61 頁；徐衛民、劉幼臻：《秦都邑宮苑研究》，王子今主編：《秦史與秦文化研究叢書》，西北大學出版社，2021 年，第 43—45 頁。

⑤ 梁雲：《鄜畤、陳寶祠與汧渭之會考》，《秦始皇帝陵博物館》（總 1 輯），三秦出版社，2011 年，第 79—82 頁。

⑥ 王學理：《秦物質文化通覽》，第 144 頁。

⑦ 梁雲：《西垂有聲》，生活·讀書·新知三聯書店，2020 年，第 94—99 頁。

的小的夾角處。所以,此説誤。

6. 鳳翔縣

2003—2004 年,鳳翔縣長青鎮孫家南頭村發現周秦墓。其中,周墓 35 座,秦墓 91 座,周墓的年代自先周晚期至西周晚期,秦墓年代多爲春秋中晚期。① 孫家南頭村位於汧河下游東岸,墓地東 300 米處台原上爲秦漢時期的蘄年宫遺址。墓地東距鳳翔秦公陵園 11 公里。焦南峰、田亞岐、楊曙明根據考古發現秦墓認爲秦文公所都汧渭之會的地望在鳳翔縣長青鎮孫家南頭村一帶。②

案:孫家南頭村一帶在汧水(今千河)北,屬於廣義的、大範圍的汧渭之會。秦文公所都汧渭之會,地点明確,地域有限,適應於狹義的汧渭之會,即汧水入渭水的小的夾角處。所以,孫家南頭村一帶充其量視爲附屬之邑。秦墓的時代屬於春秋中晚期,晚於秦文公、憲公都汧渭之會的時代,並且缺乏這一時期的遺存。因此,目前資料遠不足於證實此遺址屬於秦文公所都汧渭之會範圍。所以,此説不可靠。

總之,秦文公所都汧渭之會的地望,以上六説中只有寶雞市陳倉故城一帶值得考慮。

筆者案:關於秦文公所都汧渭之會的地望以及與《石鼓詩》的關係有以下可以明確之處。

第一,秦文公所都汧渭之會在西垂(甘肅省禮縣大堡子山一帶)之東,秦文公三年東獵,四年方至此,證實是距離禮縣較遠的地帶。並且,此時秦文公擔負營建秦國的重任,東獵的目的在於尋找一個新的都城,以適應秦擁有關中、西垂廣大疆域的需要。所以,秦文公所遷徙的新都必在關中之交通要衝。汧渭之會通融東西,正符合理想都邑之所也,所謂"定國之中"者也。

第二,《史記·秦本紀》《封禪書》描繪的秦文公都居汧渭之間(汧渭之會),皇甫謐《帝王世紀》以爲秦文公遷徙至汧,汧爲都名,其地望皇甫謐以爲在扶風郿縣,而漢代的汧縣在今甘肅省隴縣,二説都不能滿足秦文公都居汧渭之間(汧渭之會)的地望。所以,皇甫謐《帝王世紀》"文公徙汧"之"汧"屬於水名,不是邑名。雖然秦文公都居汧渭之間(汧渭之會)應是一個

---

① 陝西省考古研究院等:《鳳翔孫家南頭:周秦墓葬與西漢倉儲建築遺址發掘報告》,科學出版社,2015 年,第 2—3、319—320 頁。
② 焦南峰、田亞岐:《尋找"汧渭之會"的新線索》,《中國文物報》2004 年 3 月 5 日第 7 版;楊曙明:《"汧渭之會"新考證》,《寶雞社會科學》2004 年第 4 期,第 45—46 頁;《"秦邑"與"汧渭之會"考》,《中國文物報》2014 年 3 月 28 日第 6 版;《雍秦文化》,中國文史出版社,2015 年,第 95—100 頁;《陳寶、陳寶祠、陳倉城與汧渭之會考》,《寶雞社會科學》2017 年第 2 期,第 49—51 頁。

範圍有限的地方,似乎缺乏具體的名稱,而《史記》記載秦文公在古代的陳倉(今屬寶雞市陳倉區)一帶活動。

第三,秦文公選擇新都汧渭之會出於對祖先非子的尊崇。《史記·秦本紀》曰:

> 非子居犬丘,好馬及畜,善養息之。犬丘人言之周孝王,孝王召使主馬于汧渭之閒。

張守節《正義》曰:

> 汧音牽。言於二水之間,在隴州以東。①

《史記·秦本紀》曰:

> 文公元年,居西垂宫。三年,文公以兵七百人東獵。四年,至汧渭之會。曰:"昔周邑我先秦嬴於此,後卒獲爲諸侯。"乃卜居之,占曰吉,即營邑之。②

秦文公所言,表達了對先祖非子的崇拜,對祖邑的尊崇,猶如商湯居亳。《史記·殷本紀》曰:"湯始居亳,從先王居。"③汧渭之會乃秦祖所居,秦文公尊而定居於此。汧渭之會屬於汧渭之閒,三代定都常在兩水之間,即兩水交匯之處,如夏都二里頭遺址在伊水、洛水間,周都豐鎬遺址在豐水、鎬水間。秦文公至汧渭之會,即非子牧馬之所,其地必然廣大,斷非一隅之地。雖然秦文公初居的只是非子牧馬汧渭之會之所的一部分,而後世所居平陽、雍皆屬於非子牧馬汧渭之會之所也。《史記·秦本紀》曰:

> (寧)〔憲〕公二年,公徙居平陽。遣兵伐蕩社。④

秦建國後,秦文公、憲公曾居秦文公所都汧渭之會(陳倉故城一帶)。

第四,《石鼓詩》記載秦公田汧,《秦記》《史記》僅記載秦文公田汧。所

---

① 《史記》卷五《秦紀》,第 227—228 頁。
② 《史記》卷五《秦紀》,第 230、232 頁。
③ 《史記》卷三《殷本紀》,第 121 頁。
④ 《史記》卷五《秦本紀》,第 232 頁。

以,秦文公田汧成爲優選,即秦文公之時成爲《石鼓詩》創作年代的首先考慮的對象。

　　第五,秦文公、憲公居汧渭之會,并葬于附近。秦憲公之後的秦國國君都是奉行葬於國都附近,①秦文公應葬在汧渭之會的國都附近。秦文公葬地,《史記·秦本紀》作西山,而《史記·秦始皇本紀》作西垂,綜合秦文公遷都汧渭之會,及秦憲公葬西山,秦文公葬地當以西山爲是。《史記·秦本紀》曰:"(寧)〔憲〕公生十歲立,立十二年卒,葬西山。"《正義》曰:"《括地志》云:'秦(寧)〔憲〕公墓在岐州陳倉縣西北三十七里秦陵山。《帝王世紀》云秦(寧)〔憲〕公葬西山大麓,故號秦陵山也。'按:文公亦葬西山,蓋秦陵山也。"②《史記·秦本紀》曰:"文公卒,葬西山。"《集解》曰:"徐廣曰:'皇甫謐云葬於西山,在今隴西之西縣。'"③謐說誤。李零先生力主秦文公葬秦陵山,在今陝西省寶雞市。④

　　總之,秦文公、憲公居秦文公所都汧渭之會(陳倉故城一帶),并葬於其附近的西山(秦陵山),石鼓亦出於秦文公所都汧渭之會。所以,《石鼓詩》與秦文公、憲公密切相關。

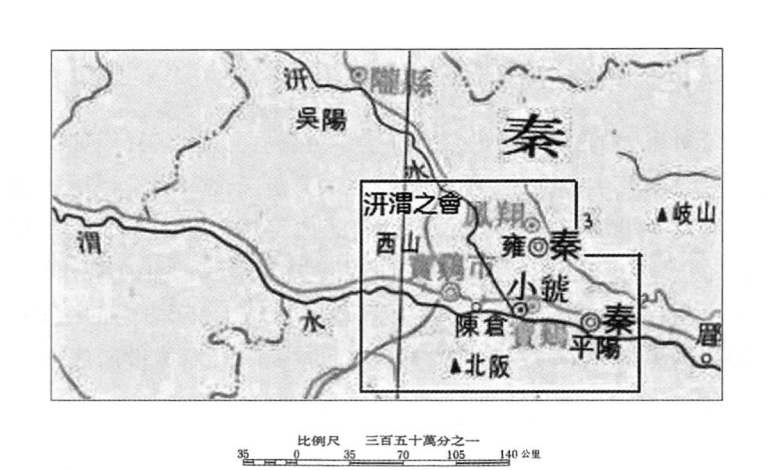

圖 4-1　汧渭之會地理圖
(底圖據譚其驤主編:《中國歷史地圖集》第 1 册,第 22—23 頁)

---

① 參見徐衛民《秦公帝王陵四大陵區及其形成原因》,《秦文化論叢》第 9 輯,西北大學出版社,2002 年,428—438 頁。
② 《史記》卷五《秦本紀》,第 232—233 頁。
③ 《史記》卷五《秦本紀》,第 231—232 頁。
④ 李零:《〈史記〉中所見秦早期都邑葬地》,《文史》第 20 輯,第 15—23 頁。

二、平陽

《史記·秦本紀》曰：

（寧）〔憲〕公二年，公徙居平陽。①

《史記·秦始皇本紀》曰：

憲公享國十二年，居西新邑。②

平陽之地望，《三輔黃圖》《帝王世紀》《水經注》《括地志》《太平寰宇記》等皆有記載。

1. 郿城

《太平寰宇記·關內道六》鳳翔府郿縣：

《三輔黃圖》云："右輔都尉理所。"秦寧公徙居平陽，即此也。今縣東十五里，渭水北故郿城是也。③

皇甫謐《帝王世紀》（《太平御覽》卷一五五引）曰：

寧公又都平陽，故《秦本紀》曰："寧公二年，徙居平陽。"今扶風郿之平陽亭是也。④

裴駰《史記集解》曰：

徐廣曰："郿之平陽亭。"⑤

李零認為郿縣古城說乃"北魏改郿縣為平陽縣誤托"⑥。

---

① 《史記》卷五《秦本紀》，第232頁。
② 《史記》卷六《秦始皇本紀》，第358頁。
③ 李昉等：《太平寰宇記》卷三十《關內道六·鳳翔府·郿縣》，王文楚點校，《中國古代地理總志叢刊》，中華書局，2007年，第636頁。
④ 李昉等：《太平御覽》卷一百五十五《州郡部一·敘京都上》，第755頁。
⑤ 《史記》卷五《秦本紀》，第233頁。
⑥ 李零：《〈史記〉中所見秦早期都邑葬地》，《文史》第20輯，第21頁。

2. 平陽聚

張守節《正義》曰：

  《帝王世紀》云：秦寧公都平陽。按：岐山縣有陽平鄉，鄉内有平陽聚。①

《水經注·渭水》曰：

  汧水南歷慈山，東南逕郁夷縣北，平陽故城南。②

張守節《正義》曰：

  《括地志》云："平陽故城在岐州岐山縣西四十六里，秦寧公徙都之處。"③

《史記·秦本紀》曰：

  武公元年，伐彭戲氏，至于華山下，居平陽封宫。

張守節《正義》曰：

  宫名，在岐州平陽城内也。④

  案：張守節《史記正義》所主平陽故城在岐州岐山縣西四十六里陽平鄉平陽聚，今寶雞市陽平鎮。今人李零、曲英傑等贊成此説。⑤
  1978 年，在太公廟村銅器窖藏出土青銅鐘 5 件、鎛 3 件。青銅鐘、鎛銘文證明屬於秦武公器。⑥《秦武公鐘》《秦武公鎛》曰：

---

① 《史記》卷五《秦本紀》，第 233 頁。
② 酈道元注，楊守敬、熊會貞疏：《水經注疏》卷十七《渭水上》，段熙仲點校，陳橋驛復校，江蘇古籍出版社，1989 年，第 1514 頁。
③ 《史記》卷五《秦本紀》，第 233 頁。
④ 《史記》卷五《秦本紀》，第 233—234 頁。
⑤ 李零：《〈史記〉中所見秦早期都邑葬地》，《文史》第 20 輯，第 21 頁；曲英傑：《先秦都城復原研究》，第 165—168 頁。
⑥ 盧連成、楊滿倉：《陝西寶雞縣太公廟村發現秦公鐘、秦公鎛》，《文物》1978 年第 11 期，第 1—5 頁。

秦公曰：我先祖受天命，賞宅受或（國）。①

李零認爲太公廟村與平陽近，②吳鎮烽、張天恩等認爲太公廟村一帶乃平陽故城。③

2013年，張天恩等在太公廟村鑽探出一座中字形大墓和一座大型車馬坑。④

案：中字形大墓、秦武公器等證實此處乃秦武公都平陽所葬處。

三、雍

《史記·秦本紀》曰：

> 德公元年，初居雍城大鄭宫。以犧三百牢祠鄜畤。卜居雍。後子孫飲馬於河。⑤

《帝王世紀》（《太平御覽》卷一五五引）曰：

> 德公元年，初居雍，今扶風雍是也。⑥

裴駰《史記集解》曰：

> 徐廣曰："今縣在扶風。"

《水經注·渭水》曰：

---

① 盧連成、楊滿倉：《陝西寶雞縣太公廟村發現秦公鐘、秦公鎛》，《文物》1978年第11期，第1—5頁。
② 李零：《春秋秦器試探——新出秦公鐘、鎛銘與過去著録秦公鐘、鎛銘德對讀》，《考古》1979年第6期，第516、520頁。
③ 吳鎮烽：《新出秦公鐘銘考釋與有關問題》，《考古與文物》1980年第1期，第88—93頁；張天恩：《對〈秦公考釋〉中有關問題的一些看法》，《四川大學學報（哲社版）》1980年第4期，第94—95頁。
④ 張天恩、龐有華：《秦都平陽的初步研究》，《秦始皇帝陵博物院院刊》第5輯，陝西師範大學出版總社，2015年，第54—63頁；陝西省考古研究院：《陝西寶雞太公廟秦公大墓考古調查勘探簡報》，《考古與文物》2021年第1期，第3—7頁。
⑤ 《史記》卷五《秦本紀》，第235頁。
⑥ 李昉等：《太平御覽》卷一百五十五《州郡部一·叙京都上》，第755頁。

左陽水又南流,注于雍水,雍水又與東水合,俗名也。北出河桃谷,南流,右會南源,世謂之返眼泉。亂流南,逕岐州城東,而南合雍水,州居二水之中,南則兩川之交會也。世亦名之爲淬空水。東流,鄧公泉注之,水出鄧艾祠北,故名曰鄧公泉。數源俱發于雍縣故城南,縣故秦德公所居也。《晉書地道記》以爲西虢地也。《漢書·地理志》以爲西虢縣。《太康地記》曰:虢叔之國矣,有虢宮,平王東遷,叔自此之上陽爲南虢矣。①

張守節《史記正義》曰:

《括地志》云:"岐州雍縣南七里故雍城,秦德公大鄭宮城也。"②

《史記·秦始皇本紀》附錄曰:

德公享國二年。居雍大鄭宮。生宣公、成公、繆公。葬陽。初伏,以御蠱。
宣公享國十二年。居陽宮。葬陽。初志閏月。
成公享國四年,居雍之宮。葬陽。
繆公享國三十九年。天子致霸。葬雍。繆公學著人。生康公。
康公享國十二年。居雍高寢。葬竘社。生共公。
共公享國五年,居雍高寢。葬康公南。生桓公。
桓公享國二十七年。居雍太寢。葬義里丘北。生景公。
景公享國四十年。居雍高寢,葬丘里南。生畢公。
畢公享國三十六年。葬車里北。生夷公。
夷公不享國。死,葬左宮。生惠公。
惠公享國十年。葬車里(康景)。生悼公。
悼公享國十五年。葬僖公西。城雍。生刺龔公。
刺龔公享國三十四年。葬入里。生躁公、懷公。其十年,彗星見。
躁公享國十四年。居受寢。葬悼公南。其元年,彗星見。
懷公從晉來,享國四年,葬櫟圉氏。生靈公,諸臣圍懷公,懷公自殺。肅靈公,昭子子也。

---

① 酈道元注,楊守敬、熊會貞疏:《水經注疏》卷十七《渭水上》,第1531—1532頁。
② 《史記》卷五《秦本紀》,第235頁。

肅靈公,昭子子也,居涇陽,享國十年,葬悼公西。生簡公。

簡公從晉來。享國十五年。葬僖公西。生惠公。其七年,百姓初帶劍。

惠公享國十三年,葬陵圉。生出公。

出公享國二年。出公自殺,葬雍。①

《史記·秦本紀》獻公:

二年,城櫟陽。②

《帝王世紀》(《太平御覽》卷一五五引)曰:

至獻公即位。徙治櫟陽。今馮翊萬年是也。③

裴駰《史記集解》曰:

徐廣曰:"徙都之,今萬年是也。"④

《史記·商君列傳》孝公十二年:

築冀闕宮廷于咸陽,秦自雍徙都之。⑤

總之,秦國自秦文公至秦獻公二年都于秦文公所都汧渭之會(陳倉故城一帶)、平陽、雍,皆屬於非子牧馬汧渭之會之所,乃探討《石鼓詩》出土地、內容與所屬文化階段關係的重要對象。

第三節 《石鼓詩》酈地與秦人的酈畤

《石鼓詩·靈雨》曰:

---

① 《史記》卷六《秦始皇本紀》,第359—362頁。
② 《史記》卷五《秦本紀》,第254頁。
③ 李昉等:《太平御覽》卷一百五十五《州郡部一·叙京都上》,第755頁。
④ 《史記》卷五《秦本紀》,第255頁。
⑤ 《史記》卷六十八《商君列傳》,第2712頁。

汧殹沔沔,蒸=(烝烝)□□,舫舟囫逮。□□自𢉖,徒馭湯湯,隹(維)舟以衍(行),或陰或陽。①

《石鼓詩·鑾車(秦欶)》曰:

徒馭孔庶,𢉖□宣搏。②

"𢉖"字,宋至清代學者對於字形辨識不清,近人認識統一。

1. 字形辨識不清

"𢉖"字,或據模糊之本訛釋頗多。③

(1) 釋作"廓"

薛尚功《歷代鐘鼎彝器款識法帖》于《鑾車》釋作廓,于《靈雨》釋作廓。④

董逌《廣川書跋》曰:

廓,薛(尚功)、郭(忠恕)作廓。鄭(樵):籀文作鄂。⑤

《古文苑》章樵《注》曰:

廓,薛(尚功)作廓。鄭(樵)云亦作鄂。或云即廓字。⑥

明人都穆《金薤琳琅》、楊慎《石鼓文音釋》、李中馥《石鼓文考》釋作"廓"。⑦ 清人許容《石鼓文鈔》、吳東發《石鼓讀》、古華山農(沈梧)《石鼓文

---

① 郭沫若:《石鼓文研究》,《郭沫若全集·考古編》第9卷,第47—48頁。本書《石鼓詩》釋文以郭沫若所釋為主,尚參考董珊《石鼓文考證》,劉釗主編:《出土文獻與古文字研究》第3輯,復旦大學出版社,2010年,第117—136頁)、王輝等《秦出土文獻編年訂補》,三秦出版社,2014年,第28—31頁)學者的意見。
② 郭沫若:《石鼓文研究》,《郭沫若全集·考古編》第9卷,第66頁。
③ 參見劉凝《周宣王石鼓文定本》卷上,清康熙四十四年亦集園刻本,第30a、b;古華山農(沈梧)《章句注疏》卷五,《石鼓定本》,第6頁a。
④ 薛尚功:《歷代鐘鼎彝器款識法帖》,《宋人著錄金文叢刊》,中華書局,1986年影印明朱謀㙔刻本,第89、95頁。
⑤ 董逌:《廣川書跋》卷二《石鼓文》,毛晉編:《津逮秘書》,明崇禎毛氏汲古閣刻本,第21頁a。
⑥ 闕名編,章樵注:《古文苑注》卷一,第4頁b。
⑦ 都穆:《金薤琳琅》卷一,明刻本,第4頁b;楊慎:《石鼓文音釋》卷三,明正德十六年刻本,第2b;李中馥:《石鼓文考》,民國四年榆次常贊春忍冬盒刻本,第12頁b。

定本》、鞠衣野人《汲古閣石鼓篆注》亦釋作"廓"。① 尹彭壽《石鼓音訓集證》引薛尚功、吴東發説。② 吴廣霈《石鼓文考證》以爲"廓"是而"鄂"非。③ 趙椿年《覃斈齋石鼓十種考釋》亦釋作"廓",通"虢",即虢國之地。④

案:釋作"廓",實際因字形辨識訛誤而致。

(2)釋作"鄂"

董逌《廣川書跋》曰:

　　廓,薛(尚功)、郭(忠恕)作廓。鄭(樵):籀文作鄂。⑤

《古文苑》章樵《注》曰:

　　廓,薛(尚功)作廓。鄭(樵)云亦作鄂。或云即廓字。⑥

清人任兆麟《石鼓文集釋》曰:

　　舊作廓,今從鄭樵讀。⑦

趙烈文《石鼓文纂釋》曰:

　　按孫、薛(尚功)諸家皆訛,惟鄭(樵)讀是。……以文言之,"鄂□宣搏"爲指狩地而言,文意至順。以地言之,鄂在豐鎬之西,正當岐陽之衝。⑧

陳矩《石鼓全文箋》贊同作"鄂"。⑨

---

① 許容摹辨,許雍訂正:《石鼓文鈔》卷上《四鼓》,清刻本,第33頁b;吴東發:《石鼓釋文考異》,《石鼓讀》,民國間海寧陳乃乾慎初堂影印本,第6頁a;古華山農(沈梧):《章句注疏》卷五,《石鼓文定本》,第6頁a、b;《石鼓地名考》,清光緒十六年無錫沈梧古華山房刻本,第9頁a—10頁a;鞠衣野人:《汲古閣石鼓篆注》丁鼓,清鈔本。
② 尹彭壽:《石鼓音訓集證》,《石鼓文彙》,清光緒十九年諸城尹氏來山圚刻本,第5頁b。
③ 吴廣霈:《石鼓文考證》,民國二十年瑞安陳准湫滲齋刻本,第13頁a。
④ 趙椿年:《覃斈齋石鼓十種考釋》,民國二十五年武進趙椿年北平刻藍印本,第12頁a—14頁a。
⑤ 董逌:《廣川書跋》卷二《石鼓文》,《津逮秘書》,第21頁a。
⑥ 闕名編,章樵注:《古文苑注》卷一,第4頁b。
⑦ 任兆麟:《石鼓文集釋》,清乾隆五十三年同川書院刻本,第3頁b。
⑧ 趙烈文:《石鼓文纂釋》,清光緒十一年靜圃刻本,第7頁b。
⑨ 陳矩:《石鼓全文箋》,民國十五年盤縣張友樞石印本,第7頁a。

案：鄂在西安一帶，遠距汧水。
(3) 釋作"廊"
薛尚功《歷代鐘鼎彝器款識法帖》于《鑾車》釋作廓，于《靈雨》釋作廊。①
潘迪《石鼓文音訓》曰：

  或云即廊字。薛、郭作廓。鄭氏作鄂。②

張燕昌《石鼓文釋存》曰：

  或云即廊字。③

(4) 不明闕疑
清人翁方綱《石鼓考》主張闕疑。④
2. 釋作"廊"
近人據宋拓清楚地釋作"廊"，而地理存有分歧。
(1) 釋作"廊"，地理不明
清光緒二十五年，劉心源《奇觚室樂石文述》曰：

  廊，舊釋廓，郭、虢皆非。它鼓有此篆從㡯甚明。《說文》："㡯，廡也。從广，虍聲，讀若鹵。"此又從邑，當是虍聲。它鼓云："舫舟囟逯，□□自廊。"文意磧是地名。此云"廊□宣博"謂廊地寬廣，蓋獵所也。與它鼓"囟逯"、"自廊"相應，此地當在汧渭之間，惜無可考也。⑤

民國五年(1916年)，羅振玉《石鼓文考釋》釋作"廊"，曰：

  《箋》曰：此字不能知其音讀。下從男，《音訓》從旻誤。⑥

---

① 薛尚功：《歷代鐘鼎彝器款識法帖》，第 89、95 頁。
② 潘迪：《石鼓文音訓》，上海圖書館編：《石鼓墨影》，上海書畫出版社 2018 年影印朵雲軒藏明拓本，第 274 頁。
③ 張燕昌：《石鼓文釋存》，清乾隆五十三年刻本，第 11 頁 b。
④ 翁方綱：《石鼓考》卷二《釋文》，中國國家圖書館藏稿本，第 7 頁 b。
⑤ 劉心源：《奇觚室樂石文述》卷二《周刻石·石鼓文》，清光緒二十五年寫刻本，第 37 頁 b—38 頁 a。
⑥ 羅振玉：《石鼓文考釋》，《羅振玉學術論著集》第 1 集，上海古籍出版社，2013 年，第 526 頁。

(2) 釋作"䧹",即"雍"字

民國十二年(1923年)2月上旬,王國維回復馬衡信:

案丁、戊二鼓均有"䧹"字,此字自來無釋,愚謂此字當是從邑,虡聲,或從廣,䧹聲;而"䧹"字又從邑,虡聲,由前說則爲地名,由後說則爲"雍"之異文。"虡"字雖不可識,然其下"男"字從用從力,疑實即"勇"字;其上之虍,實爲繁文,古文"且"作虘,"魚"作鱸,其多加虎頭,均無意義。勇聲與邕是同部,"雍"字之繁文,以聲類言之,無可疑也。然則"䧹"即"雍"字,丁鼓"䧹"下文闕,戊鼓"□□自䧹",或當作"我來自䧹",蓋自雍西出而漁獵於汧水也。此字懷之有年,今讀尊《考》,因樂以質之左右,殆所謂出門合轍者乎。①

民國二十年(1931年),馬衡《石鼓爲秦刻石考》修訂本采王國維說。②
案:王國維據模糊字形分析,郭沫若予以否定:

今就安氏二本考之,此字分明從虡作,而王謂字下"從用從力,實即'勇'字;其上之虍,實爲緐文",於是由虡而勇,由勇而雝,遂定䧹爲岐雍之雍,牽強殊甚。王氏自謂"懷之有年",特惜安氏二拓未得及見耳。③

(3) 釋作"廊",爲"鄘"字變體
1925年,高田忠周《古籀篇》曰:

按石鼓文"虡"字作"廊",即以鄘爲聲。然《說文》邑部無廊,又虡聲、虍聲之字,不見從邑者。此古字逸文也。但求之聲近字,疑鄘爲"鄘"字變體。《說文》:"𨛳,地名,從邑虖聲。"虖從乎聲,又虡從虍聲,與盧字從虍聲同,而乎、虍古音在同部中,虖、虡二字固當通用矣。④

民國十五年(1926年),陳矩《石鼓全文箋》僅僅釋作"鄘",無考證詳論。⑤

---

① 王國維:《書信·致馬衡》,《王國維全集》第15卷,第810頁。
② 馬衡:《石鼓爲秦刻石考》,《凡將齋金石叢稿》,中華書局,1977年,第171頁。
③ 郭沫若:《石鼓文研究》,《郭沫若全集·考古編》第9卷,第35頁。
④ [日]高田忠周:《古籀篇》卷二十,大正十四年(1925年)日本說文樓影印本,第36頁b。
⑤ 陳矩:《石鼓全文箋》,第7頁a。

案：金文有"虖"字，多見，①與"虜"不同，高田、陳氏説誤。
(4) 釋作"鄜"，乃"蒲"之本字
民國二十二年(1933 年)，郭沫若《石鼓文研究》認爲：

　　字固是地名，當從邑虜聲，讀若鹵，聲在魚部，蓋汧水發源地蒲谷鄉之蒲之本字也。②

學者或以爲讀作"鹵"，在今甘肅省崇信縣。③ 道里險阻，不可信。
(5) 釋作"鄜"，即"鄌"之異文
民國二十四年(1935 年)，馬叙倫《石鼓爲秦文公時物考》曰：

　　鄌雍相近，是時皆爲秦有。《鼓辭》："汧殹沰＝，蒫＝□□，舫舟西逮，□□自鄜。"余以爲"鄜"即"鄌"之異文。④

(6) 釋作"鄜"，即"鄌"
民國二十三年(1934 年)，張政烺《獵碣考釋初稿》曰：

　　從邑，虜聲(《説文》"虜，廡也。從广，虜聲，讀若鹵")，地名，疑即鄌。⑤

民國二十四年(1935 年)，强運開《石鼓釋文》曰：

　　《説文》："虜，廡也。從广，虜聲，讀若鹵。"此篆從邑虜聲，當是地名。以形聲求之，亦當讀作鹵音。⑥

---

① ［日］高田忠周：《古籀篇》卷九十一，第 13 頁 b—14 頁 a。
② 郭沫若：《石鼓文研究》，《郭沫若全集·考古編》第 9 卷，第 35 頁，又見 73 頁。
③ 董珊：《石鼓文考證》，《出土文獻與古文字研究》第 3 輯，復旦大學出版社，2010 年，第 123—124 頁。
④ 馬叙倫：《石鼓爲秦文公時物考》，初刊《國立北平圖書館館刊》第 7 卷第 2 號(1933 年)，修訂後收入氏著《石鼓文疏記》，民國二十四年上海商務印書館石印本，《石鼓文疏記》，第 29 頁 a；收入許嘉璐主編：《馬叙倫全集》，浙江古籍出版社，2018 年影印民國二十四年上海商務印書館石印本，第 59 頁。又詳論於《石鼓文疏記》第 6 頁 a—7 頁 a；許嘉璐主編：《馬叙倫全集》，第 13—15 頁。
⑤ 張政烺：《獵碣考釋初稿》，原載北京大學潛社編：《史學論叢》第 1 期(1934 年)，收入《文史論叢》，《張政烺文集》，中華書局，2012 年，第 24 頁。
⑥ 强運開：《石鼓釋文》卷下《丁鼓》，民國二十四年上海商務印書館石印本，第 5 頁 a、b。

民國二十五年(1936年),蘇秉琦《石鼓文"廊"字之商榷》曰:

廊字從鹿聲,盧谷切,屋韻。(《集韻》)廊從虜聲,郎古切,虞韻。虜鹿具歸來紐,而魚幽可以旁轉。故廊爲廊之異文。至廊之地望,與鼓辭所詠,亦無不合。郭氏(郭沫若)以鼓辭云"君子即涉,涉馬□流,汧殹洎洎"。謂水可涉馬,可知其水必淺。乃是汧水之源頭處。"□□自廊",則廊之地望可知。汧渭相會處其水已深,斷無"涉馬□流"之事。本院考古組於寶雞之鬥雞臺從事發掘,汧渭之會乃往返所必經。故於汧水深淺,知之甚稔。水勢小時,深不及膝,汽車尚可通行。大時亦可涉馬。縱令今昔微異,而今汧水入渭處之渭河,其流量遠過汧水,尚非"斷無涉馬□流"之事也。①

民國三十六年(1947年),許莊《石鼓考綴》曰:

廊從虜聲,《說文》"虜,讀若鹵",聲亦在魚部。故廊、鹿、廊一字,廊當是廊的初字。由廊之衍爲《說文》之鹿,又爲《史記》之廊,不獨聲同,形體衍變亦可徵,其本一文也。②

1958年,唐蘭《石鼓年代考》曰:

在《鑾車》篇裏,這是大獮的地區,在《霝雨》篇裏,可以看出到這地方去要經過汧水。過去王國維先生曾經想把它讀做"雍"字,但字從虜得聲,無從讀爲雍。趙烈文把它讀做"鄠",一直在渭水南的長安附近,離汧水太遠了。郭沫若先生讀成蒲穀鄉的"蒲",就一直要到汧水起源處的隴縣,又怎麽能"維舟以行,或陰或陽"呢? 馬叙倫先生讀爲廊,也和虜聲不合。只有張政烺先生《獵碣考釋》疑即"廊",是值得注意的。從鹿聲跟從虜聲是很接近的,"廊"字舊讀爲"敷",是很難理解的,《說文》作"廊"從鹿聲,也講不通,但如果本是"廊"字,那就說得通了。《說文》"臚"字的籀文作"膚",《周易》"剝牀以膚"的"膚",《京房》作"簠";從虜聲和從盧聲同,讀爲敷跟讀爲膚或簠同,可見"廊"可以讀爲"敷"。……

---

① 蘇秉琦:《石鼓文"廊"字之商榷》,《國立北平研究院史學集刊》第1期(1936年),第132—133頁。
② 許莊:《石鼓刻辭拾釋》,《石鼓考綴》,民國三十六年貴陽許學寯石印本,第2頁b—3頁a。

這十首詩顯然是從鄜地回來後,在三畤原上休息時所寫的。①

以上諸釋,只有"釋作'廊',即'鄜'"既有文字學上的證據,又有實地的考證,大體可信。
雍之鄜畤亦可證實此。
《史記·秦本紀》曰:

(文公)十年,初爲鄜畤,用三牢。

裴駰《集解》曰:

徐廣曰:"鄜縣屬馮翊。"

司馬貞《索隱》曰:

音敷,亦縣名。於鄜地作畤,曰鄜畤。故《封禪書》曰"秦文公夢黃蛇自天下屬地,其口止於鄜衍",史敦以爲神,故立畤也。

張守節《正義》曰:

《括地志》云:"三畤原在岐州雍縣南二十里。《封禪書》云秦文公作鄜畤,襄公作西畤,靈公作吳陽上畤,並此原上,因名也。"②

《史記·封禪書》曰:

文公夢黃蛇自天下屬地,其口止於鄜衍。文公問史敦,敦曰:"此上帝之徵,君其祠之。"於是作鄜畤,用三牲郊祭白帝焉。
自未作鄜畤也,而雍旁故有吳陽武畤,雍東有好畤,皆廢無祠。或曰:"自古以雍州積高,神明之隩,故立畤郊上帝,諸神祠皆聚云。蓋黃帝時嘗用事,雖晚周亦郊焉。"其語不經見,縉紳者不道。③

---

① 唐蘭:《石鼓年代考》,《唐蘭全集》第 3 册,第 1031、1033 頁。
② 《史記》卷五《秦本紀》,第 230—231 頁。
③ 《史記》卷二十八《封禪書》,第 1634—1635 頁。

《水經注·渭水》曰：

> 雍有五畤祠，以上祠祀五帝。昔秦文公田于汧、渭之間，夢黃蛇自天屬地，其口止于鄜衍，以爲上帝之神，于是作鄜畤，祀白帝焉。秦宣公作密畤于渭南，祀青帝焉。靈公又于吳陽作上畤，祀黃帝；作下畤，祀炎帝焉。獻公作畦畤于櫟陽而祀白帝。①

《水經注·渭水》《括地志》鄜畤在雍縣，在今陝西省鳳翔縣。裴駰《集解》、司馬貞《索隱》以爲鄜畤在鄜縣，在今洛川縣，但是其地理不合于雍。程大昌《雍錄》曰：

> 自襄公以後十四年，文公東獵汧、渭之間，卜居而吉，夢黃虵自天而下屬地，其口止於鄜衍，山坂爲衍。作鄜畤。唐鄜州義取諸此，而鄜州之地不在此也。②

案：秦文公十年修建了鄜畤。《石鼓詩》記錄的鄜地在汧渭之會旁，證明秦人活動於汧渭之會旁的鄜地。

第四節　《石鼓詩》的歌詠對象

《石鼓詩》十篇，學者效法《詩經》而名之曰《汧殹》《靈雨》《吾水》《作原》《田車》《吾車（車工）》《鑾車（鑾敕）》《吳（虞）人》《而師》《馬薦》。除《馬薦》篇殘甚外，其餘各篇内容甚明，可以分析《石鼓詩》十篇的内涵。

1.《汧殹》《靈雨》《吾水》皆咏汧水

《石鼓詩·汧殹》曰：

> 汧殹沔=（沔沔），丞（承）皮（彼）淖淵。鰋鯉處之，君子漁之。湝又（有）小魚，其旉（遊）趣=（趣趣）。帛（白）魚鱍=（鱍鱍），其盜（盜）氐（底）鮮。黃帛（白）其鰯（鮪），又（有）鯾又（有）鮊。其朔孔庶。欒之（雙雙），涇=（涇涇）趠=（趠趠）。其魚隹（維）可（何）？隹（維）

---

① 酈道元注，楊守敬、熊會貞疏：《水經注疏》卷十八《渭水中》，第1531—1533頁。
② 程大昌：《雍錄》卷七《秦漢五時》，黃永年點校，中華書局，2002年，第148頁。

鯀佳(維)鯉。可(何)以橐之？佳(維)楊及柳。①

《石鼓詩·靈雨》曰：

　　　　□□□癸，靁雨□=。流迄滂滂,盈渼濟=(濟濟)。君子即涉,涉馬□流。汧殹洎=(洎洎),萋=(萋萋)□□,舫舟囪逮。□□自𠩺,徒馭湯=(湯湯),佳(維)舟以衍(行),或陰或陽。極(楫)深以□,□于水一方。勿□□止,其奔其敔,□□其事。②

《石鼓詩·吾水》曰：

　　　　遘(吾)水既瀞(清)，遘(吾)道既平。遘(吾)□既止,嘉尌(樹)則里(理),天子永甯(寧)。日佳(唯)丙申,昱=(翌日)薪=(薪薪),遘(吾)其(期)周道,□馬既迎。敖□康=(康康),駕奔(六)盦□。左驂□□,右驂騝=(騝騝)。□□□□,母(毋)不□□,四轄(翰)霙=(霙霙),□□□□。公謂大□：金(今)及如□□,害(曷)不余吝(友)？③

案："吾水"即《汧殹》《靈雨》之汧水。

所以,石鼓詩的歌詠對象是汧水,不及渭水。"汧殹沔=(沔沔)""汧殹洎洎",皆水盛狀,當汧水水盛時期,田獵的季節逢汧水滿滿,動物肥碩,正值春夏之交至夏秋之交。

2.《作原》詠在汧水邊除道和在各種樹木之間設網捕鳥,爲狩獵作準備

《石鼓詩·作原》曰：

　　　　□□□獸,乍邍(原)乍□。□=□=,道逌(逶)我嗣。□□□除,帥皮(彼)阪□。□□□蓂(草),爲卅(三十)里。□□□微,徵=(徵徵)宣(攸)罟。□□□栗,柞棫其□。□□檆(棕)橰,甫=(祗祗)鳴□。□=□=,亞箬其華。□=□=,爲所斿(遊)麜。□□鼇道,二日尌(樹)□,□□五日。④

---

① 郭沫若：《石鼓文研究》,《郭沫若全集·考古編》第9卷,第43—45、72頁。
② 郭沫若：《石鼓文研究》,《郭沫若全集·考古編》第9卷,第45—48、73頁。
③ 郭沫若：《石鼓文研究》,《郭沫若全集·考古編》第9卷,第54—58、75頁。
④ 郭沫若：《石鼓文研究》,《郭沫若全集·考古編》第9卷,第51—54、74頁。

3.《田車》《吾車(車工)》《鑾車(奉敕)》《吳(虞)人》皆詠汧水邊的田獵

《石鼓詩》之《田車》《吾車(車工)》《鑾車》描繪規模盛大的田獵。《田車》曰：

田車孔安，鋚勒馬=(馬馬)，四(駟)介既簡。左驂旛=(旛旛)，右驂騝=(騝騝)，遊(吾)以陵(隮)于邍(原)。遊(吾)戎止陕，宮車其寫。秀弓寺(持)射，麇豕孔庶，麀鹿雉兔。其趨又(有)旗，其□奔亦(舍)。□出各亞，□□吳□，執而勿射。多庶趦=(趦趦)，君子宜(攸)樂。①

案：此詠秦公田獵。有田車、戎車、宮車，而逐獸逸樂。
《石鼓詩·吾車(車工)》曰：

遊(吾)車既工，遊(吾)馬既同，遊(吾)車既好，遊(吾)馬既駩。君子員邋(獵)，員邋(獵)員斿(遊)。麀鹿速=(速速)，君子之求。䚽=(䚽䚽)角弓，弓茲以寺(持)。遊(吾)驅其特，其來趩趩。趩=(趩趩)鼏=(鼏鼏)，即遨(薌)即時(塒)。麀鹿趚=(趚趚)，其來亦次。遊(吾)驅其樸，其來遵=(遵遵)，射其豜(豣)蜀(獨)。②

案：此詠秦公田獵。
《石鼓詩·鑾車(奉敕)》曰：

□□鑾車，奉敕真□，□弓孔碩，彤矢□□。四馬其寫，六轡鶩(沃)箬(若)。徒馭孔庶，廓□宣搏。𢍰(輕)車䡔(載)衎(行)，□徒如章，邍(原)湿(隰)陰陽。趚趚奔(六)馬，射之犴=(犴犴)。趕□如虎，獸(狩)鹿如□。□□多賢，迪(陳)禽□□，遊(吾)隻(獲)允異。③

案：此詠秦公田獵。
《石鼓詩·吳(虞)人》曰：

---

① 郭沫若：《石鼓文研究》，《郭沫若全集·考古編》第9卷，第61—64、77頁。
② 郭沫若：《石鼓文研究》，《郭沫若全集·考古編》第9卷，第59—61、76頁。
③ 郭沫若：《石鼓文研究》，《郭沫若全集·考古編》第9卷，第64—66、78頁。

·254· 《詩經·秦風》《石鼓詩》年代背景主旨新考

　　　　吴(虞)人憐亟,朝夕敬□。颧(載)西颧(載)北,勿竈(召)勿代。□而出□,□獻用□。□□□□,□□大祝。□曾受其章(庸),□□氒(設)寓逢(篷)。中囿孔□,□鹿□□。遆(吾)其□□,□□䮜=(申申),大□□□,□□□□。求又□□□□□□是。①

案:此言"吴(虞)人""獻用""中囿孔□,□鹿□□",亦田獵相關事蹟。
4.《而師》詠秦公迎接天子
《石鼓詩·而師》曰:

　　　　□□而師,弓矢孔庶。……□□來樂,天子□來。嗣王始□,古(故)我來□。②

　　《石鼓詩》十篇,描述的内容如一,以《詩經》之例,若"文王之什"爲一組,名爲"汧之什"。十篇描繪的内容爲一體,是秦公在汧渭之會田獵、迎天子事。
　　案:《石鼓詩》以汧水展開,秦人在汧水田獵、迎接天子。事實上,《石鼓詩》屬於春秋時代,可以選擇的秦人都城有秦文公所都汧渭之會(陳倉故城一帶)、平陽、雍,皆在汧水附近。結合《石鼓詩》出土於秦文公所都汧渭之會,《石鼓詩》與秦文公、憲公都居的秦文公所都汧渭之會(陳倉故城一帶)最爲密切。

第五節　《石鼓詩》出土地、内容與
所屬階段文化的關係分析

　　《石鼓詩》出土於陳倉(今屬陝西省寶鷄市陳倉區),後遷於雍城(今屬陝西省寶鷄市鳳翔區)南。《石鼓詩》出土於寶鷄一帶爲學者所接受,并無異議。
　　《石鼓詩》是秦人設立用於頌揚秦公的作品,其内容亦與汧水密切相聯,《石鼓詩》屬於汧水文化作品。秦國遷徙都城的記載很清楚,秦自秦襄公以後都於西垂、秦文公所都汧渭之會(陳倉故城一帶)、平陽、雍、櫟陽、咸陽,而

---
① 郭沫若:《石鼓文研究》,《郭沫若全集·考古編》第9卷,第69—71、79頁。
② 郭沫若:《石鼓文研究》,《郭沫若全集·考古編》第9卷,第48—51、73—74頁。

西垂、平陽、雍、櫟陽、咸陽的地望確定，秦文公所都汧渭之會的地望大體確定。實際上，秦都可以區分爲三大區域，一是西垂，在今甘肅省禮縣一帶；二是秦文公所都汧渭之會（陳倉故城一帶）、平陽、雍，在今陝西省寶雞市陳倉區、鳳翔縣一帶；三是櫟陽、咸陽，在今西安市閻良區、咸陽市一帶。以上三大區域，西垂、櫟陽、咸陽都遠離汧水，並且與《石鼓詩》的出土地無關。只有秦文公所都汧渭之會（陳倉故城一帶）、平陽、雍相鄰，並且在汧水旁，《石鼓詩》屬於秦都汧水一帶的作品。

一些學者只承認《石鼓詩》與汧水的關係，而不認爲《石鼓詩》是秦都汧水一帶的作品，以爲是秦都櫟陽、咸陽時期的作品。那麼，他們仍然是沒有清楚認識出土地的重要性。《石鼓詩》並沒有豎立在田獵的汧水，而是集中出土于寶雞市陳倉區，說明《石鼓詩》並非簡單記載田獵，而是與都城存在密切關係。如果《石鼓詩》是秦都櫟陽、咸陽時期的作品，則應設立于秦都櫟陽、咸陽。辨明此中的道理，我們就真正明白了《石鼓詩》出土地與所屬階段文化的關係。這是聯繫到石鼓這個具體的文物及其內容得出的可靠結論。

筆者認爲，《石鼓詩》出土於汧渭之會，乃秦早期都城秦文公所都汧渭之會（陳倉故城一帶）、平陽、雍之所在，屬於秦早期文化，有別于秦都櫟陽、咸陽的秦晚期文化。《石鼓詩》十篇，描述的內容如一，以《詩經》之例，若"文王之什"爲一組，名爲"汧之什"。十篇描繪的內容爲一體，是秦公在汧渭之會田獵、迎天子事。《石鼓詩》以汧水展開，秦人在汧水田獵、迎接天子。事實上，《石鼓詩》屬於春秋時代，可以選擇的秦人都城有秦文公所都汧渭之會（陳倉故城一帶）、平陽、雍，皆在汧水附近。結合石鼓出土於汧渭之會，《石鼓詩》與秦文公所都汧渭之會（陳倉故城一帶）、平陽、雍最爲密切。

總之，分析出土地、內容與所屬階段文化的關係，《石鼓詩》出土於汧渭之會，乃秦早期都城秦文公所都汧渭之會（陳倉故城一帶）、平陽、雍之所在，屬於秦早期文化，有別于秦都櫟陽、咸陽的秦晚期文化。《石鼓詩》十篇描繪的內容爲一體，是秦公在汧渭之會田獵、迎天子事，屬於秦都汧渭之會時期的作品。

第五章 《石鼓詩》内容的年代背景主旨

《石鼓詩》内容的年代背景主旨,可以判斷的方面有稱謂、車馬制度、歷史地理、周秦關係、歷史事件、《石鼓詩》與《秦風》的比較等。

第一節 《石鼓詩》與《詩經·秦風》關係分析

學者很早就注重《石鼓詩》與《詩經·秦風》的比較,並據以分析《石鼓詩》的年代背景主旨。

民國二十二年(1933年),郭沫若《古代銘刻匯考序》認爲:

> 閲《秦風·詩序》:"言《駟驖》,美襄公也。始命有田狩之事,園囿之樂焉。"則是與《石鼓詩》乃同時之作。①

1954年,郭沫若《石鼓文研究·重印弁言》認爲《石鼓詩》:

> 全詩格調與《詩經》中《秦風》及西周末年之二《雅》甚爲接近。如《(大)〔小〕雅·車攻》、《吉日》諸詩,自來以爲宣王時詩,無異説。案以《石鼓文》相比較,不僅情調風格甚相類似,即遣辭造句亦有雷同。②

1999年,徐寶貴《石鼓文整理研究》在郭沫若的《石鼓詩》與《詩經》"遣詞造句亦有雷同"認識之下,作具體細致地分析工作。徐氏根據與《詩經》的語言比較考察《石鼓詩》的時代,得出"石鼓文就是《詩經》的時

---

① 郭沫若:《石鼓文研究》,《郭沫若全集·考古編》第9卷,科學出版社,1982年第3版,第40頁。
② 郭沫若:《石鼓文研究》,《郭沫若全集·考古編》第9卷,第12—13頁。

代作品"的結論。①

1958 年,唐蘭《石鼓年代考》曰:

  石鼓是十首一組的組詩,每首約十八九句,是征旅漁獵的詠歌,這種新的體裁,是三百篇裏從没有見過的。……跟《秦風》絶無相同之點,在漁獵方面的許多詳細描寫,在整部三百篇裏也是看不到的。……石鼓如和《詩經》是同一時代,爲什麽在《詩經》裏看不見類似的體裁和風格呢? 唯一的答案,是春秋時代還没有這一種類型的詩。②

案:唐蘭的目的是將《石鼓詩》的年代拖後,《石鼓年代考》的表述存在疑問。一些學者研究《詩經》存在不少田獵詩篇,《小雅》中的《車攻》《吉日》乃周宣王田獵詩,《駟驖》乃秦襄公田獵詩。③

1966 年,張光遠《先秦石鼓存詩考》將《石鼓詩》與《詩經》比較,認爲《石鼓詩》屬於《詩經》時期(周成王五年至周定王七年,前 1111 至前 600 年),比較《石鼓詩》與《詩經》"詩中所見名物之雷同""章法字數之雷同""章句韻法之雷同""詩句語法之雷同"。其結論爲:

  綜諸舉證,石鼓勒詩十篇爲《詩經》中期末之作品無疑,且其受周宣王及周幽王時之影響甚鉅。④

前文已經分析,《石鼓詩》十篇,描述的内容如一,是秦公在汧渭之會田獵、迎天子事,以《詩經》之例,名爲"汧之什"。

《石鼓詩》與《秦風》比較,《秦風》中《駟驖》與《石鼓詩·田車》《吾車(車工)》《鑾車》最近。《毛詩·秦風·駟驖》曰:

  駟驖孔阜,六轡在手。公之媚子,從公于狩。
  奉時辰牡,辰牡孔碩。公曰:"左之!"舍拔則獲。

---

① 徐寶貴:《石鼓文與詩經語言的比較研究》,原載《人文論叢(1999 年卷)》,武漢大學出版社 1999 年版,收入《石鼓文整理研究》,中華書局,2008 年,第 626—654 頁。
② 唐蘭:《石鼓年代考》,《唐蘭全集》第 3 册,上海古籍出版社,2005 年,第 1020—1021 頁。
③ 參見洪湛侯《詩經學史》,《中國古典文學史料研究叢書》,中華書局,2002 年,第 667—669 頁;張啓成《論石鼓文作年及其與詩經之比較》,《欽州師範高等專科學校學報》1999 年第 4 期,第 37—38 頁;殷光熹《〈詩經〉中的田獵詩》,《楚雄師專學報》2004 年第 1 期,第 1—9 頁。
④ 張光遠:《先秦石鼓存詩考》,張光遠、臺北中華大典編印會合作,1966 年,第 40—47 頁。

遊于北園,四馬既閑。輶車鸞鑣,載獫歇驕。①

《石鼓詩·田車》《吾車(車工)》《鑾車》描繪規模盛大的田獵。《石鼓詩·田車》曰:

田車孔安,鋚勒馬=(駫駫),四(駟)介既簡。左驂旛=(旛旛),右驂騝=(騝騝),遴(吾)以隮(隮)于邍(原)。遴(吾)戎止陝,宮車其寫。秀弓寺(待)射,麋豕孔庶,麀鹿雉兔。其趣又(有)旃,其□奔亦(舍)。□出各亞,□□吴□(初?),執而勿射。多庶趚=(趚趚),君子迺(攸)樂。②

《石鼓詩·吾車(車工)》曰:

遴(吾)車既工,遴(吾)馬既同,遴(吾)車既好,遴(吾)馬既駼。君子員(云)邋(獵),員(云)邋(獵)員(云)斿(遊)。麀鹿速=(速速),君子之求。䵨=(䵨䵨)角弓,弓茲以寺(持)。遴(吾)毆其特,其來趩趩。趩=(趩趩)㝮=(㝮㝮),即遴(獮)即時(塒)。麀鹿赿=(赿赿),其來亦次。遴(吾)毆其樸,其來遺=(遺遺),射其豜(豜)蜀(獨)。③

《石鼓詩·鑾車(莽欶)》曰:

□□鑾車,莽欶真□,□弓孔碩,彤矢□□。四馬其寫,六轡驁(沃)箬(若)。徒馭孔庶,廓□宣搏。眚(輕)車鈦(載)行,□徒如章,邍(原)溼(隰)陰陽。赿赿奔(六)馬,射之㺇=(㺇㺇,秩秩)。赶□如虎,獸(狩)鹿如□。□□多賢,迪(陳)禽□□,遴(吾)隻(獲)允異。④

《石鼓詩》與《詩經》比較,存在一些相同或相近的詩句(表5-1)。

---

① 孔穎達:《毛詩正義》卷六《秦風·駟驖》,阮元校刻:《十三經注疏》上冊,中華書局,1980年影印本,第369頁中、下欄。
② 郭沫若:《石鼓文研究》,《郭沫若全集·考古編》第9卷,第61—64頁。本書《石鼓詩》釋文以郭沫若所釋爲主,尚參考董珊(《石鼓文考證》,劉釗主編:《出土文獻與古文字研究》第3輯,復旦大學出版社,2010年,第117—136頁)、王輝等(《秦出土文獻編年訂補》,三秦出版社,2014年,第28—31頁)學者的意見。
③ 郭沫若:《石鼓文研究》,《郭沫若全集·考古編》第9卷,第59—61頁。
④ 郭沫若:《石鼓文研究》,《郭沫若全集·考古編》第9卷,第64—66頁。

表 5-1 《石鼓詩》與《詩經》比較

	石　鼓　詩	詩　　經
第一組	遴（吾）車既工，遴（吾）馬既同。（《吾車（車工）》）	我車既攻，我馬既同。（《小雅・車攻》）
	遴（吾）車既好。（《吾車（車工）》）	田車既好。（《小雅・車攻》《吉日》）
	六轡鷔（沃）箬（若）。（《鑾車》）	六轡沃若。（《小雅・皇皇者華》）
	犎＝（觲觲）角弓。（《吾車（車工）》）	騂騂角弓。（《小雅・角弓》）
	爲卅（三十）里。（《作原》）	終三十里。（《周頌・噫嘻》）
	柞棫其□。（《作原》）	柞棫斯拔。（《大雅・皇矣》） 柞棫拔矣。（《大雅・緜》）
	亞箬其華。（《作原》）	猗儺其華。（《檜風・隰有萇楚》）
第二組	又（有）鯿又（有）鮊……其魚佳（維）可（何）？佳（維）鱮佳（維）鯉。（《汧殹》）	其釣維何？維絲伊緡。（《召南・何彼襛矣》） 其釣維何？維魴及鱮。（《小雅・采綠》）
	邍（原）溼（隰）陰陽。（《鑾車》）	相其陰陽……度其隰原。（《大雅・公劉》）
	遴（吾）水既瀞（清），遴（吾）道既平。……天子永寍（寧）。（《吾水》）	原隰既平，泉流既清。召伯有成，王心則寧。（《小雅・黍苗》）
第三組	鋚勒馻＝（馻馻）。（《田車》）	鞗革沖沖。（《小雅・蓼蕭》）
	四（駟）介既簡。（《田車》）	駟介旁旁。（《鄭風・清人》）
	□弓孔碩，彤矢□□。……徒馭孔庶，廊□宣搏。（《鑾車》）	角弓其觩，束矢其搜。戎車孔博，徒御無斁。（《魯頌・泮水》）
第四組	四馬其寫。（《鑾車》）	駟驖孔阜。（《秦風・駟驖》） 四馬既閑。（《秦風・駟驖》） 四牡孔阜。（《秦風・小戎》《小雅・車攻》）
	于水一方。（《靈雨》）	在水一方。（《秦風・蒹葭》）
	麋豕孔庶。（《田車》） □弓孔碩。（《鑾車》）	奉時辰牡，辰牡孔碩。（《秦風・駟驖》）
	遴（吾）隻（獲）允異。（《鑾車》）	公曰："左之!"舍拔則獲。（《秦風・駟驖》）

第一組，《石鼓詩》采用《詩經》文句，文字全同或小有替換，其實一也。

第二組，《石鼓詩》與《詩經》文句比較，文字存在改動或變換位置。

第三組，《石鼓詩》與《詩經》文句有某些相似之處。

第四組，《石鼓詩》與《詩經·秦風》文字、意境近同者。

其實，《詩經》（乃至詩歌）相同或相近的詩句亦屬常見（如《小雅·車攻》《吉日》有"田車既好"，《何彼襛矣》"其釣維何？維絲伊緡"與《采綠》"其釣維何？維魴及鱮"近同）唐蘭出於拖後《石鼓詩》時代的目的，誇大這種現象，稱之爲《詩經》"三百篇的模仿者"。事實上，《石鼓詩》僅有少量詩句與《詩經》近同，大量詩句不同。所以，唐蘭的結論難以成立。

《詩經·秦風》屬於秦襄公至秦康公時期的詩，①更屬於春秋早中期。自此以降，秦詩創作情況不明。

孟子言：

> 王者之迹熄而《詩》亡，《詩》亡然後《春秋》作。②

《詩經》的時代爲西周初年至春秋中期，③孔子于春秋晚期修《春秋》，二者相繼。事實上，孔子在春秋晚期傳授《詩》（見《論語》、上博簡孔子《詩論》等），並且門人延續這項事業。戰國時期的人們引用《詩》，卻無作品傳世，這是緣於《詩經》時代結束了，即孟子所說的"詩亡"。

顧炎武《日知錄》：

> 春秋時猶宴會賦詩，而七國則不聞矣。④

戰國已沒有賦詩的風尚。因此，一些學者將《石鼓詩》歸爲戰國中晚期就顯得特別突兀。所以，《石鼓詩》應屬於春秋時期的作品。參證《詩經》的時代，《石鼓詩》創作時代不晚於春秋中期。結合秦國的歷史，《石鼓詩》屬於春秋早中期的作品。

---

① 見本書上篇《〈詩經·秦風〉年代背景主旨新考》。
② 孫奭：《孟子注疏》卷八《離婁下》，阮元校刻：《十三經注疏》下冊，中華書局，1980 年影印本，第 2727 頁下欄。
③ 洪湛侯：《詩經學史》，中華書局，2002 年，第 34—36 頁。
④ 顧炎武：《日知錄》卷十三《周末風俗》，嚴文儒、戴揚本校點，華東師範大學古籍研究所整理，黃珅、嚴佐之、劉永翔主編：《顧炎武全集》第 18 冊，上海古籍出版社，2011 年，第 522 頁。

第二節 稱謂分析

　　關於《石鼓詩》中的稱謂,《石鼓詩》中有"天子""嗣王""公"。目前,學者對於"天子"指周天子確定,但是對於"嗣王""公"所指存在嚴重分歧,並導致所定《石鼓詩》的年代背景存在很大的差異;"嗣王"或以爲周王,或以爲秦王;"公",或以爲秦公,或以爲虢公,或以爲秦大夫。所以,需要進一步確證。

1. 天子

《石鼓詩》中有"天子"。《石鼓詩·而師》曰:

　　　　□□來樂,天子□來。①

《石鼓詩·吾水》曰:

　　　　天子永寧。②

"天子□來",天子來秦國。學者于此認識一致。
（1）天子指代秦王
鄭樵《石鼓音序》曰:

　　曰:"秦自惠文稱王,始皇稱帝,今其文有曰嗣王,有曰天子,天子可謂帝,亦可謂王,故知此則惠文之後,始皇之前所作也。"③

民國三十三年(1944年),蔣志範《石鼓發微》曰:

　　至"天子"亦秦昭自稱。因壬鼓曰:"……天子永寧,日隹丙申。""天子"二字,承《吾水》"吾道""吾人"説,明明是吾秦之天子。敢稱

---

① 郭沫若:《石鼓文研究》,《郭沫若全集·考古編》第9卷,第51頁。
② 郭沫若:《石鼓文研究》,《郭沫若全集·考古編》第9卷,第57頁。
③ 鄭樵:《石鼓音序》,陳思編著:《寶刻叢編》卷一《京畿·東京·石鼓文》,浙江古籍出版社,2012年影印本,第10頁。

"天子"者,因周赧王二十七年,秦昭曾稱帝也。①

(2) 天子指代周王

清人陳鱣曰:

> 曰"天子永寧""公謂天子",曰"樂天子"等語皆祝平王之詞。②

震鈞《天咫偶聞》曰:

> 天子,周王也。③

民國十二年(1923年),馬衡《石鼓爲秦刻石考》曰:

> 鄭氏引鼓文曰"天子",曰"嗣王"者,皆指周天子也。④

民國十四年(乙丑,1925年),羅振玉《秦公敦跋》曰:

> 《石鼓文》前人皆以爲周物,鄭漁仲以爲先秦,以書體及出土之地考之,鄭氏之説殆不可疑。惟漁仲因鼓文中有"天子"及"嗣王"語,謂秦自惠文始稱王,當在惠文以後始皇以前,則不然。嗣王與天子均指周天子言之,鼓文又有"公謂天子",所謂公者,殆指秦公。⑤

民國二十二年(1933年),郭沫若《石鼓文研究》曰:

> 蓋天子乃周天子,嗣王亦周之嗣王也。⑥

1959年,郭沫若《石鼓文研究·三版小引》曰:

---

① 蔣志範:《石鼓發微》,《學海月刊》第1卷第2册(1944年),第48頁。
② 朱駿聲:《經傳室文集》卷十《石鼓考》,《求恕齋叢書》,民國間劉承幹刻本,第5頁a。
③ 震鈞:《天咫偶聞》卷四《北城》,北京古籍出版社,1982年,第74頁。
④ 馬衡:《石鼓爲秦刻石考》,《凡將齋金石叢稿》,中華書局,1977年,第170頁。
⑤ 羅振玉:《秦公敦跋》,《松翁近稿》,《羅振玉學術論著集》第10集,上海古籍出版社,2013年,第49頁。
⑥ 郭沫若:《石鼓文研究》,《郭沫若全集·考古編》第9卷,第34頁。

石鼓文中秦自稱公，又有"天子"與"嗣王始囗"之語，自當指周王。①

1958年，唐蘭《石鼓年代考》曰：

鄭説是有缺點的，因爲銘文裏秦君還稱公，嗣王是指周天子，所以應該在惠文稱王以前。

又曰：

在十篇中既有"公"，又有"天子"和"嗣王"，所以鄭樵把它定爲惠文王之後是錯的。稱"嗣王"，顯然是新即位的周天子。②

1961年，段颺認爲《石鼓詩》的"天子""嗣王"是指周惠王。③ 1981年，李仲操認爲"'天子'當指周惠王"。④

1966年，張光遠《先秦石鼓存詩考》曰：

"天子"及"嗣王"之稱，正當秦仍爲諸侯時，對周正統之尊稱也。

又曰：

"天子"乃是周平王，"嗣王"則是周平王祭祀外神時之稱謂，而尾句"我"字，爲秦君自謂也。⑤

1979年，張光遠認爲《石鼓詩》的"天子"爲周平王。⑥

1982年，黃奇逸《石鼓文年代及其相關諸問題》認爲：

---

① 郭沫若：《石鼓文研究》，《郭沫若全集·考古編》第9卷，第5頁。
② 唐蘭：《石鼓年代考》，《唐蘭全集》第3册，第1019、1034頁。
③ 段颺：《論石鼓乃秦德公時遺物及其他——讀郭沫若同志〈石鼓文研究〉後》，《學術月刊》1961年第9期，第41—42頁。
④ 李仲操：《石鼓最初所在地及其刻石年代》，《考古與文物》1981年2期，第85頁。
⑤ 張光遠：《先秦石鼓存詩考》，第69、86頁。
⑥ 張光遠：《西周文化繼承者秦國文化與史籀作石鼓考》，《故宫季刊》第14卷第2期(1979年)，第89—90頁。

天子：當是本鼓文作者稱周天子。①

1995年，裘錫圭《關於石鼓文的時代問題》認爲：

很多學者指出，石鼓文中的"公"指秦君，"嗣王""天子"則指周王（詳下文），這是正確的。②

1995年，王輝《由"天子""嗣王""公"三種稱謂説到石鼓文的時代》認爲：

石鼓文"天子"與"王"必同指周王，這是因爲在春秋晚期到戰國早期這一段，秦未稱王。③

2005年，陳平先生認爲：

"天子"，當是周天子無疑。"嗣王"以詩中另有"公"看，不可能是諸侯王。他若非天子周王，則必爲周王之太子。"公"乃諸侯國君，石鼓即爲該"公"所作，而非周王所作。④

2010年，高明《論石鼓文年代》以爲：

《汧水》文有"天子永寧"和"公謂大□"兩句詩文。《而師》文有"天子□來，嗣王始□"兩種稱謂互爲連綴的詩句。《汧水》文中"天子"與"公"互見，《而師》文中"天子"與"嗣王"互見。顯示出兩鼓所載的事件，發生在兩個不同時代。《汧水》前稱"天子"，後稱"公"，顯然是對周天子和當時執政的秦君的不同稱謂。⑤

案：以上所引各家意見，除了鄭樵誤以爲秦惠文王可稱天子外，其餘各

---

① 黃奇逸：《石鼓文年代及其相關諸問題》，《古文字研究論文集》（《四川大學學報叢刊》第10輯），四川人民出版社1982年，第229頁。
② 裘錫圭：《關於石鼓文的時代問題》原載《傳統文化與現代化》1995年第1期，收入《裘錫圭文集》第3卷，復旦大學出版社，2012年，第308頁。
③ 王輝：《由"天子""嗣王""公"三種稱謂説到石鼓文的時代》，原載《中國文字》新20期（1995年）；收入《一粟集——王輝學術文存》，臺北藝文印書館，2002年，第384頁。
④ 陳平：《關隴文化與嬴秦文明》，鳳凰出版社，2004年，第426頁。
⑤ 高明：《論石鼓文年代》，《考古學報》2010年第3期，第319頁。

家公認之處《石鼓詩》"天子"指周天子。鄭樵以爲秦惠文王可稱"天子",與實際不符。"天子"者,主宰天的上帝之子也。周代唯周王才被稱爲"天子",秦只有秦王政統一六國後始皇方可稱"天子"。

2. 嗣王

《石鼓詩》中有"嗣王"。《而師》曰:

□□而師,弓矢孔庶。……□□其寫,小大具□。□□來樂,天子□來。嗣王始□,古(故)我來□。①

(1)嗣王指代秦王

鄭樵《石鼓音序》曰:

曰:"秦自惠文稱王,始皇稱帝,今其文有曰嗣王,有曰天子,天子可謂帝,亦可謂王,故知此則惠文之後,始皇之前所作也。"②

案:鄭樵以爲"嗣王"爲秦惠文王之後的秦王。
民國三十三年(1944年),蔣志範《石鼓發微》曰:

秦自惠文稱王後,歷武王至昭王,昭稱"嗣王",了無疑義。且考秦詛楚文起句,即曰"又秦嗣王"。是惠文早稱"嗣王",更何疑於昭?③

民國三十六年(1947年),唐蘭《石鼓文刻於秦靈公三年考》曰:

在銘辭裏又説到"嗣王",秦靈公三年是周威烈王的四年,也是新即位,當然可以稱嗣王了。④

1982年,黃奇逸《石鼓文年代及其相關諸問題》認爲:

嗣王,當是本鼓文作者稱一位新繼位之秦王。舊各家均以爲天子、嗣王當是一人,均是指周天子。……我們深感舊說不足據,《而師》石原

---

① 郭沫若:《石鼓文研究》,《郭沫若全集·考古編》第9卷,第50—51頁。
② 鄭樵:《石鼓音序》,《寶刻叢編》卷一《京畿·東京·石鼓文》,第10頁。
③ 蔣志範:《石鼓發微》,《學海月刊》第1卷第2册(1944年),第48頁。
④ 唐蘭:《石鼓文刻於秦靈公三年考》,《唐蘭全集》第2册,第720頁。

文"天子□來,嗣王始□",天子與嗣王同在一句之中,顯然成對文,萬無解爲一人之理,尤其在與《石鼓文》同時代的典籍中,更無如此行文,而把兩稱解爲一人的例證。①

1984年,程質清《石鼓文試讀》曰:

《石鼓文》刻於秦惠文王三年始嗣王位(第一個膺嗣王位)以後。②

1999年,楊文明《石鼓文全集》贊從程質清《石鼓文試讀》說。③
1995年,平勢隆郎《史記東周紀年の再編について》以爲"嗣王"乃秦惠文王。④ 1997年,小南一郎《石鼓文製作の時代背景》持同樣的觀點。⑤
1998、2006年,賴炳偉《石鼓文年代再研究》《石鼓文年代再討論》曰:

關於石鼓文刻製的確切年代,我認爲可以根據鼓詩的關鍵部分《而師》:"天子來□,嗣王始□"句分析推斷。過去有人認爲"嗣王"即惠文王,駁正者則説惠文王始稱王,不得自稱嗣王,嗣王只能是指惠文王之後的武王或昭王。其實這點我認爲不必爭論,郭沫若在《詛楚文考釋》一文中所引《曲禮》的一段話用來解釋石鼓文的"嗣王"至爲貼切。其云:"'踐祚臨祭祀,内事曰孝王某,外事曰嗣王某。'内事是祭宗廟,外事是祭天地社稷……今惠文王已稱王,有事告上帝鬼神而稱'嗣王'正合乎古例。"所以,惠文王未必不可自稱嗣王。

據《史記·秦本紀》秦惠文君"二年(前336)天子賀,三年王冠,四年天子致文武胙"可知,公元前334年,周天子致文武胙於秦惠文王(《秦封宗邑瓦書》的出土也證明了這一史實),之後,秦惠文王十三年(前325)稱王,十四年更元。《而師》:"天子來□,嗣王始□"句似是稱頌秦惠文王始稱王,周天子前來致賀之事。⑥

---

① 黄奇逸:《石鼓文年代及其相關諸問題》,《古文字研究論文集》,第229—230頁。
② 程質清:《石鼓文試讀》,《書法》1984年第3期,第20頁。
③ 楊文明:《石鼓文全集》,雲南人民出版社,1999年,第3—4、60—61頁。
④ [日]平勢隆郎:《史記東周紀年の再編について》,《新編史記東周年表》,東京大學東洋文化研究所,1995年,第37—40頁。
⑤ [日]小南一郎:《石鼓文製作の時代背景》,《東洋史研究》第56卷第1號(1997年),第5頁。
⑥ 賴炳偉:《石鼓文年代再研究》,《吉林大學古籍研究所建所十五周年紀念文集》,吉林大學出版社,1998年,第143—144頁;《石鼓文年代再討論》,《古文字研究》第26輯,中華書局,2006年,第406頁。

2010 年,高明《論石鼓文年代》以爲:

> 考察石鼓文刻製的時代,值得注意的是鼓辭中關於對秦君的稱謂。如《遊水》文有"天子永寧"和"公謂大□"兩句詩文。《而師》文有"天子□來,嗣王始□"兩種稱謂互爲連綴的詩句。《遊水》文中"天子"與"公"互見,《而師》文中"天子"與"嗣王"互見。顯示出兩鼓所載的事件,發生在兩個不同時代。《遊水》前稱"天子",後稱"公",顯然是對周天子和當時執政的秦君的不同稱謂。《而師》鼓文"天子□來,嗣王始□","嗣王"也是對當時執政秦君的稱謂。秦君稱"嗣王"曾見於《詛楚文》,如《湫淵》《亞駝》《巫咸》三石銘文,開始均作:"有秦嗣王敢用吉玉宣璧使其宗祝……懇告于丕顯大神。"足證《而師》文中之"嗣王"乃指當政秦君是可以肯定的。那麽同一位秦君爲何既稱"公"又稱"嗣王"?這裏給我們提出一個石鼓文刻製時代的很有價值的信息。嬴秦自襄公七年(公元前 771 年)開始列爲諸侯,至秦始皇時共有三十一位秦公和秦王。在他們當中,既稱公又稱王的只有一位,那就是秦惠文王。①

(2) 嗣王指代周王

民國十二年(1923 年),馬衡《石鼓爲秦刻石考》曰:

> 鄭氏引鼓文曰"天子",曰"嗣王"者,皆指周天子也。②

民國十四年(1925 年),羅振玉《秦公敦跋》曰:

> 《石鼓文》前人皆以爲周物,鄭漁仲以爲先秦,以書體及出土之地考之,鄭氏之説,殆不可疑。惟漁仲因鼓文中有"天子"及"嗣王"語,謂秦自惠文始稱王,當在惠文以後始皇以前,則不然。嗣王與天子均指周天子言之。③

民國二十二年(1933 年),郭沫若《石鼓文研究》曰:

---

① 高明:《論石鼓文年代》,《考古學報》2010 年第 3 期,第 319 頁。
② 馬衡:《石鼓爲秦刻石考》,《凡將齋金石叢稿》,第 170 頁。
③ 羅振玉:《秦公敦跋》,《松翁近稿》,《羅振玉學術論著集》第 10 集,第 49 頁。

今考《而師》一石有"天子□來,嗣王始□,古(故)我來□"等語,此中雖泐去數字,然爲新王始立之意,固甚明白。

又曰:

嗣王,周平王。言平王初立,故襄公出師送之。①

1959年,《石鼓文研究·三版小引》曰:

石鼓文中秦自稱公,又有"天子"與"嗣王始□"之語,自當指周王。②

民國三十六年(1947年),唐蘭《石鼓文刻於秦靈公三年考》初以爲"嗣王"指秦公轉爲稱王。1958年,唐蘭《石鼓年代考》改變爲:

鄭説是有缺點的,因爲銘文裏秦君還稱公,嗣王是指周天子,所以應該在惠文稱王以前。

又曰:

在十篇中既有"公",又有"天子"和"嗣王",所以鄭樵把它定爲惠文王之後是錯的。稱"嗣王",顯然是新即位的周天子。③

1961年,段颺認爲《石鼓詩》的"天子""嗣王"是指周惠王。④ 1981年,李仲操認爲:"'天子'當指周惠王,'嗣王'當指周之王子穨。"⑤

1966年,張光遠《先秦石鼓存詩考》曰:

"天子"及"嗣王"之稱,正當秦仍爲諸侯時,對周正統之尊稱也。

---

① 郭沫若:《石鼓文研究》,《郭沫若全集·考古編》第9卷,第37、74頁。
② 郭沫若:《石鼓文研究》,《郭沫若全集·考古編》第9卷,第5頁。
③ 唐蘭:《石鼓年代考》,《唐蘭全集》第3册,第1019、1034頁。
④ 段颺:《論石鼓乃秦德公時遺物及其他——讀郭沫若同志〈石鼓文研究〉後》,《學術月刊》1961年第9期,第41—42頁。
⑤ 李仲操:《石鼓最初所在地及其刻石年代》,《考古與文物》1981年2期,第85頁。

又曰:

"天子"乃是周平王,"嗣王"則是周平王祭祀外神時之稱謂,而尾句"我"字,爲秦君自謂也。①

1995年,裘錫圭《關於石鼓文的時代問題》認爲:

很多學者指出,石鼓文中的"公"指秦君,"嗣王""天子"則指周王(詳下文),這是正確的。②

1995年,王輝《由"天子""嗣王""公"三種稱謂説到石鼓文的時代》認爲:

石鼓文"天子"與"王"必同指周王,這是因爲在春秋晚期到戰國早期這一段,秦未稱王。既然"天子""嗣王"指周王,則石鼓文的"公"只能指秦公。③

1995年、2005年,王輝先生不同意黄奇逸説,他舉出《中山王方壺》銘文"以儆嗣王"句,此爲太子可稱嗣王之證。此外,《尚書》中多篇提到"嗣王",多指剛即位的時王,又《禮記·曲禮下》説"外事曰嗣王某",是已即位仍可稱嗣王之證。

1995年,王輝《由"天子""嗣王""公"三種稱謂説到石鼓文的時代》曰:

説到"當時的周王應該剛即位不久"這個條件,也應當有。秦景公五年(元前五七二年),周簡王崩,子靈王泄心立。在景公四年,即周簡王崩前一年,太子泄心能否稱"嗣王"?依舊説,似不可能。不過,有幾條材料顯示似乎即將即位之王也可被稱嗣王。河北平山縣出土有戰國時中山國"胤昇(嗣)舒蚉"所作之壺,壺作於先王初死,蚉未嗣立之時,故自稱"胤嗣",不稱"嗣王";但在其父中山王嚳十四年命相邦䎂用作鑄的壺的銘文裏,王嚳要䎂記述鄰國燕國曾亡國的教訓,"以憼(儆)嗣

---

① 張光遠:《先秦石鼓存詩考》,第69、86頁。
② 裘錫圭:《關於石鼓文的時代問題》,《裘錫圭文集》第3卷,第308頁。
③ 王輝:《由"天子""嗣王""公"三種稱謂説到石鼓文的時代》,《一粟集——王輝學術文存》,第384頁。

王",好像王䰯已把䰯看作嗣王。在秦國,也往往把已成年而未即位的太子稱作"公",如秦文公四十八年,"太子卒,賜謚爲竫(静)公",謚"竫",而"公"必生前之稱,由秦公及王姬鎛、鍾我們知道,静公已列入秦之世系。《秦本紀》又云秦哀公"三十六年卒。太子夷公。夷公蚤死,不得立。立夷公子,是爲惠公"。看來静公、夷公生前以太子的身份被稱爲嗣公的可能性很大。若果真如此,則周靈王在秦景公四年,即靈王在即位前一年,有可能被人稱作"嗣王"。退一步説,即使没有這種可能性,靈王在秦景公五年即王位後總可稱嗣王,而此時的周秦關係肯定還是好的,靈王可以來秦遊獵。

又秦景公三十二年(元前五四五年),周靈王崩,子景王即位,也存在被稱"嗣王",來秦遊獵的可能。①

1995年,陳平先生致王輝先生信:

嗣王有可能不是已正式即位之周王,而只是太子嗣君。即如中山王壺銘王䰯作銘之"以警嗣王",此時中山王䰯尚在,其作銘所警之嗣王正其太子即後來的中山王𧊒䰯。我已經看到兄大作中已考慮到了這一點,但以爲對這一可能,兄似猶有估計不足,重視不够之處,我以爲石鼓中天子與嗣王極可能不是一人。而是正在位之某位周王天子與其太子儲王同時之二人。有没有可能是周天子令其太子嗣王與他一道或單命其太子嗣王代表他入秦去會見秦公,並在秦公陪同下到汧水一帶漁獵遊逸呢?我以爲很有可能。這樣,石鼓文的年代趨間似乎就可以造一步拓寬一些,留有更多迴旋之餘地。②

裘錫圭先生致王輝先生信:

中山王器之"嗣王"似是指後世嗣位之王而言的,大作謂太子於父王在位時即可稱嗣王,證據似尚嫌不足。③

---

① 王輝:《由"天子""嗣王""公"三種稱謂説到石鼓文的時代》,《一粟集——王輝學術文存》,第387—389頁。
② 王輝:《〈由"天子""嗣王""公"三種稱謂説到石鼓文的時代〉一文補記》,原載《中國文字》新21期(1996年),收入《一粟集——王輝學術文存》,第408頁。
③ 王輝:《〈由"天子""嗣王""公"三種稱謂説到石鼓文的時代〉一文補記》,《一粟集——王輝學術文存》,第408頁。

陳昭容先生以爲：

鼓文"天子□來，嗣王始□"的"天子"與"嗣王"爲一人應無疑問，則此"嗣王"必定已繼位爲"天子"，而非即將即位之王。即使即將即位之王可以稱"嗣王"，恐也不能稱爲"天子"。𬴊盨壺中的"胤嗣"似指繼嗣者，而十四年方壺銘"以儆嗣王""以戒嗣王"似應解釋爲"用以敬戒將來繼承王位者"，並非直接稱呼即將即位之王。十三經經文中出現十八次"嗣王"，注疏中共出現六九次，沒有一個可以被解釋爲"即將即位之王"。"秦静公、夷公之被稱爲'公'，應是死後之稱呼，恐非太子之身份可被稱'公'（否則與在君位之父親稱"公"無别）。"①

王輝先生閲讀裘錫圭、陳昭容先生信後以爲：

我現在覺得裘先生與陳昭容的説法較有道理，從文獻上説，四年説確實證據薄弱，因而決心加以放棄。②

2005年，陳平先生認爲：

"天子"，當是周天子無疑。"嗣王"以詩中另有"公"看，不可能是諸侯王。他若非天子周王，則必爲周王之太子。"公"乃諸侯國君，石鼓即爲該"公"所作，而非周王所作。……所有將石鼓定爲秦惠文王稱王以後之物的學者，都犯了與鄭樵同樣的錯誤，即將鼓文中與"天子""公"（秦公）並存的"嗣王"誤當成了秦王，故而其説皆不足以取信。③

案：鄭樵、蔣志範、唐蘭（1947年）、黄奇逸、程質清、平勢隆郎、小南一郎、賴炳偉、高明等以爲"嗣王"乃秦王，馬衡、羅振玉、郭沫若、唐蘭（1958年）、段颺、張光遠、李仲操、裘錫圭、王輝、陳平等認爲"嗣王"乃周王。鄭樵以爲《石鼓詩》中"天子"爲秦王，故以爲"嗣王"亦秦王，根本不成立。1947年，唐蘭以爲"嗣王"指秦公轉爲稱王；1958年，改變爲"嗣王"指周王；2010

---

① 王輝：《〈由"天子""嗣王""公"三種稱謂説到石鼓文的時代〉一文補記》，《一粟集——王輝學術文存》，第408頁。
② 王輝：《〈由"天子""嗣王""公"三種稱謂説到石鼓文的時代〉一文補記》，《一粟集——王輝學術文存》，第408頁。
③ 陳平：《關隴文化與嬴秦文明》，第426、435頁。

年,高明繼承唐蘭 1947 年的舊說以爲"嗣王"指秦惠文王廢"公"稱"王"。唐蘭(1947 年)的觀點不妥,故後予以改正。高明承襲唐蘭(1947 年)的觀點,顯然不妥。

3. 公

《石鼓詩》中有"公"。《石鼓詩·吾水》曰:

天子永寧。……公謂大□。①

(1) 公指代秦公

清人震鈞《天咫偶聞》曰:

公,秦文也。②

民國十二年(1923 年),馬衡《石鼓爲秦刻石考》曰:

公者,秦公也。③

民國十四年(1925 年),羅振玉《秦公敦跋》曰:

鼓文又有"公謂天子",所謂公者,殆指秦公。④

民國二十二年(1933 年),郭沫若《石鼓文研究》曰:

今考《而師》一石有"天子□來,嗣王始□,古(故)我來□"等語,此中雖泐去數字,然爲新王始立之意,固甚明白。與此關係相合者,謹襄公作西畤一事而已。⑤

1959 年,《石鼓文研究·三版小引》曰:

---

① 郭沫若:《石鼓文研究》,《郭沫若全集·考古編》第 9 卷,第 57—58 頁。
② 震鈞:《天咫偶聞》卷四《北城》,第 74 頁。
③ 馬衡:《石鼓爲秦刻石考》,《凡將齋金石叢稿》,第 170 頁。
④ 羅振玉:《秦公敦跋》,《松翁近稿》,《羅振玉學術論著集》第 10 集,第 49 頁。
⑤ 郭沫若:《石鼓文研究》,《郭沫若全集·考古編》第 9 卷,第 37 頁。

石鼓文中秦自稱公,又有"天子"與"嗣王始□"之語,自當指周王。由此內證及其他根據,故我考定作於秦襄公八年,時當周平王元年(前七七○年)。①

1981年,李仲操《石鼓最初所在地及其刻石年代》認爲:

"故我來□"爲秦宣公自己的活動。②

1995年,裘錫圭《關於石鼓文的時代問題》認爲:

很多學者指出,石鼓文中的"公"指秦君,"嗣王""天子"則指周王(詳下文),這是正確的。③

1995年,王輝《由"天子""嗣王""公"三種稱謂説到石鼓文的時代》認爲:

石鼓文"天子"與"王"必同指周王,這是因爲在春秋晚期到戰國早期這一段,秦未稱王。既然"天子""嗣王"指周王,則石鼓文的"公"只能指秦公。黃奇逸説"公"指秦之卿大夫,未舉出任何證據。其實,文獻並未見秦公卿稱公。④

2005年,陳平先生認爲:

"天子",當是周天子無疑。"嗣王"以詩中另有"公"看,不可能是諸侯王。他若非天子周王,則必爲周王之太子。"公"乃諸侯國君,石鼓即爲該"公"所作,而非周王所作。⑤

案:陳氏以爲太子可稱"公",與史實違背,難以成立。

2010年,高明《論石鼓文年代》以爲:

---

① 郭沫若:《石鼓文研究》,《郭沫若全集·考古編》第9卷,第5頁。
② 李仲操:《石鼓最初所在地及其刻石年代》,《考古與文物》1981年2期,第85頁。
③ 裘錫圭:《關於石鼓文的時代問題》,《裘錫圭文集》第3卷,第308頁。
④ 王輝:《由"天子""嗣王""公"三種稱謂説到石鼓文的時代》,《一粟集——王輝學術文存》,第384頁。
⑤ 陳平:《關隴文化與嬴秦文明》,第426頁。

《避水》文有"天子永寧"和"公謂大□"兩句詩文。《而師》文有"天子□來,嗣王始□"兩種稱謂互爲連綴的詩句。《避水》文中"天子"與"公"互見,《而師》文中"天子"與"嗣王"互見。顯示出兩鼓所載的事件,發生在兩個不同時代。《避水》前稱"天子",後稱"公",顯然是對周天子和當時執政的秦君的不同稱謂。《而師》鼓文"天子□來,嗣王始□","嗣王"也是對當時執政秦君的稱謂。秦君稱"嗣王"曾見於《詛楚文》,如《湫淵》《亞駝》《巫咸》三石銘文,開始均作:"有秦嗣王敢用吉玉宣璧使其宗祝……懇告于丕顯大神。"足證《而師》文中之"嗣王"乃指當政秦君是可以肯定的。那麼同一位秦君爲何既稱"公"又稱"嗣王"?這裏給我們提出一個石鼓文刻製時代的很有價值的信息。嬴秦自襄公七年(公元前771年)開始列爲諸侯,至秦始皇時共有三十一位秦公和秦王。在他們當中,既稱公又稱王的只有一位,那就是秦惠文王。①

(2) 公指代虢公
民國十年(1921年,辛酉),王國維《明拓石鼓文跋》曰:

> 壬鼓有"公謂大□"句,蓋虢公所作之證也。②

(3) 公指代公所
1966年,張光遠《先秦石鼓存詩考》曰:

> 公,公所也。見《詩·召南·采蘩》及《小星》:"夙夜在公"是。……愚以爲"□□□公"應是一句。③

案:張氏說未確,難從。
(4) 公指代秦大夫
1982年,黃奇逸《石鼓文年代及其相關諸問題》認爲:

> "公"當是秦王出獵的隨獵大夫。④

---

① 高明:《論石鼓文年代》,《考古學報》2010年第3期,第319頁。
② 王國維:《明拓石鼓文跋》,謝維揚、房鑫亮總編,胡逢祥主編:《王國維全集》第14卷,浙江教育出版社等,2010年,第436—438頁。
③ 張光遠:《先秦石鼓存詩考》,第73頁。
④ 黃奇逸:《石鼓文年代及其相關諸問題》,《古文字研究論文集》,第230頁。

1995 年,王輝《由"天子""嗣王""公"三種稱謂説到石鼓文的時代》否定黄説:

> 黄奇逸説"公"指秦之卿大夫,未舉出任何證據。其實,文獻並未見秦公卿稱公。①

案:以上各家意見多以爲"公"乃秦公,只有黄奇逸認爲"公"乃秦王出獵的隨獵大夫。

清代以來,學者公認"天子"指周天子,這是正確的意見。學者爭議"嗣王",或以爲是周王,或以爲是秦王,筆者認爲周王説合理。"公",學者多以爲指秦公,筆者認爲秦公説合理。

《石鼓詩·吾水》曰:

> 天子永寧。……公謂大囗。②

"天子"與"公"對言,"公"乃《石鼓詩》的核心人物,公祝願天子永遠安寧。

裘錫圭《關於石鼓文的時代問題》指出:

> 按照石鼓文稱"天子""嗣王"等内容來看,其年代必須合乎兩個條件:一、在當時秦與周應有相當密切的關係。二、當時的周王應該剛即位不久。③

案:此分析恰當,被學者接受。

第三節 車馬制度分析

關於車馬制度,學者或以爲《石鼓詩》中"六駕""四駕"體現了地位的差

---

① 王輝:《由"天子""嗣王""公"三種稱謂説到石鼓文的時代》,《一粟集——王輝學術文存》,第 384 頁。
② 郭沫若:《石鼓文研究》,《郭沫若全集·考古編》第 9 卷,第 57—58 頁。
③ 裘錫圭:《關於石鼓文的時代問題》,《裘錫圭文集》第 3 卷,第 317 頁。

別,分別對應周天子與秦公。①

《石鼓詩》中,表示"六馬"的詞出現2次。

《石鼓詩·吾水》曰:

駕弈(六)盒□。②

《石鼓詩·鑾車》曰:

趝趝弈(六)馬。③

河南省洛陽市王城廣場出現所謂"天子駕六"車馬坑。④

《石鼓詩》中,表示"四馬"的詞出現3次。

《石鼓詩·吾水》曰:

四輪(輪)霝=(霝霝)。⑤

《石鼓詩·田車》曰:

田車孔安,鋚勒馬=(馬馬),四(駟)介既簡。左驂旛=(旛旛),右驂騅=(騅騅),遒(吾)以隓(隮)于邍(原)。⑥

《石鼓詩·鑾車》曰:

四馬其寫,六轡鷲(沃)箬(若)。⑦

《毛詩·秦風·小戎》描繪的是秦公之駕,文曰:

---

① 臧琳:《經義雜記》卷十一,清嘉慶四年拜經堂刻本,第4頁a—6頁b;董珊:《石鼓文考證》,《出土文獻與古文字研究》第3輯,復旦大學出版社,2010年,第126、134頁。
② 郭沫若:《石鼓文研究》,《郭沫若全集·考古編》第9卷,第55、57頁。
③ 郭沫若:《石鼓文研究》,《郭沫若全集·考古編》第9卷,第65—66頁。
④ 洛陽市文物工作隊編著:《洛陽王城廣場東周墓》,文物出版社,2009年,第440—445、518頁。
⑤ 郭沫若:《石鼓文研究》,《郭沫若全集·考古編》第9卷,第56、58頁。
⑥ 郭沫若:《石鼓文研究》,《郭沫若全集·考古編》第9卷,第61—63頁。
⑦ 郭沫若:《石鼓文研究》,《郭沫若全集·考古編》第9卷,第64、66頁。

四牡孔阜,六轡在手。騏駵是中,騧驪是驂。……俴駟孔群,厹矛鋈錞,蒙伐有苑。

毛《傳》曰:

俴駟,四介馬也。

鄭康成《箋》曰:

中,中服也。驂,兩騑也。①

《毛詩·秦風·駟驖》曰:

駟驖孔阜,六轡在手。……遊于北園,四馬既閑。②

甘肅省禮縣大堡子山 M2、M3 的墓主爲秦公夫婦,其車馬坑有二。車馬坑 K1,平面呈瓦刀形,東西向,全長 36.5 米。坑道位於車馬坑東部,長 21.85 米、寬 9.5、最深 5.4 米,自東向西傾斜。坑爲長方形土坑豎穴,長 14.65、寬 12.95、深 5.4 米。已遭盜擾,根據殘存遺迹分析,坑內原有殉車 4 排,每排 3 乘,計 12 乘。轅東輿西,每車兩服兩驂,計 4 匹馬。另一座車馬坑經鑽探,因盜擾甚烈,未予發掘。③ 車馬坑 K1 證實秦公之駕用四馬,這與《秦風》的記載一致。

《石鼓詩·而師》曰:

□□而師,弓矢孔庶,□□□□,□□□以。左驂□□,滔＝(滔滔)是戟。□□□不(否),具舊□復,□具肝來。□□其寫,小大具□。□□來樂,天子□來。嗣王始□,古(故)我來□。④

---

① 孔穎達:《毛詩正義》卷六《秦風·小戎》,阮元校刻:《十三經注疏》上册,第 370 頁下欄。
② 孔穎達:《毛詩正義》卷六《秦風·駟驖》,阮元校刻:《十三經注疏》上册,第 369 頁中、下欄。
③ 戴春陽:《禮縣大堡子山秦國墓地發掘散記》,《甘肅文物工作五十年》,甘肅文化出版社,1999 年,第 232—240 頁。
④ 郭沫若:《石鼓文研究》,《郭沫若全集·考古編》第 9 卷,第 48—51 頁。

案：此描繪軍容，雖殘闕，而"左驂□□"，是"四馬"或六馬。

孔穎達《毛詩正義》引許慎《五經異義》曰：

> 天子駕數，《易》孟、京、《春秋公羊》説天子駕六。《毛詩》説天子至大夫同駕四，士駕二。《詩》云"四牡彭彭"，武王所乘；"龍旗承祀，六轡耳耳"，魯僖所乘；"四牡騑騑，周道委遲"，大夫所乘。謹案《禮·王度記》曰："天子駕六，諸侯與卿同駕四，大夫駕三，士駕二，庶人駕一。"説與《易》《春秋》同。①

天子駕六，爲六馬駕車；諸侯駕四，爲四馬駕車。事實上，曾侯乙墓遣策中有一車駕駟馬與駕六馬兩種情況，按照文獻記載與出土實物資料，②秦公級别可以有"駕六"或"駕四"。

所以，石鼓詩的"駕六"或"駕四"尚不足以反映身份的高低。

第四節　周秦關係分析

1.《石鼓詩》"天子""嗣王"與秦的關係

《石鼓詩·吾水》曰：

> 天子永寧。……公謂大□。③

"天子"與"公"對言，"公"乃《石鼓詩》的核心人物。"天子永寧"，公祝願天子永遠安寧。

《石鼓詩·而師》曰：

> □□而師，弓矢孔庶。……□□其寫，小大具□。□□來樂，天子□來。嗣王始□，古（故）我來□。④

"天子""嗣王""我"呈現的是周秦關係，"我"實爲"公"。秦公與周王

---

① 孔穎達：《毛詩正義》卷三《鄘風·干旄》，阮元校刻：《十三經注疏》上册，第 319 頁下欄。
② 參見周新芳："天子駕六"問題考辨》，《中國史研究》2007 年第 1 期，第 45—54 頁。
③ 郭沫若：《石鼓文研究》，《郭沫若全集·考古編》第 9 卷，第 57—58 頁。
④ 郭沫若：《石鼓文研究》，《郭沫若全集·考古編》第 9 卷，第 50—51 頁。

保持密切的關係。周王來秦國巡視,與秦公相會,打獵娛樂。

1995年,裘錫圭先生指出:

> 按照石鼓文稱"天子""嗣王"等內容來看,其年代必須合乎兩個條件:一、在當時秦與周應有相當密切的關係。二、當時的周王應該剛即位不久。①

案:秦靈公、秦獻公、秦惠文王之時,周衰而秦大,無由祝願天子永寧。《石鼓詩》必作於秦對周感恩戴德的時代,尤其是建國初期。

1994年,李學勤《石鼓新響序》曰:

> 細讀石鼓文,正如一些論著所云,《吾水》有"天子"與"公",而師有"天子""嗣王"。玩味詩篇內容,如《吾水》:"吾水既清,吾道既平,吾□既止,嘉樹則里,天子永寧",所表達的周秦關係,恐怕只有秦國初建時期始克相副。周平王東遷,秦襄公以兵護送,遂受封爲諸侯。其子文公以兵七百人東獵,營邑于汧渭之會,隨後伐戎,收周餘民,將岐以東獻給周朝。詩中"天子永寧"的祝願,恰合那時的情勢。後來的秦國文字也有述及周天子的,例如一九四八年陝西鄠縣發現的大良造庶長游瓦書,是秦惠文君四年時物,文中稱呼天子的口氣便大不一樣了。②

《史記·秦本紀》《秦始皇本紀》依據秦史《秦記》等文獻,有周秦密切交往的記載。根據"天子""嗣王""公"關係確定時代,從中考慮選擇適合的年代背景。

(1)周平王、桓王、秦文公

秦襄公卒於周平王四十年,③時周太子尚不足以稱嗣王,故秦襄公可以排除。秦文公八年,周平王崩,桓王即位,所以秦文公八年(魯隱公三年)、九年可以考慮。《史記·秦本紀》曰:

> (寧)〔憲〕公二年,公徙居平陽。遣兵伐蕩社。④

---

① 裘錫圭:《關於石鼓文的時代問題》,《裘錫圭文集》第3卷,第317頁。
② 李學勤:《序》,李鐵華:《石鼓新響》,三秦出版社,1994年,第6頁。
③ 程平山:《秦襄公、文公年代事蹟考》,《歷史研究》2013年第5期,第168頁。
④ 《史記》卷五《秦本紀》,中華書局,2014年,第232頁。

秦憲公二年(周桓王六年、魯隱公九年,前714年),秦遷都平陽。
(2)周桓王、莊王、秦武公;周莊王、僖王、秦武公
秦武公元年,周桓王崩,莊王即位,所以秦武公元年(魯桓公十五年)、二年可以考慮。
秦武公十六年,周莊王崩,僖王即位,所以秦武公十六年(魯莊公十二年)、十七年可以考慮。
(3)周僖王、惠王、秦德公
秦德公元年,周僖王崩,惠王即位。《史記·秦本紀》曰:

德公元年,初居雍城大鄭宫。以犧三百牢祠鄜畤。卜居雍,"後子孫飲馬於河"。梁伯、芮伯來朝。二年,初伏,以狗禦蠱。德公生三十三歲而立,立二年卒。①

案:秦德公在位時間短暫而事務繁多,他要忙於安葬秦武公,遷新都,舉行規模龐大的祭祀等,是否有閒暇遊獵成爲巨大的疑問。所以,秦德公元年(魯莊公十七年)、二年值得考慮的可能性很小。
(4)周惠王、襄王、秦穆公
秦穆公八年,周惠王崩,襄王即位,所以秦穆公八年(魯僖公八年)、九年可以考慮。
(5)周襄王、頃王、秦康公;周頃王、匡王、秦康公
秦康公二年,周襄王崩,頃王即位。
秦康公八年,周頃王崩,匡王即位。
《毛詩序》曰:

《權輿》,刺康公也。忘先君之舊臣與賢者,有始而無終也。
《晨風》,刺康公也。忘穆公之業,始棄其賢臣焉。②

《史記·秦本紀》曰:

康公元年。往歲繆公之卒,晉襄公亦卒;襄公之弟名雍,秦出也,在

---

① 《史記》卷五《秦本紀》,第235頁。
② 孔穎達:《毛詩正義》卷六《秦風》,阮元校刻:《十三經注疏》上册,第373頁中欄、374頁中欄。

秦。晉趙盾欲立之，使隨會來迎雍，秦以兵送至令狐。晉立襄公子而反擊秦師，秦師敗，隨會來奔。二年，秦伐晉，取武城，報令狐之役。四年，晉伐秦，取少梁。六年，秦伐晉，取羈馬。戰於河曲，（大敗晉軍）〔秦軍大敗〕。（七年，）晉人患隨會在秦爲亂，乃使魏讎餘詳反，合謀會，詐而得會，會遂歸晉。康公立十二年卒，子共公立。①

秦康公是個好戰無德的國君，《石鼓詩》在於樹德，與之無關。所以，秦康公二年（魯文公八年）、三年及秦康公八年（魯文公十四年）、九年不足以考慮。

（6）周匡王、定王、秦共公；周定王、簡王、秦桓公；周簡王、靈王、秦景公；周靈王、景王、秦景公

秦共公二年，周匡王崩，定王即位。

秦桓公十八年，周定王崩，簡王即位。

秦景公五年，周簡王崩，靈王即位。

秦景公三十二年，周靈王崩，景王即位。

《史記·周本紀》曰：

> 匡王六年，崩，弟瑜立，是爲定王。
>
> 定王元年，楚莊王伐陸渾之戎，次洛，使人問九鼎。王使王孫滿應設以辭，楚兵乃去。十年，楚莊王圍鄭，鄭伯降，已而復之。十六年，楚莊王卒。
>
> 二十一年，定王崩，子簡王夷立。簡王十三年，晉殺其君厲公，迎子周於周，立爲悼公。
>
> 十四年，簡王崩，子靈王泄心立。靈王二十四年，齊崔杼弒其君莊公。
>
> 二十七年，靈王崩，子景王貴立。②

周匡王、定王、簡王、靈王無甚大的德行，不足以令諸侯感恩戴德。所以，秦共公二年（魯宣公二年）及三年、秦桓公十八年（魯成公五年）及十九年、秦景公五年（魯襄公元年）及六年、秦景公三十二年（魯襄公二十八年）、三十三年不足以考慮。

---

① 《史記》卷五《秦本紀》，第 248 頁。
② 《史記》卷五《周本紀》，第 195—196 頁。

(7) 周景王、敬王、秦哀公

秦哀公十七年,周景王崩,悼王、敬王即位,周内亂,至周敬王四年始定。① 所以,秦哀公十七年(魯昭公二十二年)、十八年不足以考慮。

基於以上初步分析,只有(1)周平王、桓王、秦文公;(2)周桓王、莊王、秦武公,周莊王、僖王、秦武公;(4)周惠王、襄王、秦穆公可以考慮。(3)周僖王、惠王、秦德公的可能性很小。但是,尚需有周天子來秦的記載。

春秋時代的史實見諸《春秋》《左傳》等,倘若周王來秦,秦國史書《秦記》必有所記載。《史記·秦本紀》曰:

> 三十七年,秦用由余謀伐戎王,益國十二,開地千里,遂霸西戎。天子使召公過賀繆公以金鼓。②

案:此乃秦穆公時期周秦密切交往,載於《秦記》,錄於《史記》。但是,沒有周天子親自來秦的記載,與石鼓詩不合。

《春秋》《左傳》《史記》(《秦本紀》《秦始皇本紀》依據《秦記》)秦武公、秦德公、秦穆公時無周天子至秦的記載。所以,學者難以證實《石鼓詩》符合秦武公、秦德公、秦穆公時代。

魯在東方,秦在西方,道里隔遠,魯國史官對於秦國事迹知曉有限,故《左傳》關於秦國的記載存在明顯偏少偏晚的現象。《左傳》記載秦國始於魯桓公四年(前708年),當秦憲公八年。《左傳》桓公四年:

> 秋,秦師侵芮,敗焉,小之也。
> 冬,王師、秦師圍魏,執芮伯以歸。③

《左傳》桓公十年:

> 秋,秦人納芮伯萬于芮。④

案:此僅僅緣於芮國,故記之。《左傳》大量記載秦國始自僖公九年(前

---

① 孔穎達:《春秋左傳正義》卷七,阮元校刻:《十三經注疏》下冊,第2099頁上欄—2115頁下欄。
② 《史記》卷五《秦本紀》,第245頁。
③ 孔穎達:《春秋左傳正義》卷六,阮元校刻:《十三經注疏》下冊,第1747頁中欄。
④ 孔穎達:《春秋左傳正義》卷七,阮元校刻:《十三經注疏》下冊,第1755頁上欄。

651年),當秦穆公九年,當緣於秦與東方交往頻繁。

《史記》有秦襄公護送平王東遷的記載,《史記·秦本紀》曰:

〔四十年,①〕周避犬戎難,東徙雒邑,襄公以兵送周平王。平王封襄公爲諸侯,賜之岐以西之地。曰:"戎無道,侵奪我岐、豐之地,秦能攻逐戎,即有其地。"與誓,封爵之。襄公於是始國,與諸侯通使聘享之禮,乃用騮駒、黄牛、羝羊各(三)〔一〕祠上帝西畤。②

清華簡《繫年》曰:

周室既卑,坪(平)王東遷,止于成周,秦中(仲)焉東居周地,以守周之墳墓,秦以始大。③

秦仲(秦襄公)爲周守文王、西周諸王的陵墓,周平王、桓王祭祀必來秦地。至於周桓王以後的周王對於文王、西周諸王的陵墓不必親往祭祀。

春秋早期是周秦關係最爲密切時期,周對秦不僅有封國之大惠,又有賜婚之大恩(秦子簋有"秦子、姬",秦武公鐘鎛有"公及王姬"④)。此與《石鼓詩》中周秦密切關係及秦人對天子感恩之情相合。所以,《石鼓詩》創作於這一時期是值得考慮的。

2. 秦公磬"天子匽喜"辨析

陝西省鳳翔縣秦公一號大墓出土編磬銘:"唯四年八月初吉""天子匽喜,龔桓是嗣"。⑤ 1995年,王輝《由"天子""嗣王""公"三種稱謂説到石鼓文的時代》曰:

拙文《秦公大墓石磬殘銘考釋》以爲"天子匽喜"一句中,天子(周王)是被"匽(燕)"樂的對象,而主語是被省略的秦景公。作器者爲燕

---

① 年代依據清華簡《繫年》,是年爲周平王三十三年。
② 《史記》卷五《秦本紀》,第230頁。
③ 清華簡《繫年》第三章,清華大學出土文獻研究與保護中心編、李學勤主編:《清華大學藏戰國竹簡(貳)》,中西書局,2011年,第141頁。
④ 蕭春源:《珍秦齋藏金——秦銅器篇》,澳門基金會2006年,第5—6頁、第26—35頁圖版2;盧連成、楊滿倉:《陝西寶雞縣太公廟村發現秦公鐘、秦公鎛》,《文物》1978年第11期;中國社會科學院考古研究所編:《殷周金文集成》(修訂增補本)第1册,中華書局,2007年,第307—317頁。
⑤ 王輝、焦南峰、馬振智:《秦公大墓石磬殘銘考釋》,《一粟集——王輝學術文存》,第305—376頁。

樂的主人,被燕者爲嘉賓貴客,此類例子金文及典籍多見。……《詩·小雅·六月》是周宣王時歌,所述爲尹吉甫"薄伐玁狁"得勝而歸宣王賜宴之事。《詩》云:"薄伐玁狁,至于太原。文武吉甫,萬邦爲憲。吉甫燕喜,既多受祉。來歸自鎬,我行永久。飲御諸友,炰鱉膾鯉。"鄭玄箋:"吉甫既伐玁狁而歸,天子以燕禮樂之,則歡喜矣,又多受賞賜也。""吉甫燕喜",是周天子燕喜尹吉甫。磬銘"天子匡喜"與"吉甫燕喜"文例相同,所説爲秦景公燕喜周天子,意思極爲明確。①

裘錫圭先生致王輝先生信曰:

大作封磬銘"天子匡喜"一語的解釋,竊以爲尚可商榷。《六月》歌頌吉甫立功受奬,"吉甫燕喜"一句從上下文可以清楚看出是指吉甫受天子燕喜,故可采用此種句式。磬銘所説"龏桓是嗣"這件事的主事者是景公,其下句如要説是景公燕喜天子,其文應作"匡喜天子",而不應作"天子匡喜"。"子"與"喜"皆之部字,從用韻上看,亦無倒裝之必要。故"天子匡喜"句之"天子"似宜視作主事者。而且天子之所燕喜者。亦未必是秦公本人。如景公嗣位時遣使者向天子報告,此使者必受"燕喜"(宴會主人未必是天子本人),景公即可因此在石磬上大書"天子匡喜"以志其榮。春秋時恐無天子駕臨秦都之事。史書未載之事,當然可以存在,但必須有史書之外的確鑿史料方可證實其存在,磬銘"天子匡喜"一語恐非此種確鑿史料。②

王輝先生以爲:

拙文引用磬銘"天子匡喜"本意是想説明秦景公時"秦與周應有相當密切的關係",就這一點説,不管我們怎麼理解磬銘,似乎都無妨礙。封"天子匡喜"的理解,是拙文立論的關鍵之一。在這一點上,我與裘先生的看法不一,經過思考,我現在仍堅持原先的看法。但裘先生的説法對人也很有啓發,故介紹於此,以供學人參酌。竊以爲"天子匡喜"與"吉甫燕喜"文例相同,理解不宜有異;"天子匡喜,龏(共)趄(桓)是嗣"之主語同

---

① 王輝:《由"天子""嗣王""公"三種稱謂説到石鼓文的時代》,《一粟集——王輝學術文存》,第387—388頁。

② 王輝:《〈由"天子""嗣王""公"三種稱謂説到石鼓文的時代〉一文補記》,《一粟集——王輝學術文存》,第406—407頁。

爲景公本人，也合乎語法。至於説"景公嗣位時遣使者向天子報告"云云，可以作此推測，但似乎也難於落實。春秋時天子是否會駕臨秦都，史書未載，但我以爲據磬銘及鼓文"天子□來"，是可以作此推理的。不管怎麼説，我以爲據"天子匽喜"句，證明當時周秦關係很好，應無大問題。①

案：裘錫圭先生指出《六月》"吉甫燕喜"是吉甫受天子燕喜，屬於倒裝，這是正確的觀點。王輝先生難以將"天子匽喜"與"吉甫燕喜"類比。若"天子匽喜"爲秦公匽喜天子，那麼天子匽喜秦公又當如何表述？《秦公鎛》曰：

> 作厥龢鐘，靈音鎗鎗雍雍，以匽（宴）皇公，以受大福。②

據"以匽（宴）皇公"例之，宴客天子當作"以匽天子"。
《毛詩·小雅·吉日》曰：

> 悉率左右，以燕天子。……以御賓客，且以酌醴。③

《吉日》"以燕天子"與秦公鎛"以匽（宴）皇公"皆屬於正常次序，正可以證實秦公磬銘"天子匽喜"并非倒裝。秦公若宴天子，以《吉日》、秦公鎛之例完全可以寫作"匽喜天子，龏（共）趄（桓）是嗣"。秦公磬銘"天子匽喜，龏（共）趄（桓）是嗣"是指秦景公朝見天子，受到天子接見款待，而繼秦共公、桓公嗣秦公大位，這是很清楚的事情。這個表述中，秦公自己被省略。所以，"天子匽喜"當爲天子賜宴於秦公，王輝先生的觀點難以成立。

第五節 《石鼓詩》內容的年代背景主旨分析

《史記·秦本紀》曰：

> 西戎犬戎與申侯伐周，殺幽王酈山下。而秦襄公將兵救周，戰甚

---

① 王輝：《〈由"天子""嗣王""公"三種稱謂説到石鼓文的時代〉一文補記》，《一粟集——王輝學術文存》，第 407 頁。
② 盧連成、楊滿倉：《陝西寶雞縣太公廟村發現秦公鐘、秦公鎛》，《文物》1978 年第 11 期，第 1 頁；中國社會科學院考古研究所編：《殷周金文集成》（修訂增補本）第 1 冊，第 307—317 頁。
③ 孔穎達：《毛詩正義》卷十《小雅·吉日》，阮元校刻：《十三經注疏》上冊，第 430 頁上欄。

力,有功。周避犬戎難,東徙雒邑,襄公以兵送周平王。平王封襄公爲諸侯,賜之岐以西之地。曰:"戎無道,侵奪我岐、豐之地,秦能攻逐戎,即有其地。"與誓,封爵之。襄公於是始國,與諸侯通使聘享之禮。……十二年,伐戎而至岐,卒。生文公。

文公元年,居西垂宮。三年,文公以兵七百人東獵。四年,至汧渭之會。曰:"昔周邑我先秦嬴於此,後卒獲爲諸侯。"乃卜居之,占曰吉,即營邑之。十年,初爲鄜畤,用三牢。十三年,初有史以紀事,民多化者。十六年,文公以兵伐戎,戎敗走。於是文公遂收周餘民有之,地至岐,岐以東獻之周。①

司馬遷《史記》年代事蹟訛誤甚多,清以來中外學者致力於校正之。當今學者利用出土文獻校正《史記》,收穫良多。關於《史記·秦本紀》秦襄公、文公年代事蹟,漢以來學者質疑其記載錯亂,②程平山依據古本《竹書紀年》、清華簡《繫年》等校正爲:

襄公元年,以女弟繆嬴爲豐王妻。襄公二年,戎圍犬丘,世父擊之,爲戎人所虜。歲餘,復歸世父。七年春,周幽王用褒姒廢太子,立褒姒子爲適,數欺諸侯,諸侯叛之。西戎犬戎與申侯伐周,殺幽王酈山下。而秦襄公將兵救周,戰甚力,有功。十二年,伐戎而至岐,卒〔誤,未卒〕。(文公十三年)〔襄公二十五年〕,初有史以紀事,民多化者。(十六年)〔二十八年〕,(文)〔襄〕公以兵伐戎,戎敗走。於是(文)〔襄〕公遂收周餘民有之,地至岐,岐以東獻之周。(十九年)〔三十一年〕得陳寶。(二十年)〔三十二年〕,法初有三族之罪。〔三十七年,晉文侯立周平王於晉。〕(二十七年)〔三十九年〕,伐南山大梓,豐大特。〔四十年,〕周避犬戎難,東徙雒邑,襄公以兵送周平王。平王封襄公爲諸侯,賜之岐以西之地。曰:"戎無道,侵奪我岐、豐之地,秦能攻逐戎,即有其地。"與誓,封爵之。襄公於是始國,與諸侯通使聘享之禮,乃用騮駒、黃牛、羝羊各(三)〔一〕,祠上帝西畤。〔五十年,卒,葬西垂。〕生文公。

文公元年,居西垂宮。三年,文公以兵七百人東獵。四年,至汧渭之會。曰:"昔周邑我先秦嬴於此,後卒獲爲諸侯。"乃卜居之,占曰吉,即營邑之。十年,初爲鄜畤,用三牢。(四十八年)〔十年〕,文公太子卒,賜諡爲竫公,竫公之長子爲太子,是文公孫也。(五十年)〔十二年〕

---

① 《史記》卷五《秦本紀》,第230頁。
② 詳細的論證見本書上篇第二章《確定〈秦風〉年代背景主旨的理論與方法》。

第五章 《石鼓詩》內容的年代背景主旨 ·287·

文公卒,葬西山。靜公子立,是爲(寧)〔憲〕公。①

徐少華先生肯定了程平山的發現：

近年來先秦史研究領域的一項重要成果,爲解決一系列相關疑難問題奠定了有利的基礎。②

《石鼓詩·吾水》曰：

天子永盜(寧)。……公謂大□。③

《石鼓詩·而師》曰：

□□而師,弓矢孔庶。……□□來樂,天子□來。嗣王始□,古(故)我來□。④

《石鼓詩》"天子""嗣王"皆指周王,"公"指秦公,"我"爲秦公。《石鼓詩》的内容描繪的值周平王、桓王之際。"天子□來"者,天子至秦;"嗣王始□"者,周王。

周平王三十三年(秦襄公四十年),平王封襄公爲諸侯。周平王四十三年(秦襄公五十年),秦襄公卒,文公即位。周平王四十七年(秦文公四年),秦文公至汧渭之會而營建都城(陳倉故城一帶)。周平王五十一年(秦文公八年),平王崩,桓王立。周桓王四年(秦文公十二年),秦文公卒。所以,《石鼓詩》内容描繪的年代值周平王四十七年(秦文公四年)至周桓王四年(秦文公十二年)。《石鼓詩·而師》提到"天子□來,嗣王始□""嗣王"乃對新即位天子的稱呼,值周平王五十一年(秦文公八年)至周桓王元年(秦文公九年)間。那麼,《石鼓詩》内容描繪的年代在周平王五十一年(秦文公八年)至周桓王元年(秦文公九年)。

秦並非單獨田獵,而是操練軍隊,秦負有驅逐戎狄,保護周王陵的重要責任。

---

① 程平山：《秦襄公、文公年代事蹟考》,《歷史研究》2013 年第 5 期,第 168 頁。
② 徐少華：《清華簡〈繫年〉"周亡(無)王九年"淺議》,《吉林大學社會科學學報》2016 年第 4 期,第 186 頁。
③ 郭沫若：《石鼓文研究》,《郭沫若全集·考古編》第 9 卷,第 57—58 頁。
④ 郭沫若：《石鼓文研究》,《郭沫若全集·考古編》第 9 卷,第 50—51 頁。

第六章 結　語

　　關於《石鼓詩》的年代背景主旨，筆者的思路與視角不同于以往學者，既有對以往研究合理因素的吸收，更是依據新的出土文獻重新作出新的判定。筆者的觀點不屬於筆者歸納的甲類，又與乙類存在明顯的差異。學者以往的研究是在舊的認識下排列各種可能，進行多種猜測，自西周至戰國全部搜尋到，所以不可能出現排除于《秦本紀》（依據《秦記》整理）記載之外的觀點。不同的是，筆者利用了大量新資料、新認識得出可靠的結論，并希望將此課題的研究引向寬廣、堅實、確定的新天地。"《石鼓詩》内容描繪的是周平王五十一年至周桓王元年（秦文公八至九年，前720—前719年）秦文公在汧渭之會田獵、迎天子的史實"屬於嶄新的觀點，大不同于學者以往的觀點。

　　探討《石鼓詩》的年代背景主旨必須確立判定《石鼓詩》年代背景主旨的準則。判定《石鼓詩》年代背景主旨的準則主要從三個方面出發：内容、文字、出土地。《石鼓詩》的内容是首要的，《石鼓詩》的年代背景主旨必須以内容爲主、文字與出土地爲輔。

　　關於文字方面判定《石鼓詩》文字年代的準則，文字方面包括書體、用字、字體（字形的演變）等。關於石鼓文的書體，裘錫圭先生提出的"秦國文字"説可從。唐蘭先生以爲《石鼓詩》中若干用字可以證明《石鼓詩》年代偏晚，其説受到當時已經出土的文字資料的局限。裘錫圭、陳昭容等已經辨別的較爲清楚，他們的意見都不支持唐蘭的解釋。筆者認爲，《石鼓詩》文字多數字形晚於春秋早期大堡子山秦公器、秦武公器的文字；與《秦公簋》《秦公鎛》《秦公磬》的字形相近，少數字形與春秋早、中、晚期文字相同，少量字形有甲骨文遺風或西周金文的特點，書法風氣與《秦武公鐘鎛》《秦子器》不同，證實《石鼓詩》書法出自秦共公至秦哀公間的書法家之手。秦文公時已經有《石鼓詩》，當時書寫即存有早期文字，至後世刻寫，存有後世文字，類《逸周書》的一些西周文獻傳抄至東周而存在東周因素。《石鼓詩》的字體包含早期、晚期成分，證明其書寫出於書法家之手，選擇了不同時代的字體。

《石鼓詩》的刻寫乃秦文公後世子孫追慕先祖所製。

分析出土地、内容與所屬階段文化的關係,《石鼓詩》出土於汧渭之會,乃秦早期都城秦文公所都汧渭之會(陳倉故城一帶)、平陽、雍之所在,屬於秦早期文化,有别于秦都櫟陽、咸陽的秦晚期文化。《石鼓詩》十篇描繪的内容爲一體,是秦公在汧渭之會田獵、迎天子事,屬於秦都汧渭時期的作品。

分析《石鼓詩》與《詩經》的關係、稱謂、車馬制度、周秦關係與歷史事件,《石鼓詩》内容描繪的是周平王五十一年至周桓王元年(秦文公八至九年,前 720—前 719 年)秦文公在汧渭之會田獵、迎天子的史實。

所以,《石鼓詩》作于秦文公時,刻于秦共公至秦哀公間。

《秦風》十篇,主要創作于秦襄公之時,其次創作于秦穆公、秦康公之時。《石鼓詩》十篇,則是創作于秦文公時。《秦風》《石鼓詩》在内容上不存在交集,而同樣十分重要。同樣描繪田獵,《秦風·駟驖》描述的是秦公與媚子,而《石鼓詩》描述的是周天子、秦公;《秦風·駟驖》是輕鬆愉快的場景,而《石鼓詩》則是謹嚴莊重的場景。

附錄一　古文獻徵引目[*]

《毛詩正義》，七十卷，（漢）毛亨傳，（漢）鄭玄箋，（唐）孔穎達疏，（清）阮元校刻宋版《十三經注疏》，中華書局1980年影印、校補世界書局本。

《詩經》，《安徽大學藏戰國竹簡（壹）》，安徽大學漢字發展與應用中心研究中心編，黃德寬、徐在國主編，中西書局2019年版。

《漢石經集存》，馬衡撰，中國科學院考古研究所編輯《考古學專刊》乙種第三號，科學出版社1957年版。又上海書店2014年版。

《毛詩故訓傳》，Bibliothèque nationale de France（法國國家圖書館）藏，Pelliot chinois 2529。

《毛詩詁訓傳》，王重民原編、黃永武新編《敦煌古籍叙録新編》第2冊，臺北新文豐出版股份有限公司1986年版，第98—103頁。

《毛詩（毛詩詁訓傳）》，張湧泉主編審訂《敦煌經部文獻合集》第2冊《群經類詩經之屬》，中華書局2008年版。

《詩譜》，一卷，（漢）鄭玄撰，（清）阮元校刻宋版《十三經注疏》，中華書局1980年影印、校補世界書局本。

《詩本義》，二十卷，（宋）歐陽修撰，（民國）張元濟等編《四部叢刊三編》，上海商務印書館民國二十四至二十五年影印宋刻本。

《毛詩集解》，三十卷，（宋）段昌武撰，中國國家圖書館藏清鈔本。

《吕氏家塾讀詩記》，三十二卷，（宋）吕祖謙撰，（民國）張元濟等編《四部叢刊續編》，民國二十三年上海商務印書館影印常熟瞿氏鐵琴銅劍樓藏宋刊本。

《吕氏家讀詩記》，三十二卷，（宋）吕祖謙撰，黃靈庚等主編《吕祖謙全集》第4冊，梁運華點校，浙江古籍出版社2009年版。

《李迂仲黃實夫毛詩集解》，四十二卷，首一卷，（宋）李樗、（宋）黃櫄講義，（宋）吕祖謙釋音，《通志堂經解》，清康熙間通志堂刻本。

---

[*]　以《四庫全書》分類法排列。

《(逸齋)詩補傳》,三十卷,篇目一卷,(宋)范處義撰,《通志堂經解》,清康
　　熙間通志堂刻本。
《詩集傳》,二十卷,(宋)蘇轍撰,宋淳熙七年蘇詡筠州公使庫刻本。
《詩集傳》,二十卷,(宋)朱熹撰,(民國)張濟等編《四部叢刊三編》,民國
　　二十四至二十五年上海商務印書館影印中華學藝社借照東京靜嘉堂文
　　庫藏宋本。
《詩集傳》,二十卷,(宋)朱熹集注,中華書局1958年版。
《詩集傳》,二十卷,(宋)朱熹集注,朱傑人校點,朱傑人等主編《朱子全書》
　　(修訂本)第1冊,上海古籍出版社、安徽教育出版社2010年版。
《詩總聞》,二十卷,(宋)王質撰,《武英殿聚珍版叢書》,清乾隆木活字
　　印本。
《詩童子問》,二十卷,(宋)輔廣撰,元至正三年建安余志安勤有堂刻本。
《詩緝》,三十六卷,(宋)嚴粲撰,明味經堂刻本。
《詩緝》,三十六卷,(宋)嚴粲撰,李輝點校,中華書局2020年版。
《續呂氏家塾讀詩記》,三卷,(宋)戴溪撰,《武英殿聚珍版叢書》,清乾隆木
　　活字印本。
《毛詩要義》,二十卷,《譜序要義》,一卷,(宋)魏了翁撰,《續修四庫全書》
　　編纂委員會編《續修四庫全書》第56冊,上海古籍出版2002年影印日
　　本天理大學圖書館藏宋淳祐十二年徽州刻本。
《詩説》,十二卷,《總説》一卷,(宋)劉克撰,宋刻本。
《毛詩講義》,十二卷,(宋)林岊撰,(民國)中央圖書館籌備處輯《四庫全
　　書珍本初集》,民國二十三至二十四年上海商務印書館影印北平故宮博
　　物院藏文淵閣本。
《詩集傳名物鈔》,八卷,(元)許謙撰,《通志堂經解》,清康熙間通志堂
　　刻本。
《詩集傳附錄纂疏》,二十卷,《詩傳綱領附錄纂疏》一卷,《詩序附錄纂疏》一
　　卷,(元)胡一桂撰,元泰定四年翠巖精舍刻本。
《直音傍訓毛詩句解》,二十卷,(元)李公凱撰,元刻本。
《詩集傳通釋》,二十卷,(宋)朱熹集傳,(元)劉瑾通釋,元至正十二年建安
　　劉氏日新書堂刻本。
《詩纘緒》,十八卷,(元)劉玉汝撰,(民國)中央圖書館籌備處輯《四庫全
　　書珍本初集》,民國二十三至二十四年上海商務印書館北平故宮博物院
　　藏文淵閣本。
《詩演義》,十五卷,(元)梁寅撰,(民國)中央圖書館籌備處輯《四庫全書

珍本初集》，民國二十三至二十四年上海商務印書館北平故宮博物院藏文淵閣本。

《詩傳大全》，二十卷，綱領一卷，圖一卷，《詩序辨說》一卷，（明）胡廣等輯，明永樂十三年內府刻本。

《涇野先生毛詩說序》，六卷，（明）呂柟撰，明嘉靖三十二年謝少南刻《涇野先生五經》說本。

《詩說解頤正釋》，《詩說解頤總論正釋字義》，四十卷，（明）季本撰，明嘉靖四十一年胡宗憲刻本。

《詩經正義》，二十七卷，（明）許天贈撰，明萬曆刻本。

《新刻徐玄扈先生纂輯毛詩六帖講意》，四卷，（明）徐光啓撰，明萬曆四十五年金陵書林廣慶唐振吾刻本。

《讀風臆評》，十五卷，（明）戴君恩撰，明萬曆四十八年閔齊伋刻朱墨套印本。

《毛詩原解》，三十六卷，（明）郝敬撰，《九部經解》，明萬曆四十三至四十七年郝千秋郝千石刻本。

《毛詩序說》，八卷，（明）郝敬撰，明萬曆崇禎間刻山草堂集內編本。

《毛詩原解》，三十六卷，《毛詩序說》，八卷，（明）郝敬撰，向輝點校，中華書局2021年版。

《詩經註疏大全合纂》，三十四卷，（明）張溥撰，明崇禎刻本。

《聖門傳詩嫡冢》，十六卷，附錄一卷，（明）凌濛初撰，明崇禎刻本。

《詩經備考錄》，二十四卷，總論一卷，（明）鍾惺、韋調鼎撰，明崇禎十四年刻本。

《詩故》，十卷，（明）朱謀㙔撰，（民國）胡思敬輯《豫章叢書》，民國間胡思敬退廬刻本。

《詩經世本古義》，十八卷，首一卷，末一卷，（明）何楷撰，明崇禎十四年刻本。

《張君一先生毛詩微言》，二十卷，（明）張以誠撰，明刻本。

《詩經稗疏》，四卷，（明）王夫之撰，船山全書編輯委員會編校《船山全書》第3冊，岳麓書社1993年版。

《待軒詩記》，八卷，《張待軒先生遺集》，十二卷，（明）張次仲撰，清康熙刻本。

《重訂詩經疑問》，十二卷，（明）姚舜牧撰，清初刻本。

《重訂詩經疑問》，十二卷，（明）姚舜牧撰，《景印文淵閣四庫全書》第80冊，臺灣商務印書館1986年影印臺北故宮博物院藏本。

《詩經疏略》，八卷，（清）張沐撰，清康熙十四年至四十年著蔡張氏刻《五經四書疏略》本。
《詩經傳說匯纂》，二十卷，卷首二卷，《詩序》二卷，（清）王鴻緒等，清刻本。
《御纂詩義折中》，二十卷，（清）傅恒等撰，乾隆二十年刻本。
《詩經通義》，十二卷，首一卷，（明）朱鶴齡撰，《景印文淵閣四庫全書》第 85 冊，臺灣商務印書館 1986 年影印臺北故宮博物院藏本。
《詩經通義》，十二卷，首一卷，（明）朱鶴齡撰，（清）方功惠輯《碧琳琅館叢書》，清宣統元年刻本。
《詩經正解》，三十三卷，（清）姜文燦、吳荃撰，清康熙二十三年深柳堂刻本。
《詩經朱傳翼》，三十卷，首一卷，（清）孫承澤撰，清康熙孫氏刻本。
《詩經集成》，三十一卷，圖考一卷，（清）趙燦英撰，清康熙二十九年金陵陳君美刻本。
《毛詩稽古編》，三十卷，（清）陳啓源撰，（清）阮元輯《皇清經解》，清道光九年廣東學海堂刻本（闕）。庚申補刊本。
《詩經通論》，十八卷，《論旨》一卷，（清）姚際恒撰，清道光十七年鐵琴山館刻本。
《詩經通論》，十八卷，《論旨》一卷，（清）姚際恒撰，林慶彰主編：《姚際恒著作集》第 1 冊，顧頡剛點校，臺北"中研院"文哲所 2014 年版。
《田間詩學》，十二卷，（清）錢澄之撰，《桐城錢飲光先生全書》，同治十二年桐城錢氏尌稚堂重刊本。
《田間詩學》，十二卷，（清）錢澄之撰，朱一清校點，余國慶、諸偉奇審訂，《錢澄之全集》之二，《安徽古籍叢書》，黃山書社 2005 年版。
《詩序補義》，二十四卷，（清）姜炳璋（白巖）撰，清乾隆二十七年孫人寬刊本。
《陸堂詩學》，十二卷，《讀詩總論》一卷，（清）陸奎勳撰，清康熙五十三年陸氏小瀛山閣刻本。
《詩益》，二十卷，（清）劉始興撰，清乾隆八年尚古齋刻本。
《毛詩類釋》，二十一卷，續編三卷，（清）顧棟高撰，中央圖書館籌備處輯《四庫全書珍本初集》，民國二十三至二十四年上海商務印書館影印北平故宮博物院藏文淵閣本。
《詩經拾遺》，十六卷，（清）葉酉撰，清乾隆耕餘堂刻本。
《詩學女為》，二十六卷，（清）汪梧鳳撰，清乾隆不疏園刻本。
《詩貫》，十四卷，首四卷，（清）張叙撰，清乾隆刻本。
《詩深》，二十六卷，首二卷，（清）許伯政撰，清乾隆刻本。

《毛詩說》,二卷,(清)諸錦撰,清乾隆二十一年刻本。
《讀詩質疑》,三十一卷,首十五卷,末一卷,(清)嚴虞惇撰,清乾隆嚴有禧刻本。
《詩疑辨證》,六卷,(清)黃中松撰,(民國)中央圖書館籌備處輯《四庫全書珍本初集》,民國二十三至二十四年上海商務印書館北平故宮博物院藏文淵閣本。
《毛詩故訓傳定本》,三十卷,(清)段玉裁撰,清嘉慶二十一年段氏七葉衍祥堂刻本。
《讀風偶識》,四卷,《崔東壁遺書》,(清)崔述撰,清道光四年陳履和刻本。
《讀風偶識》,四卷,(清)崔述撰,顧頡剛編訂《崔東壁遺書》,上海古籍出版社2013年版。
《詩問》,七卷,(清)郝懿行撰,趙立綱、陳乃華點校,安作璋主編《郝懿行集》第1冊,齊魯書社2010年版。
《詩小序翼》,二十七卷,首一卷,(清)張澍撰,《續修四庫全書》編纂委員會編《續修四庫全書》第66冊,上海古籍出版社2002年影印上海圖書館藏稿本。
《毛詩後箋》,三十卷,(清)胡承珙撰,清道光十七年求是堂刻本。
《詩毛氏傳疏》,三十卷,(清)陳奐撰,清道光二十七年陳氏掃葉山莊刻本。
《詩古微》,上編六卷,首一卷,中編十卷,下編三卷,(清)魏源撰,道光刻本。
《詩古微》,上編六卷,首一卷,中編十卷,下編三卷,(清)魏源撰,魏源全集編輯委員會編校《魏源全集》第1冊,岳麓書社2004年版。
《詩觸》,六卷,(清)賀貽孫撰,清咸豐二年敕書樓刻本。
《詩管見》,七卷,首一卷,(清)尹繼美撰,清咸豐十一年尹繼美鼎吉堂木活字本。
《學詩詳說》,三十卷,《學詩正詁》,五卷,(清)顧廣譽撰,清光緒三年刻本。
《讀風臆補》,十五卷,(明)戴君恩原本,(清)陳繼揆補輯,清光緒六年拜經館刻本。
《三家詩遺說考》,十九卷,(清)陳壽祺撰,(清)陳喬樅述,清光緒八年《左海續集》補刻本。
《詩本誼》,一卷,(清)龔橙撰,清光緒十五年刻本。
《毛詩復古錄》十二卷,卷首一卷,(清)吳懋清撰,清光緒二十年仁和徐琪廣州學使者署刻本。
《詩經傳說取裁》,十二卷,(清)張能鱗撰,清初刻本。
《詩經提要錄》,三十一卷,首一卷,(清)徐鐸撰,清鈔本。

《詩毛氏學》，三十卷，（清）馬其昶撰，民國七年鉛印本。

《毛詩傳箋通釋》，三十二卷，（清）馬瑞辰撰，陳金生點校，中華書局輯《十三經清人注疏》，中華書局 1989 年版。

《詩三家義集疏》，二十八卷，首一卷，（清）王先謙撰，民國四年虛受堂刻後印本。

《詩三家義集疏》，二十八卷，首一卷，（清）王先謙撰，吴格點校，中華書局輯《十三經清人注疏》，中華書局 1987 年版。

《詩經恒解》，六卷，（清）劉沅撰，《十三經恒解》（箋解本），譚繼和、祁和暉箋解，巴蜀書社 2016 年版。

《毛詩説》，六卷，《詩藴》二卷，（清）莊有可撰，民國間商務印書館影印清鈔本。

《詩切》，不分卷，（清）牟庭撰，齊魯書社 1983 年影印鈔本。

《詩問》，六卷，（清）牟應震撰，民國間鈔本。

《詩經通解》，不分卷，（民國）林義光撰，民國九年衣好軒鉛印本。

《詩經通解》，不分卷，（民國）林義光撰，《中西學術文叢》，中西書局 2012 年版。

《詩義會通》，四卷，（民國）吴闓生撰，北京文學社民國十六年版。

《詩義會通》，四卷，（民國）吴闓生撰，中華書局 1959 年版。

《毛詩鄭箋平議》，十卷，黄焯撰，上海古籍出版社 1985 年版。

《詩經直解》，三十卷，陳子展撰，范祥雍、杜月村校閲，復旦大學出版社 1983 年版。

《詩三百家解題》，三十卷，陳子展撰述，復旦大學出版社 2001 年版。

《詩經選》，余冠英撰，《中國古典文學讀本叢書》，人民文學出版社 1956 年初版。又 1979 年第 2 版。

《詩經詮釋》，不分卷，屈萬里撰，《屈萬里全集》第 5 册，臺灣聯經出版事業公司 2010 年版。

《詩經今注》，不分卷，高亨撰，上海古籍出版社 1980 年版。

《詩經注析》，不分卷，程俊英、蔣見元撰，中華書局 1991 年版。

《國風集説》，不分卷，張樹波編撰，河北人民出版社 1993 年版。

《詩經集校集注集評》，魯洪生主編，中華書局 2015 年版。

《韓詩外傳集釋》，十卷，（漢）韓嬰撰，許維遹校釋，中華書局 1980 年版；2020 年版。

《韓詩外傳箋疏》，十卷，佚文一卷，（漢）韓嬰撰，屈守元箋疏，巴蜀書社 1996 年版。

《禮記正義》,六十三卷,(漢)鄭玄注,(唐)孔穎達疏,(清)阮元校刻宋版《十三經注疏》,中華書局 1980 年影印、校補世界書局本。

《禮記集解》,六十一卷,(清)孫希旦撰,沈嘯寰、王星賢據清咸豐庚申里安孫氏盤古草堂本點校,中華書局輯《十三經清人注疏》,中華書局 1989 年版。

《春秋左傳正義》,六十卷,(晉)杜預注,(唐)孔穎達疏,(清)阮元校刻宋版《十三經注疏》,中華書局 1980 年影印、校補世界書局本。

《春秋穀梁傳注疏》,二十卷,(晉)范寧注,(唐)楊士勛疏,(清)阮元校刻宋版《十三經注疏》,中華書局 1980 影印、校補世界書局本。

《春秋公羊傳注疏》,二十八卷,(漢)何休注,(唐)徐彥疏,(清)阮元校刻宋版《十三經注疏》,中華書局 1980 年影印、校補世界書局本。

《論語注疏》,二十九卷,(魏)何晏等注,(宋)邢昺疏,(清)阮元校刻宋版《十三經注疏》,中華書局 1980 年影印、校補世界書局本。

《孟子注疏》,十四卷,(漢)趙岐注,(宋)孫奭疏,(清)阮元校刻宋版《十三經注疏》,中華書局 1980 年影印、校補世界書局本。

《孟子正義》,三十卷,(清)焦循注,沈文倬據清咸豐十年補刻本等點校,《十三經清人注疏》,中華書局 1987 年版。

《爾雅注疏》,十卷,(晉)郭璞注,(宋)邢昺疏,(清)阮元校刻宋版《十三經注疏》,中華書局 1980 年影印、校補世界書局本。

《經義雜記》,三十卷,敘錄一卷,(清)臧琳撰,(清)臧鏞堂編,清嘉慶四年臧氏拜經堂刻本。

《歷代鐘鼎彝器款識法帖》,二十卷,(宋)薛尚功撰,《宋人著錄金文叢刊》,中華書局 1986 年影印明朱謀㙔刻本。

《殷周金文集成》(修訂增補本),中國社會科學院考古研究所編,中華書局 2007 年版。

《石鼓文泰山刻石》,一冊,二玄社編《中國法書選》第 2 冊,二玄社 1989 年版。

《石鼓音序》,(宋)鄭樵撰,陳思編著《寶刻叢編》,浙江古籍出版社 2012 年影印本。

《石鼓文音訓》,拓片,(元)潘迪撰,天一閣博物館編《石鼓墨影》,上海書畫出版社 2018 年影印朵雲軒藏明拓本,第 271—278 頁。

《石鼓文音訓》,拓片,(元)潘迪撰,民國間上海藝苑真賞社影印古監閣藏明拓本。收入陳紅彥、于春媚編《國家圖書館藏石鼓文研究資料彙編》第 1 冊,國家圖書館出版社 2014 年版。

《周秦刻石釋音》,一卷,(元)吾丘衍輯,陸心源輯《十萬卷樓叢書》二編,清光緒間歸安陸心源刻本。收入《國家圖書館藏石鼓文研究資料彙編》第1册。

《石鼓文考》,一卷,(明)李中馥撰,民國四年榆次常贊春忍冬盦刻本。收入《國家圖書館藏石鼓文研究資料彙編》第1册。

《石鼓文》(序跋題《石鼓文正誤》),四卷,(明)陶滋撰,明嘉靖十二年刻本。

《石鼓文》(序跋題《石鼓文正誤》),四卷,(明)陶滋撰,民國二十三年國立北平圖書館攝影明刻本。收入《國家圖書館藏石鼓文研究資料彙編》第1册。

《石鼓文音釋》,三卷,附録一卷,(明)楊慎撰,明正德十六年刻本。

《石鼓文音釋》,三卷,附録一卷。(明)楊慎撰,明嘉靖間刻本。收入《國家圖書館藏石鼓文研究資料彙編》第1册。

《周岐陽石鼓文》,《金石史》,二卷,(明)郭宗昌撰,(清)葛元煦輯《學古齋金石叢書》,清光緒間崇川葛元煦學古齋刻本。

《周岐陽石鼓文》,《金石史》,二卷,(明)郭宗昌撰,鮑廷博輯、鮑志祖續輯《知不足齋叢書》第4集,清乾隆至道光間長塘鮑氏刻本。

《石鼓文集注》,一卷,(明)傅山撰,尹協理主編《傅山全書》第4册,山西人民出版社2016年版。

《石鼓文鈔》,二卷,(清)許容撰,清康熙二十八年刻本。收入《國家圖書館藏石鼓文研究資料彙編》第3册。

《石鼓文鈔》,二卷,(清)許容摹辨,(清)許雍訂正,清刻本。

《石鼓考》,三卷,(清)朱彝尊撰,鈔本。後附于敏中、朱筠《補考》。收入《國家圖書館藏石鼓文研究資料彙編》第1册、第2册。

《石鼓考》,三卷,(清)朱彝尊撰,(清)朱彝尊原輯,(清)于敏中等修,(清)竇光鼐等纂《欽定日下舊聞考》卷七〇《官署》,北京古籍出版社1985年版,第1167—1175頁。

《周宣王石鼓文定本》,二卷,(清)劉凝撰,清康熙四十四年亦集園刻本。收入《國家圖書館藏石鼓文研究資料彙編》第2册。

《石鼓説》,一卷,(清)汪師韓撰,《上湖分類文編》卷七,《叢睦汪氏遺書》,清乾隆刻本。

《石鼓文釋存》,一卷,補注二卷,(清)張燕昌撰,清乾隆五十三年刻本。

《石鼓文釋存》,一卷,補注二卷,(清)張燕昌撰,光緒二十八年劉士珩復刻本。收入《國家圖書館藏石鼓文研究資料彙編》第3册。

《石鼓文集釋》,一卷,(清)任兆麟撰,清乾隆五十三年同川書院刻本。收入

《國家圖書館藏石鼓文研究資料彙編》第 5 冊。

《石鼓讀》(《石鼓文考異》《石鼓文章句》《石鼓辨》《石鼓鑑》《石鼓釋文考異或同》《石鼓爾雅》《叙鼓》七種),一卷,(清) 吳東發撰,民國間海寧陳乃乾慎初堂影印本。收入《國家圖書館藏石鼓文研究資料彙編》第 3 冊。

《石鼓文鈔》,四卷,(清) 楊世春輯,中國人民大學圖書館藏清嘉慶十三年惠迪堂刻本。

《石鼓然疑》,一卷,(清) 莊述祖撰,(民國) 汪大鈞輯《食舊堂叢書》,民國十四年錢塘汪大鈞刻本。收入《國家圖書館藏石鼓文研究資料彙編》第 3 冊。

《石鼓考》,八卷,(清) 翁方綱,稿本。收入《國家圖書館藏石鼓文研究資料彙編》第 4 冊。

《汲古閣石鼓篆注》(封面題《周宣王石鼓彙注》),一卷,(清) 鞠衣野人,清鈔本。收入《國家圖書館藏石鼓文研究資料彙編》第 4 冊。

《石鼓文音訓考證》,一卷,(元) 潘迪撰,(清) 馮承輝考證,清光緒十九年蒼溪刻本。收入《國家圖書館藏石鼓文研究資料彙編》第 5 冊。

《石鼓文纂釋》,一卷,(清) 趙烈文撰,清光緒十一年靜圃刻本。收入《國家圖書館藏石鼓文研究資料彙編》第 5 冊。

《成周石鼓考》,一卷,(清) 沈梧,中國國家圖書館藏稿本。

《石鼓文析埶》,一卷,(清) 沈梧,中國國家圖書館藏稿本。

《石鼓文定本》,十種(石鼓地名考一卷),(清) 古華山農(沈梧)撰,清光緒十六年無錫沈梧古華山房刻本。收入《國家圖書館藏石鼓文研究資料彙編》第 6 冊。

《石鼓文彙》,一卷,(清) 尹彭壽撰,清光緒十九年諸城尹氏來山園刻本。收入《國家圖書館藏石鼓文研究資料彙編》第 5 冊。

《校補石鼓文音訓》,一卷,(清) 周庠(養田)撰,清光緒二十三年刻本。收入《國家圖書館藏石鼓文研究資料彙編》第 7 冊。

《石鼓紀實》,二卷,(清) 李棠輯,清刻本。收入《國家圖書館藏石鼓文研究資料彙編》第 7 冊。

《奇觚室樂石文述》,一卷,(清) 劉心源撰,清光緒二十五年寫刻本。收入《國家圖書館藏石鼓文研究資料彙編》第 6 冊。

《石鼓文集注》,三卷,(清) 震鈞撰,中國國家圖書館藏清光緒三十九年刊本。

《石鼓考》,三卷,(清) 昆田撰,中國國家圖書館藏手鈔本。

《石鼓文考證》，一卷，（清）吳廣霈撰，民國二十年瑞安陳准湫滲齋刻本。收入《國家圖書館藏石鼓文研究資料彙編》第 5 册。

《石鼓文研究叢刊》，五種，（民國）秀州學會輯，中國國家圖書館藏民國二十四年秀州學會影印本。

《石鼓文考釋》，三卷，（民國）羅振玉撰，民國三至六年上虞羅振玉影印本《楚雨樓叢書初集》之二。收入《國家圖書館藏石鼓文研究資料彙編》第 8 册。

《重編石鼓文》，一卷，（民國）強運開編，民國六年上海廣倉學窘石印本。收入《國家圖書館藏石鼓文研究資料彙編》第 7 册。

《石鼓全文箋》，一卷，（民國）陳炬撰，民國十五年盤縣張友樞石印本。收入《國家圖書館藏石鼓文研究資料彙編》第 7 册。

《石鼓文集釋》，一卷，（民國）周伯翔輯，民國十五年王級静淨齋殊絲欄鈔本。收入《國家圖書館藏石鼓文研究資料彙編》第 8 册。

《書石鼓文後》，一卷，（民國）鄭業斆撰，《獨笑齋金石文考》第一集，民國十六年石印本。

《石鼓文不二字》，一卷，（民國）顧言行編，民國十七年有正書局石印本。收入《國家圖書館藏石鼓文研究資料彙編》第 8 册。

《石鼓爲秦刻石考》，一卷，（民國）馬衡撰，民國二十年楊心得石印本。收入《國家圖書館藏石鼓文研究資料彙編》第 8 册。

《石鼓釋文》，一卷，（民國）強運開撰，民國二十四年上海商務印書館石印本。收入《國家圖書館藏石鼓文研究資料彙編》第 7 册。

《石鼓文疏記》，一卷，（民國）馬叙倫撰，民國二十四年上海商務印書館上海石印本。收入《國家圖書館藏石鼓文研究資料彙編》第 8 册。

《覃擘齋石鼓十種考釋》，一卷，（民國）趙椿年撰，民國二十五年武進趙椿年北平刻藍印本。收入《國家圖書館藏石鼓文研究資料彙編》第 7 册。

《石鼓文研究》，一卷，（民國）郭沫若撰，民國二十八年、民國二十九年、1951 年上海商務印書館影印本。又 1955 年人民出版社影印本；又收入 1982 年科學出版社影印《郭沫若全集》考古編第九卷《石鼓文研究、詛楚文研究》。

《石鼓考綴》，一卷，（民國）許莊撰，民國三十六年貴陽許學窘石印本。收入《國家圖書館藏石鼓文研究資料彙編》第 8 册。

《石鼓文音釋》，一卷，（民國）徐昂撰，民國三十六年南通翰墨林書局鉛印本。收入《國家圖書館藏石鼓文研究資料彙編》第 8 册。

《論石鼓文》，一卷，（民國）王東培《復傅抱石書》，《書學論集》，民國三十七年上海正中書局。

《石鼓文彙考》，二卷，（民國）由雲龍輯，1956 年姚安由雲龍油印本。中國國家圖書館藏。又 1933 年石印本，1952 年油印本。收入《國家圖書館藏石鼓文研究資料彙編》第 8 册。

《石鼓文詮補》，二卷，（民國）沈肇年撰，中國國家圖書館藏 1961 年湖北省文史研究館影印天門沈肇年稿本。

《石鼓墨影：明清以來〈石鼓文〉善拓及名家臨作捃存》，天一閣博物館編，上海書畫出版社，2018 年。

《韻語陽秋》，二十卷，（宋）葛立方，宋刻本。

《説文解字注》，三十卷，（漢）許慎撰，（清）段玉裁注，中華書局 2013 年影印經韻樓本。

《説文通訓定聲》，十八卷，（清）朱駿聲撰，清道光二十八年刻本。

《説文通訓定聲》，十八卷，《説文通訓定聲補遺》，十八卷，（清）朱駿聲撰，中華書局 2016 年第 2 版影印臨嘯閣刻本。

《籀史》，二卷，（清）翟耆年撰，錢熙祚輯《守山閣叢書》，清道光二十四年金山錢氏刻本。

《説文古籀補》，十四卷，補遺一卷，附録一卷，（清）吴大澂撰，清光緒七年刻本。

《古籀篇》，一百卷，卷首一卷，補遺十卷，[日本國] 高田忠周撰，日本説文樓大正十四年（1925 年）影印本。

《字彙》，十二卷，（明）梅膺祚撰，明萬曆四十三年刻本。

《正字通》，十二集，卷首一卷，（明）張自烈撰，（清）廖文英續，清康熙二十四年清畏堂刻本。

《史記》，一百三十卷，（漢）司馬遷撰，（宋）裴駰集解，（唐）司馬貞索隱，（唐）張守節正義，（民國）張元濟編《百衲本二十四史》，民國二十五年上海商務印書館影印宋黃善夫本。

《史記》，一百三十卷，（漢）司馬遷撰，（宋）裴駰集解，（唐）司馬貞索隱，（唐）張守節正義，中華書局 2014 年點校本二十四史修訂本。

《史記會注考證附校補》，一百三十卷，（漢）司馬遷撰，[日本國] 瀧川資言考證，[日本國] 水澤利忠校補，上海古籍出版社 1986 年版。

《史記會注考證》，一百三十卷，（漢）司馬遷撰，[日本國] 瀧川資言考證，楊海崢整理，上海古籍出版社 2016 年版。又修訂本，上海古籍出版社 2022 年版。

《史記新證》，陳直撰，天津人民出版社 1979 年版。

《漢書》，一百卷，（漢）班固撰，（唐）顏師古注，（民國）張元濟編《百衲本二十四史》，民國二十五年上海商務印書館影印宋景祐本。

《漢書》，一百卷，（漢）班固撰，（唐）顏師古注，中華書局1962年點校本。

《漢書補注》，一百卷，卷首一卷，（漢）班固撰，（唐）顏師古注，（清）王先謙補注，中華書局1983年影印清光緒二十六年虛受堂刊本。

《後漢書》，九十卷，（宋）范曄撰，（唐）李賢等注，（民國）張元濟編《百衲本二十四史》，民國二十五年上海商務印書館影印南宋紹興監本。

《後漢書》，九十卷，（宋）范曄撰，（唐）李賢等注，中華書局1965年點校本。

《後漢書集解》，九十卷，續志集解三十卷，首一卷，（南朝宋）范曄撰，（唐）李賢注，（晉）司馬彪撰續志，（梁）劉昭注續志，（清）王先謙集解，中華書局1984年影印民國十二年虛受堂本。

《舊唐書》，二百卷，（後晉）劉昫撰，中華書局1975年點校本。

《古本竹書紀年輯證》，五卷，前言一卷，序例一卷，附四，方詩銘、王修齡輯，上海古籍出版社1981年版。又上海古籍出版社2005年修訂本。

清華簡《繫年》，一卷，清華大學出土文獻研究與保護中心編，李學勤主編《清華大學藏戰國竹簡（貳）》，中西書局2011年版。

《繹史》，一百六十卷，《世系圖》一卷，《年表》一卷，（清）馬驌撰，清康熙九年澹甯齋原刻初印本。

《繹史》，一百六十卷，《世系圖》一卷，《年表》一卷，（清）馬驌撰，王利器整理，中華書局2002年版。

《通志》，二百卷，（宋）鄭樵撰，清乾隆十二年武英殿刻本。

《通志》，二百卷，（宋）鄭樵撰，（民國）王雲五輯《萬有文庫》第二集，上海商務印書館民國二十四年版。

《通志二十略》，（宋）鄭樵撰，王樹民點校，中華書局1995年版。

《國語》，二十一卷，（周）左丘明撰，（吳）韋昭注，附劄記一卷，（清）黃丕烈撰，（清）黃丕烈輯《士禮居叢書》，嘉慶五年吳縣黃氏士禮居影印宋天聖明道本。

《國語》，二十一卷，（周）左丘明撰，（吳）韋昭注，中華書局輯《四部備要》，上海中華書局民國二十五年校刊士禮居黃氏重刊本。

《國語》，二十一卷，（周）左丘明撰，（吳）韋昭注，上海師範大學古籍整理研究所據《四部備要》排印士禮居翻刻明道本等點校，上海古籍出版社1998年版。

《國語正義》，二十一卷，（吳）韋昭注，（清）董增齡正義，清光緒六年會稽章氏式訓堂刻本。

《國語集解》(修訂本),不分卷,(清)徐元誥撰,王樹民、沈長雲點校,中華
　　書局 2020 年版。
《元和郡縣圖志》,四十卷,(唐)李吉甫撰,賀次君據光緒六年金陵書局刊本
　　點校,中華書局輯《中國古代地理總志叢刊》,中華書局 1983 年版。
《宋本太平寰宇記》,二百卷,目錄二卷,(宋)樂史撰,中華書局 2000 年影印
　　日本國宮內廳書陵部藏宋本。
《太平寰宇記》,二百卷,目錄二卷,(宋)樂史撰,(清)傅增湘校並跋,清光
　　緒八年金陵書局校刻崇仁樂氏祠堂本。
《太平寰宇記》,二百卷,(宋)樂史撰,王文楚據金陵書局本等點校,中華書
　　局輯《中國古代地理總志叢刊》,中華書局 2007 年版。
《(雍正)陝西通志》,一百卷,首一卷,(清)劉於義等修,(清)沈青崖等纂,
　　清雍正十三年刻本。
《(雍正)陝西通志》,一百卷,首一卷,(清)劉於義等修,(清)沈青崖等纂,
　　《景印文淵閣四庫全書》第 551—556 冊,臺灣商務印書館 1986 年影印
　　臺北故宮博物院藏本。
《水經注疏》,四十卷,(北魏)酈道元撰,(清)楊守敬、熊會貞疏,段熙仲據
　　科學出版社《影印〈水經注疏〉》等點校,陳橋驛據臺灣中華書局《楊熊
　　合撰〈水經注疏〉》本復校,江蘇古籍出版社 1989 年版。
《水經注校證》,四十卷,(北魏)酈道元撰,陳橋驛校證,中華書局 2007
　　年版。
《雍錄》,十卷,(宋)程大昌撰,(明)吳琯輯《增定古今逸史》,明吳琯刻本。
《雍錄》,十卷,(宋)程大昌撰,黃永年點校,中華書局 2002 年版。
《關中勝蹟圖志》,三十卷,(清)畢沅纂修,清乾隆畢沅經訓堂刻本。
《關中勝蹟圖志》,三十二卷,(清)畢沅纂修,(民國)宋聯奎輯《關中叢
　　書》,民國間陝西通志館鉛印本。
《關中勝蹟圖志》(修訂版),三十卷,(清)畢沅撰,張沛校點,三秦出版社
　　2021 年。
《荀子集解》,二十卷,(清)王先謙撰,沈嘯寰、王星賢點校,《新編諸子集
　　成》,中華書局 2013 年第 2 版。
《說苑校證》,二十卷,(漢)劉向撰,向宗魯校證,《中國古典文學基本叢
　　書》,中華書局 2011 年版。
《莊子集釋》,十卷,(清)郭慶藩撰,王孝魚點校,《新編諸子集成》,中華書
　　局 2012 年第 3 版。
《莊子鬳齋口義校注》,十卷,(宋)林希逸撰,周啟成校注,中華書局 1997

年版。

《天咫偶聞》,十卷,(清)震鈞撰,北京古籍出版社 1982 年版。

《書後品》,一卷,(唐)李嗣真撰,清順治三年李際期宛委山堂刻本。

《書後品》,一卷,(唐)李嗣真撰,(唐)張彥遠輯《法書要錄》,洪丕謨點校,上海書畫出版社 1986 年版。

《古迹記》,一卷,(唐)徐浩撰,(唐)張彥遠輯《法書要錄》,洪丕謨點校,上海書畫出版社 1986 年版。

《述書賦》,二卷,(唐)竇臮撰,(唐)張彥遠輯《法書要錄》,洪丕謨點校,上海書畫出版社 1986 年版。

《書斷》,四卷,(唐)張懷瓘撰,(宋)左圭輯《百川學海》,明末刻本。

《書斷》,三卷,(唐)張懷瓘撰,(唐)張彥遠輯《法書要錄》,日本國鈔本。

《書斷》,三卷,(唐)張懷瓘撰,(唐)張彥遠輯《法書要錄》,洪丕謨點校,上海書畫出版社 1986 年版。

《法書要錄》,十卷,(唐)張彥遠輯,日本國鈔本。

《法書要錄》,十卷,(唐)張彥遠撰,范祥雍點校,啓功、黄苗子參校,《范祥雍古籍整理匯刊》,上海古籍出版社 2011 年版。

《法書要錄》,十卷,(唐)張彥遠輯,洪丕謨點校,上海書畫出版社 1986 年版。

《法書要錄》,十卷,(唐)張彥遠纂輯,劉石校理,中華書局 2021 年版。

《寶刻叢編》,二十卷,(宋)陳思撰,(清)陸心源輯《十萬卷樓叢書》,清光緒十四年刻本。

《金石錄》,三十卷,(宋)趙明誠撰,宋淳熙龍舒郡齋刻本。

《金石錄》,三十卷,(宋)趙明誠撰,中華再造善本工程編纂出版委員會編《中華再造善本宋金編》,北京圖書館出版社 2005 年影印宋淳熙龍舒郡齋刻本。

《金石錄校證》,三十卷,(宋)趙明誠撰,金文明校證,《中國史學基本典籍叢刊》,中華書局 2019 年版。

《廣川書跋》,十卷,(宋)董逌撰,(明)毛晉編《津逮秘書》,明崇禎毛氏汲古閣刻本。

《碑藪》,一卷,(明)陳鑑編集,明鈔本。

《金薤琳琅》,二十卷,(明)都穆編,明刻本。

《天下金石志》,十五卷,附錄一卷,(明)于奕正編,(清)孫國敉校補,(清)翁方綱校並跋,中國國家圖書館藏明崇禎刻本。

《天下金石志》,十五卷,附錄一卷,(明)于奕正編,明崇禎刻本。

《古今石刻碑帖目》，二卷，（明）孫克弘撰，明萬曆刻本。
《寒山堂金石林時地考》，一卷，部目一卷，（明）趙均撰，清鈔本。
《寒山堂金石林時地考》，二卷，（明）趙均撰，（清）伍崇曜輯《粵雅堂叢書》三編，清道光光緒間刻本。
《來齋金石考略》，三卷，（清）林侗撰，《景印文淵閣四庫全書》第684冊，臺灣商務印書館1986年影印臺北故宮博物院藏本。
《觀妙齋藏金石文考略》，十六卷，目錄一卷，（清）李光暎撰，中國國家圖書館藏清雍正刻本。
《六藝之一錄》，四百六卷，續編十四卷，（清）倪濤撰，（民國）中央圖書館籌備處輯《四庫全書珍本初集》，商務印書館民國二十三至二十四年影印本。
《寰宇訪碑錄》，十二卷，（清）孫星衍、（清）邢澍撰，（清）孫星衍輯《平津館叢書》第2集，清嘉慶七年平津館刻本。
《金石萃編》，一百六十卷，（清）王昶撰，清嘉慶十年經訓堂刊本。
《金石萃編》，一百六十卷，（清）王昶撰，清嘉慶十年刻、同治錢寶傳等補修本。
《金石萃編》，一百六十卷，（清）王昶撰，《續修四庫全書》編纂委員會編《續修四庫全書》第886—891冊，上海古籍出版社2002年影印清嘉慶十年刻、同治錢寶傳等補修本。
《金石索》，十二卷，首一卷，（清）馮雲鵬、馮雲鵷輯，清道光滋陽縣署刻後印本。
《金石索》，十二卷，首一卷，（清）馮雲鵬、馮雲鵷輯，《海內古籍孤本稀見本選刊》，書目文獻出版社1996年影印清道光滋陽縣署刻本。
《二銘艸堂金石聚》，十六卷，（清）張德容撰，同治十一年衢州張德容二銘艸堂刻本。
《二銘艸堂金石聚》，十六卷，（清）張德容撰，新文豐出版公司編輯部輯《石刻史料新編》第二輯第3冊，臺灣新文豐出版公司1979年影印同治十一年張氏刊本。
《集古求真》，十三卷，卷首一卷，卷末一卷，（清）歐陽輔撰，民國十二年開智書局石印本。
《集古求真補正》，一卷，（清）歐陽輔撰，民國十二年開智書局石印本。
《語石》，十卷，（清）葉昌熾撰，清宣統元年長洲葉氏刊本。
《語石 語石異同評》，十卷，（清）葉昌熾撰，考古學專刊丙種第四號，中華書局1994年版。

《貞松堂集古遺文》，十六卷，補遺三卷，（清）羅振玉撰，民國三十年石印本。
《雲谷雜記》，四卷，（宋）張淏撰，《武英殿聚珍版叢書》，清乾隆木活字印本。
《雲谷雜記》，四卷，（宋）張淏撰，張宗祥校，中華書局1958年版。
《日知錄集釋》，三十二卷，《刊誤》二卷，《續刊誤》二卷，（清）顧炎武撰，（清）黃汝成集釋，清道光十四年嘉定黃氏西溪草廬刻本。
《日知錄校注》，（清）顧炎武撰，陳垣校注，安徽大學出版社2007年版。
《日知錄》，三十二卷，《日知錄之餘》，四卷，（清）顧炎武撰，嚴文儒、戴揚本校點，華東師範大學古籍研究所整理，黃珅、嚴佐之、劉永翔主編《顧炎武全集》第18—19冊，上海古籍出版社2011年版。
《管城碩記》，三十卷，（清）徐文靖撰，范祥雍點校，《學術筆記叢刊》，中華書局1998年版。
《讀書脞錄》，七卷，續編四卷，（清）孫志祖撰，清嘉慶間刻本。
《風俗通義》，十卷，（漢）應劭撰，王利器校注，《新編諸子集成續編》，中華書局2010年第2版。
《太平御覽》，一千卷，（宋）李昉等撰，（民國）張元濟等編《四部叢刊三編》，民國二十四至二十五年上海商務印書館影印宋本。
《太平御覽》，一千卷，（宋）李昉等撰，中華書局1960年縮印上海涵芬樓影宋本。
《太平御覽》，一千卷，目錄十五卷，（宋）李昉等撰，清嘉慶間歙縣鮑重城刻本。
《廣弘明集》，三十卷，（唐）（釋）道宣撰，（民國）張元濟等編《四部叢刊》，上海商務印書館民國十八年影印上海涵芬樓藏明刊本。
《廣弘明集》，三十卷，（唐）（釋）道宣撰，（民國）中華書局輯《四部備要》第55冊，據常州天寧寺本校刊，中華書局、中國書店1989年影印中華書局民國二十五年版。
《古列女傳》，八卷，（漢）劉向撰，元建安余氏刊本。
《易林彙校集注》，舊題（漢）焦延壽撰，徐傳武、胡真校點集注，《中華要籍集注叢書》，上海古籍出版社2012年版。
《曹植集校注》，五卷，（三國魏）曹植撰，趙幼文校注，《中國古典文學基本叢書》，中華書局2016年版。
《王粲集》，三卷，（三國魏）王粲撰，俞紹初校點，《中國古典文學基本叢書》，中華書局1980年版。
《杜詩詳注》，二十五卷，（唐）杜甫撰，（清）仇兆鰲注，《中國古典文學基本叢書》,中華書局 2015 年版。
《韋應物詩集繫年校箋》,(唐)韋應物撰,孫望校箋,《中國古典文學基本叢書》,中華書局 2002 年版。
《韋應物集校注》,(唐)韋應物撰,陶敏、王友勝校注,《中國古典文學叢書》,上海古籍出版社 1998 年版。
《韓愈全集校注》,(唐)韓愈撰,屈守元、常思春主編,四川大學出版社 1996 年版。
《韓愈文集彙校箋注》,三十六卷,附錄二卷,(唐)韓愈撰,劉真倫、岳珍校注,《中國古典文學基本叢書》,中華書局 2010 年版。典藏本,2017 年版。
《集古錄跋尾》,十卷(《全集》一百三十三至一百四十三),《歐陽修全集》,(宋)歐陽修撰,李逸安點校,《中國古典文學基本叢書》,中華書局 2001 年版。
《濟北晁先生雞肋集》,七十卷,(宋)晁補之撰,(民國)張元濟等編《四部叢刊》,民國十八年上海商務印書館影印上海涵芬樓藏明詩瘦閣仿宋刊本。
《盤洲文集》,八十卷,(宋)洪适撰,宋刻本。
《太史升菴文集》,八十一卷,(明)楊慎撰,明萬曆蔡汝賢刻本。
《青溪集》,十二卷,續編,八卷,(清)程廷祚撰,宋效勇校點,《安徽古籍叢書》第 3 輯,黃山書社 2004 年版。
《弇州山人四部稿》,一百七十四卷,目錄十二卷,(明)王世貞撰,明萬曆五年世經堂刻本。
《通志堂集》,二十卷,附納蘭容若手簡,(清)納蘭性德撰,黃曙輝、印曉峰點校,華東師範大學出版社 2008 年版。
《嘉定錢大昕全集》(增訂本),(清)錢大昕撰,陳文和主編,江蘇古籍出版社 2016 年版。
《鐵橋漫稿》,十三卷,(清)嚴可均撰,清道光十八年嚴氏四錄堂刻本。
《經傳室文集》,十卷,(清)朱駿聲撰,(民國)劉承幹輯《求恕齋叢書》,民國間劉承幹刻本。
《籀經堂類稿》,二十四卷,(清)陳慶鏞撰,清光緒九年刻本。
《王國維全集》,(清)王國維撰,謝維揚、房鑫亮總編,浙江教育出版社、廣東教育出版社 2010 年版。
《古文苑》,二十一卷,闕名編,(宋)章樵注,(民國)張元濟等編《四部叢刊》,上海商務印書館民國十八年影印常熟瞿氏鐵琴銅劍樓藏宋刊本。

附録二　近人論著徵引目

一　漢文

C

蔡慶良、張志光主編：《嬴秦溯源：秦文化特展》，"國立"故宮博物院 2016 年版。

晁福林：《〈黃鳥〉與人殉》，《社會科學輯刊》1980 年第 2 期，第 92 頁。

晁福林：《論平王東遷》，《歷史研究》1991 年第 6 期，第 8—23 頁。

晁福林：《上博簡〈詩論〉與〈詩經·黃鳥〉探論》，《江海學刊》2002 年第 5 期，第 136—142 頁。

晁福林：《上博簡〈詩論〉研究》，商務印書館 2013 年版。

陳平：《關隴文化與嬴秦文明》，鳳凰出版社 2004 年版。

陳昭容：《秦公簋的時代問題：兼論石鼓文的相對年代》，《中研院歷史語言研究所集刊》第 64 本 4 分(1993 年)，第 1077—1120 頁。

陳昭容：《秦系文字研究——從漢字史的角度考察》，《中研院歷史語言研究所集刊》第 103 本，中研院歷史語言研究所 2003 年版。

陳致：《從禮儀化到世俗化：〈詩經〉的形成》，上海古籍出版社 2009 年版。

程平山：《秦襄公、文公年代事蹟考》，《歷史研究》2013 年第 5 期，第 164—172 頁。

程平山：《秦子器主考》，《文物》2014 年第 10 期，第 49—56 頁。

程燕：《詩經異文輯考》，北京師範大學出版集團、安徽大學出版社 2010 年版。

程質清：《石鼓文試讀》，《書法》1984 年第 3 期，第 18—32 頁。

D

戴春陽：《禮縣大堡子山秦公墓地及有關問題》，《文物》2000 年第 5 期，第

74—80 頁。

戴春陽：《禮縣大堡子山秦國墓地發掘散記》，《甘肅文物工作五十年》，甘肅文化出版社 1999 年版，第 232—240 頁。

戴君仁：《石鼓文的時代文辭及其字體》，原載《大陸雜誌》第 5 卷第 7 期（1952 年），收入大陸雜誌社編輯委員會編《先秦史研究論集》下冊，《大陸雜誌史學叢書》第 1 輯，大陸雜誌社 1970 年版，第 216—221 頁。

戴君仁：《重論石鼓的時代》，《大陸雜誌》第 26 卷第 7 期（1963 年），第 209—212 頁。

董珊：《石鼓文考證》，劉釗主編：《出土文獻與古文字研究》第 3 輯，復旦大學出版社 2010 年版，第 117—136 頁。

段颺：《論石鼓乃秦德公時遺物及其他——讀郭沫若同志〈石鼓文研究〉後》，《學術月刊》1961 年第 9 期，第 40—45 頁。

F

馮浩菲：《歷代詩經論說述評》，中華書局 2003 年版。

G

高次若：《先秦都邑陳倉城及秦文公、寧公葬地芻議》，秦始皇兵馬俑博物館論叢委員會編：《秦文化論叢》第 3 輯，西北大學出版社 1994 年版，第 284—299 頁。

高次若、劉明科：《關於千渭之會都邑及其相關問題》，《周秦文化研究》編委會編：《周秦文化研究》，陝西人民出版社 1998 年版，第 582—590 頁。

高次若、劉明科：《再論汧渭之會及其相關問題》，《秦都咸陽與秦文公研究——秦文化學術研討會論文集》，陝西人民教育出版社 2001 年版，第 518—529 頁。

高明：《論石鼓文年代》，《考古學報》2010 年第 3 期，第 311—322 頁。

劉明科、高次若、楊曙明：《戴家灣尋古紀事》，文物出版社 2019 年。

龔維英：《〈詩·秦風·蒹葭〉内涵新探》，《福建論壇（人文社會科學版）》1986 年第 3 期，第 26—28 頁。

故宮博物院編：《故宮石鼓館》，故宮出版社 2014 年版。

官波舟：《〈石鼓文〉製作年代考》，《寶雞社會科學》2006 年第 2 期，第 46—48 頁。

官波舟：《石鼓文詮釋》，《寶雞青銅器博物院系列叢書》，三秦出版社 2011 年版。

官波舟：《秦惠文王製作了〈石鼓文〉——〈石鼓文〉製作年代再考》，《寶雞日報》2016年3月2日第11版。

郭沫若：《石鼓文研究》，田中慶太郎編《古代銘刻匯考四種》，東京文求堂，昭和八年(1933年)。

郭沫若：《石鼓文研究》，《郭沫若全集·考古編》第9卷，科學出版社1982年第3版。

郭沫若：《再論石鼓文之年代》，原載田中慶太郎編《古代銘刻匯考續編》，東京文求堂，昭和九年(1934年)；收入《郭沫若全集·考古編》第9卷，第99—134頁。

郭沫若：《三版小引》，《石鼓文研究》，《郭沫若全集·考古編》第9卷，第5—6頁。

郭沫若：《詛楚文研究》，《郭沫若全集·考古編》第9卷，第275—342頁。

國家文物局編：《秦韻——大堡子山出土文物集粹》，文物出版社2015年版。

H

韓高年：《〈秦風〉秦人居隴詩篇考論》，《蘭州學刊》2016年第2期，第5—11頁。

韓偉：《北園地望及石鼓詩之年代小議》，《考古與文物》1981年4期，第92—93頁。

韓偉、焦南峰：《秦都雍城考古發掘研究綜述》，《考古與文物》1988年5、6期，第111—127頁。

何琳儀：《戰國文字通論》，中華書局1989年版。

何琳儀：《戰國文字通論》(訂補)，江蘇教育出版社2003年版。

洪國樑：《〈詩經·秦風·黃鳥〉"三良"死因衡論》，《世新中文研究集刊》第9期(2013年)，第1—38頁。

洪湛侯：《詩經學史》，中華書局2002年版。

胡建人：《石鼓和石鼓文考略——兼論郭沫若的襄公八年説》，《寶雞文理學院學報(哲學社會科學版)》1994年3期，第123—128頁。

胡平生、韓自強：《阜陽漢簡詩經研究》，上海古籍出版社1988年版。

黃奇逸：《石鼓文年代及其相關諸問題》，《古文字研究論文集》(《四川大學學報叢刊》第10輯)，四川人民出版社1982年版，第227—254頁。

黃灼耀：《秦人早期史迹初探》，《學術研究》1980年第6期，第69—76頁。

J

蔣五寶：《"汧渭之會"遺址具體地點再探》，《寶雞文理學院學報》1998年第

2 期,第 55—58 頁。

蔣志範:《石鼓發微》,《學海月刊》第 1 卷第 2 冊(1944 年),第 46—50 頁。

焦南峰、田亞岐:《尋找"汧渭之會"的新線索》,《中國文物報》2004 年 3 月 5 日第 7 版。

L

賴炳偉:《石鼓文年代再研究》,《吉林大學古籍研究所建所十五周年紀念文集》,吉林大學出版社 1998 年版,第 139—144 頁。

賴炳偉:《石鼓文年代再討論》,《古文字研究》第 26 輯,中華書局 2006 年版,第 404—412 頁。

李鐵華:《石鼓新響》,三秦出版社 1994 年版。

李霖:《秦風〈渭陽〉的經學建構》,《中國哲學史》2017 年第 3 期,第 5—11、29 頁。

李零:《春秋秦器試探——新出秦公鐘、簋銘與過去著錄秦公鐘、簋銘德對讀》,《考古》1979 年第 6 期,第 515—521 頁。

李零:《〈史記〉中所見秦早期都邑葬地》,《文史》第 20 輯,中華書局 1983 年版,第 15—23 頁。

李學勤:《秦國文物的新認識》,原載《文物》1980 年第 9 期,收入氏著《新出青銅器研究》(增訂版),人民美術出版社 2016 年版,第 230—232 頁。

李學勤:《東周與秦代文明》,文物出版社 1984 年版。

李學勤:《秦子盉與"秦子"之謎》,寶雞市青銅器博物館編《周秦文明論叢》第 2 輯,三秦出版社 2009 年版,第 1—4 頁。

李仲操:《石鼓最初所在地及其刻石年代》,《考古與文物》1981 年 2 期,第 83—86 頁。

李仲操:《石鼓出土地及其在唐宋的聚、散、遷》,《人文雜誌》1993 年第 2 期,第 101—103 頁。

李子偉、丁國棟:《論〈秦風〉產生的時代、地域》,《貴州文史叢刊》2007 年第 3 期,第 5—8 頁。

禮縣博物館、禮縣秦西垂文化研究會編:《秦西垂陵區》,文物出版社 2004 年版。

林劍鳴:《秦史稿》,上海人民出版社 1981 年版。

劉明科、高次若、楊曙明:《戴家灣尋古紀事》,文物出版社 2019 年版。

劉毓慶等:《詩義稽考》,學苑出版社 2006 年版。

陸侃如、馮沅君:《中國詩史》,百花文藝出版社 2008 年版。

盧連成、楊滿倉：《陝西寶雞縣太公廟村發現秦公鐘、秦公鎛》，《文物》1978年第11期，第1—5頁。

羅君惕：《秦刻十碣時代考》，《考古社刊》1935年第3期，第98—106頁。

羅君惕：《秦刻十碣考釋》，齊魯書社1983年版。

洛陽市文物工作隊編著：《洛陽王城廣場東周墓》，文物出版社2009年版。

M

馬非伯：《秦集史》，中華書局1982年版。

馬衡：《石鼓爲秦刻石考》，原載北京大學《國學季刊》第1卷第1期（1923年）；1931年增訂刊刻，氏著《石鼓爲秦刻石考》，民國二十年楊心得石印本；又收入氏著《凡將齋金石叢稿》，中華書局1977年版，第165—175頁。

馬叙倫：《石鼓爲秦文公時物考》，初刊《國立北平圖書館館刊》第7卷第2號（1933年），修訂後收入氏著《石鼓疏記》，民國二十四年上海商務印書館石印本。收入許嘉璐主編《馬叙倫全集》，浙江古籍出版社2018年版。

馬叙倫：《跋石鼓文研究》，《馬叙倫學術論文集》，中華書局1963年版，第207—224頁。

馬銀琴：《兩周詩史》，社會科學文獻出版社2006年版。

毛遠明：《碑刻文獻學通論》，中華書局第2009年版。

N

那志良：《石鼓通考》，"中華"叢書委員會1958年版。

倪晉波：《秦系文字的時間序列與石鼓文的勒製年代》，《揚州大學學報（人文社會科學版）》2010年第2期，第123—128頁。

倪晉波：《出土文獻與秦國文學》，文物出版社2015年版。

Q

秦始皇兵馬俑博物館、陝西省考古研究所編：《秦始皇陵銅車馬發掘報告》，文物出版社1998年版。

裘錫圭：《文字學概要》，商務印書館1988年版。修訂本，2013年版。

裘錫圭：《關於石鼓文的時代問題》，原載《傳統文化與現代化》1995年第1期，第40—48頁；收入《裘錫圭文集》第3卷，復旦大學出版社2012年版，第307—319頁。

曲英傑：《先秦都城復原研究》，黑龍江人民出版社1991年版。

S

陝西省考古研究所、寶雞工作站等:《陝西隴縣邊家莊五號春秋墓發掘簡報》,《文物》1988年第11期,第14—23頁。

陝西省考古研究院:《陝西寶雞太公廟秦公大墓考古調查勘探簡報》,《考古與文物》2021年第1期,第3—7頁。

邵炳軍:《詩〈秦風〉創作年代考論(上)——春秋詩歌創作年代考論之十一》,《西北大學學報(哲學社會科學版)》2011年第6期,第50—56頁。

沈兼士:《石鼓文研究三事質疑》,《輔仁學志》第13卷第1、2期(1945年),第61—68頁。

沈培:《〈詩·秦風·權輿〉毛詩本與安大簡本對讀》,《出土文獻綜合研究集刊》第11輯,巴蜀書社2020年版,第98—112頁。

舒大剛:《春秋少數民族分佈研究》,臺北文津出版社1994年版。

宋鴻文:《石鼓文新探》,《貴州文史叢刊》1993年第4期,第58—64頁。

蘇秉琦:《石鼓文"廊"字之商榷》,《國立北平研究院史學集刊》第1期(1936年),第127—133頁。

蘇雪林:《詩經雜俎》,臺灣商務印書館1995年版。

蘇雪林:《詩經雜俎》,《蘇雪林文編》第1卷,中央編譯出版社2019年版。

蘇瑩輝:《石鼓文刻於秦靈公三年說補正》,原載《大陸雜誌》1952年第12期,收入大陸雜誌社編輯委員會編:《先秦史研究論集》下冊,第224—226頁。

T

譚步雲:《"秦雍十碣"解惑》,中山大學古文字研究所編《康樂集:曾憲通教授七十壽慶論文集》,中山大學出版社2006年版,第102—112頁。

譚其驤主編:《中國歷史地圖集》第1冊,臺北曉園出版社有限公司1991年版。

譚其驤主編:《中國歷史地圖集》第1冊,地圖出版社1996年版。

唐蘭:《汧陽刻石考》,《唐蘭全集》第10冊,上海古籍出版社2005年版,第747—754頁。

唐蘭:《石鼓文刻於秦靈公三年考》,原載《申報·文史週刊》第1、2期,1947年12月6日第9版、13日第8版,收入《唐蘭全集》第2冊,第717—720頁。又唐國香(唐蘭的化名):《石鼓文刻於秦靈公三年考》,原載《大陸雜誌》1952年第5期,收入大陸雜誌社編輯委員會編《先秦史研究論集》下册，《大陸雜誌史學叢書》第 1 輯，大陸雜誌社 1970 年版，第 222—223 頁。

唐蘭：《中國文字學》，原刊上海開明書店（1949 年），收入《唐蘭全集》第 6 册。

唐蘭：《石鼓年代考》，原載《故宫博物院院刊》1958 年第 1 期，收入《唐蘭全集》第 3 册，第 1017—1035 頁。

童書業：《評唐蘭先生"石鼓文刻於秦靈公三年考"》，原載《中央日報》1948 年 1 月 7 日第 7 版《文物週刊》第 68 期，收入《童書業史籍考證論集》，童教英整理《童書業著作集》第 3 卷，中華書局 2008 年版，第 787—793 頁。

童書業：《論石鼓文的時代再質唐蘭先生》，原載《中央日報》1948 年 3 月 17 日《文物週刊》第 77 期，收入《童書業史籍考證論集》，《童書業著作集》第 3 卷，第 794—801 頁。

童書業：《論石鼓文的用字三質唐蘭先生》，原載《中央日報》1948 年 5 月 26 日《文物週刊》第 85 期，收入《童書業史籍考證論集》，《童書業著作集》第 3 卷，第 802—811 頁。

童書業：《從石鼓文的問題談到考據的方法》，原載《中央日報》1948 年 7 月 7 日《文物週刊》第 91 期，收入《童書業史籍考證論集》，《童書業著作集》第 3 卷，第 812—816 頁。

W

王輝：《由"天子""嗣王""公"三種稱謂説到石鼓文的時代》，原載《中國文字》新 20 期（1995 年）；收入《一粟集——王輝學術文存》，臺北藝文印書館 2002 年版，第 377—404 頁。

王輝：《秦出土文獻編年》，臺北新文豐出版公司 2000 年版。

王輝、王偉：《秦出土文獻編年訂補》，三秦出版社 2014 年版。

王輝：《〈石鼓文·吴人〉集釋——兼再論石鼓文的時代》，原載《中國文字》新 29 期（2003 年），收入《高山鼓乘集——王輝學術文存二》，中華書局 2005 年版，第 131—146 頁。

王輝：《再與徐暢先生討論石鼓文的時代》，原載《古文字論集（三）》，《考古與文物》2005 年增刊，收入《高山鼓乘集——王輝學術文存二》，第 147—152 頁。

王輝、蕭春源：《新見銅器銘文考跋二則》，原載《考古與文物》2003 年第 2 期，改名《珍秦齋藏秦子戈考跋》，收入《珍秦齋藏金——秦銅器篇》，第

153—158 頁。

王輝、焦南峰、馬振智：《秦公大墓石磬殘銘考釋》，原載《中研院歷史語言研究所集刊》第 67 本第 2 分（1996 年）；收入《一粟集——王輝學術文存》，第 305—376 頁。

王暉：《春秋早期周王室王位世系變局考異——兼説清華簡〈繫年〉"周無王九年"》，《人文雜誌》2013 年第 5 期，第 75—81 頁。

王雷生：《平王東遷年代新探——周平王東遷公元前 747 年説》，《人文雜誌》1997 年第 3 期，第 62—66 頁。

王雷生：《秦文公即秦襄公考辯》，《三秦論壇》1997 年第 3 期，第 35—37 頁。

王雷生：《秦文公建都"汧渭之會"及其意義——兼考非子秦邑所在》，《人文雜誌》2001 年第 6 期，第 112—118 頁。

王曉平：《日本詩經學史》，學苑出版社 2009 年版。

王學理、尚志儒、呼林貴等：《秦物質文化史》，三秦出版社 1994 年版。

王學理：《秦物質文通覽》，科學出版社 2015 年版。

吳從祥：《〈蒹葭〉本義探微》，《河北師範大學學報（哲學社會科學版）》2019 年第 1 期，第 56—59 頁。

吳鎮烽：《新出秦公鐘銘考釋與有關問題》，《考古與文物》1980 年第 1 期，第 88—93 頁。

吳鎮烽：《秦兵新發現》，廣東炎黄文化研究會等合編：《容庚先生百年誕辰紀念文集》，廣東人民出版社 1998 年版，第 563—572 頁。

X

蕭春源：《珍秦齋藏金——秦銅器篇》，澳門基金會 2006 年版。

肖琦：《陝西隴縣邊家莊出土春秋銅器》，《文博》1989 年第 3 期，第 79—81 頁。

徐寶貴：《石鼓文與詩經語言的比較研究》，原載《人文論叢（1999 年卷）》，武漢大學出版社 1999 年版，收入氏著《石鼓文整理研究》，第 626—653 頁。

徐寶貴：《石鼓文年代諸説簡表》，《石鼓文整理研究》，中華書局 2008 年版，第 698—704 頁。

徐寶貴：《石鼓文整理研究》，中華書局 2008 年版。

徐暢：《石鼓文年代研究綜述》，《中國書法全集·春秋戰國刻石簡牘帛書卷》，榮寶齋 1996 年版，第 35—45 頁。

徐暢:《石鼓文刻年新考》,《考古與文物》2003年第4期,第75—83頁。
徐少華:《清華簡〈繫年〉"周亡(無)王九年"淺議》,《吉林大學社會科學學報》2016年第4期,第183—187頁。
徐衛民:《秦都城研究》,陝西人民教育出版社2000年版。
徐衛民:《秦公帝王陵四大陵區及其形成原因》,《秦文化論叢》第9輯,西北大學出版社2002年版,第428—438頁。
徐衛民、劉幼臻:《秦都邑宫苑研究》,王子今主編:《秦史與秦文化研究叢書》,西北大學出版社2021年版。
徐彥峰、田亞岐:《〈秦風·蒹葭〉與秦都雍城地理環境研究》,《西安建築科技大學學報(社會科學版)》2019年第3期,第36—41、48頁。
徐在國:《談〈詩·秦風·小戎〉"亂我心曲"之"亂"及文字考釋的重要性》,《安徽大學學報(哲學社會科學版)》2020年第5期,第76—79頁。
許莊:《石鼓爲秦文公舊物考》,《文史雜誌》1945年3、4期,第80—81頁。

Y

楊東晨:《秦人秘史》,陝西人民教育出版社1991年版。
楊壽祺:《石鼓時代研究》,《考古社刊》1935年第3期,第89—97頁。
楊若漁:《石鼓文時代考——石鼓研究之一》,《中央日報·文物週刊》1948年1月7日第7版第74期。
楊曙明:《"汧渭之會"新考證》,《寶雞社會科學》2004年第4期,第45—46頁。
楊曙明:《〈詩經·秦風·駟驖〉北園與鳳翔東湖淵源考》,《寶雞社會科學》2013年第1期,第58—60頁。
楊文明:《石鼓文全集》,雲南人民出版社1999年版。
楊宗兵:《石鼓製作緣由及其年代新探》,《中國歷史文物》2004年第4期,第4—15頁。
楊宗兵:《石鼓文新鑑》,世界圖書出版社西安公司2005年版。
易蘭:《蘭克史學研究》,復旦大學出版社2006年版。
易越石:《石鼓文書法與研究》,香港志蓮净苑1998年版。
易越石:《石鼓文通考》,上海人民出版社2009年版。
殷光熹:《〈秦風〉總論(上)》,《楚雄師專學報》1999年第1期,第37—45頁。
尹盛平、張天恩:《陝西隴縣邊家莊一號春秋秦墓》,《考古與文物》1986年第6期,第15—22頁。

Z

早期秦文化聯合考古隊：《2004年甘肅禮縣鸞亭山遺址發掘主要收穫》，《中國歷史文物》2005年第5期，第4—14頁。

早期秦文化聯合考古隊：《2006年甘肅禮縣大堡子山祭祀遺迹發掘簡報》，《文物》2008年第11期，第14—29頁。

張光裕：《新見〈秦子戈〉二器跋》，《屈萬里先生百歲誕辰國際學術研討會論文集》，臺北市行政院文建會2006年版，第261—268頁。

張光遠：《先秦石鼓存詩考》，張光遠、中華大典編印會合作1966年版。

張光遠：《西周文化繼承者秦國文化與史籀作石鼓考》，《故宫季刊》第14卷第2期（1979年），第77—116頁。

張啟成：《論石鼓文作年及其與詩經之比較》，《欽州師範高等專科學校學報》1999年第4期，第36—38頁。

張啟成：《詩經風雅頌研究論稿》，學苑出版社2003年版。

張啟成：《論〈秦風〉》，《貴州大學學報（社會科學版）》2003年第6期，第47—52頁。

張樹波：《國風集説》，河北人民出版社1993年版。

張天恩：《對〈秦公考釋〉中有關問題的一些看法》，《四川大學學報（哲社版）》1980年第4期，第93—100頁。

張天恩：《邊家莊春秋墓地與汧邑地望》，原載《文博》1990年第5期，第227—231頁，收入氏著《周秦文化研究論集》，科學出版社2009年版，第256—271頁。

張天恩、龐有華：《秦都平陽的初步研究》，《秦始皇帝陵博物院院刊》第5輯，陝西師範大學出版總社2015年版，第54—63頁。

張先堂：《〈詩經·秦風〉與先秦隴右地方文化》，《甘肅社會科學》1993年第4期，第128—132頁。

張政烺：《獵碣考釋初稿》，原載北京大學潛社編《史學論叢》第1期（1934年），收入《文史叢考》，《張政烺文集》，中華書局2012年版，第1—42頁。

趙超：《也談石鼓文的產生年代》，原載中國社會科學院考古研究所編著：《新世紀的中國考古學——王仲殊先生九十華誕紀念論文集》，科學出版社2015年版，收入氏著《我思古人：古代銘刻與歷史考古研究》，社會科學文獻出版社2018年版，第42—55頁。

趙逵夫主編，趙逵夫、韓高年撰：《先秦文學編年史》，商務印書館2010

年版。

趙逵夫：《〈秦風·蒹葭〉新探》，《文史知識》2010 年第 8 期，第 4—9 頁。

中國大百科全書總編輯委員會《考古學》編輯委員會編：《中國大百科全書·考古學》，中國大百科全書出版社 1986 年版。

中國大百科全書總編輯委員會《語言文字》編輯委員會編：《中國大百科全書·語言文字》，中國大百科全書出版社 1992 年第 2 版。

中國社會科學院語言研究所詞典編輯室編：《現代漢語詞典》（第 7 版），商務印書館 2016 年版。

周新芳：《"天子駕六"問題考辨》，《中國史研究》2007 年第 1 期，第 41—57 頁。

朱鳳瀚：《清華簡〈繫年〉所記西周史事考》，李宗焜主編：《第四屆國際漢學會議論文集 出土文獻與新視野》，臺北"中研院"，2013 年版，第 441—460 頁。

祝中熹：《禮縣大堡子山秦陵墓主再探》，《文物》2004 年第 8 期，第 65—72 頁。

祝中熹：《秦人早期都邑考》，原載《隴右文博》1996 年創刊號，收入氏著《秦史求知錄》，上海古籍出版社 2012 年版，第 343—362 頁。

祝中熹：《汧渭之間與汧渭之會——兼議對〈史記〉的態度》，原載《絲綢之路》2009 年夏半月刊，收入氏著《秦史求知錄》，第 423—438 頁。

二 西文、日文文獻及譯文

［美］Gilbert L. Mattos（馬幾道），*The Stone Drums of CH' IN*（《秦石鼓》），《華裔學志叢書》第 19 種，Steyler Verl，1988.

［美］赫克斯特：《歷史的修辭》，陳新主編：《當代西方歷史哲學讀本（1967—2002）》，復旦大學出版社 2006 年版，第 59—70 頁。

［日］白川靜著、黃諍譯：《詩經的世界》，四川人民出版社 2019 年版。

［日］赤塚忠：《石鼓文の新研究》，原載《甲骨學》第 11 號，日本甲骨學會 1976 年版；收入《赤塚忠著作集》第 7 卷《甲骨·金文研究》，研文社 2002 年版，第 773—890 頁。

［日］家井真著、陸越譯：《〈詩經〉原意研究》，《鳳凰文庫·海外中國研究系列》，江蘇人民出版社 2011 年版。

［日］平勢隆郎：《史記東周紀年の再編について》，《新編史記東周年表》，東京大學東洋文化研究所 1995 年版。

［日］篠田幸夫：《石鼓文製作年代攷——『詩経』·秦公諸器銘文との比較

に於いて》,《二松學舍大學論集》第 40 號(1997 年),第 107—131 頁。

[日] 小南一郎:《石鼓文製作の時代背景》,《東洋史研究》第 56 卷第 1 號(平成九年,1997 年),第 1—32 頁。

[日] MIHO MUSEUM:《中國戰國時代の霊獸》,MIHO MUSEUM 2000 年版。

[日] 松丸道雄:《甘肅禮縣秦公墓の墓主は誰か? —MIHO MUSWUM 新收の編鐘を手掛りに》,日本中國考古學會關東部會四月例會演講 2002 年 4 月 20 日,第 1—9 頁。

索　　引

本索引收録本書涉及的重要人名、機構名、文獻名（包括書名、期刊名稱、論文名稱）、職官名稱、地名等。索引以拼音爲序排列。

A

哀公　71,76-78,107,108,119,222
愛情詩　85-87,90
安大簡《詩經·秦風》　12
安定　27,37,46,55,70,71,78,79
安徽大學藏戰國簡　25,36,46,55,58,68,81,90,99,111,118,123
安徽大學藏戰國竹簡（壹）　12,25,36,46,58,68,81,90,99,112,118,290
安徽大學漢字發展與應用中心研究中心　12,25,36,46,58,68,81,90,99,112,118,290
安徽大學學報（哲學社會科學版）　55,315
安徽古籍叢書　5,26,89,106,140,293,306
安氏　247
安氏十鼓齋本　168,181
安作璋　6,31,38,49,59,70,84,91,100,113,119,294

B

跋岐陽石鼓文　137
跋石鼓文研究　149,311
白川静　88,317
百川學海　303
百里奚　86,97,109,119,120,122
百衲本二十四史　300,301
班固　70,102,301
板　76,77
板屋　20,27,37,40,45,46,48-50,52,53,55,56,70,79
邦君　21
褒姒　286
寶雞　152,166,227,229,235,249
寶雞工作站　233,312
寶雞青銅器博物院系列叢書　166,308
寶雞日報　166,309
寶雞社會科學　43,152,166,229,236,308,315
寶雞市　229,234-236,238,240,255
寶雞市青銅器博物館　211,310
寶雞文理學院學報（哲學社會科學版）　151,309
寶雞縣　18,66,211,227,234
寶刻叢編　135,159,181,261,265,296
鮑重城　305
鮑廷博　137,297
鮑志祖　137,297

碑碣　131,148,169,182

碑刻文獻學通論　177,311

碑藪　135,303

北地　27,37,46,55,70,71,78,79

北京大學潛社　191,248,316

北京故宮博物院　131

北園　20,36,40,42,43,143,144,150-152,207,258,277

北園地望及石鼓詩之年代小議　43,151,309

北園呂氏　42,151

北園王氏　42,151

邶鄘衛問答　96

背景　1,3-5,10-13,19,24,25,32,36,37,43-46,54,58,65,66,68,79,81,89,90,97-99,106,107,111,112,116,118,123,125,126,129,131-133,138,139,160,172,174-179,256,260,261,279,285,286,288

Bibliothèque nationale de France（法國國家圖書館）　12,14,26,36,290

白（伯）盤　21

畢公　242

畢沅　136,302

碧琳琅館叢書　5,26,84,100,293

邊家莊春秋墓地與汧邑地望　233,234,316

邊家莊墓地　233,234

辨說　7,48,72,93

辯說　6

變風　14

伯氏　17,116

補考　297

不禁權輿　118

不承權輿　20,118,123

不其　17

不其簋　17

C

采眾家說　8

蔡慶良　124,307

倉唐　95,96,98

曹植　103,305

曹植集校注　103,305

草蟲　76

闡釋　4

長青鎮　236

晁補之　136,306

晁福林　3,21,24,62,63,102,110,111,307

車工　148,169

車里　242

車鄰　5,6,8,13,14,19,25-36,38,40-42,44,48,51-53,59,62,63,71,73,78,79,82,108,125,126,139,140,143

車隣　31

車馬　14-16,26-29,31,33,34,37,40,44,45,47,51,53,57,58,70,71,78,79,82,126,139,241,276,277

車馬制度　179,256,275,289

陳寶　23,139,170,227,230,235,236,286

陳倉　133,134,137-139,150,151,180,208,225-229,234,237,238,254,255

陳倉北阪　150,151,234

陳倉城　234,236

陳倉故城　229,234-238,243,254,255,287,289

陳紅彥　296

陳奐　5,10,26,36,38,47,59,69,70,83,91,100,112,113,119,207,294

陳繼揆　8,294

陳鑑　135,303

陳炬　299

陳平　132,157,164,234,235,264,270,

271,273,307
陳喬樅　27,28,38,40,47,51,59,80,82,294
陳橋驛　55,240,302
陳慶鏞　201,306
陳鱣　140,262
陳壽祺　27,28,38,40,47,51,59,80,82,294
陳思　135,159,181,261,296,303
陳文和　199,306
陳垣　305
陳昭容　145,153,154,163,170,174,176,177,183,186,187,194,201,202,204-206,208,209,211,271,288,307
陳直　144,300
陳致　11,307
陳子展　6,26,27,38,47,59,76,87,89,91,100,102,115,116,119,295
晨風　6,9,13,19,70,71,77,81,90-98,113,115,119,120,125,126,280
稱謂　16,19,131,144,156,166,179,210,256,261,263,264,267,269,274,289
成公　242
成周　16,21,22,34,137,283
成周石鼓考　298
程大昌　137,251,302
程俊英　9,29,35,38,50,62,63,73,76,87,90,93,98,104,115,116,119,123,295
程平山　16,21-24,32,34,42,44,53,56,65,67,80,125,150,211,279,286,287,307
程廷祚　139,140,306
程燕　25,307
程質清　164,266,271,307
澄城縣　60
赤塚忠　88,145,317

赤塚忠著作集　88,145,317
重編石鼓文　299
重訂詩經疑問　6,292
重耳　113,116,117,125
重論石鼓的時代　146,147,308
紃義　115
出公　243
出土地　176-178,225,243,254,255,288,289
出土文獻與古文字研究　157,244,248,258,276,308
出土文獻與秦國文學　9,43,54,62,75,94,122,311
出土文獻綜合研究集刊　312
楚　16,22,41,68,69,71,76-78,80,86,99,120,126,137,157,158,281
楚詞·大招　120
楚雄師專學報　9,31,38,49,61,76,77,86,94,105,116,119,257,315
楚雨樓叢書初集　299
楚昭　78
船山全書　19,76,292
船山全書編輯委員會　19,76,292
傳　7,30,32,50,69,73-75,84,91,112,114,123,136,207,277
傳解　72,119
傳統文化與現代化　132,179,186,264,311
創作年代　3,9,31,39,40,43,51,62,63,85,104,131,177,238,312
春秋　9,18,23,31,39-41,51,54,62,63,68,69,76,78,85,107,115,119,121,133,138,139,141,150,152-154,157,160,161,167-174,177,183-186,193,194,200-202,205,206,208-212,214-217,221,222,232-236,254,255,257,260,264,269,273,278,282-285,288,

312
春秋傳　119
春秋公羊　278
春秋公羊傳注疏　201,296
春秋穀梁傳注疏　201,296
春秋秦器試探——新出秦公鐘、鎛銘與過去著録秦公鐘、鎛銘德對讀　241,310
春秋少數民族分佈研究　43,151,312
春秋早期周王室王位世系變局考異——兼說清華簡〈繫年〉"周無王九年"　22,314
春秋左傳正義　13,15,21,80,101,107,108,110,117,201,282,296
慈山　240
從禮儀化到世俗化:〈詩經〉的形成　11,307
從石鼓文的問題談到考據的方法　162,313
從死　20,100-106,108-110,126
從朱子說　6-8
崔東壁遺書　48,72,84,294
崔述　48,49,72,83,84,294
崔駰　120

D

答問　40,52,60,61,78,83,96,119,120
大堡子山　44,109,123,211,212,222,236,277,288
大夫秦仲　15-18,25,27-29,31-34,40,41,51,54
大父仲　15,17,40,49,52
大駱　15,17,29,30,74,75
大梁鼎　206
大陸雜誌　145,147,161,162,308,312,313
大陸雜誌社編輯委員會　145,161,162,308,312

大陸雜誌史學叢書　145,161,308,313
大序　4
大雅·板　76
大雅·公劉　146,259
大雅·皇矣　259
大雅·緜　259
大鄭宮　146,147,241,242,280
大篆　133,134,167,180,181,183,226,227
待軒詩記　292
戴春陽　109,123,211,277,307,308
戴家灣尋古紀事　235,308,310
戴君恩　8,292,294
戴君仁　145-147,308
戴溪　7,8,92,291
當代西方歷史哲學讀本(1967—2002)　177,317
蕩社　54,237,279
悼公　119,242,243,281
悼王　282
道宣　18,305
德公　60,65,138,145-147,174,208,241,242,280
帝王世紀　230,232,236,238-241,243
第四屆國際漢學會議論文集 出土文獻與新視野　22,317
地里志　60,71,78,142
定王　77,281
東居周地　16,22,34,283
東洋史研究　165,266,318
東周　3,4,95,149,153,177,288
東周與秦代文明　152,310
董珊　157,244,248,258,276,308
董迪　136,187,194,203,244,245,303
董增齡　301
都穆　187,195,244,303
鬥雞臺　249

寶光鼎　132,297

寶怠　227,303

獨笑齋金石文考　299

讀風偶識　48,49,72,83,84,294

讀風臆補　8,294

讀詩質疑　5,294

讀詩總論　293

讀書脞錄　140,305

杜　43,151

杜甫　225,226,305

杜詩詳注　226,305

杜預　15,136,137,201,296

段昌武　5,26,290

段颺　145,146,263,268,271,308

段玉裁　5,36,133,195-198,207,294,300

對〈秦公考釋〉中有關問題的一些看法　241,316

敦　250

敦煌本　12,14,26,36

敦煌古籍叙錄新編　12,290

敦煌經部文獻合集　12,14,26,36,290

E

2006年甘肅禮縣大堡子山祭祀遺迹發掘簡報　211,316

2004年甘肅禮縣鸞亭山遺址發掘主要收穫　149,316

爾雅　120,123,199,200,231

爾雅注疏　123,199,296

而師　146-152,163-166,169,251,254,261,264-268,272,274,277-279,287

二里頭遺址　237

二銘艸堂金石聚　132,135,136,189,304

二松學舍大學論集　165,318

二王並立　21

二玄社　212,220,296

F

法書要錄　133,134,180,225,227,303

法書苑　226

法言　120

凡將齋金石叢稿　144,198,208,247,262,267,272,311

范處義　5,10,26,38,47,59,69,70,82,83,91,100,112,113,118,119,291

范寧　296

范曄　301

方功惠　5,26,84,100,293

方詩銘　301

房鑫亮　138,145,200,229,274,306

非子　14,26,33,37,141,142,229,231-234,237,243

分類　12,13,125,290

封宫　240

封山　55

封禪書　146-148,228,230,231,234,236,250

風　11,139

風俗通義　97,109,305

酆　16,134,143,180,230

豐大特　23,286

豐鎬遺址　237

豐水　237

豐王　23,286

馮承輝　200,298

馮浩菲　10,308

馮翊　243,250

馮雲鵬　137,191,195,304

馮雲鵷　137,191,195,304

奉敕　201

鳳翔　43,135,144,150-152,158,165,168,226,229,236,251,254,255

鳳翔府　135,138,158,226,227,233,239

鳳翔高莊秦墓　42,151
鳳翔縣　226,227
鳳翔縣秦公一號大墓　283
夫子廟　135,226
鄜　143,144,244,247,249,252,253,258,259
鄜寺　146
鄜衍　250,251
鄜畤　23,144,146-148,156,162,163,170,178,228,235,241,243,250,251,280,286
鄜州　251
扶風　137,230,231,236,239,241
扶風郡　226
服虔　14,15,27,28,33,40,41,51,53,58,59,61,82,83
服《注》　52
附庸　14,26,28-30,33,37,40,52,142
福建論壇　88,308
輔廣　7,291
輔仁學志　149,312
阜陽漢簡詩經研究　3,12,36,46,99,309
阜陽漢簡《詩經》　3,4,12,36,46,99
傅恒　6,293
傅山　188,197,204,297
傅山全書　188,197,204,297
傅岩　120
傅增湘　302
復傅抱石書　299
復齋碑錄　135,181,226
婦人　35,46,48,50,52,55,92-95,97,98

G

甘肅　20,138,152,211,277,308
甘肅禮縣秦公墓の墓主は誰か？──MIHO MUSWUM 新収の編鐘を手掛りに　211,318
甘肅社會科學　56,316
甘肅省　19,66,109,123,149,211,229,236,248,255,277
甘肅文物工作五十年　277,308
高次若　234,235,308,310
高亨　9,34,35,41,52,63,73,80,87,89,90,93,94,98,104,115,116,121,122,295
高明　166,264,267,271-274,308
高山鼓乘集──王輝學術文存二　158,313
高陶　17
高田忠周　192,196,247,248,300
格伯簋　159,193
葛立方　134,135,300
葛生　68,69
葛元煦　297
庚壺　205,206,208
Gilbert L. Mattos（馬幾道）　153,154,170,174,209,317
公　19,41,43,154-157,161,163,166,173,264,267,269-275,278
公孫枝　120,122
公子重耳　116
公羊傳　201
共公　119,155,156,170,210,242,281
共和　133,136,172
宮車　253,258
龔橙　26,27,52,65,71,83,96,100,114,115,122,294
龔維英　88,308
鞏豐　138,139,144,181
古本竹書紀年輯證　301
古本《竹書紀年》　10,18,23,175,286
古代銘刻彙考四種　147,148,309
古代銘刻彙考續編　148,309
古華山農　137,190,198,244,245,298

古迹記　134,303

古今石刻碑帖目　135,304

古列女傳　113,117,305

古序　4,7

古文　133,134,138,140,143,145,159,177,180,181,247

古文苑　135,181,187,194,196,203,226,244,245,306

古文苑序　135

古文字論集（三）　158,313

古文字研究　165,266,310

古文字研究論文集　164,264,266,274,309

古義　115

古籀篇　192,196,247,248,300

穀梁傳　201

故宮博物院　6,8,39,87,131,136,291-294,302,304,307,308

故宮博物院院刊　162,313

故宮季刊　150,234,263,316

故宮石鼓館　131,308

故郿城　239

故汧城　232,233

顧棟高　39,293

顧廣譽　85,114,294

顧言行　299

顧炎武　152,260,305

觀妙齋藏金石文考略　132,135,136,304

官波舟　166,228,229,308,309

關雎　11

關隴文化與嬴秦文明　132,157,235,264,271,273,307

關於千渭之會都邑及其相關問題　235,308

關於石鼓文的時代問題　132,163,170,174,179,186,194,202,264,269,273,275,279,311

關中　43,62,65,67,120,136,150,151,225-228,236,302

關中勝蹟圖志　136,302

管城碩記　94,95,305

管寧　96

廣川書跋　136,187,192,194,203,244,245,303

廣東炎黃文化研究會　211,314

廣弘明集　17,18,305

廣義　115,235,236

邽冀諸戎　43,151

邽戎國　55

貴信　102,110

貴州大學學報（社會科學版）　9,316

貴州文史叢刊　75,144,310,312

郭璞　199,296

郭沫若　39,44,133,143,147-149,160,165,167,170,171,174,183,184,186,192,193,198,201,206,208,211,213-216,218-223,229,244,247-249,252-254,256,258,261-263,265-268,271-273,275-278,287,299,309

郭沫若全集　299

郭沫若全集·考古編　39,44,143,147-149,183,186,192,193,198,201,206,208,211,220,229,244,247,248,252-254,256,258,261-263,265,268,272,273,275-278,287,309

郭慶藩　13,302

郭宗昌　137,297

郭忠恕　7

國風　11,15,19,78,88,102,104,126

國風集說　5,295,316

國家圖書館藏石鼓文研究資料彙編　296-300

國家文物局　211,309

國景子　76

國立北平圖書館館刊　143,248,311
國立北平研究院史學集刊　249,312
國人　14,28-31,33,41,46,48,50,64,68,69,82,100-102,104,105,107,110,157,158,298
國學季刊　144,145,198,311
國語　10,15,16,22,34,301,302
國語·鄭語　15-17,22,34
國語正義　301
虢　21,60,226,246
虢公　138,145,146,261,274
虢公翰　21
虢季子白槃　138
虢季子白盤　138,208
虢略　60
虢王鎮　43,151

H

寒山堂金石林時地考　135,304
郿孝子鼎　205,206
韓高年　9,31,33,39,51,62,71,77,85,88,90,97,100,116,119,121,208,309,316
韓詩　3,4,61,71,78,113,114
韓詩外傳　95-97
韓詩外傳集釋　295
韓詩外傳箋疏　295
韓詩傳　120
韓偉　42,43,109,151,152,309
韓序　113
韓嬰　97,295
韓愈　135,136,228,306
韓愈文集彙校箋注　306
漢代　3,4,10,12,23,126,149,236
漢地里志　79
漢人　4,101
漢石經集存　25,290

漢書　11,27,37,38,47,55,70,79,102,103,133,134,142,301
漢書·地理志　27,37,46,48,50,55,70,79,80,207,242
漢書·匡衡傳　102
漢書補注　301
漢唐　4
漢魏　102
漢文帝　4
漢武帝　55
郝敬　6,292
郝千石刻九部經解　6
郝昭　234
好畤　146,250
鎬　16,61,62,155,245,284
鎬水　237
何彼襛矣　260
何楷　29-31,33,41,42,49,50,64,74,75,88,89,95,292
何琳儀　167,209,309
何氏　31,115
何休　296
河　60,61,77,88,146,241,280
河北師範大學學報(哲學社會科學版)　88,314
河曲　68,69,73,281
河上　77
河外　60
覈泉水　55
賀貽孫　7,294
赫克斯特　177,317
洪國樑　103,309
洪适　137,306
洪湛侯　4,10,30,257,260,309
宏觀背景　3,132
侯馬盟書　186
後漢　96

後漢書　113,227,301
後漢書・郡國志　142
後漢書・馬援傳　113,114
後序　4
胡承珙　5,26,38,47,59,60,74,83,100,
　　112,113,119,294
胡廣　8,292
胡建人　151,309
胡平生　3,12,36,46,99,309
胡思敬　7,292
胡一桂　6,291
狐偃　77
鄠　152,201,244-246,279
華定　76
華山　60,137,190,240,245,298
華裔學志叢書　153,209,317
槐里　231
懷公　242
桓範　96
桓公　119,155,157,170,201,242,280,
　　282,285
寰宇訪碑錄　136,304
皇甫謐　146,230,232,236,238,239
皇清經解　5,26,38,47,59,69,83,91,
　　100,113,119,293
黃德寬　12,25,36,46,58,68,81,90,99,
　　112,118,290
黃帝　250,251
黃靈庚　5,26,83,100,290
黃鳥　6,8,9,13,19,20,28,65,72,75,78,
　　84,96,99-111,126
〈黃鳥〉與人殉　102,307
黃丕烈　301
黃奇逸　155,163,164,263-266,269,271,
　　273-275,309
黃樀　5,26,38,47,63,69,70,82,83,91,
　　100,112,113,118,119,290

黃永武　12,290
黃灼耀　231,309
黃焯　5,295
黃中松　87,294
黃善夫　300
黃汝成　305
惠公　108,113,117,119,141,156,242,
　　243,270
惠王　21,146,147,151,280,282
惠文　142,144,159-161,163-165,169,
　　182,184,261-263,265-268

J

汲古閣石鼓纂注　245,298
吉林大學古籍研究所建所十五周年紀念
　文集　165,266,310
吉林大學社會科學學報　24,287,315
吉日　160,256,257,259,260,285
汲冢書紀年　21
集古錄跋尾　134,135,306
集古求真　159,304
集古求真補正　159,304
集解　238,239,241,243,250,251,296,
　　300-302
集説　7
集韻　249
集傳　6,7,48,73,93,94,291
擊　95-98
藉　55
藉水　55
濟北晁先生雞肋集　136,306
季本　10,29,41,52,63,73,87,92,100,
　　105,112-114,121,292
季札　61,78,139
紀念碑　168
稷　80,120,165,266
家井真　88,317

嘉定錢大昕全集　199,204,306
嘉靖　6,29,30,87,100,188,292,297
甲骨學　88,145,317
郟鄏　21
蒹葭　5,6,13,19,38-40,47,52,53,61,
　　62,65,81-90,95,125,126
〈蒹葭〉本義探微　88,314
蒹葭蒼蒼　27,81
'蒹葭蒼蒼'之歌　14,40,51,59,82
簡公　161,243
簡師父　77
簡王　281
蹇叔　86,120,122
箋　6,7,32,37,46,66,69,71,72,78,82,
　　85,91,100,101,106,110,123,207,246,
　　277
江海學刊　111,307
姜　15,22,26,34,77
姜炳璋　7,293
姜文燦　7,293
蔣見元　9,29,35,38,50,62,63,73,76,
　　87,90,93,98,104,115,116,123,295
蔣五寶　235,309
蔣志範　159,160,261,262,265,271,310
焦南峰　109,211,236,283,309,310,314
焦延壽　101,305
校補石鼓文音訓　197,298
金履祥　74
金石萃編　132,135,136,200,304
金石錄　135,303
金石錄校證　135,303
金石略　158
金石史　137,297
金石索　137,191,195,304
金薤琳琅　187,195,244,303
津逮秘書　136,187,194,203,244,245,
　　303

晉　16,22,23,60,68,69,77,78,86,108,
　　113,115-117,120,121,125,281,286
晉伯　78,120
晉惠公　60
晉君　78,112
晉人　68,69,281
晉世家　23
晉文　21,22,77
晉文公　113-117
晉文(侯)〔公〕　21
晉文公重耳　19
晉文侯　21-23,79,286
晉文侯仇　21
晉獻公　112-114,117
京房　249
京師　21,25,135,307
涇陽　163,243
涇野先生毛詩說序　6,292
涇野先生五經　6,292
經義雜記　276,296
經傳室文集　140,262,306
景公　119,154-157,160,161,167,170,
　　184,206,210,242,269,284,285
景王　156,270,281
敬王　282
靜公　23,24,286,287
靜公　18,66,156,270,271
酒泉　60
舅氏　19,77,111-117
舊臣　118,120-122,280
舊唐書　226,227,301
鞠衣野人　245,298
君子　19,25,30,32-35,42,45,46,50,52,
　　53,55,56,58,59,61,62,83,84,90-93,
　　95-98,108-110,120,143,249,251-
　　253,258

K

康樂集：曾憲通教授七十壽慶論文集 172,312

康公 6,31,68-72,74,77-79,91,94,96,97,100,103-106,112-122,124,125,242,280,281

康(王)〔公〕 71

考古社刊 32,42,53,143,169,182,311,315

考古圖 18,66,211

考古學報 166,264,267,274,308

考古與文物 43,109,151,158,211,229,233,241,263,268,273,309,310,312-315

孔穎達 6,7,11-15,21,25-27,33,34,36,37,40,44-46,51,55,58,59,66-69,79-82,89-91,97,99-101,106-108,110-112,117,118,123,124,192,201,207,231,258,277,278,280,282,285,290,296

孔《疏》 71,73

孔疏 115

孔子 4,101,135,139,168,173,226,260

檜風·隰有萇楚 259

匡衡 102

匡王 71,280,281

昆田 298

括地志 142,146,147,228,230-233,238-240,242,250,251

L

剌龔公 242

來齋金石考略 135,136,304

賴炳偉 165,266,271,310

蘭克史學研究 177,315

蘭州學刊 9,309

里巷歌謠 11

李昉 230,239,241,243,305

李公凱 5,291

李光暎 132,135,136,304

李樗 5,26,38,47,63,69,70,82,83,91,100,112,113,118,119,290

李吉甫 135,227,232,234,302

李霖 114,310

李零 234,238-241,310

李嗣真 133,134,225,303

李棠 298

李鐵華 144,153,279,310

李賢 227,301

李學勤 16,17,21,22,34,152,153,166,211,279,283,301,310

李中馥 187,188,196,244,297

李仲操 150,151,228,229,263,268,271,273,310

李迂仲黄實夫毛詩集解 5,26,38,47,63,70,83,91,100,113,119,290

驪山 30,78,148

麗姬 112

禮·王度記 278

禮縣 45,109,123,149,211,229,236,255,277,310

禮縣博物館 45,211,310

禮縣大堡子山秦公墓地及有關問題 109,123,211,307

禮縣大堡子山秦國墓地發掘散記 277,308

禮縣大堡子山秦陵墓主再探 123,317

禮樂 14-16,26-28,31,33,34,40,44,51,58,69,71,78,79,82,126,155,284

歷代詩經論說述評 10,308

歷代鐘鼎彝器款識法帖 18,66,187,194,203,244,246,296

歷史背景 3,10,126,132

歷史的修辭　177，317
歷史事件　19，20，177，256，289
歷史研究　16，21，22，24，32，34，42，44，53，56，62，65，67，80，125，150，279，287，307
隸書　177
酈道元　56，142，240，242，251，302
酈山　20，23，285，286
梁伯　280
梁寅　8，291
梁玉繩　23
良臣　108，110
兩周詩史　7，311
兩周之際　36，44，80
廖文英　188，203，204，300
蓼蕭　76
蓼蓼　76，77
列女傳　115
獵碣　135，138，141，168，226，227，249
獵碣考釋初稿　190，191，196，248，316
林侗　135，136，304
林劍鳴　149，231，310
林岊　8，291
林希逸　302
林義光　5，295
凌濛初　6，7，292
陵圉　243
令狐　68，69，71，281
零雨　149，150
靈雨　193，201，243，244，246，251，252，259
霝雨　148，165，170，249，252
靈公　147，161–163，205，208，228，242，243，250，251
靈王　155，156，269，270，281
劉承幹　140，262，306
劉德　103

劉公瑾　29，30
劉克　8，291
劉瑾　6，8，10，29，30，33，39，47，48，64，69，87，93，105，114，118，119，126，291
劉明科　235，308，310
劉凝　189，195，244，297
劉始興　30，39，48，59，60，72，93，114，119，293
劉氏　8，29，30，87，105，138，199，208，291
劉向　98，113，117，302，305
劉永翔　260，305
劉幼臻　235，315
劉於義　136，302
劉玉汝　8，291
劉毓慶　44，310
劉沆　8，295
六駕　179，275
六馬　179，203，204，276，278
六藝之一錄　132，188，304
瀧川資言　300
隴　15，89，142，230，232
隴西　27，37，46，50，55，56，70，79，142，238
隴縣　150，231，233，234，236，249
隴右　56
隴右文博　234，317
隴州　232，233，237
陸侃如　65，87，102，122，123，310
陸奎勳　30，64，77，93，101，106，114，119，293
陸堂詩學　30，64，77，93，101，106，114，119，293
陸心源　187，226，297，303
魯成公　281
魯洪生　5，44，295
盧連成　18，66，211，240，283，285，311
魯人　77

索 引

魯詩　3,4,28,40,51,59,78,79,82
魯詩序　59,82
魯詩遺説考　28,40,51,59,82
魯頌・泮水　259
魯文公　281
魯襄公　281
魯宣公　281
魯隱公　141,279,280
魯昭公　282
魯莊公　280
魯傳　113
鑾車　44,150,165,169,201,202,204,206,207,244,246,249,253,257-259,276
鑾車（䡇𨎴）　201,244,251,253
鑾亭山　149
論〈秦風〉　9,74,75,310,316
論平王東遷　21,62,63,307
論石鼓乃秦德公時遺物及其他——讀郭沫若同志〈石鼓文研究〉後　146,263,268,308
論石鼓文　299
論石鼓文的時代再質唐蘭先生　162,185,186,313
論石鼓文的用字三質唐蘭先生　162,313
論石鼓文年代　166,264,267,273,274,308
論石鼓文作年及其與詩經之比較　151,257,316
論語　172,260
論語注疏　296
羅君惕　132,168-170,177,181,182,311
羅振玉　132,142,145,160,184,189,200,246,262,267,271,272,299,305
羅振玉學術論著集　142,189,200,246,262,267,272
洛水　237

洛陽市文物工作隊　276,311
洛陽王城廣場東周墓　276,311
洛邑　18,20,30,59
雒邑　20,23,148,283,286
呂大臨　18,66,211
呂《解》　74
呂氏春秋　22,161
呂氏家塾讀詩記　5,10,26,38,47,59,69,70,82,83,91,100,112,113,118,119,290
呂祖謙　5,10,26,38,47,55,59,63,69,82,83,91,100,112,118,119,290
呂祖謙全集　5,26,83,100,290
邵鍾　206

M

馬衡　12,25,143-145,159,167,198,208,247,262,267,271,272,290,299,311
馬薦　148,150,170,251
馬非伯　132,233,311
馬其昶　5,295
馬驦　135,136,301
馬叙倫　142,143,149,191,198,248,299,311
馬叙倫全集　143,191,198,248,311
馬叙倫學術論文集　149,311
馬銀琴　7,311
馬振智　211,283,314
毛　4,27,28,32,40,47,51,59,70,71,78,80,82,84,85,96,113,115,120,207,277
毛萇　4,230
毛公　55
毛亨　69,91,123,290
毛晉　136,187,194,203,244,303
毛詩　3,4,12,14,25,26,36,41,46,58,81,90,99,111,112,118,123,190,192,195,278,285,290,295

毛詩·秦風　12,25,32,36,43-45,55,58,
　　66,68,81,90,99,107,111,118,126,
　　206,207,257,276,277
毛詩·秦風·車鄰序　14,25,26,34
毛詩·秦風·晨風序　91,97
毛詩·秦風·黃鳥序　100
毛詩·秦風·蒹葭序　82,89
毛詩·秦風·權輿序　118
毛詩·秦風·駟驖序　37,44
毛詩·秦風·渭陽序　112
毛詩·秦風·無衣序　68,79
毛詩·秦風·小戎序　46,54
毛詩·秦風·終南序　58,67
毛詩·小雅·伐木　123
毛詩復古錄　9,53,86,294
毛詩詁訓傳　12,26,290
毛詩故訓傳定本　5,294
毛詩後箋　5,26,38,47,59,60,74,83,
　　100,112,113,119,294
毛詩稽古編　5,10,26,38,47,59,69,70,
　　82,83,91,100,112,113,119,293
毛詩集解　5,26,38,47,63,69,82,91,
　　100,112,118,290
毛詩講義　8,291
毛詩類釋　39,293
毛詩譜·秦譜　14,27,33,40,51,58,82,
　　231
毛詩説　7,9,95,294,295
毛詩序　3-10,14-16,26,27,31,34,38,
　　39,44,47,51,54-56,59,67,69,72,80,
　　82,83,85,86,89,91,98,100,104,108,
　　112,113,118,119,126,127,280
毛詩序説　6,292
毛詩叙　28,40,51,59
毛詩要義　6,291
毛詩原解　6,292
毛詩正義　11,13,14,25-27,33,34,36,
　　37,40,44-46,51,55,58,59,66-69,79,
　　81,82,89-91,97,99,100,106,110-112,
　　118,123,124,192,207,231,257,277,
　　278,280,285,290
毛詩正義序　11,13
毛詩鄭箋平議　5,295
毛序　39,53,61,65,78,82,83,96,97,
　　102,120-122
毛《序》　52,71,85,96,115,122
毛遠明　177,311
毛傳　19,71,78,79,120,186
毛《傳》　32,207,277
梅膺祚　188,203,300
郿　142,226,239,248,249
郿縣　138,146,208,230,231,236,239
郿縣禮邨　138,208
郿縣故城　142,146,230,231
媚子　19,36,41,43,44,125,126,257,289
濛水　55
孟嘗　120
孟明　119,120
孟子　260
孟子注疏　260,296
孟子正義　296
密畤　150,151,251
鼏宅禹迹　19,66
MIHO MUSEUM　211,318
民歌　11,97,127,186
民國　5,7-9,19,29,38,39,66,83,87,95,
　　101,113,132,135,136,138,140-145,
　　147-149,159,160,168,181,184,185,
　　187-193,196,198-200,202,208,211,
　　226,244-249,256,261,262,265,267,
　　268,272,274,290-302,304-306,311
湣王　23
明代　30,75
明人　5-8,10,29,41,73,83,87,92,100,

112,114,118,135,137,187,195,196,
203,244
明拓石鼓文跋 138,200,208,229,274
磨兒原古城 234
牟庭 9,295
牟應震 9,295
繆公 60,108,109,144,242,280,282
繆嬴 23,286
穆公 19,53,54,65,70,75,77-79,91,94-
97,100-106,108,110,112,115,116,
118,122,126,143,160,184,280
穆姬 113,115,117
穆世 114

N

納蘭容若 306
納蘭性德 135,136,306
那志良 162,311
南山 55,60,67
南山大梓 23,286
內容 4,8,10,13,24,28,32,41,44,51,
53,54,76,88,89,96,97,104,107,110,
122,126,131-133,136,137,149,150,
152,156,157,162,163,165,167,168,
170-174,176-179,210,225,243,251,
254-257,275,279,285,287-289
倪晉波 9,43,54,62,75,94,122,153,
210,311
倪濤 132,188,304
年表 18,20,230,301
年代 1,3-6,8-14,19-21,23-25,31,32,
36,37,43-46,50,53,54,58,63,65,66,
68,74,76,79,81,89,90,97-99,106-
108,111,112,116,118,122,123,125,
126,129,131-133,138,139,145,149,
152-154,157,158,160,162,164,165,
167,170-180,186,194,205,209-211,

222,224-226,236,256,257,260,261,
266,270,275,279,283,285-288
寧公 239

O

歐陽輔 159,304
歐陽修 5,6,11,38,47,62,70,83,91,
113,119,126,134,135,290,306
歐陽修全集 134,135,306
歐陽子 64

P

潘迪 135,187-189,196,246,296,298
盤洲文集 137,306
裴駰 239,241,243,250,251,300
彭戲 43,151
彭戲氏 240
Pelliot chinois 2529 12,14,26,36,290
丕豹 120,122
平津館叢書 136,304
平勢隆郎 164,165,266,271,317
平王 16,20-23,29,30,40,49,59,61,64,
65,74,78,79,139-141,148,150,262,
268,283,286,287
坪(平)王 21
平王東遷 15,16,21,22,59,62,63,95,
139,148,152,181,242,279,283
坪(平)王東遷 16,22,34,283
平王之末 16,22,23
平王東遷年代新探——周平王東遷公元
前747年說 21,314
平陽 43,89,109,146,151,178,193,229,
237,239-241,243,254,255,279,280,
289
平陽城 240
平陽故城 240,241
平陽聚 240

平陽亭 239
評唐蘭先生"石鼓文刻於秦靈公三年考"
　　162,185,313
蒲谷鄉 248
譜疏 40,41,52
譜序要義 291

Q

七略 134,180
七依 120
奇觚室樂石文述 140,141,190,198,208,
　　246,298
奇字 134,180
齊 4,16,22,70
齊侯 15,22,26,34,76
齊詩 3,4,27,38,47,70,80,113
齊詩序 27,38,47,80
齊詩遺說考 27,38,47,80
岐 20,23,42,49-51,53,59-65,74,75,
　　78,79,88,89,134-137,139-141,143,
　　144,148,150,152,181,228,230,232,
　　279,283,286
岐山石鼓村 225,226
岐山縣 240
岐陽 134-137,139,141,201,225,228,
　　245
岐州 146,147,226-228,230,231,238,
　　240,242,250
契 120
棄婦詩 94
棄賢詩 94
汧 15,85,141-144,146,148-150,163,
　　170,178,193-195,197-201,230-233,
　　236-238,244,248-252,254,255,257
汧河 43,151,233-236
汧沔 148
汧水 140,142,144-146,150,163,178,
　　200,201,232,234-236,240,246-249,
　　251-255,270
汧水流域 149,150,155
汧渭之會 23,42,65,89,139,142,143,
　　152,170,178,201,229-231,234-238,
　　243,249,251,254,255,257,279,286-
　　289
"汧渭之會"新考證 236,315
"汧渭之會"遺址具體地點再探 235,309
汧渭之閒 140,229,230,232,234,236,
　　237
汧渭之間 140-142,231,236,246
汧渭之閒與汧渭之會——兼議對〈史記〉
　　的態度 234,317
汧陽刻石考 160,312
汧殹 141,142,144,193-195,197,198,
　　199-201,244,248,249,251,252,259
汧漁 149,150
汧源 40,148
汧源縣 232,233
汧之什 254,255,257
前序 4
潛研堂文集 199,204
錢澄之 5,26,42,50,59,64,74,88,89,
　　95,106,112,119,293
錢澄之全集 5,26,42,50,59,64,74,89,
　　95,106,112,113,119,293
錢穆 23
錢熙祚 180,300
羌胡 70
強運開 191,198,204,248,299
欽定日下舊聞考 132,297
欽州師範高等專科學校學報 151,257,
　　316
秦 11,15,16,18-20,23,26,27,29,30,
　　33,37,40-43,53,54,56,60,64-66,71,
　　73-75,77-80,82,85,86,88,89,92,95,

索　引

97,101,104,107－110,113,116,117,
120,121,123－126,137－139,141－161,
163,164,166－170,173－175,179,181－
184,193－201,205,206,227－229,236,
243,248,251,255,256,261,262,264,
265,267－270,272－275,278－287,289

秦哀公　76－80,107,133,156－158,172,
173,222,270,282,288,289

秦本紀　15,17,20,40,52,60,63,65,102,
108,109,141,147,150,156,172,228－
232,237－243,250,270,279－283,286,
288

秦伯　14,27－30,40,51,59,68,69,77,80,
82,107,117,141

秦伯任好　101,107

秦兵新發現　211,314

秦臣　29,30,61

秦出土文獻編年　136,157,313

秦出土文獻編年訂補　244,258,313

秦大夫　62,67,123,125,261,274

秦德公　65,133,145－147,172,242,280,
282

秦都城研究　235,315

秦都平陽的初步研究　241,316

秦都咸陽與秦文公研究——秦文化學術
研討會論文集　235,308

秦都邑宮苑研究　235,315

秦都雍城考古發掘研究綜述　109,309

秦封宗邑瓦書　165,206,266

秦風　3－7,9－15,19,20,24－26,28,29,
31－34,36,39－42,48,50－53,56,58－63,
66－70,72,76－80,83－85,90－92,96,97,
99,100,102,104－106,110－113,115,
116,118－121,123－127,143,157,161,
162,205,208,231,256,257,259,277,
280,286,289,312

秦風·蒹葭　81－83,86,88,89,259,317

〈秦風·蒹葭〉新探　88,317

〈秦風·蒹葭〉與秦都雍城地理環境研究
89,315

秦風·駟驖　36－38,41,42,44,151,207,
257,259,277,289

秦風·小戎　36,45－48,53－55,207,259,
277,315

〈秦風〉秦人居隴詩篇考論　9,309

秦風〈渭陽〉的經學建構　114,310

〈秦風〉總論　9,31,38,49,59,61,76,77,
85,86,94,105,116,119,315

秦公　18,19,33－37,43,44,56,66,67,97,
109,111,123,125,142,144,154－157,
163,165,166,171,173,174,176－179,
206,210,211,229,236,237,240,253－
255,257,261,262,267－279,284,285,
287,289

秦公編鎛　18,66

秦公編鐘　18,66

秦公鎛　18,66,152,153,210,211,213－
218,222,285,288

秦公大墓石磬殘銘考釋　155,211,283,
314

秦公帝王陵四大陵區及其形成原因　238,
315

秦公敦　138,142,144,170,208

秦公敦跋　138,142,262,267,272

秦公簋　18,19,66,145,152－154,156,
157,160－163,167－171,173,181－185,
193,205,206,209－219,222,288

秦公簋的時代問題：兼論石鼓文的相對年
代　145,154,163,176,177,186,194,
202,206,209,211,307

秦公墓　109,110,123

秦公器　18,210,222,288

秦公磬　171,210－220,222,283,285,288

秦公鐘　18,66,152,160,161,184,193,

194,205,206,211

秦共公　157,222,281,285,288,289

秦國　10,15,16,18,19,33,43,53,54,63,65,73,77,104,108,122,131,151,152,156,163-165,167,169,194,205,211,225,227,229,232,233,236,238,243,254,260,261,270,279,282

秦國文物的新認識　17,310

秦國文字　136,152,153,180,183,209,279,288

秦漢　84,137,236,251

秦桓公　153,209,222,281

秦惠公　107

秦惠文君　152,164,165,266,279

秦惠文王　133,157,158,164-166,168,172-174,211,221,264-267,271,272,274,279

秦惠文王製作了〈石鼓文〉——〈石鼓文〉製作年代再考　166,309

秦姬　112

秦集史　132,233,311

秦記　18,20,211,232,237,279,282,288

秦紀　18,30,141,148

秦景公　107-109,133,145,152,154-157,161,168,171-174,184,210,211,222,224,269,270,281,283-285

秦景公墓石磬銘　153,210

秦景襄　16,22

秦君　29-33,35,40,59,61,63,94,96,123,166,263,264,267-269,273,274

秦康公　8,19,31,32,68,71,78,79,91,94,97,98,103-106,112-116,118,121-126,260,280,281,289

秦刻十碣考釋　132,169,182,311

秦刻十碣時代考　168,169,181,182,311

秦厲共公　133,154,156,157,172,173,210

秦陵山　238

秦靈公　133,160,161,172,173,265,279

秦穆　53,77,79,86,102,103,108,115,120

秦穆公　8,53,54,56,65,77-79,86,89,95,97,100,102,103,106-109,113,114,116,117,119,125,126,133,139,144,145,161,172,173,280,282,283,289

秦寧公　42,151,239,240

秦人　14,44,49,50,53,56,59,63,64,66-69,71-75,79,84,88,97,104,106,108,120,126,139,141,149,150,159,170,178,181,194,195,197,229,243,251,254,255,282,283

秦人秘史　235,315

秦人早期都邑考　234,317

秦人早期史迹初探　231,309

秦師　49,77,80,158,281,282

秦詩　27,37,46,50,55,70,71,78,79,260

秦史稿　149,231,310

秦史求知錄　234,317

秦史與秦文化研究叢書　235,315

秦始皇　57,162,166,168,173,235,238,239,242,243,267,274,279,282

秦始皇兵馬俑博物館　57,311

秦始皇兵馬俑博物館論叢委員會　234,308

秦始皇帝陵博物院院刊　241,316

秦始皇陵銅車馬發掘報告　57,311

秦俗　41,72,73,78,92,97,104

秦文公　16,19,21,23,32,41-44,53,54,56,63-66,71,72,78,79,85,88,89,96,97,132,133,139-141,143,144,147,156,163,170,172,174,178,227-238,243,250,251,254,255,270,279,282,287-289

秦文公即秦襄公考辯　21,314

秦文公建都"汧渭之會"及其意義——兼
　　考非子秦邑所在　235,314
秦文公所都汧渭之會　229,235-238,243,
　　254,255,289
秦文化論叢　235,238,308,315
秦無曆數,周世陪臣　18
秦武公　20,42,43,55,133,151-153,172,
　　209,211-218,222,240,241,280,282,
　　288
秦武公鐘鎛　283,288
秦武王　43,133,151,163,164,172,173
秦物質文化通覽　111,235,314
秦物質文化史　314
秦西垂陵區　45,211,212,310
秦系文字的時間序列與石鼓文的勒製年
　　代　153,210,311
秦系文字研究——從漢字史的角度考察
　　154,163,183,187,307
秦先　78
秦憲公　238,280,282
秦獻公　133,138,153,157,160,162,172,
　　173,209,243,279
秦襄　22,78
秦襄公　8,10,14-16,18-24,27-29,31-
　　34,36-44,46,49-54,56,58,59,62,63,
　　65-67,72,73,75,79-82,85,89,90,95,
　　97,108,125,126,133,138,139,147-
　　152,163,168-174,181,211-213,215,
　　217,229,232,234,254,257,260,273,
　　279,283,285-287,289
秦襄公夫婦墓　211
秦襄公夫人　56,125
秦襄公、文公年代事蹟考　16,22,24,32,
　　34,42,44,53,56,65,67,80,125,150,
　　279,286,307
秦孝公　133,161,168
秦宣公　133,150,151,172,211,251,273

秦以始大　16,22,34,283
秦嬴　23,141,142,229,237,286
"秦雍十碣"解惑　172,312
秦韻——大堡子山出土文物集粹　211,
　　309
秦昭王　133,159,163,164,172,173
秦中(仲)　16,22,34,283
秦仲　10,14-18,22,25-34,36,40,41,43,
　　44,51,52,56,58,59,67,74,75,80,82,
　　125,126,283
秦州　19,39,66,140,211,233
秦篆　158-160,168,169,181,182
秦莊公　14,16-18,52-54,74,76,79,80
秦子簋蓋　211
秦子盉與"秦子"之謎　211,310
秦子器　213-218,288
秦子器主考　211,307
青川木牘　206
青溪集　140,306
清華大學藏戰國竹簡(貳)　16,21,22,
　　34,283,301
清華大學出土文獻研究與保護中心　16,
　　21,22,34,283,301
清華簡《繫年》　10,11,16,17,21-23,34,
　　125,174,175,283,286,301
清華簡〈繫年〉所記西周史事考　22,317
清華簡〈繫年〉"周亡(無)王九年"淺議
　　24,287,315
清人　5-8,10,26,28,30,36,38-41,47,
　　48,51,53,59,60,69,76,82,83,86,87,
　　91,93,100,101,112,114,118,135,137,
　　139,180,188,189,195,197,201,207,
　　244-246,262,272,295,296
頃王　280
情詩　87-90,98,126
仇兆鰲　226,305
湫淵　166,267,274

湫淵本　160,193
丘里　242
秋水伊人　87-90
求恕齋叢書　140,262,306
裘錫圭　132,153,163,169-172,174,177-179,183,186,194,201,202,204,205,209,264,269-271,273,275,279,284,285,288,311
裘錫圭文集　132,163,170,174,179,186,194,202,264,269,273,275,279,311
朐社　242
曲禮　165,266,269
曲英傑　233,240
屈守元　135,228,295,306
屈萬里　9,295
屈萬里全集　9,295
屈萬里先生百歲誕辰國際學術研討會論文集　211,316
權輿　6,13,20,70,92,94,99,113,118-124,126,280
犬丘　15,17,23,30,40,49,52,74,75,229,231,237,286
犬戎　18,20,23,30,40,52,59,64,73-75,148,233,283,285,286
闕名　135,181,187,194,196,203,226,244,245,306

R

饒宗頤　136
人文論叢(1999年卷)　257,314
人文雜誌　21,22,229,235,310,314
任兆麟　189,197,245,297
任汝弼　159
日本國　88,300,302,303
日本詩經學史　88,314
日知錄集釋　305
日知錄校注　305

容庚先生百年誕辰紀念文集　211,314
戎　15-17,20,23,29,30,32,40,42,43,46,49,50,52-54,59,60-65,71-75,77-79,83,89,101,108,120,139,143,148,152,169,283,286
戎狄　15,27,37,46,55,70,71,79,139,287
戎狄之俗　101
戎人　23,49,150,232,286
戎俗　48,61,83
戎王　15,17,40,49,52,54,282
戎夷　108
入里　242
阮元　5,11-15,21,25-27,33,34,36,37,40,44-46,51,55,58,59,66-69,79-83,89-91,97,99-101,106-108,110-112,117,118,123,124,192,199,201,207,231,258,260,277,278,280,282,285,290,293,296
芮　282
芮伯　280,282
芮國　282

S

三版小引　148,149,262,268,272,309
三家詩　36,101,207
三家《詩》　28,41,53,61,83,96
三家詩遺説考　27,28,38,40,47,51,59,80,82,294
三輔黃圖　239
三良　84,100-106,108-110,126
三善臣　100
三秦論壇　21,314
三體石經　177
三畤原　42,146-148,151,156,161,163,228,250
陝西寶雞太公廟秦公大墓考古調查勘探

簡報　241,312
陝西寶雞縣太公廟村發現秦公鐘、秦公鎛　18,66,211,240,241,283,285,311
陝西隴縣邊家莊出土春秋銅器　233,314
陝西隴縣邊家莊五號春秋墓發掘簡報　233,312
陝西隴縣邊家莊一號春秋秦墓　233,315
陝西省　18,66,211,229,231,233,234,238,251,254,255,283
陝西省考古研究所　57,233,234,311,312
陝西省考古研究院　236,241,312
商文化　109,110
商鞅變法　168
商(賞)宅受(授)或(國)　18,19,66
善人　100,101,108,110
上博簡孔子《詩論》　3,4,110,260
上博簡〈詩論〉與〈詩經‧黃鳥〉探論　111,307
上帝　20,23,146,148,165,250,251,265,266,283,286
上邽　55
上邽城　55
上邽縣故城　55
上郡　27,37,46,55,70,71,78,79
上海書畫出版社　133-135,180,187,225,246,296,300,303
上海圖書館　7,135,187,196,246,294
上湖分類文編　297
上時　147,162,228,250,251
尚書　12,177,184,185,269
少鄂　21
社會科學輯刊　102,307
申包胥　71,76,80
申報‧文史週刊　161,312
申侯　20,23,30,148,285,286
申培　30
申培《說》　30

申胥　76,78
莘野　120
沈兼士　149,312
沈青崖　136,302
沈培　312
沈梧　137,190,198,244,245,298
沈肇年　169,170,300
聖門傳詩嫡冢　6,7,292
石鼓　32,131,133,135,137-140,142-145,147-154,156-165,168,170,171,174,176,177,180,181,183-187,190,193,195,196,199,200,202,204,206,208-210,225-228,238,244-246,249,255,257,264,270,271,273,296,298,317
石鼓辨　158,298
石鼓出土地及其在唐宋的聚、散、遷　229,310
石鼓讀　188,189,197,244,245,298
石鼓爾雅　189,298
石鼓發微　159,160,261,262,265,310
石鼓歌　134,135,137,228
石鼓和石鼓文考略——兼論郭沫若的襄公八年說　151,309
石鼓記　135,136
石鼓考　132,137,140,188,195,246,262,297,298
石鼓考綴　144,196,249,299
石鼓紀實　298
石鼓鑑　298
石鼓墨影：明清以來〈石鼓文〉善拓及名家臨作捃存　300
石鼓年代考　162,163,182-185,193,202,205,208,209,229,249,250,257,263,268,313
石鼓全文箋　190,200,245,247,299
石鼓然疑　298

石鼓詩　39,40,42-44,129,131-133,
　　135-138,141,143-147,150,151,153,
　　157-162,166-183,187,192-194,201,
　　204-225,229,236-238,243,244,251-
　　261,263,265,268,271,272,275-279,
　　281-283,285,287-289

石鼓十碣　169

石鼓時代研究　32,42,53,143,315

石鼓釋文　191,197,198,204,244,248,
　　299

石鼓釋文考異或同　298

石鼓疏記　311

石鼓説　297

石鼓通考　162,311

石鼓爲秦刻石考　144,145,198,208,247,
　　262,267,272,299,311

石鼓爲秦文公舊物考　143,144,315

石鼓爲秦文公時物考　142,143,248,311

石鼓文　32,44,85,131,132,134-143,
　　146,147,149,152-161,163-168,170,
　　171,173,174,176,177,179-181,183-
　　190,192,194,195,197,198,201-205,
　　208-210,225-228,244-247,249,256,
　　261,262,264-270,273-275,279,288,
　　297,312

〈石鼓文・吳人〉集釋——兼再論石鼓文
　　的時代　158,313

石鼓文辨　139,140

石鼓文不二字　299

石鼓文鈔　244,245,297,298

石鼓地名考　245,298

石鼓文的時代文辭及其字體　145,308

石鼓文定本　137,190,198,244,298

石鼓文"廊"字之商榷　249,312

石鼓文彙　190,200,245,298

石鼓文彙考　300

石鼓文集注　141,188,197,204,297,298

石鼓文集釋　189,197,245,297,299

石鼓文考　158,187,196,244,297

石鼓文考釋　189,200,246,299

石鼓文考異　298

石鼓文考證　157,190,200,244,245,248,
　　258,276,299,308

石鼓文刻年新考　158,315

石鼓文刻於秦靈公三年考　160,161,184,
　　185,193,202,265,268,312

石鼓文刻於秦靈公三年説補正　162,312

石鼓文年代及其相關諸問題　163,164,
　　263-266,274,309

石鼓文年代再討論　165,266,310

石鼓文年代再研究　165,266,310

石鼓文年代研究綜述　132,314

石鼓文年代諸説簡表　132,314

石鼓文の新研究　88,145,317

石鼓文全集　164,266,315

石鼓文詮補　169,170,300

石鼓文詮釋　166,308

石鼓文時代考——石鼓研究之一　315

石鼓文試讀　164,266,307

石鼓文釋存　191,199,200,246,297

石鼓文書法與研究　158,315

石鼓文疏記　143,147,191,198,248,299

石鼓文泰山刻石　212,220,296

石鼓文通考　157,158,315

石鼓文析埶　190,298

石鼓文新探　144,312

石鼓文新鑑　144,315

石鼓文研究　39,44,143,147-149,183,
　　186,192,193,198,201,206,208,213-
　　216,218-223,229,244,247,248,252-
　　254,256,258,261,262,265,267,268,
　　272,273,275-278,287,299,309

石鼓文研究叢刊　299

石鼓文研究三事質疑　149,312

石鼓文音訓　135,187,196,246,296

石鼓文音訓考證　200,298

石鼓文音釋　187,191,196,199,244,297,299

石鼓文與詩經語言的比較研究　257,314

石鼓文製作年代攷——『詩経』・秦公諸器銘文との比較に於いて　165,317

〈石鼓文〉製作年代考　166,308

石鼓文製作の時代背景　165,266,318

石鼓文章句　298

石鼓文正誤　188,196,197,297

石鼓文整理研究　132,171,210,256,314

石鼓文纂釋　190,196,245,298

石鼓新響　144,153,279,310

石鼓新響序　152,279

石鼓音序　158,159,180,181,261,265,296

石鼓製作緣由及其年代新探　144,315

石鼓最初所在地及其刻石年代　151,229,263,268,273,310

石刻史料新編　132,135,304

詩　4,11,13,28,41,53,61,70,71,83,95-98,108,116,155,185,195,197,201,207,260,278,284

〈詩·秦風·蒹葭〉內涵新探　88,308

〈詩·秦風·權輿〉毛詩本與安大簡本對讀　312

詩本誼　26,27,52,65,71,83,96,100,114,115,122,294

詩本義·鄭氏詩譜　6,38,47,62,70,83,91,92,113,119

詩觸　7,294

詩歌　3,9,31,39,40,51,62,63,85,109,122,164,166,177,186,260,312

詩古微　28,40,41,52,53,59-61,77-79,83,96,101,102,115,119,120,294

詩故　7,292

詩管見　8,294

詩貫　8,293

詩集傳　7,8,11,28,29,32,33,41,47,48,63,72,83,86,92,97,98,103,105,114,116,121,291

詩集傳名物鈔　8,10,29,38,48,62,73,86,93,105,114,121,291

詩集傳附錄纂疏　6,291

詩集傳通釋　8,10,29,33,39,47,48,64,69,87,93,105,114,118,119,291

詩緝　5,10,26,38,47,59,69,70,82,83,91,100,112,113,118,119,291

詩經　3,4,7,9,10,12,14,26,36,38,41,46,47,50,53-55,59,61,69,75,80,81,83,85,87,94,95,103,104,119,121,123,127,152,167-169,171,176,177,179,184,193,194,202,210,251,254-260,289,290

詩經·秦風　1,10,12,25,58,68,90,99,111,118,131,150,256,260

〈詩經·秦風〉與先秦隴右地方文化　56,316

〈詩經·秦風·黃鳥〉"三良"死因衡論　103,309

〈詩經·秦風·駟驖〉北園與鳳翔東湖淵源考　43,152,315

詩經稗疏　19,76,292

詩經備考録　7,292

詩經的世界　88,317

詩經風雅頌研究論稿　9,64,87,89,316

詩經恒解　8,295

詩經集校集注集評　5,44,295

詩經集成　8,293

詩經今注　9,34,41,52,63,73,80,87,89,90,93,94,98,104,115,116,121,122,295

詩經詮釋　9,295

詩經拾遺　65,293

詩經世本古義　29,30,33,41,42,49,64,74,88,95,292

詩經疏略　5,293

詩經提要錄　7,294

詩經通論　10,29,41,50,59,60,73,75,83,84,93,94,101,106,114,121,122,293

詩經通解　5,295

詩經通義　5,26,38,48,59,69,70,83,84,91,100,114,293

詩經選　9,80,93,104,295

詩經學史　4,10,30,257,260,309

詩經異文輯考　25,307

〈詩經〉原意研究　88,317

詩經雜俎　88,312

詩經正解　7,293

詩經正義　8,292

詩經直解　6,26,38,47,59,76,87,89,91,100,102,115,119,295

詩經朱傳翼　8,293

詩經注析　9,29,35,38,50,62,63,73,76,87,90,93,98,104,115,116,119,123,295

詩經註疏大全合纂　6,292

詩經傳說匯纂　293

詩經傳說取裁　7,294

詩毛氏學　5,295

詩毛氏傳疏　5,10,36,27,36,38,47,59,70,83,91,100,112,119,207,294

詩譜　290

詩切　9,295

詩人　5,31,35,49,61,83-85,87,89,95,97,102,104,106,119,120,122

詩三百家解題　6,26,27,38,47,59,76,87,91,100,102,115,119,295

詩三家義集疏　6,10,26,27,36,38,47,59,62,70,71,83,91,100,112,113,115,119,122,207,295

詩深　7,293

詩說　7,8,30,71,92,105,291

詩說解頤正釋　10,29,41,52,63,73,87,92,100,105,112-114,121,292

詩說解頤總論正釋字義　29,87,100,292

詩童子問　7,291

詩問　6,9,31,38,49,59,69,70,84,91,100,112,113,119,294,295

詩小序翼　7,294

詩序　3,4,7,10,26,28,30,34,40,41,52,53,61,77-79,83,91,96,97,101,102,114-116,120,256,293

詩序辨說　7,8,10,11,28,47,72,86,92,93,98,105,114,126,292

詩序補義　7,293

詩序附錄纂疏　6,291

詩學女爲　5,26,41,47,65,72,87,101,112,119,293

詩言志　12,13,76

詩演義　8,291

詩益　30,39,48,59,60,72,93,114,119,293

詩以道志　13

詩以言志　13

詩疑辨證　87,294

詩義會通　7,295

詩義稽考　44,310

詩蘊　295

詩纘緒　8,291

詩傳　6,8,29,30,41,52,59,87,91,101,291

詩傳大全　8,292

詩旨　4,7-9,94,102,121,132

詩總聞　10,28,51,52,86,92,291

十二諸侯年表　16,21,23,108,141

索　引

十三經恒解　8,295
十三經注疏　11-15,21,25-27,33,34,
　　36,37,40,44-46,51,55,58,59,66-69,
　　79-82,89-91,97,99-101,106-108,
　　110-112,117,118,123,124,192,199,
　　201,207,231,258,260,277,278,280,
　　282,285,290,296
十有二公　138,160,184,208
十篆齋題跋　141
史　30,42,59
史伯　15,16,22,34
史敦　250
史記　10,15,17,18,20,21,23,30,42,43,
　　49,52,54,60,63-66,74,75,101,102,
　　108-110,119,140,151,161-163,174,
　　175,177,228-232,234,237-243,249,
　　250,279-283,286,300
史記·秦本紀　10,15,16,18,20,23,49,
　　63,65,72,79,89,108,109,143,164,
　　165,171,172,176,211,228-230,232,
　　236-241,243,250,266,279,280,282,
　　283,285,286
史記·十二諸侯年表　17,21,108-110,
　　147,148
史記·周本紀　23,164,281
史記東周紀年の再編について　164,165,
　　266,317
史記會注考證附校補　300
史記新證　144,300
史記正義　232,240,242
史記志疑　23
〈史記〉中所見秦早期都邑葬地　234,
　　238-240,310
史學論叢　191,248,316
史籀　133-135,180,225-227
史籀篇　154,162,181-183,205,209
始皇　140,142,144,159,163,169,182,

　　261,262,265,267
士禮居叢書　301
士蒍　76
世父　15,17,23,40,49,52,75,286
世系圖　301
世新中文研究集刊　103,309
世子　105,115,289
侍御　14,16,26-28,31,33,34,40,44,51,
　　58,82,126
守山閣叢書　180,300
首序　4
受寢　242
疏　6,7,14,21,26,27,33,37,40,46,51,
　　58,68,69,78,82,85,100,110,112,118,
　　207,231
叔帶　77
書　11,185
書·文侯之命　148,169
書斷　134,180,225,303
書法　161-165,167,217,266,288,307
書後品　133,225,303
書石鼓文後　299
書體　142,157,176,178,180,183,188,
　　262,267,288
書信·致馬衡　145,247
書學論集　299
盨和鑄鐘　18,66,211
黍離　96-98
舒大剛　43,151,312
述書賦注　228
庶長遊　152,279
戍人　49
水經注　55,140,142,201,231,239-241,
　　251
水經注校證　302
水經注疏　55,231,240,242,251,302
水澤利忠　300

誰從穆公　20,99,107
睡虎地簡　194,202,206
説　7,30
説文　120,139,140,167,181,183,190,
　　192,197,200,204,207,246-249,300
説文古籀補　189,190,195,196,300
説文解字　195,207
説文解字叙　133,134
説文解字注　36,133,195-198,207,300
説文通訓定聲　197,198,300
説文通訓定聲補遺　300
説苑　96,97
説苑校證　98,302
碩人　76
司馬遷　11,286,300
司馬貞　250,251,300
絲綢之路　234,317
四部備要　18,301,305
四部叢刊　135,136,181,226,305,306
四部叢刊續編　290
四部叢刊三編　6,38,47,62,70,83,92,
　　113,119,290,291,305
四川大學學報(哲社版)　241,316
四川大學學報叢刊　164,264,309
四駕　37,44,45,56,179,275
四庫全書　6,8,136,233,290,292,293,
　　302,304
四庫全書珍本初集　8,39,87,132,188,
　　291,293,294,304
四馬　32,36,42,44,45,53,143,179,205-
　　207,253,258,259,276-278
四載　27,37,38,46,47,70,79,80,143,
　　207
四驪　37,44,207
駟驖　6,8,13,19,20,25,29,30,32,34,
　　36-44,47,48,51-53,56,59,62,63,71,
　　73,78,79,82,83,125,126,139-141,

143,150,151,205,207,208,256,257,
259,277
食舊堂叢書　298
寺人　19,25,28-34,126
嗣王　140-142,144-149,151,152,154-
　　157,159,161-166,170,173,174,179,
　　254,261-275,277-279,287
松丸道雄　211,318
松翁近稿　142,262,267,272
宋　4,6-8,10,38,50,76,83,113,120,
　　135-138,181,226,244,246,290,291,
　　296,300-303,305,306
宋代　3-5,10,18,20,66,176,211
宋鴻文　144,312
宋聯奎　302
宋人　5,7,8,10,26,28,29,38,47,51,62,
　　63,69,70,82,83,86,87,91,92,100,
　　101,112,118,119,159,160,181,187,
　　194,226
宋人著錄金文叢刊　135,187,244,296
宋儒　106
蘇秉琦　249,312
蘇氏　72,135
蘇勖　227,228
蘇雪林　88,312
蘇雪林文編　88,312
蘇瑩輝　162,312
蘇轍　7,83,84,103,291
肅靈公　242,243
訴　97
索隱　146,232,250,251,300
蘇《傳》　74
隋　226-228,232,233
孫國牧　303
孫家南頭村　236
孫克弘　135,304
孫志祖　140,305

索 引

孫承澤　8,293
孫星衍　136,304

T

太公廟　153,206,210
太公廟村　18,66,211,240,241
太平寰宇記　232,233,239,302
太平御覽　230,239,241,243,305
太史儋　162,163
太史公　18,20,108
太史升菴文集　139,181,306
大陽　138
太原　155,284
太子　16,17,20,23,49,77,96,112-117,
　125,155-157,264,269-271,273,279,
　286
太子擊　95,96
太子申生　113,117
太子襄公　16,17
太子縈　113,116,117
檀弓　120
罍孳齋石鼓十種考釋　192,201,245,299
談〈詩·秦風·小戎〉"亂我心曲"之"亂"
　及文字考釋的重要性　55
譚步雲　169,172,312
譚其驤　35,67,117,238,312
唐代　228
唐風·有杕之杜　96
唐國香（唐蘭的化名）　161,312
唐蘭　152-154,160-163,167,173-175,
　178,181-186,193,194,201,202,204-
　206,208,209,229,249,250,257,260,
　263,265,268,271,272,288,312,313
唐蘭全集　160-163,182-185,193,202,
　205,209,229,250,257,263,265,268,
　312,313
唐人　120,133,135,139,225

唐詩　120
湯　120,237
嚳　17
陶公年紀　18
陶敏　306
陶文　42,43,151,206
陶滋　188,196,297
The Stone Drums of CH'IN（《秦石鼓》）
　153,154,209,317
天水　19,27,37,46,50,55,56,66,70,79,
　152,211
天下金石志　135,303
天興縣　135,147,226-228
天一閣博物館　296,300
天咫偶聞　141,262,272,303
天子　48,61,62,69,71,75,78,79,104,
　107,138,140-142,144-149,151,152,
　154,155,157,159,160,163-166,169,
　170,173,174,178,179,208,242,252,
　254,255,257,259,261-275,277-279,
　282-285,287-289
天子駕六　276,278
"天子駕六"問題考辨　278,317
田車　148,150,165,169,206,251,253,
　257-260,276
田橫　102
田間詩學　5,26,42,50,59,64,74,88,89,
　95,106,112,113,119,293
田獵　39,42,44,126,136,139,146,150,
　151,178,181,252-255,257,258,287-
　289
田齊桓公　23
田齊世家　23
田亞岐　89,236,310,315
田中慶太郎　148,309
鐵橋漫稿　189,306
通典　120

通鑑前編　74
通志　301
通志二十略　158,301
通志堂集　136,306
通志堂經解　5,8,26,29,63,83,100,105,
　　290,291
同母姊　113,117
同州府　60
桐城錢飲光先生全書　293
童教英　162,313
童書業　162,185,186,313
童書業史籍考證論集　162,185,186,313
童書業著作集　162,185,186,313

W

瓦書　152,153,210,279
宛　120
挽歌　104
萬年　243
萬有文庫　301
王　19,71,74,75,154,166,264,269,272,
　　273
王粲　103,305
王粲集　103,305
王昶　132,135,200,304
王東培　299
王夫之　19,76,77,292
王國維　133,138,145,200,208,228,229,
　　247,249,274,306
王國維全集　138,145,200,208,229,247,
　　274,306
王厚之　135,181,196,226
王暉　21,24,314
王輝　136,149,154-158,164,172,174,
　　210-212,229,244,258,264,269-271,
　　273,275,283-285,313,314
王鴻緒　7,293
王姬　156,270,283
王利器　109,135,301,305
王雷生　21,234,314
王師　282
王室　15,30,74,144
王氏　76,77,138,157,191,192,247
王氏肅　85
王世貞　135,306
王嗣　21
王肅　26,120
王學理　111,234,235,314
王先謙　6,10,13,26,27,36,38,47,59,
　　62,70,71,73,75,83,91,100,112,113,
　　115,119,207,295,301,302
王曉平　88,314
王友勝　306
王于興師　20,27,37,46,68-75,77-80
王貨　10,28,51,86,92,291
王重民　12,290
王子今　235,315
王子余臣　21
汪大鈞　298
汪師韓　297
汪氏遺書　297
汪梧鳳　5,26,41,47,65,72,73,87,101,
　　112,113,119,293
微觀背景　3,132
威王　23
韋調鼎　7,292
韋應物　134,135,137,228,306
韋應物集校注　306
韋昭　15,16,22,26,34,301
僞書　30
僞《傳》　7,50,73,75
魏　87,89,282
魏家崖遺址　235
魏了翁　6,291

魏略　234

魏晉　87,89

魏文侯　95,97,98

魏源　9,28,40,41,52,53,59-61,77-79,83,96,101,102,115,119,120,294

魏源全集　28,40,41,52,53,61,72-79,83,96,102,115,120,294

魏源全集編輯委員會　28,83,102,294

衛風·北門　120

衛宏　4

衛人　76

渭濱　120

渭河　234,235,249

渭水　55,88,142,146,227,231,235,236,239-242,249,251,252

渭水之陽　112

渭陽　6,8,9,13,19,20,28,70,77,79,92,96,99,111-117,119,125,126

渭陽序　114

渭之陽　112-115

文博　233,234,314,316

文公　20,23,24,32,42,53,54,60,63-66,71,74,77-79,88,89,99,101,107,108,110,112,113,115,139-144,146-148,152,161-163,171,172,211,228-232,234,236-238,250,251,279,286,287

文侯　95-98

文王　120,134,140,177,254,255,283

文史　234,238-240,310

文史論叢　248

文史雜誌　144,315

文史知識　88,317

文物　17,18,66,109,123,211,212,233,240,241,283,285,307,310-312,316,317

文物週刊　162,313

文字　3,4,12,25,32,36,46,50,58,81,90,99,112,118,131-133,136,138,141,143,150,152-154,156,157,159-161,167-178,180-183,185,193,194,202,205,208,210-216,218-222,224,232,250,260,288

文字學概要　153,171,183,209,311

翁方綱　137,188,195,246,298,303

我思古人：古代銘刻與歷史考古研究　168,316

無衣　6,8,9,13,19,20,25,29,38,48,62,68-80,92,113,115,119,125,126

巫咸　158,160,166,267,274

於者減鍾　206

避　141,160-162,166,169,183-193,202,206,222,252-254,258,259,264,267,274,276

避水　166,169,264,267,274

峿　160,161,169,182,184,185,191,192,340,

吾車　161,165,183,192

吾車(車工)　251,253,257-259

吾丘衍　187,195,226,297

吾水　142,148-150,152,160,170,206,251,252,259,261,272,275,276,278,279,287

巫鴻　168

吳　77,80,139,157,158

吳從祥　88,314

吳大澂　189,195,300

吳東發　188,197,244,245,298

吳公子札　15

吳琚　302

吳廣霈　190,200,245,299

吳國　157,158,205

吳闓生　7,295

吳懋清　9,53,86,294

吳荃　7,293

吳人　140,148,157,158,170,173
吳陽　146,147,161-163,228,250,251
吳鎮烽　211,241,314
五經異義　278
伍崇曜　135,304
武丁　120
武公　43,54,79,109,151,240
武宮　117
武時　146,163,250
武英殿聚珍版叢書　8,28,86,92,159,291,305

X

西　149,163
西安　144,168,246,255,315
西安建築科技大學學報（社會科學版）　89,315
西垂　23,35,42,49,74,78,89,211,229,232,236,238,254,255,286
西垂大夫　15,17,56,74
西垂宮　23,42,140-142,229,237,286
西犬丘　15,17,40,52,75
西虢　43,133,138,151,172,208,242
西河　27,37,46,55,70,71,78,79
西戎　15,17,20,21,26,29-31,40,46-50,52-56,63,71,74,75,78-80,83,125,126,139,144,282
西戎犬戎　20,23,30,148,285,286
西山　20,24,287,142,231,238
西山大麓　238
西縣　163,238
西新邑　239
西俞　17
西時　20,23,40,147-149,163,228,250,272,283,286
西周　16,17,23,31,95,133,138,159,168,169,172,173,193,208,216,217,221,222,236,256,260,283,288
西周文化繼承者秦國文化與史籀作石鼓考　149,150,234,263,316
僖王　280,282
繫辭　180
夏聲　14,15,27,40,51,59,78,82
夏屋　118-123
下序　4
邢昺　123,199,296
先秦　17,24,50,56,142,177,202,262,267,287
先秦都城復原研究　233,240,311
先秦都邑陳倉城及秦文公、寧公葬地芻議　235,308
先秦石鼓存詩考　149,190,199,203,229,234,257,263,268,269,274,316
先秦史研究論集　145,161,162,308,312
先秦文學編年史　9,31,33,39,50,51,59,61,62,70,71,76,77,85,87,88,90,96,97,100,116,119,121,208,316
先秦諸子繫年　23
先人　14,27,40,51,52,59,82,165
現代漢語詞典　3,4,131,132,317
賢臣　85,91,92,94,96-98,109,126,280
賢人　83,85,86,91,92,96,119,124
賢者　83,84,91,92,96,118,120-123,280
咸陽　89,166,168,243,254,255,289
獫狁　155,284
憲公　18,54,66,236-239,254
（寧）〔憲〕公　24,237-239,279,287
獻公　68,69,109,112,139,144,146,162,163,181,243,251
襄公　6,13-17,20,22,23,27-32,34,37-42,44,46-55,58-65,67,71,73-75,78,79,82-85,88,89,125,126,139,141-144,147-150,160,161,163,166,170,174,181,184,186,194,208,228-230,

250,251,256,267,268,272,274,280, 281,283,286,287
（文）〔襄〕公　23,286
襄公秦仲　28,34,41,51
襄王　77,280,282
小南一郎　165,266,271,318
小虢　20,43,54,138,151
小雅·蓼蕭　259
小雅·角弓　259
小雅·皇皇者華　259
小雅·車攻　192,259,260
小雅·黍苗　259
小雅·采綠　259
小戎　6,8,13,14,19,20,25,27-29,32, 34,36-40,42,44-57,59,62,70,71,73, 78-80,82-84,125,126,139-141,143, 206-208,276
小序　4,41,60,73
小《序》　7,29,77
小篆　138,139,141,153,158,159,162, 167,177,180-183,185,205,208,209, 225,226
篠田幸夫　165,317
蕭春源　211,283,313,314
肖琦　233,314
孝公　60,243
孝王　142,165,172,229,237,266
解梁城　60
攜惠王　21
攜王　21,56,62
謝維揚　138,145,200,229,274,306
新編史記東周年表　165,266,317
新編諸子集成續編　109,305
新出青銅器研究　17,310
新出秦公鐘銘考釋與有關問題　241,314
新刻徐玄扈先生纂輯毛詩六帖講意　5, 292

新見〈秦子戈〉二器跋　211,316
新見銅器銘文考跋二則　211,313
新鄭虎符　138,160,193,200
新世紀的中國考古學——王仲殊先生九十華誕紀念論文集　168,316
邢澍　136,304
秀州學會　299
許伯政　7,293
許謙　8-10,29,30,38,48,62,73,86,93, 105,114,121,126,291
許容　245,297
許慎　133,195,197,207,278,300
許氏　30,195
許書　168,169,181,182
許天贈　8,292
許維遹　22,97,295
許雍　245,297
許莊　143,144,196,249,299,315
徐昂　191,199,299
徐寶貴　132,154,169,171,210,256,314
徐暢　132,158,314,315
徐鐸　7,294
徐光啓　5,292
徐廣　231,238,239,241,243,250
徐浩　134,303
徐少華　24,287,315
郐王子鐘　206
徐衛民　235,238,315
徐文靖　94,95,305
徐彦　201,296
徐彦峰　89,315
徐在國　12,25,36,46,55,58,68,81,90, 99,112,118,290,315
序　6-8,24,26,29,30,39,40,46,48,50, 51,53,55,60,63-65,68,69,71,72,78, 84-86,89,92,94,99,105,108,112,114, 115,119,121,126,136,137,144,147,

153,162,163,169,171,177,197,210,
256,279,285,297,301
序說　114,123
敘鼓　298
敘記　227,228
續呂氏家塾讀詩記　7,92,291
續詩記　115
續修四庫全書　6,7,291,294,304
續序　4,7,71,79,115
宣王　14,23,26,29,30,33,52,133,134,
　　 139,141,143,155,180,181,225,228,
　　 256,284
薛尚功　18,66,135,187,188,191,194,
　　 195,203,204,211,244-246,296
學古齋金石叢書　297
學海月刊　160,262,265,310
學詩詳說　85,114,294
學術筆記叢刊　95,305
學術研究　231,309
學術月刊　146,263,268,308
荀林父　76,77
荀子·儒效　13
荀子集解　13,302
尋找"汧渭之會"的新綫索　236,310
殉人　109,110

Y

亞駝　166,267,274
亞馳本　160,193
奄息　99-102,106-108,110
顏師古　27,37,47,55,79,80,102,301
顏《注》　50
嚴粲　5,10,26,38,47,59,69,70,82,83,
　　 91,100,112,113,118,119,291
嚴可均　189,306
嚴《緝》　74
嚴虞惇　5,294

嚴允　17
弇州山人四部稿　135,306
炭廖之歌　92,95,97
燕國　156,269
燕惠王　105
洋水　55
陽　242
陽平　43,151,240
陽平鄉　240
揚州大學學報（人文社會科學版）　153,
　　 210,311
揚子　120
楊東晨　235,315
楊寬　23
楊滿倉　18,66,211,240,241,283,285,
　　 311
楊若漁（楊壽祺）　32,143,315
楊慎　139,181,187,196,244,297,306
楊士勛　296
楊世春　298
楊守敬　55,231,240,242,251,302
楊壽祺　32,42,53,143,315
楊曙明　43,152,235,236,308,310,315
楊文明　164,266,315
楊宗兵　144,315
姚際恒　10,29,41,50,59,60,73,75,83,
　　 84,93,94,101,106,114,121,122,293
姚舜牧　6,292
殹　78,109
葉昌熾　137,304
葉西　65,293
也談石鼓文的產生年代　168,316
（逸齋）詩補傳　5,26,83,100,291
一分爲二　9,10
一粟集——王輝學術文存　149,155,156,
　　 210,211,212,229,264,269-271,273,
　　 275,283-285,313,314

伊人　19,81,84-90
伊水　237
夷　80,108,230
夷公　156,242,270,271
易經　186
易蘭　177,315
易林彙校集注　101,305
以己意説　7,8
易越石　157,158,315
殹　138,141,142,158-160,162,181,185,193-201,221
逸周書　177,288
義里丘　242
藝文類聚　96
繹史　135,136,301
殷光熹　9,31,38,49,59,61,76,77,85,86,94,105,116,119,257,315
殷周金文集成　17-19,66,159,193,211,212,283,285,296
殷遺民　109
尹繼美　8,294
尹彭壽　190,200,245,298
尹盛平　233,315
尹協理　188,197,204,297
嬴　15,22,23,26,34,141,142,286
嬴秦　166,267,274
嬴秦溯源：秦文化特展　124,307
潁濱　84
迎天子　254,255,257,288,289
應劭　102,109,305
庸　68,69,73
雍　43,60,65,89,108,109,117,138,142,144-146,150,151,163,178,208,226,229,230,237,241-243,247-251,254,255,280,281,289
雍城　42,43,89,109,111,144,146,147,151,152,168,225-229,241,242,254,

280
雍高寢　242
雍錄　137,251,302
雍太寢　242
雍縣　147,226-228,242,250,251
（雍正）陝西通志　136,302
雍州　146,232,250
詠史詩　103
用字　165,167,176,178,180,183,205,288
幽王　15,16,18,20-23,30,34,49,64,71,73-75,148,285,286
遊牧　43,56,151
由"天子""嗣王""公"三種稱謂説到石鼓文的時代　149,154-156,210,229,264,269-271,273,275,283-285,313
由雲龍　300
右扶風　139,227,232
于敏中　132,297
于奕正　135,303
語石　137,304
語石異同評　137,304
余臣　21
余冠英　9,80,93,104,295
御纂詩義折中　6,293
俞思謙　140
虞人　86,150,158,173
吳（虞）人　251,253,254
郁夷縣　240
豫章叢書　7,292
馭（朔）方　17
御人　34
元鼎　55
元和郡縣圖志　135,136,144,227,228,232,234,302
元和郡縣志　147,201
元人　5,6,8,10,29,38,47,48,62,69,73,

86,93,114,135,187,195,196
樂毅　105
櫟陽　146,163,243,251,254,255,289
櫟圍　242
越王鐘　186
粤雅堂叢書　135,304
雲谷雜記　159,305
韻語陽秋　134,135,300

Z

雜取諸家説　7,9
載記　135
再論汧渭之會及其相關問題　235,308
再論石鼓文之年代　148,309
再與徐暢先生討論石鼓文的時代　158,313
讚美詩　177
臧琳　276,296
臧鏞堂　296
葬西山　20,24,238,286,287
早期秦文化聯合考古隊　149,211,316
趮公　242
曾（繒）人　21
增定古今逸史　302
翟耆年　160,180,300
戰歌　73,76,80,125
戰國　4,10,12,120,126,133,138,152-155,157,158,161-163,166,167,170-173,175,182-187,194,205,206,209,211,221,260,264,269,273,288
戰國史　23
戰國史料編年輯證　23
戰國文字通論　167,209,309
張次仲　7,292
張待軒先生遺集　7,292
張德容　132,135,136,189,304
張光裕　211,316

張光遠　149,150,174,190,199,203,229,234,257,263,268,269,271,274,316
張淏　159,305
張懷瓘　134,180,225,303
張君一先生毛詩微言　8,292
張沐　5,293
張溥　6,292
張啓成　9,63,87,89,116,151,257,316
張守節　102,228,232,237,240,242,250,300
張澍　7,294
張樹波　5,295,316
張天恩　233,234,241,315,316
張先堂　56,316
張叙　8,293
張自烈　188,203,204,300
張燕昌　191,198-201,246,297
張彥遠　133,134,180,225,227,303
張以誠　8,292
張湧泉　12,14,26,36,290
張元濟　6,38,47,62,70,83,92,113,119,135,136,181,226,290,300,301,305,306
張政烺　167,190,191,196,248,249,316
張政烺文集　191,196,248,316
章樵　135,181,187,194,196,203,226,244,245,306
昭王　80,159,160,165,265,266
昭文公　18,66
昭子　242,243
召南・何彼襛矣　259
竈（肇）又（有）下國　18,19,66
趙燦英　8,293
趙椿年　192,200,201,245,299
趙均　135,304
趙逵夫　9,31,33,39,50,51,59,61,62,70,71,76,77,85,87,88,90,96,97,100,

116,119,121,208,316,317
趙烈文　190,191,196,245,249,298
趙孟（文子）　13
趙明誠　135,303
珍秦齋藏金——秦銅器篇　211,283,313,314
珍秦齋藏秦子戈考跋　211,313
貞松堂集古遺文　142,305
鍼虎　99-102,107,108,110
震鈞　132,141,142,144,262,272,298,303
征夫　49
征婦　49
正義　102,142,146,147,228,230,237,238,240,250
正字通　188,203,204,300
鄭　109,151,281
鄭風・清人　259
鄭國　150
鄭桓公　15,22,34
（鄭桓）公　15,22,34
鄭箋　120
鄭《箋》　71,72,101,106
鄭康成　6,7,14,15,32,37,46,58,66,69,82,91,100,106,110,123,207,277
鄭樵　11,126,137,144,157-160,163,167,175,176,180,181,193,195,201,245,261,263-265,268,271,296,301
鄭人　76
鄭氏詩譜　6,38,47,62,70,83,91,92,113,119
鄭玄　155,284,290,296
鄭業斅　299
鄭漁仲　141,142,181,262,267
鄭語　15,16,22,26,34
知不足齋叢書　137,297
直音傍訓毛詩句解　5,291

中國　3,64,131,154
中國大百科全書・考古學　166,167,317
中國大百科全書・語言文字　167,317
中國大百科全書總編輯委員會《考古學》編輯委員會　167,317
中國大百科全書總編輯委員會《語言文字》編輯委員會　167,317
中國法書選　212,220,296
中國古代地理總志叢刊　135,227,239,302
中國古典文學基本叢書　98,103,134,226,228,302,305,306
中國歷史地圖集　36,67,117,238,312
中國歷史文物　144,149,315,316
中國社會科學院語言研究所詞典編輯室　3,4,131,132,317
中國史學基本典籍叢刊　135,303
中國戰國時代の靈獸　211,318
中國哲學史　114,310
中國詩史　65,87,102,122,123,310
中國史研究　278,317
中國書法全集・春秋戰國刻石簡牘帛書卷　132,314
中國文物報　236,310
中國文字　149,158,264,270,313
中國文字學　161,162,184,229,313
中華大典編印會　149,190,229,234,257,316
中華要籍集注叢書　101,305
中華再造善本工程編纂出版委員會　303
中華再造善本宋金編　303
中山　95-97,155,172,269,270
中山大學古文字研究所　172,312
中山國　155,269
中山器　186
中山王器　167,270
中西學術文叢　5,295
中研院歷史語言研究所集刊　145,154,

163,177,183,186,187,194,202,206,209,211,307,314

中央日報　162,313

中央日報・文物週刊　32,143,315

中央圖書館籌備處　8,39,87,132,188,291,293,294,304

中囿　144,254

中潏　74

終南　6,8,9,13,14,19,25,27,29,38-40,47,48,51-53,58-67,73,78,79,82,83,125,126

終南山　61,64,67

鍾惺　7,292

仲行　99-102,107,108,110

周　5,15-18,20-23,30,34,44,50,59,60-62,64,71,72,75,78,80,82,83,89,95,132,134,137-139,141,146,148,160,162,163,167,169,170,174,177,179,195,197,232,237,250,256,262

周本紀　147,281

周伯翔　299

周代　3,10,14,16,153,209,265

周大夫　30

周地　16,22,34,58,60,63,67,71,72,82,85,139,181

周定王　257,281

周格伯簋銘考釋　201

周惠王　60,145,146,151,174,263,268,280,282

周桓王　21,280,282,283,287-289

周簡王　155,269,281

周景王　282

周匡王　281

周禮　82-85,88,89,126,140,143

周厲王　15,30,74

周靈王　156,157,270,281

周民　83

周赧王　159,160,164,262

周平王　15,16,20,21,23,30,33,34,42,44,51,56,59,63,64,67,75,80,88,125,140,141,148,149,152,169,263,268,269,273,279,282,283,286-289

周岐陽石鼓文　297

周秦關係　152,156,179,256,270,278,279,283,285,289

周秦刻石釋音　187,195,226,297

周秦文明論叢　211,310

周秦文化研究　235,308

《周秦文化研究》編委會　235,308

周秦文化研究論集　233,234,316

周頃王　71,280

周人　21,56,59,62,64,73,75,95,110,120,150

周室　16,22,34,71,75,78,79,283

周書　147,185

周頌・嘻嘻　259

周土　16,22,66

周天子　19,21,61,62,80,141,142,144,149-152,155,157,162-166,179,261-268,270,271,273-275,279,282,284,289

周僖(釐)王　145

周僖王　146,280,282

周襄王　71,95,115,280

周庠　298

周孝王　169,229,232,233,237

周攜王　56,80,125

周新芳　278,317

周亡王九年　21

周王　21,22,56,71,75,141,149,154,155,157,170,174,179,261-265,267-271,273,275,278,279,282,283,287

周王陵　287

周王室　44,62

周先公先王　23

周宣王　14,15,17,26,30,52,74,75,132-136,155,169,172,188,203,226,227,257,284
周宣王石鼓彙注　298
周宣王石鼓文定本　189,195,244,297
周易　177,185,186,249
周遺民　62,63
周幽王　15,20-23,34,49,56,73,80,125,257,286
周餘民　23,44,62,65,95,139,143,152,279,286
周越　226
周原　146
周之舊　15,78,82
周莊王　280,282
籀　159,168,169,181,182
籀經堂類稿　201,306
籀史　180,182,300
籀文　134,139,140,143,162,167-169,180-183,190,205,209,244,245,249
朱鶴齡　5,26,38,48,59,69,70,83,84,91,100,114,293
朱駿聲　140,197,198,262,300,306
朱謀㙔　7,292
朱鳳瀚　21,22,24,317
朱熹　7,11,28,29,32,33,41,48,63,72,86,92,97,98,105,114,121,291
朱彝尊　132,297
朱筠　297
朱子　5-11,24,28,30,32,33,41,47-49,55,64,72,84,86,87,92,93,95,98,104-106,114,121,126
朱子全書　7,11,28,29,32,33,41,48,63,72,86,92,98,105,114,121,291
諸錦　7,294
諸夏　14,15,27,40,51,59,82
者(諸)正　21

竹書　49
竹書(紀年)　18
竹書紀年　10,18,23,175,286
主旨　1,3-5,10-13,19,24,25,32,34,36,37,43-46,54,58,65-68,79-81,89,90,97-99,106,107,109-112,116-118,123-126,129,131-133,172,174-179,256,260,285,286,288
祝中熹　123,234,317
莊公　15-17,40,41,49,52,74,75,281
莊述祖　298
莊王　280-282
莊有可　9,95,295
莊子·天下　13
莊子集釋　13,302
莊子鬳齋口義校注　302
追錄　14,27,28,32,40,41,43,51-54,59,78,79,82
追求奇特　9
資治通鑑　146
子貢　30
子貢傳　7
子貢《傳》　30
子擊　98
子夏　4
子夏序　7
子輿　101
子輿氏　108
子車氏　84,101,104,107,109,110
子車奄息　99,107
子車鍼虎　99,101,107
子車仲行　99,107
子展　76
字彙　188,203,300
字體　136,137,144,149,153,154,159,161,167,169-171,173,174,178,180-183,205,208,209,218,288

字形　150,153,162,171,174,176,178,
　　180,182,202,205,208,209,213-220,
　　222,223,241,244,245,247,288
詛楚文　138,141,153,154,157-163,165-
　　169,173,182,184,185,191,193-195,
　　200,201,209-211,218,220-222,265-
　　267,274
詛楚文考釋　165,266
詛楚文研究　211,299,309
纂疏　6
左宮　242
左圭　303
左海續集　27,38,47,80,82,294
左丘明　15,16,22,34,301
左傳　13,14,21,51,76,77,80,99,101,
　　102,104,107,108,110,116,134,146,
　　177,201,282
左傳服注　61
左傳注　28,41
左氏　105,137
左鄀父　77
作原　146,148,150,169,251,252,259

後　　記

　　1995年9月,筆者在北京大學圖書館拜讀裘錫圭先生《關於石鼓文的時代問題》(《傳統文化與現代化》1995年第1期),此乃筆者學習與研究《石鼓詩》之開端。

　　2005年以來,筆者研究古本《竹書紀年》。恰逢清華簡《繫年》發現,於是研究兩周之際的歷史。2011年12月,《清華大學藏戰國竹簡(貳)》出版,清華大學廖名春先生復印資料寄筆者。月餘,乃得數篇。秦襄公、文公年代事蹟有不同於《史記》記載者,聯繫到古本《竹書紀年》、《國語》、《左傳》,遂成定讞,《秦襄公、文公年代事蹟考》刊於《歷史研究》2013年第5期。徐少華先生《清華簡〈繫年〉"周亡(無)王九年"淺議》(《吉林大學社會科學學報》2016年第4期)贊成筆者的解釋,並當面贊許。筆者又拓展研究秦國歷史與文化,成數書,此其一也。2020年10月,獲國家社科基金後期資助項目,遂修訂一年而定稿。

　　2018年前後,筆者奔走于中國國家圖書館、中國科學院圖書館等。中國社會科學院考古研究所王睿研究員幫助查找張光遠《先秦石鼓存詩考》一書。

　　謹致謝於國家社科基金提供的出版資助。感謝廖名春先生的支持與幫助。感謝徐少華先生給予的支持與鼓勵。感謝王睿研究員的热忱幫助。感謝上海古籍出版社彭華老師等在出版此書的過程中給予的幫助。感謝博士研究生周依雯、丁文、陶家勇與碩士研究生劉雪茹幫助核對引文等事宜。

圖書在版編目（CIP）數據

《詩經·秦風》《石鼓詩》年代背景主旨新考／程平山著. —上海：上海古籍出版社，2023.8
ISBN 978-7-5732-0781-4

Ⅰ.①詩… Ⅱ.①程… Ⅲ.①古典詩歌—詩歌研究—中國 Ⅳ.①I207.22

中國國家版本館 CIP 數據核字（2023）第 141914 號

《詩經·秦風》《石鼓詩》年代背景主旨新考
程平山 著
上海古籍出版社出版發行
（上海市閔行區號景路 159 弄 1－5 號 A 座 5F 郵政編碼 201101）
（1）網址：www.guji.com.cn
（2）E-mail：guji1@guji.com.cn
（3）易文網網址：www.ewen.co
商務印書館上海印刷有限公司印刷
開本 700×1000 1/16 印張 23.25 插頁 31 字數 500,000
2023 年 8 月第 1 版 2023 年 8 月第 1 次印刷
ISBN 978-7-5732-0781-4
I·3743 定價：98.00 元
如有質量問題，請與承印公司聯繫